「國語」？「普通話」？

教育現場、大眾傳媒到常民口說習慣，
準化如何為社會規範、身分認同與國族政治服務

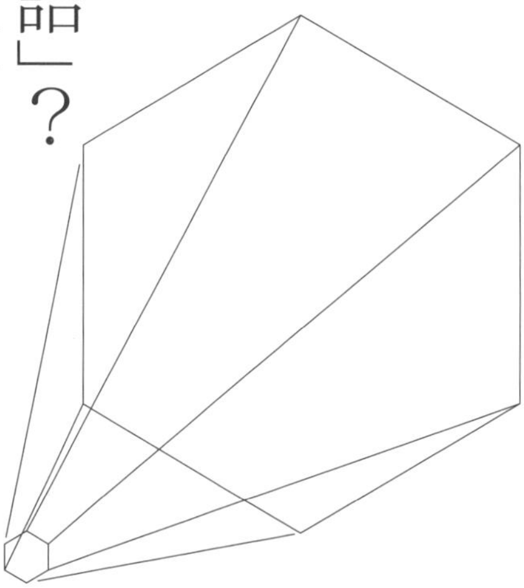

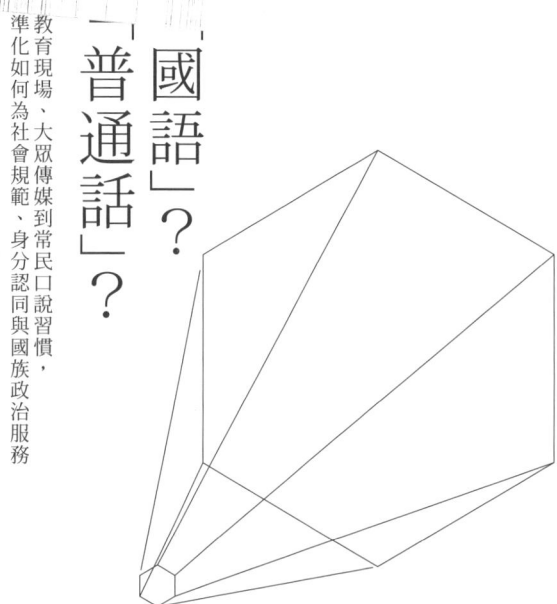

THE SOUNDS OF MANDARIN

Learning to Speak a National Language in China and Taiwan

1913–1960

陳怡君——著／吳煒聲——譯

臉譜書房 FS0191

誰的「國語」？誰的「普通話」？

從官方政策、教育現場、大眾傳媒到常民口說習慣，看兩岸語音標準化如何為社會規範、身分認同與國族政治服務

The Sounds of Mandarin: Learning to Speak a National Language in China and Taiwan, 1913–1960

作　　者　陳怡君（Janet Y. Chen）
譯　　者　吳煒聲
責任編輯　許舒涵
行　　銷　陳彩玉、林詩玟
業　　務　李再星、李振東、林佩瑜
封面設計　井十二設計研究室
副總編輯　陳雨柔
編輯總監　劉麗真
事業群總經理　謝至平
發 行 人　何飛鵬
出　　版　臉譜出版
台北市南港區昆陽街16號4樓
電話：886-2-2500-0888　傳真：886-2-2500-1951
發　　行　英屬蓋曼群島商家庭傳媒股份有限公司城邦分公司
台北市南港區昆陽街16號8樓
客服專線：02-25007718；02-25007719
24小時傳真專線：02-25001990；02-25001991
服務時間：週一至週五上午09:30-12:00；下午13:30-17:00
劃撥帳號：19863813　戶名：書虫股份有限公司
讀者服務信箱：service@readingclub.com.tw
城邦網址：http://www.cite.com.tw
香港發行所　城邦（香港）出版集團有限公司
香港九龍土瓜灣土瓜灣道86號順聯工業大廈6樓A室
電話：852-25086231　傳真：852-25789337
電子信箱：hkcite@biznetvigator.com
新馬發行所　城邦（馬新）出版集團
Cite（M）Sdn. Bhd.（458372U）
41, Jalan Radin Anum, Bandar Baru Seri Petaling,
57000 Kuala Lumpur, Malaysia.
電話：+6(03)-90563833　傳真：+6(03)-90576622
電子信箱：services@cite.my
一版一刷　2025年4月
一版二刷　2025年6月

城邦讀書花園
www.cite.com.tw

ISBN　978-626-315-579-4（紙本書）
EISBN　978-626-315-575-6（EPUB）

定價：NT599
（本書如有缺頁、破損、倒裝，請寄回更換）

圖書館出版品預行編目資料

誰的「國語」?誰的「普通話」?：從官方政策、教育現場、大眾傳媒到常民口說習慣，看兩岸語音標準化如何為社會規範、身分認同與國族政治服務／陳怡君(Janet Y. Chen)著；吳煒聲譯. -- 一版. -- 臺北市：臉譜出版，城邦文化事業股份有限公司出版：英屬蓋曼群島商家庭傳媒股份有限公司城邦分公司發行, 2025.04
面；　公分. --（臉譜書房；FS0191）
譯自：The Sounds of Mandarin: Learning to Speak a National Language in China and Taiwan, 1913–1960

ISBN 978-626-315-579-4（平裝）

1. CST：國語 2.CST：歷史

802.5809　113017074

目次

致謝

撰寫本書時，承蒙友人和專業人士幫忙，故積欠了不少人情債。下面簡短的感言萬難表達我對他們的感激之情。

本書能夠付梓出版，得歸功於邁可．戈丁（Michael Gordin）。他花了六天閱讀四百頁的倒數第二版草稿，提出了數十個尖銳問題並提供建議，幫助我釐清數個關鍵問題。我喜歡混合隱喻，積習難改，戈丁告誡我，要我改掉這個毛病，是故讀者也該感謝他。普林斯頓大學的歷史系和東亞研究系雖有不同，卻是彼此牽連的兩個知識界，我與他們互動時受益匪淺。這兩系的系主任安吉拉．克里格（Angela Creager）和安娜．希爾茲（Anna Shields）不斷支持和鼓勵我，在此深表謝意。大衛．貝爾（David Bell）、謝爾頓．加隆（Sheldon Garon）、哈羅德．詹姆斯（Harold James）、佩茲．科伊爾曼斯（Paize Keulemans）、費德里柯．馬孔（Federico Marcon）、瑪尼．桑德威斯（Marni Sandweiss）和基斯．懷洛（Keith Wailoo）提出了尖銳問題並給予有用的回饋。有了邊和（He Bian）、雅各布．德韋克（Yaacob Dweck）、勞拉．愛德華茲

（Laura Edwards）、莫莉・格林（Molly Greene）、麥可・拉芬（Michael Laffan）、羅西納・洛薩諾（Rosina Lozano）、埃里卡・米拉姆（Erika Milam）和艾蜜莉・湯普森（Emily Thompson），普林斯頓大學的狄金森大廳（Dickinson Hall）成了舒適宜人的工作場所。自從我十六年前來此，韓書瑞（Susan Naquin）教授便一直指導和鞭策我，令我由衷敬畏。瑪格・卡納代（Margot Canaday）不僅理解我，也帶給我歡笑。

中央研究院（Academia Sinica）、加州大學柏克萊分校（UC Berkeley）、布朗大學（Brown University）、杜克大學（Duke University）、埃默里大學（Emory University）、法蘭克福大學（Goethe University Frankfurt，又稱歌德大學）、哈佛大學（Harvard University）、南京大學（Nanjing University）、特拉維夫大學（Tel Aviv University）、耶魯大學（Yale University）和眾多會議的聽眾尋根究底，提出質疑，讓我得以更加深入思考問題。我很感謝奧里・塞拉（Ori Sela）和阿薩夫・戈爾德施密特（Asaf Goldschmidt）多次在特拉維夫接待我。謝謝葉文心（Wen-Hsin Yeh）在柏克萊舉行晚宴，讓我能與周錫瑞（Joe Esherick）和寇致銘（Jon Kowallis）暢談甚歡。我曾與瓊・朱奇（Joan Judge）、林郁沁（Eugenia Lean）、羅布・卡爾普（Rob Culp）和張倩雯（Rebecca Nedostup）參加一系列會議小組，期間得以展示正在進行的研究工作。常成（David Chang）熱心答覆了我關於軍事史研究的問題。孔思宇（Ulug Kuzuoglu）曾在哥倫比亞大學籌辦「中國的語言與文字」（Languages and Scripts in China）會議，席間與會者熱烈討論，讓我獲益甚多。

葛思德東亞圖書館（Gest East Asia Library）的何義壯（Martin Heijdra）和邵玉書（Joshua Seufert）不厭其煩，協助教師和學生進行研究。他們天賦異稟，可以找到我原先沒有意識到自己需要的書籍。我知道自己考驗了燧石圖書館（Firestone Library）館際互借部門（Interlibrary Loan department）工作人員的耐心，但他們聰明機敏，替我從世界各地蒐羅資料。在此感謝你們投入的心血。

普林斯頓大學慷慨解囊，加上「美國學術團體協會／弗雷德里克・柏哈德」（ACLS/Frederick Burkhardt）獎學金，讓我得以出訪各地去從事研究，並且能抽空著書論述。我利用學術假期在普林斯頓高等研究院（Institute of Advanced Study）與史樂民（Paul Smith）、梅歐金（Eugenio Menegon）、石康（Ken Swope）和顧德曼（Bryna Goodman）共事一年，大家相處愉快，在此期間領導我們的是大膽無畏的狄宇宙（Nicola Di Cosmo）。

幸運的是，本書的檔案／文獻研究在新冠疫情爆發之前便已完成。在南京的第二歷史檔案館（Second Historical Archive），Zheng Xinxian上窮碧落下黃泉，幫我找到民國時期堆積如山的資料。在台北和上海，Cao Nanping、Chen Shih-fang、Yingtian He、伊利亞・格林斯坦（Elijah Greenstein）和托梅爾・尼西莫夫（Tomer Nisimov）幫助我檢索、影印或手抄遺留的資料。其他研究助理也貢獻了寶貴的時間和精力，包括Sam Niu、賽斯・帕特諾斯特羅（Seth Paternostro）、Amy Wang、蘇菲・惠勒（Sophie Wheeler）、Xue Zhang和Zoe Zhang。

哥倫比亞大學出版社（Columbia University Press）的凱琳・科布（Caelyn Cobb）以創紀錄的時間穿針引線，順利編輯完手稿。我很感謝莫妮克・布里奧內斯（Monique Briones）耐心回答我的問題，也要感謝安妮塔・奧布萊恩（Anita O'Brien）專業審稿。兩位匿名審閱人（referee）提出高明的見解和建議，而我已盡力採納。

我回顧一生的學習歷程，很幸運能受教於諸多啟迪心智的老師，最終得以成為心中夢想的學者。白彬菊（Beatrice Bartlett）、班凱樂（Carol Benedict）、Cecilia Chang、金安平（Annping Chin）、關人傑（Sam Crane）、芮樂偉・韓森（Valerie Hansen）、賀蕭（Gail Hershatter）、顧百里（Cornelius Kubler）、雷吉娜・昆澤爾（Regina Kunzel）、吉姆・斯科特（Jim Scott）和史景遷（Jonathan Spence）形塑了我的一生，從本書的字裡行間也能瞥見他們對我的學術影響。我不再是研究生之後，不久便開始教導研究生，誠所謂教學相長，未免有所疏漏，無論過去或現在於普林斯頓大學東亞歷史系攻讀博士的學生，在此一併致謝。

本書耗時甚久才付梓出版，我要感謝陳家和夫婿索弗（Soffer）的大家庭，謝謝他們沒有不斷詢問我為何要如此大費周章。班尼（Benny）、伊萊（Eli）和娜塔莉亞（Natalia）日日相伴，豐富了我的生活。我撰寫本書時，幾位至親與恩師接連離世，令我哀痛逾恆：父親Chen Po-jung於二〇一四年離世；岳父奧韋德・索弗（Oved Soffer）在二〇二〇年辭世；老師史景遷則於二〇二一年撒手人寰。本書獻給他們，常懷親情，永念師恩。

語言和音譯[1]說明

我採用羅馬拼音系統，除非名字已眾所周知（蔣介石，Chiang Kai-shek），或者遵循當事者偏好的拼寫方式（趙元任，Chao Yuen Ren）。簡體字與繁體字的使用則端視原始資料而定。一九五〇年代中期為漢字簡化的過渡期，當時出版的某些文獻簡繁並陳，混合不一。

從一九〇〇年至一九五〇年，北京（Beijing，意為「北方京城」）曾四度更名[2]，表示政權更迭頻繁，屢屢遷都。為了避免混淆，本書原文自始至終皆使用「Beijing」一詞。

倘若讀者不熟悉中文的特徵和結構，以下簡短的解釋或許會有所幫助。

中國以漢族居多，語言學家將其語言歸類為漢藏語系（Sino-Tibetan）的一個分支。它的口語變體分為七到八種無法互通的方言（fangyan），這個術語通常（但有爭議）譯成英文「regional dialect」。最大的方言是北方話（Beifanghua，俗稱華語〔Mandarin〕[3]），地理範圍橫跨中國東北至西南地區。其他變體通常稱為「南方方言」（southern dialect），包括粵語（Yue，廣東話〔Cantonese〕）、吳語（Wu，上海話〔Shanghainese〕）和閩語（Min，台灣話〔Taiwanese〕）。方言在音韻、句法和文法上的差異非常明題：講粵語的人和操上海話的人說話完全無法互通。中國方言眾多，卻有共同的書寫系統（漢字〔Hanzi／Chinese script〕[4]）。對許多人而言，數千年以來，中國文化是靠漢字來統一。

漢語口語皆有聲調，不同音高代表不同的意思。現今的標準現代漢語是以北方話／北京話的音韻為基礎[5]，具有四種標準聲調，例如，音素[6]「ma」可用四種音調呈現，分別表示「媽」、「痲」、「馬」或「罵」，憑藉聲調區辨其義。

註釋

1 譯註：transliteration。

2 譯註：明清時期，此處為京師順天府，至民國三年（一九一四年），順天府改為省級行政區京兆地方，爾後國民革命軍二次北伐攻占北京，廢除京兆地方，改名北平。一九四九年九月二十七日，中華人民共和國定都北平，並將北平改名為北京。

3 譯註：又稱普通話、漢語或北京話，台灣則通稱華語或國語，清朝王照稱之為官話。

4 譯註：又稱中文字、華文字或唐話字，是為記錄漢語而發明的語素文字。台灣使用的漢字，其官方名稱為國字。

5 譯註：一九五五年，中華人民共和國國務院發出關於推廣普通話的指示：「以北京語音為標準音，以北方話為基礎方言，以典範的現代白話文著作為語法規範。」

6 譯註：phoneme，最小的語音單位。

序言

二〇一三年九月五日，中華人民共和國教育部於北京召開新學年開學記者會。教育部發言人續梅在會議期間討論了即將舉行的第十六屆「普通話宣傳週」（Putonghua Propaganda Week），強調其對國家團結、經濟發展和社會進步的重要性。續梅說道：「目前只有百分之七十的人口能夠使用普通話（putonghua／the common language）交流。此外，大多數人的熟練度並不高。還有百分之三十，亦即四億多人，無法使用普通話交流。」與會的新華社（Xinhua News Agency）記者及時注意到這些言論，於是新聞標題旋即出現在各個新聞頻道上。[1] 某些外國新聞媒體報導此事時，下了不同的標語，例如：「說什麼？中國聲稱四億國民不會說國語。」[2]

這件事竟然引起外國新聞媒體的好奇，多少有點反常；然而，中國政府其實已有一段時間會定期發布有關普通話熟練度和進展的公告。首次大規模語言使用調查顯示，在二十一世紀之交前後，百分之五十三的人口（介於十五歲至六十九歲）可說普通話，其中大約百分之二十的人能夠「流利且正確」發音，其餘人口則「發音不正確」。受訪者被問及日常生活中使用普通話的主要困難時，提到了「說普通話的機會很少」和「怕別人嘲笑」之類的問題。[3]到了近期，亦即二〇一七年，中共中央機關報《人民日報》發表評論，標題指出：〈普通話不普通〉，感嘆中國的通用語言尚未達到名副其實的傳播程度。[4]

無論是四億人或百分之五十三，無論是從有所不足或成果斐然的角度來看，這些指標都讓我們重新思考中國國家語言歷史的傳統觀點。現有的學術研究往往把二十世紀的語言實驗描繪成一系列的「語言改革」（language reform），將其融入線性敘事之中，指出從二十世紀之交大清帝國衰亡到一九四九年共產黨建政，這一路上創建了一套標準語言。從書面而言，它是使用簡體字的現代白話文；就口語來看，它是從各類方言脫穎而出的統一「華語」。總體而言，學術界更注重書寫而非口說，五四的「白話文運動」（vernacular revolution）扮演了關鍵角色。華語作為一種口語，通常被認為具有一個連貫且預先存在的實體，或順著語言統一的途徑一路發展。

台灣與中國相隔一百英里，本書以口說（speech）為切入點，探討華語如何成為海峽兩岸的口語（spoken language）。本書質疑華語在誕生之際便已臻完善的假設，並探尋華語在成形的各階段中對學習這種國語的人意謂什麼。當年的知識分子和改革者政治觀點不一，在他們眼中，統一國家語言便是創建現代的民族國家（nation-state）。回顧二十世紀初期，中國危如累卵、面臨生死存亡之秋，制訂國語乃迫在眉睫的一劑強心針。教育界、政府和各個文化領域的鴻儒碩彥提出共同願景，意欲讓中國強盛、使用統一的語言。有此宏偉願景，亦能發揮關鍵的影響力，凝聚意識形態，促進社會發展。眾人對整體目標有普遍共識，也認定其至關重要，但要採取何種執行策略卻眾說紛紜、莫衷一是。各界分歧甚深，雖欲擬訂一致穩定的口語標準，卻屢遭阻力，窒礙難行。

《誰的「國語」？誰的「普通話」？》會以全新視野探討這些問題，從授命教導或責令學習華語之人士的角度，從頭審視這個國家語言的發展歷程。因為日常談判和激烈爭論都得使用口語，如此便揭露了充滿衝突的語言變遷過程。我們發現民眾抱怨連連，有些人深感困惑，覺得毫無用處，甚至認為研讀華語如同學習「外語」。在二十世紀的中國，語言與民族主義息息相關，但人們對華語有種疏離感，無法出於本能或自然而然加以認同，情況令人擔憂。倘若此處討論的語言情況能提供蛛絲馬跡，揭露中國二十一世紀的現狀，那麼想回答「中國『人民』如何學會說國家語言？」的問題，就須先質疑他們都曾學習國語的這種假設。

因此，本書質疑語言變遷是否為一種社會過程，藉此重新審視這個問題。我會探索一種國家語言在形成之際如何以及在何種條件下會茁壯盛行或舉步維艱，同時調查其在課堂和地方社群所遭受的命運。我的研究將口語體現的發音行為視為學習、重複和表現的實踐，而且還要接受標準不斷變動的檢驗。「正確」發音的判斷如何演變，以及如何衡量發音與「標準音」的偏差？誰掌有語言和政治權威，能夠定義和執行口語標準？誰有資格教授國語？是否有人能「無師自通」，自行學會國語？根據我的分析，語言教學法、教師能力，以及良莠不齊的教育系統正是這個過程的核心，也是長期造成緊張對立的根源。本書從明確的地方和歷史背景深究語言學習經驗，探討標準口語和社會規範與國家政治的糾葛牽連。戰爭和移民在形成國家語言時發揮的作用，以及人們打算透過媒體技術傳播其聲音的希望（大多未能實現）構成了兩個關鍵主題。

「Mandarin」是英文中泛指漢語的常見用語，代表其標準的口語形式。它雖然模稜兩可，卻頗為有用，替我的研究奠定了基礎。這個英譯字源自洋人對官僚的稱呼，指的是帝國官場的口語，稱為官話

（guanhua），它也是商賈和旅人的溝通媒介，可藉此跨越區域語言的障礙。二十世紀初期，中國的知識分子用國語（這個新詞是由日本人所創，算是日本「歸還文字符號借用」〔return graphic loan〕）來指「國家語言」，爾後中華人民共和國改稱普通話；國民黨政權流亡台灣之後，維持國語的說法。世界各地的海外華人社群偏好華語（Huayu）或漢語（Hanyu）。[5]

「Mandarin」體現了上述的所有含義，但我認為它掩蓋了這個國家語言的形成和語音標準化（speech standardization）進程中至關重要的重大變化和衝突。本書打算解構「Mandarin」，將其拆分為歷史上特定的語言變化時期，並探索在不同時刻和特定社會背景下所謂「正確發音」的語音變化。解開「Mandarin」與國語和普通話的混淆之處，讓我們得以思考標準口語的概念和多重現實如何與一般人的生活交叉重疊。為了理解這個過程，還必須注意它的非標準對應物，亦即稱為方言（local speech）的區域口說複合體，通常被英譯為「dialect」。方言一詞及其翻譯是長期爭論不休的主題，而且牽涉到中國各種口語變體應被視為「語言」或「方言」的更廣泛爭論。爭論主要在於能否訂出相互可理解性（mutual intelligibility）的標準。一般來說，中國人定義方言時，是將共同的書寫系統（漢字）和國家的政治統一作為首要考慮因素。因此，儘管北京、上海、廣州等地之間的白話／口語（spoken vernacular）明顯存在不可共量性（incommensurability），但正統觀點仍將其歸入「漢語方言」（Han dialects）家族。[6]與目前研究相關的還有土話（earth talk或local speech，亦稱土語〔earth language〕）的概念，它經常能與方言通用。歷來論述引用這個用語以表示這是「鄉下人」所操的口語，這些村野俗夫因階級差異而遭到邊緣化，被認為沒受過教育、文化水準低落。它最接近的對應詞可能是法語「patois」（粗俗的言語）。另一方面，土話可以發揮積極作用，暗示懷鄉之情以及熱愛家鄉語言（類似於對土產〔tuchan〕的自豪感）。[7] 儘管方言和標準話通常彼此對立，但正如譚吉娜（Gina Tam）在近期的一項研究中敏銳指出，這兩者是相互組成的。[8] 此外，本書也約略探討了兩個相近的主題：非漢族少數民族的語言和華人僑民的海外社群。這兩個主題很複雜，值得詳加討論，但已經超出本研究的範圍。

用國家語言尋找國家

本書的敘事軌跡追溯了中國口說國語從構思到尚未完全實現的坎坷歷程。國語及其對等的普通話是重要工具，可讓公民融入以語言統一為基礎的民族國家願景。就政治意識形態和修辭（語藝，rhetoric）層面而言，國家語言能夠且應該讓中國團結起來，齊力對抗外來的帝國主義並化解國內的分裂根源，這點毫無疑問。然而，將意識形態願望落實成為真實口語時，過程其實是一團亂，有時甚至混亂不堪。如果說國家語言是現代國家的權力工具，那麼歷屆中國政權運用這項工具時都十分笨拙。口語標準不斷變化，這表示規範也持續改變。事實證明，口說比預期更不受國家干預。假定的語言等級（linguistic hierarchy）未必對應社會地位。國語／普通話帶有的理想受到許多人擁護，歷經漫長歲月才享有盛譽，但在獲得顯赫地位之前，它曾遭受各方懷疑和諸多訕笑。令其支持者驚訝的是，「廣大群眾」並未自動接受口說國語；必須哄騙、刺激或強迫他們，黎民百姓才願意去學習。都說國語／普通話比較優越，但這點並非不言而喻或廣泛受人認同。根據不同的社會情境，標準口語或許是向上流動（upward mobility）的門票，也是接受教育的象徵和階級地位的標誌，可能帶有正面或負面含義。標準口語總是與官場有所瓜葛，偶爾會被視為入侵語種而遭人貶抑。

想透過學校課程教導標準口語，但缺乏足夠的教育基礎設施和資源，實施成效屢屢讓人失望。眾所周知，打從一九一〇年代末開始，國家語言便成為一門課程，乃初中小學教育的核心。然而，教學語言卻十分混亂，老師教授國語時，用的是各種方言，或稱為「藍青官話」（blue-green guanhua；藍青，比喻不純粹，故指夾雜方言語調的官話）的媒介；這個詞語帶有貶義。若暫時擱置「國語課是用國語上課」的假設，便可從不同角度發現語言領域的分裂情況。標音符號（phonetic notation）在此提供了一個重要的切入點，可讓人一窺國語教育中口說與文字之間的落差。第一版的標音系統是注音字母（一九一三年），以三十九個符號註明「國語發音」的語音。本書第一章指出，其倡導者設想，學習清楚發出這種「語音字母」（phonetic alphabet，又稱報讀字母）包含的聲音將是統一發音的第一步。無論學齡兒童或成年人都能記住每個符號的正確發音，從中掌握口說國語的基礎。然而，二十多年來，標準發音的規範屬性一直不斷變化，字母表的符號數量反映出這一點：一九二〇年有四十個，一九三〇年降為三十七個。此後，新的教科書陸續出版，但舊版本仍然存在，故而局面一片混亂。批評者指責注音是破壞漢字的共犯。有人則反對單一固定的「國語」發音；為了掃盲，他們主張採用能夠清晰表達特定地區發音的靈活系統。在此期間，四處鬧騰，紛紛擾擾，教授注音到底有其價值或者會造成危害，各方意見分歧，看法不一，足以說明當時語言教學和學習的情況。

本書追蹤了標準口語在不同時期和地域的變動軌跡，藉此說明雖必須透過民族／國族主義（nationalism）的眼光去理解國家語言，但它卻不夠充分。納入語言民族主義假設的研究框架，絕對會指向統一口語，將其視為民族的命運或作為自我實現的預言。若將國語／普通話視為終點，便會忽略充滿衝突的起源，也將忽視變動不穩的口說階級體系。避開這些前提，就可能開闢嶄新的探索路線，從中窺探國家語言的理想與異質現實之間的鴻溝。當「Mandarin」的聲音尚未同質化或標準化之前，曾出現包容和排斥它的情況，若能跳脫鼓吹民族主義的喧鬧鼓聲，便可透過標準口語的聽覺層面，重新思考前述的情形。

超越文字

本研究從口說和社會史的角度探討中國的國家語言，因此有別於現有的大量學術成果。關於「Mandarin」早期歷史最具影響力的資料是黎錦熙於一九三四年出版的《國語運動史綱》。在這段歷史中，黎不僅是主角之一，也是最有說服力的編年史家。[9]他在這本百科全書式的文本中追溯起於晚清不同流派的語言實驗如何匯聚成「國語運動」（national language movement）。這本書自初版以來已多次重印（最近一次是二〇一一年版）；每一代學者都會參照它，有時甚至完全依賴它。學者們並未仔細審視黎在形塑他所撰寫的歷史中扮演的角色，並且重述了他的目的論立場（teleological stance）（甚至因襲第一版的印刷錯誤）。也因此，黎認為國語必定存在且有其規範價值，而這種思想深切影響當代人的觀點。美國語言學家約翰・德范克（John DeFrancis）的著作也同樣歷久不衰，但其內容卻更有爭議。他的著作《民族主義和中國的語言改革》（*Nationalism and Language Reform in China*，一九五〇年）從國民黨和共產黨之間意識形態鬥爭的角度出發，由此探討語言改革的歷史。[10]這本書出版時，批判者聲稱約翰・德范克公開支持左派。七十年後，它雖然還有爭議，卻仍受到廣泛引用。

人們最近對（廣義的）中國語言興趣日益濃厚，促成了鮮活新銳的跨學科觀點，其視角從歷史音韻學（historical phonology）橫跨清末民初豐富的知識領域。[11]大量內容扎實的新作問世，著眼於拼字學／正字法（orthography），特別會放眼全球範圍來探討。[12]我們現在更了解中國將語言學作為一門學科的歷史。[13]與此同時，文學和媒體研究中的漢語圈（Sinophone）已經擴大到涵蓋全球的多元文化和多語言社群。[14]在當代的社會，探究語言規畫對現今有何影響的語言學家無不關切少數民族語言的熱門議題。[15]與我關注問題最相關的，乃是王東傑對國語運動的權威調查，亦即〈聲入心通：國語運動與現代中國〉（二〇一九年）。從知識分子史（intellectual history）[16]的角度來看，這份研究探討的是晚清拼音化（alphabetization）實驗的起源、文字改革的激烈爭論，以及政治與語言學的交叉影響。[17]

本研究以上述著作為基礎，但將口說國語的社會史納入研究範圍，藉此追求不同的目標。為此，我借鏡了社會語言學（sociolinguistics）的理論。語言思想、習得和教育學為分析語言的變化提供有用的說明，特別是在教育領域。[18]此外，我還專注於標準化問題（作為概念和實踐），將其視為核心的分析問題。維托爾德．庫拉（Witold Kula）在他的經典著作《度量與人》（*Measures and Men*）中指出，標準必須客觀且不變，同時「獨立於人類個體之外」。標準化過程必然需要評估偏差程度。關鍵在於測量單位的不變性（invariability）。歷代以來，掌權的當局無不聲稱自己擁有確定衡量標準的特權，也會主張有權懲罰違規行為。[19]然而，就口說而言，發音的變化範圍究竟有多大，各方始終看法對立，也常與界定標準一事關係緊張。無怪乎，用於衡量標準或非標準程度的工具，以及這些測量所被賦予的含義便引發了激烈爭議。二十世紀初，中國推動教育、商業和工業活動以及政府管理時，無論在理論或實務上，無處不追求標準，以期社會合理運作、提高效率和增加生產力。[20]重視發音精準的人士在尋找標準口說國語時，堅持要遵守一成不變且表面同質的理想。相較之下，其他人則抱持讓邊界有彈性的態度，「或多或少正確」即可，亦或認同「足夠好」的「藍青」溝通方式。聲調區分（tonal differentiation）是當今國語和普通話不可或缺的組成部分，無論強調其重要性或忽視聲調，都曾引發激烈爭論。

為了聽出發音上的差異，文化史中「聲音轉向」（sonic turn）的生成見解提供了另一種出發點，讓人思考「可聽聞的過去」（the audible past）對中國歷史經驗有何意義。[21]二十世紀初聲音技術的現存遺跡，譬如留聲機錄音、電影和廣播，構成了聽覺檔案，讓人得以聆聽國語在形成過程中不斷變化的特徵。一旦保存了錄下的語音，方法學上的挑戰便是將其聲音和情感特質轉化為文字。相較之下，有更多的書面資料（電影評論、廣播、標示注音的教科書和字典）描述、解釋或抱怨口說國語的屬性（attribute）。此處的聽覺特徵必須從書面檔案中挖掘出來。[22]在特定的歷史條件下，聲學技術（acoustic technology）成了傳播國家語言的管道，以教學或娛樂形式傳播其聲音。然而，在其他的情況下，由於人們極想獲利，或者要緊急動員群眾，便不得不另覓他法來優先考量方言聲音。

本研究也讓人從全新的視野窺探現代中國複雜的社會文化改革過程。大量的學術研究強調精英改革者對現代化的願望、對外國模式的適應，以及國家滲透（state penetration）程度的不一致。在教育領域，近期研究大致對二十世紀初的改革提出了正面看法，扭轉了以往聲稱中國未能實現現代化的論斷。從農村學校和婦女教育，到教師培訓和大眾掃盲，以創新手段結合新方法與傳統做法之後，創造了一套充滿活力的體系，歷屆政權因而得以追求建設國家的目標。教科書和學校儀式成為讓學生社會化（socialization）的強大工具，期待學生履行公民責任並塑造他們的公民行為。與此同時，服飾、髮型、禮儀、曆法等文化習俗發生了巨大變化，由此打造了嶄新的國家象徵以及共和國公民身分的標誌。[23]國語乃是關鍵的文化類別，也是教育系統的核心，《誰的「國語」？誰的「普通話」？》探討國語對社會的影響，從不同角度切入，會讓現有學術研究更為完備。要在全社會推動語言改革，勢必遭受各種挑戰、引發緊張情勢，我的分析對此提供了基層看去的視野。根據定義，國家語言不可能是零碎的。然而，能否發揮國語的變革潛力以獲致成果，顯然會隨各地情況而有所不同：個別教育機構和人員；官僚管理策略和激勵措施；支持或破壞口說標準化的社群規範可發揮的微妙之處或力量。儘管有人言之鑿鑿，極力堅持統一語言，但將國語的口語元素（spoken element）與教育環境中的書面語分割開來並非不可能辦到（許多人更傾向這點）——或者完全拋棄它也未嘗不可。

此外，《誰的「國語」？誰的「普通話」？》追蹤了一九四五年國語跨越台灣海峽之後的命運。儘管美國漢學家柯偉林（William Kirby）在三十多年前便曾指出，值得比較一九五〇年代的國民黨政權與其大陸對手，但鮮少研究這樣做。[24]中華人民共和國和中華民國處於截然不同的背景，但雙方也都追求標準口語，彼此有許多共同點：先是標準眾多、局面混亂，爾後又長期缺乏教學資源，另外還有個體排斥標準口語。然而，在台灣，日語卻如同鬼影一般，消弭不去。國民黨政府在一九四五年將國語帶到這個島嶼，卻無法使其輕易取代先前日本殖民時期遺留下來的語言，這點讓國民黨政府深感沮喪。本書第四章指出，若想將國語從意識形態概念轉化為社會現實，就必須在教學上下功夫，同時搭配行政力量來推動，但對於正值長期轉型中的國民黨政府，此事超出了其能力範圍。

日語議題也衍生出比較個案研究（comparative case study）的問題。在二十世紀，不少地區同時嘗試要創造國家語言，在建設國家的大計中發揮了重要作用。這個主題極為複雜，若想加以闡述，恐將超出本研究的範圍。因此，我在分析時著眼於歷史人物如何探究中國以及如何替中國尋找可借鏡之處或遵循模式，好比從日本的言文一致（*genbun itchi*）運動汲取靈感、以羨慕眼光關注土耳其在一九二〇年代末推行的語言改革，以及體認一九五〇年代蘇聯語言學的重要性。讀者若熟悉其他地區推動國家語言計畫的歷史，必能發現各方皆有共鳴之處，或者能夠察覺關鍵的差異點。例如，明治時期的日本便是鮮明的對比，它強調中央集權政治的權威，以及在十九世紀末實施健全的普及初等教育體系。印地語（Hindi）和馬來語（Malay）仍保有其殖民語言遺緒，這點呼應了台灣和日本的糾葛關係。歐洲的標準化有較長的歷史軌跡（特別是法語、英語和德語），也能從中看出軍事、學校教育和中央集權官僚體系的影響，繼而得到啟發。例如，眾多研究指出，強大的法蘭西中央集權體制在十九世紀推行標準語言，而當時的底層民眾也得接受教育，標準法語遂能廣為流傳。法蘭西當時正在經歷工業化，若想持續進步，民眾能否識字便至關重要，而且法語當時也大大象徵著民族認同，因此百姓接受「標準的意識形態」（ideology of the standard），隨之鞏固了巴黎口語規範的主導地位。[25]中國的情況則截然不同，因為它使用漢字，在學習書面語（從古文逐漸演變為現代白話文）時，民眾不必遵循口語標準。礙於這點，某些歷史背景下標準化的誘因便被削弱，抗拒語言同化的力量也因此得以存續。中國烽火連天，數十載危機重重，政權四分五裂，故無法按照預期，直接推行標準口語。由於行政體系無力實現政治目的，也缺乏足夠資源來促成教學目標，推動語言的計畫便屢屢失敗。

清末的正確發音

「正確發音」讓人煩惱，這個問題在二十世紀屢見不鮮。早在三百年前，學者便推測孔子可能「唸錯」聖王[26]之語，因為他說的必定是家鄉的山東話。[27]在唐代，韻書（可追溯至七世紀）記錄了科舉考試的標準發音。對於胸懷大志、意在科舉入官的文士而言，這類典籍是很重要的參考資料。應試者無論自身口音如何，都必須根據權威的音韻規則創作合韻合律的詩詞。[28]即使後來的朝代將詩詞從科舉考試中剔除，格律詩（regulated verse）仍是重要的文化體裁／類型，精通這種律體詩，方能躋身精英之列。時至十七世紀，試圖恢復昔日典範的學者轉而參照古老音韻學，以此重建古代語言。發音問題在戲劇領域非常凸出，地方戲曲流行之後，引發了關於美學、表演可理解性（performative intelligibility），以及地方語言和口語標準之間關係的爭論。[29]

清廷在十八世紀出手干預，雍正皇帝當時對前來北京覲見的南方官員深表不滿，因為這些下屬無法清楚表達意思。雍正於一七二八年（雍正六年）頒布的一道詔令[30]中抱怨：「惟有閩廣兩省之人仍系鄉音不可通曉。」他指責這些官員語言不通，導致地方行政有所缺失：不通官話，事理貽誤多矣。雍正雖有些惱怒，也知道學習語言多少有點難度：「幼時習得之語言，甚難倏忽改變。教學須循序漸進，日久方可掌握。」[31]

閩廣兩省官員受到朝廷訓誡，便爭先恐後尋求補救措施，旋即在現有的學校（替準備考科舉的生員）增設了「正音書院」。其他書院則是獨立設置的機構。雍正在位短暫，這類學堂在他駕崩之後大多因為缺乏資金而關閉。[32]如今只能根據歷史資料，一窺這些書院昔日如何運作。一七三七年，福建布政使上奏皇帝，指出十二名來自浙江和江西的「正音」教職在課堂上幾乎毫無用處。他們雖諳官話，但不曉土語，故授課困難，實難克服。師弟問答，彼此扞格，「實于正音無益」。布政使建議裁撤教職，聘請通雙語的福建人取而代之。[33]八年之後，福建巡撫提請關閉四所正音書館，理由是成效不彰。「閩省士民甚多，一館之內止可容十余人……況教習多年，鄉音仍舊。」在這種情況下，地方教育官員仍得確保轄區內的考生遵守聖旨。[34]

正音書館迅速消亡，說明此種教學體制對於清廷和官僚機構而言相當次要。清朝的語言核心是滿語，亦即統治者口操的語言，它與漢語文學、白話文（語體文）和口語官話纏結在一起。[35]其他「檢查」發音的行徑並非為了強制執行口語規範，目的乃是揪出科舉時的冒名頂替者。平田昌司（Shoji Hirata）曾指出考生（例如來自江南的生員）如何「鑽科舉漏洞」。這些考生眼見家鄉競爭激烈，便報名參加京城地區的縣級考試，希望能提升上榜機率。康熙皇帝曾警告冒籍考生，說他們「口音」與自稱的出生地不符，即便他們騙得了京城考官，他也會在殿試時親自揭穿他們。爾後進入十九世紀，朝廷便設置「審音御史」（pronunciation censor）抓捕造假戶籍者。[36]

儘管現存紀錄甚少，但翻閱供國內外學習者使用的發音入門書，便可得知清末口語官話的變化。例如，高靜亭的《正音撮要》（*Synopsis of Correct Pronunciation*，大約刊印於一八一〇年）便收錄南北語音[37]。他認為初學者要學得官話，關鍵在於選擇一種發音並堅持到底，倘若雜糅混合北方白話與南方口音，「聞之彆扭且刺耳」。高靜亭更指出，「京話為官話之道岸」，故凡紳之家及官常出色者，無不趨仰京話。[38]儘管如此，他的發音註釋仍標示南方（南京）官話，具有五個聲調的特徵。[39]高是廣東人，十幾歲時在北方（直隸）生活時學會了官話。他在行旅期間發現，儘管口語明顯存在差異，但他遇到的人（來自多個省）所說的「多是標準口音……不難理解」。最大的例外是出身廣東和鄰近福建的同鄉，他們「口音甚重」，不可通曉，「彼等提及物體或稱呼他人時，發音極不標準」。[40]

英國領事羅伯特．湯姆（Robert Thom，漢名羅伯聃）將高靜亭的《正音撮要》改編為外國學習者的入門讀物，其中省略了五個聲調註解，並標示「北京」（Peking）發音作為參考框架（一如該書冗長的標題

《說中國話者，亦即以官話撰寫作品之摘錄，音同北京口語》（*The Chinese Speaker, or Extracts from Works Written in the Mandarin Language, as Spoken at Peking*」所示）。高靜亭著作有三個構成核心的章節；附錄中加入了白話文小說《紅樓夢》（*The Dream of the Red Chamber*）的其中一章，以及十八世紀百科全書《家珍全集》（*The Complete Collection of Household Treasures*）的摘錄。湯姆將每一頁漢字與另一頁羅馬拼音搭配。他建議使用本書的學生尋覓一位「聰明的北京人」為模仿對象，在導師大聲朗讀之際，順著羅馬拼音閱讀。湯姆更建議：「四聲十分奧祕，但別為此困惑。」為了簡化學習過程，「這些乃是阻礙許多初學者進步的絆腳石，不妨忽略。」[41]

其他教科書則給出不同的說明。莎彝尊（Suo Yizun）在其《正音咀華》（*Essence of Correct Pronunciation*，一八五四年刊印）中列舉了一份「常見問題」清單，以造福查閱這本教科書的讀者：

> 問曰：何為正音？
> 答曰：遵依欽定《字典》（《康熙字典》）、《音韻闡微》之字音即正音也。
> 問曰：何為南音？
> 答曰：古在江南建都，即以江南省話為南音。
> 問曰：何為北音？
> 答曰：今在北燕建都，即以北京城話為北音。[42]

莎彝尊在此明確區分兩種地區版本的官話（南音和北音），同時指出皇帝認可的「正確」版本。然而，他所引用的兩本權威字典並未提供一致的發音指南。[43]其他身兼傳教士、語言學家和領事的漢學家也加入了這場爭論。艾約瑟（Joseph Edkins）的教科書根據「如今南京通行的」發音來標註五個聲調，但加上「北京聲調」的附錄。衛三畏（Samuel Wells Williams）採用了長江以北地區「口語的總體平均口音」，亦即「近似發音……讓每個學生皆可注意到在他本土地區聽到的口音與該標準的差異」。[44]根據史皓元（Richard VanNess Simmons）的說法，威妥瑪（Thomas Wade）於一八六七年出版的教科書在太平天國之亂後，對官話向北音傾斜發揮了關鍵影響。總體而言，這些五花八門的「正音」典籍足以證明，十九世紀尚未出現完全確立或編纂整理過的語言標準。所謂官話的標準特徵，便是一套文人普遍接納的鬆散慣例。[45]

正如我們即將見到的，官話能在二十世紀重生（最先是國語，後來則是普通話），乃是人們要訂出標準以及精確定義其規範屬性。先前的「官方語言」交雜混合，特質不定，被視為摻雜混亂，與現代民族國家的語言不相容且不相稱。雖然推行標準化口語的運動由受過教育的精英和自封的仲裁者主導，也不時受到政府干預，它卻突破上層社會階層的界限，進而牽涉整個國家。參與勢力擴大之後，國語便與大眾教育結合，語言標準就被視為社會工程和政治動員的工具來加以運用。此一宏偉理想旨在涵蓋國家領土每個角落的每位公民。總之，出現這些轉變之後，二十世紀的語言運動便與前晚清帝國類似的運動有如天壤之別。

教育工作者和語言學家在擬訂國家語言目標上發揮了關鍵作用，本研究便是根據他們的經歷來著手探討。在這一大批人物中，黎錦熙、吳稚暉和趙元任在二十世紀上半葉尤具影響力。這些學者是政府委員會的領袖和公認的專家，肩負推動這項志業的重責大任。他們在二戰期間跟隨國民黨政府流亡至西南方。到了一九四九年，黎和吳分處台灣海峽的兩岸。趙在加州大學柏克萊分校（University of California, Berkeley）開啟了傳奇的職業生涯。本研究旨在跳脫精英觀點，但這些學者的見解於參考資料來源隨處可見，故成為本研究的必要骨幹。我跳脫精英領域，分析時追蹤學校的口說國語，並探索校園中國語作為城市生活特徵的發音方式。我思考了在農村地區推廣標準語言的可能性和局限性，也研究標準語在面對戰爭的危急緊迫、棘手的台灣殖民語言遺緒，以及中華人民共和國一九五〇年代風起雲湧的群眾運動時，其所發生的轉變。專家和政權打算透過口說，將百姓塑造成適當的民族國家或社會主義臣民，這種願望便是本書主軸。然而，如果不尋找和關注百姓頂嘴反抗的時刻，講述這段歷史便不完整，繼而也會影響我們如何去理解這個領域的變化軌跡。口說、學習和教授國語，並非向語言統一邁進，而是個體行為，其中充滿超越民族主義的各種相互衝突的意涵。因此，我分析時會涵蓋國家願景、區域因素和個人關切之事。我並未打算全面處理這些主題，而是著眼於衝突或交叉的時刻，從中考察落實國語的各種模式——作為一套意識形態和一組口語規範、作為階級和社會地位的可變指標、作為個體表達的承諾，亦或學習未臻完備的胡言亂語。

第一章探討二十世紀之交的情勢；當時提倡語言統一的呼聲高漲，呼籲效仿日本的言文一致運動，要求「口說與書寫一致」。一九一三年的讀音統一會（Conference to Unify Pronunciation）制訂了標準國語的藍圖，但也留下日後激烈爭執和個人唇槍舌劍、言語交鋒的禍端。在後續的十年，爭論持續延燒，引發了一連串錯綜複雜的問題，包括標音符號、聲調區分和教學法。兩套留聲機唱片（分別於一九二〇年和一九二一年製作）以不同的語域／語體風格（register）呈現「國語發音」，說明了口語「標準」在草創時期還未固定。當專家之間的爭論在小學裡重現時，老師教授的口說國語版本出乎意料多樣紛呈。有人認為，使用語音字母可以拯救國家；有人卻說，語音字母會帶來災難。當人們首次一起努力將標準口語引入學校時，各有各的發音，彼此扞格衝突——國語在形成初期落得支離破碎，無法連貫一致。

一八二八年，蔣介石靠著國民黨統一了中國，遂將建設國家之力投入到推廣國語的計畫。到了一九三二年，隨著全力普及注音符號，以及以「京音」（Beijing pronunciation）為標準的新字典出版，似乎解決了過去的爭論。然而，相互競爭的標音系統——好比國語羅馬字（Gwoyeu Romatzyh，簡稱GR）和新文字（Sin Wenz／New Writing）——推出之後，牽涉發音的舊爭議又死灰復燃，引爆了新的爭議。與此同時，日本的侵略鐵蹄逐步推進，人們便拋棄先前備受推崇的日本語言實踐，轉而採用土耳其模式。中國觀察家認為，土耳其能夠復興，乃歸功於「驚天動地的語言改革」；有些人渴望能出一位「中國的凱末爾帕夏」（Chinese Kemal Pasha）[46]帶領國家邁向類似的道路。第二章從政治領域轉而切入城市生活。在城市中，電影、廣播和留聲機提供了傳播國語聲音的新管道。特別是有聲電影（sound cinema，昔稱聲片或響片）引進之後點燃了希望，亦即電影可能成為統一全國口語的有效媒介。原本認為可以就此教導大眾，但很快便遭受阻礙，行之不通。政府缺乏執行力，對方言電影的禁令逐漸失效，觀眾的偏好也與官方的期望背道而馳。

一九三七年七月抗日戰爭爆發之後，數以百萬計的難民跟隨國民黨政府撤退，隊伍中包括帶頭進行語言統一計畫的著名知識分子。第三章會講述國語在戰爭年代流亡中所遭逢的命運，而西南方語言多樣，這也帶來了新的挑戰和機會。對某些人來說，抗戰（War of Resistance）是國語大放異彩的好時機，因為國難當前，危機重重，將可促成這項志業，讓民眾更加緊去學習國語。然而，教育系統因資金不足和戰事頻傳而遭削弱，讓學習國語的勢頭大為消退。在文化生產界，人們重新調整學習語言的優先事項，轉而藉以動員民眾。為了團結大眾齊心抗日，各個劇團重視傳遞訊息，不看重傳播媒介，遂貶低國語、偏好方言。在電影界，宣傳相同訊息的院線大片為國語電影在海外社群的崛起鋪平了道路。本章最後會探討「邊境地區」(border region)，教育者和語言學家在那裡遇到了一些人(僅列舉部分例子：苗族〔Miao〕、維吾爾族〔Uyghur〕和蒙古人〔Mongolian〕)——再怎麼樣，都不能將他們的語言視為「漢語方言」。人們打算將「特殊邊境語言」(special frontier language) 納入全國只說一種口語的願景，於是重新考慮了優先事項和採行方法。

一九四五年八月，日本投降，二戰結束，國民黨政府重新掌控台灣。當政府官員前去接管這座島嶼時，發現百姓口操難以理解的語言，亦即各種口音的南方閩語和客語，而受過教育的成年人和學童也能說一口流利的日語，而日語當時在島上被稱為国語(*kokugo*)。國語在大陸誕生時，正值日本殖民統治初期，因此台灣人幾乎不知道中國有國語。國民黨政權決心剷除日本帝國主義的殘遺，試圖教導百姓說真正的國語，以此取代冒名頂替的国語。第四章檢視殖民語言、新來的國語和台灣島上各種本土地方口語的三角競爭，重寫國民黨「獨尊華語」政策的故事。在日本交還台灣之後的發展時期，國民黨政府推行語言政策時頻頻受阻，因為教師嚴重短缺，而且連大陸人自己都說不好國語。在十年之間，國語被提升為新的權威語言。然而，礙於執法不力和民眾心生排斥，作為闖入者的國語無法掩蓋其搖搖欲墜的地位。統一語言的假象出現了裂痕，這種情形在學校、街道上、省議會和山區村莊皆可瞥見。日語、國語和台灣人民的母語摩擦頻傳，讓政府難以強制改變口說規範，也無法透過語言讓百姓更加效忠國家。

國民黨在台灣啟動口語標準化計畫之際，國語同時以三種面貌在社會主義下重生。在對岸的中華人民共和國，普通話、簡體字和漢語拼音三管齊下，以期消除封建主義的語言遺緒。在口語領域，這場運動於一九五五年大張旗鼓發起。第五章以政治工程和社會史的角度研究普通話，藉此了解人們如何學習或不學習說這個社會主義國家指定的標準口語。作為新中國（New China）的「通用語言」（common language），普通話將國家（nation）的字眼從其中文名稱中剔除，此舉代表某種意識形態，強調它與國民黨的前身語言本質不同。然而，從一九五〇年代展開的運動來看，新中國追求口語統一時仍得面對分歧和爭議。在學校、在人民解放軍（People's Liberation Army）中，透過無所不在的廣播器，傳播普通話聲音的管道不時會被啟動。新中國推行新口語規範時大張旗鼓，可惜最終收效甚微。儘管有必要推廣意識形態，但「群眾」學習語言時並未如執政者預期那般順從，根本不理會國家推行標準口語的計畫。有些人異常頑固、逃避義務，根本不想說通用語言。

本書〈結語〉會概述一九八〇和一九九〇年代國語和普通話的不同命運。當台灣人幾乎人人能說國語的時候，島上出現政治自由化浪潮，為公開挑戰獨裁政權語言暴政這件事敲開了大門。當期待已久的「國語環境」最終實現，將台灣人民統統納入懷抱時，許多人卻挺身而出拒絕國語、反對與它牽扯的中國認同。相較之下，中華人民共和國鞏固了一種共同語言的合法性，它具有標準化的發音、詞彙和文法，跨越了種族和社會鴻溝。然而，即便如此，這個通用語言要深入全體社會，仍然遙不可及。

註釋

1 原註：〈教育部：我国目前有四亿多人口不能用普通话交流〉，People.cn，二〇一三年九月五日，http://www.people.com.cn；〈四亿国民不会说普通话〉，《光明日報》，二〇一三年九月六日，第6版。

2 原註："Say What? China Says 400 Million Can't Speak National Language," Reuters, September 5, 2013, https://www.reuters.com；"China: 400 Million Cannot Speak Mandarin," *New York Times*, September 6, 2013, A10。

3 原註：這項統計是根據一九九九年至二〇〇〇年在學校、家庭和工作單位進行的問卷調查和訪談得出的，樣本數為四十七萬五千份。結果發表於《中国语言文字使用情况调查资料》，第305頁，第327頁，圖1和圖8。

4 原註：吳画成，〈普通话不普通〉。二〇二〇年全國普通話「普及率」超過百分之八十（八十・七二），深度貧窮地區（百分之六十一・五六）落差較大（《人民日報》，二〇二〇年九月十五日）。相較之下，美國人口普查局估計，百分之九十一・八的美國人（五歲以上）只說英語或說得「很棒」。"American Community Survey: Language Spoken at Home, 2019," http://data.census.gov。在印度，少數人講兩種官方語言：印地語（百分之四十六）和英語（百分之二十八・七）。Office of the Registrar General and Census Commissioner, India, "Data on Language and Mother Tongue"; Bedi, *English Language in India*, 31, 51。

5 原註：何莫邪（Christopher Harbsmeier）指出，表示現代漢語的用語至少有十九個，簡直亂成一團。Harbsmeier, "May Fourth Linguistic Orthodoxy," 373–77。

6 原註：梅維恆（Victor Mair）批判過「dialect」一詞，認為這是一種誤譯，並且提出將地方語言（topolect）作為政治中立和語言學上的準確替代詞。Mair, "What Is a Chinese 'Dialect/Topolect'?"。

7 原註：在不同的情境中，土可被視為「本土」（native），與洋（yang，外國〔foreign〕）對比，它被應用於一九五〇年代的科學專業知識。Schmalzer, *Red Revolution*, 34–37。

8 原註：Tam, *Dialect and Nationalism in China*。

9 原註：黎錦熙，《國語運動史綱》。本書出版次年被國語統一籌備委員會（National Language Unification Preparatory Committee）指定為政府政策和委員會工作的權威紀錄。《廣東教育廳旬刊》第一冊，第五卷（一九三五年），第33–34頁。

10 原註：DeFrancis, *Nationalism and Language Reform in China*。

11 原註：Branner, ed., *The Chinese Rime Tables*; Masini, *Modern Chinese Lexicon*; Kaske, *The Politics of Language*。

12 原註：石靜遠，《華人（文）離散中的聲音與文字》；Bachner, *Beyond Sinology*；Kuzuoglu, "Codes of Modernity"；Zhong, *Chinese Grammatology*。

13 原註：Chang, "Philology or Linguistics?"；赵振铎，《中国语言学史》。

14 原註：例子眾多，包括：Shih, *Visuality and Identity*。

15 原註：Moser, *A Billion* Voices; *Minglang* Zhou, *Multilingualism*; Minglang Zhou, *Language Ideology and Order*。

16 譯註：知識分子史以知識分子為核心，兼顧知識分子個人或群體的思想及其生平經歷；思想史（history of ideas）則是專門研究思想。

17 原註：王东杰，《声入心通》。

18 原註：Ferguson, "Diglossia"; Hudson, *Sociolinguistics*; Schieffelin, Woolard and Kroskrity, eds., Language Ideologies。

19 原註：Kula, *Measures and Men*, 4, 18, 120。

20 原註：「標準」一詞的來源可追溯至戰國時期。中國首位皇帝秦始皇（公元前二二一年至公元前二一〇年在位）以統一度量衡、貨幣和文字而聞名。

21 原註：Thompson, *The Soundscape of Modernity*; Sterne, *The Audible Past*。

22 原註：關於這種方法，請參閱民族音樂學家安娜・瑪麗亞・奧喬亞・戈蒂埃（Ana Maria Ochoa Gautier）的"acoustically tuned exploration of the written archive." Gautier, *Aurality*, 3。

23 原註：例子眾多，包括：VanderVen, *A School in Every Village*; Bailey, *Gender and Education*; Cong, *Teachers' Schools*; Zarrow, *Educating China*; Culp, *Articulating Citizenship*; Harrison, *Republican Citizen;* Finnane, *Changing Clothes in China*。

24 原註：Kirby, "Continuity and Change."。主要的例外是Phillips, *Between Assimilation and Independence*; Greene, *Developmental State*; Strauss, *State Formation in China and Taiwan*。

25 原註：Clark, *The Kokugo Revolution*; King, *One Language, Two Scripts; Leow, Taming Babel*; Mugglestone, *Talking Proper*; Sanders, *German*; Lodge, *French: From Dialect to Standard*; Weber, *Peasants into Frenchmen*。

26 譯註：sage-king，指堯舜禹。

27 原註：Elman, "From Value to Fact," 493–94。

28 原註：Pulleyblank, *Middle Chinese*。陸法言的《切韻》（成書於公元六〇一年）成為唐代的權威韻典。後來的修訂本包括宋代出版的《廣韻》。

29 原註：內森・韋達爾（Nathan Vedal）指出，人們爭論正確發音和標準化時，攻防之地便是曲調字典和地方戲曲。Vedal, *The Culture of Language in Ming China*, chap. 4。

30 譯註：「諭閩廣之正音」詔令。完整的話為「每引見大小臣工，凡陳奏履歷之時，惟有閩廣兩省之人仍系鄉音不可通曉。」

31 原註：《大清世宗憲皇帝實錄》，卷七十二：第4–5頁。

32 原註：Paderni, "The Problem of Kuan-hua," 260–62。

33 原註：《高宗純皇帝實錄》，卷三十九：第21–22頁。

34 原註：《高宗純皇帝實錄》，卷二百四十五：第12頁。目前尚不清楚這是否是該省僅存的四所正音書館。一七三七年，福州府列出了十二所正音書館。一個多世紀之後，該省地名詞典的修訂版收錄了相同的列表，而多數書館當時已不復存在。請參閱：《福建通志》（一七三七年），卷十八：第4–9頁；以及《重纂福建通志》（一八七一年），卷六十二：第25–40頁。

35 原註：Saarela, "Manchu, Mandarin."。

36 原註：Hirata, "Qingdai Honglusi zhengyin kao."。

37 譯註：北京話和粵方言。

38 原註：高靜亭，《正音撮要》，1b。初版於一八三四年出版。我只能查閱到一九〇五年和一九二〇年的重印版。

39 原註：Kaske, *The Politics of Language*, 52; Simmons, "What Was Standard Chinese in the Nineteenth Century?" 18–19。

40 原註：高靜亭，《正音撮要》，〈序言〉，第3頁。高還指出，閩粵人「幼時不願學習官話，長大後便不善於說官話。他們當官後也猶豫不決，心有動搖，故聖旨便針對這兩個省分。」皇上頒發詔令干預之後，引發了一場學習熱潮（「人人皆忙於學習」）。

41 原註：Thom, *The Chinese Speaker*, preface。湯姆於一八四六年去世，曾在怡和洋行（Jardine Matheson）工作，並在結束鴉片戰爭的條約談判期間擔任官方口譯。他擔任英國駐寧波領事期間，長老教會（Presbyterian Mission）在寧波出版了他的入門書。該書〈序言〉指出，他病得很重，希望休病假返家。

42 原註：莎彝尊，《正音咀華》，第6頁。

43 原註：《康熙字典》（一七一六年）的等韻圖反映出南方官話的特徵。Simmons, "What Was Standard Chinese," 17。《音韻闡微》（一七二六年）結合北方讀音與中古漢語的區別。Saarela, *The Early Modern Travels of Manchu*, 155–56。

44 原註：Edkins, Progressive Lessons; Williams, Syllabic Dictionary。十八世紀琉球國（Ryukyu Kingdom）的官話入門書以南京話為基礎，用南音和詞彙註釋。武春野，《北京官話與漢語》，第42–44頁。

45 原註：Simmons, "What Was Standard Chinese," 14, 23。近期研究反駁了一種過去的觀點，亦即明朝於十五世紀初遷都之後，官話的發音便從南京口音轉移到北京口音。這個過程其實漸進得多。另請參閱：Coblin, "A Brief History of Mandarin."。

46 譯註：凱末爾帕夏是土耳其軍事將領、改革家和作家，有近代土耳其國父之譽。

第一章　互爭的口音與相較的聲調

一九一九年，陸費逵反思中國國語的萌芽狀態時指出，「既然尚未訂定標準語言和標準音，也尚未普遍使用」，小學是否應暫時不教這門科目？中華書局（Zhonghua Books）是中國當時最大的商業出版社之一，陸費逵身為創始編輯，熱心追求「國語統一」的目標。然而，與此同時，教科書和期刊頁面明顯語言混亂，他擔心這種情況可能會蔓延到課堂。諸多複雜的問題幾乎沒人討論，更遑論要解決了。該如何在小學教育中兼顧白話文和文言文？各地語言分歧，讓人眼花繚亂，如何能夠從中確定「國語」詞彙和發音「標準」？一旦確立之後，誰將落實這些規範？又該如何執行？陸費逵借鏡日本和德國的經驗，認為「統一國家語言乃艱辛萬分之事」。德日兩國人口不多，但也耗費多年才實現這項目標，「遑論有四億人口的中國了！」進展將會很緩慢；「我們不該指望立即統一國家語言。」在漫長的過渡時期，「發音準確與否並不重要」；同理，將古文與白話文和／或地方方言混合，也無不可，「總比壓根不知如何書寫要好得多。」1

陸費逵的評論是針對解決國語教育中的寫作和口說問題，他在提及標準化願望時也兼顧教學現實。他觀察敏銳、有先見之明，預料到某些一九二〇年代初最激烈的爭議。陸身為出版業先驅之一，發揮了至關重要的引領爭論走向的作用。當時的語言學家、教育家和陸費逵的業界同僚之中，幾乎無人質疑「國語」的概念，或者認為不必統一語言。然而，正如本書引用的論述所示，明白確立「標準」為何，這件事極其複雜。在國語的各個組成部分之中，以五四知識分子為首所推行的白話文運動備受學術界關注。另一方面，同時期創造通用口語的各方人士大致已退居幕後。本章會追溯一九二〇年代初期針對發音的激烈辯論和嚴重分歧。我參照了一系列來源，包括由於聲音技術發展方能問世的聽說輔助器具（audio-lingual aid），它們記錄了語言在形成過程中不斷變化的聲音。我也會說明，知識分子在論壇的唇槍舌劍如何對小學的國語教學計畫產生漣漪效應（ripple effect）。這些起初試圖統一口語的人最終並未團結各方，反而讓大家更為分崩離析。這些爭論也衍生出一個新的核心問題：誰的聲音足以代表國家語音？

初期的小衝突

清朝覆滅之後，中國內戰頻傳，值此歷史關頭，國語發音卻引發爭議。中國語言分歧，反映出政治動盪和社會混亂，使得前述問題變得非常緊迫。根據學者的分析，維新派在清末便著手解決這些問題。不少人借鏡同時期日本的言文一致運動，呼籲要遵循「書寫和口說一致」的相同軌跡，以期實現語言統一。人們對文字改革的興趣激增，出現了數十種拉丁字母、改編漢字或速記符號的方案，用以結合或取代漢字。最早的爭論之士參照語文學（philology）、歷史音韻學和西方語言學，爭論國語時著眼於文字。[2]

二十世紀之交後，革命熱情高漲，反清人士開始挑戰滿族統治者的口語，亦即官話（official language）

和京城地區的口語。例如，章太炎曾在湖北「發現」了漢語起源。他透過語文學和語音學的分析，認為儒家經典是用楚國（湖北）的當地語言撰寫，於是認定中國歷史起源於「南方」，而非中原。湖北地區的口語有著最古老的淵源，體現了「國粹」（national essence）核心，因此應該當作未來「正確發音」的基礎。[3]然而，位於更南的廣東人認為，粵語有九聲，乃是最接近聖人的語言。他們引用唐詩，尤其引述提供古音證據的韻典，以此證明粵語最有資格成為國家通用口語。最後，江南人指出，當地的方言「最為完美」、「典雅高貴」，是大家的學習榜樣。一九一一年，清朝官員頒布法令，明訂「京語」（language of the capital）為「標準」發音（會稍加修改）。然而，數月之後清朝覆滅，這項決定遂無關緊要。爾後，有人拿這條法令說嘴，藉此批判北方口語，指出它與被罷黜的滿族有所瓜葛。[4]

民國革命之後，袁世凱政府開始為新共和國創造一種國語。一九一三年，教育部召開讀音統一會，邀請八十名代表到北京，責成會議確定「國音」（national pronunciation）並通過一套標音符號系統。整個過程是民主的，囊括不同的地域代表，並邀來音韻學、教育、地方方言和外語專家一起參與。首先要選出會長。吳稚暉（江蘇人，生於無錫附近）獲選為會長；王照（來自北京地區的北方人）得到第二高票，當選副會長。[5]吳的南方同僚（號稱江浙派）無論人數或影響力都占上風。吳稚暉本人對北方官話有強烈反感，更偏好鄉音。這不是什麼祕密：吳曾將北京人的口語比作「古怪的狗吠聲」，聲稱他們的口音摻雜滿語，很是「野蠻」。[6]這場會議為期三個月，在此期間最活躍的成員之中，一半以上是江蘇人或浙江人，北方人懷疑這不是一場陰謀。因此，對抗的舞台便搭起來了，這些代表對每一項決定（無論屬於程序性或實質性）都爭論不休。某些學者曾詳述當時的情況：爭吵和鬥嘴演變成謾罵和打架；針對標音符號系統提出了一百多種提案；

北方人採取迂迴戰術，最後通過每省一票（而非每人一票）的程序動議，削弱南方派的人數優勢；衝突對抗六週以後，吳稚暉辭去職務，王照接任會長，但也只擔任兩週便以生病為由請辭。王照卸任之前提名了昔日的學生王璞，而王璞擔任會議的第三任主席，最終為這次痛苦萬分的議程畫下了句號。[7]

公開宣布的成果是一套「國音」系統，大約包含六千五百個漢字的讀音。北方口語構成了多數讀音的基礎（範圍從百分之八十到九十九，要看由誰計算而定）。南方口音的顯著元素也包含在內，最引人注目的是三個濁音聲母（万、兀、广），以及尖音和團音之分。在聲調區分方面，妥協之處為納入北方口語沒有的第五聲，在漢字角落處置點（點聲法）來標記這個聲調。最後，由三十九個偏旁[8]組成了注音字母，其原理和符號取自幾種不同的系統，包括王照在一九〇〇年設計的系統。[9]這是最具爭議性的問題之一，注音的支持者強調這些符號起源古老，說它們源自漢字（或從古文改編而成），因此「真正屬於中國」。然而，注音字母的外觀極為類似日語的片假名，這一點都不奇怪，因為明治時期的發展深切影響了王照和其他文人。（事實上，王照設計符號系統時旅居日本。）[10]

人們談起「國語運動」時，經常提及讀音統一會的衝突，通常會用來說明整件事起步便誤入歧途。紛紛擾擾的情況也催生了某些廣為流傳的軼事。例如，有一則謠傳指出，粵語差點就要變成「國語」，只因一到兩票之差而飲恨。儘管毫無事實證據，但這已成為歷久不衰的都市傳說，很多人也津津樂道。有一項更引人注目、通常會被忽略的一點，就是與會者在勉強達成共識的過程中，使用的是既有溝通媒介來開會。他們為了定義口說國語而互相爭論、辱罵之際，其實眾人是可以彼此交流的，哪怕過程並不順暢。他們使用的混雜語言可籠統稱為官話，因其夾雜地方語言的語調或習語，經常被稱為「藍青官話」。這種語言顯然很實用，但根據定義，「藍青」之物不能成為「標準」。對與會者而言，真正的「國語」必須統一且同質。然而，正如我們即將看到的，這個理想難以捉摸，極難達成。

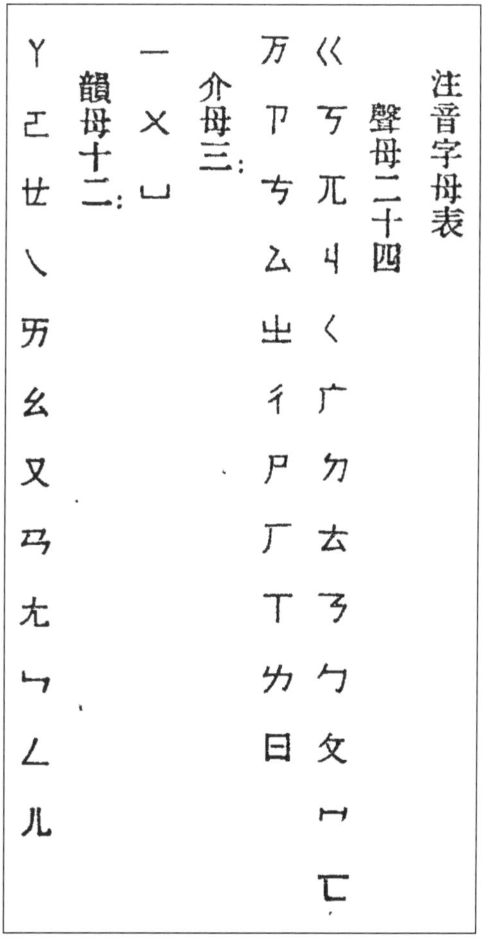

圖 1.1 原始的注音字母表，共有三十九個符號。
資料來源：教育部令第 75 號，一九一八年十一月二十三日。

讀音統一會於一九一三年五月閉幕，與會者宣布七條推行方法，然後以提案形式送交教育部。提案內容包括：設立國音字母傳習所；撰寫商定的國音參考指南，速備國音留聲機片，命教員以它作為教學媒介；以及用白話文為底的國語取代小學低年級的古文。[11]這份計畫雄心勃勃，試圖扭轉分裂和對抗的情勢。該會原本旨在統一讀音，卻用這種搖搖欲墜的共識來掩蓋意見分歧之態，故種下了爭議的種子，未來二十年將阻撓更廣泛的國家語言推行計畫。也確實，一九一三年的爭端只算是開場，日後還會有其他激烈的爭論。諸多棘手問題仍未解決，包括具體的技術問題，譬如國音該有多少個聲調？尖音或團音呢？另外還有更廣泛的問題：國音和地方語音的關係應該為何？兩者可以共存嗎？若能並存，該以何種條件和形式共處？

注音字母

讀音統一會結束後不久，南方爆發了二次革命（Second Revolution），袁世凱總統（不到一年）旋即鎮壓了叛亂，但政治仍然動盪不安。從一九一三年至一九一六年，九位教育部長輪番上任後去職，可謂五日京兆。礙於政局不穩，讀音統一會的提案便被束之高閣。叛亂失敗之後，謀反者逃離中國，其中包括吳稚暉和蔡元培（分別前往倫敦和巴黎）。在參與會議人士之中，王璞在這段時期最為活躍，他把精力集中在注音字母上。一九一五年，他在北京成立了注音字母傳習所（Center for the Promotion of the Phonetic Alphabet）。憑藉外界的贊助，王璞開辦了培訓班，他發行教科書並出版一份雙週刊，展示如何用注音來標註發音。此外，他還改編注音字母表以用於電報，同時打算刊印以注音標註讀音的通俗小說。[12]當政治氣氛有利之際，政府便會支持這些人，提供資金並給予官方認可。[13]

推廣注音字母時，王璞也藉機鞏固北方派的地位。例如，在他一九一六年為教員培訓編寫的一本教學手冊之中，他認可自己先前主持讀音統一會時拍板定案的國音。王璞說這是為期三個月煞費苦心和各方妥協的產物：「並非倉促而為，國語以北京官話為標準讀音」；「將北京官話訂為國語標準確實最為適宜，無可辯駁。」這些皆屬爭論之詞，很難反映會議最終的協議結果。然而，王璞其實並不期望學員嚴格遵守「標準」。他講授學習注音的辦法時，建議口頭重複，「若分不清楚聲音，用地方語音讀即可」。[14]

在讀音統一會結束之後的三年，國語問題並未引起太大的關注，只有王璞在努力宣揚拼音字母。然而，隨著一九一六年袁世凱去世，以及倡導國語之士重新擔任最高等級的教育官員，民眾才益發關切語言問題，而相關機會也日益增加。一九一六年冬季，流亡海外的蔡元培返國出任北京大學校長，胡適也發表著名宣言[15]，將國語與「文學革命」（literary revolution）掛鉤，遂將這個問題推到風口浪尖。從一九一七年至一九一八年，國語研究會（National Language Research Society）和國語統一籌備委員會成立。教育部也在一九一八年授權學校使用注音字母。這項官方命令引用了一九一三年的會議結果，遵循當時商定的三十九個符號和讀音，但附加了說明：「倘若將來需要修改或更正，將召開會議討論並分階段改良完善。」[16]

注音字母從一開始便被認為需要修訂，但對支持者而言，它體現了進步和統一的願景。某些人認為，使用注音字母便可輕鬆識字，讓廣大的黎民百姓盡快擺脫愚昧無知。一九一〇年代末期，中國命運多舛、危在旦夕，內戰時斷時續，帝國主義侵略日迫，有人便將注音字母視為足以「拯救國家」。文盲只要記住這些符號，不出一個月便能讀會寫，無須學習複雜難懂的漢字。某位熱心人士如此總結：「注音是大眾教育的基礎、弘揚文化的有效工具、提升文明的捷徑，更是名副其實的改革基石。」注音簡單易學且效益甚高，花最少心血便可立竿見影獲取成果，這是拯救悲慘國家的靈丹妙藥。[17]根據報導，山西省省長閻錫山曾分發「數百萬本」注音入門讀物，打算讓每個家庭都有一本。閻稱讚注音字母的「用途無限」，如果應用於地方語言並推廣普及，將「為無知的人們掃除知識的障礙」。[18]

對其他人來說，例如著名的語文學家錢玄同，注音字母只是權宜之計，乃是徹底廢除漢字的過渡手段。一九一七年和一九一八年，錢在前衛雜誌《新青年》（*New Youth*）上與陳獨秀和吳稚暉公開來回交流意見，並以「欲廢孔學，不可不先廢漢字」的名言表明其激進立場。然而，錢玄同認為，在進入最後階段之前，注音字母仍是有用的工具，儘管它有個明顯的缺點：「但是既為國定的注音字母，當然不能專拿一個地方的音來做標準。」在普及之前，對「北音」的偏見，「希望有人亟起討論，加以修正。那麼這注音字母的音，真可算得中華民國的國音」。[19]雖然吳稚暉早期倡導世界語（Esperanto，吳有志於此，可追溯至他的無政府主義時代），但到了一九一八年，他卻致力於保護漢字。[20]吳回應錢玄同時，強調注音從來就不是要脫離漢字而存在。它只是發音的輔助指南，乃是要遏制和統一中國分歧的口音。[21]

注音和漢字之間的關係旋即成了激烈爭議的焦點，因為有人顯然認為漢字可有可無。吳稚暉之類的批評者認為，外國傳教士罪無可逭，他們故意漠視漢字，試圖將「國家標準」與地方語音摻混在一起。長期以來，傳教士一直關注文盲問題，認為文盲是傳福音的主要障礙。早在二十世紀以前，身兼語言學家的傳教士便已使用各種文字將《聖經》譯成中國的主要地方語言。[22]傳教士團體根據教育部一九一八年的命令，接受了新批准的注音字母版本，並當成掃除文盲的「珍貴武器」，替基督收割中國靈魂這件事鋪平了道路。正如某位主教所言：「自從書寫發明以來，沒有任何工具……其可用之處能與這個國家拼音文字（National Phonetic Script）相比。」[23]另一份傳教士通訊將中國的掃盲征戰描述為可媲美《聖經》中大衛（David）與歌利亞（Goliath）的戰鬥。在這個比喻中，注音字母就像彈弓，準備對文盲巨人使出致命的一擊。[24]

這種樂觀態度有點誇張了。某個傳教士聯盟於一九一八年成立提倡注音字母委員會（Phonetic Promotion Committee），負責編寫教材、制訂「拼字」標準體系，並以「國家拼音文字」出版《聖經》經文。當他們開始動工時，委員會領袖諮詢了吳稚暉，並在不斷變化的讀音當前之際，尋求他的幫助。在一系列信件中，他們詢問了關於拼字、特定聲母（initial）的發音，以及調整注音字母以適應地方語言的問題：「我們的委員會正準備大量發行注音文獻，所以要理解它的所有原則，以免刊印書籍時出錯。」委員會祕書范禮文（A.

L. Warnshuis）於一九一九年二月去信吳稚暉時也提出了一個政治敏感的問題：「我們向民眾推薦注音字母時經常遭到批評，他們認為這是日本人破壞中國學術的陰謀。對我們來說，這種批判似乎非常愚蠢。為了更有效因應此事，若您能明確發表聲明，將會有所助益。不知您能否回信告知在籌備這套系統時，日本人對其有多少影響？」[25]

范禮文及其同僚也透過小道消息聽聞吳稚暉正在編寫一本「國音字典」，遂多次向他索要草稿。當吳最終回信，說他在等待政府批准期間不能編纂詞典，眾宣教士慨嘆「這等無限期拖延」會讓他們寸步難行。[26]然而，他們依舊不屈不撓，繼續前進。一九一八年，江蘇和浙江的宣教士齊聚在一起，制訂了符合當地方言的一套標音字母。他們邀請吳稚暉參與，但吳以有其他要事為由拒絕，並派遣方毅代替他。方毅詳細報告整個過程後，吳便公開斥責宣教士，罵他們是其他傾向於類似做法之士的代理人。吳稚暉認為：「注音字母無法獨立存在，不足以取代漢字。」他指責「西方人」恣意在出版物中使用它，「無視漢字和國音」。儘管注音字母可用來標明特定區域的語音，但添加或更改現有字母是不可接受的。此外，替江浙地區制訂一套標音制度也將引發地方勢力之爭，加劇各方對抗，破壞統一口語的目標。[27]教育家范祥善對此表示贊同：「創造注音字母是為了統一讀音，不是為了建構新的文字系統。」須得簡化和減少語音的數量，那麼「無論在何處，無論是誰，準確讀出字母將使整個國家說同一種話。」[28]

其實，對於注音字母的某些支持者而言，注音字母要當作國語的錨，統合全國的各種口音，這是語言統一之旅的第一步。「因為要統一國語，所以要統一讀音；因為要統一讀音，所以要注音字母。」[29]因此，注音字母足以體現每個人（廣州市民或四川西部的村民）都能理解和複製的單一發音。在這個理想世界裡，當偏遠地區百姓看到某個特定字母，便能憑它去發出完全相同的讀音。搭配使用這三十九個符號，國音將變得同質不變，不受地理影響，最終令原本混亂不堪的中國南腔北調變得和諧一致。

要落實此願景，就得教導廣大民眾注音的「準確」發音。正如蔡元培所言，不可能分別逐一去指導四億人；「儻說字母的音讀得不同，那就與統一國音的目的相背了。」[30]最怕的是人們會以自己最習慣的方式，遵循地方語言模式和個人偏好來發音。他們會模仿教員（如果有的話），但教員可能無法精確掌握「國音」的細節。母語與國音接近的人可能會更容易適應；但話又說回來，這些人可能會跳過與自身習慣不同的讀音。對於閩粵和江浙等地的居民，以及口音與新形成的國音發音差異較大地方的人而言，學習國語等同於學習外語。[31]

圖 1.2 你的言話一解開，就發出亮光（The Entrance of Thy Words Giveth Light），一九一九年一月。

資料來源：圖片由哥倫比亞大學（Columbia University）協和神學院（Union Theological Seminary）的伯克圖書館（Burke Theological Library）提供

為了幫助無法有人單獨指導的初學者，王璞在一九一九年編纂了一本圖文並茂的國語發音指南。他以圖畫詳加解釋，指導讀者如何發出雙唇音（bilabial consonant），例如ㄇ（mo）和ㄋ（n），以及舌尖要放在何處去發捲舌聲母（retroflex initial）ㄓ、ㄔ、ㄕ、ㄖ（zhi、chi、shi、ri）。這些聲音是北方語言的顯著特徵，南方人很難發出來。王璞建議初學者練習曰：把大拇指尖銜在齒縫中間，令舌作響。[32]王璞的插圖可能有些古怪，但對於新手來說，這總是勝過援引古代音韻學來解釋的教學指南。

記錄者

黎錦熙是在家鄉湖南長沙工作的年輕歷史教師。他擔任教科書編輯、作者，以及各個政府委員會和研究學會的創始成員，很快便會成為國語學界最具影響力的人物。一九一四年，二十四歲的黎錦熙任教於湖南省立第一師範學校，在那裡遇到了一位名叫毛澤東的年輕學生。[33]（在一九四九年之後，黎錦熙因為教過毛主席而地位崇高。）黎沒有在長沙停留太久，一九一五年他前往北京，應教育部之聘出任教科書特約編纂員。正如克里斯多福・里德（Christopher Reed）所示，教科書由上海兩家（後來變成三家）出版巨頭主導，他們在這個客戶群迅速擴大的行業中爭奪市占率。清朝從一九〇四年開始針對教育制度推行重大變革，自那時起，每次一有新的課程規定都代表要重新修訂一輪教科書。[34]黎錦熙等教育部官員發揮至關重要的作用，居中斡旋，以兼顧學校教學和業界利潤。在此期間，黎錦熙結交了許多未來會在語言戰場上投入論戰之士。此外，他也走遍全國，以專家身分在學校和教育會議上演講。

現存黎錦熙最早的國語講座是他在一九一九年一月於山西發表的演講。他當時提出靈活之道，大方接受地方口語的差異。例如，他針對注音字母的爭論得出的結論是，「來回討論一千零一次」會適得其反；批評注音字母背離古音韻或唐韻的人都受到誤導了。「目標是為了三百萬平方英里之大的中國能統一讀音，並非要復活幾個世紀之前的古人，讓我們可以與他們碰面、交談。」注音字母的主要目標是「接近口語」和「簡單好用」，不必符合古韻。在另一個例子中，黎錦熙講述了聲調數量的激烈爭論之後提出結論：「讓每一個人……標記他所知道的聲調，這樣就不會出錯……而且，聲調對統一讀音沒有太大的影響。說話時，只要聲母、韻母、介母的發音正確，用地方口語聲調即可，或者乾脆忽略它們。」[35]

只要稍微了解當今的標準現代漢語，便知忽略聲調的想法很荒謬。聲調區分嵌入於漢語的基本結構，其音節（syllable）定義為「聲母＋韻母＋聲調」（initial consonant + vowel + tone）。初學漢語的學生都知道，忽視聲調等同於語言異端（linguistic heresy）。然而在一九一九年，黎錦熙卻認為可以不區分聲調，而且支持這種觀點的並不僅僅他一人。此外，對於整體的發音，黎認為：「各地可以用閏音來區分當地特有的音」。這些額外的符號表達了「鏗鏘有力、不容忽視的方言口音。每個地區都可自由添加它們」，但須經國語推行委員會批准。[36]

黎錦熙提出這種非常包容地方語言差異的方法，迴避了一九一三年最具爭議性的問題。黎否定頑固不變通的方法，或許並不奇怪。畢竟，他當時在全國各地四處奔走，試圖向心懷疑慮的民眾推銷「國語」的構想，讓他們知道在課堂上該如何使用。黎錦熙的國語理念源自於經驗和信念，具有包容性，也能相應調整，但此舉也衍生了棘手問題。該允許多大的偏差？讀音必定有某種程度上的差異，但必須訂定一個「標準」。容許範圍應該多寬或多窄？誰有語言權威來定義口語的聲學界限？誰有政治權威來執行發音規範？黎錦熙提到管理國語的機構應該批准閏音時，指出了這些問題。換句話說，將由一群專家來仲裁可允許的分歧程度。然而，正如我們已經見到的（此類情況還有很多），專家根本無法針對國語的最基本特徵達成一致的意見。在一九一九年和一九二〇年初，他們繼續修修補補。國語統一籌備委員會針對是否在注音字母中添加第四十個符號（ㄜ）進行了辯論，但決定不建議官方做更改，以免造成混亂。[37]一個小組委員會也開始研究閏音，這個持續存在的問題牽扯到各種地方語言與「標準」之間的關係。小組委員會討論許久之後提交了一項建議：在注音字母表中添加額外符號，以標示（特別是）南方地方語言中無法用現有音節表達的發音。然而，有人強烈反對，認為這種讓步會「動搖國音的基礎」。吳稚暉重提一九一三年他所率先提出用豎線表示不同發音的建議；另一位委員則建議使用小的逗號。籌備委員會歷經多次辯論，初步得出結論，指出應該使用某種符號來表示閏音，但並未冒險在這個地雷區進一步探索。[38]

國音字典

在專家眼中，「國音字典」是爭議最大的問題。這是一九一三年的最初提案，諸多教育界人士期望這本延宕多時的字典能夠解決發音衝突。[39]如同前文所示，外國宣教士也焦急等待這本字典問世。教育部長於一九一七年將編纂字典的任務交給吳稚暉。吳起草了一份草案，並與王璞、黎錦熙、錢玄同和國語統一籌備委員會的其他幾位委員簡短商議，隨後政府花了一年多才完成審查。之所以耗時甚長，乃是教育官員過於謹慎、反覆檢查條目的緣故。第一版由商務印書館於一九一九年九月出版，屬於臨時版本。值得注意的是，它雖然可以被宣傳為《國音字典》（*Dictionary of National Pronunciation*），但並未獲正式批准於學校使用。[40]

何以小題大作呢？該字典收錄了一九一三年會議商定的六千五百個漢字，加上吳稚暉精選六千多個附加詞條。每個漢字的讀音都用注音字母和舊的反切法（cross-cut）標註。書名頁印有教育部的出版許可文字，版權頁則標示讀音統一會為共同作者。吳稚暉的名字付之闕如，但眾所周知，這本字典是他心血結晶。批評者旋即抱怨這是吳單方面的舉動，未與他人充分協商，便弄出這種既成事實（fait accompli），從中宣揚南方派的理念。有人則說，吳稚暉將這本字典視為他的「個人財產」，事實上即是在指責他竊取一九一三年委員會的工作成果以謀取私利。[41]字典的編纂過程成為隔年的主要爭論點，同時也為那些試圖抹黑吳稚暉及其盟友的人提供了抨擊的素材。

只要仔細審視這本字典的第一版，很難想像吳稚暉想要從中牟利，因為根本看不出它有任何屬於大眾市場產品的痕跡。恰好相反，這本字典顯然是針對音韻學家和教育家這類受眾，而吳曾在一九一三年會議期間與這些專家發生過衝突。這本字典引用了諸多語言學術語，同時包含與古音韻的比較，絕不適合普通讀者使用，而且它的編排遵循十八世紀《康熙字典》的格式。吳稚暉選擇套用《康熙字典》的編排，乃是假定它是讓能文識字者使用的學術工具。吳又落人口實，遭批評者嘲笑這本字典是另一部「朝廷批准」的作品。吳的字典顯然不是為了普及國語的概念或內容；它成了專家彼此爭論讀音的素材。也確實，吳稚暉之所以這麼做，就是試圖以此在一九一三年開始的爭論中掌握最後的話語權。[42]

這本字典問世之後不久，教育部宣布了一項重大的政策變化：從一九二〇年秋季開始，針對小學一年級和二年級的學生，書面白話文（語體文）將取代現有的文學語言（國文）。三年級及以上的學生將暫時繼續學習國文。這項命令發布之後，教科書出現了一連串的變化，出版商爭相製作新教材以符合修訂後的課程。[43]地方教育官員爭先恐後，努力尋找能夠教授口說國語和白話文的教員。敬業的老師「驚慌失措」，試圖學點「皮毛知識」。而「漠然的」教員則蔑視國語，認為它既不難學，也不值得學。「他站在講台後頭隨口講，一派胡言亂語。」[44]無錫縣長指示教員「暫時以國音字典為標準，日後可逐漸統一，避免混亂和分裂」。

國音字典臨時問世，政府又同時發布修改課程的命令，讓一小群專家更熱衷於彼此爭論。全國各地的教員和管理者想到即將發生的變化所帶來的影響，人人反應不一：有人冷漠，有人興奮，有人反抗，有人困惑。某些人看到實施速度緩慢，又發現反對變革者頑固抵制，在在令人嘆息。其他人則抱怨學校裡襲捲而來的國語「時尚風潮」；「他們揮舞旗幟，敲鑼打鼓，撼天震地」，但收效甚微。[46]更有一些人對小學高年級免除學習國語的規定提出異議：「這種支離破碎、混亂不堪的做法是自相矛盾，真是可笑。」[47]

專家無法就讀音達成共識，因而深化了誤解，反對日盛。例如，一九二〇年五月，籌備委員會投票之後，決定添加第四十個注音符號。在同一場會議上，委員們辯論了修改或放棄聲調區分的動議。某一項提案建議僅標記「短」和「長」音的區別，而非國音中指定的五個聲調。錢玄同在提案中抱怨，角落的點（舊點聲法）看起來像是「滿臉都是麻子」。這不僅是美學問題。錢也認為區別聲調「是絕對的不可能的，而且是絕對的非必要的……全國中應該有一種大同小異的語言，能夠彼此相喻而已。」錢玄同反對「統一的國語」的想法，堅持認為「講話是有自然的音調的……說國語的時候，廣東儘可用九聲，東浙儘可用八聲，江蘇儘可用七聲，西南儘可用五聲，北部儘可用四聲。」籌備委員會並未廢除聲調，但批准了「教授國音不必拘泥四聲」的議案。[48]

當學校在一九二〇年放暑假時，國語講習會和速成班紛紛召開。教員應該教什麼——這個迫在眉睫的問題讓諸多激烈爭論浮出水面。國語的狀況混亂，但各界卻熱切推廣，地方教育界開始發牢騷，說語言規範不斷改變，非常荒謬，而且在沒有固定標準的情況下，不可能教授國語。某位投稿者將教育部不成熟的命令比喻為「坐在黃鶴樓上看翻船」。[49]胡適回應這些懷疑者時說道，國語必須自然而然發展；「不是在一個短時期內定得出來的。」胡適指出，考察歐洲近世各國國語的歷史，沒有一種國語是先定了標準才發生的。「若等到教育部定出了標準的時候方才敢說國語，方才敢做國語文字，不要說十年二十年，只怕等到二三百年後，還沒有國語成立的希望哩！」唱高調的批評家可能會嘲笑國音「文不文，白不白；南不南，北不北」。然而，胡適建議，在必然的轉型過程中，「千萬不要怕說『藍青官話』……千萬不要怕南腔北調的國語」。否則誰能學會說「純正」的國語呢？[50]

儘管分歧如此明顯，哪怕具體實施內容仍懸而未決，地方學校和國語統一籌備委員會的省級分支機構依舊開始行動。[51]在江蘇，一所小學的教職員工決定「永遠用普通話說話」。然而，他們在課堂教學時卻無法不用當地方言（土語）。[52]在該省的其他地區，針對八所師範附屬小學的調查顯示，國語班的教學語言參差不齊，欠缺規範。六所學校或多或少採用「國音」，一所堅持使用「京音」，另一所則使用當地地方話。接受調查的受訪者表達了不同的態度。某位樂觀主義者認為，儘管目前感覺零零散散，但只要堅持不懈，最終會產生「共同的發音」。另一位則心存懷疑，引用了以下的類比：畫虎不成反類犬，這樣能行嗎？[53]

為迎接新學年而匆忙出版的新教科書和教材引發了進一步的爭議。[54]例如，「新法國語系列」（New Method Series for the National Language）第一冊是注音入門書，有四十個符號（比原來的注音字母多出一個），並附有與發音相對應的圖片。沒有漢字，落實了那些警告漢字即將滅亡的人最擔心的事情。[55]另一個例子是，陸衣言的言論激怒了語言純粹主義者，因為他要教員教小學生時忽略聲調：「當他們（學生）發出第一個聲音時，沒有人向他們解釋上聲或入聲……但當他們長大後，每個人都能聽懂他們說什麼。」同樣地，也應該用「自然而然」的聲調來學習國語。陸更認為，閩音可以促進國語的發展：蘇州六十二個，無錫五十六個，寧波六十個，以及福建、廣東、湖南、湖北的不同數目，都可以用來改善和推展大眾教育。[56]

其實，地方讀音的問題甚至困擾著最堅定支持國語的人。例如，鍾書（Zong Shu，音譯）在給吳稚暉的一封私人信中向這位昔日的老師請益。他想知道「先教地方讀音，後教國音」是否會更有效。鍾書是無錫江蘇省立第三師範學校的教師，曾嘗試在學校集會中簡單教授注音字母，但效果不佳。幾週之後，多數學生都記不住注音符號，少數能夠記得住的學生也讀錯發音。鍾書決定前往個別教室參訪，認為將五百名學生聚集在一起會造成障礙。又過了兩個月，「結果仍然不好」。等到一改為使用無錫地方發音，「只用兩、三小時工夫，他們就完全聽懂了」。也許注音字母根本不必用國音來讀？[57] 這是個懸而未決的問題，徹底挑戰了口說國語是否要一致的觀點。

第一批留聲機片

一九二〇年夏天，王璞和黎錦熙抵達上海錄製國音，當時風雨交加，勢頭漸強。這項計畫的背後推手正是中華書局創辦人陸費逵。陸費逵指出，眾所周知，字典的發音指南根本不精確：無論如何描述讀音，讀者仍然會根據個人舊習和地方習慣方式來發音。「（在字典裡）查來查去，你還是不知道該怎麼唸才正確。」儘管教育部投入了心血，但「不同地方教授注音發音的方式不同；在某些情況下，這種發音和國音相去甚遠。再這樣下去，恐怕注音字母會隨著地方語言而改變」，便無法達到目的。此外，學校只要有兩名以上的教員，有可能會出現兩種以上的發音，那學生該怎麼辦？相較之下，留聲機片可以記錄「準確」發音，足以作為典範，讓全國效仿。最初，陸費逵在法國百代公司（Pathé）的上海錄音室親自試錄了幾張，但他不滿意自己不一致和不準確的讀音，便向教育部尋求專業協助。當王璞和黎錦熙這對精力充沛的雙人組到來時，陸費逵認為自己非常幸運，能夠聘請到重量級學者為他的計畫操刀。[58]

原始的留聲機片已不復存在，但我們從隨附的教科書得知，這套留聲機片共有六張。唱片的每一面都錄製了一堂課，內容持續三分鐘。王璞在錄製時遇到了技術上的困難，必須一口氣完整朗讀完一堂課，沒有犯錯的餘地。中國戲曲唱片（當時非常盛行）會錄製不同歌手的唱曲和樂器演奏，但國語文課卻沒有這般花俏。留聲機片只有王璞的聲音，因此他無法休息或喘口氣，必須快速讀出每個音節和短語，以便在三分鐘內錄完課程。第一次錄音持續了四個小時，錄了十次都失敗，只有一次還過得去。王璞隨後因體力不支和胸痛而病倒，最終離開上海去養病。一週後，他回來繼續錄音，這次錄音表現得較好，錄到第五次就成功了。[59]

完成的音軌是在百代公司的上海工廠壓製，但陸費逵不滿意結果，決定派師傅前往巴黎壓製，希望獲得更好的品質。在此期間，留聲機片尚未上市，但中華書局發起了一場盛大的宣傳活動。陸費逵在當地展示了初版留聲機片，並向某些觀眾播放內容，包括前去書局總部或年度股東大會的訪客，以及在民間團體、改革協會和新教傳教士聚會上出現的人。[60]在這些場合上，民眾可以聽到王璞一個字一個字朗讀第一課的內容。陸費逵不大可能播完全部六張唱片，因為總長超過三十分鐘，但他可能會放出第二課的某一段，演示聲母和韻母的組合，或者播放第六課的一些內容來示範五個聲調。留聲機片已不復存在，只能透過隨附的教科書來推斷近似的讀音，並且根據他人的評論來加以推論。看來王璞確實按照一九一三年會議拍板的國音，盡其所能混合南北音。某位審查者被要求代表縣教育協會評估是否要購買這些留聲機片，他便前往中華書局試聽。

根據這個人的評論，他批判了王璞第五個聲調和介音ㄩ的讀音。他還特別指出王璞把第八課的「北京」給「讀錯」（這很諷刺，因為王璞是土生土長的京城人）。儘管有這些缺陷，審查者下了結論：「每一課的讀音都清晰準確，足以作為學習國語發音的標準。」[61]這並非全然認可，但已經夠好了。

除了讓潛在客戶先聽留聲機片，中華書局還在各大報紙和教育期刊上狂打醒目的廣告，而這些廣告獲得教育部的認可，還誇讚王璞和黎錦熙資歷豐富。廣告也指出，唯有提前訂購並支付百分之五十的訂金才能保證交付產品。一套六張唱片和一本教材，總價為四十元，要購買留聲機則另加二十八元。早鳥訂購可享百分之十的折扣。[62]相較於普通教科書只要十分或二十分錢（或更低），這個產品算是非常昂貴。儘管行銷資料聲稱這些唱片非常適合自學，可讓人在幾個月內掌握國音，但從定價來看，它主打的對象是機構組織。[63]

國音與京音之爭

王璞在一九二〇年八月錄音，一九二一年二月唱片從巴黎運抵國門。在此期間，他所配的國音引發了爭議。錄音完成之後，王璞和黎錦熙留在上海地區教學和講課。黎講課時，經常談到「國音」和新興的「京音」倡導者之間有意見衝突。黎在九月一次基督教青年協會（ＹＭＣＡ）的聚會上問道：「國音是按照北京標準發音嗎？不！北京雖然是首都，但要讓全國都服從、依循它的讀音，那是連古代專制政府都做不到的。」[64]其他人也加入戰局，分析了京城當地白話和國音之間的差異，並警告不應將兩者混為一談。有人指出「西方國家皆以首都語言為國語」，故而中國也應該如此，汪怡加以駁斥，說這是一種誤解：「英格蘭不以倫敦口音為標準音，德國不以柏林口音為標準。」[65]陸費逵在一場基督教青年協會的演講中承認爭議日益嚴重。他問道：「什麼是國音？國語是什麼？……最大的誤解就是北方人認為國音是南音，南方人認為國音是北音。」陸費逵斷言：「國音很公平，它不偏袒任何地區……既然我們有了國音，就應該尊重它。如果你自己的土音不同於國音，那麼你就應該犧牲並強迫自己學習國音。」他舉了一個例子，英文動詞「to eat」，國音是吃飯（qifan），以此作為「多數人的讀音」。如果北京人硬要講chifan，而江南人要唸qiefan，寧波人說quofan，而福建、廣東、江西、湖南、湖北人各有各的讀音，「那就徹底沒救了。」[66]

捍衛國音的呼聲日益高漲，張士一對此發出了戰帖。他說「現行國音」是「冒牌貨」，建議用北京音來取代它。從很多方面來看，張士一應該不可能參與國語論戰。他是江蘇人，畢業於哥倫比亞大學師範學院（Columbia Teachers College，文學碩士〔M.A.〕，一九一九年），是英語教學專家。他在一九二〇年擔任南京師範學院（後來改為國立中央大學，今南京大學的前身）外語系主任。張士一並非國語專家，但研究英語之後，對發音和音韻產生了濃厚的興趣。一九二〇年的南京師範學院在郭秉文和陶行知（兩人分別是校長和教務主任，深受美國教育家約翰．杜威〔John Dewey〕的影響）的領導下屬於教學實驗現場。張士一對教育改革的很多方面皆充滿熱情。一九二〇年初，他被任命為國語統一籌備委員會江蘇分會成員，並參加了教學方法小組委員會。[67]他在北京地區待了整個夏天進行一項實驗：研究不同聲調標記系統如何影響學生的學習。張士一停留北京期間會見了黎錦熙，兩人態度和善，熱切討論了國音問題。[68]

張士一在秋天回到南京，爾後率先於九月下旬發表一場演講。這篇標題為〈國語統一問題〉（The Question of Unifying the National Language）的演講嚴厲批判一九一三年讀音統一會召開以來所發生的一切。[69]張士一在開場白中說道：「我們研究這個問題時，必須用科學的原理和科學的方法」，不該像那些「瘋狂鼓吹」的人，只因為加上「國家」兩個字，就要表明拳拳的愛國之心。然後他決定不客氣了，詳細列舉出教育部的「根本錯誤」。如何透過注音字母的符號來「統一」發音？他們怎麼能在制訂發音標準之前就創造注音字母？他們急於推廣注音，派人去學習，但是結果如何？最糟糕的是，在制訂標準之前，教育部規定所有小學都必須教授國語。「但全國都沒人說這種國語。誰能教呢？」要學好一個語言，需要花三到五年的時間。現在的學校教員只學習國語一到兩週，頂多三、五個月，結果學了皮毛。他們不知道自己的發音是否正確，人人的做法都不同，他們會教壞學生，學生又會繼續犯錯。張士一眼見局面如此混亂，便說：「還談什麼統一國語呢？」，中國人就是「盲從」，把「國家」這個詞放在任何東西前面，他們便上當了。張最後批判了一九一三年會議制訂國音的過程：「什麼樣的學術研究可以用政治策略、以多數票來決定？」這場會議不僅沒有根據科學原理下決定，而且後來主席（即吳稚暉）單方面進行修改、隨意加加減減：「各位想想，這樣規定的讀音可靠嗎？」出版商看到賺錢的機會，就迫不及待印製教科書和「所謂的國音字典」，然後到處推銷。這裡辦個「注音字母」研習會，那裡又有「國語培訓班」——熱心改革者不知不覺被玩弄股掌間，還免費替出版商打廣告。

總之，張士一認為教育部犯了許多根本的錯誤，尤其「不了解統一國語的難度，不知語言的本質，不知語言教學方法」，因此注定要一敗塗地。然而，他並不反對國語，他說自己其實「全心全意」支持。張士一提議廢除先前的規定，重新開始，拋棄「冒牌貨」，轉而選擇「正統國語」，而那只能是「北京話」。改造要注重「科學」，遵循有邏輯的流程：以「至少受過中等教育的北京本地人的話」為標準，制訂「標準語言」和「標準發音」；創建對應的注音字母；教導老師；然後在社會上推廣。

如果張士一的演講只是一場演講，或許不會引發軒然大波。然而，到了十月七日，這篇演講稿刊登於一份上海日報的副刊《學燈》（*The Light of Learning*）上，也出現於某個知識分子辯論的主要論壇。時機簡直恰到好處——彼時適逢各方教育工作者抵達上海，要來參加全國教育會聯合會（National Federation of Education Associations）第六屆年會。這次會議原定於廣州舉行，但礙於南方爆發內戰，與會代表不能按預定計畫前往。主辦單位匆忙決定改為在上海召開。十月中，就在《學燈》引發的辯論愈演愈烈之際，代表們紛紛湧入上海、達到法定人數。黎錦熙發表了早期在基督教青年協會的演講全文，他在文中否定北京讀音是國語的基礎。國語研究會的會員陸基對張士一提出了恭敬但尖銳的反駁，聲稱張士一誤解了國音與北京口語的關係，也曲解了一九一三年會議的議程。儘管那次會議的決定並不完美，但陸基建議大家應有耐心，要「修補缺陷」、慢慢讓「大家都能互相理解」。發音細節並不重要。唯一的目標應是讓大家能夠相互理解。[70]

張士一後來逐條反駁陸基的觀點，但他首先在十月二十五日寫道：「我聽說（參加全國教育會聯合會年會的）各省代表提出了兩項建議：一、小學一年級和二年級不宜教注音字母；二、採用北京讀音和北京話作為全國發音和國語的標準。」張士一認為，這些是國語教育最重大、最迫切需要的改革。第一項可「破除注音迷信」；第二項將設定出一套「務實標準」。他接著寫道：「然而，如果我的消息有誤、教育會聯合會並未提出這兩項建議，那我當然希望他們能夠修改並將其提出。」[71]張士一顯然不誠實，因為他很清楚會議上發生之事，而且國語問題確實並未提上議程。他的直接消息來源是郭秉文（南京師範學院校長），郭以地區分會會長的身分擔任這次大會實際上的主持者。與會代表當時已在審議一系列問題（如課程、長期資金短缺，以及內戰的影響等）。張士一的論點發表於某個備受關注的論壇上，國語因而成為眾所關注的焦點。兩天後，它便成為討論項目出現在議程上。[72]

與此同時，來自杭州的黎錦熙直接回應，用問答形式和天真的口氣質疑張的立場。問：「我昨天在《學燈》上讀到張士一先生的文章，他說注音……不適合兒童心理學。你怎麼看？」答：張先生根本誤解了，以為我們教孩子注音的方法和我們以前學英語的方法一樣，要依序背誦一欄一欄的字母。「你真以為我們今天會用這麼愚蠢的方法來教小學生嗎？」在另一個例子中，黎嘲笑反對派的偏執想法：「我在上海聽到一個謠言，說日本國旗滲透進注音字母了。有人說要改變ㄖ符號中那個圓點……這樣就不像日本國旗了。你不覺得很可笑嗎？」[73]（寫毛筆字時，ㄖ中央的「點」比打字稿更像圓形）。除了黎之外，其他人也加入了論戰。張士一說要從課程中取消注音字母的提議招致了尖銳批評，而他對「北京標準」的定義也是如此。正如幾位撰稿者所言，受過教育的北京人的口語和三輪車夫和清道夫的方言用語明顯就不相同。張士一將中學文化程度者的發音設定為「標準」，但這並非一種「正宗」語言，只是「藍青官話」另一種翻版。對某些人來說，這場爭論是人們對國語興趣日益濃厚的積極信號，但對另一批人而言，這是「一些毫無意義的爭執」。[74]

最後，王璞的錄音不經意就成了主角，引爆了民眾的熱情。有一場活動是中華書局為來訪的與會代表舉辦的招待會，陸費逵在會議上放了留聲機片的節選片段。[75]當地教育官員和學校行政人員都出席了此次招待會，這會是帶動銷售的好方法。然而，隨著爭論你來我往個沒完，這種聲稱以聽覺技術表現、供人模仿標準發音的媒介引起了激烈反應。對於那些就國語發音持保留態度的人來說，這段錄音足以證實他們對其不可靠和怪異性的懷疑。錄音聽起來很詭異，是一種奇怪的混合體，「非驢非馬」。就在最後一刻，黎錦熙向教育會聯合會寫下一封公開信，聲稱北京口語和國語發音差異並不大，兩者重合度超過百分之九十。「國音可以修改，但名稱不該變更。」外地人會因為「京音」的名稱而排斥它，卻很容易接受「國音」。黎懇請教育會聯合會謹慎行事，「為了名稱小事」推翻現有標準，可能會危及國語的未來。然而，儘管黎一再懇求，情況還是改變了。大會於幾天之後（十一月十一日）閉幕，當時採用京音的動議已經通過。[76]

然而，爭鬥才剛掀起序幕。教育會聯合會年會只吸引到三十名代表參加。儘管這項動議有一定的分量（只是二十四項動議中排名第十三的項目），還是要轉交給教育部審議。[77]《學燈》上熱烈的意見交流一直持續到年底。張士一以類似的問答形式反駁黎錦熙。古實（Gu Shi，音譯）是南京師範學院的古文學者和一九一三年會議的成員，他抨擊了吳稚暉的字典，說他是個騙子，此舉將一直隔岸觀火的吳稚暉捲入論戰。吳其實去了南京，並在那裡與古實對峙，指控他早在一九一三年便曾攻擊過他，但古實忿忿否認了這項指控。眾人情緒日漸高漲，原本只是唇槍舌劍，後來轉變為人身攻擊。[78]與此同時，反對者四處演講、造訪學校、發表演講稿以宣揚自身的立場。黎錦熙踏進張士一的南京地盤發表講話，試圖緩和局面。他說國音和京音的差異為「八十分之一」，而這一次，黎提出音韻只是構成國語的四個要素之一，其他要素分別是聲調、詞彙和文法。京音和國音之差約為百分之五，計算下來，總體差異等於八十分之一，亦即百分之一．二五。經過這種計算，黎錦熙總結：「八十分之一都是小問題，不是很容易解決嗎？何必惹出這麼大的麻煩呢？」「如果堅持唯有北京人的口語才能稱為國語，那這是否表示『藍青官話』要降格為外語？國語標準要嚴格，但包容度也要廣，好讓全國人民都易於學習。」[79]

黎錦熙試圖尋找共同點，但張士一反其道而行，依然繼續發動攻勢。他批判的火力漸強，（從十月初開始）在兩家主要教育期刊上發表文章。[80]他長篇大論反駁陸基，該文章分為四個部分，刊登於《學燈》上。

他嘲弄「所謂的國音」書籍，笑它們是「隨意畫草圖」，混亂無章又可笑，而且還任意抄襲不可靠的來源。[81]（張沒有具體指出名字，但他鐵定在暗示前面提過的王璞插圖手冊）。吳稚暉在另一個角落也同樣挑釁，他利用上海江蘇第二師範的講台來中傷批評他的人。他劈頭便道：「各位先生，如果我今天用無錫本地話（他的母語）來演講，你們會覺得不舒服。我不會說上海話，所以就用藍青官話來和你們討論這個問題。」吳接著指出，從某個角度來看，注音字母「狗屁不值一錢」，只是一群符號的集合。它缺乏「標準」發音並受到無情的批評。然而，從另一方面來看，注音字母雖有缺陷，但可能是大眾識字的「聖杯」（holy grail）和統一發音的方法。吳稚暉過去曾捍衛注音字母，但他現在試圖與注音保持距離，聲稱自己在一九一三年曾支持使用羅馬字母和其他符號系統（但沒有成功）。「所以這件事真的與我無關。」至於北京話的發音，吳稚暉很想知道張士一到底是怎麼想的。那是城內居民的口語嗎？或者是更廣大的首都地區的口說方式呢？吳指出，在大家聽來「北京人」的發音不太可能是同質的，每個人的口語會因所在社區和社會經濟階層的不同而產生差異。可以假設受過中學教育的人（正如張士一所提議）說話方式都前後一致、一模一樣嗎？簡言之，「我們不該把北京人的口語提升到功均天地的境界」。[82]

吳稚暉語言刻薄，當之無愧。此時的他感到四面楚歌；出版新版字典，其實就是否定了他的著作。第一版出版之後，教育部立即將修訂任務交給了國語統一籌備委員會的一個小組。錢玄同、汪怡和黎錦暉（黎錦熙的弟弟）為此耗費了一年多的時間。一九二〇年十二月，他們宣布「修訂字典」完成，恰好又引發新一輪關於發音的爭論。該小組趁機反駁了教育會聯合會最近的決議，堅稱雖然「京音在國音中據有非常重要的地位」，卻包含「某些顯然必須放棄的土音」。修訂後的字典沿用一九一三年會議所確定下來的讀音，並保留了吳稚暉的編排格式。至於聲調，新版標示了五種，但並未規定以特定哪個地區的聲調為準。[83]然而，眾編輯在附錄中詳細解釋初版礙於編纂倉促，收錄太多的變異讀音，並且也未能判斷讀音「正確」或「不正確」。新版本剔除了無關選項，刪除了「古音」。它還為具有第二和第三含義的漢字添加替代發音，同時改正了印刷錯誤。[84]京音陣營的反應既迅速又尖銳。某位在《學燈》投稿的人詆毀新版本，稱之為「委員會發音字典」的另一個版本，更說彙編這本字典如同軍閥統治，可謂專制和腐敗政治的案例。[85]

在學校

事情便這般持續下去。一九二一年二月，王璞的留聲機片從巴黎運抵顧客手中時，他錄製的「國音」遭受多方猛烈抨擊。中華書局刊登醒目的廣告來宣傳留聲機片已經運來，但民眾的熱情明顯降溫。《時事新報》（*China Times*）刊登了一位有影響力的編輯所寫的負面評價，更進一步強調了留聲機片的技術缺點：留聲機誇大了鼻音；講師不給任何解釋且讀唸速度過快；短促聲過去得太快，聽不清楚。「這個玩意若用於實驗音韻學，是有一定的價值，但拿它來進行語言教學，根本不能讓人滿意。」[86]

現在，主要戰場從知識期刊和教育公報的論戰轉移到了課堂上。師資培育乃第一要務，從一九二〇年開始，國語講習所在中國各地興起。課程林林總總——有教育部在北京主辦的三期國語講習所（National Language Training Institute）；有小縣城二十多位學生學習國語的班級；還有四百多人參加商務印書館於上海舉辦的研討會。事實上，出版商會為某些最大的活動買單，把握住大好機會的話，就能向著迷的群眾推銷教科書和愈來愈多的輔助教具。

學生在這些國語講習所學到了什麼？課程大綱相當廣泛，涵蓋文法、詞彙和音韻，同時關注教學法、語文學和國語文學史。然而，具體內容會因課程而異，一切取決於教師，也要看那是為期四週的速成課程，抑或更長的三到六個月的課程，還要看當地的地方口語與教授的國語版本之間的相似程度。一些課堂上的學生是政府官員和學校行政人員，他們已經能夠講不同種類的官話。然而，有時學生則是徹底新手，會發現學習「國語」就像在學習「外語」一樣。

教員對於何謂標準有不同的意見，遂在講台上宣揚自己的觀點。黎錦熙在江蘇國語講習所告訴學生，他們可以根據個人喜好來發出聲調，無論是四聲、五聲、七聲或八聲。他指出，目前國音只關心一般原則，不考慮細節。[87]黎在天津提醒學生：「北京話只是地方語言，不能代表整個國家。」[88]他在山東講學時指出，如果要找「統一的聲調」，那麼「我們應該以北京的四聲為標準」。然而，「統一」應該分為不同的層次，最低的共同點是「可以互相理解」。「你看，二十二省的人齊聚北京，討論『軍國大事』……他們不需要靠翻譯來審議。」北京人可能會嘲笑說話者，「甚至會說，『從你的口音來看，你可能是廣東人』。但只要他能溝通，那又有何關係？身為北京人，有什麼了不起呢？身為廣東人，又有什麼罪呢？」[89]另一位教員劉儒則指責「鬧哄哄的爭辯」給人「混亂的印象」，害得人把國語與注音字母、語體文、北京口語或藍青官話混為一談。劉儒告訴學生，只要國語的核心能夠統一（他將其定義為音韻、詞彙和文法），書寫的漢字可以簡化，聲調亦可省略。[90]

與此同時，在北京參加第三期國語講習所的學員聆聽了胡適的十五場白話文學史講座，內容從漢代開始，涵蓋了兩千多年的歷史。胡適也為他們打氣（稱他們為「傳教士」和國語運動的「先鋒隊」），並告訴他們必要時得堅持自己的母語發音。「發音並不那麼重要。」胡適說。只要文法結構正確，使用國音或地方發音都行。[91]

針對這些宣揚彈性「國語」的教員，張士一在他的南京講習會課堂上向學生重申，「標準語」只能是京音。張絕對想爭個對錯，但他的講習會也強調教學法的重要性：如何鼓勵主動學習、引導不願發言的學生發表意見，以及講故事和說笑話來保持他們的興趣。他規定每天上一堂簡短的國語課，不超過十五到二十分鐘，但其他科目都用地方語言上課。張士一擔心，若是過早把國語當成唯一的教學語言，那會造成溝通障礙、阻礙學習。他認為，至少需要一代人的時間（「當這些學生成為父母」），才能以教學上「安全」的方式擴大國語的使用。[92]

因此，國語講習所的教學內容差異甚大。這些課程逐漸趨於專門化，分為旨在培訓教員的課程、替想要學習或改善發音的普通人所上的課程，以及為了那些想更深入了解語音和文學的人提供的更高階課程。在中華書局贊助的上海國語特殊講習學校（National Language Special Training School），學生可以選擇為期一個月的暑期密集課程、為期十五週的夜校課程，或者為期六個月的綜合課程。可以確知該校是屬於「國音」陣營，因為校長為黎錦暉。黎錦暉就是黎錦熙的弟弟，他後來成為中國流行音樂、電影和娛樂領域的先驅而聲名大噪；安德魯．瓊斯（Andrew Jones）曾詳述他多彩多姿的生涯。[93]在此之前，黎錦暉曾於一九二二年帶著十二歲的女兒明暉到處巡迴演出，為學校及其附屬小學招生。明暉唱歌，爸爸拉小提琴，而小提琴在當時是一種新奇的樂器。他們結束之前會趁機展示國語的奇妙能力。黎錦暉首先要求觀眾在紙條上寫下句子。他會從帽子裡逐一拿出紙條，用自己為注音譜寫的曲子，在小提琴上「拼」出音節。明暉會在黑板上用注音拼出句子，然後用漢字寫出來，以此種「神奇之舉」震驚觀眾。黎錦暉後來指出，說這種技巧比任何形式的廣告都更能吸引學生。[94]競爭對手商務印書館也不甘示弱，為自己的講習所找來了全明星陣容，並聘請吳稚暉領導一所國語師範學校。[95]這些講習所或學校皆可聲稱得到教育部的正式批准。教員輾轉於它們之間，沒有明顯效忠於哪間出版商。

對一些畢業生來說，學習國語是一次養成經驗。有人回鄉後成為國語講習所的教師或省級機關的領導。有人則返回小學任教，正如胡適所敦促的那樣，成為「國語運動的先鋒隊」。原本對國語有所懷疑者轉而支持語言統一的事證比比皆是。例如，王璞說他有兩個朋友因裝腔作勢而被人嘲笑，他還引述其中一位朋友的話：「我一說國語，別人就笑我。」這兩人堅持到底，最終都成為國語教師。[96]更普遍的情形是，講習所教授的國語不一致，產生了漣漪效應，在課堂上重現了類似的分裂情況。某位雲南的教育工作者指出：在沒有標準化語音、詞彙和文法的情況下，如何能將國語當成一門學科來教學生？教育部規定要教注音字母，「但到底什麼是正確的發音呢？」[97]為了解決這種混亂情況，山西省長閻錫山要他的教育官員忘掉彼此競爭的發音：「這是一個問題，但現在盡力而為吧……如果以後需要改變讀音，差異不會很大。」[98]

江蘇陸續爆發激烈的小衝突，混亂顯而易見。有報導指出，學校教員之間發生鬥毆事件，雙方激烈爭吵，最終還得勞煩縣長出面裁決。曾有兩兄弟在學校向各自的老師學習了國音。當他們在家複習功課時，父親聽到兩人之間的讀音差異很大，便去找校長，詢問哪個發音才正確。校長只說：「兩個都不錯！」[99]省教育會所做的一項調查顯示，「家庭和社會」的反對是一個重大障礙。有時候，從古文課到語體文的轉變會遭到強烈的反對。口說國語偶爾又會讓父母憤怒，因為他們認為這跟他們的母語相比，「陌生而遙遠」。也確實，家長可能會極為反對，甚至完全不讓他們的孩子上學。有一所小學嘗試將國語納入課程，但三年之後，退學率竟高達三分之一。[100]

在江蘇的某些縣，地方話與國音相似，有的學校覺得很容易適應，但也有一些學校拒絕改變課程。校長和教員採取了不同策略。蘇州第一師範附屬小學（First Normal Affiliated Primary School）在政府下令的前兩年便採納語體文，因此享有教學進步的聲譽。一九二一年，該校校長將學校的「國語」課程描述為「帶有一些北京口音的普通話」。然而，他能體諒學生不願學習說這種語言，理由是他們的母語和「國音」差異甚大。至於注音字母，教一年級學生就是「給自己找麻煩」。南方的學校只需要注意語體文即可。常州縣有三百多所小學，有的用「國音教國語」，可能使用注音，也可能沒有。其他學校則使用當地的發音方式或保留古文課程。[101]劉儒認為，教授國語的教員說話時至少應該使用國語，這顯示了期望值有多低。然而，就和幾乎所有其他問題一樣，也有人不同意這點：「用地方發音讀國語教科書有何壞處？」[102]在這段爭論期間，地方層級的國語差異成為專家間激烈爭論的衍生問題。某位觀察者指出，他們無法適應，導致整個計畫脫軌。治療中風患者的醫生必須嘗試不同的療法；同理，推行國語者應該保持開放的心態，「因勢利導」，而非「堅持自己的理想」。[103]

正如前面所提到的，對許多學校來說，有無使用注音字母是做出承諾與否的測試指標。在一九二〇年的提案中，張士一曾要求將學習注音字母從小學低年級課程中取消。然而，隨著京音之爭占據頭條新聞，這部分就被略過了。然而，這在課堂上卻成為至關重要的問題，教師要去思考是否、何時以及該怎麼教導注音。各方支持者都人數眾多，立場難以調和，而且經常會以個人經驗來抨擊他人。例如，在上海的一所私立學校，校長沈復初描述了教員之間曾針對最佳的教學方法激烈爭論。沈先生介紹「新法國語系列」入門書時招致家長的反對，於是他召開了一次會議，解釋不用漢字教學的諸多好處。在他同意試用六個月之後，父母才「勉強同意」。沈很高興報告了隔年的正面成果：「當然不完美」，但足以讓批評者不至於發作。然而，由於國音與學生（主要來自江浙地區）的母語差距甚大，學校仍然面臨「極為棘手」的挑戰。沈復初妥協之後，才能讓學生背誦國語課本時遵循「標準」；然而，他不會「干涉」其他課程的教學和學生的日常交談。[104]

在附近的吳縣（江蘇），一位老師在課堂上做了簡短的實驗後得出結論，認為同時接受注音和漢字教學的學生比單獨學習其中一種的學生表現更好。蘇州一所小學的老師卻得出了不同的結論。經過類似的試用期以後，他們以「效果不佳」為由，決定從一年級和二年級課程中取消教授注音字母。[105]批評者很快就緊咬這些案例，以此證明注音字母有其缺陷。但捍衛者將問題歸咎於錯誤的教學方法，並表示同一時間向幼兒介紹漢字和注音字母會讓他們混亂。每一個複合詞，學生都要「學兩組字母、記住讀音、認識漢字、了解意思，一次要學太多的東西。一個七、八歲的孩子怎麼能受得了？」[106]

因此，教學問題成為國語爭論的核心，不同的教學法會形塑各種國語形式和不同的讀音，繼而導致分歧。與此同時，新教宣教士雖然遠離知識分子的爭論核心，私底下也在征戰。如同前文所示，中國的宣教士團體從一開始就熱切擁抱注音字母。一九二〇年代初期，潛在的競爭加劇了急迫感：「據說北京有兩家社會主義報紙正在用音標印製每期報紙的部分內容……教會仍然有機會在廣大的圖書印刷領域搶占先機，為這片偉大土地上的人民帶來真正的光明和祝福，但這個機會可能很快就會喪失。」社會主義對手即將出現，激勵宣教士迅速開展工作：用注音字母印刷整本《新約》，然後對外分發，以及製作補充教材（讚美詩、《天路歷程》〔*The Pilgrim's Progress*〕、《聖經》海報〕；這些舉措的目標是要讓「每位教友在一九二一年都能夠閱讀《聖經》」。[107]

提倡注音字母委員會和中國主日學合會（China Sunday School Union）等團體有教會挹注資金，製作了大量資料，若不是將其贈送出去，便是出售時象徵性收取低廉的價格。遠在各地的宣教士可以從內容豐富的目錄中訂購商品，包括小冊子、海報、抽認卡（flashcard）、木塊和字謎遊戲（一種 Scrabble〔拼字遊戲〕），或訂閱六種報紙的其中一份。各地的反應熱烈，證明此舉效果奇佳，因此又促進印刷出更多的材料，然後再分發出去。年輕人和老年人使用注音字母而成為基督的「光之承載者」（light bearer）[108]，眾宣教士對此欣喜若狂：「兩個年輕人在兩天內學會了注音字母」；「有十個人為基督得勝。」[109]

對於外國宣教士來說，攸關讀音的爭論（無論四聲、五聲、八聲或九聲）都是次要的問題。他們正投入大量金錢印刷傳福音的資料，以此為考量的話，新興的國語標準爭議也很重要。當修訂版國音字典於一九二一年中出版時，亞歷山大・麥肯西（Alexander Mackensie）牧師向擔心標準會變化的同僚保證，更進一步的變化不太可能發生：「這麼多文獻是在官方贊助或批准下印製的，進一步大幅度的改變會愈來愈難導入系統，因為如此一來，就必須廢棄諸多已經出版或即將出版的文獻。」[110]宣教士非常放心，便加倍努力。到了一九二二年，他們已經分發了超過十萬本以注音拼寫的福音書、數十萬份《聖經》海報和經文讀本、一萬九千本注音圖解字典，以及兩千套字謎遊戲。[111] 透過延伸到農村地區的宣教據點，便可讓不識字的農民學習注音字母，這與蘇州或上海讀一年級的中產階級孩子接受注音的情況截然不同。在識字班、主日學、讀經班，甚至在醫院（宣教士醫生會教病人注音字母），洋人以另一種形式傳播國語的核心組成部分。以《圖解注音入門》(*Illustrated Phonetic Primer*)(一九二二年)為例,它不到幾個月就銷售了一萬冊(價格:六分錢)。[112] 這本入門書從圖解的注音字母開始,類似於「新法國語系列」(前文提過),甚至在插圖的選擇上也雷同。然而,該書的結論卻大相逕庭,最終以基督教救贖的課程來作結。成千上萬的百姓因為宣教士的堅定付出而首度接觸注音字母。對這些人而言,語言中的「國家」概念乃是附屬於上帝的話語。他們大致聽到有人提到「中國國家注音字母」,但作為一種精神救贖的工具,它卻與中華民族(Chinese nation)的觀念脫鉤了。這些由外籍教員(其中多數是女性白人宣教士)或中國皈依者引導的經歷,讓國語於社會上的傳播之旅變得更複雜。

第二批留聲機片

現在我們回頭談談王璞留聲機片的命運。正如前面所說,當這批唱片從巴黎運抵上海時,國音爭議已經使之蒙上一層陰影,人們已對其聲稱的「標準」有所懷疑。與此同時,留聲機片的支持者並未退縮,真要說起來,他們比對手更積極教導、捍衛國音。然而,讀音之爭餘波盪漾,競爭對手商務印書館的編輯遂發現有機可乘,因此他們聘請趙元任來製作競爭的版本。趙元任過去是(現在仍是)中國思想史上的傑出人物,也是著名的語言學家,乃是真正的博學大家。他獲得康乃爾大學物理學士學位[113],於一九一八年獲得哈佛大學哲學博士學位,後來也成為暢銷作曲家。(他的流行歌曲《教我如何不想他》在一九三〇年代轟動一時,至今仍是卡拉OK的熱門歌曲。)一九二一年六月,趙元任被聘請來重新錄製國語唱片,他那時剛結婚,即將離開中國返回哈佛大學擔任講師。商務印書館透過趙的好友兼前康乃爾大學同學胡適找上他,趙元任聽後同

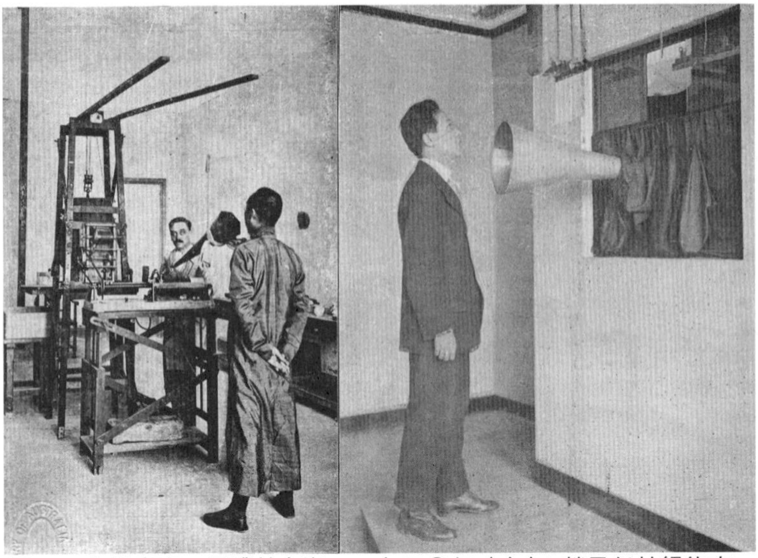

圖1.3 在錄音室：王璞於上海，一九二〇年（左）；趙元任於紐約市，一九二一年（右）。

資料來源：陸費逵，《中華國音留聲機片課本》，一九二〇年；趙元任，《國語留聲片課本》，一九二二年。

意了。時機很恰巧，因為他將會住在劍橋，可以輕易前往紐約錄音。胡適和趙元任都聽過王璞的版本，發現發音有錯誤。趙曾在一封信中提到這點，稱說話者保留了「某些北京地方特色」，應該從「標準中刪除，尤其是他用北京話的ə代替了正確華語的全o」。[114]胡適在日記中則沒說的那麼準確，只說錄音是「京音摻雜國音……非驢非馬」，有很多曲解，聽起來就像「洋人說中文」。[115]

趙元任的任務是糾正王璞的「錯誤發音」，也要錄製出更好、更道地的國語。從一九二一年至一九二二年之間的冬季，趙在哥倫比亞留聲機公司（Columbia Phonograph Company）的紐約錄音室錄了一系列唱片，他當時讀了自己創作的入門讀物中的十六節課。趙元任在序言中寫道：「要學習一門語言，你必須先記住，聽比讀重要得多。其次，你必須記住，說遠比聽更重要。」他認為自己的留聲片將成為「正確發音的老師」。胡適也為該書作序，稱讚趙元任是語言天才：「我敢說：如果我們要用留聲機片來教學國音，全中國沒有一個人比趙元任先生更有資格做這件事的了。」[116]成品《國語留聲片課本》於一九二二年冬季運往上海，開始在全國銷售。廣告將趙元任捧為「國語界明星」，盛讚他「發音準確」、「咬字清晰」。[117]商務印書館對這項產品的定價果斷而策略性，提供了六個月的入手價格：八張唱片二十元，附課本加四十分；這種價格是王璞版本的一半。這兩套產品都沒有銷售數據。幾個月之後，中華書局調整了價格，以五折出售王璞的留聲機片。[118]

趙元任的原始錄音跟王璞的版本一樣，沒有保存下來，但都還找得到課本。此外，另有一種音訊版本被複製到卡帶（可能是在一九六六年複製的），現在已被數位化成CD格式。[119]鑑於多種格式轉換和（現代CD播放器和一九二二年的留聲機之間的）技術差異，從倖存錄音檔聽到的聲音只會近似於原始聲音。趙元任在第一課中讀國音字母或在第十五課中讀胡適的詩，如今聆聽趙的聲音所產生的感受與一九二〇年代聽眾聽到的方式已有所不同。[120]例如，與趙元任唱片相容的留聲機有一個調速器（speed regulator），他指示使用者轉到發音聽起來「自然」的「適當速度」（他估計約為每分鐘八十轉）：要是聽了像十幾歲的童子聲音，那就是太快了；要是聽上去像七、八十歲的老頭子的聲音，就是太慢了。得要把快慢機關轉到發音聽起來自然才對。現有CD的錄音沒有這個選項。我們會聽到趙元任很快速朗讀課程，即使跟著課本來看，也很難吸收內容。最初的版本在八張留聲機片的每一面都有一節課。趙元任叫使用者放鬆但要積極聆聽、聽了讀音後要與口頭練習交替進行、要複習文本、閱讀解釋內容的註釋，而在必要時也要去查發音字典。相較之下，在數位化的版本中，課程全都連在一起，形成連續的聲音流，中間沒有停頓。

儘管有技術落差，但精通標準現代漢語的現代聽眾是能理解趙元任一九二二年錄製的國語的。縱然據稱與王璞的「笨拙」有所不同（並有所改進），趙元任還是遵循了國音，有五種聲調，也混合了南北音素。

第一課的錄音立即呈現混合的特質，因為趙元任將注音字母表的開頭讀為be-pe-me-fe-ve（而非bo-po-mo-fo）。[121]在第二課中，趙元任按照他創作的曲子唱出注音字母（國音字母歌）。在第三課中，他讀了一系列多音節組合（兩拼字）。南方語調和北方語調強化了國音非此非彼的混合特質。[122]第十三課是甄國字和賈觀化的對話。甄國宇是「真國語」的諧音，而賈觀化則暗指「假官話」。趙元任讀了這兩部分，巧妙展示他的語言技巧，闡明了其中的差異：

> 賈觀化：府上想是南京阿？聽您說話像有點兒南京口音。
> 甄國宇：不是，敝處是上海，我說的是國語。
> 賈觀化：哈！您說的這就是國語阿？我聽說近來他們發明了一個國語，這國語是幹嘛使的？
> 甄國宇：國語是一種給全國通用的言語。
> 賈觀化：那麼國語可就是叫普通話不是？
> 甄國宇：不，普通話這個名辭，一個人有一個人的解釋。大概一個人走過好幾省，自己的舌頭又不大很靈巧的，他就自命為會說普通話。有時候南腔北調的說得不好，比一處的土話，還更難懂些。[123]

透過這個對話，趙元任將普通話的隨意特質與作為一個連貫、標準化的語言「系統」的國語進行了對比。趙元任在搭配課本的註腳中加以解釋，說他故意誇大賈觀化的發音，不是為了取笑北京話，而是為了強調差異。他引用前一年的論點，並引述黎錦熙「八十分之二」的說法以示國語和官話的區別。這為賈觀化和甄國宇在談話結束時達成的共識奠定了基礎：出於教學目的，「標準國語」必須百分之百準確。另一方面，對學生來說，及格就夠了。既然八十五分就算是「最優等」，北京人其實不需要「上學」去學習國語。[124]

在一九二二年這個時間點之前，趙元任基本上沒有介入發音爭論。一九二〇年秋季時，京音陣營和國音陣營的支持者之間激烈爭論，當時趙元任在中國各地旅行，為伯特蘭・羅素（Bertrand Russell）、多拉・布萊克（Dora Black）擔任翻譯，偶爾也會替約翰・杜威（John Dewey）翻譯。當團隊返回北京，羅素要在地區大學進行一系列講座時，趙元任與羅素住在一起，履行口譯職責。然而，在這一年大部分的時間，趙元任把心思都放在追求楊步偉上，並於一九二一年與楊結婚。一九二二年留聲機片發行之後，趙元任公開與國音陣營結盟。話雖如此，趙仍然置身事外。他人待在國外，無論寫什麼信或文章來回應當時熱議之事，都只能算是遲來的干預，往往信件或文章送達時，大家關心的主題早變了。趙元任這時也已經投入於研究一種用拉丁字母書寫漢語的新語音系統，後來卻引發屬於這件事的另一場爭議（它稱為「國語羅馬字」〔Gwoyeu Romatzyh／"National Language Romanization"〕；請參閱第二章）。[125]儘管趙元任身為要角，但他住在劍橋，可以冷靜看待發音爭論。

因此，到了一九二三年，已有兩個版本的「國音」留聲機片可供購買，兩者均經由教育部批准，可用於教學用途。然而，趙元任還沒罷手。在他離開美國前往法國、要待上一年之前，又回到哥倫比亞留聲機公司，製作了一套名為《供外國人使用的中國國語留聲機片》（*Chinese National Language Records for the Use of Foreigners*）的雙面留聲機片，共有十二張。[126]以英文寫的課本用了二十四課解釋國語的基本特徵。趙元任這次用的是「京音」，去掉了南方發音和五聲，還加上北京話特有的兒化音。趙教授在教材介紹中解釋：

> 從廣義而言，狹義的國語發音與老一輩漢學家的人工華語發音系統大致相同。它雖與北京話有諸多細節上的不同，但**聽起來**與北京話並無二致，不是屬於另一大類的華語。這是因為多數提倡國語的人都同意使用與北京話幾乎相同的聲調，而聲調最能體現方言的特徵。由於非華語方言的母語人士和外國人在實踐上很難察覺箇中差異，所以是否學習嚴格的國音或純正的北京話，其實並不重要。對於本課程的西方學生來說，使用北京話或許更方便，因此在抄本和留聲機片中採用了北京話。[127]

趙元任上面的解釋淡化了爭議，並含糊表示採用京音的理由是為了求方便。然而，他在一九二五年二月寄給家人和朋友的一封信中，針對他第二張錄音的說法有些不同：「我這次用的是純正京音，而不是國音，我私下跟你們透露，因為我認為受過教育的北京人的純京話比國音更有可能成功。然而，我對此事的態度還不夠明確，不能公開發表聲明。」[128]儘管趙聲稱自己使用的是「純正的京語發音」，但他錄製的卻是簡化版，稍微修飾了兒化音。北京話有一種獨特的韻味，但趙元任大幅中和了濃重的捲舌音，省略了豐富多彩的京話詞彙和成語。最重要的是，儘管趙元任一九二二年的留聲機片基本上忽視了聲調，新版本卻用三節課去強調聲調區分。一系列的練習示範了六種不同「華語方言」的音高變化，藉此強調北京、天津、開封、重慶、武昌和南京發音之間的聲調差異。[129]

很久以後，趙元任說他「偷偷」改變了京音。[130]確實，這是他自己主動做的，沒有得到政府授權，只諮詢了華北協和話語學校（North China Union Language School）的校長威廉・佩圖斯（William Pettus）。由於這個產品是針對外國人，因此沒有多少人關注，並未在中國掀起太大波瀾。在這個時候，人們對發音的熱情也冷卻了。一名觀察者指出，兩派仍然拿槍瞄準對方，但戰鬥已經暫停，因為征戰者「傷痕累累，血流不止」，而且筋疲力盡。[131]一九二四年秋季，軍閥真正在以武力對抗彼此，眾人於是收手，放下唇槍舌劍。張士一將注意力重新轉向主攻的英語領域，編寫了一系列外語教學材料。張士一將自己的國語講義和著作集結成冊出版之後，不再參與辯論。最後，當章士釗這個外部敵人出現時，兩個陣營便宣布停火。章士釗擔任新任的教育總長，下令將儒家經典重新納入學校課程，扭轉了國語倡導者此前一直在爭取的變革措施。有了這個新的敵人，兩派人馬認為以前的分歧現在看起來微不足道。黎錦熙將這場戰鬥視為「防禦戰」，並斷言章士釗雖然想消滅國語，但他無法單槍匹馬扭轉局勢。儘管戰況激烈、傷亡慘重，國語最終還是占了上風。[132]

國語各派的支持者擱置了分歧意見、團結起來，而在此期間，優勢逐漸倒向京音。從一九二三至一九二六年之間，國語統一籌備委員會下的幾個小組再次決定修訂「國音字典」，這次要以京音為標準。六名成員有效推動了這次變革，這些參與者後來將其描述為「少數人會」的審議。[133]然而，時值內戰，中央政府五日京兆，無能為力，故新標準懸而未決。聲稱有能力重新定義國語語音基礎的語言專家缺乏實施這項目標的政治權威。正如黎錦熙在給吳稚暉的信中所言，國語統一籌備委員其實已不復存在，「一文不名」，就空留個名稱罷了。[134]這項變更直到一九三二年在新中央政府的支持下才得以實現（請參閱第二章）。與此同時，風向轉變了，開始有人以權宜之計偏袒北京口語。趙元任指出，只要採用北京話，國語無需付出任何努力，一夕間就有了一百多萬的「結業生」。[135]後來有些人將京音的勝利歸因於其「不可抗拒的魔力」，以及相對於競爭對手「雜亂無章的讀音」，京音自有天然的優勢。[136]然而，儘管眾說紛紜，背後其實是實用性的問題，而從許多層面來看，這是阻力最小的道路。

教育家程壽松在上海的宣教雜誌上寫道，一九二二年時，「統一國音、採用國語」的呼聲震天動地。「但如果你仔細觀察，有多少人在學習國語？不多。有多少人改成講國語？很少。」嚷嚷的人遠多於那些「真正講國語」的人。[137]吳稚暉在一九二四年斷言，導致這種悲慘局面的原因，有一項就是沒有學校挪得出必要資源來落實國語課程。時值內戰，許多機構連營運都辛苦萬分，遑論徹底推動變革了。支持國語的人「喊得嘴唇乾裂、聲音沙啞」。然而，在缺乏足夠資金和合格教師的情況下，學校可能頂多只有一名教師會教口說國語，作為附加課程，並且「將其視為一門外語」。[138]大量的自學指南鼓吹「無師自通」，卻根本無法解決這個問題。一年以後，范祥善下了結論，多數語言教師缺乏對「國語」的全面理解，有人強調口語，有人偏重文法。個別教員著眼於不同方面，國語怎能完整？最可笑的是，那些「固守舊方法」的老師把「國語」視為古文課程在語意上的改變。他們用老式的節奏和誇張的音調誦讀課文，此法適合教授古文，但不適合講解現代課本，令人啼笑皆非。「他們其實不知道國語是什麼。」更糟也更普遍的情況是，許多老師誤以為注音字母就是國語。他們經過幾週的學習，就以為自己已經掌握了國語。對那些認為寫作和口說可以分開教的人而言，范祥善認為以這種方式「劃分」國語，根本是卸責。[139]

正如這些觀察結果所示，經過近十年的爭論，國語已經陷入混亂。華語的讀音遠非同質或統一，仍然變化萬千而難以捉摸。尋找國語的夢想發揮了強大的作用，但從一九二〇年代中期的角度來看，前景是黯淡的。[140]確實，國語的擁護者拆解了其組成部分並無休無止地爭論，這樣是破壞了國語的連貫性。個人恩怨加劇了發音爭議，各方分歧甚深，誰都不肯讓步。對這場論戰的不同陣營來說，危在旦夕的是國語的未來。

礙於個人恩怨和地區競爭，各種因素彼此糾纏，讓國語的前景充滿複雜難料的變數。本書後面的章節將會指出，吳稚暉、黎錦熙以及他們先前的對手會以各種身分共同為國民黨政府工作。[141]一九四九年以後，吳和黎分別居於台灣海峽兩岸。趙元任此後繼續步上他漫長而傑出的職業生涯，多數時間住在美國，曾在加州大學柏克萊分校（UC Berkeley）任教四十多年。王璞於一九二九年英年早逝，他雖是一位受人尊敬的語言權威，但在死後的數年裡，他的國語留聲機片臭名昭彰，因為他誤讀了國語這種「虛構」語言的發音。趙元任後來回憶，王璞是一位「有點傳統的北京學者，並未精通歷史音韻學」，因此「搞亂了」讀音。「他既沒有用自然的北京話……也沒有使用人為的入聲以及區分尖音和團音」，或表現國音任何其他的折衷特徵。[142]幾十年來，人們再三提起趙元任是「世界上唯一能說這種『不自然』語言的人」的說法，這件事足以證明先前的人雖然投入心血，卻做了蠢事而誤入歧途。在此種論調下，國語發音礙於其人工的成分以及不夠真實，從一開始便站不住腳，注定要失敗。然而，正如我們所見，國音在一九二〇年代逐漸成形，趙絕非唯一會說這種語言的人。口說國語迭代生成，無論是以構想或混亂的實際情形而言，它的目標都一直在轉換，體現了變化不止的語言標準，而歷經激進的變革（無論是被人提出的改變，或者斷續進行的更改）既讓人不滿，也令人焦慮。下一章的主題討論的是國語在國民黨統治下的命運。

註釋

1 原註：陸費逵，〈小學校國語教授問題〉，第1–7頁。

2 原註：石靜遠，《華人（文）離散中的聲音與文字》，第一章；王东杰，《声入心通》，第一章。日本的言文一致運動於一八八〇年代合併起來，試圖發展一種接近口說白話的寫作風格。Clark, *The Kokugo Revolution*。

3 原註：關於章太炎之事，請參閱：Kaske, *The Politics of Language*, 352–74; Tam, *Dialect and Nationalism in China*, 77–80。

4 原註：〈學部中央教育會議〉，黎錦熙，《國語學講義》，下篇，第12–13頁。

5 原註：《教育雜誌》第四卷，第十一號（一九一三年）：第63–74頁；第四卷，第十二號（一九一三年）：第81–92頁。會議資料後來於一九五八年彙編出版，名為《1913年读音统一会资料汇编》。

6 原註：吳稚暉，〈書神州日報〉，第39頁；王东杰，《声入心通》，第312–15頁。

7 原註：Kaske, *The Politics of Language*, 407–12; Ramsey, *The Languages of China*, 7–9; DeFrancis, *Nationalism and Language Reform in China*, 55–59。王照後來痛斥，說他與吳稚暉爭吵不已，激動萬分，最後整個人崩潰了。王照，《小航文存》，第一章，第51頁。

8 譯註：這套記音字母主要以章太炎編創的「紐文」和「韻文」為藍本。

9 原註：Kaske, *The Politics of Language*, 413–15。石靜遠在《漢字王國》（*Kingdom of Characters*）第一章講述王照「官話字母」的故事，非常引人入勝。

10 原註：石靜遠，《華人（文）離散中的聲音與文字》，第一章。關於日語對中文詞彙的影響，請參閱：Masini, *Formation of Modern Chinese Lexicon*。

11 原註：Kaske, *The Politics of Language*, 413。

12 原註：王璞的信函，約為一九一八年九月，出自吳稚暉書信，國民黨檔案，檔案編號09997, 3（以下簡稱吳稚暉書信〔WZH Papers〕）。《官話注音字母報》於一九一六年至一九二五年間發行，一九二一年更名，以國語取代官話。

13 原註：于锦恩，《民国注音字母政策史论》，第136–40頁。

14 原註：王璞，《注音字母國語講義》，第1–3頁。

15 譯註：胡適於一九一七年發表《文學改良芻議》，引發熱議，隔年又發表《建設的文學革命論》，將文學革命的目標總結為「國語的文學，文學的國語」。

16 原註：教育部命令第75號，一九一八年十一月二十三日，黎錦熙，《國語學講義》，下篇，第29–31頁。

17 原註：蔡蘇娟，〈救國的注音字母〉；張一麐，〈我之國語教育觀〉；仲九，〈注音字母與改造〉。

18 原註：引述自申国昌，《守本与开新》，第414–15頁。嚴省長設立八百一十八所注音講習所，學生人數高達兩萬餘人。

19 原註：錢玄同，〈中國今後之文字問題〉，第350頁；錢玄同，〈論注音字母〉，第247頁。

20 原註：關於吳稚暉對無政府主義的興趣，請參閱：Richard Wang, "Wu Chih-hui."。

21 原註：吳敬恆，〈補救中國文字之方法若何〉，第483–508頁。

22 原註：Loh, "Chinese Translations of the Bible."。

23 原註：Bulletin 2 (Winter 1919), 1–3; Bulletin 8 (Report 1918–1922), in Phonetic Promotion Committee Records, The Burke Theological Library, Columbia University, box 1, folder 2 (hereafter Burke PPCR)。

24 原註："China's Modern Goliath and Her David," Burke PPCR, box 1, folder 8。

25 原註：Letters from A. L. Warnshuis, December 26, 1918, and February 10, 1919, WZH Papers, file 10006。

26 原註：Letters from A. L. Warnshuis, November 19, 1918, and December 2, 1918, WZH Papers, file 10006。

27 原註：吳敬恆，〈論注音字母書〉，第39–54頁；方毅，〈滬語注音字母會議始末〉，第1–16頁。

28 原註：范祥善，〈注音字母之效用及推廣法〉，第54–61頁。

29 原註：陸費逵，〈中華國音留聲機片〉，第76頁。

30 原註：蔡元培，〈注音字母發音圖說〉序。

31 原註：黎錦熙，《國語學講義》，上篇15；朱有成，〈鄉村地方推行國語的難處和救濟的方法〉，第4頁。

32 原註：王璞，〈注音字母發音圖說〉，第3–4頁，第7–9頁。

33 原註：關於湖南省第一師範學校，請參閱：Liyan Liu, *Red Genesis*。

34 原註：Reed, *Gutenberg in Shanghai*, 210–13, 246–49。

35 原註：黎錦熙，《國語學講義》，上篇，第5–6頁，第134頁。

36 原註：黎錦熙，《國語學講義》，上篇，第12頁。黎對於詞彙也展現類似的靈活性，他說地方的表達方式增添了「色彩和多樣性」（color and variety）。他建議未來的國語字典納入「方言形式」（dialectical form）。

37 原註：〈修正國音字典之說明〉，附錄，第2–3頁。

38 原註：〈國語統一籌備會議案三件〉，第137–42頁；吳敬恆，〈民國二年讀音統一會通過增製閏音音標之說明〉，第1–2頁。

39 原註：范源廉的信函，約為一九一八年九月，出自吳稚暉書信，檔案編號09953, 3；陳懋治的信函，約為一九一八年十二月十六日，出自吳稚暉書信，檔案編號09961, 3。

40 原註：教育部命令第162號，《國音字典》，補充材料，未標頁碼。

41 原註：吳稚暉在《時事新報》的〈國語問題之一〉提到這些批判他的意見，一九二〇年一月六日，第4版；一九二〇年一月七日，第4版。

42 原註：商務印書館後來出版了學生用的袖珍本，大約收錄了八千字。（《校改國音學生字彙》，一九三〇年）。

43 原註：教育部命令，一九二〇年一月十二日，《政府公報》，編號1409 (1920)，公文；Culp, "Teaching *Baihua*," 18–19。

44 原註：李剛中，〈怎樣纔能打破國語的困難〉，第4頁。

45 原註：《申報》，一九二〇年三月六日，第7版。

46 原註：我一（匿名），〈提倡國語的難關怎樣過度呢？〉；范祥善，〈怎樣教授國語〉。

47 原註：王家鰲，〈高等小學的國文應該快改國語〉，第8頁。

48 原註：錢玄同，〈高元國音學序〉序二，第8–10頁。

49 原註：胡適，〈國語標準與國語〉，第1–4頁。黃鶴樓高五十公尺，建於漢代。

50 原註：胡適，〈國語標準與國語〉，第5頁。本研究會反覆出現「南腔北調」。這句話可以概略寫成「混合口音」（mixed accents），但這樣會忽略明確的地理標記。腔（*Qiang*）和調（*diao*）的英譯很多，有accent（口音）、tune（語調）、tone（聲調）或intonation（音調／音的抑揚）。

51 原註：《教育公報》第7期，第8號（一九二〇年）；第7期，第10號（一九二〇年）；第7期，第11號（一九二〇年）。

52 原註：〈學校記事〉，第29頁。

53 原註：〈江蘇師範附屬小學聯合會第七次會議報告〉。

54 原註：Culp, "Teaching Baihua," 18。

55 原註：莊適，《新法國語教科書》，首冊。

56 原註：陸衣言，《注音字母教授》，第8–11頁。

57 原註：鍾書的信函，一九二〇年一月六日，出自吳稚暉書信，檔案編號09926, 3。

58 原註：陸費逵，《中華國音留聲機片課本》緣起，第3–6頁。到了一九二〇年，王和陸都成為公認的專家，經常講授音韻和教學。《申報》，一九二〇年八月二十五日，第11版；一九二〇年八月二十八日，第11版。

59 原註：陸費逵，《中華國音留聲機片課本》緣起，第7–8頁。

60 原註：《申報》，一九二〇年十一月二日，第10版；一九二〇年十二月五日，第11版；一九二〇年十二月七日，第11版；一九二一年一月二十三日，第10版；一九二一年一月十四日，第10版；一九二一年一月十七日，第10版；一九二二年三月一日，第11版。

61 原註：蔣英，〈我對於中華書局的中華國音留聲機片的批評〉，第1–2頁。

62 原註：《時事新報》，一九二〇年九月二十三日，第1版。

63 原註：《滬江教育月刊》第2期，第4號（一九二一年），第33頁；汪怡，〈注音字母統一讀法的釋疑〉，第4頁。

64 原註：黎錦熙，〈國語三大綱及國音之五大問題〉，第1–4頁。

65 原註：楊世恩，〈國音管見〉，第1–7頁；汪怡，第4頁。

66 原註：陸費逵，〈中國國音留聲機片緣起〉，第77–78頁。

67 原註：刘正伟，《督抚与士绅》，第369頁。

68 原註：黎錦熙，〈統一國語中八十分之一的小問題〉，第4頁。

69 原註：張士一，〈國語統一問題〉（一九二〇年）。

70 原註：陸基，〈問張君士一〉。

71 原註：張士一，〈國語教育上的兩大改革〉。

72 原註：《時事新報》，一九二〇年十月二十八日，第3版。

73 原註：黎錦熙，〈國語問答一束〉。

74 原註：《時事新報》，一九二〇年十一月一日、七日和八日，第4版。

75 原註：《申報》，一九二〇年十一月二日，第10版。

76 原註：黎錦熙，〈致全國教育會聯合會書〉；《時事新報》，一九二〇年十一月十一日，第3版。

77 原註：〈第六屆全國教育會聯合會大會議決案〉，1:262–63。

78 原註：《時事新報》，一九二〇年十一月七日，第4版；一九二〇年十二月十日，第4版；一九二一年一月六日，第4版；一九二一年一月七日，第4版。

79 原註：黎錦熙，〈統一國語中八十分之一的小問題〉，第4頁。

80 原註：張士一，〈國語統一問題〉，一九二一年。

81 原註：張士一，〈再答陸基君問〉；張士一，〈國語教育上的兩大改革〉，第4頁。

82 原註：吳稚暉，〈國音問題〉。

83 原註：〈統一語言之初步〉。

84 原註：〈修正國音字典之說明〉，附錄，第1–12頁。

85 原註：周銘三，〈國語問題的問答〉。

86 原註：棣三（孫棣三），〈關於國音留聲機片與友人談話〉。根據現存的紀錄，不知道王璞的唱片賣了多少套。可以在重慶找到東部沿海大城市以外的一項流通指標。海關總稅務司（Maritime Customs Service）通知當地工作人員，出於教育目的，從巴黎進口的留聲機片可免關稅（CMA 352-1-1254）。

87 原註：黎錦熙，〈統一國語中八十分之一的小問題〉，第4頁。

88 原註：黎錦熙，〈新式國語文法提綱〉，第1頁。

89 原註：黎錦熙，〈國語的標準語與語法〉。

90 原註：劉儒，〈國語教學法講義〉，第1–2頁，第14頁。

91 原註：胡適，〈國語運動的歷史〉。

92 原註：張士一，〈小學「國語話」教學法〉，第15頁，第18頁，第21頁，第30–42頁，第55–60頁。

93 原註：Jones, *Yellow Music*。

94 原註：黎錦暉，〈我在中华书局的日子〉，第34頁。

95 原註：賡公，〈在國語講習所暑假班聽講記〉；〈上海國語師範學校章程〉，吳稚暉書信的手冊，檔案編號03077。

96 原註：王璞，〈練習國語會話的心得〉。另請參閱：〈廣州注音字母學校章程〉，一九二一年，吳稚暉書信，檔案編號02912；秉林来，〈福建的國語界〉，第1頁；《國語季刊》（河北），第1期（一九二四年）：第28–29頁。

97 原註：繆爾紓，〈我對於國語教育研究之經過〉，第6–8頁。

98 原註：引述自申国昌，《守本与开新》，第415頁。

99 原註：黎錦熙，〈統一國語中八十分之一的小問題〉，第4頁。

100 原註：樂嗣炳，〈江蘇省教育會所徵集國語進行困難問題底意見〉。

101 原註：劉儒，〈考察國語教育筆記〉。

102 原註：劉儒，〈國語教學法講義〉，第73頁；黎錦熙，〈國語三大綱及國音之五大問題〉，第8頁。

103 原註：李剛中，〈怎樣纔能打破國語的困難〉，第1頁。

104 原註：沈復初，〈初年級生學習國音之測驗〉。

105 原註：王家鰲，〈試行國語教學後的大略報告〉；劉儒，〈考察國語教育筆記〉，第1–5頁。

106 原註：劉儒，〈國音字母教案〉，序；劉儒，〈國語教學法講義〉，第67頁；劉孟晉，〈注音字母問題〉。

107 原註：Bulletin 3 (January 1920), 8, Burke PPCR, box 1, folder 1; Bulletin 4 (June 1920), 7–8, Burke PPCR, box 1, folder 2。

108 譯註：《約翰一書》指出「神就是光，在祂毫無黑暗」。光在《聖經》中是常見的比喻。《腓立比書》指出神「無瑕疵」的兒女在這世代中好像明光照耀。

109 原註：Bulletin 4 (June 1920), 1, and Bulletin 8 (Report 1918–22), 7, 17–19, Burke PPCR, box 1, folder 2。

110 原註：Bulletin 7 (July 1921), 7, 15, Burke PPCR, box 1, folder 1。

111 原註：Bulletin 8 (Report 1918–1922), 22–24, Burke PPCR, box 1, folder 2。

112 原註：基督教提倡注音字母委員會編輯，《國音速成教科書》。書名的英文翻譯來自於正文。根據報導，還出售了大約一百八十萬本附有注音字母的入門讀物，其中多數賣給了山西省省長閻錫山。

113 譯註：趙是理學士，主修數學，選修物理和音樂。

114 原註：趙元任，〈第一封綠信〉，16:315。

115 原註：胡適，《胡適日記全集》（一九二一年六月九日），3:106。

116 原註：趙元任，《國語留聲片課本》（一九二二年），序，第1–2頁。

117 原註：《申報》，一九二二年六月十六日，第14版；一九二二年十二月六日，第10版；一九二三年一月三日，第13版。

118 原註：《申報》，一九二三年六月二十九日，第17版；*The Peking Mandarin*, 第93頁。王璞錄音的文字至少一直印刷到一九三〇年為止（第十七版）。

119 原註：卞趙如蘭特藏，香港中文大學，編目為《舊國語留聲片》。

120 原註：我要感謝艾蜜莉．湯普森（Emily Thompson）提出了這種分析思路，並協助破解早期的留聲機技術。

121 原註：台灣學童根據自己熟悉的唸法，將注音符號俗稱為「ㄅㄆㄇㄈ（bo-po-mo-fo）」（代表前四個符號）。

122 原註：《舊國語留聲片》，唱片1，卞趙如蘭特藏，香港中文大學。

123 原註：《舊國語留聲片》，唱片2。

124 原註：趙元任，《國語留聲片課本》，第40–43頁。

125 原註：趙元任，〈國語羅馬字的研究〉。

126 原註：隨附的課本書名為：*A Phonograph Course in the Chinese National Language*（一九二五年）。

127 原註：趙元任，*A Phonograph Course*, xiii。強調文字依照原文。

128 原註：趙元任，〈第三封綠信〉，16:367–68。

129 原註：趙元任，*A Phonograph Course*，第36–37頁。

130 原註：趙元任，"Some Contrastive Aspects"，第103頁。

131 原註：正厂，〈標準語與國語標準〉。

132 原註：黎錦熙，〈一九二五年國語界「防禦戰」紀略〉。關於章士釗，請參閱：Jenco, *Making the Political*。

133 原註：黎錦熙，《國語運動史綱》，第171–72頁。趙元任回憶時引用了七世紀的一項資料（譯註：陸法言，《切韻》序）作為給這個團體命名的靈感來源：「我輩數人，定則定矣。」Chao, *Chinese Linguist, Phonologist*, 78。後來的一些說法刪除「數人」做決定的精英主義，將其描述為「多數人的討論和審議」。馬國英，〈國音和注音字母〉。

134 原註：黎錦熙致吳稚暉，約在一九二六年，吳稚暉書信02887。

135 原註：趙元任，《國語留聲片課本》，第43頁。

136 原註：林玉堂，〈新韻雜話〉，第196頁。

137 原註：程壽松，〈今日國語的進行觀〉。

138 原註：吳稚暉，〈上海國語師範學校發起宣言〉，大約一九二四年一月，吳稚暉書信，檔案編號03077。

139 原註：范祥善，〈小學國語教學法的將來〉。

140 原註：某位觀察者指出，奉天省（Fengtian province）反動派於一九二三年「簽署了國語死刑令」。在隔壁的吉林，國語命懸一線，情況岌岌可危。錢玄同感嘆，即使在江南的文化中心，類似的情況也普遍存在。《國語週刊》，第5期（一九二五年），第7-8頁。

141 原註：黎錦熙給吳稚暉的信，大約一九二七年九月，吳稚暉書信，檔案編號02887；國語推行委員會會議報告，一九三五年九月二十七日，第二歷史檔案館（Second Historical Archive，以下簡稱SHA），5/12284，第56-61頁

142 原註：趙元任，“Some Contrastive Aspects”，第102–3頁；Buwei Yang Chao, *Autobiography*, 195–96。

第二章　尋找標準華語

問：在農村小學教國音時，時常遇到反對的家長。我們該怎麼做？在學校教國音，社會上卻流行土白，這樣導致了許多衝突，孩子也不知所措。此外，農村不需要使用國音，但我們被要求去教導和推廣。我們該怎麼做？

答：如果教國音時擔心父母不同意，那就不要勉強，以免發生衝突……在我看來，國音並不重要。一旦交通和通訊進步了，語言就會逐漸自行統一。廣東、福建、（蘇州附近）太湖地區的方言完全是土音。當地人與外界溝通極為困難。然而，當交流建立起來，有合格的老師出現時，情況就會悄悄改變……目前尚未有教育部批准的一致國音。這項標準是根據中等教育程度的北京人發音而規定的，但全國的合格教師又有多少？因此，目前我們只能湊合著教地方發音和國音，也就是藍青官話；你不需要教純正的國音。由於標準國音尚未確立……我們只能循序漸進，否則會產生更多的不良影響！[1]

一九二九年春天，中央大學教育學院院長鄭曉滄訪問蘇州。為此，蘇州官員召集了當地學校和協會的工作人員前來會面，針對教學法和學校管理方面的問題諮詢了這位貴賓。上面引述的對話是觀眾席間其中一人所提出的第二個問題，以及鄭曉滄的回應。

到了一九二九年，國民黨統治了中國的多數地區，這個新政權開始集中火力，想讓國語成為人人會說的口語。教育部透過國語統一籌備委員會（一九二八年重組，由吳稚暉擔任主席）以及省級和地方各級重組機構，試圖彌補過去十年語言論戰造成的附帶損害。不同國語課本在教學方法上互相衝突，訊息也有所矛盾；「國音」和「京音」兩派的對峙雖然暫歇，但問題並未解決。國民黨政府賦予了籌委會新的任務，該會便著手修訂國音字典、編寫教材、審視學校的教學法，以及制訂「促進國語統一」的策略。[2]國語倡導者都有實現語言統一的共同願望，但他們發現，「提高識字率」以及「達到口語標準化」這兩件事在優先順位上相互衝突；他們之間對此意見分歧，另外也爭論著能否同時實現上述兩項目標。正如上文引述的蘇州意見交流所示，國語仍在發展中。

一九三二年，注音字母再一次被努力推廣，且有一部以京韻為「標準」的新字典問世，過去的爭議似乎已經平息。然而，碰上有人討論相互競爭的標音系統時，長期以來的爭論便又會浮上檯面，新的衝突隨之出現。本章檢視一九三〇年代變化不斷的語言音景（linguistic soundscape），探討那些關乎「正確發音」、教學法和方言地位的分歧意見是如何被賦予了新的意義。我分析時會探討國語如何在多個層面上運作。從象徵和意識形態的角度來看，國語穩固了清晰且讓人信服的國家團結願景。然而，將語言落實於社會生活時，情況往往極不穩定、混亂不堪；標準化計畫陷入困境，面臨重重困難。在大眾傳播媒體時代，廣播和電影傳播了國語的聲音，但效果有好有壞。地方學校和社區或接受國語，或加以拒絕，在在揭示華語聲音尚未標準化之前語言包容和排斥的激烈競爭過程。

國家願景，地方發音

新國民黨政權實施的首批計畫之一是指定國語羅馬字（GR）作為第二個標音系統，以此補充現有的注音字母。[3] 國語羅馬字建立於拉丁字母的基礎上，是趙元任一九二二年旅居美國時所創。這套系統最顯著的特點是「聲調拼寫」（tonal spelling），將聲調嵌入每個音節的拼字，省去先前引人嘲笑的點和其他變音符號（diacritical mark）。趙將聲調和音節連結起來，認為國語羅馬字可以讓學生更容易將聲調差異內化為口語的核心。[4] 長遠來看，支持者熱切認為「國語羅馬字將能取代漢字、提升中華文化、保障中國人民的生存」。中國在追趕外國的競賽中受到「繁瑣難寫的漢字」束縛，就像在泥潭中涉水，而競爭對手卻在前面衝刺。相較之下，有了國語羅馬字（「人民的救世主」），這種「最新的跑鞋」將加速國家進步。[5]

另一位評論者表示，就是因為對注音符號失望，才會「催生」出國語羅馬字。「注音」符號就像「臉上長麻子且傷痕累累的士兵，寫起來麻煩，也很難看，而且拼音不準確。不僅普通學生不屑一顧，就連曾經保護和支持它的人如今也喪失了信心。」[6] 然而，存在兩種標音系統（均被批准用於教學和正式場合）會讓人無所適從。教育工作者本來就不確定注音在課程中的地位，也想知道它與漢字到底有何關聯，現在又遇到了新的麻煩。一九三〇年，政府頒布了一項命令以解決這個問題：注音字母降級為注音符號。這項變更命令強調其輔助地位，更加表明音標僅用於標示讀音，而非取代漢字。「稱之為字母會造成誤解和犯錯，故應改名為符號，才符合其真正用途。」[7]支持者希望這項名為「注音與漢字合作」的變革能促進大眾教育和提高識字率。[8]

與此同時，這些改變又進一步造成混亂。「舊讀音不再適用，新讀音又無所適從」。[9]例如，新標準讀音由哪些注音字母構成，又有多少個字母？儘管京韻崛起之後，四十個符號的其中三個變得無關緊要，但整個符號表卻維持不變。某些出版品會用星號表示「万」、「兀」和「广」只用於「方言」。然而，其他教學手冊和字典卻仍舊指出這套系統包含四十個字母，或說第五聲調屬於國音中可接受的聲調。[10]尤其令人費解的是，一九三〇年教育部頒發的一本手冊列出四十個注音符號，但說明文字卻讓人一頭霧水：

注音符號的數量真的很少
總共只有四十個
可以把它們分開來記
一天不用記到七、八個
五天就能記住一大半
又過了一天，就只剩下三個
去掉這三個，剩下的就完全記住了
記下來了嗎？試著背誦幾次
一次不夠，就做兩次

後續的注音符號表只剩下三十七個符號。第九課澄清，省略的三個音素不用於「國音」，而是用來「拼土音」。[11]

在此過渡時期，權威性的解釋並未持續更新，以因應不斷變化的語言標準。不少人繼續為國語發明新的標音系統並上呈政府，以期獲得考慮採納。籌備委員會被要求評估其中一項方案時，認為這些人根本是白費力氣：「許多人不知道國音拼音已經正式確定。」[12]為了消除誤解、開始認真實施新標準，教育部發布命令，將口語部分加入現有的國家語言指令之中：

> 先前的指示強調書面，並未提到教員應使用何種語言作為教學媒介。國語教學一方面需要使用語體文，另一方面需要使用國語作為教學媒介。這樣，學生讀到的和聽到的就會趨於一致……為此，規定全體中小學教員在力所能及的範圍內，應使用「近似標準國語的語言」作為教學語言。

尚未熟練的「一定要練習」；相關教育主管機關應提供這種機會。教育部也先發制人，斥責教師抱持錯誤的假設，說他們以此當成不作為的藉口。有些教員只是敷衍了事，聲稱孩子聽不懂國語，仍舊使用土語教學。還有一些人害羞而不願說國語，而南京的指令警告，這種態度就錯了，因為「所謂的國語……無法避免雜質」，必定是「南腔北調」。哪怕再不理想、再不令人滿意，「使用不純的國語作為教學語言仍然比使用土語要好得多……如果因為害羞而不願說國語，以後要如何進步？」[13]

為了在課堂上導入口說國語，教育部向教員施加壓力，同時也安撫他們。籌備委員會為了推波助瀾，於一九三〇年四月舉辦了「國語週」，在全國各地協調舉辦講座和演示活動。委員會解釋，儘管「國語運動」已有三十年的歷史，但「仍有許多人不理解或懷有偏見，故不願使用它」。拒絕的舉動包括堅持以土白作為小學國語課的教學語言；而在中學，「多數人斷然否定它」，甚至不願意教任何語體文的摘錄內容。除了最高部會，政府機關在書面溝通中固定會採用古文。[14] 簡而言之，無論是書面或口語形式的國語都沒有在重要的機構環境中獲得關注。更令人震驚的是，高階官員的處境「奇怪而尷尬」，他們「其實不懂國語或國文」。某位報紙專欄作家指出，外交部長陳友仁和他的副部長都講粵語，因為不會講國語而臭名昭彰。他們這樣怎麼能在外交事務上代表國家？「如果讓其他國家發現了，我們豈不是要成為世界的笑柄！」國民黨必須修改黨綱，勿讓不懂國語的人擔任官員。[15]

國民黨其實無法規定以語言能力來衡量任職資格。畢竟，蔣介石本人說話時帶著濃重的浙江口音，也只是勉強及格。[16] 國民黨政府反而選擇從官僚機構的底層開始。一九三〇年，一項國家指令要求省級和地方管轄機構要讓政府工作人員和教員在「規定的時間內」熟悉注音。（最多可延長至四個月，逾期不遵守者，將「按失職論處」。）從一九三一年起，政府職位錄用人員會優先考慮精通注音的人。注音也應附加在標誌上（包含火車站、政府辦公室和工作通知），出版商應在報紙、書籍上添加行間的注音符號。[17] 然而，創造「注音符號環境」的願望卻與將這種標音系統降格為補充地位的舉措相互牴觸。訊息混雜不堪，某些地方委員會徒勞無功，試著讓更多人使用注音的努力收效甚微。最初提及的「強制」措施和含糊的懲罰威脅很快就沒了。商家、出版業者和政府機構不願在書籍、商店招牌和公告中添加注音，理由是得花錢才能更改內容。[18]

事實證明，禁止銷售沒有注音的產品或廣告之類的建議執行機制很不切實際。某位評論者指出，從字母到符號的轉變「名副其實」，也透露了其被降級的「價值和命運」。[19]矛盾的訊息造成了不友善的環境。一本大眾教育課本的作者建議，若是有人嘲笑你學習注音和國音，不要怕尷尬，「你可以回答：『既然你想嘲笑我，那就請指教吧！如果你不教我，請不要嘲笑我。』」[20]

注音符號與正在推行的掃盲活動相結合時，效果稍微好一些。支持者將其吹捧為「最鋒利的工具」，以及掃除文盲時最有效的解方。[21]值得注意的是，要說注音足以促進成人識字，便得假定文盲的口語和國語的聲音之間具有實質對應關係。在某種程度上口說語言可相互理解的地區（在北方和整個西南地區），用注音標音的識字入門書似乎可當成捷徑沒錯。然而，在上海和廣州等地，當地的口說與注音標音完全不匹配，這種方法就成效不彰了。[22]吳稚暉指出，更根本的問題是對困擾百分之八十人口的關鍵問題關注不夠。應該大力運用注音系統來掃盲，但總是習慣將這件事推到學校教員的頭上，這又說明了注音的重要性不高。吳稚暉抱怨，政府領導人的心中「連注音的影子都沒有」。他敦促蔣介石「樹立榜樣……要熟悉ㄅㄆㄇㄈ」。接下來是「各位尊敬的先生們」（全國教育協會會員，也就是吳稚暉演講的聽眾）；再來是政府工作人員——如果學不會注音，就應該「被毫不留情撤職」。吳稚暉看到「老頑固」抱怨注音會破壞漢字而表示遺憾。這些傢伙擔心漢字即將遭毀棄，「他們每天都去廢棄孔廟哭泣」。與此同時，自稱新思想家的人士詆毀注音，堅持拉丁文是唯一可行之道。「新舊觀點各有偏頗，這場爭論根本無解。」[23]

新字典

一九三二年，國語統一籌備委員會想解決問題，便出版了一本新發音字典。《國音常用字彙》歷經多年修訂，反映了國音的語言變遷。[24]編輯群在長篇〈序言〉中解釋該字典包含的主要變化：同時納入注音和國語羅馬字為標音符號，並以京音為標準語音。這本字典很重要，卻明顯遭人刪節，成了只有七十六頁的袖珍書。修改一九二一年版的內容（第一章討論過）以搭配新的發音是一項艱鉅任務，「不是短時間內能夠完成的事……本冊選取最常用的語詞，以解發音指南的燃眉之急」。完整的字典仍在編纂中，將在適當的時候完成。[25]〈序言〉也強調，以官音為基礎的新標準並不表示全盤採用舊官話：「國音不等於全部採納北平（北京）發音」。比方說，出於歷史因素（例如要欣賞古典詩詞之美）和當代人的需要，第五聲「應該保留」。在地方發音中依賴五聲而難以「徹底改變」的地區，編輯群一致認為，暫時保留「地方聲調」是可以接受的。此外，兒化音（北方語音中普遍存在的er捲舌音）減到最少，並被視為可有可無的發音特徵。[26]

這本「國音」字典和一九一九年及一九二一年出版的字典一樣，也引發了爭議性問題：標音符號、聲調區分，以及將「標準」與北京話和官話混淆所造成的困惑。批評者旋即表態了；他們抱怨北方口語有其特殊性，不適合當成全國上下的語言。不習慣捲舌的學生在發「ㄓㄔㄕㄖ」等聲母及「er」音時碰上了困難。黃志尚評論了這本字典，文中指出：「強迫人說某個地方的粗俗語音，難怪很難實現國家語言統一。」[27]更令人不安的是，標準不斷改變，老師和學生都很困惑。黃志尚嘲笑語言統一工作的現狀，說「多年以來，吵吵鬧鬧」，但他仍然認可總體目標有其必要與重要性。他重申「不統一國語」所帶來的「痛苦」，也回憶自己在上海親眼目睹的一件可恥之事：有一名日本訪客「用我們的國語」向「我們的一位同胞」問路，結果這人竟然聽不懂對方的問題。黃希望完整的字典早日出版。「已經學過國音的人都在等待它的裁決，看看自己所學是否正確。」未來的學習者若不想「迷路」，就需要借助完整的指南。[28]雖然籌備委員會預計要更新和擴充《國音常用字彙》，但聯合主編白滌洲一九三四年意外去世，拖延了進度。一九三七年，抗日戰爭爆發，原本的修訂計畫無限期推遲。[29]因此，這本一九三二年出版的「常用字彙」有數十載一直是標準發音的權威典籍，並且在戰後流傳到台灣，持續沿用至一九六〇年代（請參閱第四章）。

《國音常用字彙》為口說國語提出了官方認可的全新參照標準，但以前基於「舊國音」出版的課本和其他材料在整個一九三〇年代仍四處流通。例如，王璞（其老國音飽受批評）早已出版了十幾本國音讀音指南和教具。在一九三〇年代，這類商品還有很多仍在坊間銷售。（一九二一年的書還刊印到第二十九版，那是在他去世一年以後）。一九三〇年，中華書局打出廣告，表示可以購買王璞十年前製作的國語留聲機片。[30]趙元任寫信給紐約的哥倫比亞留聲機公司，要求將他一九二一年、一九二四年錄製的唱片模板送到上海，「以便將來可以印製唱片」。[31]雪上加霜的是，某些精明的作者和出版商甚至搶在政府授權的指南出現前就預見了變化的苗頭，因此早一步出版了「新國音」參考書。[32]這些書籍的內容於是便各不相同、彼此衝突，有些差異非常明顯，而其他差異唯有逐行比較才能辨別出來。某位教學者統計，「舊」和「新」之間的差異約占總體音素的百分之十。「研究國音的人應該比較新舊標準，這樣才能徹底了解箇中差異。否則，當你看到一本書用一種方式標音，別的書卻用另一種方式標音，就會不知所措。」[33]有些人將這種情況歸咎於「不道德的銷售人員」，但標準不斷變化，大量的出版教材其實也很難跟得上。因此，「新」國音和「舊」國音的書就被一起使用，「全都混在一起了」。[34] 一九三五年，黎錦熙評論道，雖然《國音常用字彙》廢除了以前的版本，「教育界還有很多人沒有耳聞這個消息！」[35]新字典出版兩年多以後，老師指導學生時依舊叫他們查閱過時版本來檢視發音。[36]事實上，將國音說成由四十個符號和五個聲調組成——此說法仍然是混亂的根源，而且還在整個一九三〇年代及之後的教材中反覆不斷出現。[37]

在教室

國語基礎的變化相關消息在各地傳播的速度不同，位於鄉村的學校消息傳遞得最慢，這些學校在教學上也遠遠落後。[38]人們最常表達的憂慮呼應了一九二〇年代初期觀察到的現象：國語教員不會說國語；同儕壓力讓學習環境不佳；孩童覺得「難為情」，不願意練習；舌頭和耳朵未經訓練，很難熟稔四種聲調；家長強烈反對把時間花在他們認為無用的課程上；糾正「地方發音」以符合「標準」會遇上困難。[39]無錫縣的教員指出，他們許多同伴都還未達熟練的程度，「我們不能對教國語抱持奢望」。此外，「當你走近鄉村小學，不免會聽到學生齊聲朗誦的聲音」，這是古典教育特有的誇張複誦形式。[40]此乃十八世紀殘留的遺跡：老師搖頭晃腦，在教室裡踱步，要求學生按照「八股文」節奏背誦課文。他們把國語課本譯成當地土話，如同在教授古文。「這種國語只是換湯不換藥」——換了個名字，但實質不變，與營造「國語環境」的目標相去甚遠。為了鼓勵學生，某位老師建議在學校周圍張貼標語：「初學國語，自然非驢非馬。不學國語，連驢馬都比不上！」以及「土人說土話，土氣十足。」[41]

根據其他的第一手資料，鄉下人讀書時會下意識重複和死記硬背，有可能因此受害。如果有人打算在鄉村小學聽「國語課」，「你們一定要留意自己的胃，若不是會笑得太厲害，就是會怒不可抑。」有可能會看到老師一邊讀古文，一邊大罵國語「狗屁不值」。「我們名義上在教國語，實際上卻在教土語」，這其實是在延續語言欺詐的行徑。[42]古文之所以歷久不衰，可歸因於出身於舊政權時代學者的高壽。然而，某些觀察家認為，這些守舊教師也是在順應當時家長的期望，農村尤其如此。劉百川在一九三六年的日記中指出，家長十分堅持要讓家中子弟學習古文，他們認為舊方法優於創新的教學。[43]

劉百川身為江蘇大港鄉村教育實驗區區長，曾經擔任兩所小學的校長（此外還曾在江蘇省教育廳任職）。他在自己每個職位上都在建構基礎設施：拼湊必需品；設定教學目標；擬訂學生紀律和財務管理的規定。劉在大港考慮是否要執行教育部教授注音的指令：「村裡人對注音符號的了解為零。如果我們用這個東西教孩子或成人，他們會認為這是英語，就不會願意學習。」有些鄉村教師缺乏正規教育，根本不懂注音；有人可能學過，但早已忘了。當劉和一位同事打算列出一份「國語教育的實踐問題」來籌備教育論壇時，「我們想了又想，但只能想出一些。由於我們目前不教國語⋯⋯當然就沒有遇到任何困難或問題。」[44]劉訪問全區以後，蒐集了三十八條可供討論的意見。前兩條強調了口說國語的不確定性：「我們應不應該引導孩子說標準語？要怎麼教？」以及「我們應不應該教注音符號？要怎麼教？」[45]

對於「我們應不應該？」的問題，答案都是肯定的。然而，對於「怎麼教」的問題，那就是一場硬仗。「引導孩子說國語的小學經常遇到以下困難。一、老師不會講標準語。二、孩子感到害羞，不好意思練習。三、地方口音不容易符合標準。四、父母不同意。」這個重擔落在老師肩上：「他們應該努力練習，或者聽留聲機、無線電」，注意難改的土音習慣，然後予以糾正。為了克服學生和家長的不情願或抵制的心態，教師應該鼓勵學生並創造積極的學習環境。「標準話」應該是國語課的教學語言。「老師上課的時候，最好盡量講標準話。實在不行就用方言解釋吧！」[46]

這種穿插著指示的規定（「應該」、「最好」、「盡量」），在難以實施的情況下透露出所期望得到的結果。俞子夷認為，國語教學的背誦部分「應該使用國音」。「聲調和音高應該是國語的聲調和音高。」如果可能的話，教師應該逐步從「方言土音轉成國音」。[47]在河南鄉村實驗區的主力百泉村師範學校，示範教案表明，應該敦促學生用國語回答問題；生詞應標註國音。[48]在完全實現這些目標之前，國語教學中地方話和「標準話」混用的情況仍然普遍存在。某些人認為，這是一種污染了計畫純正性的致命現象。[49]然而，對其他人來說，這算是一種妥協，可被允許。當時流行的復興系列教材會一併發行教師手冊；黎錦熙和他的合著者在手冊中指出，教授口說國語時會出現兩種情況：「在某些地方，這與教外語沒有太大的區別。在其他地方，只需糾正發音和文法即可。」「理論上，所有國語教師都能夠講標準話是最好的。」然而，礙於願望與現實之間落差巨大，用方言教國語也可以。[50]這種觀念優先考慮語體文（白話文），將口說部分排除在國語課程之外。其他人也認為，學習說國語可能「完全像是在學習說外語」，但他們對於如何補救則有不同的意見。廈門大學教育學教授鐘魯齊主張「直接教學法」（direct method，外語教學界甚為流行）：課堂上避免說方言，「創造一個國語環境」，用插圖和默劇來幫助理解，「就像我們剛學英語時那樣」。[51]

趙欲仁則表示，一九三四年的國語課堂上使用方言（土語）的情況非常普遍，讓人遺憾。趙寫過一本有影響力的教育學書籍，也曾在浙江省教育廳任職。他以督學（視察員）和社會教育主任的身分參訪學校，會定期評估「教師資格」（另也肩負其他職責）。趙欲仁和其他人一樣，將教師無法講「標準話」視為國語課程的缺失。這些教員「應該想辦法提升自己的技能」或「至少盡量避免使用土音土話，而使用普通話」。[52]到了一九五〇年代，普通話成為中華人民共和國標準口語的稱呼，但趙欲仁在此處不認為它算是標準國語，而更像超越方言的一種語言。[53]他不看重替「不會說標準話、也不會教注音符號的老師」舉辦的講習班或補習班，這類論壇沒有解決實際需求，也未能「激起一丁點興趣」。最有效的補救措施要靠個人主動糾正自己的缺點。[54]不幸的是，某位評論者指出，多數中學教師並未自我改進，反而「輕視注音，認為它一文不值」。[55]黃志尚回憶起學過兩次注音的事，第一次是在小學，第二次是在師範學院，中間有一段很長的遺忘期。他覺得可笑的是，自己知識淺薄，湖南發音又「難聽」，那時候卻被認為有教國語的資格。[56]

正如這些評論所示，教師培訓的標準普遍寬鬆，導致了一直難以克服的阻礙。其實，在教育體系急劇擴張之下，這個問題在所有的科目和年級之間持續出現。公立、私立學校註冊人數從一九三〇年的一千一百五十萬人增加到一九三六年的將近兩千萬人。國民黨政府聲稱已更嚴加管控課程標準和教科書內容，但在落實教師執照規定和實施認證考試方面，各地卻標準不一。[57]定期在師資培訓課程中確認受訓者的注音熟練程度缺乏執行機制。[58]與此同時，零星頒布的指令提醒學校遵守新規定，斥責那些「堅持以方言作為教學語言」或「找藉口說學生聽不懂國音，所以仍使用方言教學」的學校。[59]一九三六年，廣東省被點名早該進行補救措施。在此之前，（由軍閥陳濟棠支持的胡漢民所領導的）獨立政權統治當地，國語尚未透過政府命令進入教育體系。文化傲慢和「粵語沙文主義」（Cantonese chauvinism）助長了下面這種意識，亦即粵語可當成貿易港口及其他地區通用語（lingua franca）的基礎。[60]胡漢民於一九三六年去世，而陳濟棠政變失敗後逃往香港，國民黨便在廣東省樹立了權威。「國語推行計畫」要求「各級教師一律使用國語作為教學語言」。師範畢業生考試和教師資格考試將會納入注音和口說國語測驗（分別於一九三七年和一九三八年實施）。[61]

一九三七年，教育部推出了一套新的國家標準，其中一項指示省市教育部門每三年須要求小學教師接受一次認證，檢定十一個科目的熟習程度。這項標準中的「國語」部分點出了文字、口語和注音符號，但並未強制要求說國語的能力作為教授國語的必要條件。[62]根據黎錦熙的說法，教育部已經多次搞砸落實的工作。學校課程接二連三變化，讓人無所適從，因此「國語教育在倒退，一步步倒退！」一九三二年，注音教學指南被取消，只留下三、四年級學生「應該熟悉」注音的模糊要求。「全國所有小學都很高興」，欣喜終於擺脫了繁重的任務。[63]

形容「全國所有小學」都很高興無疑是誇張的說法。然而，可以肯定的是，有很多學校落後，有些學校則熱切宣傳他們支持國語及輔助用的注音。在一九三〇年代，演講比賽是展示人們支持這項國家計畫的場合。參賽者來自各年齡層，有讀幼稚園的孩童，也有大學生；規模可能是個別的學校競賽，或是全市級的比賽。有些比賽會指定主題，要求演講者表達對國家和國民黨的熱愛。有些比賽則允許參賽者自由選題。[64]評審標準著眼於發音和內容，演講時要表現出受教育階層模範、得體的習慣（姿態、舉止、抑揚頓挫和手勢）。一旦可以自行選擇主題，學生很少跳脫自己熟悉的領域（譬如「抗日救國」和「我們立志成為科學之子」）。演講比賽會公開獎勵那些精熟於自己的表達媒介和訊息內容的參賽者，因此是培養模範演講者的理想方法。台下聽眾聽得如癡如醉，但總有些人會不以為然。在蘇州中學（江蘇最負盛名的一所中學），該校學生胡鬧推選出有嚴重言語障礙的夏濟安擔任國語演說代表。夏濟安當然感覺到其中的冒犯羞辱；他在校刊上發表一篇短文，譴責侮辱他的學生：「這些養尊處優的年輕人想嘲弄我，但我不會上當。」[65]

相較之下，劉百川任教學校的小學生則認真參與。劉要求大家以「一位模範城市公民」為主題撰寫內容、發表演說。經過兩輪比賽，最後選出代表班級參加全校比賽的決賽選手，由大家投票決定人選。根據劉的評價，演說者的表現參差不齊：「態度和聲調不好」、「說得很好，但他一開始的聲音太大了」、「咯咯笑，不夠嚴肅」、「夏芳紅（Xia Fanghong，音譯）說得沒有道理。」儘管劉評價狄卓軍（Di Zhuojun，音譯）時指出「他說得很好，但方音太多」，全班還是把票投給了他。[66]一小群模範學生偶爾也能在更大的舞台上發光發熱，例如一九三七年南京舉辦的兒童節比賽。二十三位學校比賽的優勝者有幸前往國民黨大會堂（KMT Great Hall），在兩百位嘉賓和尊貴的評審團面前發表演說。參賽者能講流利的國語、咬字「清晰悅耳」、「內容演說精采絕倫」，令觀眾讚不絕口。前三名可獲得的獎品包括一個書櫃、一套乒乓球拍，以及受邀前往中央廣播電台（Central Broadcasting Station）再次演說。[67]

語言暴政

在這類演說競賽中，參賽者展現極致的「標準」發音，掩蓋了外界就口說應該怎麼講得標準或講出一口好國語而產生的激烈紛爭。如同先前所討論的，將國語羅馬字提升到國家級地位為語言論戰引入了另一個爭論焦點。在一九三〇年代中期，關於拼音化的爭論愈演愈烈，最終爆發開來，因為當時又有另一個競爭者加入了這場論戰：拉丁化新文字（Ladingxua Sin Wenz，簡稱新文字〔Sin Wenz〕）。它是與蘇聯語言學家合作的產物，於一九二九年至一九三〇年在莫斯科創造出來，最初由瞿秋白為住在海參崴（Vladivostok，又譯夫拉迪沃斯托克）的中國工人設計。[68]除了出處臭名昭彰，拉丁化新文字與其競爭對手（通常也被稱為新文字〔new writing〕）的區別在於它刻意不區分聲調。這種設計的目標是為了要足夠靈活，以整合並調解地方話之間的差異。每種主要方言都有一套與其語音／音韻相應的「字母」。隨著時間的推移，各個字母會併入國家的「共同語言」（普通話）。正如瞿秋白在他最早發表的該主題相關文章中所指出的，仕紳階級反對廢除漢字，是將其用作「壟斷知識和壓迫群眾」的工具。他這一套系統消滅了「五個聲調」，而他認為那是「最煩人的問題」，也會阻礙拼音化的發展。[69]

拉丁化新文字強調方言口語的重要性，呼應了基督教宣教士為提升識字率而開發的語音系統。然而，拉丁化新文字與注音和國語羅馬字在國家現代化的目標上有更多的共同點。這三種方法（新文字、注音和國語羅馬字）的明顯分歧在於它們對於「提升民眾識字率 vs 口語標準化」有不同的重視優先排序，以及它們對（未來）廢除漢字也有各自的立場。鍾雨柔說得很對，新文字平等看待方言，徹底挑戰國語霸權。[70]

拉丁化新文字打從一開始便受人懷疑，被視為一路洋貨。批評者經常在它的名稱中加上「蘇聯」或「俄羅斯」，藉此區分這個版本的「新文字」和其他的版本；另外透過這種對比，也能強調國語羅馬字是土生土長（這個名稱會直接讓人想到國語）。有鑑於瞿秋白身為中國共產黨領袖的身分，新文字在政治光譜上的定位毫無疑義。（事實上，國民黨在一九三六年就禁止了新文字。）以語言學的面向而言，取消聲調區分這種提議引來了反感和譏笑。蕭迪忱認為，如果忽視聲調，我們最終說話都會「聽起來像外國宣教士布道時講的那種單調話……除非精神錯亂，否則不會有人希望大家模仿外國宣教士說話的方式。」[71]何容在《國語周刊》（*National Language Weekly*）上撰文抱怨，說外國人不理解聲調的重要，「在這種『拉丁化』方案中，他們覺得放棄聲調也沒什麼大損失。」至於簡化書寫系統以提升識字率的主張：

確實，放棄聲調區分比標記聲調要「簡單」得多……無論梨子、李子或栗子，只要用「li」來表示即可，可以省去不少麻煩！只要近似的聲音就夠了。寫「li」一定比畫物件要省事。你可以隨便寫一封信回家，大概猜測一下，十有八九是對的。

既然新文字還處於這種初步發展階段，擁護國語羅馬字的人就不必「反對」它。這樣做會得不償失，不但會提升新文字的地位，也會過度放大它的效用。[72]另一方面，黎錦熙則指出，明確反對標準化和「國語統一」值得警惕，因為批准不同的地區書寫系統會導致各方不一致。對於效用的論點，黎錦熙認為這種方法站不住腳。北京人怎麼能讀懂用「山東字母」寫的書信呢？除非他去找當地茶館的人翻譯信件內容。用「北京字母」寫的回信也需要一個中介翻譯。黎挖苦道，除非「你有某種神奇的力量，可以把山東土話變成國家統一的標準語言」，反之亦然。[73]

雖然眾人齊聲反對，但新文字卻吸引了魯迅和陶行知等有影響力的人物。他們擁護這種文字，認為它適合用來補充大眾語運動。[74]在一九三四年到一九三五年間，當新文字傳播到中國邊境時，知識界便針對白話不足之處有激烈的爭論。精英結合了古文、日文和歐語形式，創造出白話這種混合物，但普通老百姓仍然無法學會。[75]大眾語的擁護者將大眾語描述為一種經過改良的語體文，將可落實白話未曾實現的承諾，並且可能將「普通百姓」從漢字的「束縛」中解放出來。[76]這場辯論讓某位評論者憶起一九二〇年代的論戰。這是

「你不能教老狗新把戲」的案例，也進一步透露中國「原地兜圈，毫無進展」的可悲現狀。[77]爭論的焦點之一是這種大眾語是否應該遵循國語的發音標準或接納方言語音，如果是的話，要遵循哪一種國語，以及要到什麼程度？這些問題針對的是近期創建、但仍不穩定的以京音為本的國語。[78]例如，樂嗣炳建議以「上海共通語」作為大眾語的基礎。那不是土音，而是上海居於交通樞紐和文化生產中心的地位所形成的白話。[79]

黎錦熙試圖在爭論中找到共同點，靈活定義「大眾語」，將其視為自然而然產生的「南腔北調共同語言」。然而，他想調和鼎鼐，但顯然沒有改變任何人的想法。特別是黎錦熙提出國語、白話和大眾語「同體而異名」的說法引來了樂嗣炳的迅速反駁，因為樂嗣炳認為不可將這三個概念當成近義詞。「黎錦熙先生是國語運動的領袖」，擬訂了文法和發音標準，也是號稱「未來標準」的新字典主編，「可以說，標準國語大多是黎先生擬訂的。」他怎麼可能採取如此似是而非的立場呢？這讓人想不透，因此樂嗣炳懷疑黎錦熙的助手竄改了這篇文章。[80]

由於樂嗣炳等人出言抨擊，到了一九三五年，熱烈支持新文字的人士在各大城市集結起學習社團。一項雄心勃勃的出版計畫打算將新文字的理念傳播到全中國，其中包括十三種方言版本。[81]這場運動讓許多國語機構感到憤怒，國語羅馬字的支持者尤其暴跳如雷，於是開始全場緊迫盯人。有些人曾說區分口語的聲調不必過於嚴謹，卻也認為刻意消除全部聲調還是太過分了。這兩種拼字方案使用相同的拉丁字母，也沒有使用漢字，但國語羅馬字的支持者認為，新文字與國語羅馬字明顯不同且危害甚劇。這兩者可能會被混為一談，作為「新文字」的變體或「拉丁化」的兩個版本，如此一來，對抗便加劇了。[82]國語羅馬字堅持「四個聲調」，但新文字認為要「無聲調」，兩者對國語看法不同，一個強調口語的標準化，另一個則不強調。

一九三六年，有七百多人簽署了新文字宣言，其中包括胡適和孫科（孫逸仙之子）等知名人士。該聲明宣稱，「中國已經到了生死關頭，我們必須教育大眾」。作為漢字「附屬品」的注音並未解決文盲問題，而國語羅馬字只讓情況變得更糟：

> 在有閒有錢的人看來，學了一口北平話再用羅馬字母讀讀寫寫，是不費什麼事。但是叫一個上海的、福州的或廣州的苦人同時學北平話又學羅馬字，那幾乎是和學外國話一樣的難。國語羅馬字又注重聲調的符號，把初學的人弄得頭昏腦黑。簡單的說，中國大眾所需要的新文字，是解脫一地方言獨裁的新文字。[83]

新拉丁化者明確從階級角度來界定這個問題，認定國語是資產階級精英勾結下的產物。總體而言，語言標準化——特別是統一口語，尤其是國語羅馬字——注音的陰謀——代表了不同程度的語言暴政，是強加給毫無戒心的黎民百姓的。從目前的偽裝來看，「所謂國語，不過是有閒階級的共同語言」。強加於「長期受苦的勤奮人民身上」是行不通的，「這就是為什麼十多年來教授和學者推動的『國語統一運動』終究失敗的原因」。[84] 新文字的擁護者並不完全反對標準化的想法。「如果有真正的統一國語，誰會反對呢？」陶行知反問：「我們反對的是推廣一種冒牌貨國語，還強迫全國人民學習它。」[85] 趙元任為國語羅馬字辯護，試圖安撫批評者，說國語羅馬字只是一種「輔助」形式，不是為了增加學習國語的「麻煩」。至於有人指責國語羅馬字支持者打算取代漢字，他對此高聲抗議，說道：「我可不敢！」[86]

對於支持各種形式的語言改革的人來說，還可以借鏡當時新興土耳其共和國的發展來獲得啟發。自十九世紀末以來，中國觀察家一直懷著好奇心去關注鄂圖曼帝國（Ottoman Empire）的命運，無不強烈認為中國是慘遭各個帝國侵略的「東方病夫」。[87]穆斯塔法・凱末爾（Mustafa Kemal，阿塔圖克〔Atatürk〕）領導的土耳其民族主義者在一九二三年的獨立戰爭中取得勝利，中國知識圈和政治領袖便密切關注土耳其共和國雄心勃勃的現代化計畫。人們把這位土耳其國父讚譽為「近東英雄」，有些人渴望中國出現一位凱末爾帕夏（Kemal Pasha，阿塔圖克先前的名字），帶領這個國家走上類似的道路。[88]在凱末爾政權推行的改革中，其「驚天動地」的語言改革被認為「以新生命的無限力量重振了新土耳其」。欽佩讚譽的說法比比皆是，一場「文字革命」成功實現了。中國評論者讚揚「土耳其政府的決心」，不管少數人（尤其「頑固老學究」）的反對，以迅雷不及掩耳之勢，幾年之內便取得「驚人的成果」。[89]

土耳其語言工程第一階段的核心是廢除阿拉伯文字，改為採用奠基於拉丁字母之上的字母表。這項變革進展迅速，不到三個月，便在委員會審議之後實施變更。[90]根據《國家地理》（*National Geographic*）雜誌記者的報導（一九二九年出版並譯成中文），民眾的熱情源自於「法律的強制力」和總統的「鼓勵和說服」。政府各部會相繼推動改變（「爭先恐後」），以免阿塔圖克心生不滿。總體而言，這個年輕的共和國正在經歷驚人的轉變，從「腐敗政治」過渡到「嶄新秩序」。除了拋棄與現代世界不相容的古老文字，男人還放棄了菲斯帽（fez）[91]，女人則不戴面紗。外國人將不再「敢小看」這個欣欣向榮的國家。[92]土耳其強制推行語言改革讓中國人大為讚揚和羡慕。某位研究土耳其報導的評論者指出，即便如此，土耳其私底下可能仍有人對此有所批評和不滿。政府權威赫赫，壓制了異議聲浪，僅有一些「無關緊要」的衝突被報導出來。在土耳其民眾眼中，單方面的改變「很草率」，實施的時候根本罔顧民意。「但我們不能不欽佩」這些策略，尤其他們「實施起來既迅速又果決」。[93]這個過程與中國的情況形成鮮明的對比：二十多年來爭吵不斷、分歧嚴重，語言改革遂難以順利推展。國民黨政府及其領袖缺乏決心，說服力也不足，足以視之為反面教材。法律和政策指令幾乎毫無效果。「我們的政府根本比不上土耳其政府。」[94]

語音課程

王玉川指出，中國執政者缺乏意願且無法強制語言統一合規，最有效的辦法只能靠說服人。「我們需要說服我們的政府和說服我們的民眾。」國語機構的成員面對這些挑戰，只好採用聽說技術（audio-lingual technology），希望向更多人傳播訊息。在一九三〇年代，有人製作出各種不同的留聲機片，構成國語的聲音印記，這與一九二〇年代備受爭議的行徑截然不同（可參見第一章的描述）。例如，齊鐵恨的《國語話匣子》（*National Language Chatterbox*）的目標是提供大眾娛樂。這張唱片專為北京小販量身製作，讓他們可在夜晚帶著行動留聲機造訪社區。當時只要花幾個銅板，便可叫小販到家裡播放精選戲曲或流行歌曲。為了與更多有趣的節目競爭，齊鐵恨的課程採用短歌小曲和韻律形式，以歌唱方式展示國語發音。儘管唱片已不復存在，但隨附的目錄文字充滿京話口語，（無論語音或詞彙）都沒有遵循任何一種語言標準。他為錄音內容取的名稱清楚透露了這一點，也就是使用方言「話匣子」來指稱留聲機。齊鐵恨是土生土長的北京人，說話帶著典型的「北方」口音，兒化音很重。他後來擔任國語推行委員會常務委員，將這種口音帶到台灣。[95]

相較之下，其他錄音是充當發音範例。一九三三年，教育部應國語教育促進會（National Language

Education Advancement Association）的要求，批准了四張注音符號錄音供教學使用。學校和教育部門接獲指示，要購買這套教材及其配套課本。[96]與此同時，中華書局出版了《標準國音和國語留聲片》（*Standard National Pronunciation and National Language Records*），由白滌洲錄音。白滌洲是籌備委員會成員，經常與黎錦熙合作。這十六張唱片可拆成三個不同單元單獨購買，也可以用二十八元的折扣價成套添購。廣告聲稱唱片「發音準確清晰」、「選材豐富有趣」，適合個人學習或學校使用。[97]白滌洲在搭配的課本中強調，國語無意干擾或破壞方言，而且，「有一點大家都應該要明白：我們追求的目標是互相理解。沒必要讓每個人都以相同的方式說話，準確到完美……能夠無障礙地相互表達想法和意見就足夠了。」[98]在用方言教授國語或用古文聲調背誦國語的學校裡，試圖「轉換的人無法精準轉換自如」。白滌洲的錄音展現出「生動自然的標準」，為教員和學生提供了解方。[99]

兩年以後，商務印書館推出了一款競爭產品，由趙元任示範讀音。這個系列在上海錄製，共八張唱片，包含十六堂課，每堂課長達三分鐘。[100]趙元任遵循一九三二年字典定義的新標準發音，並以四聲作為基本組成。在聲調區分的問題上，他強調自己對「音韻家所搞的那一套」不感興趣，只關注普羅大眾的真實口語。趙還加入一個兒化音的課程、探討中性聲調（輕聲）的三個章節，以及「分辨易混淆音」的練習。趙讓女兒客串演出，扮演不同的角色。在第二課、第三課之間，趙元任和他女兒一起唱一九二二年留聲片的原創注音歌曲，歌曲中有四十個注音符號。接下來是一首「ＡＢＣ」歌曲（「國語羅馬字歌」），以國語羅馬字形式呈現拉丁字母的發音。這首歌的副歌保證學拉丁字既快樂又有好處：「快樂，快樂，非常快樂。我們已經學會了ＡＢＣ。」最後，趙元任為了表示自己同等重視這兩種標準音系統，為留聲機片寫了兩本配套課本，一本用注音標音，另一本則用國語羅馬字標音。[101]

到了一九三五年，趙元任透過另一種媒介讓他的聲音成為國語的權威，那就是廣播。[102]在南京的中央廣播電台（XGOA）播放的課程中，趙從注音符號開始重述自己留聲機片的內容。隨後的播放課程著眼於具體的發聲要點以及糾正地方習慣的策略。趙元任為南京人講解如何將第五聲「分配」到標準的四個聲調中，同時解析ㄗㄘㄙ（zi-ci-si）和ㄓㄔㄕ（zhi-chi-shi）之間的區別。福建人要特別留心如何軟化和捲曲舌頭，否則就會把「我是福州人」唸成「我利胡幽雷」（沒人聽得懂）。其他部分則幫助上海、廣州、西安和西南地區的人糾正錯誤發音。[103]這些課程還包括區分聲調的練習，這是趙元任教學中不可或缺的環節。正如趙教授所解釋的，音韻、詞彙、文法是國語的「根」，而聲調則是國語的「枝葉」。國語若要成為蓬勃發展的活語言，枝葉就必須茂盛。[104]

白滌洲以相互理解為最小公約數，趙元任則持相反的態度，他堅定認為學生要努力學習「準確的」發音，而這正是他在廣播講座中強調的主題。忽略聲調和語音差異可能會造成混淆，讓人啼笑皆非。例如，將「六月落綠葉」唸成「六個驢爺子」，豈不笑掉別人的大牙。趙承認，多數人沒空去研究國語與自身習慣的差異，或仔細檢視「無數的規則例外」和「例外中的例外」。對大多數人來說，「藍青官話就夠了」，「有一點藍青還可以」，只要不妨礙理解就好。趙元任又警告：「但若是把藍青當成目標，最終可能會完全讓人一頭霧水。」有了電話和收音機，現代世界依靠聲音來傳達意義。人在面對面對話時，可以用手指來發出信號，比方說可用手指區分數字四和十。然而，「中華民國國語」若要靠手勢來表達意思，那就完全有失體統了。[105]

為了緩和警告的口吻，趙元任也曾表達鼓勵的話語。他向聽眾保證，掌握國音並不難，只需辨識和學習不同於地方口語的聲音。有些人可能只要稍微調整就好，有人則有必要修改十到二十個地方。「聰明人」聽十遍國音就應該能夠掌握，可以「在最小的細節上都不失準確」。比較困難的是在會話中造句——這需要不斷練習，但只要努力，應該不難辦到。[106]王力不同意。這位未來的「中國語言學之父」認為，成年人一旦太晚學習國語，要掌握「純粹正統」的發音幾乎難如登天（「除非是天才」）。達到「百分之八十的國語水準」就足夠了。較棘手的問題並非不夠熟練，而是誤以為自己口語很流利。在舊都（南京）生活了幾年以後，那些學會說北京話的人都忘了自己的發音有缺陷，滿嘴「藍青官話」，十個音有五個音唸錯。[107]

一九三五年二月，為了慶祝「國語月」，包括趙元任、吳稚暉和教育部長在內的全明星陣容在南京和當地電視台播出了節目。[108]這個系列的其中一個環節是由北平市社會局局長蔡元所發表的一小時演講。他呼籲大家「犧牲一點個人意見」，放棄一部分的地方發音，「讓整個國家的語言有統一的希望」。蔡講了某個年輕人去北京出差的「老笑話」。這個年輕人在十天後回到家，舅舅罵他受到了這個前首都口語的影響：「你竟敢跟我炫耀北京腔！」這可憐的小伙子被訓斥以後，再也不敢說官話了。蔡總結道：「各位，要推行國語，我們必須要有改革、建設的精神。首先，我們不該怕別人嘲笑。其次，我們不該怕這些工作的困難……國語教育關係著國家的統一或分裂，也攸關我們民族的興衰。」[109]

中央廣播電台是一九三〇年代最大的廣播電台，這個電台及其附屬機構將趙元任的課程傳播到全國、整個東南亞，同時跨越太平洋傳到舊金山的海外社區。[110]「當一個人在發話機前講話時，各地數十萬人都可以聽到。（無線電廣播）是最有效的武器……可以推行國語」。[111]趙本人就很熱衷於從首都播出以及透過地方頻道再轉播的節目，這可以讓遙遠省分的百姓「聽到來自南京的純正國音和國語演說、報告和歌曲」。廣播可在日常生活中創造出國語環境，比學習音韻或文法更有效。趙元任指出，長期以來，大家把國語當成一門學校科目，放學後便拋諸腦後，這就像花瓶裡的花朵，飄浮無根。某些學生在課後練習國語時，同學會說那樣是在「裝腔作勢」。「當多數人都講國語的時候……每個人才會開始覺得，這是普通中國人所說的共同語言……只有這樣，國語才能真正成為中國的語言。」[112]

與此同時，即使在一九三四年至一九三六年的鼎盛時期，國語也只占中央廣播電視節目的一小部分。每週的廣播節目通常包括九十分鐘的國語教學（週一、週三和週五，下午五點十分到五點四十分）。娛樂節目為大宗，包括粵語、閩南音樂、京劇、歐美歌舞和蘇州彈詞（一種說唱敘事技藝）等。[113]用國語播放的新聞廣播與英語、粵語和廈門話（尤其便於日本統治下的台灣人民收聽）的新聞同樣被分配到一般固定的節目時段。[114]雖然有些人稱讚從中央廣播電台可聽到優美且「正確的國音」，但有些人則抱怨來自南京的國語發音「不正確」且「難以忍受」。這些錯誤「一錯再錯」，誤導了試圖學習國語的人。即使是偶然聽到廣播的外國人也會嘲笑這些錯誤。「無線電廣播很容易從一種有建設性的技術變成一種有害的技術。這對國語不但沒有好處，反而有害！」[115]自一九二九年以來，想要擔任廣播播音員和在電台工作的人，語言能力一直是聘用的資格標準之一，隨後的人員招聘指南重申了這點。[116]然而，不可能強迫來南京廣播電台（或其他地方）上節目的嘉賓說國語，或堅持以能否「正確發音」為前提邀請來賓。一九三五年，國語教育促進會要求交通部指定國語為唯一的廣播媒介，只有在特殊情況下才允許使用「方言翻譯」。雖然向地方電台發出了「正式通知」，但缺乏強制效力。[117]

最令某些觀察者震驚的是，教育部於一九三五年十月啟動中央廣播系列講座。中學和大眾教育中心被要求收聽課程（分別為每週三次和四次）。廣播內容由專家主講，主題涵蓋科學、公民意識和時事等，旨在提升廣播的教學內容。不幸的是，「今天湖北的講師說的是湖北話，明天另一個來自安徽的人說的是安徽話。每個人都說自己的母語，聽眾如何無障礙地聽懂內容呢？」在大多數時候，這個系列節目的主持人都是說「地方話」，或者發音不準確，導致廣播「浪費寶貴的時間」。[118]

雖然中央廣播電台並非完美無缺，但它發揮了國民黨政府喉舌的功能，將國語之聲傳播到全中國，乃至於海外地區。中央廣播電台在福建經營的主要頻道（福建廣播電台，XGOL）依賴南京製作節目，但並非完全如此。該頻道的節目表反映了母站的多語言娛樂和新聞格式，包括納入留聲片課程的國語節目。[119]正如省教育廳長在廣播演說中所言，福建語言複雜，雖然得面臨特殊的挑戰，但這也是難能可貴的機會。根據他的統計，該省有七十多種地方話，縣與縣、村與村之間語言不通。「但如果加倍努力，我們就能取得特別出色的成果。」[120]反觀其他地方，山東約有百分之十的節目使用國語作為廣播媒介，而廣州的三個電台則把將近一半的時間拿來播粵劇。[121]

上海的情況截然不同。一九三〇年代，上海有三十多家商業電台在相互爭搶聽眾。頻道林林總總，有每天播放十五小時的老牌頻道（上海廣播電台，XGAH），也有新推出的小眾頻道（佛教廣播電台，XMHB；華僑電台，XMHC）。[122]電台廣播反映了這座城市有各種語言的娛樂選擇。一九三四年，蘇州彈詞占大宗，在二十八個電台中，其播放時間占了百分之三十五。滬劇以百分之十的播放率遠遠屈居第二。總體而言，根據某人在一九三四年四月五日的評估，娛樂節目占了播出時間的百分之八十五。每座電台平均每天只有一・五小時播放「嚴肅的」節目。[123]對於焦慮的觀察者來說，大量的無聊娛樂節目凸顯出當時頹廢粗俗的文化，無法藉此開化民眾，使其追求新知。某位社論為文者表示：「收音機絕對不是一種娛樂設備。」播放音樂可以吸引聽眾，但做節目必須符合教學目的，以及達成政治目標。[124]

為此，交通部定期打擊播放被視為「危害公共秩序或道德」內容的電台，尤其要禁止「詞語淫穢和墮落的歌曲」。[125]一九三六年的一項國家指令將娛樂節目的播放時間限制在百分之六十。教育節目「原則上應以國語播出。暫時使用方言的電台必須額外增加國語教學節目」。[126]然而，教育家俞子夷指出，期望民眾利用閒暇時間聽課根本不合情理。民眾聽不懂廣播的語言，所以普遍不喜歡說教式節目。「如果全用土白，外地人就聽不懂。國語夾雜著土話，尤其難以理解。」讓問題更加複雜的是，旨在啟發心智的講座往往不適合用來廣播。「當講者不斷朗讀一篇長文時，怎麼能指望聽眾不轉台呢？」[127]

觀眾其實可以輕鬆掃過不同電台來尋找娛樂節目。儘管「流行歌曲」僅占電台不到百分之十的播放時段（根據一九三四年的調查），這種被貶為「墮落」和「色情」的娛樂卻引來更多人的大加撻伐。[128]上海隨處可聞「黃色音樂」（yellow music）的旋律。有人在夜總會演奏，透過收音機和留聲機傳送到百姓的客廳和百貨公司，並且經常流瀉到城市街道上。一本樂迷雜誌為聽眾指點迷津，說到了黃金時段，不妨切換電台來連續收聽廣播的流行歌曲。[129]有二十多個歌舞團巡迴演出，最大牌的女明星在廣播和電影雙棲，人氣爆漲，名聞遐邇。正如安德魯・瓊斯所示，黎錦暉透過他的「明月歌舞團」（Bright Moon Ensemble）開啟了「金嗓子」周璇和他的女兒黎明暉等人的演藝生涯。除了趙元任的發音課，女歌手輕快的歌聲也將國語的聲音傳播給大眾。儘管被認為是特定城市文化特有的現象，但「上海流行歌曲」卻是用國語演唱的。黎錦暉借鑑他在一九二〇年代擔任國語講習所所長的經驗（第一章討論過），訓練旗下的年輕表演者用國語演唱歌曲。曾經有一度，他還將歌舞團遷往北京，招募熟悉北方發音的歌手。[130]當年輕女孩成為萬人迷的明星，低吟著浪漫和單戀的歌曲之際，她們就有如在提供民眾容易理解的語言課程。聽眾中有一位特別挑剔的人發現，某些歌手發音不精準：「經常能聽到一點上海官話。」[131]話雖如此，「黃色音樂」掀起了一股熱潮，將國語融入上海的音景，而且或多或少傳揚到通商口岸之外。

在大銀幕上

某些一九三〇年代最受歡迎的歌曲起初是那個年代音樂劇電影中的曲目。正如馬彥君所言，為「國語流行樂」獻聲的女歌手創造了都市「休閒配樂」[132]。在中國電影史上，朝向有聲電影發展的轉變過程有據可查，學者已針對早期作品的主題、形式和視覺分析進行了大量的研究。[133]最初的實驗遭遇技術和資金方面的問題。與此同時，將聲音導入電影之後，點燃了可以統一口語的希望，或許能完成小學教員、注音字母、字典和留聲機的未竟之業。被定位為「國語電影」的影片帶著統一語言的宏偉願景，最終雖未能實現目標，卻將獨特的聲音檔案保留下來。當年的觀眾透過電影體驗「國語」時，到底聽到和學到了什麼？

一九三一年三月，第一部國產有聲電影在上海上映，襲捲了電影界。《歌女紅牡丹》（*Songstress Red Peony*）歷經艱苦的製作過程才殺青，被視為一大突破。這部電影分成十八卷膠片並附帶十八張蠟盤，此乃「演員和工作人員的血汗」，為民族志業打下一片江山。中國電影可以和好萊塢一較高下，這點攸關「國家榮譽和國際競爭」，也是對獨霸票房的進口電影的「一種抵抗」。隨著更廣泛的國產品運動掀起高潮，電影業也參與了反帝國主義的行動。[134]當時好萊塢有聲電影的對白經常充斥口語和俚語，民眾看片時會感到矮人一截，而《歌女紅牡丹》則是一股清流，讓觀眾深感振奮。一位觀察者指出，即使學過英語也無法理解好萊塢電影的內容：「就像個傻瓜坐在那裡，聽著洋人不停發笑」，整個人沉浸在「一種不滿的自卑感之中，內心癢癢的，卻無法搔癢。」[135]尋求消遣的中國電影觀眾「感受到種族和語言差異的痛苦」。雪上加霜的是，傲慢的外國製片人「嘲笑中國電影業十分落後」。《歌女紅牡丹》駁斥了那些說「中國永遠拍不出有聲電影的美國人」。[136]

即便有這種愛國情操，但《歌女紅牡丹》的品質卻還有很多進步空間。音軌是另外分開錄製，所以每次放映都需要同步，必須一絲不苟，即使出了一點小差錯，也會導致影像和聲音搭配不起來，最後讓觀眾發笑、遭到嘲諷。[137]然而，這部電影在中國和東南亞卻空前賣座，不僅展現民族情操，更有高潮迭起的劇情，很能娛樂觀眾。胡蝶飾演京劇女伶，名叫紅牡丹。她被花心丈夫虐待而病倒，事業毀於一旦。一位毛皮商人（舊情人）前去救助她。紅牡丹的丈夫賭債高築時，竟將女兒賣入娼門。後來，他改變主意想把女兒找回來，結果不小心殺死了促成這筆交易的傢伙。有一則廣告宣傳如下：「有對白、有歌唱、有京劇、有鼓聲、有喜劇、有悲劇、有情感、有刺激。」觀眾不知道的是，這部電影還配了一位京劇大明星的聲音。紅牡丹上台表演時，為她配音的正是梅蘭芳。[138]除了精湛的戲曲表演，胡蝶更演活了長期受苦的妻子和傷心欲絕的母親，讓觀眾感動落淚。某位外國評論家說道：「他們想讓我們相信她哭了整整五年。我們其實只看到她哭了半個小時。她演得很棒。」[139]

此外，《歌女紅牡丹》因推行國語有功而受到讚譽，胡蝶的發音（「清脆悅耳」）更是受到表揚。胡蝶是廣州人，出生於上海，童年在北京和天津度過。她在回憶錄中說自己成長時學過多種語言，遂能在國片轉向有聲電影發展的過渡之際享有「極大的優勢」。[140]其他的演員還得上課去學習國語發音。製片人周劍雲指出，該片的二十三名演員分別來自六個不同的省。「要教他們全部改口說國語，自然是一件困難的事。但拿破崙的字典裡沒有『困難』這個詞，對於克服困難，我們都很習慣了。」[141]影片的宣傳資料強調演員們夜以繼日努力不懈，終於克服了方言的阻礙：「每位演員都講國語，每句話都是國語發音，絕對沒有摻雜方言。」[142]由於這部電影及其錄音已不復存在，我們只能推測演員學會說的是哪一種國語。有一種傳聞說，編劇洪深負責指導演員的發音。其中兩位演員王獻齋（飾演花心的丈夫）和夏佩珍（飾演他的新歡）雖是山東人，但已經精通「北方話」。然而，他們還是需要洪深「糾正」發音，不斷練習數個小時，才能唸出「標準發音」。後來，有一位評論家說南京人龔稼農（毛皮商人，紅牡丹的舊情人）說話流利，但是明顯帶有南方口音。[143]

在大多數情況下，評論家忽略了「準確發音」的細節，反而為中國想像了一個新的語言未來。製片人周劍雲指出，儘管已經努力採用注音字母和推行國語，但「成效卻很慢」。召集從好幾個不同省來的人開會，「甚至比和洋人交談更困難」。藉由《歌女紅牡丹》這種作品，國語「將具備透過科技傳播流布的力量，能夠傳揚到各個地方」，比學校課程更有效。華語的聲音將傳播到海外的華人社區，讓僑民重返祖國懷抱。[144]其他觀察者則對中國持續存在的語言分裂情形感到遺憾，稱之為「恥辱」、「可笑」和「可悲」。南方人和北方人無法溝通；江蘇同省的人「不能交談」。儘管十多年來大家一直在推動語言統一，國語仍然四分五裂。「京韻」與粵韻衝突，有「萬種方法」去發出國語的聲音。有些人「隨身攜帶發音字典」，檢查他們的舌頭、牙齒、嘴唇和喉嚨，重新導正放回正確的位置。上面這種方法非常繁瑣，而有聲電影將會成為「推行國語的先鋒部隊，乃是一大批能征善戰的勇士」，可以放大國語的聲音，將統一國語的力量傳播到中國的每個角落。[145]

一九三一年，《歌女紅牡丹》在中國三十七個城市和整個東南亞放映。[146]其他電影製片者則競相追趕明星影片公司（Mingxing Studio）的突破性技術。七個月以後，競爭對手天一影片公司（Tianyi Studio）推出的《歌場春色》（*Spring on Stage*）首映，評價褒貶不一。某位批評者特別詳列這部電影在語言上的缺失。飾演上海商人的演員用「南方話咕噥半天」，另一個說蘇州話，還有一位女演員說粵語台詞。男主角一家都住在蘇州，為什麼不都說蘇州話呢？「片子裡的方言不統一，沒人聽得懂。」[147]相較之下，胡蝶國語熟練，操一口標準口語，名氣更上一層樓。在一九三三年的一項民意調查中，影迷將胡蝶選為「電影女王」，讓原本就聲名赫赫的她更添明星架式。胡蝶還是繼續出演無聲電影，但有聲電影選角時，她自然是不二人選。她在《脂粉市場》（*Cosmetics Market*，一九三三年）中，再度與《歌女紅牡丹》的兩位男搭檔和導演合作。這部劇情片已經收錄到中國電影經典合集，也重新發行，如今可以聆聽當時演員的聲音。胡蝶飾演李翠芬；李是一位年輕女子，因哥哥突然過世，家裡頓失依靠，生計沒有著落。於是李被迫輟學去一家百貨公司謀職。王獻齋再次擔綱男反派，飾演對她心懷不軌的上司。翠芬受到女同事的欺負，唯一聊以解慰的是一位幫助並追求她的男同事（龔稼農，再度扮演同情女主的角色）。

胡蝶善用「清脆清晰」的國語發音，讓影片展現絕佳效果。她說話緩慢準確，王獻齋和龔稼農亦是如此，說的話一聽便知是國語。然而，每個演員的聲調都不同，與趙元任的「純北平話」殊異有別。當配角

（開場鏡頭中的一位旁觀者，以及百貨公司的顧客）的聲音與主角口音一起出現時，這種情形最為明顯。配角說話時是用帶有北京話的口音。在大多數情況，主角之間的對話都是刪節過的口說片段，中間穿插字幕和音樂插曲。對話被壓縮到最少，取而代之的是豐富的音效，有口哨、掌聲、哭泣和歌曲，在張真所謂的「有聲電影的複音概念」（polyphonic conception of sound cinema）中大大受到凸顯。[148] 演員在說話時都小心謹慎，抑揚頓挫明顯且節奏緩慢，給人一種「做作」的感覺。[149] 生硬的對話交流搭配古怪的情節，例如翠芬在迂腐的工作環境感到苦惱，還有她因男上司像掠食獵物一樣追求她而心生恐懼。此外，做作的語言還配合了影片對頹廢生活中瀰漫虛情假意的描繪（化妝品櫃檯上的調情；花花公子將女性視為玩物）。翠芬的鄰居楊小姐是一位現代女性，會聆聽外國音樂，卻要費很大力氣才唸得出不自然的國語音節。翠芬與母親和嫂子談話時，措辭和句法正式得古怪，而這也導致一種不自然的感覺。整體而言，影片的國語對話整合得不順暢，但無礙於傳達核心訊息，而整部電影的核心訊息都是透過字幕來刻意強化。正如開頭字幕所聲稱的：「婦女職業解放，誰都知道是個重要問題……本劇所描寫的，祇不過是抽象的一件，從婦女生活，男女平權，一直到由奮鬬而尋求出路，給我們一個有力的啟示。」

學者現在認為，《脂粉市場》屬於「左翼」電影運動開端的製片浪潮其中一部分。胡蝶的下一部作品是《姊妹花》（*Twin Sisters*），一般認為這是她演藝生涯最出色的作品。《姊妹花》於一九三四年上映，不但佳評如潮，也十分賣座，創下連演六十天的紀錄。光在上海就有超過十萬人觀看了這部電影。影迷擠滿了戲院，不少人聲稱自己多次購票觀賞。[150] 胡蝶扮演出生時便失散的孿生姊妹，在戲中交替飾演留在農村的賢良妹妹大寶和成為軍閥小妾的虛榮妹妹二寶。當二寶聘請大寶當她兒子的奶媽時，兩姊妹相遇了，但並未認出對方是誰。大寶的丈夫桃哥受重傷以後，她要求預支工資以支付醫療費用。孰料二寶不肯，還打了她一巴掌。大寶在情急無助之下偷走一枚金鎖片，不料卻被二寶的小姑錢小姐發現。在隨後的爭搶中，一個花瓶砸在錢小姐身上，讓她當場死亡。大寶被捕以後，她年邁的母親遇到了軍法處長，這位處長原來是這對雙胞胎的父親。真相大白之後，劇情來到了高潮，這兩姊妹和她們的母親和解了。

胡蝶生動揣摩出「窮人的苦難」，引起電影觀眾的「狂熱」反應。一位影迷寫道，「在我走回家的路上」，大寶的哭聲「還迴盪在我耳邊」。另一位影迷寫道，「她的抽泣聲……在我的腦海中迴響。」導演鄭正秋形容該片是「代表弱者對不平之事的吶喊」。他刻意讓對話洋溢情感，以「牽動觀眾的心弦」。[151] 與此同時，評論家也讚賞該片的藝術成就。《姊妹花》榮獲年度有聲電影獎。[152] 總體而言，語言對於這部影片的成功似乎沒那麼重要。並非言語，而主要是靠哭泣，才讓作品與觀眾有了連結。確實，最常觀察到的景象是姊妹花的影迷流下大顆大顆的淚水，和大寶一家人一起哭，共同經歷一場又一場的不幸。

對於同時代的觀眾來說，胡蝶的發音並未因為她扮演雙重角色而有所不同。為了強調性格上的差異，她改變了語調，給二寶刺耳的高音調，另外則給大寶舒緩的低音。宣景琳年紀輕輕卻飾演年邁母親，演技傳神，令人信服，故廣受好評。宣景琳扮演貧困的農村婦女時，說話卻給人讀過太多書的感覺，多虧她不斷呻吟和抽泣，讓人心生憐憫，大致化解了上述不協調的狀況。鄭小秋飾演大寶的丈夫，說話的模樣卻和他扮演的角色最有衝突感。他扮演鄉巴佬，但卻字斟句酌講出正式的國語音節，與角色形象相違。然而，這種語言上的不一致當時並未困擾觀眾或評論家。倒是有某些評論者批判影片不切實際的美好結局。話雖如此，影迷和影評都認為《姊妹花》是一部傑作。[153]

儘管《姊妹花》等電影大獲成功，但在一九三〇年代初期新上映的電影中，有聲電影只占了百分之三十。根據電影學者的分析，在這些有聲電影之中，多數都插入了音樂和音效來代替對話。[154]對白貧乏的情況非常驚人。例如，號稱中國第一部音樂喜劇的《都市風光》（*Scenes of City Life*，一九三五年）混合音效和音樂，藉此點綴默劇動作和打鬧場景。[155]本片的誇張幻想引領觀眾加入四個村民的旅程，在等待開往上海的火車時，這一行人觀看了旅行西洋鏡（peep show）。當他們瞇著眼睛凝視「電影盒子」（film box）時，城市生活的蒙太奇片斷便逐一出現，場景次第展開，而他們也成了主角。這部影片情節薄弱，講述一名年輕女子、兩名追求者，以及她的父母的故事。（毛澤東未來的妻子江青在片中扮演配角現身，角色是一位臭名昭彰商賈的情婦）。[156]影片著眼於描繪日常生活的聲響體驗，凸顯了繁華大都會的聲音，包括電話鈴聲、街道車來人往的喧鬧聲、硬幣叮噹噹的聲音、門戶的嘎吱聲和關門聲。相較之下，對話非常少。為了傳達對故事情節至關重要的訊息，鏡頭不斷在文字線索上徘徊，包括圍巾的價格標籤、兩封一模一樣的情書。飾演女主角的張新珠說話時彷彿初學國語，生硬笨拙，幸好她的台詞不多。

《都市風光》的聲響創新和實驗風格為袁牧之導演贏得了好評。然而，觀眾卻沒那麼著迷於這部影片。某位評論家表示，這部電影構思複雜，對普通電影觀眾來說過於打高空：「只有先進的觀眾才能理解它。」[157]風格較傳統且內容較平易近人的是《馬路天使》（*Street Angel*），這是袁牧之的下一部作品。這部一九三七年由周璇主演的電影大賣座，也讓周旋聲名大噪。她飾演的小紅是一位年輕女子，與一家茶館的不正經老闆簽了契約，整部片滿是戲劇張力和悲哀苦情。觀眾對影片中的〈四季歌〉（Song of Four Seasons）和〈天涯歌女〉（The Wandering Songstress）讚不絕口，這兩首淒美的歌曲旋即成為廣播經常放送的曲目。[158] 雖然全體演員都能說一口流利的國語，但許多場景都省略了對白，採用了半有聲電影（partial-sound）的做法。[159] 周璇的表演非常有特色，她還藉機上了兩堂迷你國語課。在〈四季歌〉中，當小紅唱歌時，一個彈跳的球敲擊著歌詞，邀請觀眾一起跟著她唱。在〈天涯歌女〉中，歌詞會滾動到螢幕上與歌聲同步播放。

學者認為，一九三〇年代有聲電影之所以缺少對白，乃是遵循默片時代遺留下來的做法，以及出於音樂表演十分重要的這種想法。[160] 雖然「有聲電影」這個詞表明了口說的中心地位，但在一九三〇年代的中國有聲電影中，情況顯然並非如此。對此，我想再加上兩個明顯的問題，是它們強化了對白甚少的傾向。一是上海、廣東等主要市場的觀眾國語能力——在這兩個地區，方言有優勢。一九三四年，百分之三十的電影院播放的是方言發音的影片。[161] 有大量國語對白的電影會讓這些地區的觀眾看得很不順心，因此製片廠不願投資與多數客群在語言上不相容的作品。另一個問題是表演者用國語說台詞的能力堪憂。某位評論員在一九三一年指出，製作「完全採對白形式」的影片既要冒風險，而且又不必要。「你只需要選擇幾個精采的場景，加入一些對白即可」，可以透過字幕卡或字幕傳達配角的想法。如此調整之後，將可「避免演員說出膚淺、不成熟的國語」。如果製片方堅持百分之百使用對白，全體演員就必須精通國語，而不是「亂說國語來忽悠觀眾」，最後洋相百出。[162]

周璇十三歲就學會說國語，而默片時代的其他明星卻發現，成年以後再使用新的表演語言要困難得多。一九三三年首次主演無聲電影的徐來在有聲電影《船家女》（*The Boatman's Daughter*，一九三五年）中扮演女主角，不過她「國語一個字都不會說」。[163] 徐來飾演被迫賣淫的年輕女子，其表演廣受好評，而她當時只有幾句與情節無關的台詞。某位小報專欄作家抱怨，在無聲電影的時代，多數演員甚至無法掌握「一些基本的國語」。他們說話笨拙，僵在原地，無法移動，口裡亂說台詞。「一個不會說流利國語的人，怎麼能在有聲電影中擔綱主角？」[164]與此同時，周璇則充分發揮演藝與歌唱的雙重優勢而成為明星。她大約唱過兩百首歌曲，一半以上都是先出現在電影中。據說到處都能聽到她的歌聲。[165]

為了抵制無處不在的「黃色音樂」並引導電影明確走向說教路線，中國教育電影協會（Chinese Education Film Association）於一九三二年在國民黨高官陳立夫的監督下成立。中央執行委員會宣傳部（Central Committee Propaganda Department）也重組了文藝科，專注於製作教育電影。從一九三二年到一九三三年，該機構發行了七十二部作品，主要為短片和新聞影片。礙於技術不佳和經費不足，只有兩部影片含有錄製的聲音。[166]為了彌補內部專業知識的不足，這個政府機關與聯華影業公司（Lianhua Studios）簽訂了一份合同，要製作旨在鼓吹民族主義和宣傳國民黨意識形態的內容。[167]一九三四年，國民黨在南京設立中央電影攝影場（Central Studios）作為本身的製作管道和資訊機構。中電在成立的第一年就為國內外觀眾發行了兩百多部新聞片和紀錄片。[168]金陵大學的兩名教員製作了一系列科學紀錄片，其中就包括拍攝北海道日食的創舉。[169]總體而言，「教育電影」是一九三〇年代中期的新興類型，其影響力和效果有限，遠低於倡導者所希望達到的程度。事實證明，學校本就資源不足，預算根本難以支付放映費用。村民是很好奇，但電力卻是稀缺商品。多數無聲電影依靠字幕來傳達訊息，若要給不識字的民眾觀賞，就需要解說員在現場用當地方言解說。[170]

電影審查與言論政治

「教育片」是國民黨無聲的宣傳管道，但根本無法與周璇的金嗓子和胡蝶的明星魅力抗衡。一九三四年，胡蝶簽了約，在一部粵語有聲電影中擔任女主角，而這部作品卻引發了諸多爭議。多年以來，國民黨一直在審查那些「損害中華民族尊嚴」、違反三民主義原則、敗壞社會道德和妨礙公共秩序，或者宣揚「迷信異端思想」的電影。[171]執法部門會專門挑出外國電影對中國或中國百姓的侮辱字眼，也會試圖監管色情電影和散播「迷信」的影片。[172]一九三二年十二月，電影檢查委員會（Film Censorship Committee）通知製片廠，政府不再容許在電影中使用方言。「有聲電影和無聲電影的字幕經常插入粵語、閩南話或上海俚語」，這有損國語。「今後，電影一律使用國語，不得再使用方言。」[173]最常觸法的是廣州和香港的製片公司。這些片商靠著在南方地區和東南亞利潤豐厚的市場發行粵語電影來賺錢。從一九三二年到一九三六年，這些公司無視南京的審查者，在實質上享有自治權的他國政權保護傘下運作。上海片商受到更嚴格的審查，遂大表不滿「對手靠粵語電影獲取利潤，卻不受政府干預」這件事。[174]

上海天一影片公司不願意放棄這個利潤豐厚的市場，於是與某家南方影片公司合製了《白金龍》（*Platinum Dragon*），由粵劇紅伶薛覺先主演。薛曾在舞台版中扮演與此作品同名的主角。[175]根據報導，《白金龍》推遲了六個月發行，原因是片中語言不一致，構成一種方言的「混合翻炒料理」，語種主要是粵語，夾雜著上海話和浦東話。簡短的預告片讓上海觀眾感到困惑。（除了廣東人，其他人「完全聽不懂」）。坊間傳聞，這部電影不會獲得在全國上映的許可。[176]確實，目前尚不清楚天一影片最終是如何在不改變音軌的情況下獲得放映《白金龍》的許可。電影檢查委員會的紀錄顯示，在刪減了兩個場景之後，委員會便批准了這部影片。大眾媒體後來提到天一影片「克服了種種困難，勉強過了難關」。[177]某位熱切等待該片發行的影迷指出，檢查委員會審慎判斷以後，認為「國語的統一是勉強不來的」。[178]《白金龍》最終於一九三三年十月首映，在香港和廣東以及東南亞地區引起了轟動。狂熱的影迷以及同名香煙品牌巧妙交叉促銷，這部電影因此爆紅大賣。[179]通過審查之後，天一影片後續便複製這種模式，推出一系列以粵劇明星為主角的熱門影片；他們瞄準的是南方和海外市場。[180]

有了這個先例，其他上海電影製片商也想方設法要避開方言電影的禁令。對於明星影片公司來說，《紅船外史》（*Story in a Cantonese Opera Company*）似乎會包含無與倫比的組合：母語人士胡蝶主演粵語有聲電影，情節圍繞著戲曲展開。電影媒體預測本片可刷新票房紀錄。根據報導，上海的戲院老闆競相爭取放映《紅船外史》。明星影片希望於一九三四年秋天在許多地方上映，遂將片名改為《美德夫人》（*Mrs. Virtue*），藉此讓影片更吸引人。[181]前導宣傳讓某位評論家預測，「當前的方言電影風潮」很快就會促成其他方言版本問世。有人傳言一部廈門話電影已在拍攝當中，蘇州話和寧波話的電影肯定會隨之而來。[182]然而，《美德夫人》的拍攝之路並不平坦，從一開始便遭遇了麻煩，因為某位聯袂主演者中途退出。[183]明星影片公開反抗政府的禁令，於是《電聲》（*MovieTone*）週刊的一篇社論便質問審查者是否曾關注此事。社論作者寫道，在南方，粵語對白電影可謂「合乎民情」，或者被認為「天高皇帝遠，他們管不著」。《美德夫人》即將在上海開映，而政府可在此施行權力，所以上述藉口行不通。「他們到底在玩什麼把戲？」未經批准的電影不能放映。如果明星影片獲得了批准，那審查部門就是違反了自己的禁令，活該「打自己一巴掌」！如果電影未經審查，檢查委員會就得採取行動維護權威才行。[184]

事實上，南京的審查者正在關注這個情況。在一九三三年至一九三四年間，電影檢查委員會重新改組，歸於國民黨宣傳部所管轄，而這是手握重權的陳氏兄弟（陳立夫和陳果夫）職掌的權責範圍。[185]「左翼電影」被視為傳達支持共產黨的訊息（階級壓迫、性別平等），因此會受到特別的審核。競相製作粵語電影的大型製片公司像個幽靈，鬼影幢幢，讓近期被任命為中央電影檢查委員會（電檢會）主任的羅剛感到震驚，遂以「妨礙國語統一」為由，正式發布禁止《美德夫人》的命令。[186]製片人為了拯救這部電影，用國語音軌取代了違法的對白，但仍然保存屬於情節核心的粵劇。此外，他們又將片名更改為《麥夫人》（*Mrs. Mai*），為這部片在上海和別處上映掃清了道路。[187]粵語版以原名《紅船外史》在廣州首映，但隔日就被下架，理由是情節「淫穢不堪」且「傷風敗俗」。評論家發現，從色情程度來看，該片的情愛場景相當溫和，因此有人懷疑禁令背後牽扯個人恩怨。[188]兩個版本都收到觀眾褒貶不一的迴響。有位評論家看了為數不多的其中一個場次，但沒有留下深刻的印象。情節「荒誕無稽」；粵劇「慘不忍睹」；胡蝶的表演「讓人感覺不舒服」。原以為《紅船外史》會是「驚天動地」的大片，結果卻「不值得花錢看」。[189]另一位影評人看完《麥夫人》之後抱怨，說對於江蘇人來說，好像在看外國電影，根本聽不懂對白。插入國語對白顯然並未讓觀眾看得多愉悅。另一位評論家的結論是，對那些不懂粵劇的人（例如她自己）而言，這部電影「難看至極、讓人厭惡且無聊透頂」。[190]

從更廣闊的角度來看，《紅船外史》／《美德夫人》／《麥夫人》的不幸經歷揭示了政府權力、逐利行為和觀眾偏好之間的糾葛。捍衛方言電影的人也質疑國語比較優越的觀點，其中包括演員兼評論家唐納。唐納代表左翼電影圈中的少數觀點，他認為現有的「上流社會、商賈和買辦的國語」構成了「幾乎無人會說的外語」。正如其支持者所想，在電影中使用國語無疑「有助於消滅方言」。但聽不懂國語的觀眾（尤其是廣州觀眾）會感到陌生和不理解，就像不懂英語的人看好萊塢電影一樣。[191] 除了方言電影的統一或分裂效果的爭論，《電影世界》（*Movie World*）雜誌還重申觀眾能否理解的問題：「『國語電影』的『國語』過於曲高和寡」，缺乏聲調變化和節奏，「有時連北平人都聽不懂……誰需要那種南方人和北方人都聽不懂的南腔北調的電影？」由於缺乏精通國語的演員，我們最好使用方言，無論是粵語還是上海話都好。即使是默片也比聲調、發音混亂的有聲電影更加可取。[192]

與此同時，上海影片公司繼續為南方和海外觀眾製作粵語有聲片。有企圖心的片商高層打算替換國語對白音軌，以便在上海和其他地方發行上映，藉此賺得盆滿缽滿。電影檢查委員會一直容忍這種情況，最後到了一九三六年，胡漢民－陳濟棠政權垮台，電檢會終於能夠立威。主任羅剛向影片公司發出通知，但「出於同情」他們困境的立場，同意短暫推遲實施命令；在過渡期酌以權宜，已經在製作中的粵語電影可以申請豁免。[193] 政府介入的消息讓上海電影人欣喜萬分，他們幸災樂禍說道：「粵語電影的死期到了！」電影明星看到「末日」來臨，便爭先恐後去學說國語。[194]

有人興高采烈，說粵語電影即將消亡，但這種推測為時過早。「保護粵語電影運動」召開緊急會議去擬訂策略，四處強力遊說和打拖延戰，以及以財務困窘為藉口，多次要求延期豁免。一份寄到南京的請願書指出，由於國語尚未傳播到廣東和海外社區，「廣東人說粵語理所當然」。欠缺實用的口說國語，方言就是教育群眾的工具。例如，中央廣播電台會在不同的節目中使用國語、粵語和英語來傳達重要的新聞。「教員大多使用粵語作為教學語言，教育部門並沒有嚴厲禁止。」在這種情況下，讓電影業負責統一國語顯然不公平。禁止粵語電影將導致成千上萬人失業、影片公司蒙受損失後一蹶不振，另外也會剝奪社群珍貴的文化產物。[195]這些懇求之聲取得了預期效果。各家小報猜測，政府雖然有意禁止大眾媒體使用方言，卻不願意傷害國內的電影產業。[196]

邵力子於一九三七年一月擔任新的中央宣傳部部長，此後在他的監督下，電影檢查委員會更加親力親為。[197]因此，有一部粵語長片（片名影射女演員阮玲玉的自殺事件）遭禁止在上海放映，直到刪除音軌後才准許播放。某本商業雜誌稱讚，將這部有聲電影改編成配上字幕的默片是「一個變通妙法」，因為「大多數的上海人聽不懂粵語」。[198]與此同時，正在製作的粵語電影在禁令即將到來之前都趕著要完成拍攝。關於其他方言「競相追趕」的傳言將矛頭指向福建，這是另一個市場潛力可延伸至東南亞的地區。（一部正在製作的潮州對白電影得到了海外商賈支持；大批台灣觀眾都想觀看一部根據流行的地方戲曲改編成的廈門對白電影。）[199]最後，新訂出的最後期限（一九三七年七月一日）宣布以後，南方人便成立「救亡協會」。然而，這場運動挪用對抗日本帝國主義的口號，可能無意中不利於自身追求的目標。此外，上海影片公司的高層則繼續發洩不滿，說電影檢查委員會過於「寬宏大量」。審查者不但沒有要求問責，反而一再延長最後期限，讓人懷疑是否會執行方言電影的禁令。片商公開提出重返粵語市場的可能性，也想知道他們是否應該「開始計畫製作其他方言電影」。他們在思考電影業的未來時，必須「計算維護法律的成本」。[200]

隨著七月一日的最後期限逼近，雙方爭執益發激烈。上海派將禁演粵語片比喻為「剿匪」運動（一九三〇年代的說法，所謂匪，指的是共產黨不法之徒）。[201]對戰的代表團抵達南京進行「肉搏戰」。宣傳部長邵力子最終提出一個變通之道，擬訂片廠製片許可的規定，同時給予方言禁令暫緩期三年。透過強制規定許可標準，這項策略將間接迫使粵語電影公司退出市場，無需在方言問題上採取強硬立場。[202]然而，和解協議的墨跡尚未乾，八卦人士就謠傳南方人在戴策（電檢會委員）訪問香港和廣州期間用一群女明星來拉攏他。據稱，這些人誘使戴策改變立場，從反對轉為倡導「粵語電影的偉大文化使命」。（戴策稱讚廣東女人「比上海的女人更漂亮」，並分享了他最喜歡的香港女明星照片。）[203]在有人暗指這種轉變的可疑之處後，廣東電影公司也斷然拒絕將電影提交給南京審批。他們還要求進一步延長六年的方言禁令暫緩期。廣州政府宣布，只要市政府批准，便可在市內放映粵語電影，不再需要南京的認可，如此擺出了更好戰的態度。上海的商業媒體大聲疾呼，譴責中央政府對方言電影的制裁毫無約束力。照這樣下去，「談個三、六年就沒有意義了；即使延長到八十年或一百年，他們也沒有辦法執行這個政策。」[204]

事情就這樣耗下去。一九三七年夏天，日軍進攻上海之前，上海影片公司紛紛撤離，這場爭議才告一段落。國民黨政府年底從南京撤軍，此時方言審查問題已變得無意義可言。總體而言，儘管一九三〇年代電影打著國語的旗纛，但事實證明，結果已經讓那些期盼電影能統一口語的人失望了。國語為更廣泛發行影片鋪了路，使電影得以傳播到受語言限制地區之外的觀眾，同時促進電影界向海外社區推銷作品。正如安德魯·瓊斯談論同一時期的流行音樂時所言，國語的使用反映了「統一國體的單一聲音」（the unitary voice of a unified national body）。瓊斯認為，製作流行歌曲就是「語言調解」（linguistic mediation）和「政治腹語」（political ventriloquism）的行為。[205]國語電影也有雷同的運作方式，但觀眾會如何透過電影消化這種國族化願望，卻不容易清楚掌握。早期的有聲電影非常依賴情節，劇情苦情哀傷且情感濃重，能讓人淡忘難以理解語言的時刻。此外，電影情節並不複雜，也不靠對白推進敘事。看電影的觀眾只會在電影院裡短暫聽到國語的聲音。然而，隨著別種媒體不斷發展，特別是廣播和留聲機，國語開始出現於都市生活的音場（soundstage）中。

方言困境

國民黨政府未能解決方言電影的問題，凸顯了地方與國家之間在戲劇上發生摩擦和持續不斷的爭論。多年以來，方言問題屢次出現，不斷阻撓推行標準化的計畫，在統一口語的想像世界中持續引發爭議。中國眾多的方言如何與國家標準共存？國語是否打算攆走方言，或者能否從各種混雜語言中形成一種互補的雙層語言（diglossia）[206]？確實，未完全投入口語標準化計畫的人仍然懷疑國語是否要取代地方語言。有人擔憂方言被消滅並非無憑無據。即便有人聲明語言統一不會消滅方言，但這種聲明一旦與「方言不易消滅」的基本說法擺在一起，就很難令人放心。[207]大肆宣揚注音有利於統一語言的人也冷嘲熱諷，將方言定調為「原始時代意識形態的餘緒」。[208]

的確，如何在標準化框架中容納地方口語仍是傷腦筋的問題。正如前一章所示，在一九二〇年代，對於是否標記、如何標記「閏音」（添加到注音字母的音素）以容納現有音節（符號）無法表達的方音，各界看法分歧。就在國民黨政府收緊北方發音標準的界線時，一般普遍認為注音符號包含了三個不再實用的符號：万、兀、广。然而，這些殘留元素一直存在，比方說出現在趙元任的《ㄅㄆㄇㄈ》[209]；在一九三〇年代和一九四〇年代的廣播和課堂上都會教這首歌。某本教科書指出，這三個符號「在標準公布後不再用於拼寫國音……之所以保留是為了方便拼寫方音」。[210]

實際上，政府政策批准使用注音來「拼寫」方音。國民黨在一九三〇年的施行計畫中強調注音的雙重功能，同時規定了一種行間記法：右旁標註「國音」，左旁標註「方音」。[211]當時標榜的注音優點包括它有許多功能：「這幾十個符號可以標註國音和方音……沒有不能標註的聲音，沒有不能表達的語言。」[212]這說得太誇張了，許多方言特有的聲音光憑四十個符號其實無法標出來。儘管如此，雙重標音維繫了國音，同時為注音在「方言地區」更廣泛的應用開啟了大門。一九三二年，籌備委員會出版了趙元任的《注音符號總表》，藉此系統性著手解決這些問題。[213]趙元任參照三十多種方言的音韻，為四十種閏音創造新符號，將其聲音與國際音標（International Phonetic Alphabet，簡稱ＩＰＡ）相互對應。趙還提供國語羅馬字、英語、法語、德語和日語的對照標音總表。這套系統將音素數量增加一倍，並且勾勒出韻母、介音和聲母的八十四種組合，大幅擴展注音符號可標註的聲音數量。針對南京、無錫、蘇州、常州和廣州五種方言，趙元任總結了主要的語音特徵，同時也附上對應符號的例句。

趙元任的《注音符號總表》補足了其他學者對方言語言學方面的研究。[214]在無錫，土生土長的吳稚暉主張使用方音音標來提升識字率（正如第一章指出，外國宣教士就是這樣做，吳先前還反對，如今改變想法了）。吳稚暉在一九三一年撰文指出，當地應該「自然地」使用無錫發音來教育大眾；課本的標音必須反映當地口語。附加國音另有好處，可方便關注兩者差異的人。[215]與此同時，在福州，兩名語言學家正在研究省城地方口語的注音符號。一九三一年，陳希孟成為全市十五萬文盲的「救世主」。由於四十個符號「無法準確標註地方發音多樣且異常的讀音」，這兩人便增加符號以捕捉家鄉的語言多樣性。[216]福建率先起步，也獲得省政府的支持，因此是少數能夠加快完成方音符號的地區之一。然而，要實現這點，便得犧牲國語統一計畫。某位教育學者表示，採行方音與國語統一目標相互矛盾，在地方話與國語明顯不同的地區，以及「文盲階層」需要方言發音的閏音符號來學習閱讀的地區，這種情況難以避免。「普通人不知道國語或國音。你怎麼能叫他們用注音符號來拼出國語？更遑論用國音來讀書識字了。」在這些情況下，必須牽就語言的現實情況而暫時讓步，推遲使用國語。217

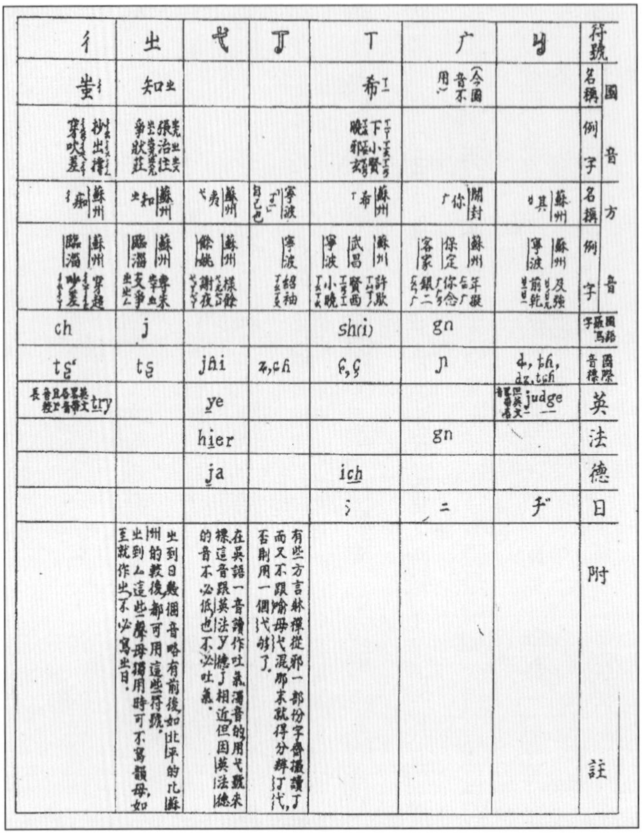

圖2.1 閏音。

資料來源：趙元任，《注音符號總表》，一九三二年。

有人在別處提出其他方案，包括錢玄同提議修訂趙元任的《注音符號總表》。（某些閏音符號太像原來的四十個注音符號，這樣會導致混亂。）趙本人則繼續在他的案例研究上精益求精，例如他向黎錦熙諮詢長沙音韻，以及邀請民歌研究者試用他的無錫字母表並提供回饋。218綜觀各地，蘇州把方言標音符號的基礎打得最為牢固，當地悠久的白話文化歷

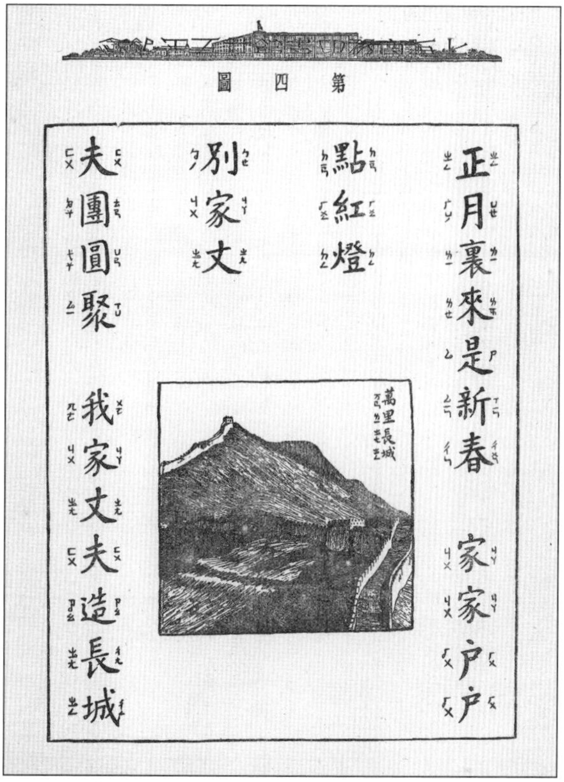

圖2.2 雙重標音：國音（右）和無錫音（左）。

資料來源：吳敬恆，〈三十五年來之音符運動〉，一九三一年，第52頁。

史與拼音先例（分別由吳稚暉、錢玄同和魏建功創造）融為一體。[219]一九三五年，陸基帶頭倡議推廣蘇州注音符號，作為讓民眾識字的工具。在籌備委員會和地方官員的支持下，陸基順利發起募款活動並出版一系列的教材。他借鑑陶行知進步主義教育運動（progressive education movement）的思想，與教育部門合作，招募一批「蘇州語音小教師」團隊。[220]籌備委員會也分發三萬份大報，上面印著蘇州注音符號的八十一個音素。[221]某位在上海偶然看到該大報的評論家稱讚，那是一個很棒的工具，「即使最愚蠢的人」頂多也只要兩個月，就能學會寫信或寫帳本。這種做法比同時正在使用的「藍青官話」來教上海人讀書更好。[222]當記者問起蘇州拼音運動的情況時，黎錦熙發表了更正面的看法：「在大眾教育中，沒有必要強制國語統一。只要國音在那裡（註在右邊），看左邊也沒什麼壞處，也就是註在左邊的方音。」[223]

除了這些例子，方音注音符號在別處並未獲得足夠的關注。有些人稱讚注音符號對於國音和方音有雙重功能，但某些人則反對這個前提。「注音符號的教學應完全以國音為標準……既然注音符號擔負統一全國語言的重責大任，各地教導的人就一定要用國音，而不是方言。如果用方音來教，結果還是方言發音。」[224]確實，支持方言標音作為提升識字率的方法與促進口語統一的計畫是直接牴觸的。因此，某些擁護口語標準的人排斥方音符號，因為這與他們的目標背道而馳。對於那些擔心語言會破碎不一致的人來說，使用注音系統的方音標音與新文字的某些邏輯相似。這些在新文字和大眾語言交叉點上持續進行的論戰，為實施方音標音來提升識字率的計畫蒙上了一層陰影。

方音標音之所以很慢才受到採用，另一個因素是教育部的指令。該指令要求各縣、市、省行政部門全面調查其管轄範圍內的方言，並將調查結果提交籌備委員會審查。[225]這項任務需要耗費時間去蒐集資料、整合研究結果，以及針對結論達成共識。對方言進行田野調查的人遭遇無數的障礙，有人指出：「我不知道該笑還是該哭。」每到一個村莊或縣城時，該從哪裡開始才好？你可能要坐一整天等著見村長，而且還得送禮和請客，可能就要花上幾天的時間。一旦找到當地的資訊提供者，「就算人出現了，也不一定會回答問題，有的甚至給你錯誤的訊息。」[226]礙於這些問題，一九三七年抗日戰爭爆發時，那些很慢才開始研究方音的人已經沒有時間了。

一九三六年，某位新文字的支持者發現，自從「教授和學者」開始推行國語以來，已經過了十多年了。在那段期間，「他們不知寫了多少文章，教育部也不知發布了多少指令。」結果卻令人失望：「正如其創始者黎錦熙先生所言，『今日的國語運動似乎陷入了不幸的境地，不是徹底衰落，但至少可謂半途而廢。』」與此同時，拉丁化運動「蓬勃發展」，儘管有人誤以為「它有可能分裂國家」。[227]國語統一籌備委員會最近才從其名稱中刪除那個有臨時意味的形容詞。[228]歷經十五年以上的歲月，該小組終於準備好從沒完沒了的準備狀態向前邁進。儘管取得了進展，但挑戰仍然艱鉅，尤其新文字此時出乎意料地異軍突起。

中日戰爭爆發前夕，在各方撮合下，論戰雙方結成統一戰線，開始「攜手並進」。潘古干遞出橄欖枝，認為國語羅馬字和新文字在聲調問題上立場不同，卻「有很多共同點……我們絕對不是敵人，而是為同一個理想奮鬥的戰友。」伸出的友誼之手已經懸在空中，「我們相信它不會被拒絕」。[229]潘古干這種期許和平的表示加入了訴求團結的合唱，邀請對手「攜手一同走上拼音文字的大路」。發表這些交流意見的《語言與文學》（*Language and Literature*）雜誌編輯建議對立陣營「把目光放得更長遠，做人要更大器一點」。[230]王玉川不為所動，堅定支持國語運動，也拒絕收回他尖銳的反對意見。他反駁時語帶諷刺，將新文字派對國語羅馬字的態度描述為先是「發出挑戰」，爾後「搧一記耳光」，最終又「伸出友誼之手，而這是最讓人欣慰的事情」。王表示他「非常樂於與所有願意為國語羅馬字共同奮鬥的同志攜手並進」。[231]他的對手還擊了。有人嘲笑注音和國語羅馬字是政府認可的注音系統的一體二位，並嘲笑這兩者是「國語純粹派的傳統妻子」與「西式小妾」的搭配。另有人猛烈抨擊，聲稱國語羅馬字在表達聲調差異方面的假定優勢構成了其「最嚴重的缺點」。四聲死而復生，將我們帶回「黑暗時代」。為了配合聲調，「我們的國語」包括「滿臉都是麻子」的注音，還有那像怪物一樣——「滿身病灶、兩臂三腿且駝背」的國語羅馬字。[232]

一九三七年夏天，戰爭陰霾先是聚集，之後爆發了。這些爭論語言的人爭先恐後尋找庇護之地。原本攸關標準化的論戰持續不斷，此時礙於軍事危機而暫告一段落；有關方言地位或口語規範不確定性的論戰也暫時遭到擱置。眼下最迫切的是如何求生存，這個問題可大得多了。中國能在日本侵略的鐵蹄之下倖存嗎？國語能否產生凝聚國家的向心力？又或者會與國家一起滅亡？

註釋

1 原註：〈鄭曉滄先生教育問題討論專刊〉，第5–6頁。

2 原註：〈國語統一籌備委員會規程〉，一九二八年十二月十二日；〈國語推行委員會規程〉（一九三五年），SHA 5/12284，第63頁。

3 原註：國語統一籌備會，《國語羅馬字》。一九二五年至一九二六年的一系列會議最終確定官方系統。黎錦熙，〈國語羅馬字公布經過述略〉，第5–9頁。

4 原註：趙元任，〈國語羅馬字的研究〉；〈國語羅馬字拼音法式〉。

5 原註：王玉川，〈國語羅馬字的用處〉。

6 原註：杜子勁，〈國音常用字彙的出版〉。

7 原註：〈教育部訓令〉（一九三〇年五月），出自《新著國語教學法》，附錄二。

8 原註：迪（Di，匿名），〈注音符號與民眾教育〉。

9 原註：馬國英，《新舊國音辨異》，〈序言〉。

10 原註：張漱六，《注音符號問答》，第2–4頁；馬國英，《國語注音符號發音指南》，第7–8頁；穆修德，《國語發音及文法》，第8–10頁，第32頁；〈怎樣學習國語〉，《申報》（增刊），一九三四年一月二十八日，第21版。

11 原註：教育部，《注音符號傳習小冊》，第5頁，第45–47頁，第50頁。

12 原註：國史館001097000400101 2a–001097000400103 3a（一九三〇年二月到三月）。

13 原註：教育部公報2, no. 11 (1930): 21–23。這項指令已下發省、市教育部門並轉發各學校貫徹落實。CMA 130/1/11, 228–29；《浙江教育行政週刊》，第30期（一九三〇年）：第6–7頁。

14 原註：〈全國國語運動宣傳週〉，第9–10頁。

15 原註：沙翁，〈不識國文不懂國語的官吏〉。

16 原註：蔣介石於一九二六年造訪過安源，向一萬四千多人發表演說。某位工人後來回憶：「他說的話，我們一個字都聽不懂。」引述自Perry, *Anyuan,* 130。

17 原註：〈各省市縣推行注音符號辦法〉，第30–32頁；SMA Q235-1-6838，第5–8頁。

18 原註：〈北平市推行注音符號最近工作計畫書〉，第17頁，第25–28頁；譚際時，〈推行注音符號應當注意的幾點〉，第4頁；SMA Q207-1-82，第1–8頁；廣東多個縣市無視要送員工參加注音班的指令。《廣東省政府公報》，no. 147 (1931): 161。

19 原註：杜子勁，〈國音常用字彙的出版〉。

20 原註：徐朗秋，〈注音符號淺說〉，第68–69頁。

21 原註：〈青島市推行注音符號大會宣言〉第42頁及其補充材料（未標頁碼）；《十九年度河南教育年鑑》，第845–48頁。關於國民黨的掃盲運動，請參閱：Luo, "China's Literacy Myth"。

22 原註：識字的捷徑是教導注音符號的發音，大概需要幾天或幾週。記住了注音符號及其相對聲音，此後就能憑這些符號來「閱讀」有標音的報紙或街道標誌。然而，如果某人的母語與國語幾乎無法對應，或者根本沒有對應，透過這種方法來發出的聲音就毫無意義。

23 原註：吳敬恆，〈怎樣應用注音符號〉。

24 原註：修訂委員包括錢玄同、黎錦熙、白滌洲、蕭家霖、趙元任和汪怡。除了白滌洲（卒於一九三四年）之外，其他人都在一九四五年後於台灣海峽兩岸的語言改革中發揮了關鍵作用。

25 原註：教育部國語統一籌備委員會，《國音常用字彙》，第iii頁。〈序言〉沒有署名。黎錦熙後來將字典的〈序言〉和編輯工作歸功於錢玄同。〈錢玄同先生傳〉，第152–53頁。

26 原註：教育部國語統一籌備委員會，《國音常用字彙》，第iii–vii頁，第xi–xii頁。在一封年代約為一九二六年的信中，黎錦熙向吳稚暉匯報，說他與趙元任等人正在修訂字典，「大致以京音為標準」，但為了南方人而保留入聲。吳稚暉書信，檔案編號02887。

27 原註：黃志尚曾就讀湖南第一師範學校，當時曾短暫受教於擔任國文老師的毛澤東。

28 原註：黃志尚，〈國音常用字彙〉。

29 原註：SHA 5/12284，第57頁。

30 原註：王璞，《王璞的國語會話》，第二十九版，一九三〇年。該廣告出現在陸衣言《國語羅馬字使用法》一書的補充材料之中。有一份國音字彙於一九一九年首次出版，一直印刷到一九四八年。方毅，《國音學生字彙》。

31 原註：趙元任書信，MS83/30，第5盒，一九三〇年十月十三日的信。

32 原註：例如：馬國英，《新國音概要》；陸衣言和馬國英，《新國音學生字典》；齊鐵恨，《新國音講習課本》；章壽棟，《國音新教本教授書》。

33 原註：叢介生，《國音學》，第8–9頁。

34 原註：馬國英，〈國音和注音字母〉，第67頁；謝伯明，〈談談暑期裡學習國語的經過和意見〉。一九三〇年，開封進行一項調查，指示書店將所有出售的注音出版物送交檢查，以核實是否符合新標準。《十九年度河南教育年鑑》，第852–53頁。

35 原註：黎錦熙，〈國音常用字彙公布記〉，第191頁。

36 原註：李璧貞，〈小學低級的說話教學問題〉，第17頁。

37 原註：請參閱樂嗣炳的《國語學大綱》，第22–23頁，第64頁；張春生，〈國語五聲拼音〉，第330頁。

38 原註：關於農村教育，請參閱：Cong, *Teachers' Schools*；VanderVen, *A School in Every Village*。

39 原註：陳俠，〈鄉村小學國語教學實際問題〉，第9–10頁。

40 原註：秦柳芳，〈鄉村小學國語教學上幾個普遍的困難問題〉，第8–9頁。

41 原註：鄭迺森，〈怎樣造成一個國語的環境〉，第13–15頁；〈小學生周建中的日記〉，第20頁；顧聽碁，〈促進國語的幾個辦法〉第13頁。

42 原註：祝華芸，〈鄉村小學校國語教學八星期的經驗〉；徐舜宗，〈關於小學國語教學一點經驗〉；盧祝平，〈小學國語教學的通病〉。

43 原註：劉百川，《鄉村教育實施記》第二輯：第54–55頁，第336–37頁。

44 原註：劉百川，第336–37頁，第56頁。劉在一九三一年的日記中記載了他擔任附屬實驗小學校長期間的情況。他每天的首要任務包括：招聘、培訓和留住教員；記錄和保存表格；體罰和其他紀律問題；以及學校集會的形式和內容。他只有隨口提到幾次國語而已。劉百川，《一個小學校長的日記》。

45 原註：劉百川，《鄉村教育實施記》，第76–79頁。

46 原註：陳俠，〈鄉村小學國語教學實際問題〉，第9–10頁。

47 原註：俞子夷，《小學教學漫談》，第27頁，第30–31頁。

48 原註：《鄉村改造旬刊》2，第25期（一九三三年）：第11頁，第16頁。

49 原註：〈河南民眾課本報告書〉，第2頁。

50 原註：黎錦熙等人，《復興說話教本》第二冊，第66–67頁。

51 原註：鐘魯齊，《小學各科新教學法之研究》，第59–62頁。

52 原註：趙欲仁，《小學國語科教學所犯的通病和補救的方法》，第238頁。

53 原註：這個言外之意在一九三〇年代偶爾會被人使用，泛指各種具有地區差異的共同語言。例如，作家茅盾描述過三種普通話，分別以上海土白、江北話和北方音為基礎，其中摻雜別種方言的元素。止敬／茅盾，〈問題中的大眾文藝〉。例如，廣西省政府指示學校以普通話作為教學語言。《廣西省施政紀錄》，一九三五年三月，第5頁。

54 原註：趙欲仁，〈今日小學教師的缺點及其補救〉，第173頁。

55 原註：沈頤，〈為注音符號敬告中學的國文教員〉。

56 原註：黃志尚，〈國音常用字彙〉。

57 原註：Zarrow, *Educating China*, 26, 35–40；Cong, *Teachers' Schools*, 142–43。一九二八年至一九三〇年間對五十五個縣的小學教師進行檢定後得出的結論是，在兩千一百九十名小學教師中，只有八百二十三位過關。《江蘇省教育廳小學教員檢定委員會彙刊》，第1–5頁。

58 原註：CMA 192-2-118, 47–49；教育部公報7, no. 37–38(1935): 23–24。一九三六年，國語推行委員會提出，注音程度未達標準的師範學生不得畢業。沒有證據表明這項提案已頒布。教育部公報8, no. 39–40(1936): 5–9。

59 原註：教育部公報2, no. 5 (1930): 13–15；CMA 137-3-18,70–71；CMA 129-1-18,91；《福建教育廳週刊》，第143期（一九三三年）：第11頁

60 原註：〈國語運動在廣東〉，第7–8頁。

61 原註：《教育短波》，no. 83 (1936): 13；《教育雜誌》27, no. 1 (1937): 279；教育部公報9, no. 3–4(1937): 45–47。

62 原註：〈小學教員檢定規程〉，一九三六年十二月三十一日。教育部隨後發布命令（一九三七年五月二十日），要求師範生在就任教師職位前，必須通過一項注音考試。教育部公報 9, no. 21–22(1937): 21。

63 原註：黎錦熙，〈教育部定國語課程標準之檢討〉，第2–3頁。

64 原註：《集美周刊》20, no. 8–9(1936): 47。其他形式包括辯論和注音比賽。

65 原註：夏濟安，〈被選為國語演說代表有感〉。有一位老師介入並斥責了那些開玩笑的學生。夏後來成為著名的文學家。

66 原註：劉百川，《實際的小學國語教學法》，第45–51頁。

67 原註：《中央日報》，一九三七年四月六日，第7版。

68 原註：這個主題甚為複雜，此處只能展開概略討論。相關的典型論述，請參閱：DeFrancis, *Nationalism and Language Reform*, 87–135；關於新的解釋，請參閱：Zhong, *Chinese Grammatology*。

69 原註：瞿秋白，〈中國拉丁化的字母〉，3:351–55。

70 原註：Zhong, *Chinese Grammatology*, 67–76。

71 原註：蕭迪忱，〈「拉丁化」能夠不要聲調嗎？〉，第185頁。

72 原註：老談（何容），〈不要聲調的「拉丁化」〉。何容曾任國語統一籌備委員會委員，並在北大講學。他後來在台灣的國語運動中發揮了重要的作用（第四章）。

73 原註：黎錦熙，〈國語「不」統一主義〉。

74 原註：有關大眾語，請參閱：Liu, *Signifying the Local*, 41–45；Zhong, *Chinese Grammatology*, 85–87。

75 原註：一九三二年，瞿秋白和左翼作家聯盟的其他成員展開了辯論。瞿秋白發表文章詆毀五四運動，說這簡直是浪費時間，稱其標誌性的白話是「新式文言」。宋陽（瞿秋白），〈大眾文藝的問題〉。白話與文言的區別，就像五十步與一百步的區別，「同樣是死的」。「我們不需要死的文言！我們也不需要死的白話！」寺雨，〈一個中學國文教師的自白〉。

76 原註：葉籟士，〈大眾語運動和拉丁化〉。其他觀點反映在一九三五年出版的文集：宣浩平編輯，《大眾語文論戰》。

77 原註：曹聚仁，〈答吳稚暉先生〉。

78 原註：紀國宣，〈大眾語到底應當拿哪兒的話作標準？〉。

79 原註：樂嗣炳，〈大眾語的標準是上海共通語〉。樂嗣炳的提議引爆了激烈反應，其中包括《國語周刊》的眾多編輯，他們指責樂故意「挑撥事端」。紀國宣，〈大眾語到底應當拿哪兒的話作標準？〉的〈後記〉。

80 原註：黎錦熙，〈大眾語真詮〉；樂嗣炳，〈大眾語絕不是國語〉。

81 原註：倪海曙，〈中國拼音文字運動史簡編〉，第134–37頁，第142–44頁。

82 原註：例如，當蕭迪忱在山東進行「新文字實驗」時，他指的是國語羅馬字。〈新文字實驗報告〉，第4–6頁。

83 原註：〈我們對於推行新文字的意見〉，第195–97頁。

84 原註：之光，《新文字入門》，第26–31頁。

85 原註：陶行知，〈新文字和國語羅馬字〉，第130–31頁。

86 原註：趙元任，〈國語羅馬字〉。這次廣播於一九三六年二月七日下午五點三十分在中央廣播電台播出。

87 原註：Fidan, *Chinese Travelers to the Early Turkish Republic*。

88 原註：張學載，〈建設新土耳其之近東英雄開馬兒帕沙〉。

89 原註：吳俊升，〈土耳其改革文字的經過〉；索原，〈土耳其的文字改革〉；隋擎宙，〈從土耳其的文字改革運動說到中國的文字前途〉。正如傑佛瑞・劉易士（Geoffrey Lewis）在《土耳其語言改革》（*The Turkish Language*

Reform）中所言，這些變化「雖然成功，卻帶來了災難」（catastrophic success）。

90 原註：Lewis, *The Turkish Language Reform*, 27–39。凱末爾向國民議會提交新字母表作為既成事實。

91 譯註：亦即土耳其毯帽，乃是一種直身圓筒形毯帽，通常有吊穗作為裝飾。

92 原註：威廉斯（Williams），〈土耳其的文字革命〉。《國家地理》雜誌的原始報導有大量的照片。譯者做了些許更動，但大體反映出原文精神。

93 原註：王曾善，〈土耳其的文字革命〉。

94 原註：王玉川，〈山東省立民教館輔導區新文字推行計劃大綱〉。雖然土耳其模式僅包含文字，但中國觀察家在借鏡時，將其視為整體的語言改革。

95 原註：齊鐵恨，《國語話匣子》，第1–2頁，第79頁。

96 原註：《上海縣教育月刊》，第47期（一九三三年）：第88頁；CMA 129-2-159, 137。費用是六．一元加上郵資。

97 原註：白滌洲錄音的廣告：《申報》，一九三四年一月十二日，第4版；一九三四年二月二日，第4版；一九三四年八月二十二日，第4版；一九三四年九月三日，第8版。類似的廣告也出現在教育和學生期刊上。

98 原註：白滌洲，《標準國音國語留聲片課本》，第53–55頁。

99 原註：〈統一國語之新貢獻〉。

100 原註：原始的留聲片現蒐藏於香港中文大學卞趙如蘭特藏。

101 原註：趙元任，《新國語留聲片課本，甲種，注音符號本》和《新國語留聲片課本，乙種，國語羅馬字本》，序和第二、六、十二、十三和十六課。根據趙的說法，國語羅馬字版的課本賣得比注音版更好。

102 原註：一九二六年，家樂氏公司（Kellogg Company）向商務印書館借了一套趙元任的國語留聲機片，並在它的上海廣播電台播放。《申報》，一九二六年一月二十八日，第17版。

103 原註：趙元任，《國語訓練大綱》。趙也曾在中央研究院歷史語言研究所（Institute of History and Philology of Academia Sinica）任職，故與國民黨有聯繫。他還擔任自由作曲家，為中國共產黨附屬工作室製作的喜劇《都市風光》創作歌曲（稍後會討論）。

104 原註：趙元任，〈國語語調〉，一九三五年二月八日的廣播講習。

105 原註：趙元任，〈矯枉過正的國音〉。

106 原註：趙元任，〈全國轉播中央廣播電台節目對於促進國語統一的影響〉。

107 原註：王了一（王力），《江浙人學習國語法》，第1–2頁。

108 原註：BMA J2-3-302,4–7。

109 原註：BMA J2-3-302,9–27。

110 原註：《廣播週報》第9期（一九三四年）：第21頁。

111 原註：劉學濬，〈廣播與國語〉。

112 原註：趙元任，〈全國轉播中央廣播電台節目對於促進國語統一的影響〉。

113 原註：有關蘇州彈詞：Bender, *Plum and Bamboo*。有關粵語歌曲：Rong Shicheng, *Yueyun liusheng*。

114 原註：〈播音節目〉，《廣播週報》第6期（一九三四年）：第33–35頁；〈台島收聽閩南語廣播者日增〉。一九三五年，國語節目從中央廣播電台的定期節目中消失。週六的節目會用粵語回顧一週的重要新聞。《廣播週報》第30期（一九三五年）：第1–7頁。

115 原註：〈各座電台的特點〉；劉學濬，〈廣播與國語〉。在英國，BBC口說英語諮詢委員會（BBC Advisory Committee on Spoken English，一九二六年到一九三九年）也面臨類似的問題。Schwyter, *Dictating to the Mob*。

116 原註：〈中央廣播無線電台訓練收音員計畫〉，7:146–48。

117 原註：《廣州市政府施政公報》，第499期（一九三五年）：第39–40頁，轉發交通部公告，第1176號（標示日期為一九三五年四月二十五日）。

118 原註：王家駒，〈國語統一與教育播音〉；曹傳福，〈國語統一與教育播音〉。曹建議講師應該將筆記交給「能夠正確流利說國語」的人來唸。趙元任無疑是該系列中說話最「標準」的講者。一九三五年十一月，他發表了「國語訓練」講座。

119 原註：《廣播週報》第64期（一九三五年）：第7–10頁。留聲片課程可能是播放趙元任一九三五年商務印書館版本的錄音內容。

120 原註：《廣播週報》第9期（一九三四年）：第18–19頁；鄭貞文，〈中華民族復興與推行國語〉。

121 原註：〈代郵〉，第453頁；Virgil Ho, *Understanding Canton*, 343。

122 原註：上海市檔案館，彙編，《舊中國的上海廣播事業》，第114–33頁；〈各座電台的特點〉，第158頁。

123 原註：俞子夷，〈談廣播節目〉。

124 原註：朗秋，〈我所見到的播音教育〉。

125 原註：〈民營廣播無線電台暫行取締規則〉；《申報》，一九三六年三月三十日，第11版。在一九三五年至一九三七年間，上海有二十三座私人電台因播放「有害」節目而遭取締。Guo, "A Chronicle of Private Radio," 385。同時代的例子比比皆是，請參閱：Fortner, *Radio, Morality, and Culture* (Britain, Canada, and the United States)；Neulander, *Programming National Identity* (interwar France)；Parker, *Purifying America*。

126 原註：〈交通部指導全國廣播電台〉，一九三六年十月二十八日，SMA Q6-18-284-16,1–2。交通部也警告，電台若事先公布節目內容，就不可擅自更動百分之二十以上。會有這項警告，可能是有人懷疑電台發表節目內容只是想表面遵守政府法規，但私底下卻打算欺瞞詐騙。

127 原註：俞子夷，〈談廣播節目〉。另一位觀察者反映，雖然英語課程會持續吸引一批聽眾，但「日語、法語、簿記和國語課程來來去去，難以維持。」毛執中，〈教育播音之感想〉。

128 原註：Jones, *Yellow Music*, 86–87。

129 原註：《歌星畫報》，第1期（一九三五年）：第16頁，第41頁。

130 原註：Jones, *Yellow Music*, 81–82, 95。有關這類型表演的獨特屬性，請參閱：Szu-wei Chen, "Shanghai Popular Songs."。

131 原註：大胖子（假名），〈貢獻給歌詠界〉。

132 原註：Jean Ma, *Sounding the Modern Woman*, 5。

133 原註：Zhen Zhang, *An Amorous History*, 302–28；Tuohy, "Metropolitan Sounds," 200–221；Yingjin Zhang, *Chinese National Cinema*, 73–74。

134 原註：張石川，〈歌女紅牡丹的成功不是一樁偶然的事〉，第2–4頁；周劍雲，〈歌女紅牡丹對於中國電影界的貢獻及其影響〉，第10頁；蔣劍侯，〈為中國電影界爭一口氣〉，第21頁。一九二九年，外國電影與中國電影的數量比率為九比一，直到一九三六年以前，這個比例依舊相當穩定。Clark, *Chinese Cinema*, 7。進口的美國電影在日本斬獲份額較小的市場（百分之十到百分之二十），因為日本政府干預和日本國內電影公司掌控發行體系，不讓好萊塢電影攻城掠地。Baskett, *The Attractive Empire*, 107, 189n3; Kitamura, *Screening Enlightenment*。

135 原註：周瘦鵑，〈提倡國產的有聲影片〉，第22頁。

136 原註：周劍雲，〈歌女紅牡丹對於中國電影界的貢獻及其影響〉，第13頁；蔣劍侯，〈為中國電影界爭一口氣〉，第21頁。

137 原註：胡蝶，《胡蝶回憶錄》，第70頁；《申報》，一九三二年四月三日，第11版。
138 原註：《歌女紅牡丹特刊》，卷首圖畫；胡蝶，《胡蝶回憶錄》，第72頁。
139 原註：Semenza, "Skillful Handling of Local Color."。
140 原註：戈公振，〈歌女紅牡丹確有一看的價值〉，第24頁；胡蝶，《胡蝶回憶錄》，第68頁。
141 原註：周劍雲，〈歌女紅牡丹對於中國電影界的貢獻及其影響〉，第14頁。
142 原註：《歌女紅牡丹特刊》，卷首圖畫。
143 原註：湯修梅，〈介紹歌女紅牡丹〉，第34頁；〈評述影人的國語程度〉，第54頁。
144 原註：周劍雲，〈歌女紅牡丹對於中國電影界的貢獻及其影響〉，第14頁。
145 原註：吳圖南，〈有聲片中的語言問題〉；朱大可，〈聲的問題〉，第42–43頁；鄭正秋，〈為中國有聲影片告各方面〉，第8頁。
146 原註：《歌女紅牡丹特刊》，卷首圖畫；胡蝶，《胡蝶回憶錄》，第72頁。
147 原註：《大公報》，一九三二年五月十九日，第7版。
148 原註：Zhen Zhang, *An Amorous History*, 304。
149 原註：Lee, "The Urban Milieu," 91–92。李指出，之所以有這種「做作誇張」的風格，部分原因是受到有聲戲劇的影響以及承接無聲電影的遺緒。
150 原註：Pang, *Building a New China in Cinema*, 34；〈姊妹花打破賣座紀錄〉，第574頁。
151 原註：《申報》，一九三四年三月五日，第19版；〈姊妹花中雙胡蝶〉，《錢業月報》14, no. 4(1934): 10；鄭正秋，〈姊妹花的自我批判〉；《申報》，一九三四年三月十七日，第20版。
152 原註：《影話》（*Yinghua*，音譯）1, no. 7 (1934): 181。

153 原註：這部電影順利催生了續集（同樣由胡蝶主演），並在一九四〇年代和一九五〇年代翻拍十幾次。Wang, *Remaking Chinese Cinema*, chap. 2。

154 原註：Yeh, "Historiography and Sinification."。Zhen Zhang, *An Amorous History*, 81–82。張真將一九三〇年至一九三六年描述為過渡時期，當時有全默片（all-silent）、半默片（semisilent）、半有聲電影（partial-sound）和全有聲電影（all-sound）。

155 原註：Yeh, "Historiography and Sinification," 90。附屬於中國共產黨的短命工作室電通公司（Diantong）製作了這部電影。作詞作曲團隊包括趙元任。

156 原註：江青是一九三〇年代初期有抱負的女演員，並以藝名蘭萍出現在舞台上和多部電影之中。她的第二任丈夫唐納在《都市風光》中飾演男主角。礙於這些「政治問題」，中國多年來禁止這部電影上映。Yeh, "Historiography and Sinification," 91。

157 原註：Pang, *Building a New China in Cinema*, 218–19；〈馬路天使與都市風光大不同〉，第15頁。

158 原註：赵国庆，〈周璇之谜〉，第86–89頁。

159 原註：Ma, *Sounding the Chinese Woman*, 56–57。

160 原註：Zhang, *An Amorous History*, 308–17；Ma, *Sounding the Chinese Woman*, 32–34。

161 原註：《中國電影年鑑》一九三四年，第884–97頁。消息來源報導的一九三〇年代電影院數量略有不同。

162 原註：〈有聲片何必斤斤於全部對白〉，第20–21頁。為了尋找國語流利的新人，天一影片公司在一九三六年宣布公開招募演員，明確表示「能說流利國語」為篩選資格。天一影片收到了一千七百份的申請表，其中百分之九十五為男性，百分之四十聲稱自己國語「流利」，百分之三十指出他們會說「一點」國語。《大公報》（上海），一九三六年九月二日，第16版；一九三六年九月四日，第13版。

163 原註：龔稼農，《龔稼農從影回憶錄》2:211–14。徐來曾與黎錦暉結婚，但兩人在女兒小鳳一九三五年不幸過世以後便離婚了。

164 原註：一之，〈演員的國語〉。

165 原註：周璇，《周璇日记》，第58頁，第123–24頁。

166 原註：《中國電影年鑑》一九三四年，第558–64頁。

167 原註：《中國電影年鑑》一九三四年，第570–71頁；Zhang, *Chinese National Cinema*, 61。

168 原註：Yingchi Chu, *Chinese Documentaries*, 48。

169 原註：杨力、高广元和朱建中，〈中国科教电影发展史〉，第11–14頁。

170 原註：劉百川，《鄉村教育實施記》第二輯：第237–39頁。一九三七年，陳友松認為，要讓學校獲得放映有聲電影的設備「根本是在作夢」。《有聲的教育電影》，第3頁。

171 原註：電影檢查法，一九三〇年十一月三日。

172 原註：Xiao, "Anti-Imperialism and Film Censorship"; Xiao, "Constructing a New National Culture."。「迷信」電影包括《愛麗絲夢遊仙境》（*Alice in Wonderland*）、《科學怪人》（*Frankenstein*）、中國武術和鬼怪故事。從一九三一年到一九三三年，百分之七十的禁片屬於「武術—鬼怪神魔」這一類影片。汪朝光，《影艺的政治》，第50頁。

173 原註：〈為攝製電影片應一律採用國語對白或字幕通告〉，第6頁；《影戲生活》，一九三二年十二月二十四日，第1頁。

174 原註：Xiao, "Constructing a New National Culture," 184–85。

175 原註：Ng, "The Way of the Platinum Dragon."。本片（現已不復存在）將一九二六年好萊塢默片《女大公與侍者》

（*The Waiter and the Grand Duchess*）的情節與粵劇結合。吳國坤將這種融合描述為典型的「西服粵劇」（western costume-Cantonese opera）流派。

176 原註：〈白金龍是審禁聲片〉，第2頁。

177 原註：《電影檢查委員會公報》2, no. 25 (1933): 11, 34；〈天一公司粵語有聲片問題〉。

178 原註：〈白金龍的方言〉，第2頁。

179 原註：〈觀眾評論：白金龍〉；汤晓丹，《路边拾零》，第44–45頁；Ng, "The Way of the Platinum Dragon," 161。

180 原註：對天一影片創始人邵醉翁（Shao Zuiweng）來說，這次轉向發展粵語電影為香港邵氏兄弟（Shaw Brothers）帝國奠定了基礎。Fu, *China Forever*, 135–37。

181 原註：《社會日報》，一九三四年九月十日，第2版；《電聲》3, no. 35 (1934): 685。這部電影原名《紅船外史》，其中的紅船是指運載四處巡演的劇團和提供其住宿的木船。講粵語的觀眾能立刻看出端倪，但外人則無法理解箇中含義。

182 原註：《電聲》3, no. 29 (1934): 1。

183 原註：《電聲》3, no. 33 (1934): 644。

184 原註：《電聲》3, no. 36 (1934): 703。

185 原註：汪朝光，《影艺的政治》，第114–18頁。

186 原註：《電聲》3, no. 38 (1934): 744；《內政消息》，第2期（一九三四年）：第117頁。羅剛闡述了檢查政策和管理的變化：《中央電檢會工作概況》，第587–89頁。

187 原註：一九三四年九月二十九日會議，《中央電影檢查委員會公報》1, no. 11–12(1934): 89。《麥夫人》於一九三四年十一月在上海首映，一九三五年在天津放映。

188 原註：《影話》1, no. 18 (1934): 409；《電聲》3, no. 43 (1934): 844。

189 原註：〈評紅船外史〉。

190 原註：潘中楚，〈廣東調《麥夫人》〉；〈《麥夫人》簡評〉。

191 原註：唐納，〈從大眾語方面再論粵語聲片〉；Pang, *Building a New China in Cinema*, 179–82。一九三六年，唐納與藍苹（後來的江青）結婚。他倆隔年離婚，成為小報渲染的素材。根據報導，唐納當時還曾試圖自殺。

192 原註：〈有聲電影與方言〉，第6頁。

193 原註：〈羅剛來滬〉；《電聲》5, no. 48 (1936): 1283。官方禁令通知：《中央電影檢查委員會公報》3, no. 12 (1936): 8–9。

194 原註：《電聲》5, no. 45 (1936): 1186；《東方日報》，一九三六年十二月二十六日，第2版；《電聲》5, no. 44 (1936): 1165。

195 原註：《電聲》5, no. 48 (1936): 1285。

196 原註：〈粵語片禁攝問題〉。

197 原註：〈電檢會裏空氣十分緊張〉。

198 原註：〈這確是一個變通妙法〉。

199 原註：〈禁粵語片中之拍片忙〉；〈福建語聲片緊追粵語片後〉；〈粵語片久禁不絕〉。有關戰後的發展，請參閱：Taylor, *Rethinking Transnational Chinese Cinemas*。

200 原註：《申報》，一九三七年六月十四日，第10版。

201 原註：〈禁攝粵語片等於剿匪〉。

202 原註：〈國語片粵語片短兵相接〉；〈邵力子想出變通辦法粵語聲片將繼續存在〉。

203 原註：〈电检会委员戴策袋中藏有大批香港女明星照片〉；〈救亡運動全靠女明星〉。

204 原註：〈華南各電影公司一致行動拒絕中央電檢會檢查〉。

205 原註：Jones, *Yellow Music*, 119–10。

206 譯註：語言學中指在特定社會中有兩種緊密聯繫的語言，各具特定的社會功能，一種地位較高，用作正式文本，稱為上層語言，另一種作為方言口頭使用，稱為下層語言。

207 原註：趙欲仁在他的暢銷書中寫道：「方言不容易被消滅，或者可以說它永遠不能被消滅。」《小學國語科教學法》，第25–26頁。

208 原註：尹樹生，〈我們為什麼要推行注音符號〉，第2頁。

209 譯註：《注音符號歌》，別稱《國音字母歌》。

210 原註：徐朗秋，《注音符號淺說》，第17頁。

211 原註：〈各省市縣推行注音符號辦法〉（一九三〇年），第32頁。

212 原註：國民黨中央執行委員會，一九三〇年四月二十五日，國史館001090000 2004009a-4012a和NJ 2-2725。

213 原註：趙元任，《注音符號總表》。

214 原註：有關趙元任開創性的田野調查，請參閱：Tam, *Dialect and Nationalism in China*, 127–34。

215 原註：吳敬恆，〈三十五年來之音符運動〉。

216 原註：陳希孟和張永榮，〈福州方音注音符號初稿〉。

217 原註：薛貽丹，〈非官話區城應如何推行注音符號〉。

218 原註：〈修訂閩音符號案〉，第2頁；趙元任，〈無錫方音寬式音標草案〉，第1–2頁；趙元任，〈長沙方音字母通信〉，第1–2頁。

219 原註：例如，錢玄同於一九二五年起草了蘇州注音字母，其中有三十一個聲母和四十二個韻母（〈蘇州注音字母草案〉）。另請參閱：陸基和方賓觀，《苏州注音符号》；丁邦新，《一百年前的苏州话》。

220 原註：陸基，《推行蘇州方音注音符號報告書》，第10–35頁；〈推行蘇州方音注音符號〉，第8–11頁。

221 原註：陸基，〈推行蘇州方音注音符號〉，第8頁。

222 原註：白丁，〈從蘇州方音注音符號說到識字運動〉，第2頁。

223 原註：《大公報》（天津），一九三五年三月三日，第3版。

224 原註：譚際時，〈推行注音符號應當注意的幾點〉，第3–4頁。

225 原註：〈各省市縣推行注音符號辦法〉（一九三〇年），第30–32頁。

226 原註：船夫，〈調查方音的經驗〉。

227 原註：之光，〈國語和國語統一〉。

228 譯註：一九三五年，「國語統一籌備委員會」因缺乏經費而結束，後經吳敬恆等人努力，成立了「教育部國語推行委員會」。

229 原註：潘古千，〈關於「新文字的缺點」〉。

230 原註：周辯明，〈攜手一同走上拼音文字的大路〉。

231 原註：王玉川，〈到攜手之路〉。王玉川在台灣戰後的國語運動中發揮了重要作用（請參閱第四章）。

232 原註：高毓溥，〈國語羅馬字和拉丁化之合流〉；鄭君實，〈國語羅馬字的缺點〉。

第三章　流亡的國語

從晚清到今天的五十年裡，統一國語的進展並未如我們想像的那般有收穫。這不是因為很多活動家和學術專家沒有努力，也不是因為政府沒有嘗試過……其實是因為我們的國人還沒有完全認識，沒有體認到國家語言統一的重要性。儘管運動領袖們用盡了力氣，喊得聲嘶力竭，但觀眾卻輕蔑而冷漠……日本鬼子占領了我國沿海省分，迫使許多人退往內地。為了衣食住行，他們被迫暫時放棄自己的方言……改學說官話。對於我們國家的未來而言，這樣的發展再好不過了。

——張清常，一九四四年

一九三七年，國民黨政府在日軍進犯前夕撤退到內陸，當時很難想像外侮會對促進國語志業或其他事情帶來好處。疏散者起初亂成一團，眾人競相求生，其餘一切成了次要之事。然而，隨著國民黨政權重新集結，先在武漢，爾後前往重慶，他們便有了新的考量。日軍侵華，危機四起，國家可能分裂或完全解體，因此讓國語更加具有象徵意義。舉一個經常被人提到的比喻，戰爭為國語教育注入了更崇高的目的：激發和引導「對抗日本以及團結國家的精神」。沒有錯，保家衛國正是國語大放異彩的最佳時機，足以展現其喚醒民眾、提升抗日意志、鞏固疆界和促進邊境發展的能力。正如張清常在本章開頭引文所述，難民四散流離，促使苦勸五十年都未能落實的改變得以實現。

本章講述戰爭年代流亡國語的命運，從中探討其宏偉願望、現實情況，以及這兩者之間的脫節。在文化生產和教育領域，推行國語使其作為團結的力量，一方面適逢機遇，一方面則面臨挑戰。戲劇和電影能夠宏揚愛國主義，但兩者使用標準口語作為語言媒介的能力有所不同。一旦國語被證實無法動員群眾，很快就會遭到忽視，讓人懷疑其優越地位和不可或缺的說法。臨時首都位於西南地區，當地各種族群雜處，因此教育工作者身處陌生的語言生態系統，亦即「少數民族語言」與地方話混合的環境。此時的障礙相當複雜，某些推廣國語的計畫停滯下來，但仍有人排除萬難、堅持推行國語。當語言學家試圖調整國語以涵蓋苗族、彝族和蒙古族（以及許多其他族群）的語言時，國語這種概念就變得面目全非。確實，以廣泛的觀點看待國語雖能凸顯地方差異，但也會從根基上動搖中國推行一種口語的願景。

近期有關抗戰的學術研究強調國民黨的國家建設舉措以及在各種領域提升國力的情況，這些領域包括動員勞動者和婦女、發展工業和提供社會福利。新的研究言之鑿鑿，指出中國當時雖深陷危機，卻開闢了道路，讓知識精英、中產階級女性、醫療專業人員和公務員把握機會，為風雨飄搖的國家做出貢獻。[1]我分析流亡國語時探索了另一個領域，同時會依循一條支離破碎的軌跡。國語被假定為團結國家的載體，承載著被誇大的意識形態，並且對民族主義志業至關重要，但它在關鍵的體制環境中幾乎無法施力。各方在戰時壓力之下談判和妥協，除了顯示地方語言有頑強的生命力，也說明國家追求的目標與國家落實文化改革的能力這兩者之間存在巨大落差。

國語該何去何從？

一九三八年初，國民黨政府撤退前往武漢之際，軍民紛紛湧入這個三鎮區[2]，局面一片混亂。當政權重組以抵禦日軍進犯並建立能運作的政府時，出現了攸關政府各部會移交的重大後勤問題。中央機關多數遷往武漢，輔助機關和研究機構則轉往其他城市。黎錦熙和北京師範大學等大學同僚撤離至陝西；趙元任和中央研究院歷史語言研究所的同仁首先前往長沙。[3]中國當時動盪不安，局勢撲朔迷離。然而，根據史蒂芬·麥金農（Stephen MacKinnon）的紀錄，國民黨政府確實在武漢站穩了腳步。這座城市成為國際上英勇抵抗法西斯主義的象徵。[4]到了一九三八年中，教育部官員對局勢十分樂觀，遂採取新措施來推行國語。

其中一項措施是招募國語教員，然後把他們派遣到偏遠地區。一九三八年夏天，教育部在報紙和教育期刊上刊登廣告，接著審核申請者，最後派出二十名講師前往福建、廣東和香港。[5]然而，當時的時機再糟糕不過了。僅僅兩個月以後，武漢在日軍的攻擊下潰敗，國民黨政府又向西逃往重慶。被派往南方的新任教員於是受困，通常一年之中有多數時間拿不到薪資。他們只略知武漢的情況，但仍繼續向上級教育部報告。值得注意的是，雖然當時兵荒馬亂，這些教員的某些信件竟然保存在教育部的檔案中。[6]從這些信件和其他零碎證據來看，這些老師似乎打算充當「先鋒」，在推廣國語工作進展最慢的地區與省縣教育機構合作。（由政府出資）搬遷到安全的南方對這些教員更具吸引力。

派往廣東的教員於一九三八年六月赴任，為學習國語的成人舉辦了一系列的夏季座談會。在廣東省西南部的一個農村縣，名叫張寶全（Zhang Baoquan，音譯）的講師在七月至十月期間開了兩個班，每班有五十名學生。根據張的說明，他的課程總共有一百五十節課，主要教注音符號的讀音和四聲聲調。他設計了一些練習來幫助學生練習ㄓ、ㄔ、ㄕ、ㄖ和ㄦ這些對講粵語的人來說最難唸的讀音。由於學生都識字，張便說自己的教法是一種翻譯：「把漢字譯成注音」，或者反過來，「拿一篇注音寫的短文，然後把它譯成漢字。」在會話練習方面，張老師使用了多種輔助教具：王璞的《國語會話》、白滌洲的留聲片錄音、樂嗣炳的《國語會話練習》。[7]正如第一章和第二章提過的，王璞因為將「老國音」唸錯而受人嘲笑。白滌洲堅定支持國語羅馬字，而樂嗣炳則與新文字派結盟。張使用的這些書籍採取相互矛盾的方法，學生如果詳加留意，應該是會非常困惑。我們不知張寶全為何要挑選這些教材，但可以合理猜測，那是因為當時有什麼就用什麼。學生很可能並未注意到其中相互衝突的訊息。張的回報指出，學生全數通過期末考並獲頒結業證書。課程結束以後，他於十一月一日開始第二學期的課程，帶領一群新生學習。兩週以後，日軍開始猛烈對廣東發動攻擊。課程到十二月結束，民眾那時開始四處逃竄。

有些教員甚至在戰爭爆發之前就後悔了。八月時，一名教員擅離職守，有些人則以生病或「不適應」教學地點或工作為由要求調動。[8]張維鋼是個例外，他滿懷熱情前往連江縣教書。張畢業自廣州中山大學，是一位非常傑出的講師。他是江西省人，在一九三七年離開北京之前，曾在北京大學師事羅常培，並發表了探討江西方言的研究成果。張維鋼在教育部的支持下回到南方，於暑假期間為眾多教員和校長舉辦為期一個月的研討會。課程結束以後，他前往先前受教學生的學校拜訪他們，發現自己付出的努力幾乎可謂枉然：「僅僅為數非常不多的人收穫了少許成果。」張維鋼在九月籌畫了一個晚間課程，他決定簡化教學法，把課程重點改成教注音、實用會話和救國歌曲。張繼續走訪學校，同時也探望從武漢派駐到鄰近縣的同事。他發現在兩位老師不懈努力之下，有一所學校進步幅度甚大。然而，在另一個縣，只有兩所學校有會說國語的老師，「其餘者不知何謂國語，也不知什麼是注音符號！」[9]

張維鋼曾在某間任教的中學生活過一段時間，當時他的經歷更為積極正向。他指出自己和學生關係融洽（根據他的說法，沒有人不「尊重和愛他」）。他找到和學生私下互動的機會，並在課堂外「偷偷」教國語。張比其他多數的教員更盡忠職守，而且最終停留的時間也最長。哪怕是瘟疫爆發或日軍進犯，他都在那裡堅持了一年多。在向上級提交的報告中，他指出自己教學認真（另也附上他的講座和考試副本、他創作的校歌，以及他撰寫的當地歷史手稿）。此外，張維鋼多次要求支付工資，但他在第一個月以後卻沒有收到任何薪水。[10]至於其他從武漢派出去的教員，有一位寫道，當十二月三日敵人抵達時，居民都散了：「因為戰事……沒有辦法推廣國語。」有幾位教師前往重慶，最後進了難民營。一年多以後，他們仍向教育部寫信索要欠薪，其中包括一名遺孀，她的先生是逃亡時慘遭殺害的教師。教育部官員回應，薪資早已發放給廣東當局，他們必須返回戰區去領取薪水。[11]

在香港，國語先鋒雖不會被炸彈攻擊，但也不一定會受到歡迎。某些學校其實不願接受這些教員，即使他們是「免費分配過來的」。[12]張文通（Zhang Wentong，音譯）回報：「我強烈感覺香港人十分蔑視國語。」張在中學教書一年後指出：「雖然比以前稍微好一些，但（這種態度）還沒有完全消除。」其他老師完全以粵語授課，「學生學會了說幾句，但對國語沒有真正的興趣，或者就是看輕國語。」[13]

在一九三八年派往香港的四十九名新進教員之中，超過一半在一年內就放棄了。（幾位要求轉移到別處，有一個人失蹤了，另一個人被送往精神病院。）根據教育部的評估，多數人之所以辭職，乃是香港的生活費太高，還有當地社會對他們懷有敵意。後來的某篇新聞報導指出，許多香港人對學習國語若非抱持好奇心，便是認為那是一種「現代的」矯揉造作。他們很隨性，「想上課才去」。[14]內地派來的老師也是一群愛吵架的傢伙，「成分混雜」、「意見分歧」，不僅互相指責，也會發密信舉報別人。此外，自戰爭爆發以來，香港這個英國殖民地已成為政治陰謀的溫床。「政治誘惑」干擾了教學；據說某些教員加入了共產黨組織或汪精衛的派系，又或者參與了來路不明但顯然很可疑的活動。[15]劉大雄（Liu Daxiong，音譯）特別惡劣，很愛鬧事，給上級惹了不少麻煩。他會跟同事吵架，還經常光顧賭場，更會借工資去還債。劉還多次被指控在課堂上發表反政府言論以及「與敵人合謀」。他在一九四一年要求調換工作，聲稱自己「希望為國家做出更大的貢獻，最好能在政治領域服務」。[16]

教育部後來才發現，這批語言先鋒並不完全可靠。儘管如此，地區黨部依舊下令部署特遣隊去捍衛國語，對抗新文字。[17]在香港，一群知名人士（包括前北大校長蔡元培）領導了一九三九年新成立的新文字研究會（Sin Wenz Study Society）。此時，某些支持者早已放棄消滅漢字的立場。[18]溫和派推動拼音化以便讓更多百姓識字，從而淡化了將漢字扔進垃圾桶的好鬥姿態，也掩蓋了標準口語的分歧問題。某位倡議者認為，拉丁文字可以比喻為一架飛機，無疑優於漢字的獨輪車或國語羅馬字的輪船。「當你登上新文字的飛機去傳播救亡圖存的言論時，你就會明白，這並不妨礙中國的統一。它反而能夠喚醒民眾、拯救我們即將覆滅的祖國。」[19]儘管有人呼籲團結，儘管蔡元培等人抱持中間派的政治立場，國民黨支持者很快就抹黑香港組織的

「宣傳」，說他們受到共產黨的唆使。國語教師之一衡力行（Heng Lixing，音譯）就針對這個問題自命為首席發言人，為當地一家報紙撰寫文章，在文中宣傳他拯救香港免受共產黨顛覆的計畫。[20]

「混亂不堪」

上海是通商口岸，和香港一樣屬於中立地區，在一九四一年十二月日本偷襲珍珠港之前，同樣也受到盟軍保護。然而，隨著日軍逐漸控制南京和東海岸的多數地區，衝突便愈演愈烈，對抗氛圍籠罩了這座「孤島」，繼而凸顯了國語的重要性。婦女團體和辯論社團開辦國語班以加強團結，但偶爾會產生意想不到的結果。例如，某個俱樂部在茶會時順道請人教國語和閱讀現代戲劇。一位參與者指出，她們這群女性下班後會熱切聚集在一起，聽老師一邊開場，一邊說著「一口漂亮的上海話」。主辦者立即介入，提高嗓音責備道：「這是第一節國語課，老師怎麼能說上海話？這樣不行，妳必須說國語。」老師點了點頭並微笑，然後換成一口「尖聲的國語」，繼續說：「希望今天在座的各位不要中途離席……在當今的形勢下，語言統一是一件緊迫的事情。」一開始便笨拙不堪，大家練習說國語時更是滑稽百出，鬧了不少誤會，大夥笑成一團。[21] 在中小學，演講比賽繼續使用國語，而國語也是一門學科，還被人誇大為一種抗日方式。某位記者恰巧造訪通藝中學堂（Tongyi Middle School），當時就被強迫去擔任一場演說比賽的評委（因為一位「有名律師」缺席）。「天知道，這個記者不懂國音，但人手不足，只能叫他冒充專家。」[22]

上海另一所中學的學生吳淑珍寫了一則「練習國語的趣事」。一位老師某天要求全班同學「不說上海話」，只能講國語。學生紛紛表示贊同並達成共識，說每犯錯一次，就要罰款一分錢（捐給救國基金）。吳當時發現，教室氣氛頓時丕變，平時愛說話的學生若不是閉嘴，就是緊張地咯咯笑。同學有二十八人，只有五到六個敢說話。她們說話時語氣誇張，彼此互稱「沈小姐」和「吳小姐」，彷彿在角色扮演一般。一名學生開玩笑指出，這一天過得很平靜，與平時熱鬧的教室形成鮮明對比。話雖如此，學生之間也互相鼓勵：「我們練習的時候，帶有南方腔調或北方口音都不要緊，亂七八糟也不要緊。」[23]

在淪陷的北京，燕京大學校長陸志韋也評論，國語教育「混亂不堪」，讓他十分震驚。陸志韋指出，儘管政府編纂了《國音常用字彙》（第二章討論過），但「我們沒有看到任何人真正使用這些成果，於是大家都在摸索，糊里糊塗，混雜使用，為所欲為。」旨在為國語標音的注音字母並未像倡導者想像的那樣成為萬靈丹，特別是當教材提供的訊息相互矛盾時，更是如此。或許這個目標的野心太大。陸志韋建議退一步：「目前，我們不要期望每個中國人都會說北平話（北京話）。如果他們能用北方聲調來應付一種或幾種南方口音，也就夠了。」漢字的發音可以在紙上、書籍和詞典的頁面上「統一」，「但是要怎麼樣轉換成口語呢？」陸也發現，四川人、上海人或湖南人都有自己說話的特殊口音，很難改正舊習慣，要不是難以捲曲或舒展舌頭，就是難以區分這個或那個聲音。把國語當成一門學科來授課，或只關注發音細節根本不夠。若想實現語言統一的目標，就需要創造一個「讓國語融入生活」的社會環境。[24]

有些人認為，最重要的環境是家庭。某位評論者說：「我國推行國語運動已經有四、五十年了，結果仍然是『你說你的語言，我說我的語言。』」學校沒有取得預期中的成果，必須從童年的家庭開始。「培養孩子說國語的關鍵在於父母會說國語或普通話。」如果父母是廣東人或福建人，不確定自己的國語程度到哪裡，那麼強行教孩子就很不明智：「若是如此，小孩子說話會很古怪，不倫不類，沒人聽得懂。」在這種情況下，或許最好的辦法是從北京或天津地區請個保母來帶小孩。[25]

一九四〇年春天，汪精衛在日本的扶持下於南京建立新政權，當地的教育工作者也強調語言統一的重要性，同時感嘆進展之緩慢。然而，新的政治現實讓這些評論和倡議有了不同的意義。某位匿名撰稿人在一份教育公報中指出，當我們站在生死交關的十字路口時，必須承認東亞的新秩序：「一切都必須改變，舊瓶裝不了新酒。」（這句話重申了胡適就古文發表的著名言論。）[26]其他關於語言改革的討論強調了中日文化之間的歷史連結和相容性。有人規勸要學習注音，也提到日本使用假名的經驗，並視之為有效果的證明或將其當成效仿的典範。實施國語教育的措施重申了目標的一致性，旨在實現東亞的和平與未來繁榮。[27]與此同時，占領地區的中小學面臨到要教授日語的新任務。[28]

一九四一年，新成立的南京教育部（不同於國民黨在重慶的教育部）下令所轄縣、市實行國語教育，同時指出：「無論老師講課或學生背課，他們大多使用土音土話。」各校在國語課堂上，必須遵守注音字母表所規定的「讀音標準」。[29]上海市長謹慎指出：「突發事件之前，各地的國語運動蓬勃發展……緊急情況發生以後，很遺憾地，工作就停止了。」按照他的指示，地區官員提交了重啟一項小規模措施的計畫，打算招募教師參加國語講習班。[30]然而，隨著日本在政治和軍事方面逐漸取得優勢，無論發言或寫作都可能遭人算計，被指控立場究竟是忠誠或背叛。有人小心翼翼討論日語假名是否可能取代注音符號，以此旁敲側擊，打探外界反應。朱明寫道，近期有人提出這項建議，但應該根據拼音本身的優點來考量才是。「沒有必要小題大作，也不必皺眉長嘆，因為沒有什麼不可告人之事或別有用心。」朱明措辭謹慎，指出這兩套系統各有優勢和「特性」，但它們最終是不可互換的。[31]

瘋狂中採取的辦法

當國語在遭到占領的中國被重新調整以附和日本領導下的大東亞（共榮圈）願景時，隨國民黨撤退的人則試圖重新整頓國語來支持抗戰計畫。他們誓言，從內地開始，「抗戰時建設國家，倡導國語統一，推廣注音符號」，這是重責大任之一。[32]例如，王玉川在醫院替療傷者設計了為期三個月的實驗課程。他將注音融入識字練習，替為國家服役而受傷的人提供一種「精神食糧」。正如第二章談過的，王玉川是不輕易妥協的批評家，不願與新文字支持者「攜手合作」。在一九三〇年代末，他投入大眾教育工作，繼續刊印文獻與對手論戰。[33]然而，對於在陸軍第十五醫院療傷的老兵，王玉川採用了寬鬆的「國語發音、村野口音」的標準，旨在「或多或少保持一致」。事實上，「我們不必堅持遵循國音，每個人都可以使用自己的家鄉口音。」透過這種方法，分別來自七個省的士兵每天可學會數十個新漢字，不到一個月便能讀書識字，速度之快，超出了預期。對王玉川來說，這個實驗課程非常成功，成效令人信服，足以反駁那些懷疑注音是否適合用來教成人，或堅信「強迫」普通人模仿「北京腔」是個「笑話」的人。[34]在瀘縣（重慶西南部）的第五退伍軍人醫院，類似的方法也取得了良好的成效。學生練習了三天，便已熟練掌握四聲的基本差異。然而，教師認為沒有必要過度在國語這個層面上著墨。由於一半的士兵會說各種四川話，因此採用「國語發音、四川口音」也是有道理。「在出身地不是特別多樣化的情況下，這是很好的方法，每個人都用自己的聲調和說話方式……讀書或寫字都沒有問題，何必強求天底下所有人都學國音呢？」[35]

除了這些實驗班之外，其他人也用國語課本宣揚愛國主義，呼籲國人應犧牲奉獻。在補充課程、歌曲和故事中，兒童揮舞著刀槍以保家衛國。第一堂課通常會傳達以下的基本觀點：「我是中國人，你是中國人，我們都是中國人。」[36]與此同時，在國語課堂上的課程內容則宣揚國家團結的精神，不再強調口語規範。只要學生能背誦、表達思想正確的課文，發音細節就排到第三位去了。[37]國語課往往不用國語上課。某位教育工作者對此有所抱怨，指出唯有「極少數學校」沒有放棄教授口語的部分。回顧二十多年的國語教育，他只能說出上海唯一一所「完全使用北平話」而非當地方言授課的小學。[38]教育部的何容表示：

> 當我說小學「應該」教國語時，也許有人覺得奇怪，因為所有小學「已經」教了。但這不是事實。許多學校不教國語，他們教的是國文……語言的本質是聲音，是你用嘴巴說的話和你用耳朵聽的聲音……當教員按照自己的方音朗誦課文時，那不是在教國語。[39]

不會講國語的老師自然會把方言當成教學語言，這種情況讓教育家俞子夷感到困擾卻又無力改變。[40]俞子夷在浙江農村工作，認為在口語與國音差異較大的地方，學習國語的過程近似於外語習得（foreign language acquisition）。在成人識字班上，教員是講「半生不熟的藍青官話」，村民根本聽不懂。根據經驗，俞子夷知道在一到兩個學期內，學生就能開始理解，但大眾教育計畫的期限無法長達好幾個月。用注音拼出方音將是最有效的方法。「但我們不敢嘗試」，唯恐犯下「破壞語言統一的大罪」。課本的注音標音對學生來說很陌生，因此「大多沒有用」。雖然「我們非常羞愧，但還是並未把寶貴的時間花在教ㄅㄆㄇㄈ上」，而是一心一意教學生漢字。[41]

俞子夷估計，在小學環境中，如果將四分之一到三分之一的課堂時間用於口語練習，學生便能在一年內學會國語會話。除了發音之外，國語手冊還強調以朗誦來解決口語教學的問題。教師應該示範流利的口說，向學生展示如何控制節奏和「優雅誦讀」。糾正土音和清除粗俗習慣是要並行的。所有的孩子都會「說話」，但他們第一次站起來「說話」時，總是會因為難為情和恐懼而全身僵硬，或者因為緊張而怯懦（結巴、咬襯衫袖子、穿插「粗魯」的方言、支支吾吾）。在理想的情況下，口說國語是一套「文明」禮儀的一部分，包括講究姿勢、眼神接觸、聲調和自信的舉止，可將村野孩童轉變成受過教育的學生。要實現這個理想，需要學生花數小時練習以及教學介入才行。[42]不幸的是，有些人投入了必要的時間和精力，最終卻發現只是白忙一場。一位來自陝西的小學教師坦言，口說國語根本和國中及高中的課程不相關，因此老師教低年級國語或學生學習國語的動機就更低了。此外，當一群政府官員輪流動員學生參加抗日戰爭時，他們的語言能力卻非常低落，令人震驚。來訪的政要無法好好表達自己的意思，雖然講得「汗流浹背，有時更沮喪落淚，但觀眾都撓頭，不知對方所云」。[43]如果官員都不會講國語了，還滿嘴掛著救國的陳腔濫調，老師和學生又何必花力氣去學習呢？

另一個不同但又普遍存在的問題——在許多課堂上，朗誦和熟記仍然是首選方法，類似於書院老師常高談闊論說出的：「子曰」。[44]在教育專家眼中，這種讓人震驚的趨勢反映出守舊教學捲土重來，竟然退回到以前的時代，要孩童背誦經典和「讀死書」。[45]為了替國語教育打下堅實的基礎，教師必須「推翻」要孩童死記硬背《三字經》和《百家姓》（好幾個世紀以來常用的初級讀本）的教法。[46]某位評論家指出，學生需要培養與課程在情感上的共鳴。儘管老師更喜歡「幾近啞巴的木偶」（比喋喋不休的孩童更易於管束），但透過遊戲、演說比賽鼓勵學生會話和主動學習，才能讓他們對國語更有感情，繼而更愛國家。[47]

為了將樂趣注入學習過程，有人向教育部遞呈麻將版的注音字母提案。設計者名叫孫一山（Sun Yishan，音譯，自稱國民黨青年團的成員），他認為這款遊戲可以由政府大量生產、發行，讓這種具教育意義的遊戲取代令人上癮的麻將。在孫的遊戲中，麻將沒有常見的筒、條和萬等花色，而是刻上了注音符號。就和賭博版本的遊戲一樣，玩家在丟牌時要說出牌色。打麻將時，玩家喋喋不休，有助於交流情感，讓大家盡興。注音版本的麻將則能迫使玩家練習麻將上標記的聲音和組合發音。正如孫所言，注音符號不難學會，但也很容易忘掉。他的麻將版本會把「社會陋習」轉變為促進識字、提升國語教育的休閒活動。[48]

就算這是頗具吸引力的提議，但政府官員並未採納。孫兩年以後再次上呈提案，仍然石沉大海。他寄來的前後兩封信都被歸檔，一起歸檔的還有許多不請自來的信件。從全國乃至海外，一些人紛紛提出漢字改革的意見、修改注音字母和各種字典的建議，以及要求出版補助等等。[49]例如，新加坡有一位牙醫設計了一種新的羅馬拼音系統，他吹噓自己的方案將「統一華語，使華語從此成為世界上最容易學習的語言。」[50]此外，教育部也收到大量的求職信和履歷表。這些人努力凸顯他們的國語能力資格（例如完全用注音寫信），以期得到工作或獲得推薦。由於文件不完整，我們無法確認這類提案最後是否成功。話雖如此，當時倒是有教學的工作機會，因為新的教育基礎設施必須從零開始建設，尤其是在那個國民黨政府幾乎沒有掌控過、且二十世紀多數時間皆由軍閥統治的地區。[51]

新的開始

國語運動進展緩慢而成效不彰，必須重新開始，但其實這樣可以趁機注入活力、找到目的。隋樹森指出：「經過這麼多年政府推行國語的指令和命令……結果如何？」除了極少數城市，「我們走在街上看不到一個注音符號」，加上注音的書籍和期刊「少得可憐」。在號稱「國語推廣總部」的師範學校和大眾教育中心，幾乎沒有人教國語發音。有些教員不懂注音符號，學過國語和注音的人則想跳過這些課程。普通老百姓不知學國語有何好處，對國語的重要性和實質內容「感到懷疑」。這種情況很悲慘，但戰爭爆發以後，可能會促成正向的變化。百姓流離失所，親身經歷了跨越地區之後的溝通障礙，他們會對共同口語的效用有全新認識。流離失所的人群中包括許多教師，他們可以接受培訓再派往內地，這樣就解決合格教師嚴重短缺的問題了。[52]

然而，「內地」廣闊而地形多樣，又造成了複雜的局面。在重慶，「下游」難民湧入這個臨時首都，人數超過了當地人口。街上會聽到各地方言。新來者瞧不起當地居民，因為他們認為重慶人習慣粗魯，也覺得這座城市非常「落後」，迫切需要現代化。當地人又鄙視下游移民的精英主義態度和狡詐行徑。[53]一位觀察者指出，四川人以為「來自下游的移民都是有錢人……你要是操一口下游口音，就會被歧視和勒索。」[54]由於「下游」很快成為泛指四川以外地區的範疇，這種攸關口音的論調暗指除了四川省方言之外的所有地方話。國語在重慶位於何種等級，會說國語到底有好處還是壞處，這點是模糊不清的。會說藍青官話可能在做生意時有用處，但也可能招致辱罵。能夠說一口較標準的國語，表示受過教育和居於精英地位，但說話者也會被明確標記為外來者。

當某些國語教師從這個臨時首都派到外地，深入「內地」或前往「邊疆」時，他們會遇到更加複雜的語言生態系統。西南的某些方言（與北方口語具有相同的音素特徵）很容易理解，但某些方言對於說「北方官話」的人來說卻很難懂。某位觀察家在四川指出：「每個縣、每個鄉鎮，甚至到村這一級，都有自己的口語特點，根本使不上勁。」一旦從城市進入鄉村，這種差異就會倍增。例如，成都話有四聲，音韻與國語雷同，很容易理解。即便如此，唸「nan」（南）和「lan」（藍）時仍可能會產生誤解，而「wunai」（無奈）則會被解讀為「wulai」（無賴）。在四川的其他地區要調整之處更多，但並非不可能辦到；需要調整的是聲調區分（第五聲的入聲）和詞彙。[55]有人被派往更遠的前哨基地，而這些人得面臨更大的挑戰。例如，在距離戰時首都東北約兩百公里的鄉村縣，謝繼光（Xie Jiguang，音譯）因為看到冷漠的情況而徹底沮喪。他在一年裡以各種身分任教，曾遇到許多國語教員，這些人早已學會注音符號，但對國語幾乎一無所知。「他們理解不深，所以教學不積極」；基礎如此糟糕，幾乎不可能以有效的方式教學。謝總結道，師範學校的情況最差。由於缺乏合格教員，學生們（很快就要當老師）沒有學好發音，有些人根本不認識注音符號。[56]不幸的是，那些試圖靠自學彌補不足的人，最終學到「既非四川，又不是北平」的發音，聽起來十分「刺耳」。[57]

在更遠的甘肅，劉小良敦促學校教師加倍努力。根據他的經驗，除了努力和主動之外，學習說國語「沒有什麼祕訣」。只需從課本開始，然後不斷練習即可。「如果你不願強迫自己，或者害怕別人嘲笑，那就不容易進步。」[58]然而，在省會蘭州教育局任職的李東岳表示，這個問題超越了個人的控制。李對他在該市「核心學校」觀察到的國語紊亂情況深感震驚。這些機構被認為教學品質較高且資源較多，但多數老師卻把注音唸錯，忽略課本的標音，而且幾乎不區分聲調。多數學校每週分配大約三十分鐘的口說國語課。沒有良好的國語環境，學生很快就會忘記所學的內容。有的人甚至畢業後「重返文盲狀態」，根本是浪費寶貴的資源。[59]

這種評論見諸教育公報和大眾消遣期刊，通常是高度批判當前問題，有可能激發當局日後採取行動。作者根據個人經驗來驗證自己的判斷，依靠耳聞或目睹來推斷國語的大致情況。就師範學校而言，政府指令或多或少證實了教師培訓過程中存在缺陷的看法。在一九三七年和一九四一年，四川官員曾發出指示，規定師範畢業考試必須考核使用「國語四十個注音符號」發音和「拼寫」的能力，不精通這些基本讀音就不能畢業或擔任教師。[60]另一方面，當注音真正出現在課程中時，學生並未表現出高昂的學習熱忱。例如，在四川一所師範學校，全班都抱怨注音和美術課程多餘或無用。特別是「溥（pu，音譯）老師第三學期已經教過我們注音符號了，為什麼第五學期還要重講呢？」學生認為自己只上過簡短濃縮的幾何、地理和歷史課程，多學注音是「浪費寶貴的時間」，因為本來可利用這些時間去學更重要的科目。[61]

可以肯定的是，這些擔憂不是新鮮事。教師培訓雖被視為國語教育重要的一環，但長期以來一直讓人氣憤，感覺無所作為。一九三〇年代指令曾多次下達，要求師範學校教授國語和注音，可惜收效甚微。[62]第二章提過，證明學生和老師對此事態度冷漠的軼事流傳開來。持續不作為也暗示了，有更多懷疑者私下會表達嘲笑和反感。如今是戰爭時期，教師培訓欠缺資源、不受關注也就不足為奇了。在四川，某位教育人士推測，只有四分之一的小學教師符合「最低標準的資格」。[63]陳濟浩於一九四〇年接任貴州省立師範學校校長，他發現自一九三五年建校以來，在招收的四百六十五名學生之中，只有百分之三十畢業。此外，畢業生普遍看輕小學教學工作：「他們還準備繼續升學，以便轉行。」（在一百四十名校友之中，只有三十四人實際在小學任教。）[64]簡而言之，從乏力的招生到糟糕的就業安置，每個環節都問題重重。一九三〇年代初，教育部也批准了一項為期一到兩年的短期教師培訓計畫。開辦這種「簡易」課程，乃是為了讓農村學校能更快填補師資，可是卻在無意中營造出一種瀰漫低期望的文化，只能吸引到試圖逃避兵役者、未能進入更有名氣中學的人，甚至「沒有更好的前景而心懷憤恨前來的人」。[65]在這種情況下，國語很難成為優先注重的目標。從一九四〇年湖南簡易師範科的課表上看，「國語和注音符號」是最不重要的科目，每週只安排一小時的課程，比音樂和衛生課還少。[66]

在口號中，小學老師仍然是試金石。蔣經國認為，教師是莘莘學子的「護佑者」，「掌握國家命脈」，負責「提高學生的國語能力，使他們能夠說共同語言」，從而實現「當中國人」的意義——其中關鍵的角色即教師。[67]然而，在實踐時，教師培訓計畫幾乎沒有為教師提供實現這些崇高願望所需的語言和教學工具，國語也很少列入優先事項。相反地，課程強調國民黨的路線、「實用知識」（例如國際政治、軍事和科技）、鍛鍊體魄，以及軍事訓練。[68]一九三九年，教育部也賦予師範學校「監督地方教育」和「促進社會教育」（根據定義，其中也包括國語）的任務，且還成立六所旗艦師範學院來引導前路。這些師範學院從國民黨政府撤退後創建的聯合大學（聯大）獨立出來，要率先努力提升「教師資格」，同時增加畢業生的人數。[69]國語雖是課程的一部分，卻並未受到特別的關注。當時培訓未來的小學教師首重體育，並強調「集體生活」和軍事紀律的重要。[70]

國語推行委員會於一九四〇年在重慶重新召開會議（這是自一九三五年以來的首度全體會議），與會委員通過了確定未來方向的決議，並誓言要再接再厲。[71]人們樂觀看待國語的前景，也認為國語對於抗日戰爭極為重要，但這種情緒中也夾雜著國語推廣運動停滯不前的悲觀感受。黎錦熙曾私下給蔣廷黻（行政院高官和前中華民國駐蘇聯大使）寫過一封密信，信中指出：「普通民眾都認為國語運動的目的是統一中國語言。因此，他們並不認為這在戰時是一件緊急的事情。」對政府來說，求生存是當務之急，必須減少投入非軍事事務的資源。國語教育失去了動力，前十年的成就於是受挫。儘管國語推行委員會重新開會，但如果欠缺足夠的資金，那就無法有所進展。因此，黎錦熙希望蔣廷黻能發揮他的影響力伸出援手。[72]

儘管政府不明確支持且地點分散（分別位於昆明、蘭州和重慶等地），戰前國語機構的中堅力量又再度發起推行國語運動。他們定期開會，繼續推動因倉促撤退而中斷的計畫，比方說，修訂發音字典、編纂處於不同完成階段的參考資料、發行推廣注音的期刊。國語推行委員會也重拾專業仲裁者的角色，好比進行研究和調查、利用大眾媒體推廣國語，以及指導和培訓教師。[73]其中一項計畫任命黎錦熙、魏建功和陸謙（Lu Qian，音譯）共同編輯一本新韻典，以更新一九二〇年代和一九三〇年代的類似文本。這三人戮力編纂，僅用了一年便完成《中華新韻》。正如魏建功所言，歷朝歷代的韻書為創作詩歌設定了慣例，但方言演變和更廣泛的音韻變化模式會導致過時的問題。若是讀一首詩，作者和讀者的發音不一致，韻腳就會不對。這個新版本會根據《國音常用字彙》（一九三二年）來定義一套「標準」。[74]魏建功是古音韻學專家，曾在一九三〇年代於眾星雲集的北京大學中文系擔任教授，同時也是國語統一籌備委員會的成員。本書第四章將會指出，魏建功在一九四八年返回大陸之前是戰後台灣國語運動的領導人，發揮了重要的作用。

然而，除了博學之士，一般咸認為《中華新韻》太過複雜。[75]作詩吟賦曾是科舉及第的關鍵，但如今早已不甚重要。這本新字典獲得教育部長陳立夫和吳稚暉的背書，封面和書名頁上更印有吳稚暉揮毫的題字，但它卻沒有引起太多的關注。[76]此外，它最初是以傳統紙張製成的線裝書，得藉由雕刻木板平版印刷而成。[77]直到一九四四年才能購得《中華新韻》的商業版本，因此發行量受到了限制。從長遠來看，這本韻典最重要的特徵是一份四頁的附錄，其標題為〈國音簡說〉，採用解剖學術語解析每個注音符號的發音位置和方式（吸氣和呼吸，發雙唇聲和摩擦音時該如何運用舌頭、嘴唇和牙齒），同時指出聲調變化（變調／連音音變〔sandhi〕）為「不可或缺的特徵」。[78]〈國音簡說〉的結語指出：「至於說國語，無論聲調用標準的或地方話的，輕聲變化不合規律就說不成話了！外國人學國語往往會犯這種毛病。」[79]這個附錄對於韻典來說有些奇怪，因為它是首次以權威之姿說明該如何唸出國語的聲音。此前，趙元任等講者曾在廣播和留聲機片中示範「正確發音」；國語推行委員會的出版物則是懇切探討音韻和聲調。然而，近三十年來，官方發音一直只與書面符號（注音、漢字和拉丁字母，如一九二八年的圖表）或圖片（譬如入門讀本）相關。這套說明最初是錢玄同一九三二年起草的，旨在將其納入《國音常用字彙》。然而，當時急於出版，礙於排版的問題，最後只好將其刪除。[80]〈國音簡說〉於一九四一年首次刊印出版，成為戰後台灣的標準音韻，此情形持續了數十年之久（請參閱第四章）。

戰爭武器

全中國爆發軍事危機，必須緊急動員民眾，是故重新調整了語言的優先事項。為了尋求增添抗日的火力，作家、戲劇家、製片人和演員將愛國情操注入各自的藝術領域。他們這樣做的時候遭遇了牽涉地方語言的問題。如何重新配置戲劇和電影，好當成戰時動員的文化武器？如何化解方言文化生產與語言統一目標之間的矛盾？為了拯救國家，該如何妥協？甚至在戰爭正式爆發之前，保家衛國的精神就已經滲透到藝術實踐之中。隨著日軍於一九三〇年代侵略加劇，運動人士將口語戲劇視為強大的武器，以此獲取民眾支持並提升集體的戰鬥意志。左翼戲劇家聯盟（League of Left-wing Dramatists）的成員率先將這類訊息傳播到工人階級，然後將「無產階級戲劇」（proletarian theater）帶到農村。[81]「話劇」表演者因為自己的這種流派與「文明戲」（一種受都市人歡迎的即興表演形式）有所區別而感到自豪。熱衷於宣傳話劇為先進藝術的人詆毀文明戲，稱之為低級表演，只著眼於淫穢下流的娛樂和情節。語言純度（linguistic purity）乃是關鍵的差異之一。「文明戲」對方言一視同仁，不加區別（藍青官話、上海話、蘇州話等語言夾雜其他的口音），而話劇卻自稱為純粹正統：「話劇的基本條件：最要緊的是國語。」[82]然而，許多人指出，中國並未統一語言，若要求語言純度，便只能犧牲訊息。一九三〇年，劇作家葉沉發現：「在鄉村用國語表演戲劇時，觀眾根本聽不懂你在講什麼『鬼話』。」因此，指望大眾去辨別、體會表演中真正的意義，「根本是在說笑」。[83]一九三三年，一本大眾教育刊物提出疑問：「人民戲劇」（people's drama）該用國語或方言，哪個比較好？大家提出各種立場，將標準口語和鄉村地區民眾的語言偏好和限制進行了對比。根據折衷的觀點，國語編寫的劇本可以「轉譯成方言」來表演，如此便不會有害處。在各地人口混居的城市，「最好使用國語」，但在鄉村或偏遠的城鎮，最好使用「地道的土白」。[84]

抗日戰爭爆發以後，必須緊急動員民眾。正如洪長泰所述，各劇團在內地四處演出，積極呼籲人民對抗敵人。在這個過程中，現代戲劇走出了城市的範圍，觸及地貌紛呈、經濟活動多元和語言繁多的中國。[85]具有影響力的五四作家老舍指出，為了接觸群眾，必須「忘記莎士比亞和杜甫」，拋棄曲高和寡的詞彙，掌握以簡體字和土話講故事的藝術，「愈普通愈好。」[86]然而，「下鄉」團結國家的戰鬥口號卻挑戰了口說國語。例如，某位劇作家將那些堅持在表演中只使用國語的人比作「將軍在紙上談兵」。他們只是在空談，類似於「隔靴搔癢」或「強迫患胃炎的人吃難以消化的食物」。戲劇必須盡可能吸引觀眾，喚起大家參與對日抗戰。最要緊的不是語言統一。在城市裡說國語很有用，但在農村傳播訊息時，最有效的手段是講方言。[87]

戰時戲劇也遵循另一條軌跡，亦即鼓勵改編「民俗」文化形式並招募村民主演自己的作品。要將地方娛樂轉變為愛國的「大眾戲劇」（mass drama），就需要改編內容。「舊瓶裝新酒」消除了「封建」觀念和「迷信」因子，這樣能為鄉村表演注入反抗精神，也能激發百姓的愛國情操。[88]頗具影響力的劇作家洪深建議自己的同僚，若想要喚起村民的共鳴，不妨去製作地方戲劇、使用觀眾能聽懂的「鄉村方言」，再融入熟悉的人物和鄉土氣息濃厚的歌曲，同時採用簡單易懂的敘事風格。雖然最終的成品無法與話劇鏗鏘有力的訊息和強烈的現實感相比，但只要運用得當，效果無疑會勝過由「陌生人」表演的「莫名其妙」戲劇。[89]

某些推廣國語之士討厭這種妥協辦法，但礙於要優先動員民眾，又很難提出反駁。在戰爭時期，為了牽就社會語言的現實情況，只好暫時把國語降級，給予方言一席之地，因為此時要傳遞的訊息比語言媒介更為重要。在一九四〇年至一九四一年間，上海有兩部以當地方言演出的作品，更強而有力地衝擊原本列為第一要務的國語推行計畫。《上海屋簷下》（*Under Shanghai Eaves*）是夏衍的著名劇作，出身上海劇藝社（Shanghai Art and Drama Society）的演員以上海話表演了四場。被譯成上海話的吳天獨幕話劇《黃昏》（*Dusk*，直譯）由華光戲劇學校（Huaguang Drama School）演出了三場。[90]這些戲劇表演時間不長，卻讓各界強烈表達了意見。華光校長孔另境將《黃昏》形容為「履行戲劇的社會使命」，讓不懂國語的觀眾也能看得懂。然而，有些人（包括他自己的教職員）卻反對方言，理由是方言「庸俗」。事實上，他們主張方言應該集中使用於農村地區；這種看法幾乎毫不隱藏文化精英對方言的輕視：他們認為方言粗魯無比，未受教育的人才會使用。孔另境對此加以反駁，他指出嚴肅的內容勝過形式。有人擔心這有損語言統一的志業，但孔也否認了。他將方言定位為這個過程的「必經階段」：「當務之急是加強政治、經濟、文化上與國家的連結」，此後「語言隔閡就會自然而然逐漸消失」。[91]

在後續的公開討論中，為方言戲劇辯護者嚴厲批判了國語，認為國語阻礙藝術表達，乃是一種語言「獨裁」或「枷鎖」。陳企丹估計，十個舞台演員中，沒有一個有辦法說「標準語」。他們勉強去發音和掌握聲調，口齒發音顯得不自然，難免錯誤百出，不僅讓人聽得一頭霧水，甚至會讓觀眾誤解情節。陳問道，為何演員要這樣折磨自己？[92]另一位評論家宣稱，如果沒有方言，戲劇就是一種「死的」形式，無法真實塑造出乞丐、車夫和阿Q之類的鄉巴佬。各地的村莊隨處可見阿Q。「說一口漂亮國語的阿Q，哪裡都找不著。」[93]

《上海屋簷下》的國語版本先前受到了評論界和普羅大眾的好評，但上海話版本的各方反應卻不一致。故事情節講述了五個貧困家庭在這個通商口岸歷經的艱辛，特別適合以上海話來傳達。然而，在實際搬演時，本劇的翻譯卻「過於僵化」。表演「過度受制於原始劇本」，破壞了「真實感」。徐沫站在場外觀察者的角度，對執行上的缺失感到遺憾。然而，他仍然堅稱：「這並不能否定方言劇。」當被問及他會如何回應拒斥方言劇的人時，徐沫回答：「有些人什麼都反對。說服他們的唯一方法，就是向他們展示成果。」如果他們還是反對呢？「德國哲學家叔本華說過，每個人都有成為傻瓜的特權。我認為我們可以讓他們享受這種權利。」[94]然而，輕率駁斥批評並不能解決國語—方言劇面臨的兩難。廣東作家李殊倫認為，在藝術創作的每個階段，翻譯都會造成問題。對作家來說，只要一落筆，「語言分離」（linguistic separation）的感覺就會顯現。需要費盡心思，方能將粵語對白譯成「純粹的、不折不扣的國語」，但即便如此，仍舊未能傳達原作的細膩之處。演員必須在表演時解碼和詮釋精心譯成國語的劇本。要在地方上演的戲，不如直接用方言撰寫，這樣總比白費力氣翻譯要好得多。[95]

戲劇表演的語言問題並未完全解決，因為有一種論調強烈齊聲主張方言是動員民眾的重要文化手段。相較之下，在抗戰時期，電影中標準口語的總量持續增加。在一九三七年以前，國語電影與粵語電影打成平手。正如前一章談過的，方言電影大致不太受政府審查的影響，並且搶占了利潤豐厚的南方和海外市場。戰前的電影明星通常國語都說得不好，但這並未讓他們的電影不賣座。在抗戰期間，意識形態偏好和市場條件有所變化，國語電影因而變得更有吸引力。轉捩點是《木蘭從軍》（*Mulan Joins the Army*）（一九三九年）——一部根據著名傳奇女英雄的故事所改編的大片，由廣東女演員陳雲裳主演。根據報導，新華影業公司（Xinhua studio）負責人張善琨先是讓上海的每一位女演員試鏡，然後又前往香港，但最後沒能說服胡蝶復出，反而找到了能說一口流利國語的後起之秀：陳雲裳。[96]《木蘭從軍》被譽為戰時最受歡迎的電影，在上海首映時連續上演八十五天，場場爆滿，打破了票房紀錄。這部古裝電影製作精良，通常被認為在暗指抗日，但它在重慶上映時，卻意外引發了爭議。有人精心策畫一場抗議活動，譴責導演和新華影業與日本人合謀，這件事打斷了放映。觀眾聽到憤怒的言論便被激怒，於是搶奪了膠卷，在戲院外將其燒毀。[97]

更廣泛而言，《木蘭從軍》大賣以後為國語電影鋪好了路，使其得以在海外崛起。觀眾渴望反映戰時現實情況的影片，開始不再青睞香港電影業倉促製作的電影（被戲稱為「七日鮮」〔seven-day wonders〕）。[98]隨著愛國熱情日漸高漲，海外華人拋棄了粵語的「魔法」和情節劇（melodrama）[99]，擁抱了國語電影。[100]新華影業眼見《木蘭從軍》大賣，便打鐵趁熱，順勢推出一系列宣揚民族抗爭的歷史劇（《岳飛盡忠報國》、《荊軻刺秦王》、《孔子》）。[101]與此同時，批評者譴責香港電影製片人推出低俗的娛樂片來延續「封建」價值觀，並且將片商的逐利行徑比喻為兜售鴉片。[102]評論家發現，難民逃往南方以躲避進犯的日軍，南方的人口結構遂有了變化，繼而讓國語電影更為流行。在香港，新來的外地移民聽不懂當地方言，便削弱了粵語片稱霸票房的情形。[103]

隨著國語電影市占率上升，能操一口標準口語便成為演員工作新的資格門檻。上海的影業公司為新人開設培訓班，也為需要輔導的明星聘請一對一老師教他們國語。（甚至連被認為國語流利的陳雲裳在片場也有語言老師指導。）[104]根據公開招募的規定，試鏡者必須能講國語。有幾位退休演員便運用自己的專業知識去擔任電影業的國語講師，開創了事業第二春。[105]然而，默片時代的明星王漢倫一度打算復出，但她說不了國語，只得作罷。王是一九二〇年代廣受好評的女演員，曾經執導過一部長片，是最早有能力拍片的女性。她在一九三〇年息影。一九三八年，《紅花瓶》遲遲無法上映，眾小報議論紛紛，指出王漢倫命運多舛，重返大銀幕困難重重。看過電影預演的人對王漢倫的發音反應不佳（她扮演配角的「演技出色」，「可惜國語說得不夠好」）。女主角被要求重新錄製王漢倫的台詞，然後將對話配音再加入已完成的電影中。由於延宕甚久，開始傳出種種議論，說她「已經過氣」以及她是「破舊的泛黃珍珠」。他們冷嘲熱諷，表示王漢倫因為發音不好，「不好意思討要片酬」。[106]

商業媒體報導，當時有抱負的電影演員都在努力增進國語能力。[107]那些不思進取的人可能會引來嘲笑。例如，某位女演員說話時南方口音很重，「發音可笑」，但「她似乎並不在意」。（她沒有練習國語，反而每晚造訪某個洋人的公寓，而且行為不檢點，一直待到晚上十一點才離去。[108]）一本時尚雜誌評價另一位後起之秀，說她「美貌如花，媲美陳雲裳，可惜不會說國語。」[109]某位評論家認為，在眾多表演者中，貂斑華是「最糟糕的」，因為她演戲時幾乎只說「杭州官話」，絲毫沒有上進心。反觀倉隱秋，他的口語「標準」、洪亮且清晰，不像南方明星說話那般生硬，「猶如拖泥帶水」。就連影后胡蝶現在也受到不同標準的檢驗。有人認為她的發音不夠「準確」，帶有江南語調，顯得諂媚風騷。不少女演員想要模仿胡蝶的口音，但這取決於個人品味，有人覺得好聽，有人卻感覺刺耳。[110]山口淑子（Yamaguchi Yoshiko）能夠大放異彩，關鍵在於她說國語就「跟北京人一樣」。她出生於滿洲，以李香蘭之名成為明星，當時被以為是中國人。[111]在一九四一年至一九四五年間，李香蘭的事業在淪陷的上海攀上了頂峰。當時中國禁止進口好萊塢電影，電影業少了外國競爭，遂享有意料之外的榮景。在這段時期，中國電影製片人拍攝了兩百五十多部電影，但他們卻與日本當局合作而不時引發爭議。[112]

流亡的國民黨只能對上海製作的電影抱以懷疑的態度。政府當時審查了道德可疑的電影，也審核了那些貶損國格或有礙抗日的電影。當時，很少有人關注監管電影方言使用的事情。「自由中國」與遭到占領的上海相比，電影產量相形見絀。對國民黨來說，電影是耗資甚鉅的大眾媒體，因此影片稀缺。重慶的半國有電影產業製作了少量劇情片以及大量新聞片和紀錄片，著眼於提升全民的戰鬥意志。播放影片的分隊四處宣傳，攜帶行動式設備造訪村莊，另也在前線巡迴放映。[113]電影製片人和評論家紛紛探討該如何讓電影「大眾化」，好吸引農村觀眾。他們提出了某些策略，例如重新製作默片、優先強調清楚易懂的敘事，或者使用世界語作為通用的電影語言。正如包未鴻所言，重慶的「各種方言蓬勃發展」，「有礙普通話作為有聲電影中通用國語的地位」。[114]一九四四年，某家電影雜誌發現，不少電影界的人在重慶居住幾年以後學會了四川話，某些人甚至能說得非常流利，足以讓當地人視他們為「同鄉」。[115]

由於重慶語言環境複雜多樣，在這個戰時首都廣播時便得使用多種語言。廣播是當時國民黨政府的重要宣傳媒介。中央廣播電台（XGOA）非常重視抗日和軍事發展的新聞。此外也有娛樂和文化節目，讓長期飽受戰爭壓力的聽眾得以稍微喘息一下。國語、粵語和英語是主要的新聞廣播語言。地區分支機構則會增加各種方言和語言（上海話、閩南話、客家話、藏語、維吾爾語、越南語、馬來語、泰語等）的摘要新聞。很重要的是，新聞傳播依賴無線電接收監視器網路將廣播轉錄並譯成各種方言。[116]

國民黨的國際廣播電台（呼號為XGOY，又稱「中國之聲」〔Voice of China〕）是向全球觀眾發送的節目。在高峰時期，工作人員每天會用二十種語言提供十四個小時的節目。[117]政治領袖，包括擺出統一戰線（United Front）姿態的中共領導人，都曾透過廣播來激勵全國百姓、影響國際輿論。例如，當汪精衛宣布與日本結盟建立敵對政府時，國民黨電台便對汪進行了為期兩週的閃電襲擊，譴責那是「漢奸汪精衛的傀儡政權」。在名義主席林森發表開場演講之後，隔天便以六種語言廣播了八場演說。（中共黨員郭沫若用日語發言，國民黨教育部長陳立夫用英語演講，新加坡商人侯錫範〔Hou Hsi-fan，音譯〕則用閩南語廣播。）[118]儘管蔣介石這次沒有露面，但他用帶有寧波腔的國語發表的無線電訊息卻經常出現於廣播中。蔣對國際受眾的演講則由妻子宋美齡譯成語調抑揚頓挫的英文。在一九四五年春天，為了迎接盟軍的到來，國民黨官員透過廣播，以各種方言激勵沿海占領區的民眾。[119]

獲取識字能力

因此，國語是國民黨廣播的特徵，但並非其唯一的媒介或主要目標。與此同時，發動大規模掃盲運動也淡化了標準口語的重要性。數十年前的分歧如今又重新上演：在討論該優先讓民眾識字或者推行標準發音的問題上，注音符號再次成為主角。黎錦熙說：「在和平時期，國家文盲過多便已是嚴重的教育問題；在戰爭時期，這個問題變得更加嚴重。」注音的四十個符號是「銳利、快速、有效的工具」，花四個星期便可

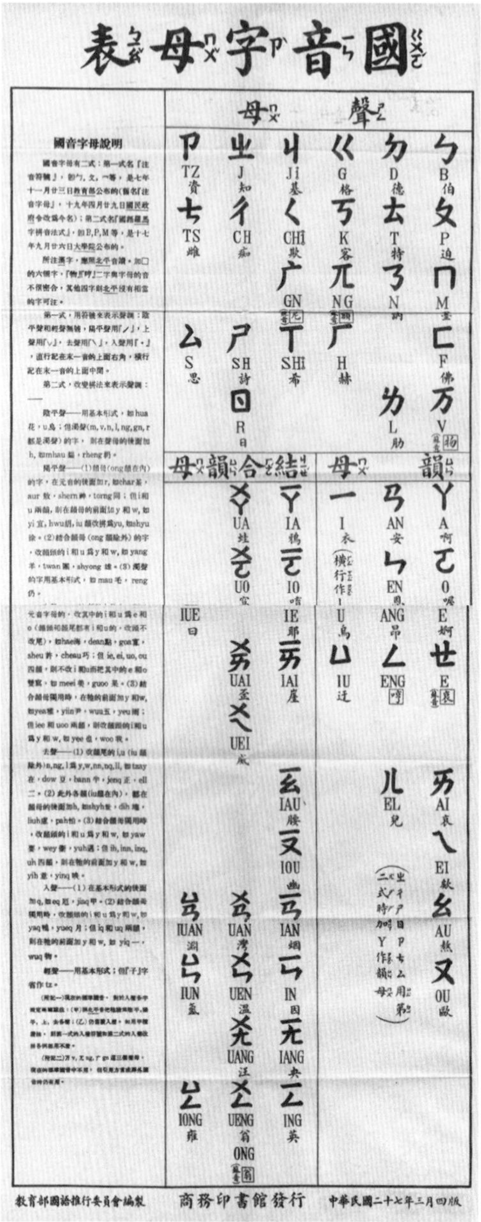

圖 3.1 包含四十個符號的國音字母表。

資料來源：國音字母表，教育部國語推行委員會，一九三八年。

掌握，之後再用來了解基本或功能性識字所要懂的數千個漢字。（根據黎的說法，「識字」標準各有不同，要熟悉的漢字可能少則六百個，多則六千七百八十八個。）雖然入門讀物有注音，但老師和學生卻經常忽略不看，那就「跟沒有注音的課本沒有太大的區別」。[120]為了讓注音字母在課堂外發揮更大的影響力，國語推行委員會於一九四〇年創辦了《民眾小報》。這份小開本報紙在重慶每三天出刊一次，用平行正文的小字注音欄替新聞和專題文章標出讀音。說明文字請識字者讀「漢字」；半文盲的人則要同時參照漢字和注音；不識字的人則讀注音，從中學習一旁的漢字。定期的專欄提供了一系列的課程和練習。黎錦熙在創刊號指出：「民眾僅僅需要接受這四十個非常簡單的注音符號」，便可閱讀這份報紙，從中獲取「每日額外的精神食糧」。[121]

隨著戰時優先首重事項的轉變，推行注音符號愈來愈強調識字，將其作為首要目標，「國語統一」則降級成為輔助目標。[122]一九四一年，中央政府決定加強讓注音成為有用的武器，目標訂為在五年內掃除全國文盲。[123]國民黨官員潘公展指出，要實現這項宏偉目標，需要全國每一位識字者的參與。「過去推行注音識字，最大的障礙是知識分子輕視注音，他們不願意屈尊學習注音。」雖然中國的掃盲運動與土耳其的語言改革不同，但「我們應該學習凱末爾總統閃電般的作風和堅定的決心」。有了「這六十八個注音符號，十八小時就能學會」，三到五年內將有三億多的文盲會消失。潘打算呼籲所有人去創造沉浸式的環境，在廣告、街道標誌、合約、股票、公共通訊和電影字幕中都加上注音符號。志工教員會在學校、部隊、政府機關和茶館等場所開設注音班。在每個教育層級，唯有學會注音才能畢業。[124]

潘公展所謂的「六十八個注音符號」，指的是增制的字母，能夠拼出比組合國語的三十七到四十個符號更多的聲音。將這套音標從國音中分離出來，可為方言開啟與國語音韻明顯不同的標音系統。教育部於一九四一年承認，先前的教學方法「過度強調」標準發音，以及「過於講求精確」。教育部如今以掃盲為首要目標，於是發布新的指示，規定內容變得更為寬容靈活：注音符號的發音和拼寫應以「不犯錯」為原則；聲調區分可以按照「地方上自然的聲調來標註，不需要完全符合標準國音」。此外，在「有必要時」還可以加上方言標音。[125] 黎錦熙創建了一種新的快法拼音表，有七十四個符號及其組合。只要每天學習四個，不到三週便可以「畢業」，學會看注音音標識字。黎錦熙提醒學生，注音字母不理會聲調區分。「發音可以遵循各地的自然聲調。沒有必要遵循標準國音的聲調。」[126]

重慶的政府單位雖提供了捷徑、放寬了標準，但仍然收到來自中國西南各地國語教育團隊的悲觀意見。比方說，羅紹漢（Luo Shaohan，音譯）在廣西省旅行了大半年（一九四一年到一九四二年），他四處宣傳著國語和注音。羅從一個縣去到另一個縣，從一個學校走訪到另一個學校，也發覺「反應還不錯」。國語和土白在語音上有諸多相似之處，也能利用「國音發音搭配鄉村腔調」加以「輕易調整」，進展得很順利。然而，令他失望的是，只有三十五名中學老師參加了他籌辦的兩週課程。他不只一次發現，在他所造訪的學校中，列出的國語或注音課程都是「偽造的」。即使是重點小學，老師也「大多用方言授課」，他們「基本上不會唸注音符號」。羅紹漢推行注音符號已有三十年，認為「效果不佳」，但「這不是因為注音符號有缺陷」，而是主事者刻意怠惰，忽視推行和實施這套系統的指令。羅舉了一個過分的漠視案例，他引用某家桂林報紙上發表的文章，該文呼籲從小學教育中取消注音。這篇文章的作者是家裡六個學齡年紀小孩的父親，他抱怨說，強迫三年級的八、九歲孩子同時學習漢字和注音實在「太複雜也太困難」。[127]

一九四二年十一月，吳稚暉在為期一週的「社會教育」活動中發表以注音為主題的廣播演說。吳說識字率是衡量國家當前狀況和未來前景的重要指標，並指出日本有百分之九十五的成功率，但中國卻只有百分之三十，十分淒慘。吳稚暉分析情況並指出，超過一半的日本「識字者」只能「讀」漢字旁邊的假名，根本看不懂漢字。「這真是奇之又奇！日本人有一套語音不完整的符號，是隨意從旁標註的低劣字母表。但他們正是在這個基礎上，贏得了『亞洲識字率最高國家』的殊榮。」雖然中國有「合理有序的系統」，但「學者官員」不屈尊使用它，也不允許報紙和雜誌標示注音。二十年後，注音在少數小學被「束之高閣」，而拉丁化論戰卻方興未艾，猶如「動物在泥淖中打架，誰也贏不了」。更奇怪的是，有些人拒絕使用注音，理由是「日本賊子」盜用了它。吳忿忿表示，這種邏輯十分可笑，因為敵人還偷走了我們的飛機和大砲，但顯然沒有人會堅持使用刀劍，故意「放棄使用有效武器的機會」。吳稚暉最後呼籲禁止所有沒有注音的出版物，同時也說，那些覺得符號礙眼的人不妨無視即可：「你們可以只讀漢字。」[128]

奇怪的是，吳稚暉最後竟說：「我今晚沒有醉，這不是瘋話。」話雖如此，一年以後，他卻改口批評過度強調注音識字會不利於標準發音。當「普通人」將注音視為一種用於閱讀的「簡體字」時，他們只關注它的「次要功能」，而且還不屑一顧、心存懷疑。吳稚暉提起電影製片人徐蘇靈近期寫的一篇文章，該文描述他的新疆之旅。徐堅信，政府要求各個民族透過注音學習國語的規定似乎「格格不入」。徐蘇靈指出，注音方法以往在「內陸省分」成效不彰，於是他問：在邊疆人民可以使用「他們已經知曉的本族語言拼音字母」的情況下，為什麼還要堅持走國語識字的迂迴道路呢？[129]吳稚暉反思這種態度，認為並不只有徐蘇靈這樣想。「大概十個人有八、九個人都有這種印象」，忽略了注音的「首要功能」，亦即「確立嚴格的標準發音」。這在新疆尤其重要，人們聽到的聲音不一致，「有來自十八省的藍青官話，千奇百怪」（河北和山東版本；江蘇—浙江—廣東—福建版本；「維吾爾版本」、「哈薩克版本」）。最糟糕的是，外國人會嘲笑：「這是什麼鬼！『或多或少相同、夠好了』很難構成一種標準。」在此背景下，注音符號最重要的任務就是統一發音、「洗刷『夠好了』的恥辱」。為了避免有人誤解這麼做是語言殖民（linguistic colonization），吳稚暉堅稱國語運動無意廢除所有的方言或各民族的語言。然而，「一國的百姓依賴『漢字』來交流，這怎麼能不丟臉呢？」[130]

前往邊疆

正如吳稚暉猛烈批判中所說的，邊疆地區語言駁雜，語言學家和教育工作者不得不重新考慮他們的教學方法和優先首重事項。他們遇到口語無論如何都不能歸類為「漢族方言」的民族（維吾爾族、蒙古族和苗族等），在這之後想法便動搖了。例如，在貴州台江縣（重慶以南六百公里），有一位吳秀勤（Wu Xiuqin，音譯）老師發現，當地百分之九十五的居民都是苗族，他以前的教學經歷完全派不上用場。因為苗族人根本不懂國語的概念，那是外來的陌生事物。雖然情況出乎他意料，但學生的反應熱烈，也讓他受到鼓舞。儘管當地多年來飽受乾旱和飢荒之苦，還是有不少人付費參加吳秀勤的掃盲班，其中包括六十多位不顧父母反對、執意報名上課的年輕女孩。他在上呈給教育部的報告中指出，為了適應環境，他改成以當地方言作為教學語言。[131]吳秀勤對貴州經歷的看法正面積極，但出人意料的是，寧夏卻有非常惡劣的國語環境。寧夏屬於「西北官話」使用範圍，這個地區多數的土白變體與國音「大同小異」，本應是植入國語的沃土。然而，該省教育局卻報告：「多數人延續了一種舊習，那就是看不起說官話」——因為前清駐防八旗軍的語言（受滿族語影響的北京話，偶爾稱為旗下話）如今等同於「國語」。「因此，除了八旗子弟，一般人通常都不願意講國語，甚至旗戶的年輕一輩也偏好說當地方言。」礙於存在這種嘲弄態度，糾正百姓的「錯誤心態」遠比改正他們的「方言發音」困難得多。[132]

與此同時，有鑑於語言環境變幻莫測，黎錦熙從蘭州西北師範學院（Northwest Teachers' College）的角度去思考國語的前景。在黎看來，抗日戰爭讓國語在意識形態和戰略上更顯重要，它屬於「國防」的一部分，在保衛邊疆、「喚醒人民」和激勵百姓挺身戰鬥這些方面發揮了關鍵的作用。為了促進交流，國語教育必須不限於教一些口頭短語或書面漢字。為了相互理解，漢人需要學習「邊疆同胞」的語言，反之亦然。[133]事實上，調查人員正在西南和西北地區分散研究當地居民的語言和文化，藉以更加了解那些多樣化的地域。當他們調查陌生民族所居住的陌生地貌時，會在大學和政府機關的支持下製作一系列田野調查報告。[134]研究人員一次又一次重申以下前提：要在「邊疆同胞」與內地人民之間建立緊密的情感連結，首先必須推行以國語為基礎的教育。[135]「如果我們無法溝通，就什麼也做不了。愈深入邊疆地區，語言就愈是重要。」[136]語言差異埋下了分離的種子，「一旦人心懷有『對抗外人』的情緒時」，衝突就可能隨之而來。[137]有人統計過，新疆有十四個民族混居，礙於言語不通，彼此難以「相互理解」，因此該地區過去曾數次爆發不幸的叛亂事件。[138]

為了加強團結，教育部蒙藏教育司（設立於一九二九年）肩負起更大的責任，要將「邊疆同胞」納入範圍更廣的政治目標中——「增進各民族感情」、消除歧視態度，以及促進「和諧關係」，以期於民族存亡之戰中得勝。[139]一九三九年，邊疆教育委員會（Border Education Committee）首次召開會議，旨在敦促政府各機關重視此議題。蔣介石於一九四二年巡視西北，也高調宣傳了該行程。此行提升了當地作為「國家建設據點」的戰略意義。雖然號稱要透過教育來確保邊疆安全，但口惠而實不至，資源的分配並不相符。從一九三九年到一九四四年，三十九所「邊疆」學校成立，招收學生一萬名。然而，邊疆有七個省，這樣的數字是杯水車薪。[140]某位訪問學者表示，在雲南全境的少數民族村寨，要找到小學畢業生都難上加難，更遑論合格教師了。從外地找來的漢人很「勉為其難」履行職責；他們對低薪不滿，也抱怨環境艱苦，所以會「不斷想辦法離開」。當地居民明顯感受到這類冷漠和蔑視，很快便喪失學習的信心。[141]

除了教員問題，教學語言也是另一種阻礙。一份報告指出，雲南有三個互不相通的語言群體（藏緬語、泰語和高棉語），其中包含至少一百五十種方言變體。至於是否應該允許、鼓勵或禁止在課堂上使用「邊疆語言」，專家意見分歧。某位教育家說：「我們不能忘記，邊疆教育的首要目的是提升邊疆同胞的文化素質，讓他們融入內地的文化大熔爐。」保留他們的語言和文字會橫生阻礙。「但我們其實不能完全摧毀他們的語言和文字，否則邊疆教育根本無法進行。」[142]有一位人類學教授認為，「栽培」西南地區人民並實施教育措施，需要突破現有的語言障礙。注音字母可以當成「教化非漢族人民」的工具，要以勸說為主，「強制」則是最後手段。「一開始在教學中使用非漢語語言沒有什麼壞處，接著就要漸漸盡量改用漢語。」[143]

對於那些身處教育前線的人來說，他們遇到的問題反映出中國在抗戰中的困境。共產主義在一九四〇年代挑戰加劇，語言論戰在高度政治化的戰線上又開始了。在中國共產黨控制的地區，新文字倡導者將其用於掃盲，以權宜之計的說法宣傳新文字的優點。一九四一年，陝甘寧邊區政府（Shaan-Gan-Ning Border Region

Government）放手一搏，賦予了拉丁化新文字「與漢字同等的法律地位」。法律和官方文件將以這兩種文字書寫，皆具有同等效力。[144]老革命吳玉章是延安拉丁化文字的背後推手。吳玉章在戰壕裡拚搏了四十多年，曾是孫中山的助手，也曾在蘇聯熬過十一個年頭，因此被稱為革命「元老」。他在公開聲明中盡量避談國語羅馬字和新文字之間明顯的對抗，同時淡化了「主張國語統一」和「發展方言」之間可見的矛盾。[145]然而，這套基於地方語言多樣性的體制很難不讓人指控它造成語言分裂，以及必然會導致國家分裂。國語陣營的對手鄙視那些試圖利用語言問題作為「事端」的機會主義者。他們大聲重申自己的信心，認為國語最終必能在爭取國家語言未來的鬥爭中獲勝。黎錦熙認為，注音符號是最好的武器，它是一座溝通的橋樑，能在各個「民族」語言和國家最高語言之間轉譯，乃是各民族之間的「媒人」，「傳播文明，統一目標」。[146]儘管有些人主張「透過武力」推行國語，但他認為強制措施會讓整個計畫失敗。黎錦熙指出，搭配漢字和注音可以發揮「閃電法」的效用：三週便能掌握無礙，不必老師指導。漢字—注音的組合無法因應邊疆地區截然不同的語言和文字，但黎錦熙認為，將注音系統與方言和「邊疆同胞的語言」加以整合，便能發揮「磁鐵」的作用，將有強大吸引力讓所有人投入推行國語的志業。

這並非什麼新構想。第二章已經提過，趙元任創建了《注音符號總表》，其他語言學家也為無錫、蘇州和福州話制訂了標音方案。一九三六年，錢玄同正在更新趙元任的總表，使用國際音標來「記錄並釐清每個地區最重要方言的音素」。然而，戰爭爆發以後，計畫便中斷了。[147]時至一九四〇年代，國語推行委員會的委員再次肩負起擴展注音系統的任務。正如黎錦熙所言，「中國方言」的研究有兩層意義：「狹義」指的是「各種漢族地方話和方言」；「廣義」則包括境內其他民族的語言。「現在我們應該在兩條戰線上同步推進」——這是極其複雜的工作，尤其當時對各民族語言的研究尚處於起步階段。若想取得成果，需要投入大量的時間和資源，因為「我們不能散散漫漫……一點一點推行。」為了加快進程，黎錦熙建議與研究經濟、社會或地理學科的人員合作，並且參考其他中外學者的研究成果。[148]例如，針對「新疆回文」，徐錫華早已設計了一套系統，將回文的每個字母與國際音標和注音符號的修改版本相互搭配。[149]國民黨政府於一九三八年出版的《注音新疆回文常用字表》(*Phonetic Phrasebook of Xinjiang Muslim Script*)援引徐錫華對突厥語言的長期研究，以及趙元任和兩位維吾爾族政治領袖的專業知識。[150]中央研究院歷史語言研究所的研究人員在昆明定居以後，投入於一系列語言調查工作，最終完成雲南九十八個縣的實地考察。與此同時，以聯大為工作據點的同事也遠道前去蒐集各「邊疆民族」的口語資料。[151]

草鞋和皮鞋

除了詳細研究「特殊邊疆語言」之外，將它們與漢族方言融合成一套反映「全國」的連貫語音系統，也是另一項艱鉅的任務。一九四〇年，國語推行委員會成立了一個小組，最後確立了《全國方音注音符號總表》。該小組成員包括當時最著名的語言學家(其中幾位因為在邊疆地區所做的研究而聞名)，這些人會在戰後繼續領導台灣海峽兩岸的語言改革運動。[152]首先，黎錦熙製作出一張圖表作為委員會審議的基礎，那是一張「用國音統一方音」的總表。黎錦熙的草稿擴展了原始注音符號的四十個字母，藉此含括所有主要地區口語群體會用到的音素。此外，他還為每個音素標上了國際音標，以及相應的英語、法語、俄語、德語和日語範例(以供比較用，也是要「讓外國人更容易學習」)。為了表示聲音的層次結構，大的粗體字母表示國音，較小的字體則表示方言變體。黎錦熙的工作筆記也記錄了他所考慮的問題：音節拼字規則（國音三條，方言四條）；聲調區分（四個「標準」聲調，加上「東南方言」的第五個聲調，其他方言未標記）。黎總結自己的工作時表示，他是根據一九一九年的「閏音字母」和趙元任一九三二年的《注音符號總表》來擬訂這份草案。[153]除了為方言小組委員會的審議設定規範，黎錦熙還為該小組打算從一九四二年夏天開始進行的語言調查設計出標準化表格。這項計畫要培訓一批田野調查人員，再將他們派到選定地點去「記錄每種語言的音素」、條列樣本詞彙，並記錄獨特的文法特徵。這些資料一旦經過編譯和分析，就會成為新的參考資料和教材的基礎。[154]

要執行這麼詳細的調查需要耗費大量資源，所以這些資源給得很慢，這點在意料之內。[155]與此同時，《全國方音注音符號總表》草案在教育界暗中流通著。[156]一九四三年春天，方言小組委員會在重慶召開會議，目的是要評估進展程度並決定未來方向。[157]這個小組面臨了一個關鍵問題：是否要將「邊疆語言」納入總表，或者要製作出兩種（或為數更多）個別獨立的總表。其他問題還包括國際音標的使用，以及是否讓「邊疆語言」免受注音符號音節規則（syllabic rule）的約束。可以使用哪些額外的標記（圓點、逗號、圓圈）來表示方言變體？又或者，這麼做會在無意中製造出更多混亂？擴充音表中加入的符號，其形狀是否與漢字相差太遠，也違反了注音的「最初原則」？他們是否應該將「國家方言」劃分為多個地區，再為每個地區制定單獨的方案？他們看到方言符號與推行「國語統一」的優先事項，應該如何權衡這兩者，判斷孰重孰輕？

這些參與者對某些問題存有分歧，但他們是親密的同僚，共同為國語運動奮鬥了十年或更長的時間。他們對於推行國語的實質內容和重要性懷抱大致相同的看法，因此會容許彼此不同的意見，不會像早期的爭辯那般尖酸刻薄。然而，由於對「漢族方言」和「民族」語言了解並不完整，如何精確校準語音分析（phonological analysis）依舊懸而未決。吳稚暉曾在某次會議上說：「我經常說，注音符號要促進大眾識字，愈粗淺愈好……若講究得太精細入微，大家就不會用了。」吳引用自己昔日用過的類比：對民眾來說，注音應該像一雙舒適的草鞋，而不是昂貴的皮鞋。音韻研究到極致，足以臻於「聖杯的地步，但也必須簡單易懂，讓一般人能夠使用才行。簡而言之，「我們今天討論的注音符號，既是『皮鞋』，又是『草鞋』。」黎錦熙也同意這個觀點，他將委員會的工作比喻為「上天堂為玉皇大帝蓋瓦」和「下到十八層地獄替閻王挖煤」。[158]

為了實現高低不一、既廣泛又狹隘的目標，方言委員會決定將兩者分開，分階段進行。他們在一九四三年三月和四月連續開議數日，辯論和修改了黎錦熙的草案，包括也討論到王力和周辯明（當時缺席）所提的實質修改建議。小組最終達成了《中國語音分析符號與注音符號對照總表》的共識。完成的總表將分發給大學和政府機構，僅供內部人員使用。[159]至於低的目標，提供大眾掃盲計畫所需的方言音韻清單將等到田野研究完成以後才能制訂。針對優先考慮蒙古語、藏語和「穆斯林」語言（以促進「邊疆教育」的目標）的建議，委員會決定與其他學術機構合作去進行研究。

確實，為了搭配大眾教育，方言小組委員會提出的語言資料必須轉譯成「草鞋」，並導入成人識字課本和小學課本。除了「簡單易懂」，還得改編課本以反映當地宗教信仰和社會習俗。內地來的課程材料不一定合適；適合某個地區的東西可能在另一個地區全無效果。[160]在此情況下，國語入門讀物肩負著獨一無二的重擔：既要體現國家團結，又要包容語言和文化差異。有各種文字的課本也會碰上一個技術性問題，那就是該如何處理方向性（directionality）：如何將中文文字（直行書寫，從右至左）與其他文字（舉例來說，藏文是從左到右水平書寫；蒙古文是從左往右直行書寫）對齊。[161]

黎錦熙在某一本「七行課本」的提案中不管這種文字排版的問題，硬是認為七行格式可以「團結各民族，團結全國人民，統一抗戰求勝的決心」。有一張書頁樣本顯示趙元任和吳稚暉以前使用的平行排列方式，後來被擴展到七行。中間的「國字」寫著這樣的句子：「我是中國人／你是中國人」，對應左邊的「回文譯文」。依序往右移動，注音在國字右側第一行標註國音，接著是國語羅馬字，再往右則是以「回文」字母拼出的國音。最後，最左邊的兩行列出了「方音」，分別用注音和國語羅馬字標註讀音。課程繼續寫道：「他也是中國人／我們都是中國人／我們都必須愛中國。」[162]這些訊息以漢字為基礎，試圖重申中國家歸屬感和愛國主義，好化解檯面上語言和種族的分歧。

黎錦熙並非第一位考慮將多種文字納入教學方法的人。在一九三〇年代初，教育部批准了蒙古語和維吾爾語搭配國語的雙語入門讀物。現存版本並未納入七欄教科書的基本特徵，亦即注音。[163]黎錦熙後來將編排方案簡化為四行，有兩行直行文字，旁邊分別有對應的注音符號。他解釋，近年來「特殊邊疆語言」成為一個泛稱，指的是中國境內非漢族的語言。某些「頭腦簡單的人」主張消滅它們，提議以武力來強制採用國語。他們根本誤解國語的功能以及「方言」和「特殊語言」的本質。黎錦熙指出，語言統一是將某個「標準方言」定為國家的語言貨幣（linguistic currency），並非打算消滅其他方言。此外，在抗日時期，「我們要特別關注邊疆地區」，如果我們的語言和文字都不能互通，「還談什麼國家建設呢？」在此狀況下，四行課本中的「方音」就是將國語與任何一種口語聯繫起來的結締組織，這是「一種妥適、簡單、快速又有效的方法」。對於在邊疆地區工作的人來說，「只要唸第四欄的注音」，就可以讀出目標語／譯入語（target language）的句子。「邊疆同胞一聽，就會明白你的意思。」因此，黎錦熙將注音設想為一種多功能的媒介，能夠將邊疆人民納入國家的懷抱。[164] 儘管方言語音的功能極為重要，但邊疆教育委員會（Frontier Education Committee）在一九四一年將其從學校課本和成人識字教材的說明中刪除，使「最重要的那一行」成為非必要項目。讓黎錦熙沮喪的是，委員會決定完全仰賴文字，而且還表示：「必要時，可用蒙古文、藏文或阿拉伯文來翻譯意思。」即便如此，黎仍舊保持樂觀，認為國語能與少數民族的語言彼此兼容。[165]

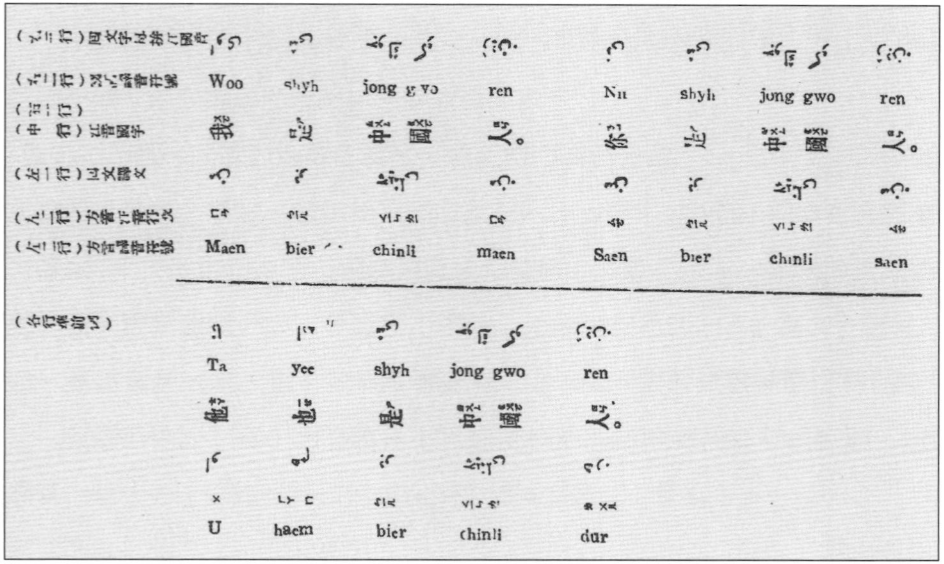

圖 3.2 黎錦熙的七行課本。
資料來源：《蒙藏月報》13，第 10 期（一九四一年）：第 9 頁。

多行版的課本並未充分發揮潛力。黎錦熙完成了藏語搭配國語版本的手稿，但從未出版。為緬甸多語言僑民服務的四行版本提案也從未實現。[166] 一九四三年，國立編譯館（National Institute for Compilation and Translation）收到康區

（Kham）某位老師的三份手稿。這位作者採用《三字經》格式，將彝語、洛語（Luo）與國語搭配，會使用到文字和注音。教育部被請求去評估是否可能出版這些手稿，他們拒絕了，理由是注音標示的發音有「許多缺陷」，此事最好委託「專家來處理」。[167]

儘管尚未兌現上面所述的承諾，黎錦熙等人還是利用總表和多行課本之類的工具，試圖宣揚國語的理念並加以落實。如果擴大國語的範圍，它是否能納入中國領土邊界以內的所有人，甚至傳播給邊界以外的海外華人社群？除了尚待解決的技術面問題，有關國語及其語音對應的基本功能問題也浮上檯面。就最根本的層面而言，此舉擴展了國語的概念，而且對某些人來說，國語已變得面目全非。注音字母之所以問世，最初是為了統一語音、解決語言分歧破碎的問題。一種取徑促進了種族和超國家差異的表現，很容易被詮釋為強化了語言分歧。注音符號在各民族之間發揮轉譯功能，與「一國同聲」的願景相去甚遠。它們是否偏離了初衷太遠，或者嚴重破壞了標準化的最終目標？確實，隨著識字被視為具有同等或更重要的地位，如何平衡相互頡頏的優先事項仍是難以解決的問題。在資源稀缺的時代，就必須在分派人員投入掃盲運動，以及集中精力於教師培訓和小學授課的發音標準化之間有所權衡。[168]

一九四四年，在歡慶吳稚暉八十大壽之際舉辦的「國語週」慶祝活動中，教育部轉而強調標準發音，而非識字。在重慶舉辦的活動包括演說和寫作比賽、講座、電影放映、戲劇表演和廣播。吳稚暉因病未出席為他舉辦的開幕典禮。魏建功代他宣讀了關於注音功能的那篇大論（前文已討論過）；吳稚暉批評過分強調識字而輕視語言標準化的人。[169] 教育部長陳立夫響應了吳稚暉的呼籲。陳立夫回顧一九一三年讀音統一會的初衷，強調國語的成果取決於「正確發音」和「標準化的口語」，而「最近有些同胞忽視了」。[170] 然而，當教育部指示其他司法管轄區協調國家語言週活動時，某些地方卻決定將重點放在識字上。四川省政府拖泥帶水，到了四月才啟動計畫，並且選擇展示黎錦熙的快速拼音方法，該方法經過改良，可搭配當地的發音（以成都方言為主）。[171]與此同時，安徽、浙江、江西、河南等地官員紛紛致歉。他們以戰事緊急為由，說無法調度資源推廣國語。[172]

本章分析流亡的國語，讓我們知道前人在戰爭中危機當前時，是怎麼強烈呼籲要重視國語；然而，國家遭逢劇變，時局動盪不安，縱使有此願望也無力實現。礙於資源稀缺，優先事項不斷調整，加上教育基礎設施混亂不堪，當局幾乎難以將國語推行到全國。說實話，戰後不久，某位觀察家曾哀嘆國語「名存實亡」，「承載支離破碎的國音」。[173]與此同時，除了令人遺憾的制度層面失敗之外，有諸多軼事證明，許多人認為，戰時的經歷導致了非正式的語言融合（linguistic convergence）。當時有數百萬人逃離家園、流離失所和移居別處，他們不得不有所調整，並且（如本章開頭引言所述）「學會說官話」。

調整的形式五花八門，包括透過私下互動；人到了哪裡，方言就學到哪裡。有人為自己能說好幾種語言而自豪，有人則是運用基本的國語和比手畫腳來溝通。[174]許多難民跟隨國民黨政府撤退，最終退到了四川，當地土白與標準國語的近似程度讓熟悉北方聲音和聲調的人相較下更容易適應環境。對於以南方地方話為母語的人（例如來自廣東、福建和上海的人）來說，他們在四川度過不短的歲月，所以發音經適應後也就更接近國語。某些人後來回憶，由於來自不同省的人混雜相處、互動，「讓更多人使用國語」。陳中章（Chen Zhongzhang，音譯）發現，戰前無論在廣州何處都很少聽到人說國語。抗戰勝利以後，他發現「幾乎在各種類型的聚會上」都有更多人講國語。[175]在這些情況下，發音可能被認為「不標準」，類似於「藍青官話」，雖然不精確而受到嘲笑，但它仍是一種具功能性的媒介。這種情況在國民黨軍隊中也很常見，幾乎沒有跡象表明，當時軍中有採取什麼正式計畫推行標準口語。國民黨軍隊忙著逃亡、為生存而戰，並沒有投入資源去落實國語教育。部隊主要按照區域管區來組織，可以用最通行的土白應對溝通。然而，士兵就像難民一樣，會隨著戰線轉移而部署在異鄉。入伍從軍者混合、重組時，需要跨越方言障礙來溝通，或者與當地百姓交流。

一九四四年，《中央日報》在宣傳「國語週」時發表了一篇社論，聲稱：「國文、國音、語言、國歌和國旗是團結國家最重要的工具。」而語言是「恢復我們民族自決」最有力的武器。日本侵華讓語言問題更顯得有急迫性，因為「現代帝國主義的侵略並不局限於軍事、政治和經濟領域」。台灣、琉球群島和韓國歷經數十年的義務教育之後，當地人已經「忘祖」，超過一半的人口只會說日語。在遭受掠奪時間較短的地區（如中國和東南亞），敵人以日語「同化遭鐵蹄踐踏的人民」。[176]

第二次世界大戰結束以後，被占領的中國、台灣和其他地區人民終於得以除去背上的鐵蹄。一九四五年八月，蔣介石在重慶發表勝利演講，他感謝中國人民、盟軍和「公正而仁慈的上帝」。蔣用腔調很濃的國語嚴肅提出警告：「現在我們抗戰是勝利了，但是還不能算是最後的勝利……戰爭確實停止以後的和平，必將昭示我們：正有艱鉅的工作，要我們以戰時同樣的痛苦，和比戰時更巨大的力量，去改造、去建設。或許在某一個時期，遇到某一種問題，會使我們覺得比戰時更加艱苦、更加困難，隨時隨地可以臨到我們的頭上。」[177]蔣介石將注意力轉向一樁艱鉅的任務：要重建八年戰爭所撕裂的中國，並為國家的未來與共產黨人進行最後的戰鬥。台灣問題迫在眉睫，它本是第一塊失去的國土，如今又重回中國懷抱。在這個日本的前殖民地，推行國語艱難萬分，而這會是下一章要談的主題。

註釋

1 原註：案例眾多，包括：Howard, *Workers at War*, Bian, *State Enterprise System*, Barnes, *Intimate Communities*; Soon, *Global Medicine*。

2 譯註：原文為tri-city area，指武漢三鎮，亦即武昌、漢陽和漢口。

3 原註：趙元任在昆明待了幾個月，然後在一九三八年八月離開，前往夏威夷大學擔任客座教授。他有三十五年沒有回到中國。

4 原註：MacKinnon, *Wuhan, 1938*。

5 原註：《教育通訊》，第13期（一九三八年）：第3–4頁；SHA 5/12293, 5–6（一九三八年五月十七日）；〈五年紀念與小學國語教學〉，《活力週刊》（*Huoli zhoukan*，音譯）1, no. 1 (1938): 9–10；陸傳籍，〈抗戰建國中心的小學國語教學〉。

6 原註：教育部檔案，SHA，紀錄組第5號。

7 原註：SHA 5/12305, 227–30。

8 原註：SHA 5/12305, 69–70, 92。

9 原註：SHA 5/12306-1, 29–30, 33–36。

10 原註：SHA 5/12305, 248–9, 253–62；5/12306-1, 33–36,54, 81; 5/12306-2, 203–5。一九三九年三月，張要求調往貴州照顧父母。他被分配到省師範學院任職（SHA 5/12306-2, 163；5/12300-1, 41–49）。一九四七年，他短暫在台灣任職，擔任國語委員會委員。台灣文獻館（Taiwan Historica）檔案，行政長官公署檔案，編號00303233190002。

11 原註：SHA 5/12306-1, 122, 188, 203；5/12036-2, 172, 176, 196, 200, 237。

12 原註：SHA 5/12305, 41–42。

13 原註：SHA 5/12306-2, 4。

14 原註：〈香港人與國語〉，一九三九年五月十一日，第6版。

15 原註：SHA 5/12306-2, 29–32。

16 原註：請參閱以下大量的報告：SHA 5/12307-1和5/12307-2，年代從一九四〇年橫跨到一九四一年。

17 原註：SHA 5/12306, 50。

18 原註：許中編輯，《中文拉丁化課本》，第66–67頁。

19 原註：〈新文字運動的動態〉。

20 原註：SHA 5/12291, 2–8；5/12307-2, 11–12；5/12306-2, 82。

21 原註：廷賢，〈國語班茶話會〉，第7–8頁。

22 原註：《通藝月刊》，第4期（一九三九年）：第14–15頁。

23 原註：吳淑珍，〈練習國語〉，第21頁。

24 原註：陸志韋，〈國語教育的混亂情形和補救的方法〉。

25 原註：周汝傑，〈兒童言語發展及國語訓練〉。

26 原註：〈舊瓶裝不了新酒〉，第2–3頁。

27 原註：高榮銑，〈縣教育與推行注音符號〉；《縣政研究》2, no. 6 (1940):24–26；《教育建設》1, no. 1 (1940): 70–71；1, no. 3 (1940): 115；1, no. 4 (1941): 192–94。

28 原註：宋恩榮和余子俠編輯，《日本侵华教育全史》，3:91–92，173–76。

29 原註：教育部指令，一九四一年四月十九日，重印於《江蘇小學教師》1, no. 3 (1941): 7。

30 原註：SMA R48-1-852-1,1–2,11–14；R48-1-460,2–3。

31 原註：朱明，〈假名能否代替注音符號〉。

32 原註：隋樹森，〈再來一次國語運動〉，第15頁。

33 原註：王玉川，〈新文字問題〉。

34 原註：蕭迪忱，〈注音符號幫助讀書識字的實驗〉。

35 原註：SHA 5/12289, 73, 85–86。

36 原註：教育部，《民眾學校課本》，第10頁；楊晉豪，《戰時兒童國語選》。

37 原註：國語課考試時考的是書面文法和詞彙，不考口說國語。重慶市檔案館(CMA) 81-4-1413, 81-4-1414,81-4-2259。

38 原註：蔣白岡，〈說朗誦〉。

39 原註：何容，〈論小學裏應該教國語〉。

40 原註：俞子夷（一八六六年到一九七〇年）是進步主義教育領域的傑出人物。他在戰前擔任南京高等師範附屬實驗小學校長和浙江大學教授。

41 原註：俞子夷，〈兩個月兼辦社教的淺薄經驗〉；俞子夷，〈教學注音符號的先決問題〉。在一門國語示範課上，教學語言是當地方言。〈國語示範教學批評會紀錄〉，第45–47頁。

42 原註：蔣白岡，〈說朗誦〉；楊啟蕃，〈怎樣教國語〉。

43 原註：SHA 5/12291, 155–56（一九三八年七月三十一日）。

44 原註：蔣白岡，〈說朗誦〉。

45 原註：荒草，〈抗戰期中小學國語科教材及教學法應有之改進〉；梁士杰，〈戰時小學國語教學問題〉。

46 原註：陳俠，〈初步的國語教學〉。

47 原註：呂朝相，〈小學國語科教學之實際問題〉。

48 原註：SHA 5/12299-01, 23–29。先例包括以注音字母為主的象棋和七巧板。朱文雄，〈注音字母棋〉；《國語月刊》2, no. 2(1924): 2–3；趙异，〈關於國音教具之一得〉。

49 原註：有數十個例子，出自於：SHA 5/12291-1；12291–2；12291–3。

50 原註：SHA 5/12291, 12–14。

51 原註：CMA 344-1-449,41；344-1-592,74–75；121-3-33,149–51。

52 原註：隋樹森，〈再來一次國語運動〉。

53 原註：McIsaac, "The City as Nation."。狹義上的「下游」是指來自重慶東部長江沿岸城市的移民。

54 原註：《京報》，一九四〇年一月十六日，第4版。

55 原註：董同龢，〈如何從四川話學國語〉。另請參閱：羅莘田，〈昆明話和國語的異同〉。

56 原註：SHA 5/12295-01, 12–15。

57 原註：蔣白岡，〈說朗誦〉。

58 原註：劉小良，〈幾個小學說話教學的實際問題〉。

59 原註：李東岳，〈國民教育進展中的國語教學〉。

60 原註：CMA 0129-2-113,209；0055-6-84,100-101；《西康省政府公報》，第92期（一九四二年）：第46頁。

61 原註：CMA 0129-1-240, 292–93。

62 原註：《廣東教育廳旬報》1, no. 12 (1937): 27–28；1, no. 12 (1937): 27–28；《四川教育》1, no. 1 (1937): 258。

63 原註：李蒸，〈師範學院問題〉。

64 原註：陳濟浩，〈當前師範學校之三大問題〉。

65 原註：蔡崇慶，〈簡易師範科的幾個實際問題〉。

66 原註：《湖南教育月刊》，第4期（一九四〇年）：第66–69頁。

67 原註：蔣經國，楊啟蕃的《怎樣教國語》〈序〉。

68 原註：劉問岫，《中國師範教育簡史》，第143–53頁；陳劍恆，〈今後二年小學師資之訓練與調整〉。

69 原註：Israel, *Lianda*, 239–49。

70 原註：有一些例外值得注意。在一九四二年五月，西北師範學院響應政府「補救指導」的指令，開辦了為期兩個月的注音講習所。《國語西北師範學院校務會報》，第42期（一九四二年五月）：第8頁。一九四四年，教育部指示三所師範學院增設「國語」專科。《教育公報》16, no. 7 (1944): 37–41；SHA 5/12286-2, 21。

71 原註：《國語推行委員會第二屆大會報告》。委員會成員從十四人增加到二十五人。《申報》，一九四〇年七月二十二日，第8版。

72 原註：SHA 5/12298-1, 102。一九三六年，蔣廷黻在蘇聯期間幫助了釋放蔣介石之子蔣經國的談判。他後來又擔任中華民國駐美大使。

73 原註：《教育通訊》3，第39期（一九四〇年）：第12–16頁。委員會的旗艦期刊《國語週刊》在中斷三年後於一九四〇年十月復刊。黎錦熙，〈復刊宣言〉。

74 原註：魏建功，〈關於中華新韻〉；國語推行委員會編輯，《中華新韻》，〈前言〉，第1頁。

75 原註：根據台灣省國語推行委員會委員後來的評估。《臺灣地區國語推行資料彙編》，一九四六年十月七日會議，2:13。

76 原註：陳立夫和其兄陳果夫領導國民黨的右翼派，號稱「CC系」。

77 原註：孫伏園，〈中華新韻〉。在此感謝馬丁・海吉拉（Martin Heidjra）悉心為我解釋。

78 原註：例如，老子和以其名來命名的書《老子》，「子」是第三聲，但表示父親的「老子」，「子」則是輕聲。

79 原註：〈國音簡說〉，出自《中華新韻》，第60頁。

80 原註：王天昌編輯，《國語運動百年史略》，第141頁。

81 原註：Tang, "Street Theater and Subject Formation."。

82 原註：梅芷，〈話劇的基本條件：最要緊的是國語〉。

83 原註：葉沉，〈關於新戲劇運動的幾個重要的問題〉。十八世紀末期，法國革命者渴望吸引農民加入他們，也同樣遵循天主教會制訂的模式，用地方語言推行運動。Bell, "Lingua Populi."。

84 原註：〈民眾戲劇徵答特輯〉，第8–9頁。

85 原註：Hung, *War and Popular Culture*, chap. 2。

86 原註：老舍，〈制作通俗文艺的痛苦〉。

87 原註：史亮，〈戲劇下鄉之方言問題〉。

88 原註：文元，〈改良大眾戲劇〉；Zhu, *Wartime Culture*, 150–53。

89 原註：洪深，〈民間的戲劇藝術〉；洪深，《抗戰十年來中國的戲劇運動與教育》，第33頁。

90 原註：《上海屋簷下》由夏衍（中華人民共和國文化部副部長）撰寫，乃是抗戰時期最著名的戲劇之一。倪海曙將吳天的劇作《傷兵醫院》（*The Victim*）轉譯成《黃昏》。

91 原註：孔另境，〈寫在華光公演前〉；孔另境，〈論方言劇與戲劇大眾化及國語統一運動〉。

92 原註：陳企丹，〈略論國語與方言〉；陳鶴翔，〈方言劇〉。

93 原註：易貝，〈談方言劇的語文建設性〉。阿Q是魯迅一九二一年中篇小說的主角。

94 原註：徐沫（何增禧），〈方言劇問答〉。

95 原註：李殊倫，〈略論廣東方言劇的創作〉。

96 原註：譚仲夏，《一夜皇后：陳雲裳傳》，第73–75頁，第106頁。

97 原註：Fu, "Projecting Ambivalence"；Bao, *Fiery Cinema*, 1–2。

98 原註：Fonoroff, "Hong Kong Cinema," 302。

99 譯註：誇大劇情衝突，賺取觀眾熱淚，但通常歡樂收場的通俗劇。

100 原註：〈粵語片大衰落〉；〈國語片到南洋〉。

101 原註：有關抗戰時期的上海電影業，請參閱：Hu, *Projecting a Nation*, chap. 5。

102 原註：Fu, "Patriotism or Profit," 73–79。

103 原註：〈國語片與粵語片之我觀〉；〈國語片賣座率增強的教訓下希望華南電影新生起來！〉。電影偶爾會以粵語配音，讓無法理解國語的觀眾能夠觀賞。

104 原註：《電影日報》，一九四〇年八月二十一日，第3版；一九四〇年十月二十六日，第2版；一九四〇年十一月七日，第3版；一九四一年三月八日，第2版。外界流傳一則軼事，說演員殷秀岑在陳雲裳的語言導師試圖糾正他的發音時打了對方一拳。殷秀岑是北京人，各家小報指出，他之所以發音不清楚是因為過於肥胖。《社會日報》，一九三九年九月十三日，第4版。

105 原註：《立報》，一九三九年八月十三日，第3版；《電影日報》，一九四〇年十月二十六日，第2版；一九四〇年十一月七日；一九四一年三月二十四日，第1版；一九四一年三月二十七日，第4版。

106 原註：《電影新聞圖畫週刊》，第17期（一九三九年）：第430頁；《電聲》8, no. 19 (1939):841；《上海生活》3,

no. 4 (1939): 74；《電影週刊》第31期（一九三九年）：第1048頁。

107 原註：《小說日報》，一九四〇年五月九日，第1版；一九四〇年六月十五日，第1版；《東方日報》，一九四〇年十一月十八日，第1版；《電影日報》，一九四一年六月二十一日，第3版。

108 原註：《風報》（音譯），一九三九年七月八日，第1版。

109 原註：《中國藝壇畫報》，一九三九年七月十五日，第1版。

110 原註：《戲報》（音譯），一九三九年二月二日，第3版；一九三九年二月七日，第3版。

111 原註：Stephenson, “Her Traces Are Found Everywhere.”。有人曾經懷疑李香蘭是日本人，直到戰後她的身分才被人揭露。

112 原註：Fu, “The Ambiguity of Entertainment.”。

113 原註：Zhang, *Chinese National Cinema*, 93–94。

114 原註：Bao, *Fiery Cinema*, 288–93。

115 原註：〈在渝影人中誰會四川話〉。

116 原註：約翰·阿萊克納（John Alekna）指出，隨著地點不同，書面的廣播新聞可能會比口說的廣播新聞讓更多人知曉。Alekna, “Reunified through Radio.”。

117 原註：《中國廣播公司大事記》，第35–45頁；张小航，《抗战八年广播纪》，第24–31頁。遠至澳洲和紐澤西的聽眾都回應了重慶的請求接收回報（CMA 4-1-85）。

118 原註：《中央日報》，一九四〇年三月二十九日，第2版。

119 原註：《前線日報》，一九四五年三月一日，第4版。

120 原註：黎錦熙，〈注音符號在抗戰時期的重要性〉；《廣播週刊》，第169期（一九三九年）：第11–12頁。

121 原註：《民眾小報》，一九四〇年十月十日。
122 原註：黎錦熙，〈掃除文盲與注音符號〉。
123 原註：〈八中全會重要決議案〉，第74頁。
124 原註：潘公展，〈推行注音識字運動〉。
125 原註：《教育通訊》4，第5期（一九四一年）：第4頁。
126 原註：黎錦熙，〈掃除文盲與注音符號〉，第16頁。
127 原註：SHA 5/12304, 79–81, 90–100；陳重寅，〈中小學教育的幾個實際問題〉。
128 原註：吳稚暉，〈國語教育〉。
129 原註：轉載自徐蘇靈，《新疆內幕》，第26–27頁。
130 原註：吳敬恆，〈注音符號作用之辯正〉。
131 原註：SHA 5/12300-1, 34–37（一九四二年四月）。
132 原註：SHA 5/12289, 92–94。寧夏的駐防八旗原組建於康熙年間，一九一一年辛亥革命以後被裁撤。在一九四〇年代，前八旗戶仍屬獨特（且顯然遭人貶低的）口說群體。在二十世紀末期和二十一世紀初期，研究人員發現這種「方言島」（dialect island）與南方、西南和西北的前清駐防部隊有關。潘洪钢，〈清代驻防八旗的「方言岛」现象〉。
133 原註：黎錦熙，〈為什麼要推行國語？〉。
134 原註：有關一九三〇年代和一九四〇年代邊疆地區的調查，請參閱：孙喆和王江，《边疆，民族，国家》。
135 原註：黎小蘇，〈邊疆教育是建設西北的主流〉。
136 原註：張廷休，〈邊疆教育問題〉。

137 原註：陳先垚，〈建設西北必先統一語文〉。

138 原註：孔士豪，〈新新疆建設三要〉。

139 原註：黎小蘇，〈邊疆教育是建設西北的主流〉。

140 原註：張建中，《中國近代邊疆教育史論》，第72頁。

141 原註：李有義，〈推進邊教的幾個實際問題〉。

142 原註：李有義。

143 原註：芮逸夫，〈西南民族語文教育芻議〉。

144 原註：DeFrancis, *The Chinese Language*, 254。

145 原註：吳玉章，〈新文字在切實推行中的經驗和教訓〉。

146 原註：王文萱，〈我對於編輯邊疆小學國語教科書的幾點意見〉，第10頁；黎錦熙，〈為什麼要推行國語？〉；黎錦熙，〈國語運動與國防教育〉。

147 原註：《教育通訊》3，第39期（一九四〇年）：第10頁。

148 原註：《教育通訊》3，第39期（一九四〇年）：第15頁；SHA 5/12288, 13–14。

149 原註：此處的回文（穆斯林的文字）指的是察合台語（Chagatai），它是突厥語系（Turkic language family）的一個分支，與現代烏茲別克語和維吾爾語有關。在一九四〇年代，住在新疆的大多是講相關突厥語的穆斯林。

Benson, *The Ili Rebellion*, 29。

150 原註：徐錫華，《注音新疆回文常用字表》，〈序言〉。徐錫華的維吾爾族諮詢者是麥斯武德（Masud Sabri，新疆省政府委員兼主席）和艾沙（Isa Yusuf Alptekin，制憲國民大會代表）。有關政治背景，請參閱：Jacobs, *Xinjiang and the Modern Chinese State*。

151 原註：這個課題涵蓋的內容甚廣，超出本研究的範圍。相關概述請參閱：聶蒲生，〈抗战时期迁昆明的语言学家对地方民族语言的调查研究〉。中央研究院的調查結果於一九六九年發表。楊時逢編輯，《雲南方言調查報告》。

152 原註：最初有九名成員：黎錦熙、林語堂、王力、羅常培、魏建功、汪怡、李方桂、周辯明和趙元任。

153 原註：SHA 5/12300-2, 2–10。黎的工作草案（內含修訂和解釋）收錄於5/12300-4, 13–40。

154 原註：SHA 5/12288, 3–12；黎錦熙，〈全國方言研究調查之重要及其工作計畫〉，第1–5頁。

155 原註：SHA 5/12288, 19–27。

156 原註：國語推行委員會和教育部接獲來自廣西和甘肅的教師有關《全國方音注音符號總表》的詢問。SHA 5/11296, 32–37, 43。

157 原註：會議紀錄和部分的議程抄本載於SHA 5/12300-1, 87–88, 97–98；5/12286-3, 68–80。

158 原註：會議紀錄，一九四三年四月二日，SHA 5/12286-3, 76。吳稚暉在一九二七年的一篇文章中提到「草鞋／皮鞋」的比喻，此後討論注音的功能時經常引用它。

159 原註：SHA 5/12286-3, 75。一九四六年，有人刊登廣告兜售總表的兩個版本（精簡版和詳細版）。它並不適合大眾使用，因為需要具備語言學的知識才能了解圖表內容。出版於《中國教育年鑑》，一九四七年，9:1175

160 原註：王文萱，〈我對於編輯邊疆小學國語教科書的幾點意見〉，第9–11頁。

161 原註：王文萱，〈我對於編輯邊疆小學國語教科書的幾點意見〉，第9–11頁。例如，一本「新疆回文」短語手冊在編排上遵循阿拉伯文的方向性（從右到左、水平書寫），但這樣就只能很不靈活地納入對應的漢字術語。徐錫華，《注音新疆回文常用字表》。有關方向性，請參閱：Mullaney, “Quote Unquote Language Reform.”。

162 原註：SHA 5/12301-2, 189；黎錦熙，〈開發邊疆的第一件事〉。

163 原註：例如，教育部，《漢滿合璧國語教科書》；《蒙文國文對照小學語文常識課本》。

164 原註：黎具體提到藏族、蒙古族、維吾爾族、苗族、彝族和白族。

165 原註：黎錦熙，〈國語邊語對照四行課本建議〉。

166 原註：黎錦熙，《漢藏對照四行課本》（一九四五年手稿）；黎錦熙，〈從緬甸說起〉。

167 原註：書信轉載於崔珂琰，《中国近现代少数民族教科书政策研究》，第237—42頁。

168 原註：翟新友，〈小學注音符號教學法概要〉。

169 原註：SHA 5/12304, 140–41；《中央日報》，一九四四年三月二十日，第3版。吳稚暉也為此次盛會創作了一首新的注音歌。歌詞道出孫中山「為人民服務」的遺教和蔣介石提倡的四維「禮義廉恥」。此四言歌訣引用了古文句法。吳稚暉，《注音符號歌》。

170 原註：《中央日報》，一九四四年三月二十日，第3版。

171 原註：CMA 65-3-241, 15；81-4-3027, 33。

172 原註：SHA 5/12308, 4–7。

173 原註：陳恭哲，〈推行國語運動的我見〉。

174 原註：《烽火歲月下的中國婦女訪問紀錄》，第90頁，第139頁。

175 原註：王越等，〈如何加緊推行國語運動〉；《烽火歲月下的中國婦女訪問紀錄》，第80頁。

176 原註：〈民族主義的國語運動〉，第2頁。

177 原註：可從此處看到影片：https://www.youtube.com/watch?v=dMMJ7b5SU30（一九四五年八月十五日）。

第四章　台灣巴別塔[1]

日本投降以後，國民黨政權的官員在一九四五年八月抵達台灣，結果遇到的百姓卻操著一口難以理解的語言——台灣話／台語／閩南話和客家話；受過教育的成年人和學童也能說流利的日語，亦即国語（kokugo）。[2]人數少的原住民大多居住在中部山區和東海岸沿線，他們講的是十幾種南島語（Austronesian language）。台灣歷經五十年的殖民統治，當時恰逢國語誕生於大陸，因此島上無人認為「華語」是他們的「國語」。某位來自大陸的老師說道：「四十歲以下的人根本不知道中國是什麼，更不清楚祖國的語言和文化。」[3]國民黨要讓台灣人重回國家的懷抱，首要任務是教導台灣老百姓說真正的「國語」，不是那偽裝成國語的日語。

在六個月前，眼見勝利在望，國語推行委員會加入了工作小組，為日本可能戰敗後的光復台灣做準備。委員為這個他們並無第一手資料的島嶼起草政策藍圖，也提出一連串的假設。首先，「假設『閩南話』滲透到台灣社會的各個層面」，能夠完全取代日語，那麼「推行國語肯定用不著幾十年工夫」。國民黨將走上一條與日本殖民政權截然不同的道路，「新方法仍有待發明」。日本交還台灣島後，政府假設台灣同胞說日語時會感到「心痛」，但他們還不會國語，所以會「有意識地回歸母語，也就是閩南話和客家話」。[4]

然而，這樣的假設與事實相去甚遠。他們準備接手時並未預料到，要將日本的国語以及中國的國語和島上的本土語言分開，這件事會有多困難。整體而言，台灣國語計畫的命運眾所周知。起初，台灣人民熱烈歡迎國民黨到來並擁抱國語，期待重回中國懷抱。然而，新來者態度輕蔑，加上誤入歧途的政府政策，很快就讓島民感到疏遠。尤其新來者認定先前學日語的人是「殖民地奴隸」，這種看法引起民眾的不滿，而對日文出版品的禁令實際上讓當時台灣的精英成了半文盲。[5]內戰期間湧入台灣的兩百萬難民創造了新的認同類別：大陸來的是「外省人」，站在「本省人」的對立面。語言不同加上其他問題，雙方因而對彼此反感、橫生誤解，最終導致一九四七年二月二十八日的暴力事件（簡稱二二八事件），當時約有兩萬名台灣人死亡。[6]動亂爆發之際，某些造反者用日語唱歌並高喊反國民黨口號，藉此表達反叛的信念。從這之後，政府在鎮壓期間改為採取侵略性的語言同化（linguistic assimilation）模式，透過教育和強制措施讓國語滲透到台灣社會。[7]

現有的學術文獻通常將上述行徑稱為嚴厲實施的「獨尊國語」政策，並且將同時實施的方言禁令描述為某種文化帝國主義（cultural imperialism）和／或政治壓迫（political oppression）。[8]本章會質疑這種敘事，同時講述一九四五年至一九五九年間推行國語運動的複雜情況。若以為當時只是強制推行單語政策，就會忽略了十多年之間逐漸展現的緊繃社會現實。此外，傳統的觀點也高估了國家語言規畫的一致性、執行能力，以及國語取代競爭語種的速度。某些研究把加強「獨尊國語」政策的時間點追溯到一九七〇年代、關注一九八〇年代的「恢復母語」運動，或者著眼於當代情勢，但這些研究通常忽視了日本歸還台灣後的形成時期。[9]本章關注的是時間上某段特定時期，由此探討台灣方言的矛盾角色，以解開石靜遠所謂「中國現代語言運動未解決的核心」（unresolved kernel of China's modern language movement）。[10]殖民語言、國語和台灣各種方言彼此頡頏——我追蹤這種三角競爭關係的摩擦和動搖情形，繼而指出在一片語言混亂中，關於這座島嶼與國家之間如何連結，有哪些不同可能性的想像出現了。

回歸祖國的懷抱

正當教育部一九四五年委託國語推行委員會制訂台灣語言光復政策時，重慶的委員正忙於解決邊疆地區的教育問題。正如前一章討論過的，國民黨政府在戰時四處流亡，國語因而添上了意識形態色彩。負責推行國語的人員想方設法將少數民族語言和文字納入國語的框架中。對於陷入「邊疆教育」問題的語言學家和教育工作者來說，將注意力轉向台灣，就表示要重新審視從一開始便困擾他們的「漢族方言」問題。初步計畫提議要成立省委，負責監督「先鋒隊」落實行動。可能的策略包括一系列的方法：注音符號、方言音標（閩南注音）、「比較法」（comparative method，日語假名—注音）或「直接法」。[11]這些方法既有人熱切擁護，也有人強烈反對。它們曾受到爭論和試用，而且在過去數十年來的論戰中，偶爾甚至遭到譴責。

儘管在大陸已有三十年的經驗，但要在台灣複製、推行國語機制卻比預想的還要困難。從重慶派出的團隊包括魏建功與何容等人，他們花了幾個月才籌組了台灣省國語推行委員會（Taiwan Provincial National Language Promotion Committee），但也一直到一九四六年的春季才開會。不久之後，中國內戰嚴峻程度不斷升級，不僅擾亂了通訊，也讓教師招聘碰上瓶頸。魏建功眼見延宕甚久，便利用廣播電台宣傳國語的優點，而教育局也安排廣播每日的課程。最簡單的辦法是播放趙元任一九三五年在上海錄製的新國語留聲片。到哈佛任教之後，趙元任便不再直接涉入中國大陸所推展的國語運動，而該運動如今也被引進台灣。趙元任在一九三八年離開中國之前，透過留聲片課程和無線電廣播以他的聲音定義了何謂標準口語。然而，台灣的聽眾卻發現趙教授的「模範」發音大多難以理解。國語推行委員會短暫試用之後，任命齊鐵恨授課，並將內容翻譯成閩南語。[12]

要順利在台灣推行國語，顯然必須讓國語教學針對台灣的語言環境有所調整。過渡時期採取了各種因應之道。比方說，林忠（台灣廣播電台台長／央廣台灣電台台長）編寫的廣播教本就以很典型的方式開始，第一課先介紹注音符號。[13]在教本中，每個音節的聲音均以漢字以及閩南話、拉丁字母和日語的近似音呈現，同時也穿插如何運用嘴唇、牙齒和嘴巴來發出正確讀音的說明。由於沒有廣播文本或錄音，我們並不清楚這些聲音是否有相關的解說，又是以什麼樣的方式說明。從文本的編排格式看來，林忠傾向於比較法。入門課程還介紹了介音、多音節組合和四個聲調，然後是發音練習。學生讀完第一冊後能夠學會說「這是書」和「國語雖然難學，可是我們一定要好好地學習」。[14]當學生學習後續三冊時，書中每頁的底部皆有日文逐字翻譯，有助於理解內容。

使用日語很快就成為爭論的焦點，但這個方式在一九四五年獲得了官方批准。當時，主要法律和政府法規的公告均提供日文譯文。台灣省行政長官陳儀以書法為林忠一系列的教本題字，李萬居（國營的《台灣新生報》編輯）則撰寫序文。李萬居在文中指出，「閩南話」與國語「大同小異」，最顯著的差異是「一些俚語」。此外，在談及殖民時代的時候，他堅稱，雖然日本人試圖破壞台灣的習俗和語言，但總體而言，日語文法／詞彙／句法與「我們的國語」之間相似處多於差異。這些可類比之處不會成為障礙，反而能簡化學習過程。[15]

在這樣的框架下，日語彌合了理解上的落差，將（中國）國語的聲音轉譯成（殖民）国語。各種教材趁著「國語學習熱潮」湧入市場，足以證明這種翻譯發揮了功效。國語入門書、練習手冊和「速成指南」以五花八門的方式將日語與注音、漢字和／或韋傑士拼音（Wade-Giles romanization，又稱威妥瑪拼音）結合起來，以此解釋發音、文法和詞彙。[16]日本歸還台灣前，書籍都是為日語學習者所寫，現已重新發行並採用新的封面、書名。置於明顯位置的國民黨標誌（孫中山遺囑和國民黨黨歌）授權使用殖民語言學習國語。[17]對於在國民黨統治過渡期間學習「祖國」語言的學生來說，日語扮演了十分奇特的角色。何容後來指出，雖然「有這些材料總比沒有好」，但這樣卻造成了混亂：「我不知道是該笑還是該哭。」[18]這種反對意見並非針對日語本身，而是針對充斥市場但似是而非的文本。

這種使用日語作為學習（新）國語的靈活態度，未加理會政府明示要消除殖民統治語言遺痕的意圖。從一九四四年至一九四五年，「光復」台灣的計畫一個接一個出現，規定立即禁止所有的官方通訊、教科書和報紙使用日語。[19]身為籌備委員會成員的台灣人丘念台建議給予一年的寬限期，在此期間，日語可以有限度納入學校教材和雙語出版物中，以此協助民眾在過渡期間較不那麼窒礙難行。雖然行政長官陳儀對丘的建議（另外還有一連串其他議題）表示滿意，但丘關於日語的建議最初未被納入接管政策中。[20]「去日本化，再中國化」的言論反而開始浮現。[21]

對於獲派來台治理的國民黨官員來說，五十年的日本統治已經徹底「毒害」了台灣居民。即使光復之後，他們仍然處於「奴化」的魔爪之中。其他新來者則明顯感到疏離，而語言鴻溝又加劇了隔膜感（「他們稱來自大陸的人為中國人，自己則是台灣人」；「他們說的我一個字都聽不懂」）。[22]要解除殖民遺毒，就須將雙倍劑量的孫中山三民主義與國語相互結合；這種意識形態的淨化被視為測試台灣百姓是否準備好自治的試金石。[23]一九四六年五月，殖民「奴化」問題引發了爭議。近因是范壽康在幹部訓練團的演講。范以教育處長的身分囑咐學生要「復興台灣的精神」。根據《民報》的報導，范在演講時還指控台灣人有獨立的意圖，追求台人治台。這些人不願參與重建的重要任務，還排斥政府政策、排擠大陸人。其中最侮辱人的，是指責台灣島民在日本統治下「完全奴化」，這也暗示台灣人仍是抱著殖民心態的囚犯。[24]

台灣省參議會隔日首次開議，怒火隨即爆發了。議會應郭國基省議員的要求，授權調查此事。六天之後，結果公布。范壽康當日如期出席，要發表教育報告。郭國基當時提出一份證詞，證實《民報》報導不虛，隨即慷慨激昂譴責范壽康，說其言語不當、污辱了台灣人。范壽康為自己辯護，聲稱他的言論遭人曲解，要那些「心存疑問的」人查看紀錄，而（保存在幹部訓練團辦公室的）講稿檔案是無法篡改的。[25]現場氣氛緊張，數百名激動的群眾到場聲援，台灣人和大陸人之間的裂痕於是明顯可見。[26]議員隨後針對教育相關的行政事務質詢范壽康。在四個小時的艱苦會議末尾，兩名議員提出駁回指控的動議。他們聽取證詞之後得出結論：范某的言論雖然有點令人反感，但並不像「某報」所言那般「極端」。「造成誤會的原因，大概是范處長的國語發音不好。演說是由人口譯的，難免有不符原意之處。」演講稿應該公開發表，「以免誤會和反感情緒」在島民之間引起反響不斷。這項動議以二十四比六的投票結果通過，暫時平息眾怒。[27]《台灣新生報》隔日用兩篇搭配的文章報導此事——一篇以日文書寫，另一篇則用中文撰稿。[28]

此事被稱為「失言風波」。日後有人認為，這證明了大陸人和台灣人之間存在分歧，鴻溝無法跨越，因此點燃了二二八的大火。歷史學家陳翠蓮總結道，參議會議員默許誤譯實屬幌子，目的是為了「倉促了結此事」，避免事態進一步惡化。[29]事後看來，整件事可以虛與委蛇，說一切純屬「誤解」，都要怪這位教育處長不會講國語。范壽康並非第一個，也不是最後一位因語言不佳而被公開指責的教育官員。[30]儘管有人試圖掩蓋爭議，但所謂台灣人民「奴隸心態」的風暴仍在持續醞釀。六個月之後，有人詢問陳儀擴大投票權的時間規畫和決定因素，陳儀當場表示不可能，理由是台灣仍在普遍使用日語。這位行政長官指出，「要為中國發展台灣」，國語是重要的先決條件。在當前的氛圍下，舉行縣長選舉「非常危險」，「可能將台灣拱手讓給台人」。[31]這位行政長官將語言忠誠度視為島民忠誠與否的晴雨表，也與他們的自治能力密不可分。台灣百姓若想擴大民主實行的範圍，就必須拋棄殖民過往，擁抱與中華民族語言緊密連結的未來。這種想法正是台灣精英所質疑的。某位社論作者言簡意賅指出：「我們不會說國語，並不表示我們受到奴化教育的毒害。」事實上，「在大陸人當中，不會說國語的人遠遠多於台灣人。」[32]

在實踐方面，「削弱日語力量」的運動遭遇了意想不到的長期挑戰。[33]隨著最初爆發的國語學習熱潮消散，對於出版品和學校中使用日語的禁令往後推遲了一年。[34]然而，當一九四六年秋天的最後期限將至時，有人請願希望延期；這種情況說明了許多政府機構和學校應對強制變革時碰上的困難。[35]出版禁令於一九四六年十月二十五日生效，是以嚴格的審查制度來執行。而同時間在教育界下的禁令執行起來更難。根據台中的中小學視察結果，在一九四七年，不少教師仍在課堂上使用日語授課。為了因應這種情況，市政府宣布，理想上國語應該成為所有科目的教學語言。它至少應該用於「國語和國文」、歷史、地理和公民等核心科目。[36]

祖國和母語

若想擺脫對日語的強烈依賴，需要的其實不僅是行政命令，更得要重新構思地方、區域和國家語言之間的關係。我們從前面的章節知道，國語和方言之間的矛盾糾葛如何造成國語薄弱不穩定。相較之下，台灣的國語計畫從一開始便是從「恢復台灣話，讓民眾依照方音比較來學習國語」著手。國語運動的第一項「指導原則」是指定以台灣省方言來搭配國語，使其在消滅日語一事上發揮關鍵作用。[37]然而，我們後續將會發現，日語、各種台灣方言和國語的三方定位，將在後續數年導致無數的衝突。

來到台灣的官員打從一開始便對國語有各種不同的看法。魏建功抵達此地不久後便在廣播中說：

> 對一般人來說，國語就是我們中國人說的話，無論是在上海、重慶、南京、溫州、汕頭、廣州、廈門、福州，或者在西安、蘭州、開封、太原、濟南……只要不用abcd……或アイウエオ拼字和發音的語言，統統都算國語。在台灣，我們可以認為台灣話是國語；不需要另一種以北平話或諸如此類的東西作為標準的國語。[38]

在魏建功支持主要基於拼字純度（orthographic purity）所下的國語定義時，他也試圖將台灣的情況與大陸激烈競爭的經歷拉開距離，特別是先前關於京話與標準語之間關係的爭論。然而，魏的論點卻引發混亂，因為那可能被解釋為「不需要一種國語」。兩週之後，魏建功發表了一篇長文來澄清、解釋他定義國語的邏輯，也重申國語並不完全等同於北京話。他回顧了這個概念的歷史，從國語作為「雅言」（elegant speech）的起源到其在清朝的地位：「滿州族統一中原時，把自己的語言稱為『國語』。這是一個代表征服的傲慢用語，這種『國語』帶有血腥味。」到了二十世紀，國語呈現出如今的面貌，作為中華民國「人民集體選擇作為標準的語言」。[39]

就台灣而言，魏建功提出台灣地方話和新來的國語之間有兄弟關係。日語和國語發音之間的聯繫遙遠且脆弱（類似於祖父母—孫子或舅舅—侄子的關係），但國語和台灣話無論隔了多久，都是有著不解之緣的兄弟。[40]魏建功在文章中指出，國語和台灣話本為兄弟，「用台灣話學國語」可能實現兩個目標：一是「喚回被日本人偷走的台語之魂」，二是「實現國語夢想」。日本交還台灣就像女人「回到娘家」。[41]這種情況和「洋人學國語」完全不同：他們「一個字一個字地背」，但方言與「標準語」有關聯，能透過比較去學習，這是一條「捷徑」。在這種「家務事」（「不像外國人學習我們的國語」）中，強制手段沒有必要。[42]魏建功進一步延伸了上述生物學的比喻，將台灣話和國語之間的連結比作動脈和靜脈的血管系統。兩者原本有命定的親屬關係，只是紐帶暫時遭截斷，但靈魂可以「從墳墓中召喚回來」。[43]

強調台灣當地語言和國語有共同出身和密切的親族關係，同時堅稱台灣人學國語不像「洋人」那樣，這便是假定台灣人和大陸人天生就有血緣。用來描述兩者關係的用語：同胞通常會英譯為「compatriot」，但這就忽略了「同一個子宮所生」（同胞）當中所蘊含的親屬含義。隱身幕後的國語推行委員會成員不太確定是否存在這種密切關係，也擔心創造這種關係很耗力氣。例如，蕭家霖在南京為教育部長起草一份備忘錄時，抱怨台灣人民已經不知道他們的本土語言與國語之間的密切關聯——「他們已經失去用方言學國語的能力。」儘管「一般民眾學習國語的熱情相當高，但那種態度只相當於大陸學習外語的興趣」。[44] 一九四六年四月來自台北的另外兩份報告也呼應了類似的看法：台灣人在長時間的分離下，「已將國語視為和他們說的話毫無關係的另一種語言」。[45] 在台灣省國語推行委員會工作一年之後，魏娜（Wei Na，音譯）向南京匯報，說她徹底心灰意冷。儘管有些台灣人渴望學習國語，但積極程度大致與學習英語相同。事實上，「一般人普遍」認為英語對於職場升遷更有用；「自作聰明的人甚至對我們嗤之以鼻」。魏總結道：「十年樹木，百年樹人。我們只能加倍努力，耐心等待結果。」[46] 不幸的是，期望中要達到的結果可能還得等上數十年。正如潘慶章在一九四六年給省議會的備忘錄所寫的那樣，民眾對國語的熱情在運動開始的一年內急劇下降，他估計下降了百分之九十。在為軍隊開辦的課程中，最好的反應頂多是「無動於衷」。按照這個速度，「恐怕三十年後我們還無法達到像殖民時期台灣人民學會日文的那種國語程度」。[47]

上面這些觀點並非說給民眾聽的，而是要替官員撐腰，使其得以堅定重申以下說法：「台灣話確實是國語的一種。」[48] 對此，何容試圖糾正「一般民眾」的誤解，其說法值得多加思考：「由於我省方言與國語差異較大，加上過去使用日語，老百姓看待國語和台灣話的關係，難免會像他們對待日語和台灣話那樣……他們認為學習國語就跟以前學日語一樣。」何容認為，這種想法「在理論和實踐上都不對」，因此形成了「抵制國語的力量」。[49] 復興台灣民眾「從方言學習國語」的能力並強化這兩者的關係，同時會牽涉教育與政治上的考量。正如魏建功所言，重點在於「恢復文化和意識形態」的問題，而不是只關於語言學習。在實現語言統一的過程中，「保護母語」和「推行國語」密不可分。[50]以「母語」為管道並加強對國語的感情，此一前提重新定位了方言——使其從對立於「國家團結」的頑固鄉土情懷語言，轉變為同屬一家的語言。台灣地方語言在殖民時期被貶為「沒有價值的土語」。它們無法取代新的國語，取代日本的国語成為「文化」的權威語言，但它們將被視為親近的中國省級語言。[51]

此外，「母語」的概念將性別因素導入了語言意識形態（language ideology）。[52]在一九二〇年代和一九三〇年代，黎錦熙和瞿秋白的著作中偶爾會提到「母語」（以英文mother tongue書寫）。例如，瞿秋白在一九三一年的一封私人信件中引用了這個詞組，並視之為等同土話的意思。[53]這個概念在一九四〇年代末於台灣找到沃土之前，在中國語言學或國語教育中幾乎毫無意義。它在台灣被當成一種母性本土主義（maternal nativism）的情感比喻，在包含口說母語的父權國語等級制度中，要藉此誘使台灣島民投入祖國的懷抱。血統和語言之間的連結也鞏固了與林奈式語言分類交織而成的系譜。[54]母語的公定理論依賴一套關於方言的持久論點：雖然台灣方言與國語完全無法互通，但它們和國語都是從同一個語系演化而成。因此，學習國語只需要「比較」聲音即可。「恢復從方言學習國語的能力，觸類旁通，就用不著學習外語的死記硬背方法了。」[55]

然而，由於台灣的語言環境極為複雜，讓人不禁質疑這些斷言背後的假設。教育家張芳杰指出，對講台灣話的中老年人而言，「從方言學習國語」是很「合理、方便和有效」；但對於懂日語的年輕人來說，強迫他們先學習方言是浪費時間精力，根本「沒有意義」，尤其客家孩童更是如此。（張芳杰是客家人，因此比別人更關注這個問題。）如果最終目標是學國語，為什麼要增加障礙、「叫他們繞一大圈路？」為什麼不直接學習國語、捨去翻譯這一道工？[56]同樣地，不少參議會議員抱怨，說老師使用閩南話教國語會對高雄的客家學生造成「極大的痛苦」。[57]儘管有這些反對意見，官方依舊不時提到方言是「國語的基礎」。何容感嘆，許多台灣人丟失了「透過方言學習國語的鑰匙」。他認為，這些人若能找回鑰匙，國語教育將能遵循和其他省分相同的軌跡進行；三到五年之內，國語推行委員會便可「收拾行囊，告別台灣」。另一方面，若是堅持外語教學模式，那會導致類似日本政權的結果，需要投入「至少五十年的努力」。[58]

方言比較方法的核心是使用台語方音符號，亦即將國語的發音與方言讀音匹配。這種方案植基於十九世紀和殖民時代的先例，類似那些為傳教語言學服務的各種反覆出現的方案、趙元任的發音總表，以及黎錦熙的四行和七行課本（如前面章節所述）。為了納入獨特的地區發音，台灣的標音版本添加了閏音、星號和其他記號。其中一種方案將「標準發音」與三種閩南語變體（廈門話、潮州話、泉州話）和客家話結合。省教育局出版的雙音標教材將國語與台灣話相互搭配，並將國語的四聲與台灣話的七聲進行對比。[59]其他入門讀本也標註了「閩南台灣話發音」的七聲（以廈門話為基礎），另有某些教材根本不管聲調區分。[60]沒有兩套系統是完全相同的，讀音細節和符號的差異引發了一些（相對溫和的）分歧。[61]

儘管存在差異，倡導者仍將方言音標吹捧為國語和方言發音之間的「橋樑」。這是拉近兩者距離的「科學方法」與「不可或缺的工具」，能「用最短的時間取得最顯著的成果。」某一本發音比較的字典在廣告中宣稱：「使用這本書就像過橋一樣，你會了解如何將方音變成國音。」[62]在找回「缺失的一半靈魂」的旅程中，通往國語的道路便是從方言語音開始。[63]透過比較法，台灣島民會「恍然大悟」，知道國語「其實並不像外語」。它是「中華民族語言中的一種方言」，緊密相連，「心聲同步」，讓台灣人「更深切感受自己是道地的中國人」。[64]

一九四七年的省級教育計畫旨在落實「一般百姓能夠說、讀、寫國語」的目標，其中運用了一套實用技術，將「比較」用的學習輔助工具認可為計畫的一部分。國語推行委員會開設了一系列的「示範班級」，藉以展示這種方法，同時透過實驗來加以改善。[65]《國語日報》刊登了探討台灣話語音的專欄；廣播課程向更多的聽眾介紹這套系統。這些舉措累積起來，擴大了台灣方言在口說和寫作的空間，使其超越了本土文學運動和殖民時代羅馬拼音化的成果。[66]台灣方言被視為「母語」以及國語的伙伴，由此獲得了新的合法地位。倡議者更提出，本著互利互惠的精神，為了「消除台灣人和大陸人之間的語言距離」，新來的移民也應該學習台灣方言。[67]後文還會再討論到，即使在震動社會的二二八事件發生之後，台灣本地話在一段時間內仍然是國語的重要對照語言。

草率的標準

縱然政府官員關注了方言，但他們也發現「標準」的部分並沒有可靠的立足基礎。讓他們愕然的是，不斷有人投訴大陸來的教師發音不一致。許多從上海周邊地區招募的教職員會說形式不一的「江蘇國語」，而有人則用廣東、福建或浙江的國語變體授課。有些人裝都懶得裝自己會遵循「國語」發音，乾脆直接使用上海話或其他方言。[68]魏建功回北京招聘教師（想必當地找來的資質會更好）時告訴記者：「教員說的國語不符合標準的話，學生就會感到驚訝，有些人還以為國語有很多種。」[69]

日本歸還台灣後，初期出現這種混亂並非不能理解。在一陣「祖國熱」之中，「許多熱心人會教他們所知道的」，好滿足渴望學習國語的台灣當地人民。有人唱著「國音老調」，有五聲調，聲母尖銳；有人則講東北方言或南方官話。一般學生聽得「一頭霧水」，於是懷疑：「中國的國語到底有多少種？有確切的標準嗎？」[70]幾年過去了，情況未有明顯好轉的跡象，給人一種「規範不規範，無所謂，只要大家能大致了解，這樣就行了」的印象。何容說這是一種「麻胡主義」的態度，讓他想起先前關於「藍青官話」的爭論。何容估計，在大陸的小學中，約有百分之八十至百分之九十的教師仍在使用方言上國語課。這樣怎麼行呢？對某些人來說，達到「標準」遙不可及，他們可能只學得會一種「麻胡」的「普通話」。即便如此，何容認為也不該降低標準，遷就無能的人。[71]在教學上，標準必須精確：「不可將就藍青而不追求準確性。」[72]

然而，既然必須學國語，要求就不能那麼精確。某一份報告在一九四七年指出，連大陸人彼此都無法互相理解，而且北京老師的發音也各不相同，那麼島民感到沮喪也是情理中的事。「他們說：『我們願意放棄日語，我們願意學習國語。但有太多種了，到底該學哪一種才對？』」[73]由於難以理解，懷疑的種子就此埋下——「在他們心中，難以扭轉的懷疑心態逐漸滋長」。[74]吳守禮對照了新來的教授與他以前的老師，提出不利前者的說法。他回憶起，帝國大學的日本教員發音標準，沒有一絲口音。大陸人則不同，說國語有濃重的上海話或廣東話腔調。一位著名的中國學者發現學生聽不懂他講得亂七八糟的課程以後，語帶輕蔑說道：「三個月之後你們就聽得懂了。」吳問道，為什麼大陸人來台灣推廣國語，但他們的文化精英卻「完全沒有國語概念」？[75]

針對這類尖銳的問題，國語推行委員會只能「無奈告訴台灣同胞：在口語方面，我們要能聽懂各種大同小異的『藍青』國語。」問題在於大陸人「不夠重視標準」。[76]即使是早了三十年推行國語，內陸省分進展也很有限。多數人普遍嘲笑推行國語的訊息和傳遞訊息的人：「啊，又是你們同樣那套ㄅㄆㄇㄈ嗎？」「甭管它！這只是少數人搞出來的東西。」結果，傳入台灣的國語至少有六種，而且老師的發音也都不相同。[77]鑑於這些混亂不一的現象，暫時能有相互理解的最小公約數就足夠了。

此外，要求嚴格的標準可能會造成障礙，讓民眾不願學習。「某些人把『標準』看得太重，甚至害怕說得『不標準』而不敢講。」魏建功引用諺語「羅馬不是一天造成的」以及暗示「一步登天」是愚行的中國諺語。他提出一種新的態度：「知道有標準就好，但別害怕它。」教師必須「符合標準，充分理解標準」，而學生則需「拋開標準，大膽去說」，這樣才能達到目標。[78]就連大聲斥責「麻胡」的何容也承認：「我們寧願台灣同胞也像大陸人一樣，能用不太標準的國語表達願望和感情。這比只學習幾句花俏的北平話，然後因為無法使用『中國語言』而去用日語更好。」[79]至於精確與靈活的問題，何容在兩者之間切換。最終目標是「以相同的方式一致地說話」，再從語音向外延伸，擴及詞彙和文法。「共同語言」（普通話）混雜各種方言，還不足以達到標準。另一方面，沒有必要「像學外語那樣，嚴格遵守標準」。[80]

與前幾十年一樣，解析「標準語」和允許「藍青」的程度導致了意見分歧，各方想法不一，是基於教學理念和個人對精確的偏好不同所致。台灣的情況很特殊，來自許多省的人在短時間內聚集於這座蕞爾小島，讓語言更為混亂，而同時間，政府又持續推行國語運動，各語言相互摩擦，許多人因此對何謂正確發音有不同的判斷。為了提供權威性參考指標，國語推行委員會發布了《國音標準彙編》（The Character Dictionary of Standard National Pronunciation）。[81]陳儀在一份官方聲明中指出，「要推行國語，我們首先要統一發音，而這樣做有賴於制訂標準。」此進程自一九一三年讀音統一會召開以來便一直在進行，但在形成時期卻繞過了日本占領下的台灣。這本字典經南京的教育部批准，確立了注音、聲調、拼字和音韻的標準。宣布發表這本字典的通告有附上日文翻譯。[82]儘管宣傳為新版本，但這其實是一九三二年《國音常用字彙》（第二章討論過）的重印版。這本「新」字典逐字複印，包括注音和國語羅馬字音標、四種聲調加上第五種「可有可無」的聲調、數百個古老漢字，以及可追溯到一九一八年的政府指令附錄，格式與它的前身相同。〈序言〉也轉載《中華新韻》（第三章討論過）的〈國音簡說〉。簡而言之，這本字典複製了一九三〇年代初期標準發音的定義，以此供後殖民時期的台灣使用。[83]我們之後會看到，它即將成為屹立數十年的權威參考資料。

取消教師資格

國語推行委員會出版字典去定義國語的口語規範，試圖排除語言混亂之感，而嚴重的師資短缺可能會破壞整個計畫。早在日本投降之前，官員便已經預料會有人員不足的問題。陳儀在一九四四年致教育部長陳立夫的信中詳細指出，殖民政權已經廣泛建立了教育機構，而按人均計算，「其他省分根本無法相比」。由於日本教師在人數上占多數，在不關閉學校的情況下徹底改革整個系統會造成嚴重的後勤問題。「如何去舊補新，需要早早準備，否則會有學校沒有老師。」一次替換一萬名中小學教師是不可能的。唯一的務實辦法是暫時保留教員，直到後續擴大教師培訓計畫培養出新的畢業生為止。[84]另一位官員引用學齡兒童入學率百分之九十九的數字，表示殖民統治下的教育雖然帶有「邪惡意圖」，卻已經「相當發達」。改變教育內容而同時保留基礎設施，這需要大量的投資。各級學校教科書和課程必須徹底修改，以消除殖民教育中的「奴化」心態，以及似是而非的「民族歷史」觀念。[85]台灣島上遍布四千多家日本「國語講習所」，正宗的國語必須迅速取代冒牌貨才行。

儘管事前便知道有這些問題，但接管台灣後局勢一片混亂，而迅速重組教育系統的希望也就破滅了。某位觀察家指出，經過五十年的殖民統治，台灣人民「在語言使用方面與日本人沒有太大的區別……要教他們國語的教員須精通日語才行。這種情況就像在日本教日本人學中文一樣。」台灣需要成千上萬名教師，「但我們要上哪去找這麼多合格的教員？」[86]遣返開始以後，問題變得更加嚴重。日本教師集體離開了，留下七千多個職缺待補。[87]來自大陸的教師填補了一些空缺（數百名來自北京和上海，二十名來自重慶），但國共內戰爆發後，招募便中斷了。[88]一位評論者指出：「台灣需要好老師，但其他省分也需要。如果我們不能提供特別高的薪資，他們當然不願漂洋過海來吃苦受難。水準低的老師來了毫無用處。結果就是我們需要的人不願意來，不需要的人卻要來。」[89]在臨近的廈門、福州可以找到更多的教員，但這些卻是國語讀音出了名不正確的地區。礙於眼前情況，教育官員也不能太過挑剔。然而，降低標準卻讓不法之徒有了可乘之機，比如就有一位從廈門來的傢伙，名叫葉子智（Ye Zizhi，音譯），人到了台北後，領了薪資隨即潛逃，從未去崗位報到過。[90]

與此同時，島上開始招聘，匆促評估了七千五百九十二名申請擔任小學教員者的資歷。當時鼓勵那些有一到兩年教學經驗的中學或師範學校畢業生申請，但即使未接受過正規教育或僅擁有殖民時代機構證書者，也有資格申請。第一輪的招聘認定四千四百七十四名教師符合「最低標準」。不少縣級官員說他們亟需教師，而教育局在這些人的懇求下，允許臨時聘用基本資格不符的教師，但薪水比其他教師低一級。地方當局可以獨立徵聘教師，前提是候選者必須上完三個月的培訓課程。[91]由於這種招聘過程倉促雜亂，教室裡充斥著「資質參差不齊」、國語知識不足的教師。他們語言能力低落，殘害了學生，讓學生「跌跌撞撞回到老舊草率的學習方式」。[92]在台灣本島招聘到的新師資當中，「對國語和文學有粗淺理解、對中華文化也有深入了解的人少之又少。」[93]一位老師發現，來自大陸的教師出身背景不同，而台灣人又堅持在課堂上使用日語教書，因此認為在她的學校，「國語無法維持推進的動力」。幾乎沒有人「真正了解國語的重要性」；很少有人能把話「說得標準」。[94]根據整體的估計結果，四分之一到二分之一的小學教師未達基本的教學資格門檻。[95]

儘管大家都知道有「合格教師荒」[96]，政府還是宣布，到一九四六年八月新學年開始時，每所小學必須聘用至少一名「精通」國語的教師，而且要禁止使用日語。自此之後就應使用國語，「包括台灣省的地方話」，作為教學語言。[97]然而，國語推行委員會感嘆，一下子該上哪找一千名符合必要條件那種水準的教師？[98]考慮到可預見的短缺情況，以及新來者素質「良莠不齊」，教育局在暑期便開始評鑑大陸來的國語教師。所有人都必須通過口試來驗證語言能力，「藉此加強國語教學品質和統一國音」。[99]

礙於這些困境，東岸花蓮縣的學校深深受到影響。三百九十九名日語教師離開以後，大陸來的四十五名國語教員抵達了，另外還來了三名剛從師範畢業的畢業生，以及國語推行委員會派出的二十名人員。當時的小學大約有兩萬名學生，地方政府官員爭先恐後聘請臨時教師，哪怕這些人的資格確實很「低」。到了十二月，他們已將教員人數增加到四百七十八人，但其實只有百分之二十六的人通過教師資格認證。此外，由於許多學生只能聽懂日語和「自己的部落語言」，「教學時我們別無選擇，只好使用日語」。[100]距離都市中心較近的台北縣學校也面臨類似的問題。在一千九百四十四名教師中，只有不到百分之三十的教師「完全合格」。全縣有一百七十三所小學，但只有三名督學，根本無法掌握狀況，只能粗略「走馬看花」。[101]在瑞芳的一所小學，十位教師要教六百七十名學生。教員增加一倍之後，如此糟糕的師生比是有所改善，但學校同時還很缺乏課桌椅和其他基本用品。雖然根據課程標準的規定，近一半的課堂時間應該用於國語教學，但在瑞芳的這所小學，國語僅是數十項緊迫任務的其中之一。[102]

到了一九四七年三月，一份政府報告得出結論，文中指出，從數字上來看，各小學已經有了足夠的教員。事實上，現有的一萬五千六百五十八名教員人數略高於日本人撤離前的總數。另一筆能指出情形改善的資料是學齡兒童的入學率：百分之七十七，這就表示義務初等教育的命令（一九四七年一月宣布）正朝著正確方向發展。然而，教育部雖然敦促各級學校採用「國語」作為教學語言，但並未強制執行。官員也承認，眼前還是存在許多問題，比如：課程一片「混亂」——匆忙採用的教科書取代了日本的教科書；隨便擬訂的課程妨礙了學習成果，這是意料中事；因戰爭破壞和疏忽，學校建築年久失修；資金短缺；學校規章制度若非付之闕如，便是缺乏一致性。[103]上海的出版商來到台灣，帶來了出色的學術作品和色情書刊，但「並非台灣語言教育所需的書籍」。與日本時代相比，學生們感覺「現在的學校比以前好，因為中國老師不打我們，唯一的比較差的是，現在沒有書可看」。[104]

談論殖民時代的「好處」可能是賣國行徑。然而，不可否認，昔日的教育體系十分健全，教師都受過良好培訓，薪資也相當合理。受到殖民政權洗腦的人會認為「日本教育比較優越」，而這種信念可能是潛意識的，根深蒂固且難以動搖。新招聘的教師「心如白紙」，沒有遭受殖民毒害，但還需要齊心協力，才能讓他們記住國家的「正確觀念」。[105]與此同時，招聘臨時教師是一種緊急但必要的權宜之計（「別無他法」）。有人鄙視他們資歷極差，但他們免服兵役，足以說明這些老師不可或缺。政府將努力在五年內替換新的師資，屆時便「不再有任何無適當資格的臨時教師」。[106]

從長遠來看，若要將國語融入教育體系，最好是擴充師範學校，落實以國語能力為導向的師資培訓。師範學院雄心勃勃，其招生計畫強調「品質」，設定了極高的入學門檻。[107] 一九四六年，只有不到百分之七的申請者在經歷了一系列筆試、口試和體能測試後獲錄取。為期一週的迎新訓練營又再淘汰了學業無法跟上或個性不適合的新生。由於台灣曾被殖民，為了招到資質其實不錯的考生，第一輪入學考試允許申請人部分用日文作答。為了吸引素質更高的申請者，師範學校免除了學雜費，學生也可獲得政府發的公務員級別津貼；在那個惡性通貨膨脹的年代，此舉減輕了學生的生活費負擔。[108] 儘管有這些優惠措施，也儘管開展了相互協調的宣傳活動，將師範學校稱為「教育之母」，這些依舊無法短時間扭轉「當老師沒前途」的看法。台北女子師範學校的學生抱怨，老師的社會地位低落，所以教師培訓發展緩慢：「社會歧視我們」，認為我們是靠政府養的「窮孩子」，讀書是為了「沒有未來的工作」做準備。一般人「看不起教師，教師也漸漸看不起自己的職業」。[109] 長期以來，師範學生獲得不少優待，因此師範學校便有「鐵飯碗」的稱號。[110] 然而，這種轉變是漸進且緩慢的。某位教育官員指出：「百年樹人……地方教育問題尤其複雜，無法一夜之間獲得成果……古人云：『種瓜得瓜，得豆得豆。』」社會對教育投入多少，之後就能收穫多少。[111]

教學實驗

可能要十年工夫，才能從最初投入教師培訓的資源取得豐碩的成果。在此期間，於小學推動國語的計畫進展得跌跌撞撞——老師「甚少教導」或「隨意教授」口語的部分。[112] 國語推行委員會同時提倡「比較」

和「直接」教學法，並請委員編寫這兩種教學法的教材和手冊。然而，在這漫長的過程中，「好教材並不常見，哪怕是劣質教材也很難找到」。[113] 一九四六年五月，委員會成立了國語實驗小學（Mandarin Experimental Primary School，簡稱MEPS），這個機構日後成為了教學研究中心。國語實驗小學剛開辦時規模不大，也很混亂，在一九四七年只有一個三十五名學生組成的班級，但日後卻成為台灣最負盛名的小學之一。

在最初的三年，政治局勢不穩定，人員流動率很高，學校原定的國語教育研究陷入了停滯。陳增勳（Chen Zengxun，音譯）在一九四七年入學就讀一年級，他回憶當時，說自己感覺彷彿「來到了異國他鄉」。他幾乎聽不懂老師的話，因為他們只用國語授課。他的父母「接受過日本教育，對國語一無所知」，根本幫不了他。某些情況類似的學生轉學了，但他堅持待下去，於一九五三年畢業。陳經歷了相當於沉浸式教學的環境，而這在一九四七年自然而然就是如此，並非經過人為刻意設計。學校在四年內換了四位校長，二二八事件更是衝擊了教職員。隨後，中國內戰加劇，學校吸收了許多來自大陸的難民，其中包括國民黨官員的子女（該校隸屬於政府）。其中一位新來的學生是任勝翰（Ren Shenghan，音譯），他於一九四九年春天與母親和妹妹逃到台灣後，入學就讀五年級。任後來回憶，國語實小還有很多像他一樣的人：「每個人都遇到同樣的困難，那就是我們從來沒有學過ㄅㄆㄇㄈ。」當時，「白色恐怖」籠罩校園，他在一個學期裡換了三位老師，他們一心只在意能否生存下去，「所以老師們並沒有把教學放心上。」任勝翰被點到要背誦或回答問題時說不出話，還多次考試不及格遭到懲罰。最後，情急之下，他母親找到一位在大陸師範學校讀書的熟人。他跟這位家庭教師用一週苦讀惡補注音，終於破解了這一套符號、「解決了看不懂的基本問題」。[114]

當教師和學生陷入政治動盪之際，國語推行委員會正試圖把國語實驗小學導向正向積極的軌道。王玉川在出任該校校長之前和職務期間，推動了學校辦學使命中「實驗」的那一部分，亦即研究直接教學法。他說，這種方法源自於「西方國家的外語習得」。很多來教國語的人都不會說台灣話，但這種方言「不是一下子就能學會的」。事實擺在眼前……台語雖不是外語，但畢竟與國語有一定的距離。王玉川在此援引趙元任的權威觀點，指出這兩種語言的差異「不亞於」法語和西班牙語或德語和丹麥語之間的區別。因此，台灣人要學習國語時，應該效法西班牙人學習法語，或模仿丹麥人學習德語那樣。[115]王最初的實驗打算僅使用注音符號來教學生入門的國語會話和基本的識字，此法借鑑他在戰時與傷兵相處的經驗（第三章）。[116]然而，二二八事件爆發導致社會動亂，這些課程便中斷了。此外，隨著內戰危機加深，從大陸來的學生紛紛湧入該校。學生處境混亂不堪，教職員來來去去，因此無法量化教學的進展程度。

隔年是一九四八年，王玉川將他實驗的初步發現整理成冊，也概述了直接法的原理和技巧。魏建功在序言中提及國語爭議的歷史，從一九二〇年代的發音論爭，一直談到近期的事情：「我們的標準早已建立，但由於沒有嚴格的教學方法，因此二十多年來取得的進步甚微，甚至於因誤解而倒退。」魏稱讚王的方法，說這是嶄新的開始，而且還將會很快推動國語發展。[117]王玉川在手冊中強調教育、心理學和語言學等方面的科學原理，另也提出取得成效的具體策略。除了詳細的教案，他還著眼於一九二〇年代以來教育界討論的「主動學習」（active learning）策略，亦即利用遊戲、角色扮演和創意活動鼓勵學生學習。然而，王玉川提出警告：無論做什麼，都不要讓學生養成從方言「翻譯」成國語的習慣。從表面上來看，翻譯似乎「最方便」。但翻譯雖然方便，卻隱藏著問題，好比不準確、效率低，會「養成逐字翻譯的壞習慣」，也阻礙「用國語思考」的能力。只有在極少數情況下才使用翻譯，要將其當成最後的手段。[118]

王玉川掌管國語實驗小學六個月之後，從該校調任國語推行委員會的其他職務。爾後，張希文於一九四九年接任校長，決心恢復研究計畫。她在一九五〇年秋季的新學期成立了一個實驗團隊，選擇「完全不懂國語」的台灣兒童作為受試者。什麼樣的教材最適合教「一句國語都不會說」的孩童？要投入幾小時全力教學，才能讓學習達到最佳效果？他們應該在什麼時候融入主流教室的教學現場？為了回答這些問題，張希文選擇蔡雅琳來教三十八名當地學生（加上一名來自廣東的學生），並且追蹤他們的學習狀況。[119]實驗遵循王玉川的直接教學方法，目標是在一個學期內「培養理解和說講基本國語以及使用注音符號的能力」。學生要學習三千五百一十六個漢字，且要在兩年內做好進入普通課堂的準備。實驗開始後，蔡雅琳引進新的元素：四週後禁止學生（在課堂內外）使用方言、第七週添加四種音調的課程。學生在第十三週開始學習漢字時，蔡雅琳修改了入門讀本，讓學生更容易適應過渡期。整體結果超出了預期。學生學會說國語，而且「相當標準」。老師都對他們的積極態度和學習熱忱感到滿意。他們後來決定，讓學生一年後便接受主流課程，而非最初預計的兩年。[120]

一九五一年，國語實驗小學擴大實驗，又招收另一組人數共五十二名的一年級學生。蔡雅琳再次肩負起教學職責，也依照先前的準則辦事。根據蔡的研究紀錄，班上學生很快就接受了諸如「不要說台灣話」之類的命令。在第二週就有一個學生舉手自願發言，說出「他打我」這句話；這件事提醒了我們，測試的對象還只是七歲的孩子。第十一週出現了明顯的轉變，學生幾乎能全部用國語說話。「偶爾有人用方言講了一句話，大家都會笑，因為他們覺得很奇怪。」主要的教學介入安插於第十三週，除了閱讀入門讀本之外，學生還收到了祁致賢編寫的補充文本當作自學作業。這項試驗評估了結合口語沉浸和注音的直接教學法能否不增加課堂時間，就加速學生閱讀理解的能力。從內部資料來看，答案是肯定的。為了以實驗結果為基準再加以評估，祁致賢測試了實驗組與其他六個班級（國語實驗小學和其他小學的班級）的學生，將結果相互對照。對四百零二名學生的評估結果證實了國語實驗小學的方法有效：蔡雅琳班級平均得分為九十八．三分，優於其他所有的對照學生。[121]

在一九五〇年代初，國語實驗小學也和其他學校一起參與教學實驗。某項研究檢視三種注音教學技巧的相對效果。另一項研究則嘗試解答入門讀本中有部分注音或完全提供注音，何者能提升學習成效。[122]一九五三年，祁致賢與何容向全國教育協會提交了國語實驗小學的實驗結果。經協會認可後，這為一年級國語課程的重大調整鋪了路，由省教育廳批准後實施。從一九五四年起，前十二週的課程會完全用於教授口說國語和注音符號，第十三週才開始上閱讀課程。即將實施的改變宣布之後，引起很多人的驚訝和震驚。何容代表國語推行委員會發言，他指出有大量的研究支持這種教學法。由於教學過程和結果沒有充分向各方傳達，因此引發反彈。[123]儘管最初遇到了一些阻力，國語實驗小學的理念為國語教育持久的發展軌跡打下基礎。直接教學法融入了小學教育，讓「方言比較」法失去優勢，也與一九五〇年代中期政府對「台灣方言」的強硬路線一致。張希文擔任國語實驗小學校長長達二十四年。在這段漫長的任期內，她大幅擴大了學校規模。在她成為國民大會代表時，其影響力和網絡擴展到國民黨的高層。張希文是國語教育的主要倡導者，她還找到了《國語日報》（*Mandarin Daily News*）這個合作夥伴；這份報紙正是當時宣揚國語教育志業的新出版品。

《國語日報》

以推行國語為宗旨的《國語日報》創刊於一九四八年十月二十五日光復節，以此慶祝台灣回歸祖國。這份報紙的出版凸顯了在統一大計中，政治和語言的密切關聯性。《國語日報》在漢字行文旁標出注音符號，以期成為「易讀懂、平價、實用」的報紙。教育部長朱家驊於創刊號的發刊詞中表示：「我在台灣所到之處，遇到了一些國語說得很好的人。」《國語日報》能幫助他們向標準語「再邁出一步」，「國語運動的成果已經不遠了」。[124] 除了朱家驊滿懷希望的發刊詞，報頭題字還是胡適的墨寶，新聞文章向讀者報導大陸上激烈的內戰，而人文故事則講述英國王位繼承人即將誕生。編輯群決定遵循「麻雀雖小，五臟俱全」的格言，也就是說，他們的雄心壯志不能因報紙四頁的袖珍尺寸而小覷。[125]《國語日報》會報導國際和國內新聞，討論與社會生活相關的話題，最重要的是，它要擔綱推行國語的旗手。王玉川說：「自一九一三年召開讀音統一會以來，已經過了三十五個年頭，但國語音韻尚未統一。」《國語日報》將再次努力透過注音去建立標準化發音，讓文盲也能「閱讀新聞」。報紙將堅持使用「純粹的」書面白話，同時消除古文的殘餘痕跡。[126]

這股雄心壯志起初遭受阻礙。創刊號出版三週之後，第二期才刊印發行。由於政府承諾的支持跳票，該報的各方面（如資金、人員和設備）都面臨巨大挑戰。[127] 這份報紙創刊後諸事不順，陷入困境，曾多次瀕臨破產。由於沒有廣告或刊登色情的「黃色內容」，《國語日報》的收入來源只能靠訂閱和捐獻，而從這兩處獲得的金流很慢才能發揮實際價值。一九四九年，編輯群採納了吳稚暉的建議（不要依賴政府），成立了一個非營利組織。最終，是國語推行委員會挽救了局面。占工作人員和董事會近一半的委員會成員紛紛出來撰稿、接下編輯工作。他們協助報社獲得了印刷案件（一份國民黨材料注音標註版的合約；教學用文本的印刷訂單），這才讓《國語日報》得以在起步階段營運下去。訂閱人數成長緩慢，一年後達到五千人左右。[128]在報紙成立三週年之際，某位創始編輯將該報發刊描述為「超過一千日的磨難」。最好叫死對頭去辦教育性質的報紙，因為這種事業注定要賠錢。[129]一九五二年，教育部指示所有小學訂閱《國語日報》作為教學輔助材料，《國語日報》的命運因而有所改善。那一年的發行量一度超過一萬份，但後來出現模仿的競爭者，發行數量便又下降。[130]

《國語日報》標誌性、最歷久不衰的特徵，就是百分之百使用注音，為每個漢字標上注音符號，也包括日期、天氣預報和公告。[131]早年，報紙的內容主要針對成年讀者。頭版會剖析正在進行的內戰和國際政治，隨後才報導地方趣聞。第三頁設有增刊欄目，會在專門報導語言、兒童、家庭生活和地理的兩個版面區塊之間，輪流報導這些主題。[132]「週末」版曾有一篇專題文章對比了孫逸仙和梁啟超的語言能力，將他們政治生涯的不同結果歸因於說國語的能力高下。該文作者聲稱，孫逸仙出生於廣東，學習國語的機會有限。儘管如此，他仍舊是說話能「流利、標確」的天才演說家，被譽為「國父」。孫逸仙憑直覺了解到國語的力量。反觀梁啟超，他在華北生活多年，卻從未完全掌握好國語。他覲見光緒帝時（大約一八九八年）口齒不清，故沒被任命為高官。[133]

齊鐵恨主編的《國語日報》〈語文甲刊〉是很典型用來傳遞孫中山擁抱國語之精神的論壇。專家的文章和反思會涉及國語的各個層面，從文法和發音，到字詞用法和句法，無所不包。問答專欄則會解答寄給國語推行委員會的信件提問，其中最常見的主題包括聲調變化、輕聲、捲舌音，以及「難讀聲音」的發音方式和位置。在首篇專欄中，齊鐵恨重點介紹了一位叫崔海（Cui Hai，音譯）的老師關於「容」和「榮」字發音的詢問，這是他與同事談過的主題：

我告訴他，根據《國音常用字彙》，這個發音只有一種，就是ㄖㄨㄥˊ。他拿出東方出版社發行的《標準國音辭典》。我們查了以後發現：「可以讀成ㄩㄥˊ」。對我來說真的是一個謎。北平沒有這樣的發音，《國音常用字彙》也沒收錄這種拼音，那為什麼還會出現在所謂的「標準」辭典上呢？

崔海想知道上述訊息是否準確，以及國語推行委員會是否審查並批准了他同事的消息來源。「如果不符合標準，為什麼還允許錯誤存在？」齊鐵恨回覆：「ㄖㄨㄥˊ是最準確的發音。」另一種唸法（ㄩㄥˊ）是「一九二〇年出版的字典中的舊音韻，不再使用」，那早已被一九三二年的《國音常用字彙》所取代。「由於八年抗戰和紙張短缺，（一九三二年的）字典沒有廣發各處，一般人不知道哪些是過時的舊發音，哪些是今日應該使用的標準發音。」原則上，教育部會審查學校採用的所有教學素材，但由於「一般書籍和期刊」未經事先檢查，「一些錯誤就難以避免」。134

正如這次意見交流所示，一九一三年讀音統一會創建的「舊發音」出人意料竟非常長壽。崔海不滿的根源（同事給他看的《標準國音辭典》）一九四六年七月在台北出版。兩年內至少出現了五個版本。135在一九四七年的版本中，容和榮的條目將ㄩㄥˊ標記為替代發音，從吳稚暉一九二〇年出版的有爭議字典中複製了訊息（如第一章所述）。「舊國音」的唸法被一九二一年的修訂版所取代，並於一九三二年再次被「新」

音韻所取代，但仍零星繼續出現在標榜「標準」的書籍之中。[136]大約三十五年後，這些遺緒仍在台灣造成混亂。對齊鐵恨等人來說，在《國語日報》強調這些不一致的差異，就顯示他們有規範國語的堅定決心，也展現他們要管理口說國語的承諾。這麼做無意中暴露了國語坎坷歷史中的裂痕。這些錯誤也迫使國語推行委員會承認其權威不足。眼見有關教科書和辭典中讀音不一致之處的投訴，委員會承認它對商業出版缺乏管轄權：「我們只能強烈建議有哪些是可用的材料。」[137]另一個議題則圍繞著某種疑慮而存在，也就是附屬於國民黨國語推行委員會的《國語日報》是否反映了大陸人的看法。編輯認為，雖然「外省和省內人士不應有不同的觀點」，但編輯群中有許多本地人，應該足以減輕這種疑慮。出版人洪炎秋就是「正宗台灣本地人」。[138]

〈語文乙刊〉的主編朱兆祥就是本地人當中的一位。〈語文甲刊〉會分析國語的內涵並回答相關人士的提問，〈語文乙刊〉則聚焦方言問題。在一九四八年十一月二十四日的開場社論中，朱兆祥重申一個耳孰能詳的觀點：「大家都承認台灣話是一種中國語言，不是外語。換句話說，台灣話是國語中非標準形式的一種。」島上同胞有扎實的母語基礎，可以藉由比較來學國語。[139]在朱的指導下，這個專欄的文章強調各省方言和國語的互補性。有一系列文章將地名、姓氏的國音和方音互相連結。謎語和軼事的音韻被拿來比較，藉此說明國音和方音彼此兼容。例如，一篇題名為〈從情人到終生伴侶〉的文章講了一則翻譯成台灣話的笑話，要說的是「懶人屎尿多」。上班族對經常偷偷溜去「上廁所」的同事都不陌生——（「去了半天」，總是用同樣的藉口）。國語有一個類似的笑話：「懶駱駝屎尿多」，也就是動物被迫勞動時，經常會停下來小便稍微偷懶一下。「這兩個說法都是生動的口語，意思一模一樣。以前他們就像素未謀面的單身男女，現在經我們一介紹，兩人喜結連理，成了天作之合。」[140]

混亂的訊息

這兩者在婚後享受了短暫蜜月期，但感情卻搖擺不定，並未永浴愛河。儘管《國語日報》大肆宣揚「推行國語／恢復母語」的口號慶祝創刊一週年，但二二八事件餘波蕩漾，攪亂了口語政治。這起驚天動地的事件中斷了為吳稚暉八十三歲壽辰而舉辦的「國語週」。暴力事件發生後，北京不斷傳來電報，是黎錦熙和其他同僚捎來的熱忱祝福。[141]鎮壓所針對的是殖民統治的「遺毒」，國民黨政府認為這些人煽動了不滿的情緒。日文出版品、收錄戰時侵略歌曲的留聲機片（「仍在百姓之間流傳」）以及其他象徵前政權的標誌皆被沒收。[142]對於受到攻擊的大陸人，某位社論作者要他們堅持到底：「我們來到這個邊疆工作，和在一般其他的省工作不一樣。除了履行職責，我們還有特殊的責任……就是讓台灣人擺脫日本意識形態的束縛。」至於那些參與動亂的人，例如「後來成為社會敗類的極少數學生」，他們已經背棄祖先、學會憎恨祖國。這些墮落者「滿腦子日本意識形態」，屠殺了自己的骨肉兄弟。為了扭轉這種局面，一場加強「祖國教育」的運動試圖向台灣灌輸國語口說和文字，以期人民能夠「透過祖國的語言去了解祖國的文化」。[143]例如，花蓮的官員制定出一項「推行國語以根除日本帝國餘毒」的計畫。當地居民被要求舉報他們聽到在說日語的教師或政府官員，這些傢伙的名字將會刊印在當地報紙上，以示羞辱。針對不可公開展示體現「日本精神」的文字和物品的禁令，憲兵會四處盤查、執法。[144]

在新一輪打擊日語的征討中，台灣島上的母語呈現出矛盾的面貌。一方面，說台灣話可能被視為有意或無意表現不忠。正如一則新聞標題所說的，是時候「推行國語、禁止日語、減少使用方言」了。[145]這種勸誡同樣適用於大陸人。雖然用家鄉的語言與同鄉交流「可表達親密」，但使用方言卻會造成混亂、啟人疑竇，對島民看待國語的「心態」產生負面影響。台灣人應該「少說方言，多說國語」，大陸人也是如此。[146]評論者在評價二二八事件造成的傷害時，總是不免要回到教育問題上，好比要求強制使用國語作為唯一的教學語言，「只能暫時允許方言提供補充輔助」。[147]與此同時，台灣南部城市高雄的官員多次告誡教師（「懶惰」或「不習慣用國語教書」），要他們不要在課堂上用「方言或其他語言」。[148]有人抓到一名精通台語、粵語和日語的「漢奸」，這件事讓人更加認定，政治背叛和語言不忠是相互連結交纏的。[149]

另一方面，魏道明於一九四七年五月取代陳儀，擔任台灣省政府主席，這位大屠殺時被辱罵的象徵性人物離開了領導職位；此次政府官員的更替改變了語言中的政治情勢。魏在任期間實施更同情島民的政策，允許台灣人稍微參與政府事務。在很短暫的某個時期，日語譯文再度獲准刊登於報紙，用來解釋政府的指令和政策。[150]在這種情境變化下，台灣話擁有「中國語言」的地位，於是成為聯繫大陸人和叛逆島民的一種脆弱紐帶。事實上，為防止未來再度爆發衝突，有些人認為，新來者也應該學習台灣人的語言（不僅台灣島民要學國語而已），以促進溝通和彼此的感情，同時「讓大家更能相互理解」。[151]例如，有一名來自浙江的警校畢業生林瓊義（Lin Qiongyi，音譯）要求調職，因為他與說客家語或日語的新竹當地人溝通不了。然而，他的上級回覆說，「可以用國語溝通」的地區沒有職缺。他們要林「專心工作」，一邊等待調職機會也要一邊「潛心學習台語」。[152]

為了展現本省和外省人親密無間，官員精心策畫了公開的演講比賽。嘉義一所男子高中舉辦一場雙語比賽，打算培養「本省和外省」學生之間的感情。學生以兩人為一組上台演講——台灣人說國語，外省人講台語。活動結束時，市長為講得最出色的學生講者頒獎，觀眾則報以「如雷的掌聲」。[153]除了（可能）加強島民和大陸人之間的連結之外，台灣方言也被用來促進其他的國家建設目標。一九四八年，資源委員會（National Resources Commission）指示工業界公司行號在工廠開設台語班和國語班，藉此提升生產效率。[154]為了進一步實現宣傳活動的目的，歌曲、口號和戲劇表演都使用方言來傳布反共訊息。[155]

魏道明一九四九年卸任省政府主席，當時也對沒有學會閩南話表示遺憾。[156]願意學習者可購買台灣話會話入門書。在一九五〇年出版的一本書中，吳國楨（接替魏道明成為省政府主席）在扉頁上題寫墨寶（編按：題寫者應為陳誠）；這是一種官方許可出版的慣例。作者林紹賢在序言中隱約提及外界對台灣話的疑慮：

> 台語畢竟是漢語語系的一個分支。儘管有很多鼻音和聲門音，也儘管它比標準國音有更多的聲調，但兩者之間仍然存在密切的關聯。如果我們能利用國語原來的聲音去觸類旁通（完全不必抱著學外語的心態），短時間內學會台語也不是什麼奇事。[157]

儘管台語和國語差異甚大，但林紹賢聲稱兩者之間有血緣關係，也堅稱它們屬於同一語系。然而，那句提到「學外語的心態」的警告暗示了讀者，有可能會不適應這兩者之間的分歧。

國民黨最終落敗而後撤離大陸，於是這種分歧又更為加劇，因此必須加緊鞏固台灣人民的忠誠。一九五〇年至一九五一年堪稱台灣方言被定位為國語對手的轉捩點。一九五〇年六月的總統令指示軍人和文職人員學習台語，以保持他們和人民的密切關係並提高行政效率。[158]與此同時，朱兆祥在中央廣播電台播出了台語方音教程，相應的課程也在《國語日報》上刊登出來。[159]在地方上，台中警方推出了為期兩個月的國語和台灣話必修課程（隔日交替上課），也開設了選修的日語課程（以促進和原住民的溝通）。[160]到了一九五一年，隨著朝鮮半島戰爭膠著，國民政府的臨時居留變成了無限期流放，政府的禁令經常將台灣方言與日語相提並論。這在教育環境中尤其明顯，指令接連發布，要求教師不可用這兩種語言當作教學媒介。教育局點名中學教師，指責他們「國語程度低落」，而且還在使用方言或日語。各級學校還得要加倍努力，「認真進行宣傳國語的活動」。校方管理人員篩選求職者時需要保持警覺，「如果他們的國語能力很差，就不應該錄用」。[161]

責備的指令也凸顯出台灣方言在地方社會持久不衰。師範學院的畢業生被派往島上各地任職，他們抱怨自己在學校會議和集會上感到疏離，因為大家平常都使用方言，因此「造成了障礙，讓彼此疏遠和誤解」。[162]在台北的一所學校，家長反對老師用國語當教學語言，表示小孩子聽不懂他的課。這位老師無法按照要求改用台灣話（閩南語）授課，因此被要求「轉到」另一所學校去。[163]這種紛爭逐漸倍增。一九五一年，朱兆祥的台語廣播課停播了，但國語推行委員會於隔年卻又出版他的方音符號指南。朱兆祥在該書序言中為自己的專業領域進行辯護：「國語和方言不是敵人」、「斷然不存在對立的情況」。[164]一九五四年，《國語日報》的〈語文乙刊〉欄目停刊，這也預示了未來的發展。朱兆祥被降職，成為國語推行委員會的演講比賽評委。他最後前往新加坡，在南洋大學（Nanyang University）任職，此後再也沒有回台灣。[165]到了一九五〇年代中期，有些人對小學在實施國語一事上取得「相當不錯的成績」而感到滿意。然而，學生一上了中學，「他們隨時隨地都講方言」。後來流傳一句諷刺的話，將這種情況形容為「小學培養國語能力，中學毀掉它」。[166]

儘管政府對台灣方言明顯懷有敵意，但值得注意的是，方言禁令既不是單方面的，也並不全面。在整個一九五〇年代，官方政策模糊不定，可能極為嚴厲或執行不力，可能暴虐壓迫或難以預測。展現國家權威的政府機構實施的措施並不一致，且優先首重事項之間有所分歧，容許語言矛盾的空間存在。例如，在一九五二年，政府機構徵集台灣方言戲劇、歌曲和說書腳本，並且提供報酬給那些可用於反共宣傳的表演作品。為了增加稅收並緩解與納稅人的衝突，國家代理人被要求使用方言與民眾交流。[167]與此同時，某個縣的政府當局對當地一家書商發出禁令，不讓他們發行「方言歌曲集」，理由是內容粗俗不堪。（指令中並未明確點出有多少「粗俗」的因素是方言本身所致。）[168]隔年，台南市教育局長要求底下職員宣誓說國語。宜蘭縣政府官員在政府辦公室入口處張貼了巨大的標語（「請講國語」），此舉針對的是公務員及他們「南腔北調」的方言。[169]一九五六年，一名省議會議員抱怨這個問題全島上下都有。政府人員一直在說「南腔北調」的方言。[170]然而，有人卻說管理民政時必須使用方言。例如，台東縣議會提出，鄉鎮警察應學習當地語言，才能與民眾「和平相處」。[171]國語推行委員會持續推出「橋樑系列」（Bridge Series）教材，旨在將方言與國語連結起來。[172]

一九五〇年代中期，軍隊顯然不再容忍方言。坊間傳聞，在此之前，「軍隊中能講標準國語的人並不多」。[173]模範士兵勤奮學習國語或參加演講比賽，為團結部隊做出貢獻。他們日漸嫻熟國語，不時會獲得表彰（鼓勵提升語言水準的辦法）。一九五四年，聯合後勤司令部（Combined Logistics Command）向教育部抱怨多數台灣新兵既不會說、也聽不懂國語。[174]隨著徵兵法不斷修改，軍隊吸收了更多的本省人，而且人數很快就超過了大陸人，於是得更加緊解決這個問題。[175]因此，由於服役人口結構出現變化，國語培訓便成為優先首重事項。高階軍官向國語推行委員會求助，於是委員會替新兵編寫教科書，打算教授國語時同步灌輸政治思想。入門課程會教注音的基本組成，也會強調三民主義和蔣介石的領導精神，同時鼓吹要反攻大陸。[176]專為軍事教官設計的綜合課程包含了識字和口說國語。然而，事實證明，六到八週的全日制課程（或四到六個月的非全日制課程）並不可行。[177]

相反地，有台灣士兵的部隊都收到要上速成課程的指示。有些部隊為此率先使用「國語牌」，這是一種羞辱人的手段，出了軍隊持續使用的時間甚久。有許多早期的例子，一件是來自第八二九連：一個小小的圓形牌子正面刻有「國語牌」字樣。背面刻著這種規誡：「光榮說國語。可恥講方言。」牌子要別在制服口袋，表示違規者有一週的時間悔改。在第八三五連中，一名違規士兵被人發現說方言，脖子就得掛上一個「為榮譽而奮鬥」的牌子。在他自我糾正之後，就可以將它掛到另一個犯錯的同袍身上。其他變體包括並行的兩種標誌：講國語的能獲得獎勵，說方言的要加以譴責。[178]到了一九六〇年代初，這些恥辱／榮譽牌從軍事場景中消失。然而，它們卻在校園以「狗牌」的形式出現，另外還搭配罰錢和體罰，構成一系列處罰說方言學生的手段。根據曾經歷或目睹這種屈辱的人的回憶，「狗牌」給人留下難以磨滅的印記。[179]

後來定居日本、追求台灣獨立的黃昭堂曾是國民黨軍官中少數的台灣人之一。他在一九五六年參加預備軍官訓練，以便完成大學畢業所需服的兵役。黃昭堂在回憶錄中指出，當時的軍隊嚴格禁止使用日語。然而，他和他的台灣同袍會使用被禁止的日文寫信，故意讓審查他們信件的人傷腦筋；此外，他們「故意大聲說日語」，不是「出於對日本的熱愛」，而是刻意「惹事生非」。這是典型的「弱者的武器」。當他們被命令不准說台灣話時，他們的報復就是沉默。[180]

為什麼有人還在說日語？

台灣方言命運飄搖不定，雖被譽為母語和國語的良伴，卻又遭懷疑破壞了人民的語言忠誠度。這與一些人對日語（口說和文字）在島上社會各領域持續存在的擔憂，形成了鮮明對比。一九四七年，為慶祝光復兩週年，國語推行委員會發起了「全省不說日語」的運動。一份發給地方議會和政府機構的「承諾書」宣稱：「我是中國人，我不說日語。」然而，在省議會檔案現存的一份文件中，只有四個人簽名。[181]這場運動是二二八事件後一段令人害怕的混亂情勢發展至頂點的結果，反映出人心惶惶的窘境：為何付出了這麼多心血，民眾還是要講日語？日語出現在出版品和公開論壇上，而且在公共場所也能聽到有人講日語，愈來愈多人擔憂那會有不利的影響。某位評論者於一九四七年六月在一份教育雜誌上投書：

> 政府已經下令所有學校使用國語或台語作為教學語言。然而，無論我們走到哪裡，也無論是在政府機關、學校，或在街上遇到同事、學生或工人，都會遇到滿嘴日語的人。最奇怪的是，少數年輕人居然以會說日語為榮。這種事我們須特別注意才行。如果不徹底消滅日語，就無法廣泛傳播國語，更無法剷除日本人在五十一年間埋下的毒根。

擺滿日本出版品的「舊書店」蓬勃發展，公然蔑視禁令，還有忠實熱心的顧客頻頻光臨。問題的根源在於，政府未能明確規定違規行為的處罰方式並嚴加執行。[182]

後來的很多年仍有人對抱怨執行不力，因為許多指令都提到各地執行禁令的確實度不一。一九四八年夏天，省政府頒布了一項法令，指出許多商店仍在使用日文刊登廣告、展示櫥窗商品以及寫收據。[183]隔年，一份語帶憤怒的備忘錄譴責政府工作人員和教育人員，指出他們「依然習慣用日語」交談，以及和大眾交流。父母親在家裡一邊教孩子日語，一邊「鄙視國語」。甚至有一些新來的大陸人發現自己說國語無法和別人溝通，於是也開始學習前殖民地時期的日語。隨後頒布了一項廣為流傳但基本上沒有效力的法令：今後全省政府機構工作人員應盡量避免用日語交談。[184]與此同時，儘管政府下令消除殖民的印記，某些街道名稱卻混用地址，保留日本命名法。[185]簡而言之，使用日語是百姓不願意或無法改掉的「不良習慣」。至於這是意志或能力的問題——無論他們是不願意、不能或兩者兼有——當時充滿各種假設。日語的毒害是否早已滲透到人心集體意識而無法驅除殆盡？這是某一代國民黨領導人所提出的「奴化心態」論點。此外（或反之），說日語是否可被理解為故意無視政府及其漢化／中國化（Sinicization）的要求？這是反抗國語，或者明確排斥「祖國」？[186]或者，更持平而論，這是權宜之計嗎？由於漢字難學又欠缺注音教材，「我們怎麼能責怪台灣人偏愛日文書籍呢？」[187]

針對這個問題，何容於一九五一年發表長文，詳列「台灣不應該用日文、日語」的論點。[188]許多人以溝通有效為由，主張在出版品、電影和廣播中恢復使用日語。（他們問，如果英文報紙可以在共產中國出版，為何日本報紙就不能在台北出版？）何容認為，這種功利主義觀點忽略了語言的國家民族特性。確實，把語言當成類似於電話和筆的工具就違背了孫中山的訓誡：「語言是創造一個國家的偉大力量。」與此同時，他將此觀點解讀為台灣同胞其實不「喜歡日語」的證據。這種吸引力植根於「好奇心」或貪圖「方便」，特別是對那些精通殖民語言的年輕人而言。要求恢復使用日語，只是出於工具性目的，而非證明這些人依戀日本。何容承認，禁令其實會讓許多只能讀日文的人變成文盲。然而，他們又不青睞最顯而易見的解決方案，也就是能讓人很快學會國語的注音符號。何容最後反駁了這種功利主義觀點：「很多台灣同胞已經學會了日文假名……認為它比較『方便』。難道我們不需要考慮這種特殊的『方便』的起源嗎？這個『方便』代表了台灣同胞五十年的苦難，也代表了整個中華民族的屈辱。」如果確實有好處的話，是不是大可以認為清廷應該在一八九五年再割讓幾個省給日本、讓更多人享受「方便」呢？

儘管論調慷慨激昂，何容也試圖將討論從有意的意識形態對立上轉移開來，而去關注對語言的意義和功能的誤解。其他人則傾向用公然帶有政治性的語言來解釋普遍使用日語的情況。在鐵路局的員工中，百分之九十以上是本省人。一九五一年八月，某位鐵路局官員聲稱，這些員工經常說寫日語，對祖國的語言、文化和歷史「既冷漠又極不關心」。政府打算加強對黨員的培訓，但「他們聽不懂國語，所以非常困難。」[189]在公共安全相關機構看來，高中生和大學生更麻煩，因為他們明明會說國語，卻硬是要用日語。「光復已經七年了，政府一再下令禁止用日語交談。」然而，受過良好教育的學生卻堅持說「戰敗國」的語言。語言如同匕首，「這些人的行為表明他們缺乏民族意識。」[190]在一九五〇年代初期到中期，這類批評指責學生在語言上不忠誠。執法落實禁令的確實度參差不齊。即使學生在校園裡禁止說日語，但一走出校門他們就會說。[191]

學生並非唯一有罪過的人。同樣受到責備的還有服務於政府單位的工作者，他們一再遭到譴責、受到制裁的威脅。使用日語「不適合執行公務」，因此地方當局採取臨時措施來破除這種頑固舊習。苗栗縣官員對一再犯錯者深感失望，於是指示接線員只要聽到有人講日語，就切斷他們的電話。[192]在三重鎮，當地的國語推行委員會與公共衛生部門合作制訂了「公共契約」：隨地吐痰或說日語的人要罰款一百元。強制禁令的消息一出，立即招致批評，但也有人認可。某位讀者在給編輯的一封信中抱怨，長期以來的禁令實施不力，如今已然遲了，讓人既尷尬，又覺得好笑。相較之下，另一位讀者則稱讚這種罰則能「給喜歡說日語的人當頭棒喝。這確實是個老問題。天曉得有多少人老早就呼籲這件事，已經聲嘶力竭了呢？」這位讀者也嚴厲譴責一種令人反感的景象：「有些人奴化心態甚深，滿心傲慢，在公共場所大聲講日語」。[193]

學校、政府辦公室和公共場所一直有人說日語，此舉讓人反感，令人想起殖民歷史。[194]這種「陋習」讓人懷疑台灣百姓的政治忠誠：「喜歡說日語的人可能不是真正的中國人。」[195]然而，儘管有人焦慮指控某些百姓別有用心，但對一些人來說，說日語就是習慣和方便。在花蓮街頭，賣冰棒的小販高喊「アイス」和「クリム」（ice cream〔冰淇淋〕的日語發音）。警察要求他們使用中文的對等詞（冰淇淋或四角冰）叫賣甜品，但「小販仍然維持老習慣，沒有改變。」這條規定頒布了，卻沒有執行，警方只有口頭威脅，「雷聲大，雨滴小」，因此被人嘲笑。[196]另外還有一些例子：政府法令禁止「日文和色情廣告」，而觀察者抨擊投機者，罵他們在中國產品上貼上日文名稱來讓賣相更好。[197]這些例子說明了，不同的動機彼此交織，但不能將其化約為政治問題。

語言政治可能會讓他人深陷後果嚴重的境地。某位評論者指出，有七名台灣船員在菲律賓被捕而遭逢不幸。從此案看來，「他們滿嘴都是日本話」，遂引發了「強烈反感」。這些船員被誤認為日本國民，均被判處一年徒刑。日本曾在二戰期間短暫占領菲律賓，因此這些人遭受池魚之殃，蒙受更嚴厲的懲罰。「這七名船員無知，情有可原，他們是無意中自找罪受。」話雖如此，在受過良好教育的精英中，「不難找到以說日語為榮的人。我們應該要把他們一個個都送去馬尼拉，讓他們嚐嚐懲罰的滋味。」[198]另一位評論者任國倫（Ren Guolun，音譯）在聽到日本駐台北大使的廣播言論後給編輯寫了一封信。「直到現在，台灣人民還在說日語」，這位日本外交官指出，從這種現象可以看出，他們非常尊重前殖民政權。任寫道：「我聽到這種荒謬說法時，感到非常憤怒和受辱」，因為背棄自己的語言，就離背棄祖先只有一步之遙了。「日本占領台灣五十年，強迫人民說日語，這養成了一種習慣。」十多年以後，「為什麼我們還無法改變？」[199]一九五二年，蒲公英（Pu Gongying，音譯）前往韓國出任聯合國總指揮部翻譯官時，這個問題也困擾著他。朴在那裡待了一年多以後，發現日本占領韓國情況與台灣相似。然而，「雖然每個（韓國）人都會說日語，但他們絕對不用日語聊天，他們對日本人的仇恨並未消失。」反觀台灣，日語隨處可聞，「無論你到哪裡都能聽到日語，我對此百思不解。」[200]

最讓人不安的是，台灣地方民選官員沒有辦法或者不願意打破這個習慣。從一九五〇年開始，國民黨允許縣、區、村政府舉辦競選活動。儘管獨自參選者幾乎沒有勝選機會（反對派候選人也沒有勝算），但還是經常看到激烈的競爭。[201]根據一九五六年的一則新聞報導，地方議會最能感受到「公開且普遍講日語的風氣」。台東縣議會主要是用日語審議，議員抨擊某位提議改用國語論政的同僚。這篇新聞指出：「他們說，講日語沒有問題，而且大家都這麼做，因此在議會會議上禁止說日語違反法律又傷害感情。」「人民代表都這樣了，還能指望群眾什麼呢？」誠然，當選的議會成員中有不少來自高山和阿美部落的同胞」，一旦禁止說日語，他們就會變得「聾啞」。然而光復都已過了十一年，是時候該改變了：「如果現在每個人都不學國語、不說國語，那就永遠無法消滅日語。它會一直存在，取代真正的國語。」[202]

行政院其實早在四年前便禁止在處理公務時使用日語，主要是針對地方議會的議事規則。政府以「強化台灣同胞的民族觀念」為由，宣布「除了與外交直接相關的場合外，不能再使用日語和其他外語」。有六至十二個月的寬限期，給那些不懂國語或台灣方言的「山地」同胞學習國語的時間。[203]其他所有議員都被要求「盡最大努力」學習國語——使用日語處理政府事務「尤其污辱國家尊嚴」。[204]有報告顯示，在一九五〇年代初期至中期，某些民選官員承擔起「樹立榜樣的責任」。先不論是否能講「流利、正確的」國語，他們至少都嘗試過。[205]全國代表大會召開時，委員爭先恐後要表現他們說國語的能力。安徽代表用絕句朗誦內容，引得全場哄堂大笑。當張希文起身發言時，全場代表讚嘆一片，因為她的發音好聽，堪比「廣播裡的聲音……她到底是國語實驗小學的校長，難怪抑揚頓挫和聲調如此悅耳。」[206]

其他民選官員，尤其是村級和縣級官員，仍然非常倔強，不願意講國語。少數頑固分子和一般大眾堅持使用前殖民政權的語言，於是不斷遭到謾罵譴責。例如，桃園縣警方接到投訴：某位議員在會議上發言說著「滿嘴日語」，有這種習慣，都是因為他「根深蒂固的奴化心態」。主持會議的官員不僅沒有干預，還跟他一起說日語。此案向上級轉呈，導致政府辦公室最終發出聲明，指示地方當局要停止這類行徑。[207]

唇槍舌戰

光靠命令顯然無法達成語言變革。此外，那些被說服放棄日文和日語的人不會憑本能轉而使用祖國語言。彰化縣曾發生一件事，足以說明國語和本省話的衝突能激起何種仇恨。一九五五年夏天，六十九名當選代表出席縣議會會議。七月二十六日，鄭寶來（Zheng Baolai，音譯）故意用國語發表挑釁言論，差點與陳肯（Chen Ken，音譯）爆發衝突。根據報導，聽不懂國語的陳肯勃然大怒道：「你知道我競選花了一萬兩千元才獲勝嗎？我每次開口你都故意找麻煩，再這樣下去，就等著瞧吧！我可沒那麼容易受人擺布。」陳之所以不滿，主要是因為他認為鄭在炫耀國語，還嘲笑那些（像他一樣）不會說國語的人。這兩人先前就曾因為某些不明不白的事爭吵過，此事加劇了兩人因國語而起的衝突。鄭寶來將陳的言論視為赤裸裸的威脅，遂要求大會主席「確保他的人身安全」。[208]

爭吵可能就此結束了，但當地報紙對這起事件的報導卻在隔天引發了進一步的爭論。當議會重新開議時，陳石才（Chen Shicai，音譯）議員大聲宣讀了新聞報導，然後提出譴責陳肯的「緊急臨時決議」，說道：「議員在會議上講國語，這是才是積極正面的現象，但他說得不流利，就試圖干擾別人發言。」雖然反對聲浪打斷了陳石才的長篇大論，但他的決議案還是通過了。接下來，徐堅（Xu Jian，音譯）祭出更大的動作提出另一項動議：限制向會說國語的人「表達意見」和提問的權利。雙方爭論不休，場面非常火爆。副主席最後達成協議，建議議員「盡量多說國語」並「逐步」完成語言轉換。才剛風平浪靜，第三項決議又浮出檯面，這次是修改選舉法，要將國語熟練度納入擔任公職的資格標準。換句話說，「不懂國語」的人就不許參選。會議頓時陷入混亂，這些議員用各種語言謾罵彼此洩憤。主席最終重新控制住局面，擱置「激烈的辯論」，日後再行商議，同時宣布休會。[209]

媒體所謂的彰化「國語危機」因此稍微解除，但問題仍未解決。儘管在一九五〇年代，地方議會名義上是討論畜牧和化肥使用這類平淡議題的論壇，但針對口語政治爆發的爭議不只一次。例如，在某個高雄縣小鎮的母親節慶祝活動中，女議員邱潘秀春用國語致詞，當場有某位農業委員會的委員罵她：「說台灣話，妳不要講國語，我們聽不懂！」憤怒的邱潘秀春對此人提告，稱其侵犯了她的「言論自由」，並且干擾母親節慶祝活動，侵犯了「婦女權利」。[210]在台中的一次預算會議上，當財政局局長和一名議員說國語協商時，另一名議員指責他們「竊竊私語」，藉機排除那些聽不懂國語的人。隨後響起此起彼伏的叫罵聲：「他沒有學過國語，現在卻敢指責學過國語的人竊竊私語，簡直荒謬至極。」[211]正如某個報紙標題一針見血地提問：「一位不會說國語的縣議員，我們可以請問他是代表誰呢？」[212]

從外界對說國語人士的讚揚可窺知當時的語言環境如何。例如，台中的四名民意代表以國語提問之後，獲得了過於熱切的認可，有人稱之「前所未有」、「十分罕見」。有人評論台東議會使用國語「罕見而珍貴」，也點名其中一位議員說著濃重口音的國語，聽起來「刺耳」，但這個舉動卻讓人欽佩。[213]觀察家指出，將國語確立為國家官僚語言確實取得了明顯的進展。然而，政府指令卻透露出說國語的情況並不普遍。在正式場合使用「方言或外語」發表談話仍在持續損害「國家尊嚴」。不過由於許多地方官員和村長都不會說國語，就只能仰賴口譯員。聘請口譯對於溝通不可或缺，雖然說口譯的出現暴露了「地方機構在推行國語方面尚未取得成果」。[214]

一九五七年春季公布的評估國語能力的新標準試圖改變這種情況。此標準適用於四十五歲以下的公務員和教師，不論籍貫為何，以六十分為及格分數。雖然不要求懂注音，但不及格者將被強制重複學習這套音標。這套規定旨在糾正現有的偏見，亦即假定大陸人會說國語而不去檢驗他們。此次評量還希望鼓勵高階官員以身作則：「辦公務時不說方言，除非是外交官，也絕對不說外語！」[215]

一些議員跟不上，便稱說他們「年紀太大，舌頭僵硬」，願意學習國語但能力不足。某位評論者反思，說老年人根本說不出流利的國語，這可以理解。也許只有採取強制措施（例如以取消公民身分來威脅），才勸得動他們說幾句「聽都聽不懂的藍青官話」。[216]另一方面，不能輕易放過那些顯然不願服從的好鬥人士。一九五八年春天，在某次雲林縣議會的會議席間，兩名代表說他們「不願意講國語」，還譴責另一位同事說國語。更火上澆油的是，他們也取消了國語推行委員會地方分會的撥款。某位讀者看完描述此事件的新聞報導之後，憤而給編輯去信：

> 政府一再推行國語，讓每個中國公民都能說國語。為什麼代表民意的議員反對推行國語？……甚至堅稱在台灣說閩南語就夠了？……我們可以推斷，這兩位議員受到日據時代奴化教育的影響，否則他們有什麼理由斥責別人說國語，還反對推行國語呢？[217]

這位憤怒的讀者僅能就情況做出上述這一種邏輯的解釋。其他對「奴化」論點抱懷疑態度的人可能會發現，有人試圖把語言當成武器來從事政治對抗。最終，這兩位議員的立場到底有多符合其選民的觀點，要判斷是不可能了。到了一九八〇年代，戒嚴結束後便有人公開投身政治抗爭；他們追本溯源，將先前的語言選擇視為明確反抗國民黨統治之舉。

山地原住民

正如我們所見，看待台灣人對日語的態度，官方以「仇恨」來定調，但實際情況要複雜得多。[218]其實，這個問題在台灣島的原住民身上最令人困惑，這些人被稱為山地人或山胞，意思是住在山上的人或同胞。（這些用語一直持續用到一九八〇年代，當時興起了一場原住民權利運動，將他們重新定位為「原住民」。）[219]原住民占台灣總人口的百分之二，零星散落於中部山區和東部沿海地帶。在一九五〇年代，這群人是頑固使用日語的慣犯。然而，他們通常並非故意不妥協或背叛國家，因為他們的母語屬於南島語系，與「台灣方言」（無論是閩南話或客家話）毫無共通之處。如此一來，所謂的「從方言學國語」的方法便沒有意義。隨著國語緩慢傳播到偏僻村莊，原住民部落卻仍是日語和日文的大本營，而政府只能睜一隻眼，閉一隻眼。[220]

國民黨希望國語成為一籃子同化政策的核心特徵，要將原住民部落納入國家的範圍：「由於他們住在深山，交通不方便，我省山胞的文化水準低於平地百姓。」[221]文明教化的使命包括要改變被視為落後的習慣，以及扭轉在日本統治下飽受壓迫的人的心靈和思想。[222]推行「讓山區變得像平地」的運動聲稱會提供更好的生活條件和向上流動的機會。在一九五一年的財政年度中，改善教育的計畫獲得增幅為百分之十的預算，打算針對教師進行特殊培訓，將師範學校畢業生分派至偏遠學校，同時指示地方當局讓報紙、圖書館書籍和學習用品更易於取得和利用。[223]

為了吸引教師到偏鄉任職，薪資和獎金都提高了一級，但卻不足以吸引足夠的教師。教師短缺問題在別處很常見，但在山區更是司空見慣。[224]據唐保富（Tang Baofu，音譯）回憶，他在阿里山度過的小學時光是「一片空白」。學校長期缺乏資金。小孩子要花半天時間採油桐樹的堅果（為了出售）和種植蔬菜（補貼教師的薪水）。多數教員都只有小學畢業，沒人認真看待職責。唐最記得幾位老師，有一位曾打過他的頭，害他暈倒；另一位則會在課堂上表演魔術。盡職的教師很少得到支持，也無法從糟糕的教材得到指引。根據他的回憶，連中級課本都重複了基礎課程。[225]唐小時候可能不知道他讀的教科書被刻意簡化內容了。一九五一年，教育官員採用了特別版的「山地教科書」，將數學和國語課的難度降低了兩個年級。如此一來，旨在補足技能的解決方案卻讓山區的小學畢業生無法達到中學的入學標準，進一步惡化了差距。[226]

在缺乏有能力的機構和人員的情況下，號稱要將國語推廣至深山、「傳播祖國文化」的計畫仍屬奢望。流動小組確實偶爾會前往村莊，帶去書籍並停留夠長的時間舉辦演講比賽或規畫「國語週」。[227]一九五二年，國語推行委員會開始出版《山光週刊》（*Mountain View Weekly*），作為傳播新聞和國語課程的管道（比照《國語日報》，全版配上注音符號）。編輯介紹創刊號時滿懷希望：「我們不敢奢望每位山地同胞都能讀到這份週刊。那是不可能的。我們只希望替在山上勞動的政府工作人員提供一些有用的物資和幫助，讓他們的勞動有更大的成果。」[228]

不幸的是，這些工作人員不是可靠的盟友。在遠離政治權威中心的學校和政府機構，哪怕是定義鬆散的國語熟練度，以及為落實國語教育而分配的額外時間也不得不一再推遲。根本沒人在意制裁的警告。替「山區」招募任何職員都極為困難；以不會說國語為由而威脅解聘的說法是唬人的，並不可信。小學推動「每天學一句國語」的活動，但即使如此溫和的舉措也未能獲得預期的效果。[229]一九五三年，教育官員巡視山區時發現了五十三個問題，其中包括將「失職教師」從平地調去山區的做法。由於這會削弱教員士氣，讓人更加誤以為山區是專收無能老師的垃圾場，報告便建議要遏止這種歪風。[230]事實上，後續還有一連串的糾正計畫，這就表示這種沉痾一直延續到一九五〇年代末期。一九五八年的一項指令要求，不可將未達基本資格或不懂國語的人送到山區教書，並且威脅要解聘和懲罰違規者。[231]

一位匿名學生曾給某家全國性報紙寫信，指出「失職老師」可能不只會打擊士氣。這位學生就讀台東縣的一所農業學校，他如此回應先前的報導：教育官員到嘉義一所中學發表訓誡演講，大意是「教育成敗，乃是學生的責任」。寫這封信的學生就讀於另一所學校，但他讀完新聞報導之後，認為「自己被誤解了」。為了抗議暗示他和同齡學生逃避責任的說法，他詳細講述自己學校的情況。他的同班同學對日語的理解程度會依照不同的年齡而有所不同：有的人很好，有的人懂一點，有的根本不懂。然而，校長只用日語講話，「不說半個國語字」。學生學會了無視校長的長篇大論，但每當他大喊「馬鹿野郎」（bakayaro，日語「白痴」的意思），學生就會立即回神。至於老師，「多數都講各地口音的國語，很難聽懂。我們有十多個科目，授課老師講六到七種不同的語言。」每個學期開始時，學生都得先花幾個月時間來理解各種版本的國語。當他們稍微能聽懂時，學業早已落後得無藥可救。用功的學生為了趕上進度，只好讀書讀得疲憊不堪，甚至累到病倒。其餘的人就上課睡覺，最後考試不及格，他們會接受政府津貼，留下來重讀一年。一批又一批老師來來去去，僅停留很短的時間就會離職，而新來的又是一批說話讓人聽不懂的教師。因此，所謂的教育，通常是「自主學習」。在三年的就學生涯中，學生每學期都要適應各種國語，就別提學什麼學科內容了。介紹這封信的新聞標題總結了這種困境，然後問道：「校長說日語，老師說各種方言，山裡的學生該怎麼辦？」[232]

這種挫敗感與描繪美好前景的樂觀報告呈現鮮明對比。即便問題重重，仍可以從慶祝有改善跡象（雖然不多）的角度來看待某些報告。例如，在屏東縣第三屆「山地國語演講比賽」上，評審對「閃電般的進步」感到振奮。一九五一年第一次比賽時，只能聽到「雜亂無章的聲音」。到了第二輪，「如果你仔細聽的話，大概能聽懂一半。」但「這次不一樣了，他們和平地人的表現相差不遠！」此外，評審稱讚一名參賽者的表現「幾乎是個奇蹟」，他們也讚許整體的進步「驚人、值得欽佩」。在宜蘭縣，村長陳泰友（Chen Taiyou，音譯）「勤學國語」，經常練習到深夜。他付出的心血獲得了回報：在政府會議上講國語時，贏得「山地同胞學習國語典範」的佳譽。[233]即使營造全面「國語環境」的目標無法實現，但出現了模範演講者，仍算得上有些許斬獲。

此外，造訪的官員總是與表現最得體、國語說得最出色的學生和教師互動。學校管理人員當然想展現出最好的一面。官員只是旋風式訪問，沒有足夠的時間去徹底評估。[234]地方當局的自我報告通常傾向強調已取得的成就，會製作一連串的文件，用花言巧語描述山地同胞的語言狀況：沒有任何問題，「非常理想」。[235]在某些情況下，同一份敘述可能會先針對成就大放厥詞，但下一句話又哀嘆連連，抱怨困難不易克服。孔敏曾在山區度過一段時光。他回憶過去的經驗並寫下：「經過九年的艱苦工作，進步幅度是很驚人，這點不可否認，但距離理想目標還很遙遠。」依不同的視角和目的而定，一份報告可能會大讚天花亂墜的進展，也可能嘆息前方仍舊長路漫漫。這兩種說法可能都成立。也確實，縱然依舊問題重重，孔敏也額手稱慶：「日語的影響力和影響範圍已經減少了。」[236]

殖民語言的力量到底減弱了多少？某位匿名的「山地同胞」表示：還不夠多；他斥責「所有人」還在繼續說日語。「雖然政府一而再、再而三禁止，但想說的人還是我行我素。」這些人點出了實際的原因：「這是個習慣問題，可以節省時間，而且很容易理解。」作者逐一反駁了這些說法。他在探究背後動機時，也透露出國語在語言現狀中的脆弱地位。講日語是一種習慣的說法，掩蓋了「表達親密感」的現實，然後又被歸咎於「奴化」意識。有人提出「節省時間」的藉口，這就表示國語普遍不通，使用國語就得轉譯成方言或

「山地語言」，有時需要動用到多名翻譯才行。至於國語能促進理解的問題，在山地區域國語的平均理解能力介於零到一半之間。事實上，如果在村子的聚會上講話，聽眾會默默地聽，看似全神貫注，實則完全聽不懂。何況還有「愛說日語的平地人」，他們巴不得炫耀自己會說兩句日語。這種情況若非可悲，就是可笑，或者兩者兼有，總之「沒有智慧，不講尊嚴或自尊」，盡是「自私自利、自輕自賤」。作者下了結論：

> 告訴大家一句實話：我們山地同胞特別討厭用日語跟我們說話的人！……沒錯，我們不盡然全聽得懂國語，也主張要把山地同胞訓練成口譯人員……我們的訴求是：我們都是中國人，請把我們當成同胞。我們視日本人為以前的敵人。別講日語來激怒我們！[237]

正如我們所見，說日語可能被視為一種挑釁。說到其他語言對壘的情況，傳教士也成了非難的目標。他們不顧沒收財產的威脅，仍繼續在山裡用日語傳教，同時發送違禁版的《聖經》。他們大搖大擺無視命令，未使用推行國語的注音，反而更喜歡羅馬字音標（長期用於標註台灣方言和原住民語言）。[238]來自山地的報告指出，這個問題也在選舉論壇上顯露出醜惡面。一九五五年，某位台東縣民意代表批評同僚「多半都說日語」，讓他「感覺自己好像在日本」，這是對國語的「嘲諷」。在他提出一項政策規定議員應「盡量不說日語」時，這不具約束力的決議卻引發了一場爭鬥。根據報導，「山地同胞」對此感到憤怒。主席宣布休會以緩和場面。[239]一年以後，當萬里的地方政府宣布禁用日語的計畫時，當地報紙一篇社論也認為時機已經成熟。「每個人都知道，山地村不能不說日語」，但原本只是暫時容忍的過渡期卻發展成漫長而根深蒂固，「損害了國家尊嚴」。礙於「長期養成的習慣」，情況已經跌到了「谷底」。一旦大家不認為「說外語是件可恥的事」，那就不會想學國語了。官員「在公共論壇上公然用日語發言，一點也不知羞恥，其他百姓當然就更不用說了」。[240]

「山地」一詞中可見種族和語言的差異，也無法納入國族化計畫的文明教化範疇，因此在殖民語言、國語和台灣省母語之間的競爭關係內，據有象徵上的重要定位。如果說客語族群讓國語—方言的關係顯得複雜，那麼台灣原住民語言則是進一步動搖了殖民、國家和地方之間的假定關係。國語推行委員會的十五名工作人員肩負著「移山倒海」的重責大任，但也僅能稍微挪動一部分地面而已。

一九五九年，國語推行委員會委員梁容若向趙元任寫了一封標題為〈國語教育的未來〉的公開信。自一九三八年以來，趙元任這位著名教授首次「回到中國」。一月十二日，抵達台北的趙元任於機場出席了記者會。在場記者報導，他似乎對「回家」這件事情緒激動。他回答了記者自己目前的研究、近期發生的一場車禍，以及他最知名的流行歌曲〈教我如何不想她〉等主題的相關問題。趙元任讚揚台灣的國語運動，他表示，希望自己在台停留期間能了解這種「好得驚人的紀錄」是怎麼締造出來的。[241]

六週後，在趙元任預定三個月停留期間過一半之際，梁容若這位國語元老寫了一封信。梁寫道，他和同事受到教授的讚美，心懷感激。他們的工作建立在政府法律和「先生您與吳稚暉所留下的智慧結晶」這樣的基礎上。藉著「台灣同胞的愛國心」、學習精神，以及廣大教師群的配合，「我們因而取得了一些成績」。不過，由於各級學校和教師培訓機構的進展參差不齊，「距離理想還很遙遠」。以成人教育和社會整體而言，「有些才剛開始取得進展，而另外有些根本還沒開始」。普遍來說，對國語的熱情已經減弱，在這個領域工作的人準備要繼續朝其他方向發展。梁容若指出，誤解不斷增加。有些人認為「不必制訂標準」；有些人則誤以為大陸省分的人所說的方言統統是國語，「他們就隨便模仿」。有人認為，標準語就是回歸古老音韻，要回到孔子時代；或者他們會詆毀北京話，說那是「胡言亂語，不合標準」。有些人堅持遵循一九三二年的「新標準」；有些人則主張回復使用一九二〇年的《國音字典》。議論紛紜，意見不一。多數人缺乏必要的語言學訓練或語言教育知識，爭論雖無止無盡，卻未得出任何明確的結果。「我們的目標是解釋政府政策，但無意中卻生出了不必要的誤解。」有鑑於這種情況，梁容若希望趙元任能對這些爭論下裁決，將事實說個分明。[242]

趙元任在台灣期間向學術界和一般民眾發表了二十多場演講。他諮詢了教育官員，並與一九三〇年代的同僚敘舊。他和老友胡適一起為台灣大學創作了一首新的歌曲。趙元任這次訪問在媒體上掀起一陣旋風，但他無法解決困境，也無法改變梁容若描述的社會狀況。他在一次演講中提到，有必要更新標準發音字典，頻率至少三十年一次。日後修訂（定於一九三二年的）音韻時，便引用了他的話作為權威。[243]除了對修訂官方發音表示祝福之外，趙元任還以另一種方式標記了國語世界的變化。就在他離開之後不久，教育部便將國語推行委員會整併進去。委員會不再有對其自身預算的控制權，而百分之六十五的員工被分配到其他職責，因此委員會便不再獨立運作。委員轉任無薪職位，但也有一些人繼續擔任教育工作者和《國語日報》編輯。國語推行委員會的地方分支機構不斷縮編，預算和人員也遭刪減。整體而言，這次的官僚機構重組削弱了推行國語的力道。[244]一九六一年，何容對一片混亂的狀況感到惋惜：對國語的普遍理解程度就像「盲人摸象」。[245]

一九六六年，七十九名國大代表簽署了一份請願書，要求恢復國語推行委員會；他們表示在這中斷的七年裡，國語教育毫無進展，幾乎陷入停滯。「更重要的是，社會上出現了非常負面的反應。大眾現在的印象是，政府不再提倡國語了，所以他們可以隨意使用方言。此外，日語補習班也在蓬勃發展。」這份請願書更指出，諷刺的是，國外研究中國語言的興趣日益高漲，而它在台灣的重要性卻逐漸減弱。「長此以往，我國語言文字的研究和發展就要仰賴外國人了」，這是嚴重踐踏民族尊嚴。與此同時，大陸的「共匪」正在推行拉丁化和簡化漢字。尤其是當下這種時刻，「我們更需要加強保護國語。」[246]這次干預之後，地方層級的國語推行委員會獲得了更多資金，但其傘形組織則一直到一九八一年才又重新召開會議。

本章探討了台灣推行國語運動的複雜現實情況，從中追溯國民黨政府如何在漫長的政治轉型時期建立起國語政權。從一九四五年起，積極推廣國語的人士和政府官員將國語提升為新的權威語言，地位凌駕於日語和台灣島各個地方話之上。一方面，他們順利將國語定位為國家團結和個體冀望學習的語言，藉此激勵民眾學習國語，同時威脅要制裁不學國語的人。另一方面，礙於執行不力和民眾普遍抗拒，這種新的權威語言卻無法掩蓋本身屬於入侵者的不確定地位。國語作為化解日本殖民主義毒害的解毒劑，在一九五〇年代發揮了重要的作用，成為連結台灣與大陸的政治幻想中的一根支柱。然而，在台灣的地方社會，語言統一的表象下卻不乏裂痕，而且在學校、街道、鄉鎮、原住民村莊和省議會比比皆是。殖民語言、國語和台灣人民的母語之間存在衝突，讓人難以硬性改變口語規範，也難以深入國語的核心去對國家更為效忠。

註釋

1 譯註：Babel，《舊約・創世記》的一則故事，講述人類各種語言的起源。

2 原註：台語（Taiyu）是閩南方言的統稱，有不同的英譯，好比Taiwanese、Hoklo、Holo和Hokkien。當代用語普遍排斥「台語—台灣話」（Taiyu-Taiwanese）的說法，因為這樣就會排除客家話和原住民語言。在一九四〇年代至一九五〇年代，台語經常被當作閩南話的同義詞，偶爾帶有不同的含義。我按照克洛特（Kloter）的〈國民黨和民進黨時代的語言政策〉（"Language Policy in the KMT and DPP Eras"），將英文Taiyu譯為Taiwanese，這是台灣島上多數居民所說的方言。只要資料來源允許，我會遵循歷史主題的選詞用字，以此理解類別背後的邏輯。

3 原註：SHA 5/5570, 97–99。學者將「祖國化」的動詞譯成好幾種英文，有nationalization、Sinicization或motherland-ization。由於祖國特指「父系祖先」（patrilineal ancestor），所以我將其英譯為「fatherland」。

4 原註：張博宇，《臺灣地區國語運動史料》，第131–32頁。

5 原註：周婉窈，〈臺灣人第一次的國語經驗〉。

6 原註：Lai, Myers, and Wei, A Tragic Beginning；賴澤涵，《二二八事件研究報告》。有四十年的時間，審查制度禁止民眾公開討論此事。在一九八〇年代，二二八的記憶促成了台灣民族主義興起。

7 原註：許雪姬，〈台灣光復初期語文的問題〉；Phillips, Between Assimilation and Independence, 68–69。

8 原註：施正鋒，《語言政策及制定語言公平法之研究》；Cheng, "Language Unification in Taiwan."。

9 原註：陳美如，《臺灣語言教育政策之回顧與展望》；Scott and Tiun, "Mandarin-Only to Mandarin-Plus."。

10 原註：Tsu, *Sound and Script*, 145。

11 原註：〈台灣推行國語方案〉，一九四五年九月十九日，SHA 5/11294, 35–36。

12 原註：〈推行國語教育計畫〉，SHA 5/12285, 6–8；張博宇，《臺灣地區國語運動史料》，第134頁。

13 原註：林忠，《國語廣播教本》，第1–5頁。林在此未遵循一九三〇年實施的變革，該變革將注音從「字母」降級為輔助角色（符號）。

14 原註：林忠，《國語廣播教本》，第12頁，第32頁。

15 原註：李萬居，《國語廣播教本》序。

16 原註：蔡德音，《國語發音教育補充課本》；楊子瑩，《國語速會篇》。

17 原註：薛瑞麒，《標準國語發音速習表》；神谷衡平和清水元助，《標準中華國語教科書》；韓石爐，《國語發音入門》。

18 原註：何容、齊鐵恨和王炬，《臺灣之國語運動》，第11頁。

19 原註：〈臺灣接管計畫綱要草案〉（一九四四年十月），第87頁；〈臺灣接管計畫綱要〉（一九四五年三月），第110頁。

20 原註：〈復臺大計管見〉，第380頁，第394–95頁。

21 原註：黃英哲，《「去日本化」「再中國化」：戰後台灣文化重建》。

22 原註：〈我們都是中國人〉，《新生報》，一九四六年六月二十六日；何兆武，《上學記》，第258–59頁。何兆武於一九四六年到達台北並停留了六個月。他發現天氣很糟糕，街道也很讓人鬱悶。五十年後，他回憶起自己對台灣社會「日本化」的反感，這種反感源自於文字、建築和個人習慣：「連路牌都是日文的，就好像去了日本一樣。」

23 原註：〈臺灣接管計畫綱要〉；薛人仰，〈台灣教育〉；《新生報》，一九四六年二月二十六日，第1版。

24 原註：〈本省人完全奴化了〉。《民報》是一家由台灣精英資助的私人報紙，經常批評國民黨的政策。發行人林茂生在二二八事件後失蹤，據說被政府特務綁架。該報於一九四七年三月停刊。

25 原註：《台灣省參議會第一屆第一次大會特輯》，第35頁，第60–62頁。在接下來的六天，范壽康接受某位支持他的記者採訪時試圖控損。《台灣新生報》總結了演講的要點，並向讀者保證范「無意抹黑台灣同胞」。《新生報》，一九四六年五月二日，第6版。

26 原註：《新生報》，一九四六年五月八日，第5版；鄭牧心，《台灣議會政治四十年》，第66–75頁。

27 原註：《台灣省參議會第一屆第一次大會特輯》，第62頁；鄭牧心，《台灣議會政治四十年》，第78頁。范的演講稿內文被新聞媒體傳播，並出現在事件發生地幹部訓練團的雜誌上。范壽康，〈復興臺灣的精神〉。

28 原註：〈范處長の失言問題〉，《新生報》，一九四六年五月八日，第4版；〈會場花絮〉，《新生報》，一九四六年五月八日，第5版。

29 原註：陳翠蓮，〈去殖民與再殖民的對抗〉。《民報》隨後的報導質疑促使議會「捍衛和保護」范的幕後「黑手」。由於沒有演講錄音，記者「祝賀」這位教育處長走了好運。《民報》，一九四六年五月八日，第2版。

30 原註：教育廳長劉先雲因說話難以理解而遭到公開批評。他曾羞澀回答，說他曾嘗試學習國語，但因為「笨口拙舌」而失敗了。《聯合報》，一九五七年七月十八日，第3版。黃季陸（一九六一年至一九六五年擔任教育部部長）說一口四川話，很難說他講的是國語。洪炎秋很喜歡講黃某造訪一所山間小學的故事。黃季陸演講結束以後問一位學生：「你會說國語嗎？」孩子回答：「部長，你說的不是國語。」《洪炎秋先生追思錄》，第129–31頁。

31 原註：這是陳儀在記者會上的講話，報導於《民報》，一九四六年十一月二十二日，第3版。

32 原註：連震東，〈臺灣人的政治理想和對做官的觀念〉。對陳儀言論的反應：《民報》，一九四六年十一月二十八日，第1版。

33 原註：何容，〈台灣省國語推行委員會工作概況〉。

34 原註：《台灣民政》1（一九四六年五月），第58頁；〈臺胞熱心學國語〉，《民報》，一九四六年十一月六日，第2版。

35 原註：蔡明賢，〈戰後臺灣的語言政策〉，第26–27頁。

36 原註：台灣國家檔案管理局（Taiwan National Archives Administration，此後簡稱TNA），0036/111/1/1/002/0001，一九四七年二月十三日。

37 原註：魏建功，〈國語運動綱領〉。

38 原註：魏建功，廣播演說的標題為〈國語運動在臺灣的意義〉。

39 原註：魏建功，〈國語運動在臺灣的意義申解〉，第8–12頁。

40 原註：魏建功，〈國語運動在臺灣的意義申解〉，第10頁。

41 原註：這種比喻讓人想起出嫁女兒在大年初二回娘家與親人歡聚一堂。

42 原註：魏建功，〈國語的四大涵義〉；魏建功，〈臺語即是國語的一種〉；魏建功，〈何以要提倡從台灣話學習國語〉。

43 原註：〈臺語音系還魂說〉。

44 原註：SHA 5/12301/001, 33，一九四六年五月。蕭家霖在南京替國語推行委員會工作。

45 原註：SHA 5/12295/002, 67；5/12301/2, 6–9。

46 原註：SHA 5/12295/001, 40–42。這句格言套用了儒家思想，指出教育是終身的過程。

47 原註：臺灣省參議會檔案（Taiwan Provincial Assembly Archives），001-31-100-35005，一九四六年五月三日（此後稱為TPA）。

48 原註：魏建功，〈臺語即是國語的一種〉。

49 原註：何容，〈從臺灣話學習國語〉，《新生報》，一九四六年六月二十五日，第6版。

50 原註：魏建功，〈何以要提倡從台灣話學習國語〉。另請參閱：魏建功，〈國語的四大涵義〉；李蔭田，〈參加第二屆全省國語朗讀演說競賽評判後的感想〉。

51 原註：SHA 5/12295/02, 67。

52 原註：有關母語，請參閱：Derrida, Monolingualism of the Other；Pollock, The Language of the Gods, 319–20, 473–75。有關當代華語圈全球僑民的母語，請參閱：Tsu, *Sound and Script*, 105–6, 168–73。

53 原註：瞿秋白，〈致迪兄（二）〉，3:332–35。黎錦熙第一次提到母語時，引用了威克理夫（Wycliffe）和路德（Luther）的《聖經》方言譯文。請參閱：Li Chin-shi, *Chinese Phonetic System*，《國語學講義》（一九二二年）英文版序言。

54 原註：克里斯多福・赫頓（Christopher Hutton）認為，「母語法西斯主義」（mother-tongue fascism）鞏固了民族／國家社會主義思想（Nationalist Socialist thought）的語言意識形態。納粹政權的種族科學源自於十九世紀的比較語文學和語言學（comparative philology and linguistics）（《語言學和第三帝國》〔*Linguistics and the Third Reich*〕）。在台灣，母語意識形態被激發以後，引發了種族、民族和性別的差異等級（中國人／日本人／外國人，母親的／父親的）。

55 原註：SHA 5/12301/001, 33。

56 原註：張芳杰，〈從臺灣話學習國語〉。

57 原註：〈台灣省行政長官公署教育處答省參議會質詢〉，第374頁。

58 原註：何容，〈方言為國語之本〉。至於模仿殖民政權強制的策略是否有效，各方意見不一。南天立，〈國語運動在臺灣沒有成績嗎？〉。

59 原註：林紹賢，《民眾國語讀本》。

60 原註：《國臺字音對照錄》；二樹庵和詹鎮卿，《國臺音萬字典》；詹鎮卿，《國台音小辭典》；《注音符號十八課》。

61 原註：王順隆，〈從近百年的臺灣閩南語教育探討臺灣的語言社會〉，第145–46頁。

62 原註：朱兆祥，〈臺灣國語運動的技術問題〉；《國臺字音對照錄》的廣告，刊登於《國語日報》，一九四八年十一月二十九日，第3版。

63 原註：林良，〈多數的細密小粒〉。

64 原註：SHA 12295/2, 30–31。

65 原註：《申報》，一九四六年十一月二十八日，第8版；《臺灣省政府工作報告》，一九四七年。

66 原註：Heylen, *Japanese Models*；Tsu, *Sound and Script, chap. 6*。

67 原註：TPA 001-61-201-35001，一九四六年十一月六日。

68 原註：〈國語推行的實施〉，《中華日報》，一九四七年一月二十六日，第1版；《國語通訊》，第2期（一九四七年），第15–16頁；南天立，〈國語運動在臺灣沒有成績嗎？〉。

69 原註：《申報》，一九四七年十月十七日，第8版。

70 原註：何容等人，《臺灣之國語運動》，第20頁。

71 原註：何容，〈論麻胡主義的國語教育〉。

72 原註：SHA 5/12301/001, 33。

73 原註：SHA 5/12295/002, 26，一九四七年七月一日。

74 原註：何容，〈台灣省國語推行委員會工作概況〉，第37–38頁；《國語通訊》，第14期（一九四八年），第4頁；《國語通訊》，第3期（一九四七年），第9頁。

75 原註：吳守禮，〈我與台灣語研究〉，第14頁。

76 原註：SHA 5/12295/002, 26，一九四七年九月。

77 原註：〈推行國語法令述要，臺灣法令〉，第14–15頁。

78 原註：魏建功，一九四六年七月十一日發表的廣播演說，刊登為〈學國語應該注意的事情〉。

79 原註：何容，〈方言為國語之本〉；何容，〈關於國語的標準〉。

80 原註：何容，〈關於國語的標準〉。

81 原註：《國音標準彙編》。

82 原註：《台灣省行政長官公署公報》，第34期（一九四六年六月八日），第548頁，第552頁。

83 原註：另請參閱魏建功一九四六年的言論：「目前我們所遵循的標準國音是教育部於一九三二年五月一日頒布的《國音常用字彙》。」《新生報》，一九四六年七月三十日，第6版。

84 原註：陳儀致陳立夫，一九四四年五月十日，《館藏民國臺灣檔案彙編》，21:242–51。

85 原註：薛人仰，〈台灣教育之重建〉，第14頁。百分之九十九這個數字有些誇張，一九四四年的實際數字是百分之七十一．一。Tsurumi, *Japanese Colonial Education*, 113。

86 原註：默（匿名），〈台灣的國語運動〉。原文是「十萬國語老師」，顯然是印刷錯誤，應該是一萬。

87 原註：大多數的日本平民於一九四六年春季離開。有關遣返流程，請參閱：Dawley, "Closing a Colony."。

88 原註：〈台灣省教育復原工作報告〉，一九四七年三月，SHA 5(2)/592。一年以前，教育處長估計小學教師短缺五千到一萬名，中學教師短缺一千名。《民報》，一九四六年三月十三日，第2版。

89 原註：華松年，〈當前本省幾個教育行政問題的商榷〉。

90 原註：《台灣省行政長官公署公報》，第20期（一九四六年十月二十四日），第323頁。

91 原註：沈翠蓮，《台灣小學師資培育史》，第56–57頁；《民報》，一九四六年四月十五日，第2版；《中央日報》，一九四六年七月二十七日，第2版。

92 原註：南天立，〈國語運動在臺灣沒有成績嗎？〉。

93 原註：王家驥，〈本省國民學校教師之甄選〉。

94 原註：《國語通訊》，第2期（一九四七年），第15頁。

95 原註：《臺灣光復三十年文化建設篇》，第24–25頁；張卓鑑，〈現階段之臺灣地方教育〉。

96 原註：《民生日報》，一九四八年六月二十日，第2版；《國民教育輔導月刊》1, no. 1 (1947): 22；〈台北女子師範學校師範教育運動週座談會記錄〉。

97 原註：《台灣省行政長官公署公報》，第17期（一九四六年），第263頁；TNA, 0037/029/1/4/105/0001。

98 原註：台灣省國語推行委員會編輯，《臺灣省國語教育實施概況》，第2頁。

99 原註：《民報》，一九四六年七月二十三日，第2版。國語推行委員會也決定審查自己的員工。「遠遠不可能通過」的人就被解聘，「接近通過條件」的人則可在完成培訓計畫後續留。《館藏民國臺灣檔案彙編》，2:14–15。

100 原註：〈花蓮縣教育概況〉，164:202–9。

101 原註：〈台北縣教育概況〉，164:128, 152。

102 原註：《國民教育輔導月刊》3, no. 3 (1948): 45–48；〈臺灣省國民學校暫行教學科目及教學時間表〉，1:340–41。

103 原註：〈台灣省教育復原工作報告〉，SHA 5(2)/592；張卓鑑，〈現階段之臺灣地方教育〉；〈台灣省政府三十六年度工作計畫〉，TNA 0035/0412.30/4032.01/02/031。

104 原註：何容，〈國語日報與國語運動〉。

105 原註：姜琦，〈本省師範教師運動的重要性〉。

106 原註：褚應瑞，〈一年半來本省師範教育總檢討〉，《國民教育輔導月刊》2, no. 2 (1948): 38。

107 原註：范壽康致朱家驊，一九四六年八月二十六日，《館藏民國臺灣檔案彙編》37:246–47。

108 原註：沈翠蓮，《台灣小學師資培育史》，第51–55頁。

109 原註：《民報》，一九四六年八月八日，第1版；〈台南師範學校三十七年度推進師範教育運動週報告書〉；〈台北女子師範學校師範教育運動週座談會記錄〉，253:116, 123, 143。

110 原註：沈翠蓮，《台灣小學師資培育史》，第54–55頁。

111 原註：張卓鑑，〈現階段之臺灣地方教育〉，第12頁。

112 原註：陶唐，〈小學國語上的一個問題〉。

113 原註：王玉川，〈教材編輯問題〉。

114 原註：吳美金編輯，〈六十風華〉，第293頁，第287頁。

115 原註：王玉川，《國語說話教材及教法》，第1–2頁。

116 原註：王玉川，〈一種值得在臺灣實驗一下的國語教學法〉。

117 原註：魏建功，《國語說話教材及教法》序言，第1頁，第6–8頁。

118 原註：王玉川，《國語說話教材及教法》，第12–14頁，第23頁。

119 原註：一九四八年，十八名北京師範學校畢業生被選派到台灣教書，蔡雅琳是其中一位。省教育廳長要求派來三十名教師，但北京市政府只撥出十八名教師的旅費。汤世雄和王国华編輯，《北京师范学校史料汇编》，第657–63頁。

120 原註：《實驗小學國語教學實驗報告》，第1–4頁，第6–10頁；蔡雅琳，〈回憶兩次實驗國語教學〉，第100–103頁。

121 原註：祁致賢，《小學國語教材問題》，第28–33頁，第36–42頁，第66–89頁。

122 原註：祁致賢，附錄1；祁致賢，《注音符號教學法實驗報告》，第1頁。

123 原註：教育法令01642（一九五四年六月五日），《台灣省政府公報》，第60期（一九五四年夏天）：第836頁；何容，《注音符號教學法實驗報告》序言。

124 原註：朱家驊，〈寫在創刊前的幾句話〉。

125 原註：〈我們的副刊〉，第3版。

126 原註：王玉川，〈國語日報的特點〉。

127 原註：《國語日報》，一九五一年十月二十五日，第3版；洪炎秋，《國語推行和國語日報》，第11–13頁。根據洪的敘述，《國語日報》將承繼一九四七年在北京出版的類似報紙《國語小報》（*Guoyu xiaobao*）所分配到的設備和經費。然而，這個位於北平的前身只送來一台破舊機器。除了一萬金圓券（幾乎不值錢的貨幣）之外，教育部的資金從未轉移到台灣。

128 原註：方師鐸，《五十年來中國國語運動史》，第172–75頁；洪炎秋，《國語推行和國語日報》，第11–13頁。

129 原註：〈三年來的國語日報艱辛小史〉。

130 原註：一九五二年五月二十四日及一九五二年七月二十三日的指令，收錄於《臺灣省教育法令彙編》，第51頁；洪炎秋，《國語推行和國語日報》，第15頁。一九五二年，最大的兩家報紙（隸屬於政府）的每日發行量約為六萬一千份。最大的私人日報發行量約為兩萬四千份。王天濱，《臺灣報業史》，第148頁。

131 原註：其他期刊先前都曾標註注音，但《國語日報》是第一家這樣做的日報。

132 原註：到了一九六〇年代，該報將焦點轉向年輕的學生和兒童讀者。不少人寫回憶錄時常提到「自己和《國語日報》一起成長」（林良，《見證》）。《國語日報》如今的實體印刷版和數位版仍然有大量讀者。

133 原註：韋真，〈兩個政治家的國語〉。

134 原註：《國語日報》，一九四八年十一月二十二日和二十九日，第3版。正如齊鐵恨所言，一九二〇年的字典將容的讀音標註為ㄩㄥ╱（《國音字典》3:2）。另請參閱：《標準國語字典》（一九三四年，3:4）。

135 原註：《標準國語辭典》（一九四七年，第五版）。討論的發音出現在第54頁和第146頁。崔海把這本字典稱為《標準國音辭典》。

136 原註：一九六一年出版的修訂版刪除了該條目的「錯誤」發音。《新編標準國語辭典》，第205頁。

137 原註：《國語通訊》，第13期（一九四八年），第2頁，第4頁。從一九四六年至一九四八年的一次審核中發現一堆亂七八糟的官話教科書、「過時的舊注音」和殖民時代遺留下來的「支那語」。「很少書籍符合《國音常用字彙》訂定的標準。」何容等人，《臺灣之國語運動》，第59頁。

138 原註：編輯，〈幾個解釋〉，《國語日報》，一九五〇年十月二十五日（特別週年紀念版，第11頁）。

139 原註：朱兆祥，〈臺灣國語運動的技術問題〉。

140 原註：《國語日報》，一九四九年一月十二日，第3版。小便是幽默作品中最喜歡使用的妙語。在另一個例子中，齊鐵恨指出國語課本中一個被人誤解的故事：「匡衡（Kuang Heng，音譯）出身貧寒，但志向不小，從小便知苦用功。」老師誤會了，便解釋說：「匡衡是個勤奮的學生，一邊小便一邊讀書」（一九四九年二月二十一日，第3版）。

141 原註：《新生報》，一九四七年二月二十七日，第2版，第6版；《申報》，一九四七年二月二十七日，第5版。

142 原註：Phillips, *Between Assimilation and Independence*, 83–84；《民報》，一九四七年二月十六日，第3版。

143 原註：《新生報》，一九四七年四月一日，第2版；《新生報》，一九四七年三月二十三日，第1版；何容，〈論加緊推行語文教育〉。

144 原註：台灣文獻館檔案，編號00401210018990001，一九四八年二月十四日；《民生日報》，一九四八年二月一日，第2版。

145 原註：《國聲報》，一九四七年五月十九日，第3版。

146 原註：華松年，〈當前本省幾個教育行政問題的商榷〉。

147 原註：《國聲報》，一九四七年三月二十三日，第1版。

148 原註：TNA 0037/075.2/1/001/003，一九四八年三月十一日。一九五〇年代中期的報告顯示這種現象持續存在。《民生日報》，一九五四年一月二十八日，第5版。

149 原註：TNA, 0035/192.5/1/3/012，大約一九四七年。

150 原註：Phillips, *Between Assimilation and Independence*, 90–91；《國聲報》，一九四七年五月二十一日，第1版。

151 原註：朱兆祥，《注音臺語會話》序言。

152 原註：TNA 0037/00038/0037/01/057，一九四八年十月。

153 原註：《民生日報》，一九四八年二月九日，第2版；一九四八年五月三十一日，第4版。

154 原註：國史館，003-010102-3459-0002a，一九四八年五月；003-010102-2756-0007a，一九四八年十一月。台灣紙業（Taiwan Paper）和台灣造船（Taiwan Shipbuilding）回報，說少數員工自願參加台語課程。

155 原註：《聯合報》，一九五一年九月十八日，第3版。

156 原註：《國語日報》，一九四九年一月六日，第2版。

157 原註：林紹賢，《實用台語會話》。

158 原註：《國語日報》，一九五〇年六月一日，第4版；《民生日報》，一九五〇年六月十四日，第4版；《台灣省政府公報》，第75期（一九五〇年夏天）：第1124頁。

159 原註：朱兆祥，《臺語方音符號》序言，第1頁；《國語日報》，一九五一年一月九日，第3版。

160 原註：《民生日報》，一九五〇年八月八日，第4版。

161 原註：《台灣省政府公報》，第51期（一九五一年夏天）：第628頁；《國語日報》，一九五一年三月十八日，第4版。十一月的類似指令再度重申：《國語日報》，一九五一年十一月十一日和二十二日，第4版。

162 原註：《台灣省政府公報》，第29期（一九五一年春天）：第468頁。

163 原註：王玉川，〈一件小事兒，也是一個大問題〉。

164 原註：朱兆祥，《臺語方音符號》序言，第1頁。

165 原註：薛政宏，〈國府遷台前後(1948–1951)國語日報內容之研究〉，第129頁。

166 原註：日期為一九五六年五月二十八日的指令，收錄於《台灣省政府公報》，第51期（一九五六年夏天）：第628頁；《中國語文》6，第6期（一九六〇年）：第97頁。

167 原註：《聯合報》，一九五二年五月三日，第2版；一九五二年九月九日，第4版；一九五二年六月二十四日，第2版。

168 原註：《聯合報》，一九五二年八月二十四日，第5版。

169 原註：《聯合報》，一九五三年五月十五日和三十一日，第4版。

170 原註：《中國日報》，一九五六年六月二十八日，第2版。

171 原註：《台東新報》，一九五六年九月六日，第4版。

172 原註：這套系列包括趙元任著名的《國語入門》（*Mandarin Primer*），朱兆祥將其譯成台語讀音（《臺語對照國語會話》）。

173 原註：《國語日報》，一九五三年十月二十五日，第3版；一九五四年九月二十一日，第4版。

174 原註：《民報》，一九四六年一月十日，第1版；《國語日報》，一九五〇年一月二十八日，第4版。

175 原註：〈兵役法〉（一九五一年十二月二十九日），《司法專刊》，第10期（一九五二年）：第299–301頁；〈兵役法施行法〉（一九五四年十二月四日），《司法專刊》，第47期（一九五五年）：第1869–76頁。十八歲至四十歲的男性必須服兩年兵役。《中華民國兵役法令彙編》。

176 原註：《新兵甲級國語政治課本》；《新兵乙級國語政治課本》。

177 原註：何容，《國語注音符號概論》；《國語運動百年史略》，第258–59頁。

178 原註：《正氣中華報》，一九五六年三月三日，第2版；一九五六年九月二十六日，第2版；一九五七年三月十日，第2版。

179 原註：在一九六〇年代，懲罰說方言的學生在校園中司空見慣。托德．桑德爾（Todd Sandel）的幾個研究主題討論了「狗牌」懲罰在一九八〇年代的運作方式。Sandel, "Leading the Children," 269–78。韋伯（Weber）的*Peasants Into Frenchmen*, 第313頁，描述十九世紀法國類似的恥辱標籤，這種舉措在第一次世界大戰後都還存在。

180 原註：黃昭堂，〈一台湾将校の手記〉。以沉默作為抗議的策略有別於台灣本土作家的「文化失語症」（cultural aphasia），因為他們被禁止使用日語後無力用中文寫作。Michelle Yeh的〈On Our Destitute Dinner Table〉說他們面臨困境，乃是「沉默的一代」。

181 原註：TPA 001-31-100-36011，一九四七年十月三日。

182 原註：華松年，〈當前本省幾個教育行政問題的商榷〉。

183 原註：《民生日報》，一九四八年七月二十九日，第4版。這些做法一直持續到一九五〇年代，當時紀念性建築仍然可以見到日文。某項省級命令指示地方政府清除殖民時期的所有書寫痕跡。《台灣省政府公報》，第2期（一九五二年秋天）：第21頁；第7期（一九五四年春天）：第95頁。

184 原註：TNA 0038/7000/0001/01/011；0038/0250/0001/02/025；0038/031.2/1/002/011；0038/209/1/0001/036；0038/311/01/1/014/0001（一九四九年十二月）。

185 原註：Allen, *Taipei*, 82–85。

186 原註：何義麟認為，二二八大屠殺之後，台灣精英和年輕人策略性運用「親日」情緒來表達對國民黨政府的憤怒。《跨越國境線：近代台灣去殖民化之歷程》，第219–57頁。

187 原註：SHA 5/12295/2, 32，一九四七年七月。

188 原註：這篇文章首先連載於《國語日報》（一九五一年六月十一日至七月六日），隨後以小冊子的形式出版。何容，《臺灣現在還是不應該用日文日語》。

189 原註：國民黨檔案，中概會檔案（音譯），6.41/133, 4。

190 原註：《民生日報》，一九五二年五月四日，第4版。

191 原註：《民生日報》，一九五一年二月十五日，第5版；《聯合報》，一九五二年五月五日，第2版；一九五六年二月十九日，第3版。

192 原註：《商工日報》，一九五四年十一月十八日，第3版。另請參閱：台灣歷史檔案館，0043610019352002，一九五二年十月二十二日；《聯合報》，一九五二年十月二十八日，第3版；《商工日報》，一九五四年十二月五日，第4版；《台東新報》，一九五六年二月四日，第4版。

193 原註：《聯合報》，一九五五年五月二十二日，第5版；一九五五年六月七日，第3版。

194 原註：《聯合報》，一九五二年六月十一日，第2版；一九五四年五月一日，第3版；《商工日報》，一九五四年十月七日，第4版。

195 原註：《聯合報》，一九五五年一月七日，第5版。

196 原註：《聯合報》，一九五四年九月六日，第4版。

197 原註：《台灣省政府公報》，第63期（一九五二年春天）：第661頁；《自強晚報》，一九五五年七月二十四日，第3版。

198 原註：《聯合報》，一九五二年六月二十二日，第6版。這些船員是被送往岸上去採購食物和水，但因非法入境而被捕，最終在入獄八個月之後獲釋。《聯合報》，一九五三年一月八日，第1版。

199 原註：《聯合報》，一九五六年三月九日，第3版。

200 原註：《聯合報》，一九五三年十二月七日，第6版。

201 原註：Chao and Myers, "How Elections Promoted Democracy in Taiwan"；劉燕夫編輯，《臺灣選舉實務》。

202 原註：《更生報》，一九五六年二月七日，第2版。

203 原註：《台灣省政府公報》，第70期（一九五二年春天）：第734–35頁；台灣歷史檔案館，0043610019352001，一九五二年三月十五日。一九五四年十月重申了這項指令。《台灣省政府公報》，第20期（一九五四年冬天）：第250頁。

204 原註：《聯合報》，一九五二年十一月二十九日，第4版；台灣歷史檔案館，0040710025246010，一九五四年十月八日。

205 原註：《民生日報》，一九五四年一月二十二日，第2版；一九五四年一月二十一日，第3版；《自強晚報》，一九五五年七月十九日，第4版；《時報》（*Shibao*，音譯），一九五六年六月一日，第6版。

206 原註：《聯合報》，一九五四年二月二十一日，第1版。

207 原註：台灣歷史檔案館，0040710025246011，一九五四年十一月二十日至二十三日。到了一九六〇年代，政府人員仍會因為說日語而受到譴責。《民生日報》，一九六二年二月二十八日，第2版；一九六二年七月十八日，第5版；一九六五年八月三十日，第7版。

208 原註：《台東新報》，一九五五年八月三日，第2版。

209 原註：《民生日報》，一九五五年八月四日，第4版；《商工日報》，一九五五年八月四日，第4版；《聯合報》，一九五五年八月四日，第5版。

210 原註：《聯合報》，一九五五年五月十四日，第3版。四個月之後，邱潘秀春捲入一樁年輕女子被引誘賣淫的案件。《商工日報》，一九五五年九月二十六日，第4版。

211 原註：《聯合報》，一九五五年三月八日，第5版。

212 原註：《民生日報》，一九五八年三月五日，第5版。

213 原註：《民生日報》，一九五五年十二月十一日，第4版；《台東新報》，一九五五年十二月六日，第2版。

214 原註：《民生日報》，一九五七年四月十七日，第5版；TNA 0046/A301/1/1/027（一九五七年五月九日；《台灣省政府公報》，第6期（一九五八年夏天）：第83–84頁。

215 原註：《台灣省政府公報》，第64期（一九五七年春天）：第810頁；〈國語與公務〉。

216 原註：《民生日報》，一九五八年三月五日，第5版；王平陵，〈展開學校劇運與推行國語〉。

217 原註：《聯合報》，一九五八年四月三十日，第2版。

218 原註：張博宇，《臺灣地區國語運動史料》，第14頁。

219 原註：台灣在這個活躍的研究領域有很多參考書目，不勝枚舉。英語的學術研究主要關注一九九〇年代初期至今的原住民權利運動。Stainton, "The Politics of Taiwan Aboriginal Origins"和"Aborigine Self-Rule."。有關歷史人類學的觀點，請參閱：Friedman, "Learning 'Local' Languages."。

220 原註：台灣山區以前其實不受日文書寫禁令的約束。TPA001-61-601-39011,1950；歐素瑛，《臺灣省參議會史料彙編—教育篇》，3:146–47。省政府一九五三年的一項命令要求在山區辦理公務的人員首先要講國語，「如果山胞聽不懂」，就用日語翻譯。《台灣省政府公報》，第5期（一九五三年春天）：第47頁。

221 原註：台灣歷史檔案館，0033700001001，一九四六年六月。

222 原註：殖民政權隔離在山區定居的叛亂團體，偶爾也用通電的圍欄隔離。教育和治安經常相互結合，軍官時常兼任學校教師。Barclay, Outcasts of Empire。

223 原註：《國語日報》，一九四八年十一月二十八日，第2版；《台灣省政府公報》，第27期（一九五〇年夏天）：第423–24頁；第70期（一九五〇年夏天）：第1038頁；《山光週刊》，一九五三年九月十九日，第1頁。

224 原註：毛守禮，〈我對山地國民嘉義現狀的看法〉；《台灣省政府公報》，第43期（一九四九年秋天）：第645頁。

225 原註：《嘉義縣阿里鄉達邦國小創校百週年校慶校史初稿》，第5–7頁；森田健嗣，〈戰後台湾山地社会における言語政策の展開〉，第85頁。

226 原註：山人（匿名），〈談談山地教育的問題〉；中國教育學會編輯，《臺灣省山地教育實況調查報告書》，第40頁，第85頁；《台灣省政府公報》，第45期（一九五四年春天）：第579頁。

227 原註：《聯合報》，一九五四年七月八日，第3版；《台灣省政府公報》，第67期（一九五六年春天）：第686頁。

228 原註：《山光週刊》，第1期（一九五二年八月）：第1頁。

229 原註：國史館，004-0900-007-008x，一九五八年三月二十七日，第8–9頁；《台灣省政府公報》，第40期（一九五一年夏天）：第481頁；第69期（一九五二年秋天）：第901頁；第77期（一九五三年夏天）：第907–8頁；第16期（一九五五年冬天）：第179頁；《聯合報》，一九五二年九月二十二日，第3版。

230 原註：中國教育學會編輯，《臺灣省山地教育實況調查報告書》，第49–53頁。

231 原註：《台灣省政府公報》，第4期（一九五四年）：第69頁；第18期（一九五八年）：第259–60頁。

232 原註：《聯合報》，一九五三年八月十日，第5版。

233 原註：《山光週刊》，一九五三年三月二十一日，第1頁；一九五三年四月十一日，第1頁。另請參閱：《中央日報》，一九五二年六月二十五日，第3版。

234 原註：彭瑞豹，〈荳林山地的國語教學〉；《臺灣省山地教育實況調查報告書》，第65頁，第71頁，第73頁。

235 原註：《聯合報》，一九五二年八月六日，第6版；《山光週刊》，一九五四年三月二十日，第1頁。

236 原註：孔敏，〈在山地推行國語經驗一得〉。

237 原註：《山光週刊》，一九五四年九月十八日，第1頁，第4頁；一九五四年九月二十五日，第1頁。

238 原註：《聯合報》，一九五二年九月二十一日，第3版；台灣歷史檔案館，0041232022271017，一九五三年六月，第1–4頁；《聯合報》，一九五三年九月二十八日，第3版；《台灣省政府公報》，第44期（一九五四年冬天）：第586頁；第45期（一九五八年冬天）：第682頁。

239 原註：《更生報》，一九五五年四月三日，第2版。

240 原註：《更生報》，一九五七年一月二十四日，第4版。一直到了一九九〇年代，日文仍是某些原住民村莊的口語溝通媒介。Huang, "Ethnic Diversity," 146。

241 原註：《時報》，一九五九年一月十三日，第3版。趙原定於一九五九年四月至九月以傅爾布萊特（Fulbright）研究學者的身分訪問日本。朋友和同事勸他在前往東京之前先訪問台灣。

242 原註：梁容若，〈談國語教育前途—致趙元任先生〉。

243 原註：趙元任，《語言問題》，第120頁；方師鐸，〈國音標準字彙編後記〉。

244 原註：《慶祝臺灣光復四十週年臺灣地區國語推行資料彙編》，1:12–15。《時報》，一九五九年二月十八日，第3版。

245 原註：何容，《國語教育》序言。

246 原註：《慶祝臺灣光復四十週年臺灣地區國語推行資料彙編》，1:59–61。這種將中華人民共和國的漢語拼音解釋為拉丁化形式的論點是正確的，因為拼音確實採用拉丁字母。

第五章　新中國的通用語言

一九五五年十月九日，吳玉章在全國文字改革會議（National Conference on Language Reform）上發表演說，當時來自全國各地的二百零七名代表齊聚北京，開啟了中國長期追求語言標準化的新階段。自從一九四九年中華人民共和國成立以來，語言學家和教育工作者一直致力於推動各個層面的語言改革（文字改革）。這個概念簡稱文改，乃是與中國語文相關的複雜問題（包括狹義和廣義的書寫和口語）的縮略語。[1]正如吳玉章所言：「語言改革是關係社會生活方方面面的重大問題。」最終還是要解決大江南北的人（甚至同一個省或縣的人）口語無法溝通的問題，而「條件已經成熟」。在黨的領導下，以及透過與會代表的共同努力，「這次會議將成為國家語言改革工作良好的開端」。[2]

吳玉章身為語言改革會議主席，將管理初始的運動內容，以三種新面目重新打造先前政權的「國語」。這三種面貌分別為：一種稱為普通話（通用語言）的口語標準、簡體字，以及漢語拼音（一種新的語音拼寫系統）。它們最終要讓國家走上語言統一的道路。本章以一九五五年為出發點，但會避免談及探討這個主題時常涉及的文字改革或語言規畫框架。我的分析將普通話運動視為政治計畫和社會史的內涵，這麼做是要了解人們如何學習（或不學習）說這個社會主義國家的標準語言，而其中又有怎樣的張力。共產黨將這個標準語版本定義為新中國的「通用語言」，藉此區隔國民黨的「國語」。普通話將民族國家從標準口語的概念中剔除了，這是要強化一種本質上不同的政治忠誠，同時也強化對語言統一大概會有的共同願望。從一九五〇年代展開的運動可以看出，追求口語統一時仍然存在分歧和爭議。中國推行新口語規範時大放厥詞，但總是前後矛盾。儘管有意識形態上的必要，但「群眾」並未如預期那麼樣順從口語統一的命令，不太會去遵循中國標準口語的計畫。有的人甚至非常頑固，不願善盡說這個新語言的義務。

終於

對於許多主要參與者來說，一九五〇年代的語言改革計畫在社會主義的大纛下，延續了數十年前的雄心壯志。正如第三章談過的，吳玉章是一九四〇年代新文字的推手之一。魏建功於一九四八年從台灣回到北京，爾後承擔起一項編纂字典的重任。根據報導，於這同一段時期，黎錦熙在昔日學生毛澤東的要求下不再推行國語，而是成為某個文字改革研究小組（script reform research group）的首任成員。[3] 加入這一群前國家語言體系台柱的另有新人，例如即將成為「漢語拼音之父」的經濟學家周有光，以及率先推行普通話的教授兼編輯徐世榮。

儘管該小組積累了豐富的經驗和專業知識，毛澤東最初的指示依舊讓他們困惑。吳玉章等人日後回憶，說主席希望優先簡化漢字，「朝著世界書寫系統常見的拼音方向前進」，他還希望新的拼音文字能夠基於「現有的漢字」來體現民族形式。[4]毛澤東優先重視簡化漢字真是青天霹靂，扭轉了這些語言學家對拼音計畫的重心，也粉碎了最終淘汰漢字的想法。此外，倡議拉丁化的人和前國語羅馬字擁護者先前都認為，新政權採用的拼音系統將會基於拉丁字母，但如今這種期望卻被中文形式的規定所顛覆。約翰·德范克說：「毛澤東的指示是重磅炸彈，讓改革者驚慌失措，迫使他們走上全新的道路。」[5]文字改革委員會（Language Reform Committee）的成員努力擬訂滿足毛澤東要求的解決方案。一九五五年一月，漢字簡化方案初稿公布了，這麼做是要徵求對七百九十八個修改漢字的回饋意見。[6]十月會議議程的關鍵議題是凝聚共識。經過數日激烈的討論，與會代們批准了方案，另外僅加了一些細微的修改。[7]

漢字簡化頗受重視，但拼音文字只有短暫出現在議程上。在會議倒數第二天的報告中，葉籟士（文改會祕書長）重新探討拼音計畫的進展和未來前景。[8]過去五年來，有一個小組委員會審議了來自全國各地上呈的六百多項提案。專家經過漫長的審議，仍未就其基本特徵達成共識，包括是否採用國際公認的字母，或以漢字為基礎創立一套字母這類根本問題。葉籟士指出，十月的會議討論了六種方案（四種基於漢字；一種使用西里爾字母〔Cyrillic〕；一種使用拉丁字母），但僅供考慮和評論。[9]拼音文字需要與文字改革的其他層面配合，其中最重要的是推廣普通話。與會代表分成多個小組去討論上述六種備選方案的優缺點。會議閉幕時達成了一項決議，敦促委員會迅速「擬訂中國拼音文字的計畫」，但沒有提出任何具體意見。[10]然而，檯面下有一份支持拉丁字母的報告送到了中央委員會（Central Comittee），最終得到了毛澤東的批准。[11]

至於口語標準，十月的會議正是定義其規範屬性的關鍵時刻。教育部長張奚若在全體會議上將普通話形容為「以北方話為基礎方言，以北京語音為標準音的通用語言，乃是漢民族的共同語言」。[12]這些熟悉但定義不明確的術語（通用、方言、北京語音、標準和民族）成了普通話的官方定義，旋即導致混亂和分歧。張奚若在演講中提到中國歷史悠久，聲稱中國百姓擁有至少可以追溯到公元十二世紀的一種「集體語言」（collective language）。更早的時候，共用的溝通媒介「在民間扎根，逐漸成為人們認可的『普通話』。」在內戰時期（一九四五年至一九四九年），紅軍士兵將這種語言傳播到「中國的每個角落」。中華人民共和國「標準化現有通用語言」的努力最終將實現被「前帝國主義和封建主義政權」顛覆的願望。[13] 透過這種敘述，新中國的普通話就走到了悠久的歷史軌跡上，獲得最近的革命政權支持。張奚若將口語標準化描述為一種「歷史進化變革的自然結果」，也是期待已久的結果，藉此淡化語言工程計畫的激進性質。

最後，張奚若著眼於如何將通用語言從理念轉化為現實。這位教育部長在此強調以「抓住重點和逐步普及」作為個別處理的指導方針。「我們不能指望各個地區步調一致，我們不能急於求成……我們要按照各個方言地區的發音情況和學習情況來進行。」差異也適用於個人層面，而張奚若概述了不同熟練程度的要求。一般學習者只需要學習注音字母掌握基礎，教師則要負起精通發音的特殊責任。至於師範院校的老師，「既然他們是教老師，就應該充分掌握京音的原則……誦唸和會話都得游刃有餘。」在未來統一語音的計畫中，注音字母充當了起點，它是「正確發音的拐杖」，乃是在官方尚未決定新的拼音文字前的權宜之計。由於注音長期以來被用作識字的輔助工具，張奚若解釋：「群眾對它比較熟悉。現階段用它來規範聲音和發音，在教學上有很大的幫助。」[14]

早在前一年的夏天，教育部便在一系列教師培訓班上推廣注音字母。為準備迎接新學年，為期三至四週的研討提供了機會，讓即將站在普通話運動前線的人得以進修或接受補救教學。[15] 根據十月會議的報告，在河北、山西和湖北舉辦的暑期班讓人望到了前景，也發現了問題。所有班級都回報有正面的成果，另也對參與者表示讚賞，因為他們毅力十足、「破解了發音的密碼」。在湖北，三分之一的學生起初連一個注音符號都不認識。到了二十天的訓練營結束時，百分之九十八的人可以「或多或少準確」讀出整個符號表，而百分之七十八的人可以用「標準發音」來誦讀課本，而這是教授普通話的最低資格門檻。山西約有百分之七十九的人通過期末口語考試。有鑑於「許多人以前從未聽過京音」，這種成績令人欣喜。[16]

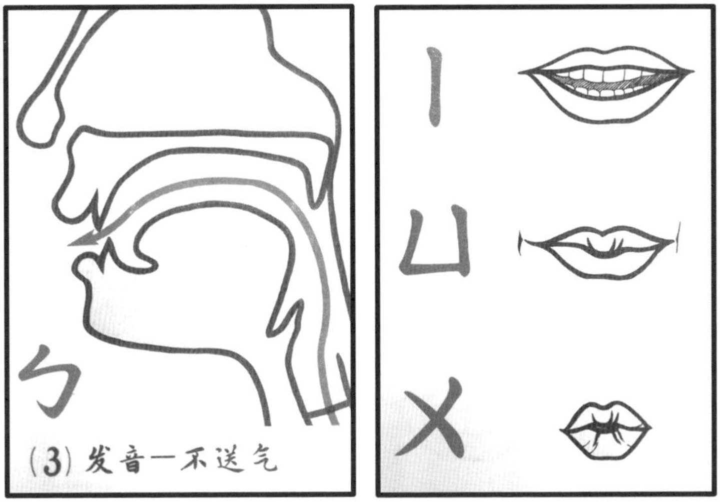

圖 5.1 注音發音示意圖。

資料來源：徐世榮，《注音字母發音示意圖》，一九五五年。圖片出自普林斯頓大學善本與特藏（Princeton University Rare Books and Special Collections）科特森圖書館藏品（Cotsen Library collection）。

然而，儘管各省的報告皆提出樂觀評估，但其中也不乏點出巨大障礙的內容。例如，河北省領導就發現了「兩種相反方向的冷漠態度」。「母語接近北京話」的人認為普通話「很簡單」而態度傲慢。口語與北方發音明顯不同的學生則認為，學習起來會更加費力，而他們也擔心日後會有不良的影響：一是在家鄉會受人嘲笑；二是在社群中遭到孤立；三是「一旦我回去了，普通話也派不上用場。」[17]山西的學生也表達了不安：要他們說普通話，結果會「不倫不類，南腔北調，還落得被譏笑」。為了糾正這些態度，教育界領導人強調政治意願的重要性：「如果黃河能夠被馴服，改變我們講的地方話又會有多難？」山西代表薛長壽思考夏季的經驗時總結：地方領導的全力支持對於這項運動未來成功與否至關重要。他們要專注於「化解學習過程中不斷產生的疑慮」，要及時消除群眾的不安、「免去群眾的後顧之憂，並克服保守思想和愛面子的心態」。[18] 如何維持學習熱情也是懸而未決的問題。湖北代表指出，「雖然百分之七十八的人資格達標了，但基礎不穩，他們回家後該如何繼續學習是很大的問題」。[19] 未來還要推動漢語拼音，屆時這些老師所學的音標就會過時，他們不得不再把注音字母拋棄不用。雖然基於京音的發音規範不變，但教師培訓必須重新開始，採用基於拉丁字母的另一套方法。

即使未提到注音字母日後將改弦易轍，胡喬木在十月會議上的總結演講仍強調了前方道路艱難險阻。胡是一九四〇年代毛澤東最親密的助手，也在黨內領導階層中迅速崛起。他當時是中共中央副祕書長，乃是出場人物中級別最高的領導。[20] 胡喬木在演講中將簡化漢字與普通話進行了對照，他指出前者是以全國性規模做「我們以前從未嘗試過的事情」，後者則是建立在過去的基礎之上，「不是從頭開始發明的」。先前標準化口語的計畫「推行時沒有做規畫，沒有真正利用國家的力量來實現……與我們想要達到的目標相比，只是辦家家酒」。在送代表回鄉開始進入實施階段之前，胡喬木回應了「某些人」的反對意見。為什麼我們需要將某個地區的發音訂為標準？為什麼是北京？方言會被禁止嗎？胡喬木竭力為選擇京音之舉辯護，他說：「這是漢語歷史發展的自然結果」；「即使國民黨遷都南京，他們仍然承認京音為國家標準」。考慮到不選擇京音作為標準的反事實：「社會不會認可」，那麼又何苦自找麻煩？在群眾之中，「有些人可能會有反感」，尤其是認定北京話就是「官僚口語」的老一輩。推廣普通話的人應該加以解釋：「今天的京音不是『官僚口語』。它是人民的聲音，是國家首都的象徵……是六億人民的標準發音。」[21]

至於方言所面臨的威脅，胡喬木做出了保證：「方言不能通過政治手段禁止和消滅」，但在很長一段時間後會「被自然淘汰」。「有關這一點，不會有強制手段，也不可能訴諸暴力。如果一個人想和家鄉人說方言，那誰也不能干涉。問題是……我們不能每天開同鄉聯誼會。」要做的是「擴大普通話的通用範圍，同時縮小方言的使用地區」。胡喬木堅稱，要實現前述目標，需要付出「巨大的努力」才行。「完成這項任務需要勤奮刻苦的學習——吃飯、睡覺和夢中都要不斷練習……雖然我們不鼓勵說夢話，但還是要大家抱著這種精神學習。」[22]

什麼是普通話？

會議結束時，《人民日報》（*People's Daily*）在頭版登出一篇針對那場會議的社論，表示會議結果獲得了黨中央的批准。[23]許多與會代表返回家鄉，有些代表則穿越市區，前往中國科學院（Chinese Academy of Sciences，簡稱中科院）。兩天以後，現代漢語規範研討會（Symposium on Standardization of Modern Chinese）將在那裡舉行。第二場論壇的目標是形成「對普通話的統一認識及規範」，並訂定發音、文法和詞彙的具體規範。第一場會議粗略討論了這些問題，而規範研討會召開的目的是要補充細節。[24]經過六天的討論，最終決議申明，標準化至關重要。目標「並不是限制語言的發展」，而是「管理過程中出現的偏差」。若要引領未來「朝著更完美的方向」邁進，需要科學研究、馬克思主義語言學理論的指導，也需要「社會各行各業人士的支持和配合」。為此，最重要的任務是「釐清普通話的發音規範」。與會代表建議，中科院應成立發音審核委員會，責成該小組在一年內編寫一部「普通話常用詞彙正確發音字典」。[25]

哪怕是對那些最熱切擁護普通話的人，「正確發音」的明確規範仍舊有些難以捉摸。儘管研討會代表在文法和詞彙上大致達成一致的意見，但「京音」中兩個部分卻引起相互矛盾的不同看法。[26]針對捲舌問題——兒化音是否為北京話不可或缺的特質，以及兒化音的普遍性會不會是普通話學習者難以克服的障礙，各方意見不一。某位與會代表指出，捲舌音是有用的，例如可以表達親暱、強調斷句，刪除它會使詞彙「貧乏」。反對者則認為，某些地區的人常反應他們很難「捲舌」，應該放寬對捲舌音的要求。第二個問題是聲調區分，它引發了更加尖銳的意見分歧。倪海曙對此主張「放寬標準」；他提到自己在上海長大、一九四〇年代教授新文字的個人經歷。倪堅稱，他不去管聲調怎麼發，這件事很少造成理解或教學上的障礙。「要求每個人學習普通話……我們需要注重的，就是群眾的同意和認可……北京聲調對外地人來說很難學，所以我認為那不必成為標準。」整體而言，倪海曙對狹隘定義下的標準規範感到不安，認為這是「脫離群眾」的道路。在對立的陣營中，王力將聲調區分描述為北京話的核心特徵：初學者可以用沒那麼嚴格的標準，但最終「不能沒有標準規範」。[27]復旦大學校長陳望道總結了本次研討會的整體原則，也舉出未來仍有待研究的課題。與會者確定了八十七項這類任務，其中四十二項涉及發音和方言調查。陳望道指出，除了技術層面的問題，這次會議尚未確定「標準規範」是否該「放寬」或「從嚴」。這次研討會是好的開始，但未來的道路會很漫長且艱辛，因為「只有少數人確實理解標準化的問題」。[28]

隨著普通話運動於一九五五年秋天開始推動，同時也有大動作對外公告，其倡導者在媒體宣傳管道以及通俗和學術刊物上，無不積極呼籲民眾採取行動。專家一面敦促大家「努力學習通用語言」，一面也回答了一個常見的問題：「普通話到底是什麼？」一般認定普通話是源自群眾的語言，問世那一刻起便背負著數十載以來的語言訴求和衝突的包袱。歷史學家王東傑講述過一九三〇年代左翼知識分子如何援引「通用語言」的概念，用普通話來批判牽扯清朝官話和國民黨國語的官僚和城市特權。[29]時間一久，這個概念已滲入了多重且相互矛盾的意義——若不是被誤解為官話或國語，便是與這兩者互換使用。[30]中國社會主義國家的普通話與其諸多前身有爭議的歷史糾纏在一起，也顯然帶有蘇聯的印記。史達林的〈馬克思主義和語言學問題〉（Marxism and the Problem of Linguistics）於一九五〇年出版之後，中文翻譯不久便問世。從那時到一九五八年中蘇公開決裂為止，每當中國討論文字改革，總將史達林的理論當成唯一的權威參考。

史達林的說法不證自明，引用他的理論可使任何觀點正當化，但這樣做並無法讓一般人理解通用語言的概念。為此，專家試圖澄清普通話中「普通」的意義。這是指就集體而言的「常見」，還是指尋常或一般的事物？不同的意思引起了不小的混亂。張奚若分析差異時，強調普通話的廣泛、集體和「通用」特質，並且告誡不要視之為普通或平常。[31]然而，如果普通話已像聲稱的那樣受到廣泛傳播、普遍使用，為何還要發起一場敦促「每個人盡最大努力」教授和學習語言的運動呢？

面對這種矛盾情況，或許可以從釐清官話—國語—北京話—普通話的關係中找到答案。儘管普通話表面上是漢民族的共同語言，也有古老的根源，但作為社會主義未來的交流媒介，它必須有所轉變、拋棄其不受規範和「封建」的出身。這場運動要傳播一種新的標準化語言的聲音，取代過去各種摻雜作假、不合規範的版本，而這些版本林林總總，被稱為官話、國語或北京話。只要有人問起，那就扼要重複以下的常見說法：普通話不是大清帝國的官方語言或北京話，更不是國民黨的國語，不該混為一談。某本課本的解釋令人費解，聲稱全國人民（從東北各省到西南地區，少數民族除外）已經會說「一種普通話」。國務院近期要求大家學習以京音和北方白話為基礎的普通話。「這種普通話與以前所謂普通話或官話並不完全相同」，而是屬於一種「改良」版本。[32]更詳盡的說法還會回顧宋代的前身語言，或者描述從大清官話發展到一九五〇年代當時的譜系。有鑑於「京音」在普通話權威定義中的核心地位，「群眾」便將北京方言和新制訂的標準誤認為兩者相等。文字改革委員會的成員對這個難題心知肚明。他們刻意創造新術語或為現有概念注入不同的意義，藉此消除混亂：「京話」指的是「粗俗」和「粗魯」方言的進化版本；普通話體現標準詞彙和發音，不同於「南腔北調」的土話。[33]

這項運動開始之後，民眾反應不一。專家認為，百姓的解讀皆源於誤解，而他們應對不過來。《光明日報》（*Guangming Daily*）的社論撰稿者如此評價：「有些同志學習通用語言的熱情很高，但他們把北京方言當成普通話就錯了。」以北京話為母語的人教別人他們的土話，熱切但遭誤導的學生最終學到的是一種使用範圍和實用性都有限的方言。[34]然而，如何淨化北京話、清除其中的「粗俗」成分，同時保留其音韻基礎作為標準，這確實是棘手難題。在剖析此問題的課程和評論中，語言學家和教師主張，標準發音和京話的土音（屬於地方的和粗鄙的聲音）不一致。以京音為基礎「並不代表要百分百導入京音。北京一些粗俗土音顯然不可能成為標準發音。」[35]

整體而言，倪海曙認為，要準確理解普通話，就得先解決普通、標準、國家、京話等概念纏結而成的混亂。標準是基於但不完全等同於北京口語：「在這方面，京話有義務拋棄它過於粗俗的成分。」毫無疑問，通用語言不能等同於不久前的國語：「稱北京話為『國語』，就是否定我國多民族基礎的現實，暴露了某些人的大漢族主義思想。」[36]然而，「漢族主義」（Han chauvinism）顯然已經嵌入普通話的官方定義中，因為官方將其標榜為「漢民族共有的語言」。一九五五年至一九五六年的運動中經常出現這句話。[37]當政府的語言政策愈來愈廣泛牽涉到非漢族的少數民族時，口語標準中的民族基礎就消失了；普通話的範圍隨之擴大，成為所有民族的共同語言。[38]正如這些摩擦所示，儘管官方定義被當成定見來引述，但「什麼是普通話」的問題確實很難回答。數十年來不斷有人澄清和反駁——由此可知，一旦定義模糊過久，人們便愈加難以接受共同語言，並誠心把它當成自己的語言。

請不要笑

一九五六年初，隨著運動高歌猛進，另一個困擾人的問題出現了。全國發行的刊物上發表了一系列文章，懇求大家不要嘲笑努力學習普通話的人。除了頭條新聞之外，這種提醒也在不同的論壇上四處迴響。鑑於近期發起了這場語言的政治運動，而此時出現這則訊息便讓人感到好奇。大家在笑什麼？為什麼要笑？學習最近被指定為口語標準的語言有什麼好笑？在十月的會議上，王力提起了這個問題：「很多人害怕學習普通話，尤其是那些母語與標準發音差異很大的人。」「他們覺得普通話太難了，學不好就怕別人嘲笑……有一句話說：天不怕，地不怕，就怕廣東人說官話。」還有人改編這句話來嘲笑講別種方言的人。「這種嘲諷態度值得反思，我們最好化嘲諷為鼓勵：我們天不怕，地不怕，更不怕說普通話！」[39]

王力投身國語教育二十多年了。他總結自己的觀察結果，並根據過往經驗來推斷普通話的未來。確實，從運動推動之初，便有人提起以前學習或教授國語所碰上的種種問題。這些問題現在被描述為走向「統一口語」旅程中的過往事蹟。例如，曹書端校長講述她最開始教書那時（約在一九三七年）某個學生的故事。即便當時有禁止學生互相嘲笑「方言口音」的規定，這位小女孩仍不願在課堂上發言。原來，問題出在她家裡，因為每當她練習說國語時，家人都會笑她「北京小鳥」。曹校長拜訪了這位學生的家長，請他們別再嘲笑女兒，但她父親激動反駁，說講北京話沒有用。時間再拉回一九五〇年代，曹呼籲小學教師要動起來，「一肩扛起學好、教好普通話的光榮責任」。面對這種負擔，某些老師十分焦慮：「擔心用笨拙的普通話結結巴巴教課，會引得孩子哄堂大笑。」有些老師會叫「發音更準確的」學生來帶領班級，有些人則「遇到困難就退縮」，也考慮轉行。曹書端說：「目前在全國上下，能準確掌握和使用普通話的小學教師屬於少數。如果他們沒有決心學習，而是考慮轉行，那麼誰要來承擔這光榮而艱鉅的責任呢？」[40]

來自河南的小學教師趙民治指出，當他接受這項責任而自學時，學生和同事都在嘲笑他。趙老師善盡職責，學習了注音字母。他勤查字典和收聽廣播來練習發音。趙民治寫道：「我第一次用普通話上課時，很多人笑話我。」他在幫三年級學生上課時結結巴巴大聲朗讀課文。「有些學生把頭靠在課桌上，試圖掩飾自己的笑聲。下課後他們哄堂大笑，有些學生甚至發出怪聲模仿我的發音。」還有一次，趙民治使用普通話在校友會上致詞。他自己也承認，「後來有的同事當面嘲笑我，有的說我裝腔作勢或是做戲。」[41]

家長、學生或同事的嘲笑可能會削弱學習的熱情，這不難理解。然而，很難得知這類軼事有多麼普遍；會表現這類嘲笑行為和態度的「有些人」模稜兩可，無法確知究竟是哪些人。從一再出現的討論來看，「有些人」隨處可見，「思想障礙」的源頭非常廣泛，足以引發擔憂。這些回報消息透露了特別值得注意的一點，那就是課堂上出現權威角色顛倒的情形。當老師用拙劣的普通話講課時，學生不怕取笑老師。然而，當時教育環境普遍混亂，這類叛逆行為尚屬輕微，有前述舉止的學生幾乎不會受到懲罰。從一九四九年開始，中共根據蘇聯模式啟動了一連串的改革，藉此重組教育體系，但後來又加以否定。一九五二年，中央政府頒布一項指令，將小學教育從六年縮短為五年，但一年之後又推翻此決定。中小學的入學人數激增，對教師、設施和資金帶來了壓力。[42]與此同時，全國各地的報告記錄了學生的無禮行徑：打架或扮醜開玩笑；想來就來，想走就走；背對著老師齊聲唱歌；將老師鎖在教室外。「他們說髒話又打架，在教室裡互相追逐，搞得天翻地覆。」觀察員認為，「課堂會這般混亂」，根源在於學生不遵守紀律、教師缺乏經驗而無法受學生尊重，以及資深教師變得油條，對教學漫不經心。[43]新聞頭條呼籲「社會別再看不起教師」，由此可見當時一般人很鄙視教師這種職業。「有些人」認為教師「思想落後」，可能過去在政治上有汙點，或者「他們說這是沒有出息的工作，只是稍加美化過的保姆」。[44]由於學校和教室一片混亂，笑聲（無論是善意的笑或嘲笑）與其他公然挑戰權威的行為相比，倒顯得微不足道了。[45]

學生不僅會取笑老師，也會互相取笑。每個人在學習時都會有發音的問題，但「根據報導，有些學生會取笑其他同學的發音，而被取笑的人怕丟臉，就會對學習心生恐懼。」記者陶厚敏指出，開玩笑的人「不一定是刻意挑起事端，因此不能說是思想有問題」。然而，這些人忽視了自己輕率行為的後果，造成了無法挽回的傷害。如果他們的舉動觸動了同學的敏感神經，遭取笑者就會「變得膽怯或想放棄」。對於那些害怕「成為笑柄」的人，陶厚敏建議要不屈不撓，臉皮何妨厚一點：「學習任何東西，剛開始都會遇上一些困難。如果你愛面子、害怕被別人笑話就半途而廢，那就什麼事情也學不好了。」陶厚敏敦促學生要把眼光放遠：「幾年之後，如果還有年輕人只會說方言，那才真的可笑啊！那些努力學習的人是今天推行普通話的排頭兵。這有什麼好笑的？又有什麼好怕的？不要嘲笑別人，也不要害怕被別人笑。」[46]

不論是無心或有意，取笑別人說普通話可能會與其他「思想問題」交織在一起。正如朱萍所觀察到的，不同的笑聲代表階級地位的指標，會透露某人是否認同社會主義計畫，又或者與反革命勢力結盟。笑聲作為諷刺時，可以當成團結和教育人民的武器。而反過來說，笑聲也可能作為顛覆性的毒素，毒害無產階級的團結。[47]在學習普通話的問題上，教育部長張奚若觀察到某些同志不明白的問題，他們會問：「口說和政治有什麼關係？」有些人可能願意學習，但有些猶豫：「學普通話很好，但很難，而且我太老了，學不起來。」張奚若建議要有耐心和毅力：「我們不能指望一次就能學好，或者立即達到百分之百的正確……在學習的過程中，不要害怕別人嘲笑。學習普通話是我們最高的義務，何必笑呢？該瞧不起、該罵的並不是學習普通話的同志，而是那些不願學習、死巴著自己方言不放的人。」[48]

有人嘲笑，有人抗拒，此等情境交織在一起，於是其他評論者更詳加評估了不同意見的實質內涵。某位觀察者描述了四種類型：「明確反對者」、「猶豫者」、「自負而冷漠者」，以及「觀望者」。[49]近乎頑固的狀況是，「有人說：『這個（普通話）永遠行不通，因為語言是人民的自由問題，你不可能強迫人說一種規定的語言。』」[50]語言學家張拱貴仔細盤點大眾的回饋之後，將反對者分為七類：[51]

1.「我為什麼要學普通話？」這些頑固分子「不承認普通話，不願意聽普通話，甚至不讓孩子說普通話」。[52]他們覺得只有使用母語才能表達親密感，認為說普通話是「耍官腔」或「忘本」。他們安於舊習，堅定指出：「我已經講了幾十年的家鄉話，為何需要學什麼鬼普通話？」

2.「我說的話和普通話相差太遠，沒辦法學好。」張拱貴反駁這一點，說這不是真的，並且引用新加坡華人的案例。在語言差異最大的地區，人們最注重普通話。但是在或多或少能聽懂普通話的地區，民眾反而沒有學習的動力。

3.「我沒有學語言的天賦。」張拱貴說，這是懶惰的藉口，也是「怕難畏苦」的典型例子。這些人都還沒學，就認定自己「沒有天賦」。

4.「我老了，舌頭僵硬。」成年人學習速度不如孩子的原因不是年齡和「舌頭僵硬」，而是「擔憂太多，但根本沒必要」。他們憂心的事很多，好比害怕尷尬和被人取笑、冷漠以對，以及缺乏決心。

5.「我的話說不好，怕別人笑我。」我們常聽到這樣一句話：「天不怕，地不怕，只怕某某地方的人說官話、裝官腔。」張拱貴如此解釋。這句話讓很多人害怕，但有什麼好害怕的？現在有政府的支持，「不會再有誰嘲笑別人了」。

6.「發音奇怪，聲調古怪，感覺不自然。」不應該害怕奇怪的發音和聲調，應該樂於擁抱、將它視為學習的過程。方言習慣根深蒂固，指望能一朝一夕改變是「不切實際的幻想」。

7.「普通話很難學，我沒有信心。」期望學幾天就能取得成果，這肯定是一種誤解。然而，中國人民並不畏懼困難。「我們可以讓山屈服，叫河流讓步。」我們應該說：「天不怕，地不怕，學普通話有什麼好怕！」[53]

一路看下來，這些討論透露了人們聽到要學共同語言後的一系列反應。某些焦慮（年紀大而缺乏能力和信心，或者感到無力）集中於看起來尷尬或極其困難的發音問題上。其他論點則看得出人的頑抗態度，可分別歸因於冷漠、敵視或過度依賴母語。最後，害怕別人嘲笑讓大家對新的口語規範感到不安。因此，為了說服群眾講這個社會主義國家的共同語言，政府代表便不斷斥責「錯誤態度」，並將矛頭指向嘲笑者。[54]他們認為，「人民」通常都渴望學習，但是一碰上別人恥笑，就會失去熱情、灰心喪志。不斷忍耐，就會練就堅韌；這凸顯了，只要有決心，便可克服天生能力的不足。從這個角度來看，共同語言不是口、舌、喉能發出的聲音，而是心意堅定所能達致的成果。某位教育家指出，這個過程類似學習游泳或騎自行車。如果你不去騎或不下水，如果你害怕跌倒或吃水，那怎麼學得會？同理，「如果你不願意張嘴，怎麼能學會說普通話呢？」[55]大量的評論都著眼於糾正誤解，一邊說學習會有所獲得，一邊又暗自威脅不學將受到懲罰。評論者急於揭露「思想障礙」以求能克服它們，同時也透露人們對於推行標準口語之理想和目標的抗拒態度。

若再更仔細審視，「請不要笑」這種懇求可以分成幾種。最常見的說法是指出，人們試圖說出假定的權威語言可能引來嘲笑，因為他們會犯錯、聽起來「很呆」，或者套用一種含糊的說法——「不好听」或「难听」。[56]貶損的態度事實上可能固化權威語言既有地位；比方說，嘲笑同學普通話說得「不好」；擔心因為發音不標準而「成為笑柄」；或者學校領導「看不起那些學習有困難的人」。這些觀點暗地裡強化了一種認知標準。[57]某位小學老師指出，不習慣「標準發音」的學生聽到「標準發音」時常會發笑。「某個學生用奇怪的聲音和方式大聲朗讀，有時會讓全班同學哄堂大笑。這就影響了課堂秩序。老師一定要重視和預防，培養學生說標準發音的習慣。」[58]

另一方面，「不好聽」可能表示否認普通話據稱擁有的更高地位——在交流上「無用」；美感上令人不悅（「刺耳」）；或者讓人感到疏遠。例如，一位教育幹部在上海描述了他看到老師「鼓起勇氣」在課堂上使用「藍青官話」的反應。聽著那蹩腳的課堂內容，他不禁心想：「真是糟糕透頂……如果不會說標準話，倒不如用上海話。」[59]另有一種看法跟上面這件事相關，但又略有不同：有人尤其會嘲諷那些試著說普通話（無論流利與否）的人，說他們是在裝派頭或模仿黨幹部。即便已有大量的論述將普通話定位為屬於大眾，人們還是將受過教育的精英和官僚特權分子與說普通話的階級地位相互連結。舉個例子，某本教育雜誌刊登了一則軼事，要求大家「不要嘲笑」。王老師上完了一個月的普通話訓練課程，他回來時看到了邢老師，便熱情跟他打招呼。「好奇怪啊！邢老師沒有回答。他睜大了眼睛……把王老師從頭到腳看了一遍。」沉默了片刻，邢老師說：「幾天不見，你的口音怎麼變了？看來你已經不是本地人了！」大家都笑了起來。有人說：「既不是本地人，也不是外國人！」他們盯著王老師，王老師覺得「有些尷尬」。[60]在這則故事中，王老師因為有了新「口音」而被人笑話。他在社群中的地位非但沒有上升，反倒因為說通用語言而被視為外人——既不像洋人那般陌生，也不盡然是遭排擠出去的人，但不再是「我們之中的一員」。王老師的同事並未將學習普通話視為莊嚴的責任，而是拒絕接受學校教師的語言義務。他們更沒有承認普通話在思想上的重要性。這則故事的寓意是讚揚王老師、譴責嘲笑他的人，但故事的情境卻削弱了希望傳達的訊息力度。

在前線

創造積極學習共通語言的社會環境是這個語言運動的重點，也是獲致成功的關鍵之一。主戰場將是學校，教師要一馬當先：訓練一批又一批的學生、對抗輕蔑的訕笑聲、面對困難時克服恐懼，也要擊敗阻礙統一口語的「思想問題」。《光明日報》的頭版社論指出，全國一百七十萬教師是這項志業的「中堅力量」。「想想看，如果老師都能逐漸學會普通話，也用它當成教學語言」，他們將對目前五千多萬名在校學生產生巨大的影響，遑論每年還有數百萬人會進入教育體系。這種骨牌效應將擴及整個社會：「一旦數以百萬計的兒童學會說共通語言，他們將對更多的群眾產生巨大影響……鼓勵家人和周遭的人都去學這種語言。」「語文老師」是這個過程的關鍵，他們的擔子最重，必須實踐和改進，深化教學知識，幫助其他學科的教師「解除思想障礙，克服挑戰，學會說普通話，最終用它當作教學語言」。至於學校的領導，他們必須創造有利的環境、減輕人們對嘲笑的恐懼或焦慮，並緩解大家的「心理憂慮」。他們不可以對需要幫助的人表現出「歧視的樣子」。最後，那些「實在學不會通用語言的老師，可以暫時先不管他們」。[61]

最後一點是提議免除學習普通話的義務，這就涉及了一九四九年之前一個棘手的問題，同時還呼應了台灣當時的情況（第四章）。這麼做是對現實情況的讓步，亦即在教學團隊中，有未知比例的老師可能「實在」無法轉換語言。然而，一旦允許這種情況，就會有人藉機鑽漏洞，掩飾自己不願去做、懶惰或其他的「思想問題」。豁免是否會削弱教師所肩負維護國家語言的責任？從更廣的層面來說，語言能力要在多大程度上成為學校教師應具備的核心資格？該怎麼定義和評估語言能力？這場運動的口號明確指出：「老師不懂普通話，就像農民不會使用農具，士兵不會操作武器一樣。」[62]既然如此，又怎能原諒不適任的老師呢？

沒有黨中央的明確指示，這些問題在未來幾年內持續存在，而且在地方層級和個別學校內部隨意任人裁決。與此同時，為了鼓勵教師並敦促他們自學，有許多熱心投入此事的見證說法出現，試圖提升老師的政治熱忱。例如，資深中學教師朱伯石就援引自己的人生經歷來敦促其他老師。朱出生於江西，在廣東讀中學，在福建讀大學。他到了每一個地方，都得面對自己掌握不了的當地方言，尤其在教室裡，老師會說他無法理解的方言。在這種負面示範的激勵之下，「我努力學習普通話，以免當老師以後給學生帶來麻煩。」然而，當朱伯石在三個省不同單位輪調時，他所學的普通話卻毫無用處。學生無法理解他的意思。（朱描述一九四九年之前的情況使用了普通話這個稱法。這種說法事實上時代錯誤了，但他可能是為了避免使用國民黨的命名方式。）他的職業生涯幾乎能以一九四九年為分界，在此之前與之後從業時間大致均等；朱在講述職涯經歷時，強調了標準口語在新中國的重要性：「學習通用語言不僅是個人愛好或興趣的問題，而是關係到國計民生和祖國的社會主義建設。」身處第一線的語文教師必須打破「課堂說普通話，課後講方言」的習慣，不然也別用方言作為教學語言。語文教師要透過口語為社會主義建設付出貢獻，必須克服恐懼，創造良好的語言環境。[63]

在江蘇一所鄉村學校任教的鄒毅明決心這麼做。鄒老師在省級教育刊物上撰文，講述自己如何全心學習普通話；他會標出課本上每一句話的發音，然後背誦，直至牢牢記住為止。他逐漸讓學生擺脫「方言的影響」，過程非常坎坷，而且結果並不完美。學生會不由自主回去使用熟悉的方言語詞和短語。他們說話「語氣怪異，聽起來很不舒服」。儘管如此，過了整整一學年以後，鄒老師的學生無論在課堂內或課堂外，甚至到了校外，都會講普通話而不說方言了。「一半以上的學生聽起來幾乎就像北京人。」[64]與此同時，小學教師林達芬從重慶趕赴北京參加一九五五年十月的文字改革會議。這次的經歷讓她更想追求這項志業：「這是我的誓言，我會努力不懈」，要掀起學習的「熱潮」。「我保證不再怕別人嘲笑我……要克服一路上的困難並虛心學習。」[65]

在林達芬的家鄉四川省，教育部門安排了四萬名教師接受短期課程來學習發音。在國務院指令的推動下，其他地區也公告自身的目標：「從一九五六年秋季起，除了少數民族地區之外，全國中小學語言文學課一律使用普通話上課教學。」[66]學校預計九月開學，這凸顯了「教導教師」的重要性。全國各地負責培訓的幹部都從一九五五年舉辦的暑期班（前面已討論過）汲取了教訓。教育工作者也重溫以前為國民黨的國語服務的經驗。北京師範大學教授徐世榮指出，他教書教了二十年，犯了不少錯誤，包括討論過時的主題，讓學生「目瞪口呆，張口結舌」，然後又轉而探討晦澀難懂的理論。徐世榮經過多次摸索，發現「練習」非常重要，於是便將發音融入課程。此後，學生就會仔細聆聽他的解釋，並努力遵循他的指示。

> 但學生的舌頭不聽使喚，他們急得臉都紅了。我也慌了，便站在旁邊指導。但我只能勸他們：「看看講義！看看發音表！看看插圖！這個要唸成ㄌ，跟我唸一遍！這是『聲調變化』，這是『舌尖停頓』，要注意！」這些話完全沒有用。這些學生大汗淋漓、渾身發抖、舌頭亂動，就是發不出準確的聲音……我只能灰溜溜走開，叮嚀學生課後自己練習，要更仔細研讀講義。

很久以後，徐世榮才發現他的教學方法打擊了學生的信心，傷害難以恢復。「我當時只會抱怨他們笨」，學生很痛苦，也覺得自己笨。「轉念一想，蠢的是我。」徐下的結論是，他的教學方法僵化，是懶惰的表現，而那是一種近乎殘酷的教法。除了自責解放前所犯的錯誤之外，這位教授也警告，不要將注音字母誤認為語言學習的全部。鑑於培訓課程的時間短，這是老問題了。有的學生寫打油詩諷刺挖苦：「今天ㄅㄆㄇ，明天一ㄞㄠ。我們學得好，但有什麼用？我們還是滿嘴方言，不知如何說國語。」徐世榮回顧自己的錯誤經歷作為警惕，要別人從中記取教訓：「從現在開始，我們需要研究教學方法，避免走上失敗的道路。」[67]

徐世榮在他（後來改良的）教學法中強調「思想動員」和「實事求是」的必要性。教師要務實，分析每個學生的發音，並且示範如何使用舌頭、嘴唇、軟顎和牙齒。透過小組或個人輔導持續練習，老師就會發現解鎖正確發音的「鑰匙」。徐世榮列舉了經過驗證的成功策略：用鏡子自我觀察和修正；找出彆扭的聲音額外多加練習；捏住鼻子或輕咬舌頭以改變缺陷；刻意強調發音部位的使用以加強聲音。[68]

跟著我唸

當普通話運動於一九五六年如火如荼上路時，現有資源顯然不足以因應徐世榮所提出的個別指導方式。在湖北，一個教師培訓班只能為五百四十名學生安排三位教師。[69]南京有一堂課超額招生，兩百多名學生只好擠在食堂上課。坐在後排的人必須費心竭力聽老師講話，而擴音器裡迴響著老師的聲音，結果聲音就失真了。[70]在上海，超過五千五百名學校教師一口氣衝刺六天，上完了十四堂課。（因為先前有人投訴放假時間卻得上課，教育部出手干預，縮短了上課時間。）在這種情況下，「很難讓每個人將這麼多資訊都吸收進去，因此培訓品質無法保證。」[71]

在光譜上另一端，只有數百人獲得教育部兩年一度的「普通話發音研究班」的參加資格。各省市按配額提名，並根據諸多標準篩選人員：年齡在三十五歲以下、「出身清白」、思想進步、身體健康、沒有懷孕，以及至少具備一定的普通話基礎知識。合格者在北京學習了五個月，師從徐世榮這樣的專家。學習結束之後，他們得回鄉擔任教育領導職務、參與方言調查計畫，或在師資培訓的院校任教。[72]然而，到了一九五七年的第四期課程時，上海未徵集到符合其可參與的人員配額，遂考慮放棄三個席位中的兩個。某位幹部抱怨，全市有六百多名多餘教員，「我們怎麼派不出兩個人？！關鍵是領導要有決心！」[73]至於收穫如何，一位課程畢業生反映，說土語的習慣是長期累積出來的，想要掌握普通話就要打破這種習慣。「這不是區區短期訓練就能辦到的。」儘管接受了幾個月的個別指導，他仍認為這項計畫「有些不足」。[74]

在全國境內，教師培訓計畫無法複製這種耗費資源的方法。各地方通常採用簡化的「短期突襲」（short-term assault）法，試圖激發可能潛在的政治熱情。[75]一九五六年八月，教育部向各地方布達一套擬議為期四週的發音訓練課程，要徵求地方的意見。上海幹部認為，考量到各單位「公務緊迫」，不可能分配這麼多的人事時間。[76]相反地，權宜之計取決於怎麼樣利用政治奉獻來消除意識形態的疑慮：「在學習過程中，畏難是我們最大的敵人。」為了達到「思想上的突破」，「不斷努力、勤奮實踐」之類的訊息再三重申：「如果重複五遍還不夠，那就重複十遍或百遍。」[77]然而，重複十分乏味，終究會耗盡熱情，強調勤奮練習又與之有所牴觸。某位老師直言不諱：「學習語言是很艱鉅的任務，通常被認為枯燥又單調。因此，我們需要採取多種教學方法來激發學生的興趣……如果一直跟著老師重複，他們會覺得很累和無聊。」依不同目標對象而定，注音入門課程可能會安排為十八到六十堂課，授課時間從三週到六週不等。經驗豐富的老師提出了「主動學習」法，利用遊戲和謎語讓枯燥的學習更為生動活潑。[78]

張拱貴認為，理想的教學方式是結合講授、自學、輔導、複習和評鑑；說、聽、寫、讀並重；而且要兼顧實踐和理論。過度依賴「模仿」，效果不佳：「無論老師發出多少次聲音，學生還是不斷犯錯。這是因為不了解出錯的源頭在哪裡。」為了幫助學生發現自己的不足，「科學」的方法應是將口語練習與語音分析兩者結合。[79]然而，根據許多的報導，最典型的方法以各種排列組合「跟著我唸」的方式開始和結束。許多課程從未教到背誦注音字母以外的上課內容。[80]有了這種經歷之後，一些教師將他們從為成人設計的研究班所學到的知識「引進」小學課堂。他們缺乏適合幼齡學童的創意構想，大都堅持採用「跟著我唸」模式。根據其他報告，當老師花太多時間「講解音韻」時，年齡小的學生會不耐煩，導致「課堂陷入混亂和無序」。[81]

有些教師講授發音時以注音字母為重點，但語言環境不斷變化，因此他們很難堅定一直這樣教下去。在正式改為使用漢語拼音之前，某些普通話入門書籍複製了解放前國語課本的格式和內容：介紹注音、解釋發音語音，以及探討聲母、韻母、介音和聲調的課程。[82]當時有林林總總的教科書，將注音字母認定為由三十八個、三十九個或四十個符號組成，重演過去數十年的混亂局面。[83]蘇州一中的教員表示，他們很高興收到留聲機片錄音。然而，錄音裡錄的是四十個字母，這在他們教完三十八個符號之後才出現。[84]入門讀物同時使用注音和漢語拼音，有時還附上國際音標，更加劇了混亂。[85]針對熟悉歷史先例的人，文字改革委員會還發行了一份補充材料，將漢語拼音與注音、國語羅馬字、新文字和國際音標並列呈現。[86]教育工作者在幕後爭論，是否該立即改用漢語拼音（仍在草稿階段）或繼續使用注音（很快就要過時了）。迅速採用新的語音拼寫顯然為人所樂見，這樣學生就不必浪費時間學習兩套系統。[87]

為了澄清情況，教育部於一九五六年夏天給了一系列可允許的調整措施的大綱要點。漢語拼音當時只有暫時性的地位，因此下一學年一年級課程可以繼續使用注音。這群學生今後不用再學習漢語拼音，「以免增加他們的負擔」。教育部也指示，如果是「尚未準備好教授注音字母的地區或學校，教師也未經過培訓」，可以免除這項責任。如此一來，這其實就免除了教師教授普通話的工作。教育部也責成普通話不流利的人要自學。與此同時，可以在不考慮發音的情況下教閱讀和寫作。[88]至於注音，儘管已來日無多，有些老師並未低估它，也認為它能用來輔助指導「正確發音」。[89]事實上，精通注音的人可能更容易掌握新的音標，因為他們已經開竅，知道「可以用字母拼出漢字的聲音」這種概念。[90]

在普通話的組成中，北京發音的四個「正確」聲調尤其困難，不容易自學而成。多數人對「聲調」的概念知之甚少，只能憑直覺依照自己的母語來理解。有一種簡單的解釋方式：「我們發出的聲音，有的高，有的低，有的先高後低，有的先低後高，這種現象就是我們所謂的聲調。」[91]入門課程會透過「ma」的例子讓學生熟悉北京聲調，同時說明音調變化：妈／麻／马／骂。[92]更學術性的討論則使用趙元任一九三〇年首創的系統（未註明出處）來解釋北京聲調。[93]

第一聲：高平，5—5，標記為—

第二聲：從3升到5，標記為ˊ

第三聲：從2開始降到1，然後升到4，記為ˇ

第四聲：從5降到1，標記為ˋ

有一種與此相關的方法讓音高與音階產生關聯。徐世榮評說，初學者普遍認為很容易掌握「四聲」的大致輪廓。比較難的是掌握準確的聲調。一種費力的方法是在指導老師幫助下記住「正確發音表」。然而，如果無法因材施教，學生「能大致區分高平、升調、降升調和降調就行了」。畢竟，「稍微偏離一點」並不見得妨礙溝通，而且「可以解決初學者的困境」。[94]

徐世榮在聲調區分上很寬鬆，呼應了民國時期語言學家保持彈性的態度（如前幾章所述）。徐世榮提到的「正確發音表」是當時正在進行中的工作。該表於一九五六年十月以草稿形式出版，其中（用漢語拼音和注音）拼出了大約三千八百四十個「常用字」的發音。修訂工作仍在繼續，普通話審音委員會正在努力修改「不符合標準的部分」。[95]針對地區方言群體的內部差異，還需要採取寬鬆的方法加以包容。例如，在山西，老師很難解釋要如何調整北京發音的第二聲和第三聲，以配合七到九種當地讀法。[96]即使在山東、武漢這些以四聲為基準聲調的地方，音調值也與北京發音有很大的差異。對於習慣了八或九個聲調的說話者而言，事情會變得更複雜。[97]即使對那些最有心學習的人來說，記住正確發音表上三千八百四十個漢字的標準音高值也不切實際。是否要優先考慮聲調區分，以及要分配多少時間來教聲調，都是懸而未決的問題。資深教師暨編輯林進（Lin Jin，音譯）表示：「過於嚴格的要求無法調和目前的現實情況。我們不能要求每個老師用非常純粹、正確的方式說話。」只要他們對聲調有「約略」的概念，聲母和韻母的發音就算「達到標準」了。最重要的是，正面的結果會從有啟發性的方法泉湧而出。「有些老師講課講得過多，練習時間很少……就算有練習，那也是枯燥乏味、千篇一律……發音教學成敗的關鍵在於方法。」[98]

語言學家樂嗣炳從更廣闊的角度評價了各種方法的有效性。「自然法」強調語言環境，樂嗣炳認為這種方法能夠達到某些成果，但仍有其缺陷，因為還是要看學生解析不同聲音的能力如何。跟著我唸的「模仿法」需要教師當場糾正錯誤。曾一度風行的「直接法」主要用於外語教學。「分析綜合」與「歷史比較」適合用於學術研究，但太過專門，不適合廣為大眾所採用。樂嗣炳最終推薦「比較發音法」，他認為這是最「先進」的方法，最初是由中國語言學家在蘇聯開發的。這種方法植基於對方言的「深刻」理解，需要去分析每個主要地區口語群體的組成及其與北京發音的重要差異。[99]

與方言比較

學術研究和教育政策都廣泛認同以方言為學習普通話切入點的構想。作為先決條件，採取這種方法需要全面了解「漢語方言」。[100]一九五六年，一項全國方言調查計畫開始蒐集資料。第一輪「普查」主要是針對音韻，其次則是文法和詞彙。[101]譚吉娜指出，研究人員依循中國科學院語言學家創建的標準化方法，分散到全國各地進行調查。指導方針要求每個團隊就其所調查的方言語音特徵加以登記編目，也要找出與普通話的主要分歧點，並使用國際音標記錄資料。團隊領導之後統整資訊，製作出一份「方言調查報告」和一份「學習普通話手冊」。[102]調查工作到了一九五八年底基本上已經完成，但礙於「特殊情況」而有一些例外。[103]詹伯惠後來統計，研究人員實地考察了一千八百四十九個地點，製作了一千一百九十五份報告。他們編寫了三百二十本手冊，最終出版了七十二本。[104]

在完成調查、編寫手冊期間，為「方言地區」民眾提供的建議大大增加了。當時出現一種「如何學習普通話」的指南，讓他們可以快速入手。王力拿出自己一九三六年為江蘇、浙江所寫的國語手冊，將其重新包裝成普通話入門讀本。[105]針對廣東，王力重新發表一九五一年的指南作為新標準的手冊。[106]在遼寧，一九五七年出版的一本手冊建議讀者，「方言調查要八到十年才能完成」，學習普通話不能等到那時。[107]詹伯惠對武漢人解釋，他們的口語是北方話的「次方言」，所以他們應該比較容易學會標準語。「如果你下定決心，把學習普通話的任務落實到每日的行程安排中，再掌握一些有效果的方法，那麼絕對可能在短時間內學好普通話。」詹伯惠引用下面這句格言：「知己知彼，百战百胜。」對照口語標準和自身的方言，那就「沒有打不贏的仗，沒有攻不下的堡壘」。然而，兩者之間顯著的語音差異「不會從天上掉下來。只有『知己知彼』，才能發現它們。」[108]

詹伯惠將這句膾炙人口的諺語應用於文字改革，想出了適當的隱喻來團結人民，鼓勵其加入戰鬥。如此一來，他就將標準口語視為對手。在假設「方言—自我」必須理解「普通話—敵人」才能征服對方時，詹伯惠的表述顯得格格不入。普通話要取得規範地位，必須將方言定位為非標準，使其處於劣勢。短期之內，方言習慣是缺陷，需要矯正，也需要減少使用。長遠看，方言會逐漸被吸收、取代。[109]將普通話視為對手——「知己知彼」則讓人質疑這些規範的假設前提。以這個角度來說，方言可能永遠與文化、教育上的缺陷有關，但它又屬於自我。除此之外，這種觀點並不奇怪；它符合將母語與家庭出身以及當地或省級社群歸屬感連結起來的常見觀點。它也與人們對普通話存疑或者將說普通話的人視為闖入者那種態度有所共鳴。[110]

方言—自我該從哪裡開始認識普通話—敵人？詹伯惠的入門手冊瞄準「要害」，要藉此「突破最大的困難」。比較普通話的二十一個聲母和三十六個韻母，以及武漢當地使用的十八個聲母和三十五個韻母。學習捲曲舌頭來發出捲舌音。研究武漢地方話所沒有的中性（輕聲）聲調。[111]其他人也贊同這種比較分析方法，但強調了思想問題。張為鋼指出：「在方言地區，規範發音教學的首要任務必須是思想動員。如今多數人都渴望學普通話……但我們不能假設在方言地區不會遇到阻力。」消除思想障礙能有助於解決牽涉方言使用者的問題。例如，入門課程通常遵循注音的順序，從聲母ㄅㄆㄇㄈ開始。「一教到ㄓㄔㄕㄖ（編號9-12），許多人就會碰到困難不禁退縮。」南方人覺得這些聲音特別難發。張為鋼提議顛倒順序：「由簡單到困難」，從韻母和易發音的聲音開始著手。他還建議教注音前先教四聲，反對當時輕視或省略四聲教學的做法。[112]

在最普遍的層面上，「與方言比較」是內含三個步驟的簡單過程：研究方言和標準語的差異、找出自己口語中的差異，以及矯正有缺陷的習慣。例如，吳語人士常會混淆[z]和[zh]；四川人和安徽人很難區分[n]和[l]；廣東人分不清[zh]、[ch]和[sh]的發音，而且幾乎唸不好[x]。[113]然而，注音和後繼的漢語拼音的音素／音位範圍都無法涵蓋所有的方言聲音。《福州人怎樣學習普通話》一書的作者指出，「注音字母無法詳細區分眾多聲音，但我們也想不出更好的辦法來應對了。」[114]

某些教育工作者同情方言使用者的困境。張拱貴指出：「在起步階段，自然是會用兒時所熟悉近似方言的聲音。」[115]其他人則指出，可以理解「南方人」缺乏信心，他們認為標準語與自己的習慣差異太大，無法彌合。「北方人」則落入了不同的陷阱。他們高估了自己的本地優勢，認為「學習北京語音不難，或者認為甚至學都不用學，只要稍微注意一點，就能學會了。」住在北京附近、帶有「半北京口音」的地區的人最為自滿，而這種情況才危險。他們需要接受指導和練習，這點和預期的情況相反。那些把自己的土話視為等同於普通話的北方人若不是無知，就是「故意編藉口掩飾自己的懶惰」。他們「表現不佳」，而這就推翻了北方人「學習標準音更容易」的假設。[116]此外，方言地區的「某些人」認為，「北京語音」課程必須由「真正的」北京人或至少是北方人來教。這種教師數量不足，難以滿足需求，而且音韻學的知識並非與生俱來。要

「仰賴本土人才」就表示得要調整標準，「高素質」達不到的話，「能有一定的純熟度」也就夠了。[117]

「方言区」的概念勾勒出一種語言想像，強化了長期存在的文化和政治分歧。數千年以來，南北分界線從黃河移到了淮河，然後落在長江三角洲附近。這是一條標誌著（漢族）文明界限的概念邊界。[118]在一九五〇年代，北方發音與「南方人」這個廣闊類別之間的摩擦可以套用到中國大部分地區。在江蘇，南北分裂穿過了該省範圍，大概是沿著長江來劃分。當教育部門在江蘇省推展教師培訓計畫時，反應也隨之有所不同。徐州（靠近山東邊境）的人要求免除參加計畫：「徐州話和北京話差不多。只要稍微改變一下聲調就行。」江蘇南方的人則苦惱自己的母語與普通話差「太多」，怎麼可能在三週之內就學會？[119]南方人認為與北方語言不相容的情況在廣東最為明顯。在當地，「方言習慣的影響力強大」。有些廣東人認為改變「鄉音」等於「忘本」，他們聲稱：「寧賣祖宗壇，不賣祖宗言。」在這種環境下，思想動員至關重要。要讓頑抗者知道，必須改變語言，而改變語言是可行的，另也要對抗廣東人說官話的老笑話。[120]然而，消除這種偏見並非完全有效。格倫．皮特森（Glen Peterson）指出，在整個一九五〇年代及以後，廣東人對普通話的態度從漠不關心到徹底抗拒都有。[121]

透過廣播

為了掃除通往標準口語道路上的障礙，文字改革委員會於一九五六年首次透過廣播來宣傳。與民國時期一樣，當時希望利用科技來解決合格教師短缺的問題。廣播課程可以提供一對多集體指導，直接造福渴望學習的人，也能讓學習者不受別人嘲笑。在建立媒體基礎設施以支持政府的政治目標的過程中，中國的廣播網絡不斷快速擴張。中國共產黨的廣播實力大大增加了，他們起初是從延安不起眼的小地方開始——新華廣播電台（Xinhua Radio）（XNCR）發跡於黨總部附近的兩個山洞。[122]內戰結束前，中國中部和東北的電台增加了日語節目（向敵方士兵播出）、英語節目（影響國際輿論），以及零星的「少數民族」語言節目。[123]一九四九年成立的中央人民廣播電台（Central People's Broadcasting Station）立即成為共產黨的權威播音機構。群眾渴望聽到毛主席的聲音，可惜他很少上電台發聲。[124]地區電台會轉播北京的節目，並安排多語節目讓內容更豐富。廣東人民廣播電台會提供粵語、潮州話和客家話節目。上海居民可以收聽當地方言或粵語、閩南話、普通話的新聞。內蒙古人民廣播電台成立於一九四九年十二月，以蒙古語和「漢語」（中文）播出新聞、教育和文化節目。[125]

讓節目得以播出的基礎設施最初仰賴遍布鄉村地區的無線電廣播站，由一小群四處流動的無線電收音員負責。他們轉錄新聞以後在地方上傳播，將設備連接到擴音器來放送廣播，同時也舉辦收聽聚會。在城市裡，廣播集會可召集數千名聽眾投入政治運動。一九五六年改成有線廣播，地方電台與工廠、學校、公社和公共場所放置的擴音器網絡相互連接起來。[126]隨著技術能力提高，也有人日益憂心廣播發音不一致的情況。廣播能傳播內容給全國廣大聽眾，有可能是推行標準口語最有力的工具。一位評論者發現，無數聽眾會「有意或無意」透過廣播學習普通話。然而，並非全部的播音員都說「標準語」，他們經常使用方言、「粗俗口語」或文謅謅的慣用語。[127]土生土長的北京人（通常會優先獲得廣播工作機會）必須努力超越方言。所有播音人員必須牢記「規範化」，以免淪於馬虎。[128]有些聽眾很熱心「提供意見」，或者會抱怨從廣播聽到的發音。[129]他們列出的錯誤包括發音末尾的聲母和聲調的錯誤發音，也抱怨「廣播員口音」很誇張。有些播音員咒罵的語氣就像老師在斥責孩子，令人反感。[130]廣播人員加倍努力糾正這些失誤，便可能在推廣共通語言上發揮關鍵作用。「廣播語言應該成為普通話的標準……我們該努力邁向這種目標：有一天讓學會正確發音的人能夠自豪地說：『我的普通話發音標準得跟中央廣播電台一樣』。」[131]

一九五六年二月，上海廣播電台為了配合該市的語言運動，推出了第一個普通話研討會系列節目。廣播課程打算提供正確發音的模範，以此彌補教師培訓的不足。課程的入門介紹（「我們要學習北京發音」）中有四位講者，分別是來自北京、上海、廣州和山東的老師。作為談話的主線，土生土長的北京講者發表了一段獨白，重申國務院的指示（前文討論過），並且向聽眾保證：「如果大家都能按時收聽並勤加練習，北京語音並不難學。」三位講方言的老師就課程的目的和內容提出了問題，並在討論結束時表達了他們對這項志業全力奉獻的決心。隨後的課程改為講座形式，主題從具體的（聲調、聲母、韻母）到分析綜合性（北京音韻的結構特徵、發音剖析）的內容都有。練習時，節目會邀請聽眾「跟著我唸」。[132]

幾個月以後，中央廣播電台和教育部製作了北京師範大學徐世榮主講的普通話系列節目。這位教授花了八週，發表了二十四場講座（每次三十分鐘，廣播三次）。各工作單位接到指示，要在規定時間集合工作人員收聽。[133]首播以後，這個系列講座還會重播。周恩來日後誇口，說在十八個月之間，超過兩百萬人收聽了這個廣播課程。[134]聽眾的回饋大多是正面的。上海某公安局人員要求上午廣播課程，因為晚間廣播時段與工作時間重疊，而且願意放棄午休時間的人也不多。有些勞工發現，廣播內容是針對教師設計的，過於深奧無用又不好學。他們要求要有「簡單易懂」的教材，這樣才適合供日常使用。[135]

與此同時，根據一九五六年四月的政府指示，廣播仍可繼續播放方言節目。地方電台被要求考量聽眾語言程度，再以此評估普通話播出的節目比例。「方言分歧」嚴重的地區應先用普通話廣播節目，然後再播放方言版本（或反過來）。使用方言仍「非常普遍」的社區應權衡「宣傳效果」與「普及通用語言的義務」，也要考慮兼顧聽眾偏好與可行性，千萬不可「過於草率」減少方言節目。「地方戲曲」則不必考慮這些。[136]為滿足兼顧語言和內容的要求，周新武提出了考慮不同因素的建議。周新武身為中央廣播事業局副局長，可對一九五六年中國全境音景提出權威性評價。他發現江南的方言節目「滿足了聽眾需求，非常受歡迎」；它們「應該會在未來持續相當長一段時間」。畢竟，若聽眾聽不懂廣播的語言，一切努力都白費了。然而，廣播一旦漠視普通話，就會錯失推動文字改革的機會。要解決這種「矛盾」，可以分析當時普遍存在的情況和節目劃分的方式。在北方說地方化的區域（與普通話有高度可通約性），應該「盡量減少或不廣播方言節目」。「需要方言廣播」的地區應使用通行範圍最廣的地方話，輔以針對目標受眾（學生和政府人員）播出的普通話節目。只要悉心轉換語言，就能增加普通話節目的比例，以此提高滲透程度。最後，對於語言背景混雜的地區（解放軍部隊、有來自不同省工人的礦區），廣播媒介就選擇通用語言，要「盡量使用」。[137]

根據上述原則，負責地區和地方電台的幹部要按與特定受眾相關的因素來編排節目。首要任務是宣傳黨的政治主張，以及透過溝通將群眾與中央凝結起來。如果通用語言是阻礙，而非無法有助於政治目標，那便暫時可有可無。事實上，中央廣播電台轉播的節目需要多種轉譯：從普通話譯成方言、從國家語言譯為農民的土話、從冗長的講座轉換成精闢有趣的摘要。[138]福建省廣播電台會定期提供福州話、閩南話和普通話節目。然而，工作人員沒有時間翻譯中央廣播電台的所有節目，而且也為該如何用方言傳達黨的指示苦惱不已。[139]在其他地方，民眾紛紛湧向擴音器去收聽當地的戲曲節目，但每當從北京轉播的「全國網絡節目」開始時，眾人便會馬上散去。因此，廣播當局體恤農村人口「文化水準低」、「興趣狹隘」，便容忍此情形。農民畢竟沒有一整天工夫可坐著聽廣播。[140]正如某位高層官員所言，廣播徹底體現了平等主義的特質。它不受空間限制，任何地方都可以聽到。它不受聽者「文化水平」的限制，也不歧視文盲。它不受語言限制，提供多種選擇（漢語、地方語、「少數民族」和西洋語言）。「你只要了解一種語言就可以聆聽。」[141]

從被宣傳為廣播典範的工作人員口中也可觀察到這些情況。劉小雲是漢口的電台播音員。在那些聽她廣播的聽眾中，有被派到這個三鎮地區從事公共工程項目的工人，大多都聽不懂她的湖北話。劉小雲決心要學普通話，她打定主意自學，要成為榜樣。不久之後，她開始在廣播中「拋開恐懼」講「北京話」。儘管劉小雲說得「不太流利」，但工人聽了很高興。「他們都說：『沒關係，我們聽得懂！』」[142]前教師藍耀珠（Lan Yaozhu，音譯）在福建古田縣遇到了相反的問題。她在那裡監督管理無線廣播台向有線網路的轉換。一大群人聚在一起聽首播。民眾才聽到藍耀珠的第一句話便騷動起來：「這是什麼？」「我們聽不懂！」她不會說當地方言，於是自問：「我該怎麼辦？」「我應該用南腔北調來播音嗎？怎麼有可能！」藍耀珠不斷努力練習，很快學會他們的地方話，之後就能和群眾交流了。[143]

在軍中

如果說農村廣播講求靈活運用語言，那麼軍隊則有獨特的要求，迫使人優先採取不同的做法。從普通話運動一開始，人民解放軍便承擔關鍵角色，成為對文字變革付出政治承諾的環境。共產黨在解放軍的文字改革中投入大量象徵性資本，特別是在識字領域。近年來，官方文件、各種回憶錄陸續發表出版，因此更有機會研究軍事史，但軍事檔案仍然屬於高度機密。[144]以下的分析依賴解密的政府資料以及供公眾使用的訊息來源。從這些材料只能略窺推廣普通話的運動以前是如何在幕後開展的。在此要談的研究案例裡，為宣傳而策畫的敘事方式揭示了令人驚訝的情況：即使是廣播國家的優先首重事項，國家權力也有其局限。想要落實語言口說規範，軍隊其實是很複雜的環境，乃是展示和測試由個人信念推動快速語言轉型是否可行的地方。

解放軍的這場運動大張旗鼓展開，與文字改革宣傳的浪潮同步齊發。總政治部（General Political Department）於一九五五年十一月發出指示，要求全體人員動員起來，推行簡體字和普通話。高階官員宣稱，如此一來就能加強團結、提升戰鬥力，也為軍隊現代化有所貢獻。倘若失敗，會「讓我們蒙受困難和損失」。由於新兵來自各個不同的省，而且軍隊會四處奔走與民眾建立「緊密連結」，士兵自然而然站上了文字改革的最前線。[145]一個師可能包括來自多個地區、數十個縣的士兵，大夥操著「南腔北調」的語言大雜燴。[146]那狄（《解放軍戰士》〔*PLA Soldier*〕雜誌的編輯）指出，出於軍事考量，採用規範口語更加重要。「一聲令下，數百、數千或數萬名士兵必須精確一致行動。如果語言不統一，可能會導致誤解或延遲行動。這在戰鬥中是非常危險的。」幸運的是，新募兵的部隊中以二十多歲的年輕人為主，他們聽力敏銳、表達清楚。那狄鼓吹「要山屈服，要水讓開」的頑強精神；他告誡所有士兵，要他們「勇敢努力」學習，好扭轉下面這句詆毀人的老話：「天不怕，地不怕，就怕××人說官話。」（他在括號中解釋，官話就是普通話。）[147]

從解放軍出版物中的公開論調以及洩漏至其他訊息源頭的資料來看，規範口語的工作下放給各個連和團。這場運動充滿見證感言，依靠宣傳來點燃熱情，讓模範士兵化身為普通話的積極捍衛者，以及掃盲戰爭中的可靠戰士。模範士兵是紀律的典範，他們移山倒海，克服恐懼，也戰勝了懷疑者。文字改革宣傳中不斷重複這些比喻，留下了可供效仿的模範。[148]《解放軍報》提醒各部隊注意，根據國務院的指示，新兵和軍院學員必須在一年內學會普通話。「我們要做的就是大力宣傳、用心教學、統一語言教學，並訓練士兵和學生正確的發音……只要人人經常說普通話，積累了聽這種話的經驗並廣泛使用，就能普及普通話了。」然而，必須顧及現實，不能倉促進行，也不能「向士兵和學生提出無理的要求」。[149]

一九五五年至一九五六年的運動凸顯了講粵語的士兵是最需要有人介入的群體，而其中也有一些耀眼的榜樣。例如，根據《解放軍報》的報導，廣東第七三一師響應號召，積極投入語言戰爭。二等兵歐陽強（Ouyang Qiang，音譯）起初連排長或政治指導員所說的一個字都聽不懂。他靠「老同志」翻譯和講解以後，發現自己可以寫出短語，再詢問別人該怎麼唸才對。他不斷重複練習，「逐漸學會了普通話，達到了平均水平。」二等兵梁建華（Liang Jianhua，音譯）指著東西問：「這是什麼？」他背下了答案，憑直覺去理解發音原理。過了幾個月，他的口語已經非常流利。接線生江煉（Jiang Lian，音譯）決心在四個月內學會標準語。他意志堅定、刻苦努力，達到了很流利的程度，然後獲得一份滿意的工作。這份報導下了結論：「學好普通話的廣東新兵有一些共同的特質。」他們好奇大膽，也不怕別人嘲笑。他們很愛唱歌，喜歡額外練習京音歌曲。針對即將入伍該師的新兵，他們展開了「學習普通話突擊行動」，旨在確保所有說粵語的士兵都能熟悉基本的命令。[150]

與此同時，第四九一師第六連被選為這項運動的「試點單位」，因此對其進行調查，藉以評估該連的語言能力：

1. 聽得懂且能說普通話：百分之三十二。
2. 聽得懂但不大會說：百分之十五。
3. 聽得懂部分內容，只能說幾個短語：百分之三十七。
4. 幾乎聽不懂或根本不會說：百分之十六。

從這個結果可發現，士兵的普通話能力參差不齊，程度最好的人集中在司令部和第四排，主要由軍官和老兵組成。儘管已經有一批精通國語的將士，「在整個連之中，能夠推廣普通話的核心領導並不多，但說粵語有『三多』：人員多、場合多、時間多。」為了取方言而代之，政委辦了小組討論，要士兵反思過去的經驗——聽不懂命令；「老兵」與新兵之間，或廣東人和廣西人之間的互動非常糟糕。絕大多數人認為學普通話確實是「當務之急」。前述這些談話也揭露了「矛盾的想法」。有人認為，「老兵」退役以後，該連的主要溝通語言又會恢復為粵語。「也有人認為老戰士屬於少數，應該學習粵語。」還有人認為：「根本沒必要學普通話……對於在農村群眾之間工作，那沒有用。等他們退伍回家以後，普通話肯定就沒用了。」[151]

正如這些報告所示，老兵和新兵的語言差異造成了困難。「老兵」是一個非正式的分類方式，表示（和「新兵」相比）入伍時間較久，也表達出一種「高度尊重的感覺」。[152]儘管「老」教師這個群體被視為冥頑不靈（「舌頭僵硬」，不願意或無法學習），但在解放軍中，老兵卻恰好相反。許多老兵出於需要，學會了以官話／國語為基礎的軍中土話。想要升職的軍官有學習的動力，以期跨越方言進行溝通。對於長期服役的老兵來說，一九四九年之前多年服役累積的習慣可以轉化為學習普通話的能力。另一方面，剛從家鄉語言孤島入伍的新兵，在適應新的言語規範時會遇上更大的困難。因此，推廣普通話運動一個重點就在於敦促「新兵」糾正缺失。[153]對少數族裔背景的新兵來說，這個問題又更顯嚴重。石聰（Shi Cong，音譯）回憶說，自己是侗族人，同志聽不懂他的「鄉村地方話」。他不畏困難，在兩個月內開始學習「日常普通話」。他的方法很簡單，就是每天跟幹部和老兵學幾句話；「大膽開口，不怕別人笑話」。石聰回憶：「對我這個少數族裔新兵來說，學普通話相對來說比較困難，但我最終做到了。」[154]

至於那些欠缺自學精神的人，解放軍的教學計畫需要融入一些正式指導，但主要得依靠以下的策略，好比注入競爭精神，或是導入普通話作為訓練演習和娛樂的溝通媒介。例如，在第一七二師的第二砲兵部隊，新兵學會了用普通話（yi-er-san-si-wu）而非粵語（yat-yi-sam-sei-ng）來數一、二、三、四、五。他們在晚上的娛樂時間將遊戲改成練習活動。在一種稱為「擊鼓傳花」的改編遊戲中，大夥圍成一圈，然後傳遞一件東西；同時，蒙眼的鼓手會敲打節奏。「鼓聲一停，拿著花的人若是講廣東話的同志，大家就叫他說幾句普通話。如果他不會，那就要請人教他。」（另一種更喧鬧的遊戲版本是，鼓聲一停止，拿著花的人就得喝一杯酒。）[155]其他活動還包括以唱歌、吟詩誦詞、跳舞為主的「普通話聚會」。[156]「電話」遊戲也能傳遞教學訊息。宋群（Song Qun，音譯）服役的單位是由東北、廣西和海南人組成的雜牌軍。在他們玩遊戲時，某些短語變成了亂碼。「前有敵人」成了「前面無人」；「暗地前進」變成了「不要前進」。在享受了片刻歡鬧以後，政治指導員嚴正強調了重要的教訓：「我們玩這個遊戲是好玩。但真正在執行任務時，若是因為聽不懂普通話而混淆命令，那就很危險了！」[157]

另外還有一個更複雜的方式，可以透過娛樂來推廣標準語，亦即使用相聲的表演形式。[158]在一九五六年運動最高潮的時候，《解放軍戰士》發表了題為「南腔北調」的對口相聲。[159]在這種段子中，逗哏（A）會宣傳普通話的好處，而捧哏（B）則表示質疑和反對。當A引述國務院的指示時，B會抱怨說普通話的人是在模仿電影明星：「我認為大家應該堅持說家鄉話，這樣才有家鄉味和地方色彩。這樣很親密、舒服、美妙！」為了說服捧哏相信事實並非如此，逗哏便分享了軼事，說明溝通不良帶來的滑稽或嚴重的後果。例如，他在安徽時曾與另一名士兵一起進入一家旅館。店家大喊：「去死吧！……你先死，然後換他。」店家其實是說讓他們「洗澡」，但用當地話說出來，「洗」和普通話的「死」非常接近。在之後的表演中，A模仿上海人、蘇北人和福建人，滿口胡言亂語。隨著表演的推進，B這個懷疑者愈來愈欣賞共通語言，最終也開始推廣這項志業：

B：我看得出來，普通話與社會主義建設的發展有關。每個人都要學，無一例外。

A：是啊，不然一千名代表在北京開會，南腔北調，北京酒店就得準備兩千個房間才行。

B：為什麼要這麼多？

A：每個人都需要帶一位翻譯……

B：如果一個女人說南方口音，一個男人說北方口音，這兩人若是想約會，該怎麼辦？

A：帶個翻譯吧！

解放軍使用各種娛樂形式來推廣通用語言，讓士兵履行義務之餘也獲得消遣。在這些輕鬆的情境中，語言的誤解會帶來善意的笑聲和歡樂，而不是嘲笑。

相較之下，四川第五十一軍醫院就不全然追求歡樂和遊戲了。李宏純在給《解放軍報》編輯的一封信中指出，他所在單位的某些同事樂於把握自學機會，卻「遭遇輿論的抵制」。有的同志「不肯好好學習」，還冷嘲熱諷：「南腔北調很難聽！」或者「你只是想當說話像官員的土包子。」當一名士兵用普通話播報消息時，有人會取笑他，說道：「你最好還是講四川話，聽起來才不會怪裡怪氣又不自然。」這種嘲笑令人難為情，也會破壞氣氛。「那些不學習卻嘲笑別人的同志違背了國務院推廣普通話指示所講求的精神。」[160]

這是個嚴重的指控。李宏純未透露嘲笑者的姓名。然而，他說出了自己服務的單位，還道出其中有態度不佳的情形。一般都會將這種態度歸咎於「某些人」，不會具體指名道姓，或者會說這是已經糾正的思想缺陷。《解放軍報》在「百花齊放」運動開始之際發表了這項指控。[161]「給編輯的信」是一種體裁，透過讀者的聲音（假設是他們寫的）來揭露真實情況。[162]《解放軍報》是受到嚴格控制的媒體，這類信件可能受人操弄，但這似乎不太可能是一封偽造信。由於這些指控與許多其他的消息來源相似，《解放軍報》的編輯不需要編造這種案例來證明什麼。[163]兩個月以後，第五十一軍醫院回信給《解放軍報》。李的信件見報以後，「我們對全體員工加強教育，已經不再有人嘲笑學普通話的人。」[164]如同本章前文所討論的，許多觀察者認為嘲笑的情況普遍存在且難以消除。第五十一軍醫院是如何這麼迅速解決問題的？由於更深入的文獻闕如，不可能知道他們用了何種「教育」來補救。對相關的工作單位來說，至關重要的是要就語言不妥協行徑採取零容忍政策，以此履行對國家政治目標的承諾，並且要提供一份附錄，以留下迅速採取補救行動的公開紀錄。

其他的見證文字說明了規範口語在軍隊之外的重要性。浙江人劉德灦服兵役五年後已經說得一口「相當流利的」普通話。休假回家時，他決定把所學給藏起來，因為他擔心家人無法理解，或也害怕「親戚們說我擺官老爺架子」。讓劉驚訝的是，父親用一口「結結巴巴的普通話」跟他講話。父親覺得奇怪，兒子竟然還沒學會通用語：「你出外五、六年了，口音怎麼還沒變？」劉德瀾突然感到羞愧；沒有人像他擔心的那樣嘲笑他，於是愧意就更加強烈了。出乎他意料的是，家鄉的年輕人都渴望向他學習。[165]

從高潮到冷鋒

劉德瀾樂觀描寫，村民會跟在他後面，請他教正確的發音；這種敘述凸顯了個體自發性推動語言轉型的軌跡。運動持續進展，一片「熱情爆發」中不時也浮現某些潛在的問題。針對這些問題，王力試圖用三個議題加以回應：學普通話是「擺官老爺架子」嗎？學普通話是否就「忘本」？學普通話很難嗎？王宣稱，三者答案絕對都是否定的。首先，普通話不應與其前身（即代表官僚特權的「官話」）混為一談。在共產黨的領導下，「官僚主子」被消滅了。我們所謂的普通話，就是「人民的語言」。「有人說放棄祖先的語言就表示『忘記自己的出身』」，這位教授在第二點中駁斥了那些人的說法。「一千年前，我們的漢語還沒有像今天這樣支離破碎。在此之前的幾千年，只有一種漢語……我們遠祖的語言是統一的。」學普通話非但沒有放棄自己的傳統，反而是回歸本源。王力在此提出了似是而非的說法，指出千年來語言都是有連續性的，藉此安撫民眾的焦慮情緒。中共政權是建立在與過去意識形態決裂的基礎上，因此王力的論點特別引人關注。最後，王談論第三個困難時向讀者保證，「任何值得做的大事都會有它一定的難度」。學習普通話「對南方人其實沒那麼難」，肯定比學習外語容易。他接著說：「這些不是用來安慰的空話，而是有理論基礎，有事實驗證的。」[166]王力為了澄清「實際」情況而歪曲事實，暴露了與政府運動相互矛盾的態度。他堅信普通話不難學、不是官僚語言、不會對方言造成傷害。他陳詞慷慨過頭了。

推廣通用語的運動透露強硬的訊息，將普通話描繪成即將淹沒全中國的浪潮，遂讓上述的保證話語顯得無足輕重。然而，到了一九五六年秋天，該運動推廣不到一年，有關推行力道減緩的報導敲響了警鐘。《教師新聞》（*Teachers' News*）的一篇社論指出，這項運動於一九五五年發起，當時是「撫過草地的輕柔微風」，後來演變成「洶湧的風暴」。一九五六年二月國務院的指示帶來了雷電和進步。然而，某些老師此後開始質疑：「普通話運動是一陣風，過去了嗎？」儘管這篇社論的作者否認這種暗示，但他列舉的各種障礙透露出事實就是如此。負責宣傳的人抱怨：「我們已經宣傳它（普通話）了。再做一次，就是老調重彈。」「夠接近就好」、地方主義和「與我無關」之類的態度削弱了推廣力道。為了扭轉局面，「我們不應該把它視為一陣吹過的風。我們應該加大推廣普通話運動的力道……統一漢語不可能在三年或五年之內實現。普及普通話的工作需要堅定不移和長期堅持才行。」[167]

某些觀察家心知肚明，通用語言的命運取決於能否從運動式的閃電戰，轉而透過教育和通訊基礎設施去落實長期的任務。這就需要將對新口語規範的期望嵌入行政體制中，同時也要啟動官僚機制來執行。為了更了解實際情況，一九五六年九月，教育部和文字改革委員會從北京派出一個考察小組。在陳潤齋帶領下，這個小組花了兩個月在浙江、廣西和上海等地考察。他們的調查結果好壞參半。取得進展的跡象之一是，這三地都在組織工作人員並準備進行方言調查。考察員只走訪了少數學校，但每到一站，他們都欣喜發現一年級課程中有標上注音和合適恰當的課本。然而，另一方面，教師培訓計畫的結果有好有壞。浙江的三萬七千名教師和上海的六千名教師上過了京音研討會。江西比較落後，受過訓練的教師只有數百人。[168] 根據陳潤齋的說法，上海具備有利的條件，包括教師「基礎扎實」，以及學生「願意且能夠學習」。至於其餘的問題，陳指出學校管理人員未「足夠重視普通話」。有些人「對現狀滿意」而不願採取行動。有些人則認為「高潮」已經過去。陳潤齋責備道：「這種觀點就錯了。去年是一個開始，需要大力宣傳和大量鼓譟。今年我們開始過渡到日常工作……我們應該進入另一個高潮的新階段。」這就像學游泳一樣，必須克服內心的疑慮。畢竟，「如果你不下水練習，你永遠學不會游泳。然而，一開始吞點水也不可避免。」[169]

考察小組的機密報告闡述了負面的回饋。學校管理者是脆弱的環節，但問題的癥結在於高層。由於市和省領導並未全力支持，校方管理人員就不會優先考慮這項運動。一些領導人「不願參與」，其他人則「態度保守」，寧可謹慎小心。在某些學校，「教師培訓開始了，但從未結訓。」考察人員引用某位知情人士的話下了結論：「要在學校營造普通話環境，上級領導必須向學校領導提出具體的要求，迫使他們重視。」[170] 為什麼「上級領導」無視這被奉為國家優先首重事項的運動？對於負責教育和「文化工作」的幹部來說，持續不斷的運動給他們帶來了沉重的政治任務重擔，在他們日常的職責上增加負荷。他們抱怨，說自己被叫去參加「沒完沒了的會議」，「我們匆匆忙忙、頭暈目眩，幾乎看都看不清楚」。他們要怎麼從眾多的任務中找出「核心問題」？[171] 當地方幹部要執行一連串來自北京和上級的指示時，普通話的重要性就變低了。從普遍存在的「思想問題」和嘲笑者的說法可以看出，不妥協、拒絕不幹也不會有什麼後果。他們或許必須人云亦云，跟著別人一起喊口號，宣揚普通話很重要，能夠改變局勢。然而，許多人看到「上級領導」虛應故事、冷漠以對，心裡便知不遵守規定也不會被懲罰。[172]

考察小組指出，出了學校，這種懶散態度反而加劇了「各界人士的思想疑慮」，尤其是家長的疑慮。「無論在社會或學校，思想上的抗拒仍然存在。」訪談揭露了一連串讓人不安的觀點：

—有些人把普通話稱為「不懂話」（這是發音的諧音雙關，表示無知或難以理解的言語）。

—有人告誡孩子：「寧願賣掉家產，也絕不能出賣家鄉話。」說普通話被視為「忘本」、背叛祖先。

—小孩子在學校學了普通話，回家開口說的時候，某些家長會打他們巴掌。還有家長跑到學校抱怨：「你們為什麼不改教漢字？」

—有些人認為，學普通話是在「擺官老爺架子」，學官僚那樣說話。他們斥之為「說鬼話」。

—有些教師認為普通話屬於語文教師的職權範圍，「與其他學科教師無關」。

—有些教師抱怨發捲舌音很困難，說「只有北京話」才有這種聲音。「為什麼一定要將京音當成標準發音？太難了，所以『算了吧』。」

—有些教師不要求學生說普通話；他們不這樣做根本不足為奇，「甚至還有嘲笑和冷笑的情況。」

—有的學生把普通話稱為「官腔」，說發音不準確就像走火；「像官僚一樣胡言亂語會頻頻走火！」[173]

考察小組回顧這一連串讓人頭痛的調查結果後得出結論，指出儘管有良好的開端，但民眾看不到「強而有力的領導支持」，因此先前加諸口語規範化的政治意義已經消失。[174] 其他省的報告證實了上述評估結果，雖然會提到成功的情況，但也坦率承認眼前還面臨許多問題。某些地區回報已在教學上投入了大量資源，其他地區則是才剛開始。這些報告反覆提及幹部冷漠以對和無法消除「思想障礙」。在黑龍江省，考察七個地區所得到的結果透露了參差不齊的語言推廣情形：某些學校投入許多心血，有些學校則漫不經心、忽視這項責任（「浪費時間」；「這與我無關」）。整體而言，該省的人普遍認為「高潮」已經過去，因此「態度消極冷漠」。[175]

初始運動啟動一年以後，過渡到「日常工作」模式的計畫陷入了停滯。在上海，教育部門指派四名工作人員在全市推動實施普通話。[176] 這是一場艱苦戰鬥。他們遇到的幹部認為，文字改革有別於其他的政治運動，不是「一項長期的例行任務」。他們等不及有結果，「一下子要求太多了」。從另一方面來看，在最初的宣傳浪潮過了以後，「社會的宣傳工作其實就停擺了」。教師和學生「不再重視說普通話」。根據對七所學校的考察結果，百分之十的教師能夠講「相對標準的普通話」。其餘老師只能說點「各種方言口音的普通話」，讓學生複製他們的錯誤發音。其他老師則得依靠黑板板書來交流，「否則學生聽不懂」。到了一九五六年底，一份記錄上海情況的報告也評道，「錯誤思想」猖獗：緊迫感和關注度不夠；拋下責任不管；老教師缺乏信心（「方言口音太重，學不會」）。因此，接下這項使命的語文教師將他們的經驗描述為「有如孤軍奮戰。如果沒有學校管理者的支持，成果根本是微不足道」。[177]

推廣普通話工作委員會（Putonghua Work Committee）作為上海的責任組織節點之一，顯然缺乏上頭的支持。該委員會由副市長擔任主席，應該在政策實施中發揮監督作用。然而，他們沒有職務上的職責，也欠缺政治權威，只會不定期開會（第一次是在一九五七年一月，直到一九五八年八月才再次召開會議）。在首次會議上，上海教育局長指出，他的部門已經放緩未來兩年的計畫。委員提出透過「行政手段」誘使人遵守的構想，但副市長拒絕了，他認為這是不允許的：「在學校和軍隊，推廣普通話的工作仍將堅持以訴求為主。除了電影和戲劇演員，不宜使用行政手段。」[178] 會議最終以含糊不清的贊成決議來作結。後續指示要求所有學校「繼續大力推廣普通話」，同時重申教師的重要性。依照重要性從高到低的順序：語文教師要發揮帶頭作用；其他科目的教師應「盡量」採用普通話作為教學語言；重點是青年教師，其次是中老年教師。「至於實在有困難的人，不要去勉強。」[179]

打敗仗？

事後回頭看，陳潤齋可以將學習普通話熱度消退追溯到一九五六年中期。將近一年以後，陳在《人民日報》上撰文指出，熱潮之所以明顯消退，主因是誤解了中國複雜語言生態的本質和歷史。有些人基於錯誤的假設，「認為推廣普通話的任務很簡單。他們以為我們只要宣傳一些口號就行，不用做太多的工作，每個人都能學會。」然而，各地方言和京音差異甚大，「我們不能指望每個地方都步調一致，也不應該急於一蹴而就」，或者堅持「一個標準」。更有效的方法是考慮「每個方言地區的語言環境」。對教師和學生應有更高的期望，但對一般人來說，必須按照「實際情況」和「自願原則」行事。「我們不能透過武力或命令來做到這一點，也不能禁止民眾說方言，否則將引起他們的不滿」，繼而損害文字改革的更大目標。[180]

儘管陳潤齋沒有明確提及，但正在進行的「百花齊放」運動已經引發了強烈的不滿情緒，可以從中發現人民不滿黨的許多政策。在口語規範上，有人以尖銳的口氣批判，點名某些罪魁禍首，或者以工作單位和職稱等特徵揭露他們。來自上海建設中學的費維榮詢問，為何方言仍大行其道。[181]余錦燕跟費在同一個學校任教，他和另外三位老師一起教導十六個班級的普通話。余將自己的角色比喻為戰場上的「孤軍」：「我們不想『撤退』，我們絕對不想『投降』，最重要的是，我們不想『打敗仗』。」不幸的是，他的同事認為「說不說普通話無關緊要」，而學生則提出抗議：「除了你的課，其他科目都不用普通話。老師都不說，你又憑什麼逼我們說？」教育部門還使出最後一擊：宣布即將舉行的學期考試不考發音，「學生自然會想，這不是浪費我們的時間嗎？」[182]

有一位在浙江某間鄉村學校教書的老師講了一則軼事，明顯透露上述這種期望出現落差的情況。在討論推行普通話的會議上，一位幹部率先發言：「我今天不會用普通話報告，怕在座的同志聽不懂。」他用地方話向在場的老師講述這項任務的重要性：「普通話是漢民族的通用語言」，文化界和教育工作者有推廣它的神聖義務。「我們驚訝地彼此對看，有些人忍不住竊笑。」當演講者告誡大家要「嚴肅看待此事」時，聽眾卻「無法忍住想笑的感覺」。[183]

文字改革委員會曾於一九五七年中召開為期一週的會議，當時的情況就是如此。六月二十五日，來自二十二個省和三個直轄市的三十五名負責推行普通話的幹部抵達北京。[184]在這次會議之前，五月剛舉行過三場關於簡化漢字的爭議性論壇，當時有知名的知識分子因此招惹了政治上的麻煩。與一九五五年十月規模大得多的慶祝會議不同，這次會議的氣氛審慎而嚴肅。會議紀錄沒有提及「百花齊放」運動的騷亂，也沒有提到近期對右派不利的轉向。（斧頭尚未落在許多普通老百姓身上。）[185]在公眾視野之外，與會者坦率批評了口語規範的工作。教育部副部長魏闕（Wei Que，音譯）對「現狀和問題」的評估有了基本定調。魏宣稱，宣傳工作不夠充分，而「社會上的抵抗相當嚴重」。每個省都報告有人被嘲笑，或父母聽到孩子說通用語言而責罵或毆打小孩的事件。政府幹部不夠重視，一些普通話委員會「名存實亡」。隨著這場運動「由高潮轉為低潮」，大家都在問：「今後應該優先考慮普通話嗎？」魏闕也提出需要審議的實際問題。應該使用哪種拼音系統：漢語拼音或注音？要給參與方言調查的師生多少報酬才合理？發音培訓課程時間太短而效果不佳，但教師也得有休假時間，該如何解決這兩者的衝突？[186]

後續六天的討論集中於口語規範在中國政權施政中處於怎樣的優先排序地位。地方和省級領導對此事的熱忱大不相同，而他們對這個問題關注和投入資源不足也就不奇怪了。與會者建議對黨和國家各級官僚機構有所干預，也要求有人出面說明優先順序的問題。「從去年國務院發布（關於普通話的）指示以來，情況就發生了變化。」給前線人員的支持不夠穩定，上層需要提供指導，因為「推廣普通話被認為是次要、甚至不重要的工作，經常被其他核心任務給取代」。各單位「習慣找藉口、逃避或忽視」；教育幹部缺乏執法權，無權干預。若沒有持續努力，完成培訓課程的人很快就會拋開所學；保持率非常低，流程明顯有缺陷。[187]

會議結束時，與會者提出了補救策略。最重要的期望是獲得「中央明確提供」的指導原則，尤其要擘畫出「長遠藍圖」。多數人也建議，應將推行普通話的工作移交給獨立的行政單位，以凸顯此事的重要性。但在管轄權、組織結構和人員配置方面，則出現了紛呈的意見。至於該如何分配資源也看法分歧。「把精力集中在城市，在農村做多少是多少即可？」關注「方言地區」？爭取「統一標準」，或有差異的標準？儘管審議結果既詳細又發人深省，但沒有決定性的結論。會議最後只勉勵大家都要加倍努力。[188]

當與會者回鄉時，從「百花齊放」到爭相追捕右派的轉變早已加劇。七月初，兩家國家級刊物發表了六月的會議摘要，其中讚揚俞子夷擔任教育廳廳長期間在浙江推廣普通話所付出的努力。[189]正如第二章談論過的，俞子夷在一九四九年之前一直是小學教育領域中素有影響力的人物。到了月底，有人開始將他打成右派分子。俞子夷之所以惹上麻煩，直接原因是他參加了六月三日的統一戰線民主黨派會議。[190]他在那個場合發言時談到教師的困境（工作繁重、健康問題被忽視、難以招架五十五比一的師生比），以及他先前在其他場合（包括國家宣傳管道）公開提出的某些問題。[191]儘管如此，俞子夷的言論遭到扭曲，別人才得以指控他。對他的指控愈演愈烈，批判他散播「毒藥」，用謊言煽動不滿，以及向黨發射「毒箭」。[192]根據聶如川撰寫的一份冗長起訴書，俞的「罪行」包括他對普通話的態度所透露出的反黨思想。聶如川敘述先前發生過的爭執，把重點聚焦於俞子夷發脾氣和欺負下屬之事。據稱，在聶前往北京參加六月二十五日的普通話會議之前，俞子夷要他「開一槍」、提倡針對地區偏好來編纂的發音課本，好把事情鬧大。聶如川接著說道：「俞子夷六月三日的言論並非偶然。這是長期存在的反黨意識形態引爆的結果。」[193]

到了一九五七年秋天，指控牽涉範圍愈來愈廣，也捲入了文字改革機構的其他人。[194]王力是陷入天羅地網的受害者之一，他因「資產階級」觀點而遭到嚴厲批判。[195]隨著口語運動的重要性逐漸減弱，教育部回顧了過去十八個月的整體進展。從正向積極面來看，六十萬名學校教師接受了某種形式的「京音培訓」，約占全國語言教師的三分之一。超過兩百萬的民眾收聽了廣播課程。已分發出去的教材約有四百五十萬冊，外加一百三十八萬張留聲機片。消極的一面則是，「實施語言政策遇到重大的阻力」，這點歸咎於「對普通話在社會中的重要性和意義認識不足」。全國進展情形不均衡，「從熱烈到冷淡」都有。某些地區已經完全停止宣傳活動，「某些人甚至開始懷疑是否會繼續推行下去。」在這種情況下，又加上進行中的反右運動預期「工作量會很大」，教育部決定不再發布關於普通話的指示。相反地，教育部備忘錄表達了期許，希望各省市「堅持不懈，繼續執行推廣普通話的工作」，不要「半途而廢」。[196]

一九五八年一月，周恩來向國務院提出一份關於文字改革的報告。周的言論經常被視為駁斥了關於拼音化的命運長達數十年的爭論，此外他也談及普遍受忽視的普通話相關的評論，其中就講到阻礙進展的因素。總理指出，標準的普通話「並非要求全體漢族人民都能像北京人一樣說話」——既不可能，也不必要。北京語音是個標準，大家「要盡量向它看齊」，但熟練度可以各有不同。「對一般人就可以要求寬些，對中年以上的人就可以不必有此一般要求。這樣，才能減少推廣普通話的阻力。」周恩來還回答了一個不斷有人提出的問題：「推廣普通話是不是要禁止或者消滅方言？」，他回覆，自然不是的。「方言是會長期存在的。方言不能用行政命令來禁止，也不能用人為的辦法來消滅。」眼前得走的路是「要把六億漢族人民的方言逐漸統一起來」，「必須作長期不懈的努力，才能實現。」「究竟要多長？就要看交通、經濟和文化的發展和我們工作，但只要我們不斷地認真地工作，這個任務是一定可以實現的。我們應該有這樣的信心。我希望大家多做一些宣傳工作，造成有利於推廣使用普通話的社會風氣。」[197]

躍進

推廣普通話的運動仍在持續進行，但強度只剩以前的一點點了。由於不學普通話也不會受罰，這項運動與眼下的政治騷動和更緊迫的任務相比，顯得相形見絀。隨著一九五八年至一九五九年鎮壓右派分子演變為「大躍進」，言大而夸的風氣四處颳起，聲稱可在幾天或幾週內完美統一口語。（廣東）廣寧縣發動「攻堅戰」，提出十天內讓各單位人人「聽得懂和說得出」的目標。臨近佛山的年輕人也不甘示弱，投入了三天的「艱苦奮鬥」。[198] 其中最著名的是（福建）吳山鄉，它是大躍進的「奇蹟」之一。吳山這個山區鄉村有一千零六十六戶人家，其成就首先是在省級報紙上見報，然後又向全國廣為宣傳。一九五八年四月，鄉黨委員會展開了「五十晝夜的艱苦奮鬥」。結果顯示，百分之八十五的青少年和百分之六十的中年人透過閃電戰學會了普通話（占總人口的百分之五十六）。甚至年紀較大的鄉民也跳進來學習基本的對話。[199] 在大躍進之前，吳山有「方言混雜」的複雜語言生態，推廣共通語運動幾乎未有任何進展。在土改期間，曾有一位地主運用自己的普通話能力為村民「口譯」；他心懷惡意，故意誤譯來謀取私利。要克服這些困境就必須「從上到下各個層面的動員」。根據《紅旗》（*Red Flag*）雜誌的報導，成功的關鍵因素包括「中央支持」和地方幹部「敢想、敢做」，敢於用「大躍進精神去普及普通話」。如果這個偏遠村莊能夠將文字改革與生產結合起來，為何其他地方就不能呢？「走進吳山，田野裡、學校裡、家裡、馬路上，到處都能聽到口齒清楚的流利普通話交談聲。」「現在嘲笑別人說普通話的現象已經不存在了。」[200]

吳山的神奇成就被廣為宣傳，其中以十九歲的陳進四為該聚落的語言先鋒。陳是鄉裡第一個學普通話的人，打小就是追求社會主義理想的奇才。她先是反抗父親、硬要去上學，後來又克服重重挑戰，成為一名教師和掃盲運動人士。陳進四從十四歲起就一直擔任領導，並於一九五五年獲得覲見毛主席的殊榮。[201] 陳進四領導普通話衝鋒運動時，發揮了「大躍進」精神「攻破了方言堡壘」。[202] 攻克口語以後，吳山發動新的攻勢。儘管漢語拼音於一九五八年正式頒布，但鄉裡沒有一個人懂。[203]那年夏天，陳進四在北京參加全國普通話會議，她下定決心要把這個新的拼音法學起來。她回鄉後在一場會議上介紹漢語拼音，「鄉民們都笑了起來。」她不為所動，還籌辦了一個培訓課程。四十名學生在十天內上完課程（預計時間的一半），然後開始分別教其他人。陳進四鄭重宣告，只要二十天或四個月的艱苦奮鬥，全鄉都能享受漢語拼音帶來的好處。[204]

根據報導，隨著這個福建中部偏遠地區的名聲愈來愈大，這股學習熱潮也蔓延到鄰近村莊。整個大田縣很快就被譽為推廣「普通話的紅旗單位」，並且將其典範輻射到周邊地區。[205]陳潤齋指出，這一路走來當然並非一帆風順。「在大眾思想中，一些思想疑慮和障礙仍然存在。」舉例來說，有些大田人會說：「普通話是幹部講的。他們吃了很多油膩的食物，而且舌頭很軟。我們做不到。」老人則說，「我就要躺進棺材了」，學普通話還有什麼意義？與此同時，女人覺得自己的努力不會有任何收穫：「學了普通話以後，我們還是得刷鍋子。」[206]透過改變民眾的態度，大田為國家提供了有指導性的典範。某位記者指出，其他領導未能接觸群眾。他們在辦公室裡制訂計畫、關注困難或頑固的阻力、遵循既定規定和「循序漸進」的口號。他們關注的是學校和「知識界」，不是工人和農民。他們「迷信專家」，大肆進行方言調查：印卡片、編手冊、購買錄音。這些手冊普通人看不懂，根本浪費錢又浪費時間。大田反其道而行：沒有半個專家，沒有半點方言調查紀錄，沒花半分錢。事實上，大田奇蹟是對過去五年語言運動的政策和假設的徹底否定。鄉民是仰賴「黨的領導」和「群眾的力量」，利用大山、田野和所有能想到的場所來實現推廣普通話的承諾。[207]

陳進四身為推動「福建奇蹟」的靈魂人物，她出席了在北京舉行的第一屆「全國普通話教學成績觀摩會」。當時，共產黨高層特別讚揚了吳山。陳在第一天就得到了最重要的發言機會。這次會議旨在展示文字改革成果，現場結合表演與競賽活動，以此發揮會議名稱中「觀察與模仿」的教學功能。[208]在一週之內，來自全國各地一百四十一名代表聆聽了數十場演講，觀看了將近一百五十場表演：唱歌曲、朗誦詩歌、說相聲小品、展示漢語拼音和普通話翻譯。[209]參與者（主要是教師和學生）是由所在地選出來的人，若不是表演精湛的語言能力，就是要證明大躍進精神的力量。[210]例如，副校長趙德山講述了青島小學的學生如何掀起另一場「高潮」。他們發明遊戲、舉辦比賽、設立「紅先鋒普通話服務站」。自封為積極分子的人會監視每個教室。他們「如影隨形」幫助有發音困難的同學，鼓勵缺乏信心的同學，而且會「勸說」嘲笑別人的學生。[211]會議結束時，周恩來和陳毅到場祝賀並和與會者合照。離開北京前，這些代表發表了一封致全國青年的公開信，提出「舉辦一場友誼性的革命競賽」，讓「普通話紅旗插遍全中國」。[212]

教學成績觀摩會（分別於一九五八年、一九五九年、一九六〇年、一九六四年和一九七九年舉行）並非展現語言成果的唯一機會。一九五八年夏天，教育部聯合共青團和中央廣播電台在十二個城市舉辦演說比賽。各地紛紛召開「普通話運動人士大會」來造勢。[213]共青團團員體現大躍進精神，向其他城市的團員發起挑戰：「看誰能把普通話學得更快更好。」有一段時間，共青團也將普通話與植樹運動和臭名昭彰的除「四害」運動[214]連結起來。這三項活動旨在培養年輕人的革命精神。[215]對於個人和團體來說，熱愛和掌握通用語言有可能獲得別人的認可。然而，這些觀摩會將流利的口語當成傑出成就來展示，凸顯了普通話在更廣的語言環境中滲透不足的窘境。例如，廣州一家公共食堂的工作人員想出了計策，設法不用粵語來當溝通媒介。他們學了和客人互動的簡單短語，使用漢語拼音為標誌牌加上標音，同時也播放課程，讓客人習慣聽通用語言。吳玉章在一九五九年的全國觀摩會上讚揚了這個工作單位。百分之八十的食堂工作人員已經具備初步的

圖 5.2 共青團號召全國青年植樹造林、除四害，以及講通用語言。

資料來源：《中国青年》，一九五八年。

聽力和理解能力，百分之七十的食堂工作人員已經有一定的會話能力。他們不求流利，只求「能用基本的普通話接待顧客」。[216]

在同一次會議上一個吹捧成績的場合，廣州市教育局卻給了慘淡的評價。報告提到對三所中學的審查結果：在九十名教師中，百分之六十八使用普通話作為教學語言，但發音差強人意。根據一項針對十名學生做的簡單測驗結果，沒有人能用普通話準確唸出或用漢語拼音拼出自己的名字。[217]在大肆宣揚大躍進熱潮的頭條新聞背後，出現了一幅不同的景象。一九五八年，佛山曾大肆宣揚為期三天的閃電戰。此後，這座城市經常被譽為「人人學普通話、人人講普通話」的典範。[218]然而，當地某位小學教師透露，實際情況與公眾認知有落差。在推動使用標準語作為教學語言的過程中，教師會混合使用普通話和方言。兩者「結合」本來是可以接受的，但最後卻演變成「混合」的東西。老師講的是「方言化的普通話」，發音、文法和詞彙都是隨意混合的。學生養成了「南腔北調」的習慣，分不清什麼是標準，什麼是不標準。[219]

在大躍進勢頭最盛的時期，魏建功發表了一篇紀念五四運動四十週年的長文。魏建功一九四八年從台灣回國後就在北大任教，並且也編纂標準用語的權威參考書：《新華字典》（*New China Dictionary*）。他反思一九四九年以來的文字改革工程，所下的評語是，「有些人覺得過去十年的工作只是延續解放前就開始的政策」。魏建功斷言，不是這樣。「現在做的工作與解放前不一樣。雖然看似雷同，精神和實質卻截然不同。」這位教授回顧從一九一三年讀音統一會開始的語音統一歷史沿革。像他這樣的前國語運動的推動者發揮了一些「積極作用」；然而，這項志業有致命缺陷，注定會失敗。他們代表資產階級和「反動政府」的利益，「脫離群眾」、走了錯誤路線。魏建功將這段令人遺憾的歷史與當前這場運動的結果相互對比，他認為後者「以實在驚人的速度斬獲成果」，原因在於中共的堅定領導和「群眾熱情支持」。有些人想在解放前和解放後的文字改革之間尋找連續性，魏建功根據他個人投入三十年卻失敗的經驗，嚴厲譴責了這些人。[220]

為了加強口語規範的群眾特性，一九六〇年代初期的某些舉措側重於將普通話推向「社會」，例如透過日常與民眾互動的工作人員（百貨公司店員、鐵路售票員和公車售票員）。[221]與此同時，從國務院解散全國普通話推廣委員會的指示也可以看出其政治重要性降低了。學校仍然是主要「戰場」，學生和教師被要求創造另一波「高潮」。許多人學會了基本發音，但沒有機會練習，「他們都忘了」。老師又重拾方言作為教學語言的習慣。重新施力推動，又再度搬出了決心、勤奮練習和消除思想障礙等熟悉的真言：「每個人都應該要體認到，說得不好沒什麼了不起，錯的是那些取笑別人的人。」[222]一九六〇年，文字改革委員會專家小組返回上海時也參觀了附近縣市的學校。嘉定的學生用混亂的「方言官話」背誦課文。老師把漢語拼音的發音教得亂七八糟，以自身的無知誤人子弟。有一個駭人的案例：參訪者發現某位中學老師用漢語拼音來標生詞的發音，結果錯誤率高達百分之五十。[223]相較之下，陳友珍（Chen Youzhen，音譯）在一九六〇年被評為模範教師。新學年一開始，她在上海教的一年級班上學生講著各種地方話，彼此難以溝通。陳老師耐心教導，激發了學生積極學習的興趣，也為「更高層次的理解」奠定了基礎。她強調通用語言與社會主義建設的關係，接著說出了畫龍點睛之語：「說普通話就是熱愛祖國和熱愛毛主席。會說普通話的都是他的好孩子！」在能獲得主席認可的激勵下，同學個個踴躍報名：「我一定要會說普通話！我要當毛主席的小先鋒戰士！」[224]

在探討普通話的脈絡下，很少提到毛澤東，因為他說的是跟標準語相差甚遠的方言變體。諷刺的是，毛澤東最出色的戰士也不會說通用語言。雷鋒是解放軍的卡車司機。他在一九六二年去世後因為全國宣傳而永垂不朽，至今關於此人的記憶仍時有迴響。根據傳聞，雷鋒誓言要在偉大的革命事業中成為「永不生鏽」的螺絲釘。[225]在「向雷鋒同志學習」的運動中，雷鋒為人民服務的利他事蹟不勝枚舉。一本在他死後發現的日記證明了他絕對忠於黨和毛主席。在軍隊和學校學習時必修的模範人生傳記當中，有一則故事講的是雷鋒在其所在單位的文工團度過的短暫時光。他第一次排練新劇時，「用濃濃的湖南話」朗讀角色的台詞。其他劇團成員告訴他，觀眾可能聽不懂他的話。他回答：「沒關係，我會通過練習來糾正。」他花了幾天的時間用普通話講台詞，「努力糾正自己的口音」。第二次排練時，雷鋒用一種奇怪而生硬的口音朗讀了台詞，結果「引來陣陣笑聲」。團長決定交給其他人扮演他的角色：「恐怕有些觀眾會不太明白你講的方言。」這位好士兵毫不猶豫便接受批評，也願意被換角。雷鋒以他特有的無私精神為同志服務，使自己變得有用。[226]

從這則軼事看來，身為標竿的戰士，其品質並不包括要會說普通話；雷鋒雖不會說通用語言，他近乎神話般的地位也沒有被削弱。雷鋒的案例凸顯了標準口語在毛澤東時代的政治和社會生活中所擄有的奇怪地位。共產黨從一開始就明確表達對通用語言的意識形態要求。然而，一九五〇年代的運動並未賦予普通話霸權體系的定位，也就為方言和少數民族語言留下了空間。（可以肯定的是，這樣的空間在未來幾年將會受到壓縮。）從實際實施的情況來看，學習普通話的命令在一九六〇年代及以後是有條件的。當標準語牴觸了社群規範、長久的偏好或舊日習慣的時候，一般人並不害怕迴避或拒絕它。正如S.A.史密斯（S.A. Smith）對毛的群眾運動所下的評論：「普通人強烈感覺到權力平衡對他們非常不利。」然而，數百萬人有勇氣說出自己的想法和抱怨，或者從事「地方官員不贊成但他們認為不會遭罰」的活動。[227]隨著歷史學家更仔細審視黨國、其革命目標和「群眾」之間的接觸，他們發現了更多消極好鬥或頑固逃避的例子。在大眾宗教、《婚姻法》的實施和農業採購等領域，近期的學術研究指出官方說法和現實之間存在巨大落差，或者這個國家無力指揮百姓。[228]正如許慧文的評論：「在一九五〇年代和一九六〇年代的幾十年裡，黨國不斷發現令人沮喪的情況……那就是他們的臣民仍然衣衫襤褸、各行其是、不守規矩。」[229]

從民眾忽視、嘲笑或拒絕學習社會主義國家通用語言的命令，我們可看出一個顯著、甚至更加複雜的例子，其中說明了一般人認為他們可以做哪些事而不受罰。普通話的混亂情況與中共強迫群眾講毛澤東思想政治語言（後來被稱為「毛语」〔MaoSpeak〕或「毛文体」〔MaoStyle〕）的方式，兩者形成鮮明對比。在詞彙和語意層面，共產黨在政治語言中實現了前所未見的「表達統一」。官僚機制和對越軌行為的懲罰強力落實了這種語言規範，並且在文化大革命期間達到了順從聽命的最高點。[230]若也考慮到普通話的社會史，我們會發現人們對標準語音的爭論讓這個威權國家無法強加其意志。訕笑、藉口和抱怨反覆出現，還有無數學習後又遺忘的案例，林林總總，這些都是有意無意拒絕配合的行為，破壞了規範口語的計畫。哪怕階級鬥爭和崇拜毛澤東的語言滲透到社會中，其口頭表達方式仍舊冥頑不化、難以統一。從某個生動的案例便可看出這一點：一九六六年，（推動文革的）陳伯達向全國各地的紅衛兵團體發表演講。從講稿可以看出，他因為「普通話說得不好」而向年輕的革命同志道歉，還說道：「我找個口譯吧！」[231]當時沒有人笑。

註釋

1 原註：英文 script reform 是文字改革的直譯。由於它超出了書寫範圍，涵蓋了與口語有關的問題，因此我將其稱為 language reform（直譯為語言改革）。
2 原註：吳玉章，〈開幕詞〉和〈文字必须在一定条件下加以改革〉。
3 原註：尹高潮，〈毛泽东的老师们〉，第 342–43 頁。
4 原註：馬敘倫，〈中國文字改革研究委員會成立會開會辭〉，第 4 頁。
5 原註：DeFrancis, "Mao Tse-tung and Writing Reform," 139–42。周有光去世前向美國記者彼得・海斯勒（Peter Hessler，漢名何偉）透露，決定性因素是史達林。據說史達林告訴毛澤東，中國應該有自己的「中國書寫形式」。Hessler, *Oracle Bones*, 417。
6 原註：《人民日報》，一九五五年二月五日，第 2 版。此外，委員會也啟動了篩選變體形式的過程。陳光垚，《简化汉字字体说明》。
7 原註：三個月之後，國務院批准使用「漢字簡化方案」。〈国务院关于公布汉字简化方案的决议〉。
8 原註：〈叶籁士代表的發言〉。
9 原註：有關西里爾字母這個選項的命運，請參閱：Yan Li, *China's Soviet Dream*, 70–72。
10 原註：《第一次全国文字改革会议文件汇编》，第 237 頁；第 8 號會議決議，第 217 頁。
11 原註：〈中共中央关于文字改革工作的问题指示〉，8:91–92；石靜遠，《漢字王國》，203–10。
12 原註：張奚若，〈大家都來推廣和學習普通話〉，第 39 頁。
13 原註：張奚若，〈大力推广以北京语音为标准音的普通话〉，第 39 頁。張斷言，雖然國民黨的「國語」運動貢獻了一點價值，但國語注定要失敗，反映其背後政權的命運。

14 原註：張奚若，〈大力推广以北京语音为标准音的普通话〉，第42頁。

15 原註：教育部認定注音字母為小學「必備工具」，並將注音錄音和課本發送給各地方的教育部門。

16 原註：〈罗若梅代表的發言〉和〈薛長寿代表的發言〉，第182–93頁

17 原註：〈孫培均代表的發言〉，第177頁。

18 原註：〈薛長寿代表的發言〉，第184–85頁。

19 原註：〈罗若梅代表的發言〉，第189–93頁。

20 原註：胡喬木後來擔任《毛泽东选集》主編，並且監督起草一九八一年《关于建国以来党的若干历史问题的决议》。

21 原註：胡乔木，〈在全国文字改革会议上的发言〉，第112–13頁，第118頁。已出版的會議紀錄提供了胡講話的摘要，但省略了全文。它是作為「內部文件」（SMA B105-7-30, 16）分發，並於一九九九年發表在《胡乔木文集》。另請參閱：刘扬烈，〈普通话为什么以北京语音为标准音？〉。

22 原註：胡乔木，〈在全国文字改革会议上的发言〉，第115頁，第119頁，第108頁。

23 原註：〈为促进汉字改革，推广普通话，实现汉语规范化而努力〉。

24 原註：與會者包括來自教育、出版、廣播、電影、戲劇、音樂和文學界的代表。來自蘇聯、波蘭、羅馬尼亞和北韓的七位專家也出席了會議。

25 原註：《现代汉语规范问题学术会议文件汇编》，第216–17頁。

26 原註：與會者大多同意要放棄第五聲入聲和尖／團的聲母區別。

27 原註：《现代汉语规范问题学术会议文件汇编》，第228–29頁，第179頁。

28 原註：《现代汉语规范问题学术会议文件汇编》，第218–21頁。

29 原註：王东杰，〈官话□国语□普通话〉。瞿秋白指出：「中國的普通話不是所謂的官僚國語。」宋陽（瞿秋白），〈大眾文藝的問題〉。

30 原註：胡適提過一個著名定義，將國語等同於普通話：「我們所說的國語，是指從長城到長江，從東三省到西南三省，大體相同，只有細微差別的普通話。」胡適，〈國語運動的歷史〉。

31 原註：張奚若，〈大力推广以北京语音为标准音的普通话〉。這成為了整個運動過程中重複出現的簡單解釋。

32 原註：《普通話朗讀課本》，第1–3頁。

33 原註：周鐵錚和孫俍工，〈我們怎樣選擇標準語〉；劉澤先，〈普通話與標準音〉。

34 原註：先舟，〈北京土话并不是普通话〉。

35 原註：周祖謨，〈普通话的正音问题〉。

36 原註：倪海曙，〈应该把普通话的概念弄明确〉。

37 原註：例如，〈为促进汉字改革□推广普通话，实现汉语规范化而努力〉；老舍，〈大力推廣普通話〉；王力〈論推廣普通話〉。

38 原註：普通話的現代定義刪除了「漢民族的共同語言」這些字句。

39 原註：〈王力代表的發言〉。

40 原註：曹書端，〈我們有信心學好和教好普通話〉。

41 原註：趙民治，〈克服一切困難做好普通話的教學和傳播工作〉。

42 原註：Pepper, *Radicalism and Education Reform*, 192–216。更糟的是，教師隊伍充斥著「被剔除者」（reject）。余偉康（Eddy U）發現，上海政府機關將不受歡迎的教員轉移到中學，這些人隨便接受培訓之後就在那裡教書。

U, "The Hiring of Rejects."。

43 原註：張棣華，〈談亂班〉；White, *Policies of Chaos*, 136–38。

44 原註：〈不許歧視小學教師〉；陳垣，〈把人民教師的地位和待遇恰當的提到應有的高度〉；荊世華，〈反對輕視教師的錯誤思想，樹立尊重教師的社會風氣〉。彼得森（Peterson）表示，在一九五〇年代，廣東大部分的鄉村教師生活都很貧困。Peterson, *Power of Words*, 62–63。

45 原註：另一種「混亂」源自於外部，亦即政府機構長期「借調」教師和學校管理人員，以履行文書職責、為成人掃盲班安排教師、徵稅或修復堤防。村和區政府也會撥出學校場地和教室來開會或舉辦文藝表演。《人民日報》，一九五三年三月七日，第3版；《教師報》，一九五六年十一月三十日，第1版。

46 原註：陶厚敏，〈将来不会说普通话才可笑哩！〉。

47 原註：Ping Zhu, "Introduction: The Study of Laughter in the Mao Era."。

48 原註：張奚若，〈大家都來推廣和學習普通話〉，第24–26頁。

49 原註：周澍，〈推广普通话中的思想问题〉，第7頁。

50 原註：隢校文，〈在我國方言复雜情況下推廣普通話行得通么？〉。

51 原註：張拱貴在一九五五年到南京師範大學任教，也領導上海和江蘇方言的調查工作。

52 原註：引述自《人民日報》社論，一九五五年十月二十六日，第1版。

53 原註：張拱貴，〈应该解除学普通话的幾種思想障碍〉。

54 原註：杨翊强，〈嘲笑别人学说普通话的态度是错误的〉；陶厚敏，〈将来不会说普通话才可笑哩！〉。

55 原註：湯廷誥，〈大胆学習普通話〉；鄭溢，〈谈普通话的学习〉；朱伯石，〈语文教师要大力宣传，推广，并学好普通话〉；林漢達，〈接触思想顾虑，大胆使用普通话〉。

56 原註：有關不好聽判斷中所包含的情緒差異的啟發性討論，請參閱：Blum, "Good to Hear."。

57 原註：〈教师们应当成为推广普通话的积极分子〉；周澍，〈推广普通话中的思想问题〉，第7頁。

58 原註：陈世垣，〈教学生讲好普通话〉。

59 原註：SMA B-105-7-30, 3。

60 原註：姜溪，〈应当鼓勵說普通話〉。

61 原註：〈教师们应当成为推广普通话的积极分子〉。

62 原註：張周，《为什麼要推广普通話》，第18頁。

63 原註：朱伯石，〈语文教师要大力宣传，推广，并学好普通话〉。朱從一九五六年至一九八七年於華中師範大學任教。

64 原註：鄒毅明，〈在普通話教学中初步克服了方言的影响〉。文中引述的短語是「难听的怪调」。

65 原註：〈林達芬代表的書面發言〉。

66 原註：〈国务院关于推广普通话的知识〉，一九五六年二月六日，刊登於《人民日報》，一九五六年二月十二日，以及其他論壇。

67 原註：徐世荣，〈教学北京语音和注音字母的经验教训〉，第6頁。徐世榮（一九一二年至一九九七年）曾任教育部普通話教學指導處副處長（一九五六年至一九五九年）、普通話審音委員會委員（一九五七年至一九六三年），還有替中央廣播電台國語課朗誦讀音。

68 原註：徐世荣，〈教学北京语音和注音字母的经验教训〉，第6–7頁。

69 原註：〈湖北省第二屆北京语音讲师训练班工作总结〉，第113頁。

70 原註：張拱貴，〈江苏省中小学和师范学校教师北京语音训练班工作总结〉。

71 原註：SMA B105-7-27/2, 3–10；B105-7-27,33–35；B105-7-26,13–14。

72 原註：SMA B105-7-33,1–7。首批畢業生回鄉後無法找到合適的崗位，他們受過大量的訓練卻未能發揮應有的作用。SMA B105-7-33,63。

73 原註：SMA B105-7-33,23。

74 原註：施効人，〈参加普通话语音研究班学习后的感想〉。這項課程舉辦了九期，共有一千六百六十六名畢業生，之後教育部於一九六一年終止課程。姚喜双，〈普通话水平测试常用术语〉。

75 原註：美國歷史學家林恩・懷特（Lynn White）認為，用大規模運動來落實政策可降低短期的行政成本，還能透過恐懼和／或暴力迫使眾人遵守政策。White, *Policies of Chaos*, 8–9, 17–18。

76 原註：SMA B105-7-32, 32–34。

77 原註：阿碧，〈教学普通话的辅导工作〉。

78 原註：《教師報》，一九五六年八月三日，第3版；《初一汉语试教总结，语文教学专辑》，第3頁。

79 原註：張拱貴，〈怎样教学北京语音〉；〈江苏省中小学和师范学校教师北京语音训练班工作总结〉，第81–82頁，第86–87頁。「分析綜合」被認為高度符合「科學」，因此受到了一些關注，但吸引力不大。該方法要將句子和單字分解為單獨的音素，分析它們的屬性，然後將它們重新組合成單字和音節。張拱貴，《拼音教学讲话》，第12–13頁；《教師報》，一九五六年八月二十八日，第3版。

80 原註：〈北京語音教學的幾點體會〉。

81 原註：《小学普通话教学法介绍》，第2冊，第37–38頁。

82 原註：《北京語音訓練班教材》；張拱貴，《普通話發音讀本》；《語音基础知识》。

83 原註：例如，某本新的中學語文課本就用三十九個注音字母介紹了「發音基礎知識」。张志公，《初级中学课本汉语第一册教学参考书》，第39頁。

84 原註：《初一汉语试教总结，语文教学专辑》，第76頁，第79頁。

85 原註：例如，朱星，《怎样学习普通话》；《語音基础知识》，第3頁。

86 原註：〈常用汉字拼音表，草稿〉。

87 原註：SMA B105-7-28, 60。

88 原註：〈关于小学一年级语文教学北京语音的通知〉；SMA B105-7-27, 28。

89 原註：朱星，《怎样学习普通话》，第7頁。

90 原註：《教師報》，一九五七年三月十二日，第3版。

91 原註：江成，《标准音声调练习》，第1頁。

92 原註：《语文教学专辑》，第81–82頁。

93 原註：黄绮，〈谈四声〉；徐世荣，〈怎样学习北京语音的声调〉。趙元任使用國際音標撰寫了他首篇關於這個主題的文章（"A System of Tone Letters"）。

94 原註：徐世荣，〈怎样学习北京语音的声调〉。

95 原註：〈常用汉字拼音表，草稿〉。審音委員會於一九五七年十月發布了第一個「異讀詞」圖表。經過六個多月的審議，委員會成員的意見「接近一致」。《普通话异读词审音表》。

96 原註：《山西省教育厅中等学校语文教师北京语音训练班工作总结》，第142–54頁。

97 原註：徐世荣，〈怎样学习北京语音的声调〉。

98 原註：《教師報》，一九五七年二月二十六日，第3版。

99 原註：欒嗣炳，《怎样教学普通话》，第1–17頁。

100 原註：詹伯惠編輯，《汉语方言及方言调查》，第32–35頁。

101 原註：〈高等教育部，教育部关于汉语方言普查的联合指示〉。

102 原註：Tam, *Dialect and Nationalism in China*, 170–79；李荣，〈怎样编写本地人学习普通话的手册和方言调查报告〉。

103 原註：SMA B105-7-298, 13–14。一九六〇年，文字改革委員會指示落後者盡快完成調查。SMA B105-7-873,1–2。

104 原註：詹伯惠編輯，《汉语方言及方言调查》，第36–37頁。儘管這些手冊是針對非專業人士而寫，但設定的目標讀者為不只受過小學教育的人。詹伯惠，〈有关编写，学话手册，的几个问题〉。

105 原註：王了一（王力），《江浙人怎樣學習國語》（一九三六年）；王力，《江浙人怎樣學習普通話》（一九五五年）。文本進行了細微修改，以反映一九四九年之後的現實情況：普通話取代了國語，並且刪除了探討金錢的內容，藉此消除資本主義色彩。

106 原註：王了一，《廣東人學習國語法》（一九五一年）；王力，《广东人怎样学习普通话》（一九五五年）。

107 原註：赵治武和孙成宗，〈辽宁人学习普通话辨字正音手册〉序言。

108 原註：詹伯惠，〈武汉人怎样学习普通话〉，第9–10頁。這句著名的諺語出自於孫子的《孫子兵法》。詹伯惠於一九五三年畢業於（廣州）中山大學，師承王力。

109 原註：胡乔木，第115頁，第118–19頁；〈为促进汉字改革，推广普通话，实现汉语规范化而努力〉。

110 原註：詹伯惠在一篇介紹王力「怎樣學習」指南的文章中引用了同樣的諺語。詹伯惠，〈介紹兩本指導普通話習的書〉。

111 原註：詹伯惠，〈武汉人怎样学习普通话〉，第2頁，第10–19頁。

112 原註：張为鋼，〈方言地区怎样教学标准音〉。張肯定是從他多年來為國民黨宣傳國語而得出這種觀點，哪怕他並沒有提及此事（第四章）。他在一九五〇年代任教於華南師範大學語言學系，並且參加了一九五五年的標準化研討會。

113 原註：阿碧，〈教学普通话的辅导工作〉。

114 原註：高名凱和林燾，《福州人怎样学習普通話》，第111頁。

115 原註：張拱貴，〈通过方音来掌握北京語音〉。

116 原註：朱星，《怎样学习普通话》，第5–6頁；博良勛，〈北方人要不要學習标准音〉。

117 原註：施承基，〈在方言区教学語音的几个問題〉。

118 原註：請參閱：Carolyn Cartier, *Globalizing South China*, 41。該書指出，南中國最大時被繪製成黃河以南，占了中國的一半。規模最小時指的是廣東珠江三角洲地區。

119 原註：張拱貴，〈江苏省中小学和师范学校教师北京语音训练班工作总结〉，第97頁。

120 原註：張为鋼，〈方言地区怎样教学标准音〉，第6–8頁。

121 原註：Peterson, *The Power of Words*, chap. 7。一九六〇年，該省領導無視使用基於京音的漢語拼音的指令，嘗試用方言音韻來讓百姓識字。

122 原註：新華廣播電台當時的設備包括一個麥克風、手搖留聲機、大約二十張音樂唱片，以及一本用來查閱不熟悉單字發音的字典。萧岩，〈延安播音生活回忆录〉，第111–14頁。

123 原註：彭芳群，《政治传播视角下的解放区广播研究》，第60–65頁。

124 原註：《天津日報》，一九四九年六月二十三日；《廣播愛好者》，第1期（一九五六年）：第30頁；Jie Li, "Revolutionary Echoes," 41。

125 原註：《广东省志—广播电视志》，第95–96頁，第130頁；赵凯，《上海广播电视志》，第196–97頁，第333

頁；《內蒙古广播电视志》，第14–18頁，第67–70頁。

126 原註：Jie Li, "Revolutionary Echoes," 31–35；Liu, *Communications and National Integration*, 120。從一九五五年到一九五六年，安裝的擴音器從大約從九萬個躍升至五十多萬個。到了文化大革命時，九千三百萬個擴音器覆蓋了全中國，實現了高度政治滲透。

127 原註：吳曉鈴，〈廣播工作者和漢語規範化〉。

128 原註：葉聖陶，〈廣播工作跟語言規範化〉。

129 原註：SMA C43-1-69693, 70；吳曉鈴，〈廣播工作者和漢語規範化〉，第4頁。

130 原註：張艷輝，〈我的思想檢查〉。說話語氣應該像是在對話，這樣才會讓農民覺得你在跟他們說話，而不是高高在上責備他們。〈对农民广播的语言和形式问题〉。

131 原註：鄭林曦，〈誏（保留原文錯字）廣播語言成为普通話的典範〉。

132 原註：SMA B107-7-21/1, 12–74。

133 原註：《光明日报》，一九五六年五月六日，第2版；蘇州市檔案館I43-001-0099-173；徐世榮，《普通話語音教學廣播講座》。想要複習的人可以查閱《教師新聞》（*Teachers' News*，直譯）或配套課本中收錄的講座內容。

134 原註：周恩来，〈当前文字改革的任务〉。

135 原註：SMA B1-2-1901/2, 63；B105-8-21/2, 12–16。

136 原註：〈廣播事業局關於推廣普通話的指示〉。

137 原註：周新武，〈普通話廣播節目增加了新的意义〉。

138 原註：〈对农民广播的语言和形式问题〉；〈發揮廣播站和收音站推廣普通話的作用〉；〈从三方面改进农村节目的形式〉。

139 原註：〈农村广播中的几个問題〉。

140 原註：苑子熙，〈中央台与地方台对农村广播的分工问題〉。

141 原註：謝觉哉，〈日益發展的广播事業〉。

142 原註：洪世昌，〈广播員刘小云〉。

143 原註：吳培德，〈平凡的人，不平凡的劳动〉。

144 原註：Xiaobing Li, *A History of the Modern Chinese Army*, 8–11。

145 原註：〈解放军总政治部通知全军推行文字改革〉。

146 原註：徐忻，〈部隊中是怎樣推廣普通話的〉。

147 原註：那狄，〈大家都說普通話〉。

148 原註：在毛時代，模範比比皆是。另有許多其他的例子：Hershatter, *The Gender of Memory*, chap. 8；Friedman et al., *Chinese Village, Socialist State*。

149 原註：〈積極推廣普通話〉，《解放軍報》，一九五六年二月十八日，第1版。

150 原註：那狄，〈入伍一年内，学会普通话〉。

151 原註：《解放軍報》，一九五六年二月十六日，第3版。七年以後，廣州軍區宣傳部的報告也引用了類似的觀點。〈部队利用汉語拼音教学普通話的初經驗〉，第26–27頁。

152 原註：万全，〈「老兵」这两个字〉。一九五六年，解放軍總政治部將一九五四年以前入伍的士兵稱為「老兵」。〈总政治部关于注意在老兵中间进行发展党员工作的通知〉。

153 原註：杨其勛，〈大家来学普通话〉；〈七连的新兵们学会普通话啦〉；左光远，〈学会掌握训练中的重大题〉。

154 原註：陈文宝，〈侗族新兵学会了普通话〉。

155 原註：《解放軍報》，一九五六年六月五日，第3版。

156 原註：《解放軍報》，一九五六年二月二十三日，第3版。

157 原註：《解放軍報》，一九五六年七月二十八日，第3版。

158 原註：有關中華人民共和國早期的相聲，請參閱：Link, "The Crocodile Bird."。

159 原註：〈南腔北调〉。

160 原註：李宏纯，〈不应该嘲笑别人学说普通话〉。

161 原註：有關百花齊放，請參閱：Teiwes, *Politics and Purges in China*, 211–74。

162 原註：李宏純關於第五十一軍醫院的信符合下面於《人民日報》發表的信件分析，屬於一種曝光干預。Chu and Chu, "Mass Media and Conflict Resolution."。

163 原註：就東德而言，彼得・斯佩利奇（Peter Sperlich）更加懷疑真實性的問題。他指出給編輯的信如何被用來表達民眾對政權政策的支持，或者被用作派系鬥爭的手段。這種信擔當傳遞「上層」指示的管道，以及讓「下層」發洩不滿的雙重功能。Sperlich, *Oppression and Scarcity*, 164–73。

164 原註：〈嘲笑学普通话〉，《解放軍報》，一九五六年五月二十二日，第3版。

165 原註：刘德澜，〈家乡的话也在改变〉。

166 原註：王力，〈谈谈学习普通话〉，第15–17頁。

167 原註：舍华，〈普通话教学不是一阵风〉。

168 原註：SMA B105-5-1689, 42–49，一九五六年十一月的報告。

169 原註：《推广普通话简报》，第1期（一九五六年）：第1頁。「普通話的高潮已經過去」的觀點引發了討論。

《光明日报》，一九五七年一月十六日，第3版。

170 原註：SMA B105-5-1689, 46。

171 原註：《小学教育通讯》，第18期（一九五六年）：第18頁；第21期（一九五六年）：第25頁。

172 原註：在毛澤東時代，任命沒有資格和經驗的幹部領導來帶領學校體制給中學造成了危機。到了一九六〇年代，衝突、冷漠和虐待情況十分猖獗，而且教師資質十分低落。U, *Disorganizing China*。

173 原註：朱莉婭．克雷布林斯卡（Julia Kreblinska）和特倫頓．威爾遜（Trenton Wilson）建議我翻譯這個笑話，在此感謝他們。

174 原註：SMA B105-5-1689, 47–48。

175 原註：《全国推广普通话工作情况简报》，第5期（一九五六年）；第6期（一九五六年）。

176 原註：SMA B1-2-1901/2, 37–38。

177 原註：SMA B1-2-1901/2, 39–40, 65。

178 原註：SMA B105-7-297, 8–13。

179 原註：SMA B105-7-20, 6–7。

180 原註：陈润斋，〈根据实际情况采取不同方式推广普通话〉。

181 原註：费维荣，〈学校中为什么不重视普通话？〉。

182 原註：余锦燕，〈孤军作战〉。另請參閱：《光明日报》，一九五七年二月十三日，第3版；《教師報》，一九五七年三月十二日，第3版。

183 原註：赵万荣，〈一个滑稽的报告〉。

184 原註：SMA B105-7-25, 1–28。

185 原註：MacFarquhar, *The Origins of the Cultural Revolution*, 1:270–95。《人民日報》於一九五七年六月八日的一篇頭版社論標誌著此一轉變。

186 原註：SMA B105-7-25, 1–4。

187 原註：SMA B105-7-25, 6–7, 10, 13。

188 原註：SMA B105-7-25, 15–22, 24–28。

189 原註：《教師報》，一九五七年七月五日，第1版；《文字改革》，第8期（一九五七年）：第49頁。俞子夷沒有出席北京舉行的會議。

190 原註：事後看來，俞子夷與民主促進會（Association for the Promotion of Democracy）有所牽連，注定了他將遭逢厄運。統一戰線黨派的領袖是反右派分子運動要打倒的第一批目標。俞與全國受譴責的右翼分子和浙江政治機構高級成員聯繫，更讓他陷入困境。

191 原註：《浙江日报》，一九五七年六月四日，第1版。

192 原註：〈堅決与俞子夷的右派言論划清界限〉。有一項指控讓人回想起一九三〇年代的著作，該指控聲稱俞子夷兜售杜威的偽科學理論。祝其乐，〈俞子夷的政治立場和教育思想是一貫反动的〉。《小学教育公报》雜誌有一期特刊，記錄了他的全部罪行（一九五七年十一月）。

193 原註：聶如川，〈揭發余子夷在推廣普通話工作中排斥党的領導的一些活动〉。俞在一九七〇年去世，一九七九年獲得平反。

194 原註：Seybolt and Chiang, "Introduction," 3–5。陳夢家最直言不諱批判簡化漢字。他於一九五七年被送進勞改營，最終在文化大革命期間自殺身亡。在此次整治運動中，總共有一百多萬人被打成「右派」。

195 原註：一九五八年，王力對語言學和高等教育的看法導致他陷入困境。他的兩篇文章在反右派運動中被點名批評為「毒草」。然而，他盡力自我批評，遂獲得了緩刑，一直能夠撐到文化大革命結束。Seybolt and Chiang, *Language Reform in China*, 260–87；张谷和王缉国，《王力传》，第120–22頁，第285–86頁。

196 原註：教育部備忘錄，一九五七年八月二十一日，出自於SMA B105-7-18, 25–26；《人民日報》，一九五七年十二月二十五日，第7版。

197 原註：周恩来，〈当前文字改革的任务〉。

198 原註：《文字改革》，第12期（一九五八年）：第27頁；第16期（一九五八年）：第19頁。其他例子請參閱《教育報》，一九五八年六月二十日，第2版；蘇州市檔案館A03-005-0032-156, 156。

199 原註：〈加速推广普通话，生产学习都方便，吴山乡已普及普通话〉，《人民日報》，一九五八年六月二十一日，第7版。

200 原註：〈福建一个乡的奇迹〉。

201 原註：《文字改革》，第7期（一九五八年）：第17–18頁。陳精於農耕，致力於消滅四害。根據報導，她隨身都會攜帶一把打麻雀的槍。

202 原註：《光明日报》，一九五八年九月二十二日，第6版。

203 原註：全國人民代表大會於一九五八年二月十一日批准。

204 原註：陈进四，〈打先锋推广普通话大跃进拼音又开花〉；陈进四，〈学习汉语拼音和在吴山大队推广汉语拼音的一些体会〉；周孝诚，〈吴山见闻〉。

205 原註：《人民日報》，一九五八年八月二十五日，第7版；一九五八年九月六日，第7版。省政府出了一本總結大田奇蹟的書，《推广普通話的紅旗：大田縣普及普通話的經驗介紹》。

206 原註：陈润斋，〈争取普通话推广工作更大跃进〉。

207 原註：雷普，〈是奇迹也是宝贵经验〉。

208 原註：普通話觀摩論壇延續了一九四九年以前類似的「教學成果」活動和國語演講比賽的做法。這種「觀察與模仿」的模式與何若書在《策展革命：毛澤東年代的政治陳列》（*Curating Revolution*）中的發現不謀而合。她對物件的關注與普通話會議的核心表演者有所不同。

209 原註：《第一届全国普通话教学成绩观摩会文件资料汇编》。

210 原註：SMA B105-7-289, 98–100；B105-7-289/2, 5–16。參與者的資格是有限制的：一九五五年以後學習普通話的學生；「原本無法用普通話作為教學語言」但現在卻表現出色的教師。

211 原註：赵德山，〈青岛市顺兴路小学推广普通话工作介绍〉。

212 原註：《第一届全国普通话教学成绩观摩会文件资料汇编》；《文字改革》，第9期（一九五八年）：第1–2頁；《安徽教育》，第8–9期（一九五八年）：第8頁。

213 原註：SMA C21-2-1233, 1–7；《光明日报》，一九五八年三月三十日，第2版。

214 譯註：除四害運動是第一場大躍進運動，起初將四害定義為：老鼠、麻雀、蒼蠅和蚊子。一九六〇年四害重新被認定為：老鼠、臭蟲、蒼蠅和蚊子。

215 原註：SMA C21-2-1233, 15–19；《中国青年报》，一九五八年二月二十四日，第1版。

216 原註：《第二次全国普通话教学成绩观摩会资料选编》，第3–4頁，第84–87頁。

217 原註：〈通过检查，提高普通话教学质量〉。

218 原註：《文字改革》，第2期（一九五九年）：第6頁。

219 原註：麦钟林，〈小学语文用普通话教学发现的问题〉。

220 原註：魏建功，〈从国语运动到汉语规范化〉，第155–58頁。

221 原註：SMA B105-7-546, 1–5，B105-8-46, 8–9, 50–57。

222 原註：SMA A31-2-96, 5–14。

223 原註：SMA B105-7-882, 5–12。

224 原註：SMA A31-2-74–74,2–8，A31–2-74–82, 1–3。

225 譯註：將革命事業比作機器，將人視為零件。

226 原註：《毛主席的好战士—雷锋》，第48–50頁。

227 原註：Smith, "Rethinking the History of Maoist China," 190。

228 原註：Smith, "Talking Toads"，Wang, "The Dilemma of Implementation"，Diamant, *Revolutionizing the Family*，Altehenger, *Legal Lessons*。

229 原註：Shue, "Epilogue," 375。

230 原註：Schoenhals, *Doing Things with Words*，Ji, *Linguistic Engineering*。

231 原註：〈中央首长在北京大学的讲话〉，一九六六年七月二十六日。

結語

国家推广全国通用的普通话。

——中华人民共和国宪法第十九条

全國人民代表大會於一九八二年春季公布了新憲法草案，並公開徵求意見。這一刻點燃人們對「法治」曙光出現的希望，標誌著要告別先前數十載災難頻傳、動盪不安的時日。隨著鄧小平主導的「改革開放」逐漸推展，新的法律框架可望奠定重組政府和經濟體制的基礎。在這些重大變化中，憲法第十九條中的一項條款指出，國家打算推廣普通話，但並未具體表明人民應該說這種通用語言的義務。另外三項條款重申並擴大對少數民族語言權利的保護。[1] 徐世榮解釋，將普通話納入國家的「基本法」便建立了其法律依據，超越了一九五六年國務院的指示（請參閱第五章）。徐世榮身為近期恢復的文字改革委員會的資深成員，他按照自己的長期經驗發表了前述看法。這位教授指出，過去有些人認為推廣普通話是可有可無的「軟性任務」，或是小學才要負責的工作。家長斥責孩子「滿嘴北京腔」，有人則認為學習普通話是「忘祖」。為了糾正這些「不正確的思想和閒言碎語」，徐在一篇分為三個部分的文章中解釋了這個通用語言的內涵、使用方式和推行原因。文章從一九一三年的讀音統一會開始談起，回顧了推廣標準口語的歷史沿革。他展望未來，認為「大力推廣普通話」不會訴諸「強制命令」，也不會消滅方言。然而，各級領導再也不能推卸責任，因為推廣普通話二十六年以後，任務仍未完成。[2]

其他評論者也表示同意。語言學家呂叔湘問道：「有必要推廣通用語言嗎？」「每個人都會說，當然！」中國幅員遼闊且方言眾多，「我們需要共同的口語以利於溝通」。民國時期的「國語」運動開始推展七十多年以後，標準口語仍然在遠處若隱若現。願望與現實之所以脫節，背後原因林林總總，呂叔湘認為「民眾的思想不夠重視和關心」是首要原因，大家提出各式各樣藉口，例如用「年老、舌頭僵硬」來掩飾自身的懶惰或怕人嘲笑的心態。[3]《人民日報》的一篇社論指出，若要有所突破、激發「群眾熱潮」，就得推翻「可有可無」或「與我無關」這類的普遍想法。[4]突破的關鍵在於「領導」要有所承諾，而且必須「嚴肅以待」。[5]

四個現代化的通用語言

隨著一九八〇年代初期重新開始關注文字改革，普通話被重新定位為促進鄧小平標誌性「四個現代化」的工具。公開討論時經常引述一九五〇年代的經驗，而且會引用已有數十年歷史的黨的指示作為向前邁進的基礎。[6]（這或多或少是為了讓新一代熟悉以前曾付出過的努力。）普通話教學成績觀摩會的回憶、訓練課程的建設經驗，以及（吳山奇蹟的奇才）陳進四的事蹟到處流傳。[7]學校再次成為「主要戰場」，語文教師要擔任先鋒。教育部於一九七八年發布一項指令，宣布從小學到大學要追求目標極高的普通話水準。然而，尚未取得明顯成果之前，短短五年的實施期便已結束。[8]長年老問題也再度浮現，好比永遠傷腦筋的教師培訓、冥頑不靈的家長、「思想」障礙、嘲笑和訕笑。某位觀察人士指出，多數語文教師出於「狹隘的地方主義」和受到舊習慣影響而不願講普通話，或者誤以為講普通話會影響學習成績。許多人認為，用普通話教學「無關緊要」。可見的宣傳一貫指出要「推廣」這個通用語言，因此有些人誤以為這項任務做或不做都行，並非「法律規定的」。[9]徐世榮指出，「教師資格」的問題長期存在，足見這項任務有多艱鉅難辦。在一九五〇年代，首次推行的普通話運動因缺乏合格教師和「骨幹」領導者而窒礙難行，三十年過去了，眼前還是面對類似的情況，很顯然僅僅靠學校沒有辦法獲得期望的結果。若要重新規範口語，就必須號召群眾，擬訂行動計畫來「催生社會動力」。我們不該害怕前路漫漫，「即使投入數十載」也在所不惜。[10]

在中國人民解放軍中，一九五〇年代的情況依舊不變。根據報導，來自四面八方的新兵無法理解指揮官的命令，也難以相互溝通，因此錯誤百出。其中有讓人捧腹的滑稽情況，也有戰場上的混亂，而後者有可能導致致命的後果。《解放軍報》的一位評論員寫道，許多軍隊幹部講的是「南腔北調」，這些人不會因為普通話能力不佳而受處罰，而且他們「滿足於現狀」，「即使有缺點也不妨礙『升職』或『致富』。」[11]普通士兵不願學習普通話，可能是因為「難為情」或怕被人嘲笑。[12]一名士兵向《解放軍報》投書，說他開始學普通話時，連隊同袍譏笑他「離鄉沒幾天就改變口音，講話洋腔洋調」。這位士兵問道：「學普通話是不是會洋腔洋調？」編輯回答他：當然不是。「學習全國通用的語言，怎麼可能會說話洋腔洋調呢？」學習過程坎坷窒礙，難免會鬧出發音的笑話。「但也不必介意……要一笑置之，別太當真。因為有人閒言閒語就放棄學

Able to understand putonghua 能听懂普通话			Able to communicate using putonghua 能用普通话交流		
Northern dialect region 北方话区	*Other dialect regions* 其他方言区	*National average* 全国	*Northern dialect region* 北方话区	*Other dialect regions* 其他方言区	*National average* 全国
91%	77%	90%	54%	40%	50%

表E.1

資料來源：吴润仪和尹斌庸，〈普通话社会调查—现状和前景〉，《文字改革》，第1期（一九八五年）：第37–38頁。

普通話是軟弱的表現。」另一方面，在放假回鄉期間，「最好說你的母語，把它視為『遵循地方習俗』。」[13]「忘本」是嚴厲的指控，足以讓人打消學習普通話的念頭。為了改變這種看法，《解放軍報》提醒士兵，改變鄉音和「忘本」「毫無關係」，就像學習外語也不代表不愛國。[14]從學校到軍隊都有普遍誤解的情況，讓人不禁想起過去就很熟悉的那些困境。王力指出：「文字改革運動已有九十年的歷史，但群眾仍有許多誤解。」在改革開放時期，我們必須用科學方法「實事求是」（援引毛澤東和鄧小平的名言），才能把「錯誤的認知轉化為洞察力」。[15]

本著實事求是的精神，一九八四年一項調查提供了全國情況的資料。這個為期五個月的計畫評量了二十個省的普通話水平，分別從一百二十個地點「抽樣」。「能聽懂普通話」就是聽得懂中央廣播電台的新聞播報。「能用普通話交流」則是「音韻和聲調或多或少正確」。研究人員分析結果之後，證實了識字率和普通話熟練度之間有很強的相關性，同時指出其中有明顯的性別差異。針對後者，在「聽不懂普通話」的受試者中，女性占百分之七十；研究人員還發現，某些村莊根本沒有能講通用語言的女性。調查報告的誤差範圍在百分之二．八到百分之五．一之間，但沒有提供有關調查方法的詳細資訊（包括樣本數等關鍵資料）。更讓人搞不清楚的是，他們試圖回頭評估一九五〇年代初的普通話熟練度來建立歷史比較基準。三十年前，百分之四十一的農村百姓能聽懂普通話——「這個數字是根據村裡耆老仔細回憶計算出來的。」[16]在未來幾年，語言調查會發展得更成熟複雜，也會透過嚴格的方法提供更精確的校準分級。

與此同時，仍有許多幕後工作要做。新的義務教育法（一九八六年）有一項條款指定普通話為學校的正式教學語言，但並未具體說明實施機制。[17]時隔近二十年後重新成立的普通話審音委員會經過三年的審議，終於公布了解決發音差異新的相應辦法。先前的三份「異讀詞表」草稿（發布於一九五七年至一九六二年間）為大約一千八百個漢字和語素提供必要的參考讀音，但從一九六〇年代初以後就沒有更新過。審音委員會承擔「整合」異讀、消除「方音」以及裁定字典不一致讀音的任務。一九八六年發布的新版《普通話異讀詞審音表》成為口語標準的判斷依據。[18]然而，反覆出現的投訴和揮之不去的問題說明了審音仍是未竟之功。當通俗用法與權威發音不同時，哪個才對？為何《新華字典》和《現代漢語詞典》（*Dictionary of Modern Chinese*）過了好幾年才符合修訂以後的標準？[19]

一九八六年，文字改革委員會改組為國家語言文字工作委員會（State Language Commission，簡稱國家語委）。黨內的高層官員表示，更名反映了委員會有更大的職責範圍，經手的事宜也更為複雜。[20]然而，語言學家約翰・羅森諾（John Rohsenow）指出，第二次漢字簡化方案引發爭議，損害了這個委員會的聲譽。一九七七年宣布的方案打算再簡化一批漢字，卻立即陷入文革後的清算中。委員會遭受六個月的尖銳批評，最終撤回了方案。因此，更名可以被理解為試圖將未來的文字改革工作與這次「公開慘敗」做出切割。[21]為了重新推動這項政策目標，國家語委於一九八六年一月召開第二次全國文字改革會議。自一九五五年那次最初的大場面（請參閱第五章）以來，這次是首度舉行此類會議。劉導生主任委員發表長篇的大會講話，回顧過去三十年的歷程並展望未來。劉指出，在文字改革的三個主要任務（漢語拼音、簡化漢字和普通話）中，「有些部分尚未完成，仍要繼續努力。」簡化漢字需要「謹慎」進行；至於漢語拼音是否要當成有獨立地位的書寫系統，這個問題再度被擱置。公共領域、新聞標題、廣告和電影字幕趕流行，宣揚正體漢字搭配個別設計的簡體字。是時候該整頓非標準漢字的「混亂局面」了。

就口語而言，現代化的時代「迫切需要推廣通用語言」。劉導生宣稱，到了二十世紀末，普通話會成為各級學校的教學語言；政府的工作語言；廣播、電視、電影和戲劇的語言；以及來自不同方言地區百姓的共同交流語言。這些目標反映了一九五〇年代的目標，也透露出從那時至今獲得的成果真是少得可憐。[22]與會者感嘆「一路走來曲折動盪」，並將責任全部歸咎於文化大革命。一九七八年，新春降臨。然而，當學生回到課堂時，許多學校又故態復萌，以方言作為教學語言，也不用漢語拼音。「先前的心血和汗水，全都付諸東流。」[23]

話雖如此，正在發生的巨大變化有望使語言局面朝著進步的方向轉變。村辦企業「如雨後春筍般出現」，需要願意遠道去經商的「新農民」。他們「走南闖北」時無法靠方言溝通而痛苦萬分，便不得不去學普通話。[24]經濟現代化需要通用語言來促進商品流動，以及讓國內市場和對外貿易成長。[25]深圳便是典型的案例。這座城市在一九八〇年代初期成為經濟特區，隨即迅速崛起。當它逐漸發展之際，城市內的語言生態系統遂由一堆互相無法理解的語言組成。講粵語（百分之二十五）、客家話（百分之二十五）、潮州話（百分之二十）和普通話（百分之二十）的人，混合著來自其他方言地區的過客（百分之十），另有來自附近香港和澳門的求財者。當外商發現只懂普通話的口譯人員不夠用時，便只能趕忙再找能夠跨多種方言幫忙口譯的人。這種情況阻撓商業發展，尤其妨礙外國投資，因此市政府便將普通話指定為深圳的「主要語言」，並視之為營造「良好投資環境」的關鍵環節。以前因為「太忙」或往往只會「發文件說大話」的幹部被迫緊急投入此事，畢竟隨著深圳的經濟引擎加速，這項任務只會變得更加艱辛。[26]

要多標準才夠？

一九八〇年代也是確立教師培訓新方向的形成時期。省級措施旨在培養能使用通用語言作為教學語言的師範學院畢業生，以及為在職教師提供補救培訓。[27]一九八一年，廣東省發起彌補文革損失的運動，所有學校在六年內要達到「普通話傳播的基本水平」。高層領導要求地方教育部門提出「具體計畫」和「有效措施」。[28]雲南則推行十年實施計畫，設定十萬名師範畢業生具備普通話教學資格的目標。此外，它將對五十歲以下的男教師和四十五歲以下的女教師進行能力測試（為期三年）。針對該省二十四個少數民族（超過一千一百萬人，約占總人口的三分之一），教學實驗試圖找出在多語言環境下教授普通話的有效方法。[29]

擬訂和實施國家規範所花的時間較長。在整個一九八〇年代初期，各種規範的能力檢定計畫提出了不同的形式和標準。初步架構採取三等分級，亦即將說普通話的能力分成「相當標準」、「比較標準」和「普通」。[30]最低一級可比喻為「南腔北調的普通話，有點像過去的藍青官話」。[31]一九九二年對師範學院進行了語言審核，並挑選了六十所院校進行先導研究。研究規則對「北方方言地區」、漢語專科學生和普通話教師設定了相對嚴格的標準。整體而言，這六十間學校在不同基準的普通話表現上都合格——不是「相當標準」，就是「比較標準」。[32]

為了讓各機構對落實國家目標負責，語言審核計畫擴展到教育體系中各個不同層級。國家語委於一九九四年針對個人試行「普通话水平测试」。最初的適用範圍是與教育部和國家廣播電視總局合作擬訂，要針對一九四六年一月一日之後出生的人進行測試，而鎖定的幾種職業別包括教育、廣播、電視、電影和戲劇等；「其他」類別屬於自願性質。指導方針的草案規定，這項考試無意評判「知識、文化水平或演說能力」，而是要評估口語的流利程度；辦法是按以下標準來衡量一個人與標準口語的對應程度：[33]

1. 朗讀一百個單音節的字：百分之十
2. 朗讀五十個多音節語詞：百分之二十
3. 朗讀有四百個漢字的文章段落（從五十個預定的段落來挑選）：百分之三十
4. 回答有關正確文法和詞彙使用方式的多項選擇題：百分之十
5. 針對某個主題即興演講三到四分鐘：百分之三十

根據考生的累積分數，會相應授予三種熟練程度之一的認證，每一種又分為兩個等級。一甲要求達到將近滿分的九十七分，這是針對國家和省級電台的廣播播音員及電視節目主持人訂定的等級。國中、小學和師範學院的教師至少要達到二級（八十分）。如果只有六十分的及格分數，則獲得三乙證書。最終確定考試內容並為不同類別的教師和政府人員建立基準需要花費數年時間。[34]官僚基礎設施（在全國監督考試）也需要時間來確立，包括認證考官這個關鍵環節。根據報導，測試的行政作業人員經常得面對為難的「人際關係」。這些人會受到同事、朋友和親戚的人情施壓，很難「維持固定的標準」。若要消除流程中人情「關係」的介入，就需要訓練一批專業的審核考官。在某段轉型時期，很難在「維持標準」和「放水」（「有開口就考得過」）之間適度裁決。[35]最後，要當成就業資格門檻的語言程度認證實施得很緩慢，而且執行也不公平。一套新的指導方針（一九九九年）規定，一九五四年以後出生的公務員「原則上應獲得三甲認證」（七十分）。各機關應「逐步」將普通話納入績效評估依據，受聘於政府的工作者辦理公務時應「自願使用普通話」。[36]然而，認證並不一定符合社會的實際情況。某位觀察者表示，通過考試的人可能很少說普通話，尤其若他們還被「無邊無際的方言海洋」給包圍的話。多數人如果沒有每天使用普通話，語言能力通常都會退化。[37]

普通話水平測試為廣播電視專業人員設定了最嚴格的標準——顯然是大眾媒體對口語規範的重要性上升的跡象。除了一九五〇年代廣泛架設的有線廣播網絡（第五章談過），在改革開放初期，隨著電視普及率提高，大家也愈來愈容易聽到普通話。（一九七八年，每百人擁有一台電視。十年以後，這個數字增加了十倍多，電視的家庭普及率高達百分之七十三。）[38]一九八七年，國家廣播電視總局和國家語委頒布了新的媒體使用語言管理規定。這項指示要解決長期存在的問題：地方電視台的方言節目太多；影視劇中「恣意使用方言」；播報員說的「普通話不夠標準」。新政策要求違規的電視台和節目「逐步」改用普通話，同時寬容處理少數民族地區和未具體說明的「特殊情況」。扮演國家領導人的演員必須講標準的普通話，不能模仿毛澤東獨特的湖南口音或鄧小平的四川口音。要融入方言來達成敘事連貫性或出於「內容需求」而得使用方言的節目可以少量加入方言。一般來說，大眾傳播媒體的口語必須「合乎規範，避免誤讀」。[39]

因此，電視、電影和廣播被定位為大眾的「課堂」，透過無處不在的媒體來促進標準化。語言學家周有光推薦了一個自學節目，鼓勵大家跟著廣播播音員或電視主持人重複口說。「如果你堅持六個月或一年，不需要老師，就能把普通話學得很好。」[40]習慣聽廣播的聽眾認為廣播中的聲音是體現規範的口說者。[41]然而，某些細心的聽眾還是記下了不可避免的發音錯誤。例如，曾有人花一個月「監看」電視新聞節目，發現中央電視台每三十分鐘會出現一．二個錯誤，北京電視台則是每二十分鐘出現一．八個錯誤。[42]另一項為期十二年（一九八六年至一九九八年）對廣播電視的審查記錄到一千三百個錯誤，其中百分之七十是聲調錯誤。[43]一位自封為監看員的人士分析了情況，將公認的模範口說者發音錯誤歸因於兩個因素。電台播報員和電視節目主持人依靠字典來核對發音，但沒有查閱普通話審音委員會公布的讀音規範表。修訂後的標準頒布十多年以後「四處流傳」，但並未落實於政策中，也沒有「滲透到廣播工作前線」。實際上，有些人從未聽過審音表。更令人不安的是，外界讚揚廣播人員的語言能力，讓這些人更為傲慢。廣播人員自滿，認為自己「絕對正確」，不願追求自我提升。[44]

儘管有這些批評，電視在一九九〇年代爆炸性成長，普通話因而充斥於電視廣播中；透過新聞節目、談話節目和連續劇滲透到家家戶戶。中央電視台晚間七點的新聞成為家庭用餐時經常收看的節目，因為政府要求每個地方電視台都要播放這半小時的節目。毛澤東時代的廣播向全國各地傳播炙熱的革命激情，而現在中央電視台的新聞主播則投射出黨國光鮮亮麗的堅定特質。[45]與此同時，觀眾參與的節目（電話call-in、遊戲節目、現場採訪）激增以後，各種口音便進入尋常百姓家中。電視製作的分散化導致廣告商要求節目要有「地方特色」以維持收視率。耿德華（Edward Gunn）指出，文化作品經常以方言來表示邊緣化（marginalization），用鄉巴佬或農民工的口說方式標記外來者的身分，以達逗趣效果。然而，在一九九〇年代流行的電視劇中，方言也可以傳達同情心或顛覆語言位階。工人階級英雄說的是充滿地方俗語的北京話，而說普通話的人則代表充滿欺騙、剝削的虛假社會。[46] 大眾媒體應和大行其道的香港口音和粵語流行音樂，更為包容並非規範的聲音，繼而抵消政府政策的限制。

為了推動新千禧年的發展，國家語委於一九九七年宣布「跨越世紀」的新目標。到了二〇一〇年：

- 普通話要在全國範圍內「初步普及」。
- 溝通時的方言誤解將「基本消除」。
- 具有「中等」（或以上）教育程度的公民將具備使用普通話的能力。
- 從事口語交流的工作者應達到必要的普通話程度。

若將眼光放得更長遠，只要「今後四十年到五十年努力不懈」，到了下個世紀中葉，普通話將在全國範圍普及。[47]

推廣普通話宣傳週於每年九月的第三週舉行，已成為全國努力推行通用語言的核心活動。這個活動會委託地方政府、學校、大眾媒體和服務業單位籌辦節目，以此提高意識，創造有利於規範口語的環境。針對一九九八年的首次活動，《人民日報》的頭版社論指出其重要性。一批政治領袖在宣傳活動中發揮主導作用。[48]正如國家語委主任許嘉璐所言，經過四十年的努力，全國受過教育的人應該「或多或少會說普通話，但程度高低不一」。遺憾的是，很多人能說卻「不願意」或「不好意思」講，表現出與市場經濟的精神和現實不相應的「觀念問題」。若想實現二〇一〇年的目標，各級政府必須加緊努力、辛勤工作且堅定不移。[49]

九十二歲的周有光（被譽為「漢語拼音之父」）為首屆推廣普通話宣傳週慶祝活動撰文。他思考了中國「共同語言」的譜系，追溯從孔子時代發展到二十世紀兩次高潮的歷史——分別是五四時期的國語運動，以及中華人民共和國一九五五年推行的運動。周有光寫道：「潮汐澎湃，然後退潮，先是一天的酷暑，接著是十天的嚴寒。時至今日，還沒有普及普通話的全國時程規畫。」歐洲國家在三百年前就已經有「通用語言」，日本則在一個多世紀前實現了這個目標。「我們必須快點追上。」周有光將「現代的共同語言」定位為其古代前身的「延續和更新」。他還強調有兩個關鍵區別。它不再是少數人的特權，而是「全國人民都必須學習的語言」。雖然古人的語言缺乏明確規範，但現代語言「需要一個明確的規範」。放眼南方，周有光發現香港回歸後已經拋棄英語，取而代之的是普通話。「方言優越感」會隨著時間而消失。對此，他講述了台灣推行國語運動的成功故事，但並未提及國民黨。二戰結束以後，台灣拒絕日語並立即開始推廣「中國的國語」。五十年以後，國語這種共同語言讓這個叛逆的省與大陸之間得以重新接觸。周有光對於要求恢復「台語」的「本土主義」高漲持樂觀的態度——作為兩岸關係的積極連結，「所謂的台語其實與閩南話相同。」[50]

「還我母語」

周有光的評論暗示了一九九〇年代台灣發生的劇變。然而，他對「台語」復興的正面看法並不契合實際的兩岸關係。如同第四章所述，國民黨在一九五〇年代為國語奠定了基礎，但在各地的成果參差不齊。在後續數十年裡，政府藉由強制命令和控制大眾媒體，強化了國語的地位，使其成為公共生活和向上流動所使用的語言。[51]一九七五年的《廣播電視法》（The Radio and Television Law）將方言節目限制在播出時間的百分之三十以下，並且要「逐步減少」，將比例降至百分之十以下。[52]同時，政府加強依據國語水準作為擔任公務員資格的執行力道。在教育領域，政府齊心協力培育師資，訓練出能用國語教學的畢業生。學校比其他場所都更適合成為單語政策的實施之處，一個世代的孩子感覺到說方言是一種恥辱。根據他們苦澀的回憶，以前講方言就是違規，會遭受丟臉的懲罰。台灣文學運動先驅林宗源在他的台語詩〈講一句罰一元〉（A Fine for Every Sentence）捕捉了當年刺痛的記憶。敘述者對於每一項語言違規行為都提出問題：

> 先生，伊講廣東話為何無打手心？
> 先生，伊講上海話也無跂黑板？
> 先生，伊講四川話也無掛狗牌？
> 先生，伊講英語為何無罰一元？
> 先生提起竹仔枝打破阮的心。[53]

從更廣的角度來看，實施這些政策強化了國語作為教育和施展抱負的權威語言地位。閩南話和客家話一直是情感聯繫和劃分群體內地位的管道，但一般人卻認為講方言的人社會經濟地位比較低。[54]

到了一九八〇年代，政治自由化開始在國語這棟大廈中鑿出裂痕。一九八五年，重組後的國語推行委員會提出一項新法案，結果遭到強烈反對。該立法草案強制要求在公共生活的各個領域使用國語（將公共場合定義為三人或三人以上的聚會），首次違規將受到警告，後續違規則將處以高額罰款。批評者指責這條法律侵犯人權而且違憲。教育部長在回應中指出，「隨隨便便」的新聞報導曲解了該法的用意和實質內涵，沒有要禁止百姓說方言的陰謀。[55]政府為如此劇烈的反對聲浪而感驚訝，於是撤回擬議的法律。[56]爾後，人民要求國民黨放棄對大眾媒體語言的宰治，而針對專制國語的挑戰很快也隨之出現。

一九八七年三月，一場國會會議引發了爭議，當時新成立的民主進步黨一名剛當選的立委公開挑戰國民黨的政治壟斷。朱高正在立法院上任僅三個月，便以暴力問政風格而聞名。[57]在三月十九日漫長的上午會議中，委員們向行政院長俞國華提出尖銳的問題，話題涉及從國防、經濟到棘手的台灣與中華人民共和國的關係等方面。俞國華及其下屬拒絕要政府公布二二八事件檔案的要求（「尚未癒合的傷口」）。[58]中午休會以後，朱高正上台發言。他長篇大論二十分鐘，質疑國民黨的合法性，同時指責這個執政黨三十年來一直違反憲法。然而，行政院長平淡的回應激怒了朱，他便用台語大聲謾罵，說俞的回答就是一篇陳腔濫調的「八股文」。他大聲喊道，他那些五十多歲的選民都記得日本占領時期，他們寧願日本占領，也不要被國民黨統治。人民納稅並服義務兵役，卻聽不懂電視節目或廣播的新聞。朱高正大罵：「你們推行國語文教育，但你們科長級以上的人講的國語，人家也聽不懂……為什麼我不能說台語？你硬要我們台灣人忍受你那些聽不懂的國語。為什麼你就不能忍受我們說台語？」朱一一細數警察暴行和政府的恐嚇，他咆哮起來，說一聽到「台灣同胞」這幾個字就噁心。「日本人對待『台灣同胞』遠比你們好！」朱的話音剛落，議場內就響起憤怒的叫囂聲，要他「坐下！」一名立法委員拍了桌子，然後直衝出去。另一人因朱高正出言辱罵而責備他。「講台語不犯法。」朱高正反駁道。三十年來，國民黨不斷破壞議會的立法權，「現在你們就是想當幫兇」。民進黨的盟友站出來為朱高正辯護並附和他的言論——「說句實話，誰能聽懂發言人和行政院長講的話？我還得找人翻譯。」[59]

不到幾天之後，一九八七年四月八日，省議會又爆發了另一場涉及語言的衝突，但情況不相同。民政廳長陳正雄與其他二十二名官員一起參加上午的備詢問答。省議員蘇洪月嬌先詢問陳是（台灣）哪裡人，然後用閩南話向他提問。接著有三位省議員相繼發言，並以客家話提問。陳正雄聽不懂問題，無法回答，站在講台上「沉默不語」。一名議員要陳找一名翻譯。這場會議引爆了多種語言並用的爭吵騷亂，後來在一片混亂中休會。[60]在隨後的公開評論中，《聯合報》一篇社論將此事描述為值得警惕的故事。這篇社論表示，通常與閩南話混為一談的「台語」（台灣話）也包括客家話和各種原住民語言。如果真如某些人所言，島上的第一批居民是「山地同胞」，那麼他們的語言在「台語」的概念中必然位居核心。然而，想像一下大家在公共場合各說各的不同版本「台灣話」，結果會是誰都完全無法相互理解。「台灣話」應該回歸「中國方言」的範疇，適合用於私人場合。「公共論壇必須統一使用國語——中國人說中國的語言。」[61]在之後的年歲，「台語」的概念圍繞著多語言願景來擴展、凝聚，而且拒絕承認中國是這種語言的起源。

一九八七年是台灣社會的轉折時刻，戒嚴令（一九四七年在二二八事件爆發後實施）和黨禁取消了。民進黨逐漸崛起，其台獨黨綱主張「去中國化」作為未來要走的路。利用「本土主義」的政客將語言作為彈藥，大肆講方言，以迎合對統治政權不滿的民眾。他們抨擊國民黨官員說不出標準國語的雙重標準（兩位蔣姓總統就是最好的例子），並用「誰割掉你母親的舌頭」等煽動性口號加以挑釁。民進黨怒斥，說「以母語為恥的人，無異於不孝子或亡國奴」。他們「背棄祖先」，應該遭到譴責。[62]為了應對襲捲而來巨大的壓力，政府允許三家國營電視台每天播放二十分鐘的閩南話新聞。教育部門宣布，學生在學校不會再因為說方言而受罰。[63]這些措施雖然有意義，但不足以緩解語言可能消失的擔憂。最常見的說法是，有許多人感到遺憾，悲嘆那些說國語的小孩沒辦法與說方言的祖父母交談了。

客家人的危機感尤其強烈，台灣以說閩南語的人占多數，客家人的數量遠遠少於閩南族群。客家權益促進會（Hakka Rights Promotion Union）率先發起語言權益運動，舉行了「還我母語！」的遊行活動。一九八八年十二月二十八日，有七千到一萬人在台北市中心遊行，高喊激動人心的口號（用客家話，中間會夾雜閩南話和國語）。[64]這場精心策畫的活動從國父紀念館開始，遊行者聚集在一起，共同宣告國父的精神。遊行隊伍將孫中山半身像放在隊伍前頭，象徵客家人要對抗政府。[65]這樣的象徵意義毫不掩飾地諷刺著《廣播電視法》：「如果國父孫中山還活著的話，他上電視也不能說自己的母語客家話。」示威者在中正紀念堂、行政院和國民黨黨部前停留。民進黨黨主席黃信介也加入遊行隊伍，重申民進黨「語言平等」的立場，贏得全場熱烈掌聲。到了立法院，警察設置路障阻擋了去路。有十人獲准進入立法院大樓提交請願書。他們要求廢除《廣播電視法》第二十條（取消播出方言的限制）、增加客語節目的播出時間、實施「多語制」的新政策。林光華在集會上表示，只有立即採取行動才能扭轉客語社群「語言喪失」的嚴峻局面，目前只有不到一半的客家人會說自己的「母語」。[66]

「還我母語」運動否定了國語至上的地位，並且將國民黨政府與語言暴政直接連結在一起。隨後，籌畫這場運動的人運用策略，從最初「讓電視播出客家話」的單一目標，轉而提出更廣泛的語言權利要求。他們加入由農民、婦女、退伍軍人和環保人士組成的社會運動，以及蓬勃發展的爭取原住民權利的草根運動。一九八四年，島上的十個原住民部落建立了聯盟，試圖糾正不公不義的歷史現象，包括剝奪土地、強迫同化和消滅語言。[67]一九八七年有一連串的示威活動，抗議墳墓遭人破壞、電視貶損原住民形象的畫面，以及吳鳳的傳說（十七世紀的官員，其著名事蹟讓人永遠記得原住民獵人頭的野蠻形象）。[68]最引人注目的運動圍繞著「正名」和「歸還土地」展開，以此作為糾正歷史錯誤和未來自治的基礎。正名引用了著名的儒家觀念（《論語．子路篇第十三》〔13:3〕），藉此主張決定集體和個人名稱的權利。原住民權利團體遊說要廢除無所不在的「山地同胞」；這種稱呼將他們視為地理上的異族，是屬於荒土草野之境的人。他們極力主張「原住民」這個灌注了本土色彩的名稱。[69]

爭取原住民語言權利的運動進展緩慢，其鋒頭被閩南語和客家語使用者的高聲疾呼所蓋過。一九八九年，每週三十分鐘的客語節目開始在國營電視網絡播出。一些人試圖打破國語在大眾媒體上的優勢，也希望節目多元化，能納入閩南話之外的語言；這三十分鐘客語節目是個突破。隨著民主持續深化，「雙語教育」成為顯著的政治議題。民進黨將他們要與中華人民共和國分離的計畫與語言多元論相互結合，戰略性地將其定位為與中國這個統治政權有所區別的特徵。[70]民進黨在一九九二年選舉大有斬獲（贏得立法院三分之一席次，這是地方上的決定性勝利），迫使政府修改語言政策。一九九三年修訂的《廣播電視法》刪除了第二十條，取消曾經引起眾人不滿的方言節目限制。經由甫當選的民進黨縣市首長授權，閩南語和客家話成為中小學的選修課。[71]隨著雙語教育潮流的轉變，國民黨政府調整了長期以來的反對立場。一九九三年，教育部允許選修「母語教育」，但前提是不能「妨礙國語推廣」。[72] 同時，有人呼籲要推動「本土教育」，試圖將台灣（其地理、歷史和文化）置於教科書和課程的核心，而非中國。

一九九六年，台灣首度舉行總統大選，從中可見到改變中語言環境的力量。四個政黨的候選人辯論時展現語碼轉換的精湛技巧。他們在競選活動中會使用客家話作為「贏得選票的工具」。時任總統的李登輝感覺自己必須道歉，因為他是客家人，卻不會說母語。在一座供奉十八世紀客家烈士的祠堂裡，李向數千名群眾說了一句彆扭的（客語）「謝謝」。[73] 事實上，有抱負的政治家會部署雙語或多語武器庫來與選民拉近關係，語碼轉換於是成為強大的溝通工具。出身大陸、想競選公職的人會聘請口說教練來提高他們的閩南話或客家話能力；這種能力成為多少要具備的當選先決條件。[74] 隨著台獨意識日益高漲，涉及多種語言的爭論將「台語」重新定義為島民使用的所有語言。即便台灣有百分之九十的人能夠流暢使用國語，但在瞬息萬變的環境下，國語的穩固地位動搖了。運動人士要求給予母語和「本土語言」同等的地位和認可，這些語言昔日被歸為方言，也被貶為低級語言。[75] 這種轉變到了「語言平等法」出現後達到高潮。這項擬議法案於二〇〇〇年首次作為民進黨選舉綱領被提出來，在國會中經歷了漫長研議、擱置等過程，中途也迂迴繞行，提及將英語作為「共同的官方語言」。[76] 這項法案經過兩年毫無結果的辯論後遭到擱置，但是為廢止一九四五年引入台灣的國語作為唯一國家語言的爭議畫上了句點。

長達一個世紀以來，人們不斷尋求一種口語作為統一的力量，同時也要體現人民對國家的認同。在世紀之交，我們看到中國和台灣的標準口語有了不同的命運。本書追蹤了這段過程，其間跨越數十年的戰爭和政權更迭。從某些民族語言運動人士和教育家的角度來看，語言統一在思想和政治上的重要性再怎麼強調都不為過。他們投入精力，引領創造、規範和落實口說國語的工作。這些人經常冀望甚高，試圖穩定國語的概念並界定其語言特徵。然而，編纂規範、落實標準化所需的政治權威卻分散凌亂，無法讓這些願望付諸實現。在全國推行國語的過程中充滿矛盾，需要的資源也超出二十世紀上半葉歷屆政府的能力所能及。到了一九五〇年代，海峽兩岸對立的政權繼續追求這難以企及的目標。中華人民共和國的首次語言運動確立了普通話作為這個社會主義國家的通用語言，也催化了整個進程。然而，標準口語的藍圖僅零星制定出來，因為革命有其他優先首重事項，加上政治動盪不安，推廣普通話只能屈居次要地位。同時間，台灣礙於殖民勢力遺留的日語和地方話之間的纏結，無法直接落實語言願景。

那些被要求接受、教授或學習國語的人從基層提出的觀點凸顯了矛盾情況，也讓人注意到精英的政治計畫與社會現實之間的落差。《誰的「國語」？誰的「普通話」？》將語言標準化描繪為社會和政治過程，從中探究個體和地方社群如何與新語言規範的前景交互作用。事實證明，口語是國族認同中充滿爭議的場域，不時會受到民族主義之外的情感干擾。有人認為人民會樂於用統一的口語來說話，但大眾卻不時拒絕使用國語及其社會主義陣營的對應事物——若不是認為國語與官僚機構有關聯而惹人厭，就是覺得它並不真實。其中最嚴厲的指控：講國語或普通話就是忘祖。用布赫迪厄的話來說，國語和普通話在語言市場上作為資產和負債的功能（當成階級、教育和內／外群體地位的標記）並不穩定。我的研究分析試圖關注標準口語的多種語域和意義，但沒辦法無一不漏處理所有的問題。關於語言標準化的性別和美學層面，以及一九五〇年代以後電視和電影等媒體的作用，還有很多可以探討。將口語的社會史描寫出來，便可從嶄新的視角理解國語的形成是怎麼與教育體系、群眾動員運動以及各種知識和文化生產相互作用。在聆聽新興媒體技術捕捉到的華語之聲及書面紀錄中的華語時，我們發現國語在形成過程中有各種雜音和多種音韻，這讓人不得不重新檢視語言民族主義是線性發展到位的假設。中國語言統一的夢想在半個多世紀的戰爭和革命中次第展開，對一般常民生活的影響大小不一，也讓創造國語的過程有成也有敗。

註釋

1 原註：草案指出：「国家推行全国通用的普通话，以利于文化教育事业的发展。」最終版本省略了後半句。第四條、第一百二十一條和第一百三十四條賦予「各民族」使用本民族語言和文字的自由。隨後的修訂（最近一次是在二〇一八年）保留了這些條款。

2 原註：徐世荣，〈国家推行全国通用的普通话〉。

3 原註：吕叔湘，〈认真推广普通话〉。

4 原註：〈做推广普通话的促进派〉。

5 原註：陈湘，〈领导重视是推广普通话的关键〉。

6 原註：〈把文字改革的火焰继续燃烧下去〉。

7 原註：鄭林曦，〈赞成把推行普通话写进宪法〉；杨成昆，〈分级推广普通话〉；徐世荣〈国家推行全国通用的普通话〉；张明〈回忆普通话语音研究班〉。

8 原註：〈加强普通话和汉语拼音教学工作〉；〈教育部关于加强学校普通话和汉语拼音教学的通知〉。

9 原註：李楠和于吉相，〈教学普通话是语文课的一项重要任务〉。

10 原註：徐世荣，〈师资就是动力〉。

11 原註：陈连庆，〈南腔北调的劣根性〉。

12 原註：例如，《解放軍報》，一九八〇年三月八日。

13 原註：《解放軍報》，一九八四年三月十四日。

14 原註：姬传东，〈乡音当改〉。

15 原註：王力，〈全国高等学校文字改革学会成立大会〉。

16 原註：吴潤仪和尹斌庸，〈普通话社会调查—现状和前景〉。

17 原註：〈义务教育法〉（一九八六年），第540–42頁。以「少數族群」學生為主的學校可豁免不使用「通用語言」。

18 原註：普通话审音委员会，《普通话异读词审音表》。委員會考慮到先例和常見用法，不願意導入太多的改變。史定国，〈谈普通话异读词的修订〉。

19 原註：唐宇，〈关于普通话异读词审音表〉；余中明，〈现代汉语词典与普通话异读词审音表订音的差异〉；彭红，〈播音规范与「普通话异读词审音表」〉。

20 原註：余章瑞，〈胡乔木在全国语言文字工作会议闭幕式上要求〉；〈关于我国当前的语言文字工作——陈章太答本刊记者问〉，第40–41頁。

21 原註：Rohsenow, “Fifty Years.”。關於第二次簡化方案的技術方面討論，請參閱：Ping Chen, *Modern Chinese*, 159–62。

22 原註：刘导生，〈新时期的语言文字工作〉，第24–28頁；Ping Chen, Modern Chinese, 27。

23 原註：李仲英，〈调动各方面力量，采取各种形式开展「双推」工作〉，第133頁；李玉琴，〈坚持「双推」

三十年〉，第173頁，第177頁。

24 原註：李玉琴，〈坚持「双推」三十年〉。

25 原註：〈努力做好新时期的语言文字工作〉；〈关于我国当前的语言文字工作—陈章太答本刊记者问〉，第41頁。

26 原註：李定，〈用普通话统一深圳语言，适应经济特区开放改革需要〉。

27 原註：汤瑞桢，〈把师范学校建设为推广普通话的阵地〉；戴梅芳，〈扎扎实实地做好学校推广普通话工作〉，第202–8頁。

28 原註：陈湘，〈领导重视是推广普通话的关键〉。

29 原註：戴梅芳，〈扎扎实实地做好学校推广普通话工作〉，第202–8頁。

30 原註：⑴詞彙、發音和文法相當標準，很少犯錯；⑵比較標準，方音不太濃，詞彙和文法錯誤比較少；⑶普通話普通，不同方言地區的人都能聽懂。刘导生，〈新时期的语言文字工作〉，第25–26頁。

31 原註：鲁允中，〈普通话水平测试刍议〉。

32 原註：《国家教育委员会正报》，第12期（一九九二年）：第24–27頁。

33 原註：刘照雄，《普通话水平测试大纲》，第6–9頁。

34 原註：《推广普通话文件资料汇编》，第107–16頁，第125–27頁，第163–64頁。

35 原註：卢开，〈云南普通话水平测试的回顾与思考〉，第40頁。

36 原註：《推广普通话文件资料汇编》，第163–64頁。一九五四年以前出生的人可以豁免，但仍鼓勵他們「努力提高普通話水平」。

37 原註：卢开，〈云南普通话水平测试的回顾与思考〉，第41–42頁。

38 原註：Tongdao Zhang, "Chinese Television Audience Research," 172–73, 244–48。農村的電視擁有率從一九八〇年的每一百戶不到一台，增加到一九八六年的每一百戶十七台。Jinglu Yu, "Chinese Television," 72–74。

39 原註：〈关于广播「电影」电视正确使用语言文字的若干规定〉。

40 原註：周有光，〈普通话和现代化〉。

41 原註：张军和赵艳，〈试论广播电视受普通话读音的引导〉，第37–39頁。

42 原註：孙修章，〈电视新闻播音中的不规范读音〉。

43 原註：张军和赵艳，〈试论广播电视受普通话读音的引导〉，第37–39頁。

44 原註：彭红，〈播音规范与「普通话异读词审音表」〉，第43頁。

45 原註：Ying Zhu, *Two Billion Eyes,* chap. 4。

46 原註：Gunn, *Rendering the Regional,* 124–50。

47 原註：许嘉璐，〈开拓语言文字工作新局面〉。

48 原註：〈大力推广普通话〉，第1版。

49 原註：许嘉璐，〈提高认识「齐心协力」搞好首届推广普通话宣传周活动〉。

50 原註：周有光，〈普通话和现代化〉。

51 原註：有關一九七〇年代不斷變化的社會語言情形，請參閱：Kubler, *The Development of Mandarin in Taiwan*。

52 原註：《廣播電視法》（一九七五年），第十九條和第二十條；Rawnsley, "Communication of Identities," 153。

53 原註：陳美如，《臺灣語言教育政策之回顧與展望》，第1–2頁，第94–98頁，詩句引述自第71–72頁；Sandel, "Linguistic Capital."。

54 原註：Gates, "Ethnicity and Social Class," 260–66。一九七〇年代，蓋茲（Gates）在國家級政府機構教英語時，

下級官員講閩南話，但在討論技術問題時則改用日語。較老的部門經理根本不會說國語。

55 原註：蔡明賢，〈解嚴前後臺灣母語運動的發起〉，第48–49頁。

56 原註：《聯合報》，一九八五年十月三十一日，第2版；《中央日報》，一九八五年十二月二十日，第1版。當行政院長宣布擬議的法律已從立法議程中刪除時，某篇社論稱：「謝天謝地。」《聯合報》，一九八五年十二月二十日，第5版。

57 原註：朱高正是宋代學者朱熹（第二十六代）的後裔，也是民進黨的創黨成員，因在立法院舉止粗暴而臭名昭彰。外國媒體暱稱他為藍波先生（Mr. Rambo）。Shira, "Taipei Journal."。

58 原註：《立法院公報》76，第23期（一九八七年）：第6–29頁。

59 原註：《立法院公報》76，第23期（一九八七年）：第34–39頁。

60 原註：《台灣省議會公報》第59卷第4期，第372–73頁；《聯合報》，一九八七年四月九日，第2版。

61 原註：〈台灣話〉，《聯合報》，一九八七年四月十日，第3版。

62 原註：《民進報週刊》，第78期（一九八八年九月九日）：第26–27頁。有關民進黨的早期歷史，請參閱：Rigger, *From Opposition to Power*, chap. 2。

63 原註：黃宣範，《語言、社會與族群意識：台灣語言社會學的研究》，第56–57頁。

64 原註：估計的參與者人數從三千到一萬三千多人不等。一萬是最常被引用的數字。《中央日報》，一九八八年十二月二十九日，第10版；黃宣範，《語言、社會與族群意識：台灣語言社會學的研究》，第58頁。

65 原註：《客家風雲》，第15期（一九八九年）：第16–21頁；《聯合報》，一九八八年十二月二十九日，第4版；曾蘭淑，〈客家運動30年〉。

66 原註：據林在二十年後《漫漫客家路》中的記述。

67 原註：Stainton, "Aboriginal Self-Government."。這個團體的名稱是「臺灣原住民權利促進會」，它偏好的英譯是Alliance of Taiwan Aborigines。

68 原註：一九八八年，吳鳳的故事從教科書中刪除，某個以他的名字命名的村莊也隨之更名。（譯註：一九八九年〔民國七十八年〕，台灣省政府將吳鳳鄉正名為阿里山鄉。）

69 原註：Yijiang Balu'er, "Yuanzhumin."。山胞的「胞」字也很讓人惱火，將原住民直接納入漢族血統的意識形態之中。他們經過八年遊說才廢止「山地同胞」，到了一九九四年通過的憲法修正案中首次正式更名為「原住民」。陳志華，《中華民國憲法》，附錄二，第461–67頁；《聯合報》，一九九四年七月二十九日，第1版。新聞報導指出，當原住民代表會見李登輝總統時，李登輝用日語和他們交談。《聯合報》，一九九四年七月二日，第4版。李（生於一九二三年）在日本殖民時期的學校學習日語，曾就讀京都帝國大學。

70 原註：《民進報週刊》，第2期（一九八八年）：第28–29頁；第4期（一九八八年）：第1頁；第33期（一九八八年）：第24–26頁。

71 原註：陳美如，《臺灣語言教育政策之回顧與展望》，第79–81頁。地方雙語教育措施頗受爭議也遭遇到相當大的障礙：哪種語言？哪裡找得到合適的教材和合格的老師？

72 原註：《教育部公報》，第221期（一九九三年五月三十一日）：第42頁。二〇〇一年，新的九年制綜合課程要求小學生至少學習一門「方言」。Scott and Tiun, "Mandarin-Only to Mandarin-Plus," 60–62。

73 原註：Tse, "Language and a Rising New Identity," 161；〈客家話成了爭取選票利器〉。

74 原註：Wei, *Language Choice and Identity Politics*, 21–22, 39–40。

75 原註：Sandel, "Linguistic Capital," 530–31；Tsao, "The Language Planning Situation in Taiwan," 346。

76 原註：Dupre, Culture, *Politics and Linguistic Recognition*, 103–9。語言平等法於二〇〇三年以不同形式重新出

現，稱為「國家語言發展法」，最終於二〇一九年以弱化的形式通過（https://law.moj.gov.tw/LawClass/LawAll.aspx?pcode=H0170143；擷取日期為二〇二〇年十一月一日）。自二〇〇二年起，公共交通領域就開始實行「語言平等」，廣播時會使用三種語言。為了方便遊客，台北捷運納入英語，於每個站點以四種語言廣播。

參考文獻

檔案

Academia Historica, Taibei 國史館
Chongqing Municipal Archive 重慶市檔案館
Phonetic Promotion Committee Records, The Burke Theological Library at Union Theologi-cal Seminary, Columbia University
Second Historical Archive, Nanjing 第二歷史檔案館
Shanghai Municipal Archive 上海市檔案館
Taiwan Historica 國史館臺灣文獻館，Provincial Executive Government Office 行政長官公署檔案
Taiwan National Archives Administration 國家檔案館
Taiwan Provincial Assembly Archives 臺灣省參議會，Institute of Taiwan History, Academia Sinica
Wu Zhihui Papers 吳稚暉檔案 , KMT Party History Committee, Taibei 中國國民黨文化傳播委員會黨史館
Yuen Ren Chao Papers, BANC MSS 83/30c, The Bancroft Library, University of California, Berkeley

主要期刊

Diansheng 電聲（Radio movie daily news）
Guangbo aihaozhe 廣播愛好者（Broadcasting fans）
Guangbo zhoubao 廣播週報（Broadcasting weekly）
Guangming ribao 光明日报（Guangming daily）
Guoyu ribao 國語日報（Mandarin daily news）
Guoyu yuekan 國語月刊（National language monthly）
Guoyu zhoukan 國語週刊（National language weekly）
Jiaoshi bao 教師報（Teachers news）
Jiaoyu tongxun 教育通訊（Education bulletin）
Jiaoyu zazhi 教育雜誌（Chinese educational review）
Jiefangjun bao 解放軍報（People's Liberation Army daily）
Renmin ribao 人民日報（People's daily）
Shishi xinbao 時事新報（Current affairs news）
Wenzi gaige 文字改革（Language reform）
Xinshengbao 新生報（New life daily）
Yuwen jianshe 语文建设（Language planning）
Yuwen xuexi 語文學習（Language learning）
Zhongguo yuwen 中國語文（Chinese language）

已出版資料

1913 nian duyin tongyihui ziliao huibian 1913 年读音统一会资料汇编（Collected materials of 1913 Conference to Unify Pronunciation）. Beijing: Wenzi gaige chubanshe, 1958.
A Bi 阿碧 . "Jiaoxue putonghua de fudao gongzuo" 教学普通话的辅导工作（The tutorial work of teach-

ing the common language）. *Yuwen zhishi* 語文知識 , no. 5（1956）: 32–33.
Alekna, John. "Reunified Through Radio: Media, Technology, and Politics in Modern China, 1923–1958." Ph.D. dissertation, Princeton University, 2020.
Allen, Joseph. *Taipei: City of Displacements*. Seattle: University of Washington Press, 2012.
Altehenger, Jennifer. *Legal Lessons: Popularizing Laws in the People's Republic of China, 1949–1989*. Cambridge, Mass.: Harvard University Asia Center, 2018.
"Ba wenzi gaige de huoyan jixu ranshao xiaqu" 把文字改革的火焰继续燃烧下去（Let the flame of language reform continue to burn）. *Wenzi gaige*, no. 1（1982）: 3.
Bachner, Andrea. *Beyond Sinology: Chinese Writing and the Scripts of Culture*. New York: Columbia University Press, 2014.
Bai Dizhou 白滌洲 . *Biaozhun guoyin guoyu liushengpian keben* 標準國音國語留聲片課本（Textbook for standard national pronunciation national language record）. Shanghai: Zhonghua, 1933.
Bai Ding 白丁 . "Cong Suzhou fangyin zhuyin fuhao shuodao shizi yundong" 從蘇州方音注音符 號說到識字運動（From the Suzhou dialect phonetic syllabary to the literacy movement）. *Shehui pinglun* 社會評論 1, no. 11（1935）: 2.
"Bai jinlong de fangyan" 白金龍的方言（Dialects in *Platinum Dragon*）. *Diansheng ribao* 電聲日 報 , no. 508（1933）: 2.
"Bai jinlong shi shijin shengpian" 白金龍是什錦聲片（*Platinum Dragon* is a mixed sound film）. *Shehui ribao* 社會日報 , April 8, 1933, 2.
Bailey, Paul. *Gender and Education in China: Gender Discourses and Women's Schooling in the Early Twentieth Century*. London: Routledge, 2007.
Bao, Weihong. *Fiery Cinema: The Emergence of an Affective Medium in China*. Minneapolis: University of Minnesota Press, 2015.
Barclay, Paul. *Outcasts of Empire: Japan's Rule on Taiwan's "Savage Border," 1874–1945*. Berkeley: University of California Press, 2017.
Barnes, Nicole. *Intimate Communities: Wartime Healthcare and the Birth of Modern China*. Berkeley: University of California Press, 2018.
Baskett, Michael. *The Attractive Empire: Transnational Film Culture in Imperial Japan*. Hono- lulu: University of Hawaii Press, 2008.
"Bazhong quanhui zhongyao jueyi'an" 八中全會重要決議案（Draft resolutions of the eighth plenary session [of the KMT Fifth Central Executive Meeting]）. *Xinxin xinwen* 新新新聞 , May 11, 1941, 74.
Bedi, Jaskiran. *English Language in India: A Dichotomy Between Economic Growth and Inclusive Growth*. London: Routledge, 2020.
"Beijing yuyin jiaoxue de jidian tihui" 北京語音教學的幾點體會（A few lessons learned from teaching Beijing pronunciation）. *Jiaoyu gongzuo* 教育工作 , no. 24（1955）: 9–12.
Beijing yuyin xunlianban jiaocai 北京語音訓練班教材（Teaching materials for Beijing pronun- ciation training class）, comp. Guangxi sheng jiaoyuting 廣西省教育廳 . Nanning: Guangxi renmin chubanshe, 1955.
"Beiping shi tuixing zhuyin fuhao zuijin gongzuo jihua shu" 北平市推行注音符號最近工作 計畫 書（Recent work plan for promoting phonetic symbols in Beiping）, 1931. In *Beijing dang'an shiliao* 北京檔案史料 , no. 1（2000）: 25–28.
Bell, David A. "Lingua Populi, Lingua Dei: Language, Religion, and the Origins of French Revolutionary Nationalism." *American Historical Review* 100, no. 5（1995）: 1403–37.
Bender, Mark. *Plum and Bamboo: China's Suzhou Chantefable Tradition*. Urbana: University of Illinois Press, 2003.

"Bensheng ren wanquan nuhua le" 本省人完全奴化了（The people of this province have been completely enslaved）. *Minbao* 民報 , May 1, 1946, 2.

Benson, Linda. *The Ili Rebellion: The Moslem Challenge to Chinese Authority in Xinjiang, 1944–1949*. Armonk, N.Y.: M. E. Sharpe, 1990.

Bian, Morris. *The Making of the State Enterprise System in Modern China: The Dynamics of Institutional Change*. Cambridge, Mass.: Harvard University Press, 2005.

Biaozhun guoyu cidian 標準國語辭典（Standard national language dictionary）. Fifth ed. Taibei: Dongfang chubanshe, 1947.

Biaozhun guoyu zidian 標準國語字典（Standard national language dictionary）. Shanghai: Shiwen shuju, 1934.

Bing Linlai 秉林来 . "Fujian de guoyu jie" 福建的國語界（Fujian's national language world）. *Guoyu yuekan* 1, no. 9（1922）: 1.

Blum, Susan. "Good to Hear: Using the Trope of Standard to Find One's Way in a Sea of Linguistic Diversity." In *Language Policy in the People's Republic of China*, ed. Minglang Zhou, 123–41. Boston: Kluwer, 2004.

Bo Liangxun 博良勛 . "Beifang ren yao buyao xuexi biaozhunyin" 北方人要不要學習标准音（Should northerners learn standard pronunciation）. *Yuwen xuexi*, no. 5（1956）: 25–26. Branner, David Prager, ed. *The Chinese Rime Tables: Linguistic Philosophy and Historical Comparative Phonology*. Amsterdam: John Benjamins, 2006.

"Budui liyong Hanyu pinyin jiaoxue putonghua de chu jingyan" 部队利用汉語拼音教学普通話 的初經驗（Preliminary experience of troops using Hanyu pinyin to teach the common language）. *Wenzi gaige*, no. 1（1963）: 26–27.

"Buxu qishi xiaoxue jiaoshi" 不许歧视小学教师（It is impermissible to discriminate against elementary school teachers）. *Renmin ribao*, October 5, 1956, 1.

Cai Chongqing 蔡崇慶 . "Jianyi shifanke de jige shiji wenti" 簡易師範科的幾個實際問題（A few practical questions of simplified teacher training）. *Guomin jiaoyu zhidao yuekan* 國民教育指導月刊（廣西）2, no. 8（1943）: 33–35.

Cai Deyin 蔡德音 . *Guoyu fayin jiaoyu buchong keben* 國語發音教育補充課本（Supplemental textbook for teaching national language pronunciation）. Taibei: Guoyu pubian cujinhui, 1946.

Cai Mingxian 蔡明賢 . "Jieyan qianhou Taiwan muyu yundong de faqi" 解嚴前後臺灣母語運動的發起（The initiation of the mother tongue movement in Taiwan before and after martial law）. *Zhongxing shixue* 中興史學 , no. 16（2014）: 33–68.

——. "Zhanhou Taiwan de yuyan zhengce, 1945–2008" 戰後臺灣的語言政策 , 1945–2008（Language policy in postwar Taiwan, 1945–2008）. M.A. thesis, National Chung Hsing University, 2009.

Cai Sujuan 蔡蘇娟 . "Jiuguo de zhuyin zimu" 救國的注音字母（The phonetic alphabet of national salvation）. *Funü zazhi* 婦女雜誌 5, no. 10（1919）: 1–4.

Cai Yalin 蔡雅琳 . "Huiyi liang ci shiyan guoyu jiaoxue" 回憶兩次實驗國語教學（Recalling two national language pedagogical experiments）. In *Liushi fenghua: Guoyu Shixiao jianxiao liushi zhounian zhuankan* 六十風華：國語實小建校六十周年專刊 , ed. Wu Meijin 吳美金 , 100–103. Taibei: Taibeishi Guoyu Shixiao, 2007.

Cai Yuanpei 蔡元培 . Preface to *Zhuyin zimu fayin tushuo* 注音字母發音圖說（Illustrated pronunciation guide to the phonetic alphabet）, by Wang Pu 王璞 . Beijing: Zhuyin zimu shubaoshe, 1919.

Cao Chuanfu 曹傳福 . "Guoyu tongyi yu jiaoyu boyin" 國語統一與教育播音（National language unification and education broadcasting）. *Shishi* 市師 1, no. 1（1936）: 101–2.

Cao Juren 曹聚仁 . "Da Wu Zhihui xiansheng" 答吳稚暉先生（Reply to Mr. Wu Zhihui）. *Shen bao* 申報, August 4, 1934, 14.

Cao Shuduan 曹書端 . "Women you xinxin xuehao he jiaohao putonghua" 我們有信心學好和教好普通話（We have the confidence to learn and teach the common language well）. In *Xian dai hanyu gui-fan wenti xueshu huiyi wenjian huibian* 现代汉语规范问题学术会议文件汇编 ,comp. Xiandai Hanyu guifan wenti xueshu huiyi mishuchu 现代汉语规范问题学术会议秘书处 , 197–200. Beijing: Kexue chubanshe, 1956.

Cartier, Carolyn. *Globalizing South China*. Oxford: Blackwell, 2001.

Chang, Ku-ming Kevin. "Philology or Linguistics? Transcontinental Responses." In *World Phi lology*, ed. Sheldon Pollock, Benjamin Elman, and Ku-ming Kevin Chang, 311–31. Cambridge, Mass.: Harvard University Press, 2015.

"Changyong Hanzi pinyin biao, caogao" 常用汉字拼音表 , 草稿（Chart of commonly used Hanzi pinyin, draft）.*Pinyin yuekan* 拼音月刊 , no. 3, October 1956 supplement.

Chao, Buwei Yang. *Autobiography of a Chinese Woman*. New York: John Day, 1947.

Chao, Linda, and Ramon Myers. "How Elections Promoted Democracy in Taiwan Under Martial Law." *China Quarterly*, no. 162（2000）: 387–409.

Chao, Yuen Ren 趙元任 . "Changsha fangyin zimu tongxin" 長沙方音字母通信（Correspondence using Changsha dialect alphabet）. *Guoyu zhoukan*, no. 239（1936）: 1–2.

——. "First Green Letter," January 1921. In *Zhao Yuanren quanji* 趙元任全集（Complete Works of Zhao Yuanren）, 16:315. Beijing: Shangwu, 2002.

——. *Guoyin xin shiyun* 國音新詩韻（New rhymes of the national pronunciation）. Shanghai: Shangwu, 1923.

——. *Guoyu liusheng pian keben* 國語留聲片課本（Textbook for national language phonograph record）. Shanghai: Shangwu, 1922.

——. "Guoyu Luomazi" 國語羅馬字（National language romanization script）. *Guangbo zhou bao*, no. 74（1936）: 37–46.

——. "Guoyu Luomazi de yanjiu"（Research on Gwoyeu Romatzyh）. *Guoyu yuekan* 1, no. 8（1922）: 87–117.

——. *Guoyu xunlian dagang* 國語訓練大綱（Principles of national language training）. Nanjing: Zhengzhong shuju, 1935.

——. "Guoyu yudiao" 國語語調（National language tones）. *Guangbo zhoubao*, no. 23（1935）: 15–18.

——. "Jiaowang guozheng de guoyin" 矯枉過正的國音（Overly correct national pronunciation）. *Guangbo zhoubao*, no. 1（1934）: 18–19.

——. *A Phonograph Course in the Chinese National Language*. Shanghai: Commercial Press, 1925.

——. "Quanguo zhuanbo zhongyang guangbo diantai jiemu duiyu cujin guoyu tongyi de yingxiang" 全國轉播中央廣播電台節目對於促進國語統一的影響（The influence of national transmission of Central Broadcasting Station programs on promoting national language unification）. *Guangbo zhoubao*, no. 91（1936）: 19–20.

——. "Some Contrastive Aspects of the Chinese National Language Movement." In *Aspects of Chinese Sociolinguistics: Essays by Yuen Ren Chao*, ed. Anwar S. Dil, 97–105. Stanford, Calif.: Stanford University Press, 1976.

——. "A System of Tone Letters." *Le Maître phonétique*, no. 45（1930）: 24–27.

——. "Wuxi fangyin kuanshi yinbiao cao'an" 無錫方音寬式音標草案（Draft of Wuxi dialect broad notation）. *Geyao* 歌謠 2, no. 20（1936）: 1–2.

——. *Xiandai Wuyu de yanjiu* 現代吳語的研究（Research on modern Wu dialect）. Beijing: Qinghua xuexiao yanjiuyuan, 1928.

——. *Xin guoyu liushengpian keben, jiazhong, zhuyin fuhao ben* 新國語留聲片課本 甲種 , 注音符號本

（New national language phonograph textbook, zhuyin edition）. Changsha: Shangwu, 1940.
——. *Xin guoyu liushengpian keben, yizhong, Guoyu Luomazi ben* 新國語留聲片課本乙種，國語羅馬字本（New national language phonograph textbook, GR edition）. Shanghai: Shangwu, 1936.
——. *Yuyan wenti* 語言問題（Language problems）. Taibei: Guoli Taiwan daxue wenxue yuan, 1959.
——. *Zhao Yuanren quanji* 趙元任全集（Complete works of Zhao Yuanren）. Beijing: Shangwu, 2002.
——. *Zhuyin fuhao zongbiao* 注音符號總表（Union table of phonetic symbols）. Beiping: Guoyu tongyi choubei weiyuanhui, 1932.
Chen Cuilian 陳翠蓮. "Qu zhimin yu zai zhimin de duikang" 去殖民與再殖民的對抗（Decolonization versus recolonization）. *Taiwan shi yanjiu* 臺灣史研究 9, no. 2（2002）: 145–201.
Chen Gongzhe 陳恭哲. "Tuixing guoyu yundong de wojian" 推行國語運動的我見（My views on the implementation of the national language movement）. *Shiyi zhixiao kan* 市一職校刊 1, no. 2（1946）: 20–21.
Chen Guangyao 陳光垚. *Jianhua Hanzi ziti shuoming* 简化汉字字体说明（Explanation of simplified Chinese forms）. Beijing: Zhonghua shuju, 1956.
Chen Hexiang 陳鶴翔. "Fangyan ju" 方言劇（Dialect drama）. *Zhongguo yuwen* 2, no. 3–4（1941）:168.
Chen Jianheng 陳劍恆. "Jinhou ernian xiaoxue shizi zhi xunlian yu tiaozheng" 今後二年小學師資之訓練與調整（Primary school teaching qualifications training and adjustment in the next two years）. *Jianguo jiaoyu* 建國教育 1, no. 2（1939）: 75–82.
Chen Jinsi 陈进四. "Da xianfeng tuiguang putonghua, da yuejin pinyin you kaihua" 打先锋推广普通话大跃进拼音又开花（Pioneering the promotion of the common language, the great leap of pinyin has blossomed again）. *Wenzi gaige* 文字改革 no. 12（1958）: 2.
——. "Xuexi Hanyu pinyin he zai wushan dadui tuiguang hanyu pinyin de yixie tihui" 学习汉语拼音和在吴山大队推广汉语拼音的一些体会（Some lessons learned from promoting pin-yin in Wushan）. In *Di'erci quanguo putonghua jiaoxue chengji guanmohui ziliao xuan bian* 第二次全国普通话教学成绩观摩会资料选编, comp. Zhongguo wenzi gaige weiyuanhui yanjiu tuiguang chu 中国文字改革委员会研究推广处, 87–90. Beijing: Wenzi gaige chuban- she, 1960.
Chen Lianqing 陈连庆. "Nanqiang beidiao de liegen xing" 南腔北调的劣根性（The deep rooted bad habit of southern accent with northern tunes）. *Jiefangjun bao*, March 4, 1985.
Chen Meiru 陳美如. *Taiwan yuyan jiaoyu zhengce zhi huigu yu zhanwang* 臺灣語言教育政策之回顧與展 望（Retrospective on Taiwan language education and policy and its future pros-pects）. Gaox-iong: Fuwen tushu, 1998.
Chen, Ping. *Modern Chinese: History and Sociolinguistics.* New York: Cambridge University Press, 1999.
Chen Qidan 陳企丹. "Lüelun guoyu yu fangyan" 略論國語與方言（Brief discussion of national lan-guage and dialect）. *Zhongguo yuwen* 2, no. 3–4（1941）: 166–67.
Chen Qihao 陳濟浩. "Dangqian shifan xuexiao zhi sanda wenti" 當前師範學校之三大問題（Three ma-jor problems normal schools currently face）. *Guizhou jiaoyu* 貴州教育 4, no. 1–3（1942）:27–30.
Chen Runzhai 陈润斋. "Genju shiji qingkuang caiqu butong fangshi tuiguang putonghua" 根据实际情况采取不同方式推广普通话（Select different methods to popularize the common language based on actual conditions）. *Renmin ribao*, April 6, 1957, 7.
——. "Zhengqu putonghua tuiguang gongzuo geng dayuejin" 争取普通话推广工作更大跃进（Strive for a bigger leap forward in the promotion of the common language）. *Wenzi gaige*, no. 14（1958）: 8–9.
Chen Shiyuan 陈世垣. "Jiao xuesheng jianghao putonghua" 教学生讲好普通话（Teach students to speak the common language well）. *Jiaoshi bao*, June 15, 1956, 3.
Chen, Szu-wei. "The Rise and Generic Features of Shanghai Popular Songs in the 1930s and 1940s." *Popular Music* 24, no. 1（2005）: 107–25.

Chen Wenbao 陈文宝 . "Dongzu xinbing xuehui le putonghua" 侗族新兵学会了普通话（Dong minority recruits learn the common language）. *Jiefangjun bao*, June 14, 1956, 3.

Chen Xia 陳俠 . "Chubu de guoyu jiaoxue" 初步的國語教學（First steps of national language education）. *Gansu jiaoyu banyuekan* 甘肅教育半月刊 2, no. 21–22（1940）: 20–21.

——. "Xiangcun xiaoxue guoyu jiaoxue shiji wenti" 鄉村小學國語教學實際問題（Practical ques-tions about teaching the national language in rural primary schools）. *Xiangcun jiaoyu* 鄉村教育 2, no. 1（1936）: 9–10.

Chen Xiang 陈湘 . "Lingdao zhongshi shi tuiguang putonghua de guanjian" 领导重视是推广普通话的关键（The key to popularizing the common language is leaders taking it seriously）. *Wenzi gaige*, no. 3（1982）: 13–14.

Chen Xianyao 陳先垚 . "Jianshe Xibei bixian tongyi yuwen" 建設西北必先統一語文（Language unification must precede the construction of the northwest）. *Sanmin zhuyi banyuekan* 三民主義半月刊 2, no. 10（1943）: 16–18.

Chen Ximeng 陳希孟 and Zhang Yongrong 張永榮 . "Fuzhou fangyin zhuyin fuhao chugao" 福州方音注音符號初稿（Draft of Fuzhou dialect phonetic symbols）. *Fujian jiaoyuting zhoukan* 福建教育廳週刊 , no. 62–63（1931）: 39–54.

Chen Youzong 陳友鬆 . *Yousheng de jiaoyu dianying* 有聲的教育電影（Educational sound films）. Shanghai: Shangwu, 1937.

Chen Yuan 陈垣 . "Ba renmin jiaoshi de diwei he daiyu qiadang de tidao yingyou de gaodu" 把人民教师的地位和待遇恰当的提到应有的高度（Raise the status and treatment of the people's teachers to the appropriate level）. *Guangming ribao*, July 1, 1956, 4.

Chen Zhihua 陳志華 , ed. *Zhonghua Minguo xianfa* 中華民國憲法（Constitution of the Republic of China）. Tabei: Sanmin shuju, 1995.

Chen Zhongyin 陳重寅 . "Zhongxiaoxue jiaoyu de jige shiji wenti" 中小學教育的幾個實際問題（A few practical questions in middle and primary education）. *Dagong bao* 大公報（Guilin）, April 25, 1942.

Cheng, Robert. "Language Unification in Taiwan: Present and Future." In *Language and Soci ety: Anthropological Issues*, ed. William C. McCormack and Stephen A. Wurm, 541–78. The Hague: Mouton, 1979.

Cheng Shousong 程壽松 . "Jinri guoyu de jinxing guan" 今日國語的進行觀（Views on the progress of the national language today）. *Huadong qingniantuan jiaoyubu yuekan* 華東青年團教育部月刊 2, no. 2（1922）: 2–3.

Chiayi xian Ali xiang Dabang Guoxiao chuangxiao bai zhounian xiaoqing xiaoshi chugao 嘉義縣阿里鄉達邦國小創校百週年校慶校史初稿（Chiayi county Ali village Dabang primary school one hundred anniversary celebration, draft history）, 2004.

Chongzuan Fujian tongzhi 重纂福建通志（Revised general gazetteer of Fujian）, 1871.

Chu, Godwin, and Leonard Chu. "Mass Media and Conflict Resolution: An Analysis of Letters to the Editor." In *China's New Social Fabric*, ed. Godwin C. Chu and Francis L. K. Hsu, 175–224. London: Kegan Paul, 1983.

Chu, Yingchi. *Chinese Documentaries: From Dogma to Polyphony.* London: Routledge, 2007. Chu Yingrui 褚應瑞 . "Yinian ban lai bensheng shifan jiaoyu zong jiantao" 一年半來本省師範教育總檢討（Review of normal education in this province over the past year and half）. In *Guancang Minguo Taiwan dang'an huibian* 馆藏民国台湾档案汇编 , ed. Chen Yunlin 陈云林 , 253:182–91. Beijing: Jiuzhou chubanshe, 2007.

Chuan Fu 船夫 . "Diaocha fangyin de jingyan" 調查方音的經驗（Dialect investigation experi-ences）. *Guoyu zhoukan* 33, no. 126（1934）: 2.

Chuyi Hanyu shijiao zongjie, yuwen jiaoxue zhuanji 初一汉语试教总结，语文教学专辑（Summary of first year middle school Hanyu pilot teaching）. Nanjing: Jiangsu renmin chubanshe, 1956.

Ci Yu 寺雨 . "Yi ge zhongxue guowen jiaoshi de zibai" 一個中學國文教師的自白（Confession of a middle school Chinese language teacher）. *Yuwen* 1, no. 4（1937）: 9–13.

Clark, Paul. *Chinese Cinema: Culture and Politics Since 1949*. Cambridge: Cambridge University Press, 1987.

Clark, Paul H. *The Kokugo Revolution: Education, Identity, and Language Policy in Imperial Japan*. Berkeley: Institute for East Asian Studies, 2009.

Coblin, W. South. "A Brief History of Mandarin." *Journal of the American Oriental Society* 120, no. 4（2000）: 537–52.

Cong Jiesheng 叢介生 . *Guoyin xue* 國音學（A study of national pronunciation）. Shanghai: Shijie shuju, 1933.

"Cong san fangmian gaijin nongcun jiemu de xingshi" 从三方面改进农村节目的形式（Improve the form of rural programming in three aspects）. *Guangbo yewu* 廣播業務 , no. 7（1956）: 108–12.

Cong, Xiaoping. *Teachers' Schools and the Making of the Modern Chinese NationState, 1897–1937*. Vancouver: UBC Press, 2007.

Cui Keyan 崔珂琰 . *Zhongguo jinxiandai shaoshu minzu jiaokeshu zhengce yanjiu* 中国近现代少数民族教科书政策研究（Research on ethnic minority textbook policy in modern and con-temporary China）. Beijing: Zhishi chanquan chubanshe, 2017.

Culp, Robert. *Articulating Citizenship: Civic Education and Student Politics in Southeastern China, 1912–1940*. Cambridge, Mass.: Harvard University Asia Center, 2007.

——. "Teaching Baihua: Textbook Publishing and the Production of Vernacular Language and a New Literary Canon in Early Twentieth-Century China." *TwentiethCentury China* 34, no. 1（2008）: 4–41.

Da Qing Shizong Xian huangdi shilu 大清世宗憲皇帝實錄（Veritable records of the Yongzheng reign）, 72:4–5. Reprint Beijing: Zhonghua shuju, 1985.

Dai Meifang 戴梅芳 . "Zhazha shishi de zuohao xuexiao tuiguang putonghua gongzuo" 扎扎实实地做好学校推广普通话工作（Do the work of popularizing the common language in schools well, in a down-to-earth manner）. In *Xin shiqi de yuyan wenzi gongzuo* 新时期的语言文字工作 , ed. Quanguo yuyan wenzi gongzuo huiyi mishuchu 全国语言文字工作会议秘书处编 ,202–8. Beijing: Yuwen chubanshe, 1987.

"Dai you" 代郵（Letter sent on behalf）. *Wuxian dian wenda huikan* 無線電問答彙刊 , no. 22（1932）: 453.

"Dali tuiguang putonghua" 大力推广普通话（Energetically popularize the common language）. *Renmin ribao*, September 14, 1998, 1.

Dapangzi 大胖子 [pseud.]. "Gongxian gei geyong jie" 貢獻給歌詠界（Contributions for the singing world）. *Gexing huabao* 歌星畫報 , no. 1（1935）: 17.

Dawley, Evan D. "Closing a Colony: The Meanings of Japanese Deportation from Taiwan After World War II." In *Japanese Taiwan: Colonial Rule and Its Contested Legacy,* ed. Andrew D. Morris, 115–32. London: Bloomsbury, 2015.

DeFrancis, John. *The Chinese Language: Fact and Fantasy*. Honolulu: University of Hawaii Press, 1986.

——. "Mao Tse-tung and Writing Reform." In *Perspectives on a Changing China*, ed. Joshua A. Fogel and William T. Rowe, 137–54. Boulder, Colo.: Westview Press, 1979.

——. *Nationalism and Language Reform in China*. Princeton, N.J.: Princeton University Press, 1950.

Derrida, Jacques. *Monolingualism of the Other, or, The Prosthesis of Origin*, trans. Patrick Mensah. Stanford, Calif.: Stanford University Press, 1998.

Di Xinyou 翟新友 . "Xiaoxue zhuyin fuhao jiaoxuefa gaiyao" 小學注音符號教學法概要（Essentials of primary school teaching methods for phonetic symbols）. *Guomin jiaoyu zhidao yuekan* 國民教育指導月刊 3, no. 2（1944）: 30–36.

Diamant, Neil. *Revolutionizing the Family: Politics, Love, and Divorce in Urban and Rural China, 1949–1968*. Berkeley: University of California Press, 2000.

"Dianjianhui li kongqi shifen jinzhang" 電檢會裏空氣十分緊張（The atmosphere in the film censorship committee is very tense）. *Dongfang ribao* 東方日報, May 27, 1937, 4.

"Dianjianhui weiyuan Dai Ce daizhong cangyou dapi Xianggang nümingxing zhaopian" 电检会委员戴策袋中藏有大批香港女明星照片（Film inspection committee member Dai Ce concealed large number of Hong Kong starlet photos）. *Diansheng* 6, no. 25（1937）: 1083. "Dianying jiancha fa" 電影檢查法（Film censorship law）, November 3, 1930. *Xingzheng yuan gongbao* 行政院公報, no. 201（1930）, *fagui* 1.

"Diliujie quanguo jiaoyuhui lianhehui da huiyi jue'an" 第六屆全國教育會聯合會大會議決案（Decisions of the sixth National Federation of Education Associations meeting）, 1920. In *Xuantong sannian zhi minguo shiwu nian lijie jiaoyu huiyi yijue'an huibian* 宣统三年至民国 十五年历届教育会议议 决 案 汇 编（Compilation of education association meeting resolutions, 1911–1926）, ed. Tai Shuangqiu 邰爽秋 .Beijing: Quanguo tushuguan wenxian suowei fuzhi zhongxin, 2009.

Ding Bangxin 丁邦新. *Yibai nianqian de Suzhouhua* 一百年前的苏州话（The Suzhou dialect from one hundred years ago）. Shanghai: Shanghai jiaoyu chubanshe, 2003.

Disan（Sun Disan）. "Guanyu guoyin liusheng jipian yu youren tanhua" 關於國音留聲機片與友人談話（A conversation with a friend about the national pronunciation phonograph record）.*Shishi xinbao*, February 22, 1921, 4.

Diyijie quanguo putonghua xiaoxue chengji guanmohui mishuchu 第一届全国普通话教学成绩观摩会秘书处, comp. *Diyijie quanguo putonghua jiaoxue chengji guanmohui wenjian ziliao huibian* 第一届全国普通话教学成绩观摩会文件资料汇编（Document compilation from the first national putonghua teaching demonstration conference）. Beijing: Wenzi gaige chubanshe, 1959.

Dong Tonghe 董同龢. "Ruhe cong Sichuanhua xue guoyu" 如何從四川話學國語（How to learn the national language from Sichuan dialect）. *Dushu tongxun* 讀書通訊, no. 68（1943）: 7–9.

Du Jin（Du Zijin） 杜子勁. "Guoyin changyong zihui de chuban" 國音常用字彙的出版（Publica-tion of The Commonly Used Vocabulary of National Pronunciation）. *Guoyu zhoukan* 21, no. 64（1932）: 2.

"Dui nongmin guangbo de yuyan he xingshi wenti" 对农民广播的语言和形式问题（Regarding the issue of language and form for broadcasting to peasants）. *Guangbo yewu* 廣播業務, no. 7（1956）: 98–107.

Dupre, Jean-Francois. *Culture, Politics and Linguistic Recognition in Taiwan: Ethnicity, National Identity, and the Party System*. New York: Routledge, 2017.

Duyin tongyihui 讀音統一會 comp. *Jiaogai guoyin zidian* 校改國音字典（National pronuncia-tion revised dictionary）. Shanghai: Shangwu, 1921.

Edkins, Joseph. *Progressive Lessons in the Chinese Spoken Language*. Shanghai: Presbyterian Mission Press, 1864.

Elman, Benjamin. "From Value to Fact: The Emergence of Phonology as a Precise Disci- pline in Late Imperial China." *Journal of the American Oriental Society* 102, no. 3（1982）: 493–500.

Er Shu'an 二樹庵 and Zhan Zhenqing 詹鎮卿. *Guo Tai yin wan zidian* 國臺音萬字典（Ten thou-sand character dictionary of national and Taiwanese pronunciation）. Jiayi: Lanji, 1946. "Fahui guangbo zhan he shouyin zhan tuiguang putonghua de zuoyong" 發揮廣播站和收音站推廣普通話的作用（Give full play to the role of broadcasting and radio reception stations in promoting the common language）. *Guangbo aihaozhe*, no. 4（1956）: 3

Fan Shoukang 范壽康 . "Fuxing Taiwan de jingsheng" 復興臺灣的精神（Revive the spirit of Taiwan）. Taiwan sheng difang xingzheng ganbu xunliantuan tuankan 臺灣省地方行政幹部訓練團團刊 1, no. 8（1946）: 116–17.

Fan Xiangshan 范祥善 . "Xiaoxue guoyu jiaoxue fa de jianglai"（The future of national language pedagogical methods in primary schools" 小學國語教學法的將來 . *Xin jiaoyu* 新教育 10, no. 3（1925）: 457–68.

——. "Zenyang jiaoshou guoyu" 怎樣教授國語（How to teach the national language）. *Jiaoyu zazhi* 12, no. 4（1920）: 1–14.

——. "Zhuyin zimu zhi xiaoyong ji tuiguang fa" 注音字母之效用及推廣法（The utility of the pho-netic alphabet and methods of popularization）. *Jiaoyu zazhi* 11, no. 3（1919）: 54–61.

Fang Shiduo 方師鐸 ."Guoyin biaozhun zihui bianhou ji" 國音標準字彙編後記（Reflections after editing standard pronunciation glossary）. *Tushuguan xuebao* 圖書館學報 , no. 5（1963）: 159–75.

——. *Wushi nian lai de Zhongguo guoyu yundong shi* 五十年來中國國語運動史（Fifty year his-tory of the national language movement in China）. Taibei: Guoyu ribao, 1965.

Fang Yi 方毅 , ed. *Guoyin xuesheng zihui* 國音學生字彙（National pronunciation glossary for students）. 277th ed. Shanghai: Shangwu, 1948 [1919].

——. "Huyu zhuyin zimu huiyi shimo" 滬語注音字母會議始末（Shanghai vernacular phonetic alphabet meeting from beginning to end）. *Jiaoyu zazhi* 11, no. 4（1919）: 1–16.

Fang Yi 方毅 and Ying Ma 馬瀛 , comps. *Jiaogai guoyin xuesheng zihui* 校改國音學生字彙（Revised national pronunciation glossary for students）. Shanghai: Shangwu, 1930.

Fei Weirong 费维荣 . "Xuexiao zhong weishenme bu zhongshi putonghua?" 学校中为什么不重视普通话？（Why don't schools value the common language?）. *Tuiguang putonghua jianbao* 推广普通话简报 , January 5, 1957, 1.

*Fenghuo suiyue xia de Zhongguo fun*ü *fangwen jilu* 烽火歲月下的中國婦女訪問紀錄（Oral histories of Chinese women in wartime）. Taibei: Academia Sinica Institute of Modern History, 2004.

Ferguson, Charles A. "Diglossia." *Word* 15, no. 2（1959）: 325–40.

Fidan, Giray. *Chinese Travelers to the Early Turkish Republic*. Princeton, N.J.: Markus Wiener, 2019.

Finnane, Antonia. *Changing Clothes in China: Fashion, History, Nation*. London: Hurst, 2007.

Fonoroff, Paul. "A Brief History of Hong Kong Cinema." *Renditions*, no. 29–30（1988）: 293–308. Fortner, Robert. *Radio, Morality, and Culture: Britain, Canada, and the United States, 1919–1945*. Carbondale: Southern Illinois University Press, 2005.

Friedman, Edward, Paul Pickowicz, Mark Selden, and Kay Ann Johnson. *Chinese Village, Socialist State*. New Haven, Conn.: Yale University Press, 1993.

Friedman, Philip Kerim. "Learning 'Local' Languages: Passive Revolution, Language Markets, and Aborigine Education in Taiwan." Ph.D. dissertation, Temple University, 2005.

Fu, Poshek. "The Ambiguity of Entertainment: Chinese Cinema in Japanese-Occupied Shanghai, 1941 to 1945." *Cinema Journal* 37, no. 1（1997）: 66–84.

——. *China Forever: The Shaw Brothers and Diasporic Cinema*. Urbana: University of Illinois Press, 2008.

——. "Patriotism or Profit: Hong Kong Cinema During the Second World War." In *Zaoqi Xianggang Zhongguo yingxiang* 早期香港中國影像 , 73–79. Hong Kong: Urban Council, 1995.

——. "Projecting Ambivalence: Chinese Cinema in Semi-Occupied Shanghai, 1937–1941." In *Wartime Shanghai*, ed. Wen-hsin Yeh, 86–127. New York: Routledge, 1998.

"Fu Tai daji guanjian" 復臺大計管見（Humble opinions on Taiwan recovery plans）. In *Kang zhan yu Taiwan guangfu shiliao jiyao* 抗戰與臺灣光復史料輯要 , ed. Wei Yongzhu 魏永竹 ,367–94. Nantou: Taiwansheng wenxian weiyuanhui, 1995.

Fujian tongzhi 福建通志（General gazetteer of Fujian）. 1737.
"Fujian yi ge xiang de qiji" 福建一个乡的奇迹（The miracle of a Fujian village）. *Hongqi* 红旗, no. 4（July 16, 1958）: 35–39.
"Fujianyu shengpian jinzhui Yueyu pian hou" 福建語聲片緊追粵語片後（Fujian dialect sound films on the heels of Cantonese films）. *Jing yu xi* 影與戲 1, no. 16（1937）: 243.
Gao Jingting 高靜亭. *Zhengyin cuoyao* 正音撮要（Synopsis of correct pronunciation）. 1834, 1905, 1920 eds.
Gao Mingkai 高名凱 and Lin Tao 林燾. *Fuzhou ren zenyang xuexi putonghua* 福州人怎样学習普通話（How Fuzhou people learn the common language）. Beijing: Wenhua jiaoyu chubanshe, 1955.
Gao Rongxian 高榮銑. "Xian jiaoyu yu tuixing zhuyin fuhao" 縣教育與推行注音符號（County education and promoting phonetic symbols）. *Xianzheng yanjiu* 縣政研究 2, no. 6（1940）: 24–26.
Gao Yupu 高毓溥. "Guoyu Luomazi he Ladinghua zhi heliu" 國語羅馬字和拉丁化之合流（The confluence of the national language romanization script and Latinization）. *Yuwen* 語文 2, no. 1（July 1937）: 10–16.
"Gaodeng jiaoyu bu, jiaoyu bu guanyu hanyu fangyan pucha de lianhe zhishi" 高等教育部, 教育部关于汉语方言普查的联合指示（Joint directive of the Higher Education Ministry and the Education Ministry on the survey of Chinese dialects）. In *Jiaoyu wenxian faling huibian* 教育文献法令汇编, ed. Zhonghua Renmin Gongheguo jiaoyu bu bangong ting 中华人民共和国教育部办公厅. N.p., 1957. *Gaozong Chun huangdi shilu* 高宗純皇帝實錄（Veritable records of the Qianlong reign）, 39:21–22. Reprint Beijing: Zhonghua shuju, 1985.
Gates, Hill. "Ethnicity and Social Class." In *The Anthropology of Taiwanese Society*, ed. Emily Martin Ahern and Hill Gates, 241–81. Stanford, Calif.: Stanford University Press, 1981.
Gautier, Ana Maria Ochoa. *Aurality: Listening and Knowledge in NineteenthCentury Colombia.* Durham, N.C.: Duke University Press, 2014.
Ge Gongzhen 戈公振. "Genü Hongmudan queyou yikan de jiazhi" 歌女紅牡丹確有一看的價值（*Songstress Peony* is certainly worth watching）, 24. In *Genü Hongmudan tekan* 歌女紅牡丹特刊. Shanghai: Huawei maoyi gongsi, 1931.
"Gesheng shixian tuixing zhuyin fuhao banfa" 各省市縣推行注音符號辦法（Phonetic symbols implementation plan for all provinces, municipalities, and counties）. *Jiaoyubu gongbao* 教育部公報 2, no. 38（1930）: 30–32.
"Gezuo diantai de tedian" 各座電台的特點（The special characteristics of each station）. *Dian sheng zhoukan* 電聲週刊 3, no. 8（1934）: 158.
Gong Jianong 龔稼農. *Gong Jianong congying huiyi lu* 龔稼農從影回憶錄（Gong Jianong's mem-oir of the film industry）. Taibei: Wenxing shudian, 1967.
Greene, J. Megan. *The Origins of the Developmental State in Taiwan: Science Policy and the Quest for Modernization*. Cambridge, Mass.: Harvard University Press, 2008.
Gu Tingqi 顧聽碁. "Cujin guoyu de jige banfa" 促進國語的幾個辦法（Several ways to promote the national language）. *Wuxi jiaoyu zhoukan* 無錫教育週刊, no. 49（1938）: 11–13.
Guancang Minguo Taiwan dang'an huibian 馆藏民国台湾档案汇编（Collection of Republican era Taiwan archives in the holdings of the Archive）, ed. Chen Yunlin 陈云林. Beijing: Jiuzhou chubanshe, 2007.
"Guangbo dianshi fa" 廣播電視法（Broadcast and television law）, 1975. 立法院法律系統. https://lis.ly.gov.tw/lglawc/lglawkm.
"Guangbo shiyeju guanyu tuiguang putonghua de zhishi" 廣播事業局關於推廣普通話的指示（The broadcasting administration's directive on the promotion of the common language）, April 3, 1956. In *Yuyan zhengce xuexi ziliao* 語言政策學習資料, comp. Nanjing daxue zhon- gwen xi yuyan jiaoy-

anshi bian 南京大学中文系语言教研室 , 138–40. Nanjing: Nanjing daxue chubanshe, 1975.
Guangdong sheng difang shizhi bianzuan weiyuanhui 广东省地方史志编纂委员会 , comp.
Guangdong shengzhiguangbo dianshi zhi 广东省志一广播电视志（Guangdong provincial gazetteer—radio and television chronicle）. Guangzhou: Guangdong renmin chubanshe, 1999.
"Guanyu guangbo, dianying, dianshi zhengque shiyong yuyan wenzi de ruokan guiding" 关于广播，电影，电视正确使用语言文字的若干规定（Some regulations on accurate use of language and script in broadcasting, film, and television）. *Yuwen jianshe*, no. 3（1987）: 3–4. "Guanyu woguo dangqian de yuyan wenzi gongzuo—Chen Zhangtai da benkan jizhe wen" 关于我国当前的语言文字工作—陈章太答本刊记者 （About the current language work in our nation—Chen Zhangtai's answers to questions from this publication's journalist）. *Liaowang* 瞭望 , no. 14（1986）: 40–41.
"Guanyu xiaoxue yinianji yuwen jiaoxue Beijing yuyin de tongzhi" 关于小学一年级语文教学北京语音的通知（Notification regarding Beijing pronunciation for language teaching in the first year of primary school）, July 10, 1956. In *Jiaoyu wenxian faling huibian* 教育文献法令汇编 , 332. Beijing: Zhonghua renmin gongheguo jiaoyubu, 1957.
"Guanzhong pinglun: Bai Jinlong" 觀眾評論：白金龍（Audience critique: *Platinum Dragon*）. *Diansheng ribao* 電聲日報 , October 8, 1933, 2.
Guizhou Jiaoyuting 貴州教育廳 , comp. *Yuyin jichu zhishi* 語音基础知识（Basic knowledge of pronunciation）. Guizhou: Guizhou renmin chubanshe, 1956.
Gunn, Edward M. *Rendering the Regional: Local Language in Contemporary Chinese Media.*
Honolulu: University of Hawaii Press, 2006.
Guo, Zhenzhi. "A Chronicle of Private Radio in Shanghai." *Journal of Broadcasting and Elec tronic Media* 30, no. 4（1986）: 379–92.
Guoli Taiwan Shifan Daxue guoyin jiaocai bianji weiyuanhui 國立臺灣師範大學國音教材編輯委員會 , comp. *Guoyin xue* 國音學（Study of national phonology）. Taibei: Zhengzhong shuju, 1982.
"Guowuyuan guanyu gongbu Hanzi jianhua fang'an de jueyi" 国务院关于公布汉字简化方案的决议（State Council resolution on releasing the character simplification scheme）. *Renmin ribao*, January 31, 1956, 4.
"Guowuyuan guanyu tuiguang putonghua de zhishi" 国务院关于推广普通话的知识（State Council directive regarding the popularization of the common language）. *Renmin ribao*, February 12, 1956, 3.
Guoyin zidian 國音字典（Dictionary of national pronunciation）. Shanghai: Shangwu, 1919.
"Guoyu Luomazi pinyin fashi" 國語羅馬字拼音法式（National language romanization script
spelling system）. *Shanghai xian jiaoyu yuekan* 上海縣教育月刊 , no. 16（1929）: 99–104.
"Guoyu pian maizuo lü zengqiang de jiaoxun xia xiwang Huanan dianying xinsheng qilai" 國語片賣座率增強的教訓下希望華南電影新生起來！（Hopes for the revival of South China films drawn from the lesson of national language films' box office growth）. *Nanyue* 南粵 , no. 2（1938）: 5.
"Guoyu pian dao Nanyang" 國語片到南洋（The national language film goes to Southeast Asia）. *Yihai zhoukan* 藝海週刊 , no. 18（1940）: 3.
"Guoyu pian Mulan Congjun shouru zai Xingzhou" 國語片木蘭從軍受辱在星洲（The national language film Mulan Joins the Army is humiliated in Singapore）. *Qingqing dianying zhou kan* 青青電影週刊 4, no. 22（1939）: 10.
"Guoyu pian yu Yueyu pian zhi woguan" 國語片與粵語片之我觀（My views on national language and Cantonese films）. *Diansheng zhoukan* 電聲週刊 8, no. 8（1939）: 431.
"Guoyu pian Yueyu pian duanbing xiangjie" 國語片粵語片短兵相接（National language and Cantonese films meet in hand-to-hand combat）. *Diansheng* 6, no. 25（1937）: 1076.
"Guoyu shifan jiaoxue pipinghui jilu" 國語示範教學批評會紀錄（Record of national language demon-

stration teaching evaluation meeting）. *Gansu jiaoyu banyuekan* 甘肅教育半月刊 1, no. 4–5（1939）: 45–47.

Guoyu tongyi choubei hui 國語統一籌備會, ed. *Guoyu Luomazi pinyin fashi: Guoyin zimu di'ershi* 國語羅馬字拼音法式：國音字母第二式（National language romanization script spelling system: the second method of the national phonetic alphabet）. N.p., Guoyu tongyi choubei hui, 1926.

"Guoyu tongyi choubei huiyi'an sanjian" 國語統一籌備會議案三件（Three discussion items from the National Language Preparatory Committee meeting）. *Beijing daxue yuekan* 北京大學月刊 1, no. 4（1919）: 137–42.

"Guoyu tongyi choubei weiyuanhui guicheng" 國語統一籌備委員會規程（Regulations of the National Language Unification Preparatory Committee）. *Jiaoyubu gongbao* 教育部公報 1, no. 1（1929）: 81–83.

Guoyu tuixing weiyuanhui 國語推行委員會. *Zhonghua xinyun* 中華新韻（New Chinese rhyming dictionary）. Chengdu: Rugu shuju, 1941.

Guoyu tuixing weiyuanhui di'erjie dahui baogao 國語推行委員會第二屆大會報告（Report of the second conference of the National Language Promotion Committee）. Chongqing, 1940. "Guoyu yu gongwu" 國語與公務（National language and public duty）. *Zhongguo yuwen* 3, no. 3（1958）: 2–3.

Guoyu yundong zai Guangdong" 國語運動在廣東（The national language movement in Guang-dong）. *Shidai dongxiang xunkan* 時代動向旬刊 1, no. 2（1937）: 7–8.

Han Shilu 韓石爐. *Guoyu fayin rumen* 國語發音入門（Introduction to national language pronunciation）. First ed. Tainan: Chongwen shuju, 1939. Second and third eds., 1945. Harbsmeier, Christopher. "May Fourth Linguistic Orthodoxy and Rhetoric: Some Informal

Comparative Notes." In *New Terms for New Ideas: Western Knowledge & Lexical Change in Late Imperial China*, ed. Michael Lackner, Iwo Amelung, and Joachim Kurtz, 373–410. Leiden: Brill, 2001.

Harrison, Henrietta. *The Making of the Republican Citizen: Political Ceremonies and Symbols in China, 1911–1929.* New York: Oxford University Press, 2000.

He Rong 何容. "Fangyan wei guoyu zhiben" 方言為國語之本（Dialect is the foundation of the national language）. *Xinshengbao*, June 1, 1947.

——. "Guanyu guoyu de biaozhun" 關於國語的標準（About the standard of the national language）. *Xinshengbao*, June 11, 1946.

——. "Guoyu ribao yu guoyu yundong" 國語日報與國語運動（*Mandarin Daily News* and the national language movement）. *Guoyu ribao*, October 25, 1950, 5.

——. *Guoyu zhuyin fuhao gailun* 國語注音符號概論（Introduction to national language phonetic annotation）. Taibei: Guofangbu zong zhengzhibu, 1956.

——. "Lun jiajin tuixing yuwen jiaoyu" 論加緊推行語文教育（Discussion of intensifying language education implementation）. *Xinshengbao*, April 21, 1947, 4.

——. "Lun mahu zhuyi de guoyu jiaoyu" 論麻胡主義的國語教育（Discussion of the ideology of sloppiness in national language education）. *Xinshengbao*, March 10, 1946.

——. "Lun xiaoxue li yinggai jiao guoyu" 論小學裏應該教國語（The national language should be taught in primary schools）. *Wenhua xianfeng* 文化先鋒 3, no. 11（1944）: 8–9.

——. Preface to *Guoyu jiaoyu* 國語教育（National language education）, by Qi Zhixian 祁致賢, 2–3. Taibei: Guoyu ribao, 1961.

——. "Taiwan sheng guoyu tuixing weiyuanhui gongzuo gaikuang" 台灣省國語推行委員 會工作概況（General situation of the Taiwan provincial national language promotion committee's work）. *Jiaoyu tongxun* 6, no. 1（1946）: 37–38.

——. *Taiwan xianzai haishi bu yinggai yong Riwen Riyu* 臺灣現在還是不應該用日文日語（Taiwan currently should not still be using Japanese writing and language）. Taibei: Guoyu tuixing weiyuan-

hui, 1951.
——. *Zhuyin fuhao jiaoxue fa shiyan baogao* 注音符號教學法實驗報告（Report on phonetic annotation teaching methods experiments）. Taibei: Guoyu tuixing weiyuanhui, 1954.
He Rong 何容, Qi Tiehen 齊鐵恨, and Wang Ju 王炬. *Taiwan zhi guoyu yundong* 臺灣之國語運動（Taiwan's national language movement）. Taibei: Taiwan sheng zhengfu jiaoyuting, 1948.
He Yilin 何義麟. *Kuayue guojing xian—Jindai Taiwan qu zhimin hua zhi licehng* 跨越國境線—近代台灣去殖民化之歷程（Crossing national borders—the course of decolonization in mod-ern Taiwan）. Taibei: Daoxiang chubanshe, 2006.
He Zhaowu 何兆武. *Shangxue ji* 上學記（Record of attending school）. Xinbeishi: Yuanzu wenhua, 2011.
"Henan minzhong keben baogao shu" 河南民眾課本報告書（Report on Henan people's textbooks）. *Guoyu zhoukan* 20, no. 7（1931）: 2.
Hershatter, Gail. *The Gender of Memory: Rural Women and China's Collective Past*. Berkeley: University of California Press, 2014.
Hessler, Peter. *Oracle Bones: A Journey Between China's Past and Present.* New York: Harper Collins, 2006.
Heylen, Anne. *Japanese Models, Chinese Culture and the Dilemma of Taiwanese Language Reform*. Wiesbaden, Ger.: Harrassowitz Verlag, 2012.
Hirata Shoji 平田長司. "Qingdai Honglusi zhengyin kao" 清代鴻臚寺正音考（A study of correct pronunciation in the Qing Court of State Ceremonies）. *Zhongguo yuwen*, no. 6（2000）: 537–44.
Ho, Denise. *Curating Revolution: Politics on Display in Mao's China.* Cambridge: Cambridge University Press, 2018.
Ho, Virgil K. Y. *Understanding Canton: Rethinking Popular Culture in the Republican Period.* Oxford: Oxford University Press, 2005.
Hong Shen 洪深 .*Kangzhan shinian lai Zhongguo de xiju yundong yu jiaoyu* 抗戰十年來中國的戲劇運動與教育（China's drama movement and education in ten years of the war of resistance）. Shanghai: Zhonghua, 1948.
——. "Minjian de xiju yishu—difan xiju de yanjiu" 民間的戲劇藝術—地方戲劇的研究（Dramatic arts in local society—research on local drama）. *Guoping* 國評, no. 363（1944）: 7–9.
Hong Shichang 洪世昌. "Guangboyuan Liu Xiaoyun" 广播員刘小云（Broadcaster Liu Xiaoyun）. *Guangbo aihaozhe*, no. 11（1956）: 21–22.
Hong Yanqiu 洪炎秋. *Guoyu tuixing he Guoyu ribao* 國語推行和國語日報（Promoting the national language and *Mandarin Daily News*）. Taibei: Guoyu ribao, 1975.
Hong Yanqiu xiansheng zhuisi lu 洪炎秋先生追思錄（Remembrance of Mr. Hong Yanqiu）, comp. Guoyu ribao she 國語日報社. Taibei: Guoyu ribao fushe chubanbu, 1980.
Howard, Joshua. *Workers at War: Labor in China's Arsenals, 1937–1953*. Stanford, Calif.: Stanford University Press, 2004.
Hsueh Cheng-Hung 薛政宏. "Guofu qian Tai qianhou（1948–1951） Guoyu ribao neirong zhi yanjiu" 國府遷台前後（1948–1951） 國語日報內容之研究（Research on the content of *Mandarin Daily News* in the period before and after the relocation of the Nationalist government to Taiwan）. M.A thesis, National Taipei University of Education, 2012.
Hu Die 蝴蝶. *Hu Die huiyi lu* 蝴蝶回憶錄（Memoirs of Hu Die）. Taibei: Lianhebao she, 1986.
Hu, Jinbu. *Projecting a Nation: Chinese National Cinema before 1949*. Hong Kong: Hong Kong University Press, 2003.
Hu Qiaomu 胡乔木. "Zai quanguo wenzi gaige huiyi shang de fayan" 在全国文字改革会议上的发言（Speech delivered at the national conference on language reform）, October 23, 1955. In *Hu Qiao-*

mu tan yuyan zenzi 胡乔木谈语言文字 , 94–139. Beijing: Renmin chubanshe, 1999.
Hu Shi 胡適 . "Guoyu biaozhun yu guoyu" 國語標準與國語（The standard of the national language and the national language）. Beijing Municipal Archive, J4-2-261, 3–6. Reprint *Xin jiaoyu* 新教育 3, no. 1（1920）: 1–4.
——. "Guoyu yundong de lishi" 國語運動的歷史（The history of the national language movement）. *Jiaoyu zazhi* 13, no. 11（1921）: 8–9.
——. *Hu Shi riji quanji* 胡適日記全集（Complete diaries of Hu Shi）. Taibei: Lianjing, 2004.
Hua Songnian 華松年 . "Dangqian bensheng jige jiaoyu xingzheng wenti de shangquan" 當前本省幾個教育行政問題的商權（Proposal regarding several current education policy questions in our province）. *Guomin jiaoyu fudao yuekan* 國民教育輔導月刊 1, no. 1（1947）: 3.
"Hualian xian jiaoyu gaikuang" 花蓮縣教育概況（Hualian county education situation）. December 1946. In *Guancang Minguo Taiwan dang'an huibian* 馆藏民国台湾档案汇编 , 164:202–29.
"Hua'nan ge dianying gongsi yizhi xingdong jujue zhongyang dianjianhui jiancha" 華南各電影公司一致行動拒絕中央電檢會檢查（All film studios in South China refuse the scrutiny of the central film censorship committee）. *Diansheng* 6, no. 31（1937）: 1317.
Huang Cao 荒草 [pseud.]. "Kangzhan qizhong xiaoxue guoyu ke jiaocai ji jiaoxuefa yingyou zhi gaijin" 抗戰期中小學國語科教材及教學法應有之改進（Necessary improvements in primary school national language pedagogical materials and methods during the war of resistance）.
Xinwen meixun zengkan 新聞每旬增刊 , no. 29（1939）: 18–22.
Huang, Chih Huei. "Ethnic Diversity, Two-Layered Colonization, and Complex Modern Taiwanese Attitudes Towards Japan." In *Japanese Taiwan: Colonial Rule and Its Contested Legacy*, ed. Andrew Morris, 133–54. London: Bloomsbury, 2015.
Huang Qi 黄绮 . "Tan sisheng" 谈四声（On the four tones）. *Yuwen xuexi*, no. 3（1956）: 22–23.
Huang Xuanfan 黃宣範 .*Yuyan, shehui yu zuqun yishi* 語言，社會與族群意識：台灣語言社會學的研究（Language, society, and ethnic consciousness: Sociological research on languages in Taiwan）. Taibei: Wenhe, 1993.
Huang Yingzhe 黃英哲 . *Qu Riben hua zai Zhongguo hua: Zhanhou Taiwan wenhua chongjian*「去日本化」「再中国化」: 戰後臺灣文化重建（Uprooting Japan, implanting China: cultural reconstruction in postwar Taiwan）. Taibei: Maitian chubanshe, 2007.
Huang Zhaotang 黃昭堂 . "Ichi Taiwan shōkō no shuki" 一台湾将校の手記（A Taiwanese colonel's message）. In *Taiwan no meiun* 台の命運（The fate of Taiwan）, ed. Kondo Toshikiyo 近藤俊清 , 97–112. Tokyo: Misuzu Shobo, 1961.
Huang Zhishang 黃志尚 . "Guoyin changyong zihui" 國音常用字彙（Commonly used vocabulary of national pronunciation）. *Tushu pinglun* 圖書評論 1, no. 5（1933）: 83–88.
"Hubei sheng di'er jie Beijing yuyin jiangshi lianxiban" 湖北省第二届北京语音讲师训练班工作总结 .In *Zenyang jiaoxue putonghua* 怎样教学普通话（How to teach the common language）, ed. Yue Sibing 樂嗣炳 , 112–23. Beijing: Wenzi gaige chubanshe, 1956.
Hudson, R. A. *Sociolinguistics*. New York: Cambridge University Press, 1996.
"Huichang huaxu" 會場花絮（News tidbits from the meeting hall）. *Xinshengbao*, May 8, 1946, 5.
Hung, Chang-tai. *War and Popular Culture: Resistance in Modern China, 1937–1945.* Berkeley: University of California Press, 1994.
Hutton, Christopher. *Linguistics and the Third Reich: Mother-Tongue Fascism, Race and the Science of Language.* London: Routledge, 1999.
Israel, John. *Lianda: A Chinese University in War and Revolution*. Stanford, Calif.: Stanford University Press, 1998.
Jacobs, Justin. *Xinjiang and the Modern Chinese State.* Seattle: University of Washington Press, 2016.

Jenco, Leigh. *Making the Political: Founding and Action in the Political Theory of Zhang Shizhao*. New York: Cambridge University Press, 2010.
Ji Chuandong 姬传东 . "Xiangyin danggai" 乡音当改（Local accents should change）. *Jiefangjun bao*, June 22, 1986.
Ji, Fengyuan. *Linguistic Engineering: Language and Politics in Mao's China*. Honolulu: University of Hawaii Press, 2004.
Ji Guoxuan 紀國宣 . "Dazhongyu daodi yingdang na na'erde hua zuo biaozhun?" 大眾語到底應當拿哪兒的話作標準？（The mass language should take the speech of what place as its standard?）*Guoyu zhoukan*, no. 162（1934）: 2.
Jiang Baigang 蔣白岡 . "Shuo songlang" 說朗誦（Speaking of recitation）. *Xin jiaoyu xunkan* 新教育旬刊 1, no. 5–6（1939）: 50–54.
Jiang Cheng 江成 . *Biaozhun yin shengdiao lianxi* 标准音声调练习（Practice for the tones of the standard pronunciation）. Beijing: Tongsu duwu chubanshe, 1957.
Jiang Jianhou 蔣劍侯 . "Wei Zhongguo dianyingjie zheng yikou qi" 為中國電影界爭一口氣（Fight for the vindication of the Chinese film industry）. *Genü Hongmudan tekan* 歌女紅牡丹特刊（1931）: 21.
Jiang Jingguo 蔣經國 . Preface to *Zenyang jiao guoyu* 怎樣教國語（How to teach the national language）by Yang Qifan 楊啟蕃 . Ganzhou: Jiangxi shengli Ganxian minzhong jiaoyuguan, 1943.
Jiang Qi 姜琦 . "Bensheng shifan jiaoshi yundong de zhongyao xing" 本省師範教師運動的重要性（The importance of the normal school teacher movement in our province）. *Xinshengbao*, April 3, 1947, 4.
Jiang Xi 姜溪 . "Yingdang guli shuo putonghua" 当鼓勵說普通話（We should give encouragement to speak the common language）. *Jiangsu jiaoyu* 江苏教育 , no. 5（1956）: 28.
Jiang Ying 蔣英 . "Wo duiyu Zhonghua shuju guoyin liusheng jipian de piping" 我對於中華書局國音留聲機片的批評（My critique of Zhonghua Book Company's national pronunciation phonograph record）. *Zhonghua jiaoyu jie* 中華教育界 10, no. 8（1921）: 1–2.
Jiangsu jiaoyu she 江苏教育社 , comp. *Yuwen jiaoxue zhuanji* 语文教学专辑（Language teaching collection）. Nanjing: Suzhou renmin chubanshe, 1956.
Jiangsu sheng jiaoyuting xiaoxue jiaoyuan jianding weiyuanhui huikan 江蘇省教育廳小學教員檢定委員會彙刊（Proceedings of the Jiangsu provincial education department primary school teacher assessment committee）. Wuxi: Jiangsu sheng jiaoyuting, 1930.
"Jianjue yu Yu Ziyi de youpai yanlun huaqing jiexian" 堅決与俞子夷的右派言論划清界限（Resolutely draw a line against Yu Ziyi's rightist remarks）. *Xiaoxue jiaoyu tongxun* 小学教育通讯 , October 20, 1957, 3.
Jiaogai guoyin xuesheng zihui 校改國音學生字彙（Revised national pronunciation glossary for students）. Shanghai: Shangwu, 1930.
"Jiaoshimen yingdang chengwei tuiguang putonghua de jiji fenzi" 教师们应当成为推广普通话的积极分子（Teachers should become activists for popularizing the common language）. *Guangming ribao*, November 25, 1955, 1.
Jiaoyubu 教育部 . *Guoyin zidian* 國音字典（Dictionary of national pronunciation）. Shanghai: Shangwu, 1919.
——. *HanMeng hebi guoyu jiaokeshu* 漢蒙合璧國語教科書（Han-Mongolian script combined national language textbook）. Nanjing: Mengwen shushe, 1932.
——. *Minzhong xuexiao keben* 民眾學校課本（Textbook for people's schools）. N.p., 1937.
——. *Zhuyin fuhao chuanxi xiaoce* 注音符號傳習小冊（Phonetic annotation symbols booklet）. Shanghai: Zhonghua, 1930, 1935（thirteenth ed.）.
"Jiaoyubu guanyu jiaqiang xuexiao putonghua he Hanyu pinyin jiaoxue de tongzhi" 教育部关于加强学

校普通话和汉语拼音教学的通知（August 26, 1978）. *Yuwen xiandaihua* 语文现代化, no. 1（1980）: 194–97.

Jiaoyubu guoyu tongyi choubei weiyuanhui 教育部國語統一籌備委員會. *Guoyin changyong zihui* 國音常用字彙（Commonly used vocabulary of national pronunciation）. Shanghai: Shangwu, 1932.

"Jiaoyubu: Woguo muqian you siyi duo renkou buneng yong putonghua jiaoliu" 教育部：我国目前有四亿多人口不能用普通话交流（Ministry of Education: Our country currently has four hundred million people who are not able to use the common language to communicate）, September 5, 2013. http://www.people.com.cn.

"Jiaqiang putonghua he Hanyu pinyin jiaoxue gongzuo" 加强普通话和汉语拼音教学工作（Strengthen the work of teaching the common language and Hanyu pinyin）. *Renmin ribao*, September 16, 1978, 2.

"Jiasu tuiguang putonghua, shengchan xuexi dou fangbian, Wushan xiang yi puji putonghua" 加速推广普通话，生产学习都方便，吴山乡已普及普通话（Accelerate the promotion of the common language to benefit production and learning, Wushan village has popularized the common language）. *Renmin ribao*, June 21, 1958, 7.

Jidujiao tichang zhuyin zimu weiyuanhui 基督教提倡注音字母委員會, ed. *Guoyin sucheng jia okeshu* 國音速成教科書（Accelerated national pronunciation primer）. Shanghai: Phonetic Promotion Committee, 1922.

"Jiefangjun zong zhengzhibu tongzhi quanjun tuixing wenzi gaige" 解放军总政治部通知全军推行文字改革（PLA General Political Department directs the entire force to implement language reform）. *Renmin ribao*, November 13, 1955, 1.

"Jin Yueyu pian zhong zhi paipian mang" 禁粵語片中之拍片忙（Busy productions in the midst of Cantonese film ban）. *Tianwentai* 天文台, no. 26（1937）: 6.

Jing Shihua 荆世华. "Fandui qingshi jiaoshi de cuowu sixiang, shuli zunzhong jiaoshi de shehui fengqi" 反对轻视教师的错误思想，树立尊重教师的社会风气（Oppose the erroneous ideology of slighting teachers, establish a social atmosphere of respecting teachers）. *Jiaoshi bao* 教师报, November 2, 1956, 1.

"Jinshe Yueyu pian dengyu jiaofei" 禁攝粵語片等於剿匪（Banning Cantonese film production is the equivalent of suppressing bandits）. *Diansheng* 6, no. 23（June 11, 1937）, 1004. "Jiuping zhuang buliao xinjiu" 舊瓶裝不了新酒（Old bottles cannot hold new wine）. *Jiaoyu jian she* 教育建設 1, no. 4（1941）: 2–3.

"Jiuwang yundong quankao nümingxing" 救亡運動全靠女明星（The salvation movement depends entirely on female stars." *Zhongguo dianying* 中國電影 1, no. 8（1937）: 7.

Jones, Andrew F. *Yellow Music: Media Culture and Colonial Modernity in China: The Chinese Jazz Age.* Durham, N.C.: Duke University Press, 2001.

Kamiya Kohei 神谷衡平 and Shimizu Motosuke 清水元助. *Biaozhun Zhonghua guoyu jiaoke shu, chuji pian* 標準中華國語教科書，初級篇（Standard Chinese national language, elementary edition）. Taibei: Taiwan wenhua yinshuguan, 1945.

Kaske, Elisabeth. *The Politics of Language in Chinese Education, 1895–1919*. Leiden: Brill, 2008.

"Kejiahua chengle zhengqu xuanpiao liqi" 客家話成了爭取選票利器（Hakka has become an advantageous weapon for garnering electoral votes）. *Lianhebao* 聯合報, March 3, 1996, 2.

King, Christopher R. *One Language, Two Scripts: The Hindi Movement in Nineteenth Century North India*. Bombay: Oxford University Press, 1994.

Kirby, William. "Continuity and Change in Modern China: Economic Planning on the Mainland and on Taiwan, 1943–1958." *Australian Journal of Chinese Affairs* 24（1990）: 121–41. Kitamura, Hiroshi. *Screening Enlightenment: Hollywood and the Cultural Reconstruction of Defeated Japan.* Ithaca,

N.Y.: Cornell University Press, 2010.

Klöter, Henning. "Language Policy in the KMT and DPP Eras," *China Perspectives*（online）, no. 56（November–December 2004）.

Kong Lingjing 孔另境 . "Lun fangyan ju yu xiju dazhonghua ji guoyu tongyi yundong" 論方言劇與戲劇大眾化及國語統一運動（On dialect drama, the popularization of drama, and the movement for national language unification）. *Zhongguo yuwen* 2, no. 3–4（1941）: 164–65.

——. "Xiezai Huaguang gongyan qian" 寫在華光公演前（Writing before the performance at Huaguang）. *Qingnian xiju* 青年戲劇 , November 21, 1940, 1.

Kong Min 孔敏 . "Zai shandi tuixing guoyu jingyan yide" 在山地推行國語經驗一得（An experi-ence gained from promoting the national language in the mountains）. *Shanguang zhou kan* 山光週刊 , January 7, 1955, 4.

Kong Shihao 孔士豪 . "Xin Xinjiang jianshe sanyao" 新新疆建設三要（Three keys to the devel- opment of new Xinjiang）. *Xin Xinjiang yuekan* 新新疆月刊 1, no. 2（1943）, 39.

Kubler, Cornelius C. *The Development of Mandarin in Taiwan: A Case Study of Language Contact*. Taipei: Student Book Company, 1985.

Kula, Witold. *Measures and Men*, trans. R. Szreter. Princeton, N.J.: Princeton University Press, 1986.

Kuzuoglu, Ulug. "Codes of Modernity: Infrastructures of Language and Chinese Scripts in an Age of Global Information Revolution." Ph.D. dissertation, Columbia University, 2018. Lai Tse-han 賴澤涵 . *Ererba shijian yanjiu baogao* 二二八事件研究報告（Research report on the February 28 Incident）. Taibei: Shibao wenhua, 1994.

Lai, Tse-han, Ramon H. Myers, and Wei Wou. *A Tragic Beginning: The Taiwan Uprising of February 28, 1947*. Stanford, Calif.: Hoover Institution, 1991.

Lang Qiu 朗秋 . "Wosuo jiandao de boyin jiaoyu" 我所見到的播音教育（The broadcasting edu-cation I have seen）. *Guangbo zhoubao*, no. 11（1934）: 36.

Lao She 老舍 . "Dali tuiguang putonghua" 大力推廣普通話（Vigorously promote the common language）. *Renmin ribao*, October 31, 1955, 3

——. "Zhizuo tongsu wenyi de tongku" 制作通俗文艺的痛苦（The pain of producing popular art and literature）. *Kangzhan wenyi* 抗戰文藝 2, no. 6（1938）: 89–92.

Laotan 老談（He Rong 何容）. "Buyao shengdiao de 'Ladinghua' " 不要聲調的「拉丁化」（'Latinization' that disregards tones）. *Guoyu zhoukan*, no. 170（1934）: 2.

Lee, Leo Ou-fan. "The Urban Milieu of Shanghai Cinema, 1930–40: Some Explorations of Film Audience, Film Culture, and Narrative Conventions." In *Cinema and Urban Culture in Shanghai*, ed. Yingjin Zhang, 74–96. Stanford, Calif.: Stanford University Press, 1999.

Lei Pu 雷普 . "Shi qiji ye shi baogui jingyan" 是奇迹也是宝贵经验（It is a miracle and a valuable experience）. *Renmin ribao*, August 25, 1958, 7.

Leow, Rachel. *Taming Babel: Language in the Making of Malaysia*. Cambridge: Cambridge University Press, 2016.

Lewis, Geoffrey. *The Turkish Language Reform: A Catastrophic Success*. Oxford: Oxford University Press, 1999.

Li Bizhen 李璧貞 . "Xiaoxue diji de shuohua jiaoxue wenti" 小學低級的說話教學問題（Pedagogical issues of teaching speech in primary school lower grades）. *Jiangxi difang jiaoyu* 江西地方教育 , no. 38（1936）: 9–17.

Li Chin-shi（Li Jinxi）. *Chinese Phonetic System and Language*, trans. Alex Mackenzie. Shanghai: Commercial Press, 1922.

Li Ding 李定 . "Yong putonghua tongyi Shenzhen yuyan, shiyang jingji tequ kaifang gaige xuyao" 用普通话统一深圳语言 , 适应经济特区开放改革需要（Use the common language to unify language in

Shenzhen, adapt to the needs of reform and opening in the special economic zone). In *Xin shiqi de yuyan wenzi gongzuo* 新时期的语言文字工作, ed. Quanguo yuyan wenzi gongzuo huiyi mishuchu 全国语言文字工作会议秘书处编, 162–72. Beijing: Yuwen chubanshe, 1987.

Li Dongyue 李東岳. "Guomin jiaoyu jinzhan zhong de guoyu jiaoyu" 國民教育進展中的國語教學(National language education in the development of national education). *Gansu jiaoyu banyuekan* 甘肅教育半月刊 4, no. 19–20 (1942): 6–11.

Li Gangzhong 李剛中. "Zenyang caineng dapo guoyu de kunnan" 怎樣纔能打破國語的困難(How to break through the difficulties of the national language). *Jiaoyu zazhi* 13, no. 6 (1921): 1–8.

Li Hongchun 李宏纯. "Bu yinggai chaoxiao bieren xueshuo putonghua" 不应该嘲笑别人学说普通话(You should not laugh at other people learning to speak the common language). *Jie fangjun bao*, March 22, 1956, 3.

Li, Jie. "Revolutionary Echoes: Radios and Loudspeakers in the Mao Era." *TwentiethCentury China* 45, no. 1 (2020): 25–45.

Li Jinhui 黎錦輝. "Wo zai Zhonghua Shuju de rizi" 我在中华书局的日子(My days at Zhonghua Books). In *Lufei Kui yu Zhonghua Shuju* 陆费逵与中华书局, ed. Xiaoyao Yu 俞筱尧 and Yan-jie Liu 刘彦捷, 33–37. Beijing: Zhonghua, 2002.

Li Jinxi 黎錦熙. "1925 nian guoyu jie 'fangyu zhan' jilue" 一九二五年國語界'防禦戰'紀略(Summary of the "defensive war" of 1925 in the national language world). *Jingbao fukan* 京報副刊, no. 406 (1926): 1–5.

——. "Cong Miandian shuoqi" 從緬甸說起(Beginning with Burma). *Jianguo yuwen yuekan* 建國語文月刊 1, no. 2 (1942): 1–2.

——. "Dazhongyu zhenquan" 大眾語真銓(The true essence of the mass language). *Shenbao* 申報, September 10, 1934, 21; September 11, 1934, 17.

——. "Fukan xuanyan" 復刊宣言(Declaration on resuming publication). *Guoyu zhoukan*, no. 301 (1940). *Zhongyang ribao* supplement, October 9, 1940, 4.

——. "Guoyin changyong zihui gongbu ji" 國音常用字彙公布記(Record of the public announcement of *TheCommonly Used Vocabulary of National Pronunciation*). *Jiaoyu duanbo* 教育短波, no. 22 (1935): 191–92.

——. "Guoyu bianyu duizhao sihang keben jianyi" 國語邊語對照四行課本建議(Proposal for four col-umn textbook with corresponding national and border languages). *Xibei yuekan* 西北月刊, 1943. Reprint *Wenyi yu shenghuo* 文藝與生活 4, no. 1 (1947): 1–5.

——. "Guoyu 'bu' tongyi zhuyi" 國語「不」統一主義(National language 'disunification' ideol-ogy). *Guoyu zhoukan*, no. 127 (1934): 2; no. 128 (1934): 2.

——. "Guoyu de biaozhunyu yu yufa" 國語的標準語與語法(The standard national language and its grammar). *Jiaoyu zazhi* 13, no. 6 (1921): 8.

——. "Guoyu Luomazi gongbu jingguo shulüe" 國語羅馬字公布經過述略(A short account of the promulgation of the national language romanization script), *Shida guoxue congkan* 師大國學叢刊 1, no. 3 (1932): 5–9.

——. "Guoyu san dagang ji guoyin zhi wuda wenti" 國語三大綱及國音之五大問題(Three prin-ci-ples of the national language and five major problems of the national pronunciation), September 16, 1920. In *Li Jinxi de guoyu jiangtan* 黎錦熙的國語講壇, ed. Lu Yiyan 陸衣言, 1–8. Shanghai: Zhonghua, 1923.

——. "Guoyu wenda yishu" 國語問答一束(A bunch of national language questions and answers). *Shi-shi xinbao*, October 31, 1920, 4.

——. *Guoyu xue jiangyi* 國語學講義(Lectures on national language pedagogy). Shanghai: Shangwu, 1919.

——. *Guoyu yundong shigang* 國語運動史綱（Outline history of the national language movement）. Shanghai: Shangwu, 1934.

——. "Guoyu yundong yu guofang jiaoyu" 國語運動與國防教育（National language movement and national defense education）. *Chenggu qingnian* 城固青年 1, no. 1（1941）: 8–9.

——. "Jiaoyubu ding guoyu kecheng biaozhun zhi jiantao" 教育部定國語課程標準之檢討（Criticism of national language curricular standards set by the Ministry of Education）. *Wen hua yu jiaoyu xunkan* 文化與教育旬刊, no. 19（1934）: 2–3.

——. "Kaifa bianjiang de diyijian shi" 開發邊疆的第一件事（The first act of opening up the frontiers）. *Meng Zang yuebao* 蒙藏月報 13, no. 10（1941）: 7–10.

——. "Lun quanguo fangyan yanjiu diaocha zhi zhongyao ji qi gongzuo jihua 論全國方言研究調查之重要及其工作計畫（On the importance of national dialect research investigation and its work plan）. *Gansu jiaoyu banyuekan* 甘肅教育半月刊 4, no. 19–20（1942）: 1–5.

——. "Qian Xuantong xiansheng zhuan" 錢玄同先生傳（Biography of Mr. Qian Xuantong）, 1939 manuscript. In Cao Shujing 曹述敬, *Qian Xuantong nianpu* 玄同年 , 147–69. Jinan: Qilu shushe, 1986.

——. "Saochu wenmang yu zhuyin fuhao" 掃除文盲與注音符號（Eradicating illiteracy and the phonetic annotation symbols）. *Jiaoyu tongxun* 3, no. 12（1940）: 15–16.

——. "Tongyi guoyu zhong bashi fen zhiyi de xiao wenti" 統一國語中八十分之一 的小問題（The small problem of one part in eighty in national language unification）. *Shishi xinbao*, February 15, 1921, 4.

——. "Weishenme yao tuixing guoyu?" 為什麼要推行國語（Why promote the national language）. *Jiaoyu tongxun* 3, no. 39（1940）: 5–7.

——. "Xinshi guoyu wenfa tigang" 新式國語文法提綱（A synopsis of the new grammar of the national language）. *Xueyi zazhi* 學藝雜誌 3, no. 5（1921）, 1–16.

——. "Zhi quanguo jiaoyuhui lianhehui shu" 致全國教育會聯合會書（Letter to the National Federation of Education Associations）. November 1, 1920. In *Li Jinxi de guoyu jiangtan* 黎錦熙的國語講壇, ed. Lu Yiyan 陸衣言. Shanghai: Zhonghua, 1923.

——. "Zhuyin fuhao zai kangzhan shiqi de zhongyao xing" 注音符號在抗戰時期的重要性（The important character of phonetic annotation symbols during the war of resistance）. *Jingcheng banyuekan* 精誠半月刊 1, no. 1（1938）: 14–16.

Li Jinxi 黎錦熙, Bai Dizhou 白滌洲, He Rong 何容, and Wang Xiang 王向, eds. *Fuxing shuohua jiaoben, chuxiao diyi ce* 復興說話教本，初小第一冊（Fuxing textbook of the spoken language, primary school volume one）. Shanghai: Shangwu, 1933.

Li Nan 李楠 and Yu Jixiang 于吉相. "Jiaoxue putonghua shi yuwenke de yixiang zhongyao renwu" 教学普通话是语文课的一项重要任务（Teaching the common language is an important responsibility of language classes）. *Wenzi gaige*, no. 1（1983）: 7–8.

Li Rong 李荣. "Zenyang bianxie bendiren xuexi putonghua de shouce he fangyan diaocha baogao" 怎样编写本地人学习普通话的手册和方言调查报告（How to write a handbook for locals learning the common language and dialect survey report）. *Zhongguo yuwen*, no. 11（1956）: 3–9. Li Shulun 李殊倫. "Lüelun Guangdong fangyan ju de zhuangzuo" 略論廣東方言劇的創作（Brief discussion of creating Cantonese dialect drama）. *Dianying yu xiju* 電影與戲劇 1, no. 2（1941）: 10–11.

Li Wanju 李萬居. Preface to *Guoyu guangbo jiaoben* 國語廣播教本（National language broadcasting textbook）, by Lin Zhong 林忠. Taibei: Taiwan shiye, 1945.

Li, Xiaobing. *A History of the Modern Chinese Army*. Lexington: University Press of Kentucky, 2007.

Li Xiaosu 黎小蘇. "Bianjiang jiaoyu shi jianshe Xibei de zhuliu" 邊疆教育是建設西北的主流（Frontier education is the essential aspect of northwest development）. *Duzhe daobao* 讀者導報, no. 6

(1943): 3.
Li, Yan. *China's Soviet Dream: Propaganda, Culture, and Popular Imagination.* London: Routledge, 2018.
Li Yintian 李蔭田. "Canjia di'erjie quansheng guoyu langdu yanshuo jingsai pingpan hou de ganxiang" 參加第二屆全省國語朗讀演說競賽評判後的感想(Reflections after participating in judging the second provincial national language recitation and speech contest). *Guoyu tongxun* 國語通訊, no. 10(1948): 8.
Li Yongyi 李有義. "Tuijin bianjiao de jige shiji wenti" 推進邊教的幾個實際問題(A few practical ques-tions regarding promoting frontier education). *Jinri pinglun* 今日評論 5, no. 14(1941): 236–38.
Li Yuqing 李玉琴. "Jianchi 'shuangtui' sanshinian" 坚持'双推'三十年(Persisting in "double implementation" for thirty years). In *Xin shiqi de yuyan wenzi gongzuo* 新时期的语言文字工作, ed. Quanguo yuyan wenzi gongzuo huiyi mishuchu 全国语言文字工作会议秘书处编, 173–88. Beijing: Yuwen chubanshe, 1987.
Li Zheng 李蒸. "Shifan xueyuan wenti" 師範學院問題(Problems at normal colleges). *Jiao yu xue* 教與學 4, no. 4(1939): 23.
Li Zhongying 李仲英. "Diaodong ge fangmian liliang, caiqu gezhong xingshi fazhan 'shuang-tui' gongzuo" 调动各方面力量,采取各种形式开展'双推'工作(Deploy various forces and adopt various measures to launch "double implementation" work). In *Xin shiqi de yuyan wenzi gongzuo* 新期的语言文字工作, ed. Quanguo yuyan wenzi gongzuo huiyi mishuchu 全国语言文字工作会议秘书处编, 133–50. Beijing: Yuwen chubanshe, 1987.
Lian Zhendong 連震東. "Taiwanren de zhengzhi lixiang he dui zuoguan de guannian" 臺灣人的政治理想和對做官的觀念(The political ideals of Taiwanese people and their perceptions of office-holding). *Taiwan minsheng bao* 台灣民聲報, October 7, 1945.
Liang Rongruo 梁容若. "Tan guoyu jiaoyu qiantu—zhi Zhao Yuanren xiansheng" 談國語教育 前途—致趙元任先生(Discussion of the future of national language education—for Mr. Chao Yuen Ren). *Lianhebao* 聯合報, February 26, 1959, 7.
Liang Shijie 梁士杰. "Zhanshi xiaoxue guoyu jiaoxue wenti" 戰時小學國語教學問題(Primary school national language education problems during wartime). *Minzheng yuekan* 閩政 月刊 1, no. 9–10(1938): 40–41.
"Lin Dafen daibiao de shumian fayan" 林達芬代表的書面發言(Representative Lin Dafen's written statement). In *Quanguo wenzi gaige huiyi wenjian huibian* 全国文字改革会议文件汇編, comp. Quanguo wenzi gaige huiyi mishuchu 全国文字改革会议秘書處, 205–7. Beijing: Wenzi gaige chubanshe, 1955.
Lin Handa 林漢達. "Jiechu sixiang gulü, dadan shiyong putonghua" 接触思想顾虑,大胆使用普通话(When encountering ideological doubts, fearlessly use the common language). *Xia oxue jiaoshi* 小学教师, no. 11(1955): 12–13.
Lin Kuang-hwa 林光華. "Manman Kejia lu" 漫漫客家路(A long Hakka journey). *Kejia zazhi* 客家雜誌, no. 223(2009): 42–44.
Lin Liang 林良. "Duoshu de ximi xiaoli" 多數的細密小粒(Many tiny granules). *Guoyu ribao*, December 22, 1948, 3.
Lin Liang 林良, ed. *Jianzheng: Guoyu ribao liushi nian* 見證:國語日報六十年(Witness: Sixty years of *Mandarin Daily News*). Taibei: Guoyu ribao she, 2008.
Lin Shaoxian 林紹賢. *Minzhong guoyu duben* 民眾國語讀本(People's national language reader). Taibei: Taiwan sheng xingzheng zhangguan gongshu jiaoyuchu, 1946.
——. *Shiyong Taiyu huihua* 實用台語會話(Practical Taiwanese conversation). Taibei: Taiwan sheng

zhengfu mishuchu, 1950.
Lin Yutang 林玉堂 . "Xinyun zahua" 新韻雜話（Miscellaneous words on new rhymes）. *Tushu guan xue jikan* 圖書館學季刊 1, no. 1（1926）: 196–97.
Lin Zhong 林忠 . *Guoyu guangbo jiaoben* 國語廣播教本（National language broadcasting textbook）. Taibei: Taiwan shiye, 1945.
Link, Perry. "The Crocodile Bird: Xiangsheng in the Early 1950s." In *Dilemmas of Victory*, ed. Jeremy Brown and Paul Pickowicz, 207–31.Cambridge, Mass.: Harvard University Press, 2010.
Liu, Andrew P. L. *Communications and National Integration in Communist China*. Berkeley: University of California Press, 1971.
Liu Baichuan 劉百川 . *Shiji de xiaoxue guoyu jiaoxue fa* 實際的小學國語教學法（Practical methods for primary school national language teaching）. Shanghai: Kaihua shuju, 1934.
——. *Xiangcun jiaoyu shishi ji* 鄉村教育實施記（A record of the implementation of rural education）. Shanghai: Liming shuju, 1936.
——. *Yi ge xiaoxue xiaozhang de riji* 一個小學校長的日記（Diary of a primary school principal）. 1933. Reprint Beijing: Huawen chubanshe, 2012.
Liu Daosheng 刘导生 . "Xin shiqi de yuyan wenzi gongzuo" 新时期的语言文字工作（Language and script work in a new era）. In *Xin shiqi de yuyan wenzi gongzuo* 新时期的语言文字工作 ,ed. Quanguo yuyan wenzi gongzuo huiyi mishuchu 全国语言文字工作会议秘书处 , 16–34. Beijing: Yuwen chubanshe, 1987.
Liu Delan 刘德澜 . "Jiaxiang de hua ye zai gaibian" 家乡的话也在改变（Hometown speech is also changing）. *Jiefangjun bao*, June 14, 1956, 3.
Liu, Jin. *Signifying the Local: Media Productions Rendered in Local Languages in Mainland China in the New Millennium.* Leiden: Brill, 2013.
Liu, Liyan. *Red Genesis: The Hunan First Normal School and the Creation of Chinese Communism, 1903–1921*. Albany, N.Y.: SUNY Press, 2012.
Liu Mengjin 劉孟晉 . "Zhuyin zimu wenti" 注音字母問題（Questions about the phonetic alphabet）. *Jiaoyu zazhi* 13, no. 6（1921）: 1–19.
Liu Ru 劉儒 . *Guoyin zimu jiao'an* 國音字母教案（Lectures on the national phonetic alphabet）. Shanghai: Shangwu, 1921.
——. *Guoyu jiaoxuefa jiangyi* 國語教學法講義（Lectures on national language pedagogy）. Shanghai: Shangwu, 1922.
——. "Kaocha guoyu jiaoyu biji" 考察國語教育筆記（Notes on investigation of national language education）. *Jiaoyu zazhi* 13, no. 6（1921）: 1–5.
Liu Wenxiu 劉問岫 . *Zhongguo shifan jiaoyu jian shi* 中國師範教育簡史（A brief history of normal education in China）. Beijing: Renmin jiaoyu, 1983.
Liu Xiaolang 劉小良 . "Jige xiaoxue shuohua jiaoxue de shiji wenti" 幾個小學說話教學的實際問題（A few practical questions in teaching primary school speaking）. *Gansu jiaoyu banyuekan* 甘肅教育半月刊 2, no. 5–6（1940）: 24–27.
Liu Xuejun 劉學濬 . "Guangbo yu guoyu" 廣播與國語（Broadcasting and national language）. *Guoyu zhoukan*, no. 24（1935）: 2.
Liu Yanfu 劉燕夫 , ed. *Taiwan xuanju shiwu, zengding ban* 臺灣選舉實務 , 增訂版（Taiwan elections practices, expanded edition）. Taibei: Zhongguo difang zizhi xuehui, 1960.
Liu Yanglie 刘 烈 ."Putonghua weishenme yi Beijing yuyin wei biaozhunyin?" 普通话为什么以 北京语音为标准音？(Why does the common language take Beijing pronunciation as the standard?) *Guangming ribao*, January 4, 1956, 3.
Liu Zexian 劉澤先 . "Putonghua yu biaozhunyin" 普通話與標準音（The common language and standard

pronunciation）. *Zhongguo yuwen,* no. 2（1954）: 4–6.
Liu Zhaoxiong 刘照雄 . *Putonghua shuiping ceshi dagang* 普通话水平测试大纲（Common lan-guage proficiency test outline）. Changchun: Jilin renmin chubanshe, 1994.
Liu Zhengwei 刘正伟 . *Dufu yu shishen—Jiangsu jiaoyu jindaihua yanjiu* 督抚与士绅：江苏教育近代化研究（Bureaucrats and gentry—research on education modernization in Jiangsu）. Shijiazhuang: Hebei jiaoyu chubanshe, 2001.
Lodge, R. Anthony. *French: From Dialect to Standard.* London: Routledge, 1993.
Loh, I-Jin. "Chinese Translations of the Bible." In *An Encyclopaedia of Translation*, ed. Chan Sin-wai and David E. Pollard, 54–69. Hong Kong: Chinese University Press, 1995.
Lü Chaoxiang 呂朝相 . "Xiaoxue guoyu ke jiaoxue zhi shiji wenti" 小學國語科教學之實際問題（Practical problems in teaching the national language subject in primary school）. *Guomin jiaoyu* 國民教育 1, no. 9（1940）: 26–32.
Lu Chuanji 陸傳籍 . "Kangzhan jianguo zhongxin de xiaoxue guoyu jiaoxue" 抗戰建國中心的小學國語教學（Primary school national language education at the center of war resis- tance and national construction）. *Guomin jiaoyu yuekan* 國民教育月刊 2, no. 3（1941）:15–18.
Lu Ji 陸基 . "Tuixing Suzhou fangyin zhuyin fuhao" 推行蘇州方音注音符號（Promoting Suzhou dialect phonetic symbols）. *Jiaoyu duanbo* 教育短波 *,* no. 56（1936）: 8–11.
——. *Tuixing Suzhou fangyin zhuyin fuhao baogao shu* 推行蘇州方音注音符號報告書（Report on promoting Suzhou dialect phonetic symbols）. Suzhou: Suzhou zhuyin fuhao tuixinghui, 1936.
——. "Wen Zhangjun Shiyi" 問張君士一（Questions for Mr. Zhang Shiyi）. *Shishi xinbao*, October 24, 1920, 4.
Lu Ji 陸基 and Fang Bin'guan 方賓觀 . *Suzhou zhuyin fuhao* 苏州注音符号（Suzhou dialect phonetic annotation symbols）. Shanghai: Shangwu, 1931.
Lu Kai 卢开 . "Yunnan putonghua shuiping ceshi de huigu yu sikao" 云南普通话水平测试的回顾与思考（Recollection and reflection on the common language proficiency test in Yunnan）. *Yuwen jianshe*, no. 5（1997）: 40–42.
Lü Shuxiang 吕叔湘 . "Renzhen tuiguang putonghua" 认真推广普通话（Popularize the common language earnestly）. *Renmin ribao*, March 31, 1982, 4.
Lu Yiyan 陸衣言 . *Guoyu luomazi shiyongfa* 國語羅馬字使用法（National language romanization script method of use）. Shanghai: Zhonghua, 1930.
——. *Zhuyin zimu jiaoshou* 注音字母教授（Lectures on the phonetic alphabet）. Shanghai: Zhonghua, 1920.
Lu Yiyan 陸衣言 and Ma Guoying 馬國英 . *Xin guoyin xuesheng zidian* 新國音學生字典（A new student national pronunciation dictionary）. Shanghai: Shangwu, 1929.
Lu Yunzhong 允中 . "Putonghua shuiping ceshi chuyi" 普通话水平测试刍议（Humble opinion about the common language proficiency test）. *Yuwen jianshe*, no. 3（1987）: 21–22.
Lu Zhiwei 陸志韋 . "Guoyu jiaoyu de hunluan qingkuang he bujiu de fangfa" 國語教育的混亂情形 和補救的方法（The chaotic situation of national language education and remedial methods）. *Jiaoyu xuebao* 教育學報 , no. 3（1938）: 5–8.
Lu Zhuping 盧祝平 . "Xiaoxue guoyu jiaoxue de tongbing" 小學國語教學的通病（Common ailments in teaching primary school national language）. *Jiangxi difang jiaoyu* 江西地方教育 , no. 39（1936）: 1–2.
Lufei Kui 陸費逵 . Preface to *Zhonghua guoyin liusheng jipian keben* 中華國音留聲機片課本（Zhonghua national pronunciation phonograph record textbook）, by Dong Wen 董文 and Wang Pu 王璞 , 3–6. Shanghai: Zhonghua, 1920.
——. "Xiaoxuexiao guoyu jiaoshou wenti" 小學校國語教授問題（Primary school national language

pedagogy problems）. *Zhonghua jiaoyu jie* 中華教育界 8, no. 1（1919）: 1–7.
——. "Zhonghua guoyin liusheng jipian yuanqi" 中華國音留聲機片緣起（The origin of the Zhonghua national pronunciation phonograph record）. *Zhonghua jiaoyu jie* 中華教育界 10, no. 4（1920）: 76–78.
Luo, Di. "China's Literacy Myth: Narratives and Practices, 1904–1949." Ph.D. dissertation, Ohio State University, 2015.
Luo Gang 羅剛. *Zhongyang dianjianhui* 中央電檢會工作概況（Survey of the work of the Central Film Censorship Committee）. In *Zhongguo dianying nianjian 1934* 中國電影年鑑 1934（China film yearbook 1934）, 587–89. Reprint Beijing: Zhongguo guangbo dianshi chuban- she, 2008.
"Luo Gang lai Hu" 羅剛來滬（Luo Gang comes to Shanghai）. *Tiebao* 鐵報, October 21, 1936, 3.
"Luo Ruomei daibiao de fayan" 若梅代表的發言（Representative Luo Ruomei's speech）. In *Quanguo wenzi gaige huiyi wenjian huibian* 全国文字改革会议文件汇編, comp. Quanguo wenzi gaige huiyi mishuchu 全国文字改革会议秘書處, 189–93. Beijing: Wenzi gaige chubanshe, 1955.
Luo Xintian 羅莘田（Luo Changpei 羅常培）. "Kunminghua he guoyu de yitong" 昆明話和國語的異同（Similarities and differences between Kunming dialect and the national language）.
Dongfang zazhi 東方雜誌 38, no. 3（1941）: 41–44.
Ma Guoying 馬國英, "Guoyin he zhuyin zimu" 國音和注音字母（National pronunciation and the phonetic alphabet）. *Shanghai xian jiaoyuju yuekan* 上海縣教育月刊, no. 22（1929）: 63–67.
——. *Guoyu zhuyin fuhao fayin zhinan* 國語注音符號發音指南（Guide to pronunciation of the national language phonetic annotation symbols）. Shanghai: Shangwu, 1931.
——. *Xin guoyin gaiyao* 新國音概要（Overview of the new national pronunciation）. Shanghai: Dongfang bianyi suo, 1929.
——. *Xin jiu guoyin bianyi* 新舊國音辨異（A comparison of differences between new and old national pronunciations）. Shanghai: Dongfang bianyishe, 1928.
Ma, Jean. *Sounding the Modern Woman: The Songstress in Chinese Cinema*. Durham, N.C.: Duke University Press, 2015.
Ma Xulun 馬敘倫. "Zhongguo wenzi gaige yanjiu weiyuan hui chengli hui kaihui ci" 中國文字改革研究委員會成立會開會辭（Remarks from the inaugural meeting of the Chinese script reform research committee）. *Zhongguo yuwen*, no. 1（1952）: 4.
MacFarquhar, Roderick. *The Origins of the Cultural Revolution: Contradictions Among the People,* vol. 1. London: Oxford University Press, 1974.
MacKinnon, Stephen R. *Wuhan, 1938: War, Refugees, and the Making of Modern China*. Berkeley: University of California Press, 2008.
"Mai Furen jianping"《麥夫人》簡評（Short critique of *Mrs. Mai*）. *Xinren zhoukan* 新人週刊 1, no. 15（1934）: 303.
Mai Zhonglin 麦钟林. "Xiaoxue yuwen yong putonghua jiaoxue faxian de wenti" 小学语文用普通话教学发现的问题（Problems discovered in using the common language for instruction in primary schools）. *Jiaoshi bao*, April 8, 1958, 3.
Mair, Victor. "What Is a Chinese 'Dialect/Topolect'? Reflections on Some Key Sino-English Linguistic Terms." *SinoPlatonic Papers*, no. 21（1991）: 1–52.
"Malu Tianshi yu Dushi Fengguang da butong" 馬路天使與都市風光大不同（Major differences between *Street Angel* and *Scenes of City Life*）. *Xinghua* 星華, no. 9（1937）: 15.
Mao Shouli 毛守禮. "Wodui shandi guomin Chia-yi xianzhuang de kanfa" 我對山地國民嘉義現狀的看法（My view of mountain citizens and the current situation in Chia-yi）. *Guomin jiaoyu fudao yuekan* 國民教育輔導月刊 2, no. 2（1948）: 13–14.
Mao Zhizhong 毛執中. "Jiaoyu boyin zhi ganxiang" 教育播音之感想（Thoughts on educational broad-

casting). *Shanghai wuxiandian* 上海無線電 1, no. 2 (1935): 40.

Mao Zhuxi de hao zhanshi—Lei Feng 毛主席的好战士一雷锋(Chairman Mao's good fighter—Lei Feng), ed. Zhongguo qingnian chubanshe 中国青年出版社. Beijing: Zhongguo qingnian chubanshe, 1963.

Masini, Federico. *The Formation of Modern Chinese Lexicon and Its Evolution Toward a National Language: The Period from 1840 to 1898.* Berkeley: Journal of Chinese Linguis- tics, 1993.

McIsaac, Lee. "The City as Nation: Creating a Wartime Capital in Chongqing." In *Remaking the Chinese City: Modernity and National Identity, 1900–1950,* ed. Joseph Esherick, 174–91. Honolulu: University of Hawaii Press, 2000.

Mei Zhi 梅芷. "Huju de jiben tiaojian: zui yaojin de shi guoyu" 話劇的基本條件:最要緊的是國語(The basic requirements of modern drama: The most essential is the national language). *Xi shijie* 戲世界, September 30, 1936, 4.

Mengwen guowen duizhao xiaoxue yuwen changshi keben 蒙文國文對照小學語文常識課本(Primary school language and common knowledge textbook, Mongolian corresponding to national script). Nanjing: Zhengzhong shuju, 1932.

"Minzhong xiju zhengda tejie" 民眾戲劇徵答特輯(Questions and answers about popular drama, special issue). *Shandong minzhong jiaoyu yuekan* 山東民眾教育月刊 4, no. 8 (1933): 1–9.

"Minying guangbo wuxian diantai zanxing qudi guize" 民營廣播無線電台暫行取締規則(Temporary prohibition regulation for private broadcasting). *Faling zhoukan* 法令週刊, no. 129 (1932): 2–4.

"Minzu zhuyi de guoyu yundong" 民族主義的國語運動(The national language movement of nationalism). *Zhongyang ribao* 中央日報, March 21, 1944, 2.

Miu Ershu 繆爾紓. "Wo duiyu guoyu jiaoyu yanjiu zhi jingguo" 我對於國語教育研究之經過(My experience with national language education research). *Yunnan jiaoyu zazhi* 雲南教育雜誌 10, no. 2 (1921): 1–20.

Mo 默(anonymous). "Taiwan de guoyu yundong" 台灣的國語運動(The national language movement of Taiwan). *Xinyu* 新語, no. 3 (1945): 4.

Morita Kenji 森田健嗣. 後台湾山地社会における言語政策の展開(The evolution of language policy in indigenous society in postwar Taiwan). アジア経済(Quarterly journal of the institute of developing economies) 54, no. 2 (2013): 79–105.

Moser, David. *A Billion Voices: China's Search for a Common Language.* Scorsbsy, Vic., Australia: Penguin Books, 2016.

Mu Xiude 穆修德. *Guoyu fayin ji wenfa* 國語發音及文法(National language pronunciation and grammar). Beiping: Wenhua xueshe, 1932.

Mugglestone, Lynda. *Talking Proper: The Rise and Fall of the English Accent as a Social Symbol*. Second ed. Oxford: Clarendon Press, 2003.

Mullaney, Thomas. "Quote Unquote Language Reform: New Style Punctuation and the Horizontalization of Chinese." *Modern Chinese Literature and Culture* 29, no. 2 (2017): 206–50. Na Di 那狄. "Dajia dou shuo putonghua" 大家都說普通話(Everyone all speak the common lan-guage). *Jiefangjun zhanshi* 解放軍戰 士, no. 2 (1956): 30–31.

——. "Ruwu yinian nei, xuehui putonghua" 入伍一年 ,学会普通话(Within one year of joining the army, learned the common language). *Jiefangjun bao*, April 3, 1956, 3.

Nan Tianli 南天立. "Guoyu yundong zai Taiwan meiyou chengji ma?" 國語運動在臺灣沒有成績嗎?(Did the national language movement accomplish nothing in Taiwan?). *Guoyu tongxun* 國語通訊, no. 10 (1948): 8.

"Nanqiang beidiao" 南腔北调(Southern accent, northern tunes). *Jiefangjun zhanshi* 解放軍戰士, no. 12 (1956): 34–35.

Neimenggu guangbo dianshi zhi 蒙古广播电视志（Gazetteer of Inner Mongolia radio and television）, comp. Neimenggu guangbo dianshi zhi bianji shi 內蒙古广播电视志编辑室 .Hohhot: Neimenggu renmin chubanshe, 1987.

Neulander, Joelle. *Programming National Identity: The Culture of Radio in 1930s France*. Baton Rouge: University of Louisiana Press, 2009.

Ng, Kenny K.K. "The Way of the Platinum Dragon." In *Early Film Culture in Hong Kong, Taiwan, and Republican China*, ed. Emilie Yueh-yu Yeh, 156–75. Ann Arbor: University of Michigan Press, 2018.

Ni Haishu 倪海曙 . "Yinggai ba putonghua de gainian nong mingque" 应该把普通话的概念弄明确（The concept of the common language must be clarified）. *Yuwen zhishi* 語文知識 , no. 2（1956）: 1–2.

——. *Zhongguo pinyin wenzi yundong shi jianbian* 中國拼音文字運動史簡編（A short history of the movement for phonetic script in China）. Shanghai: Shidai shubao chubanshe, 1948.

Nie Pusheng 聂蒲生 . "Kangzhan shiqi qian Kunming de yuyanxue jia dui difang mizu yuyan de diaocha yanjiu" 抗战时期迁昆明的语言学家对地方民族语言的调查研究（Research and investigation on ethnic languages by linguists in exile in Kunming during the war of resistance." *Xueshu tansuo* 学术探索 , no. 4（2010）: 80–84.

Nie Ruchuan 聶如川 . "Jiefa Yu Ziyi zai tuiguang putonghua gongzuo zhong paichi dang de lingdao de yixie huodong" 揭發余子夷在推廣普通話工作中排斥党的領導的一些活动（Expose activities of Yu Ziyi's denigration of party leaders in the promotion of the common lan- guage）. *Xiaoxue jiaoyu tongxun* 小学教育通讯 , November 1957, 11–13.

"Nongcun guangbo zhong de jige wenti" 农村广播中的几个問 （A few problems in rural broadcast- ing）. *Guangbo yewu* 廣播業務 , no. 7（1956）: 54–60.

"Nuli zuohao xin shiqi de yuyan wenzi gongzuo" 努力做好新时期的语言文字工作（Strive to make the new era's language work a success）. *Renmin ribao*, January 13, 1986, 1.

Office of the Registrar General and Census Commissioner, India. "Data on Language and Mother Tongue," Statement Four: Scheduled Languages in Descending Order of Speakers' Strength. https://censusindia.gov.in/2011Census/Language_MTs.html.

Ou Suying 歐素瑛 , ed. *Taiwan sheng canyihui shiliao huibian*—jiaoyu pian 臺灣省參議會史料彙編—教育篇（Collection of historical materials on the Taiwan provincial assembly—education edition）. Xindian: Guoshiguan, 2005.

Paderni, Paola. "The Problem of Kuan-hua in Eighteenth-Century China: The Yung-cheng Decree for Fukien and Kwantung." *Annali di Instituto di Napoli* 48, no. 4（1988）: 257–65.

Pan Gongzhan 潘公展 . "Tuixing zhuyin shizi yundong" 推行注音識字運動（Movement to promote phonetic symbols and literacy）. *Difang zhengzhi banyuekan* 地方政治半月刊 5, no. 8（1941）: 1–3.

Pan Gugan 潘古干 . "Guanyu 'xin wenzi de quedian' " 關於 ' 新文字的缺點 '（About the flaws of new writing）. *Yuwen* 語文 1, no. 4（1937）: 6–8; no. 5（1937）: 21–25.

Pan Honggang 潘洪钢 . "Qingdai zhufang baqi de 'fangyandao' xianxiang" 清代驻防八旗的 ' 方言岛 ' 现象（The 'dialect island' phenomena of Qing Eight Banner garrisons）. *Zhong nan minzu daxue xuebao* 中南民族大学学报 34, no. 5（2014）: 66–71.

Pan Zhongchu 潘中楚 . "Guangdong diao 'Mai Furen' " 廣東調《麥夫人》（*Mrs. Mai* in Cantonese）. *Fengxue* 風雪 1, no. 4（1935）: 6.

Pang, Laikwan. *Building a New China in Cinema: The Chinese Leftwing Cinema Movement, 1932–1937*. Lanham, Md.: Rowman & Littlefield, 2002.

Parker, Alison. *Purifying America: Women, Cultural Reform, and ProCensorship Activism, 1873–1933*. Urbana: University of Illinois Press, 1997.*The Peking Mandarin, 1922–1923 Yearbook of the North China Union Language School*. Peking: North China Union Language School, 1923.

Peng Fangqun 彭芳群 . *Zhengzhi chuanbo shijiao xia de jiefangqu guangbo yanjiu* 政治传播视角下的

解放区广播研究（Research on broadcasting in the liberated areas from the perspective of political communication）. Beijing: Zhongguo chuanmei daxue, 2014.

Peng Hong 彭红 . "Boyin guifan yu 'putonghua yiduci shenyinbiao' " 播音规范与 ' 普通话异读词审音表 '（Broadcasting standards and authorized pronunciation list for heterophonic words in the common language）. *Yuwen jianshe*, no. 6（1997）: 43–44.

Peng Ruibao 彭瑞豹 . "Xionglin shandi de guoyu jiaoxue" 芎林山地的國語教學（National language education in Xionglin mountains）. *Guoyu tongxun* 國語通訊 , no. 11（1948）: 4.

Pepper, Suzanne. *Radicalism and Education Reform in TwentiethCentury China: The Search for an Ideal Development Model*. Cambridge: Cambridge University Press, 1996.

Perry, Elizabeth. *Anyuan: Mining China's Revolutionary Tradition*. Berkeley: University of California, 2012.

Peterson, Glen. *The Power of Words: Literacy and Revolution in South China, 1949–1995*. Vancouver: UBC Press, 1997.

Phillips, Steven. *Between Assimilation and Independence: The Taiwanese Encounter with Nationalist China, 1945–1950*. Stanford, Calif.: Stanford University Press, 2003.

"Ping hongchuan waishi" 評紅船外史（Critique of *Story in a Cantonese Opera Company*）. *Guangzhou minguo ribao* 廣州民國日報 , October 19, 1934. Reprint *Diansheng* 3, no. 43（1934）:854.

"Pingshu yingren de guoyu chengdu" 評述影人的國語程度（Critique of film actors' national language level）. *Shanghai shenghuo* 上海生活 3, no. 2（1939）: 54.

Pollock, Sheldon. *The Language of the Gods in the World of Men: Sanskrit, Culture, and Power in Premodern India*. Berkeley: University of California Press, 2006.

Pulleyblank, Edwin. *Middle Chinese: A Study in Historical Phonology.* Vancouver: UBC Press, 1984.

"Putonghua de laili he yiyi" 普通话的来历和意义（The origin and meaning of the common language）. *Jiaoshi bao*, July 3, 1956, 4.

Putonghua langdu keben 普通話朗讀課本（The common language recitation textbook）, comp. Zhejiang sheng tuiguang putonghua gongzuo weiyuanhui 浙江省推廣普通話工作委員會 Hangzhou: Zhejiang renmin chubanshe, 1956.

Putonghua shenyin weiyuanhui 普通话审音委员会 , ed. *Putonghua yiduci shenyinbiao* 普通话异读词审音表（List of authorized pronunciations for heterophonic words in the common language）. Beijing: Wenzi gaige chubanshe, 1986.

"Putonghua yiduci shenyinbiao chugao he benguo diming shenyinbiao chugao" 普通话异读词审音表初稿和本国地名审音表初稿（First draft of authorized pronunciations for heterophonic words in the common language and first draft of variant pronunciations for name places）. *Zhongguo yuwen*, no. 10（1957）: 20–30.

Qi Tiehen 齊鐵恨 . *Guoyu huaxiazi* 國語話匣子（National language chatterbox）. Shanghai:Shangwu, 1933.

——. *Xin guoyin jiangxi keben* 新國音講習課本（Textbook of lectures on the new national pronunciation）. Shanghai: Zhonghua, 1929.

Qi Zhixian 祁致賢 , *Xiaoxue guoyu jiaocai wenti* 小學國語教材問題（Questions about primary school national language teaching materials）. Taibei, 1952.

——. *Zhuyin fuhao jiaoxue fa shiyan baogao* 注音符號教學法實驗報告（Report on experiments with phonetic annotation teaching methods）. Taibei: Guoyu tuixing weiyuanhui, 1954.

Qian Xuantong 錢玄同 . Preface to *Gao Yuan guoyin xue* 高元國音學（Gao Yuan's study of national pronunciation）, by Gao Yuan 高元 , xu'er 8–10. Shanghai: Shangwu, 1922.

——. "Lun zhuyin zimu" 論注音字母（On the phonetic alphabet）. *Xin qingnian* 新青年 4, no. 3（1918）: 242–47.

——. "Suzhou zhuyin zimu cao'an" 蘇州注音字母草案（Suzhou phonetic alphabet draft）. *Guoyu zhoukan*, no. 18（1925）: 1–7.

——. "Zhongguo jinhou zhi wenzi wenti" 中國今後之文字問題（The present and future of the script problem in China）. *Xin qingnian* 新青年 4, no. 4（1918）: 350–57.

"Qilian de xinbingmen xuehui putonghua la" 七连的新兵们学会普通话啦（The recruits of the seventh company have learned the common language）. *Jiefangjun bao*, July 14, 1956, 3. Qin Liufang 秦柳芳. "Xiangcun xiaoxue guoyu jiaoxue shang jige pupian de kunnan wenti" 鄉村小學國語教學上幾個普遍的困難問題（Several common difficult problems in rural pri- mary school national language education）. *Wuxi jiaoyu zhoukan* 無錫教育週刊 49（1928）:7–11.

"Qingdao shi tuixing zhuyin fuhao dahui xuanyan" 青島市推行注音符號大會宣言（Proclamation at the phonetic annotation implementation mass meeting in Qingdao）. In *Qingdao shi tuixing zhuyin fuhao gaikuang* 青島市推行注音符號概況, 42–43. Qingdao: Qingdao shi jiaoyuju, ca. 1931.

Qingdao shi tuixing zhuyin fuhao gaikuang 青島市推行注音符號概況（Survey of phonetic annotation implementation in Qingdao）. Qingdao: Qingdao shi jiaoyuju, ca. 1931.

Qingzhu Taiwan guangfu sishi zhounian Taiwan diqu guoyu tuixing ziliao huibian 慶祝臺灣光復四十週年臺灣地區國語推行資料彙編（Collected materials on national language promotion in Taiwan, on the fortieth anniversary of Taiwan's retrocession）, comp. Taiwan sheng zhengfu jiaoyuting 臺灣省政府教育廳. Taibei: Feiying, 1987.

Qu Qiubai 瞿秋白. "Zhi Dixiong（er）" 致迪兄（二）（To elder brother Di, part two）. In *Qu Qiubai wenji, wenxue bian* 瞿秋白文集，文學編（Collected works of Qu Quibai, literature section）, 3:332–35. Beijing: Renmin wenxue chubanshe, 1989.

——. "Zhongguo Ladinghua de zimu" 中國拉丁化的字母（Chinese Latinized script）. In *Qu Qiubai wenji, wenxue bian* 瞿秋白文集，文學編（Collected works of Qu Qiubai, literature section）, 3:351–355. Beijing: Renmin wenxue, 1989.

"Quanguo guoyu yundong xuanchuan zhou" 全國國語運動宣傳週（National propaganda week for the national language movement）. *Zhongyang zhoukan* 中央週刊, no. 91（1930）: 9–10.

"Quanguo putonghua jiaoxue chengji guanmohui quanti daibiao de tichang shu" 全国普通话教学成绩观摩会全体代表的提倡书（Advocacy letter from national putonghua teaching achievement demonstration conference representatives）. *Yuyan zhishi* 语言知识, no. 9（1958）: 1.

Quanguo wenzi gaige huiyi mishuchu 全国文字改革会议秘書處, comp. *Quanguo wenzi gaige huiyi wenjian huibian* 全国文字改革会议文件汇編（National language reform conference document compilation）. Beijing: Wenzi gaige chubanshe, 1955.

Ramsey, S. Robert. *The Languages of China.* Princeton, N.J.: Princeton University Press, 1987. Rao Xiaowen 隗校文. "Zai woguo fangyan fuza qingkuang xia tuiguang putonghua xingde tongme?" 在我國方言复雜情況下推廣普通話行得通么？（In our nation's complex dialect situation, is it possible to popularize the common language?）. *Guangming ribao*, January 4, 1956, 3.

Rawnsley, Ming-Yeh T. "Communication of Identities in Taiwan: From the 2-28 Incident to FTV." In *Political Communications in Greater China: The Construction and Reflection of Identity*, ed. Gary D. Rawnsley and Ming-Yeh T. Rawnsley, 147–66. London: Taylor & Francis, 2003.

Reed, Christopher. *Gutenberg in Shanghai: Chinese Print Capitalism, 1876–1937*. Vancouver: UBC Press, 2004.

Rigger, Shelly. *From Opposition to Power: Taiwan's Democratic Progressive Party*. Boulder, Colo.: Lynn Rienner, 2001.

Rohsenow, John S. "Fifty Years of Script and Written Language Reform in the P.R.C.: The Genesis of the Language Law of 2001." In *Language Policy in the People's Republic of China: Theory and Practice Since 1949*, ed. Minglang Zhou, 21–43. Boston: Kluwer, 2004.

Rong Shicheng 容世誠 . *Yueyun liusheng* 粵韻留聲（The sound of Cantonese music）. Hong Kong: Tiandi tushu, 2006.

Rui Yifu 芮逸夫 . "Xinan minzu yuwen jiaoyu chuyi" 西南民族語文教育芻議（A humble opinion on ethnic language education in the Southwest）. *Xinan bianjiang* 西南邊疆 , no. 2（1938）: 45–53.

Saarela, Marten Soderblom. *The Early Modern Travels of Manchu: A Script and Its Study in East Asia and Europe*. Philadelphia: University of Pennsylvania Press, 2020.

——. "Manchu, Mandarin, and the Politicization of Spoken Language in Qing China." In *Lan guage Diversity in the Sinophone World: Historical Trajectories, Language Planning, and Multilingual Practices*, ed. Henning Klöter and Marten Saarela, 39–59. Milton, UK: Taylor & Francis, 2020.

Sandel, Todd. "Leading the Children in Chhan-chng: Language Socialization in a Taiwanese Community." Ph.D. dissertation, University of Illinois at Urbana-Champaign, 2000.

——. "Linguistic Capital in Taiwan: The KMT's Mandarin Language Policy and Its Perceived Impact on Language Practices of Bilingual Mandarin and Tai-gi Speakers." *Language in Society* 32, no. 4（2003）: 523–51.

Sanders, Ruth H. *German: Biography of a Language*. Oxford: Oxford University Press, 2010. "Sannian lai de Guoyu ribao jianxin xiaoshi" 三年來的國語日報艱辛小史（A short history of the *Mandarin Daily News*'s three years of hardship）. *Guoyu ribao*, October 25, 1951, 3.

Schieffelin, Bambi, Kathryn Woolard, and Paul Kroskrity, eds. *Language Ideologies: Practice and Theory*. New York: Oxford University Press, 1998.

Schmalzer, Sigrid. *Red Revolution, Green Revolution: Scientific Farming in Socialist China*. Chicago: University of Chicago Press, 2016.

Schoenhals, Michael. *Doing Things with Words in Chinese Politics: Five Studies*. Berkeley: Institute of East Asian Studies, 1992.

Schwyter, Jürg R. *Dictating to the Mob: The History of the BBC Advisory Committee on Spoken English*. Oxford: Oxford University Press, 2016.

Scott, Mandy, and Hak-Khiam Tiun. "Mandarin-Only to Mandarin-Plus: Taiwan." *Language Policy*, no. 6（2007）: 53–72.

Semenza, Nevada. "Skillful Handling of Local Color Outweighs Other Defects; Faulty Synchronization Mars Production." *China Press*, March 17, 1931, 9.

Seybolt, Peter J., and Gregory Kuei-ke Chiang. "Introduction." In *Language Reform in China: Documents and Commentary*, 1–27. Armonk, N.Y.: M. E. Sharpe, 1979.

Sha Weng 沙翁 . "Bushi guowen budong guoyu de guanli" 不識國文不懂國語的官吏（Officials who do not know the national script and cannot understand the national language）. *Dajingbao* 大晶報 , November 27, 1931, 2.

Shanghai shi dang'an guan 上海市檔案館 . *Jiu Zhongguo de Shanghai guangbo shiye* 中国的上海广播事业（Shanghai broadcasting enterprise in old China）. Beijing: Dang'an chubanshe, 1985.

Shanren 山人（pseudonym）. "Tantan shandi jiaoyu de wenti" 談談山地教育的問題（Talking about education problems in the mountains）. *Shanguang zhoukan* 山光週刊 , February 28, 1953, 4.

"Shanxi sheng jiaoyu ting zhongdeng xuexiao yuwen jiaoshi Beijing yuyin xunlianban gongzuo zongjie" 山西省教育厅中等学校语文教师北京语音训练班工作总结（Shanxi provincial education bureau summary of the work of Beijing pronunciation training classes for secondary school language teachers）. In *Zenyang jiaoxue putonghua* 怎样教学普通话 , ed. Yue Sibing 樂嗣炳 , 142–54. Beijing: Wenzi gaige chubanshe, 1956.

"Shao Lizi xiangchu biantong banfa" 邵力子想出變通辦法粵語聲片將繼續存在（Shao Lizi found a flexible method for Cantonese sound films to continue to exist）. *Diansheng* 6,no. 25（1937）: 1079.

She Hua 舍华 . "Putonghua jiaoxue bushi yizhen feng" 普通话教学不是一阵风（Teaching the common language is not a gust of wind）. *Jiaoshi bao*, October 9, 1956, 3.

Shen Cuilian 沈翠蓮 . *Taiwan xiaoxue shizi peiyu shi* 台灣小學師資培育史（History of cultivat-ing primary school teacher qualifications in Taiwan）. Taibei: Wunan, 2004.

Shen Fuchu 沈復初 . "Chu nianji sheng xuexi guoyin zhi ceyan" 初年級生學習國音之測驗（Tests of first year students learning the national pronunciation）. *Jiaoyu zazhi* 13, no. 6（1921）: 1–8. Shen Guochang 申国昌 . *Shouben yu kaixin: Yan Xishan yu Shanxi jiaoyu* 守本与开新：阎锡山与山西教育（Conservatism and reform: Yan Xishan and Shanxi education）. Jinan: Shandong jiaoyu chubanshe, 2008.

Shen Yi 沈頤 . "Wei zhuyin fuhao jinggao zhongxue de guowen jiaoyuan" 為注音符號敬告中學的國文教員（A respectful notice to middle school Chinese language instructors on behalf of phoneticannotation symbols）. *Guoyu zhoukan* 20, no. 3（1931）: 1.

Shi Chengji 施承基 . "Zai fangyan qu jiaoxue yuyin de jige wenti" 在方言区教学語音的几个問題（A few problems in teaching pronunciation in dialect regions）. *Yuwen xuexi*, no. 10（1956）: 35–36.

Shi Dingguo 史定国 . "Tan putonghua yiduci de xiuding" 谈普通话异读词的修订（Discussion of revision to heterophonic words in the common language）. *Yuwen jianshe*, no. 4（1987）: 38–41.

Shi Liang 史亮 . "Xiju xiaxiang zhi fangyan wenti" 戲劇下鄉之方言問題（The dialect problem of drama going to the countryside）. *Kangzhan xiju* 抗戰戲劇 2, no. 3–4（1939）: 28–29.

Shi Xiaoren 施効人 . "Canjia putonghua yuyin yanjiu ban xuexi hou de ganxiang" 参加普通话语音研究班学习后的感想（Reflections after attending common language pronunciation research and study course）. *Pinyin* 拼音 , no. 2（1957）: 14–15.

Shi Zhengfeng 施正鋒 . *Yuyan zhengce ji zhiding yuyan gongping fa zhi yanjiu* 語言政策及制定語言公平法之研究（Research on language policy and the drafting of the language equality law）. Taibei: Qianwei chubanshe, 2003.

Shih, Shu-mei. *Visuality and Identity: Sinophone Articulations across the Pacific*. Berkeley: University of California Press, 2007.

Shijie Huayuwen jiaoyu hui 世界華語文教育會 , comp. *Guoyu yundong bainian shilue* 國語運動百年史略（Outline history of the national language movement's one hundred years）. Taibei: Guoyu ribao she, 2012.

Shijiu niandu Henan jiaoyu nianjian 十九年度河南教育年鑑（1930 Henan education yearbook）. Henan jiaoyuting, 1931.

Shira, Susan. "Taipei Journal: A Rambo Tries to Beat Life Into Dying Legislature." *New York Times*, May 7, 1988.

Shiyan xiaoxue guoyu jiaoxue shiyan baogao 實驗小學國語教學實驗報告（Report on national language pedagogical experiments at the Experimental Primary School）. Taibei: Taiwan sheng guoyu tuixing weiyuanhui, 1951.

Shue, Vivienne. "Epilogue." In *Maoism at the Grassroots: Everyday Life in China's Era of High Socialism*, ed. Jeremy Brown and Matthew D. Johnson, 365–79. Cambridge, Mass.: Harvard University Press, 2015.

Simmons, Richard VanNess. "What Was Standard Chinese in the Nineteenth Century? Divergent Views in the Times of Transition." In *Language Diversity in the Sinophone World: Historical Trajectories, Language Planning, and Multilingual Practices*, ed. Henning Klöter and Marten Saarela, 13–38. Milton, UK: Taylor & Francis, 2020.

"Siyi guomin buhui shuo putonghua" 四亿国民不会说普通话（Four hundred million citizens cannot speak the common language）. *Guangming ribao*, September 6, 2013, 6.

Smith, S.A. "Rethinking the History of Maoist China." In *A Companion to Chinese History*, ed. Michael

Szonyi, 179–190. Chichester, UK: Wiley, 2017.
——. “Talking Toads and Chinless Ghosts: The Politics of “Superstitious” Rumors in the People’s Republic of China, 1961–65.” *American Historical Review* 111, no. 2（2006）: 405–27.
Song Enrong 宋恩榮 and Yu Zixia 余子俠 , eds. *Riben qin Hua jiaoyu quanshi* 日本侵华教育全史（The complete history of Japanese colonial education in China）. Beijing: Renmin jiaoyu chubanshe, 2005.
Song Yang 宋陽（Qu Qiubai）. “Dazhong wenyi de wenti” 大眾文藝的問題（The question of mass literature and art）. *Wenxue yuebao* 文學月報 1, no. 1（1932）: 1–7.
Soon, Wayne. *Global Medicine in China: A Diasporic History*. Stanford, Calif.: Stanford University Press, 2020.
Sperlich, Peter W. *Oppression and Scarcity: The History and Institutional Structure of Marxist Leninist Government of East Germany and Some Perspectives on Life in a Socialist System.* Westport, Conn.: Praeger, 2006.
Stainton, Michael. “Aboriginal Self-Government: Taiwan’s Uncompleted Agenda.” In *Taiwan: A New History*, ed. Murray A. Rubinstein, 419–35. Armonk, N.Y.: M. E. Sharpe, 1999.
——. “The Politics of Taiwan Aboriginal Origins.” In *Taiwan: A New History*, ed. Murray Rubenstein, 27–44. Armonk, N.Y.: M. E. Sharpe, 1999.
Stephenson, Shelley. “ ‘Her Traces Are Found Everywhere’: Shanghai, Li Xianglan, and the ‘Greater East Asia Film Sphere.’ ” In *Cinema and Urban Culture in Shanghai, 1922–1943*, ed. Yingjin Zhang, 221–45. Stanford, Calif.: Stanford University Press, 1999.
Sterne, Jonathan. *The Audible Past: Cultural Origins of Sound Reproduction*. Durham, N.C.: Duke University Press, 2003.
Strauss, Julia C. *State Formation in China and Taiwan: Bureaucracy, Campaign, and Performance.* Cambridge: Cambridge University Press, 2020.
Sui Qingzhou 隋擎宙 . “Cong Tuerqi de wenzi gaige yundong shuodao Zhongguo de wenzi qiantu” 從土耳其的文字改革運動說到中國的文字前途（From Turkey’s script reform movement to the future of China’s script）. *Qiantu zazhi* 前途雜誌 5, no. 4（1937）: 91–100.
Sui Shusen 隋樹森 . “Zailai yici guoyu yundong” 再來一次國語運動（The national language movement once more）. *Xiandai duwu* 現代讀物 4, no. 11（1939）: 12–15.
Sun Fuyuan 孫伏園 . “Zhonghua xinyun” 中華新韻（New Chinese rhyming dictionary）. *Wen feng zazhi* 文風雜誌 1, no. 1（1943）: 52–53.
“Sun Peijun daibiao de fayan” 孫培均代表的發言（Representative Sun Peijun’s speech）. In *Quan guo wenzi gaige huiyi wenjian huibian* 全国文字改革会议文件汇編 , comp. Quanguo wenzi gaige huiyi mishuchu 全国文字改革会议秘書處 , 176–81. Beijing: Wenzi gaige chubanshe, 1955.
Sun Xiuzhang 修章 . “Dianshi xinwen boyin zhong de bu guifan duyin” 电视新闻播音中的不规范读音（Nonstandard pronunciation in television news broadcasts）. *Yuwen jianshe*, no. 3（1993）: 11–12.
Sun Zhe 孙 喆 and Wang Jiang 王 江 . *Bianjiang, minzu, guojia: Yugong banyuekan yu 20 shiji 30–40 niandai de Zhongguo bianjiang yanjiu* 边疆 , 民族 , 国家 : “禹贡”半月刊与 20 世纪 30–40 年代的中国边疆研究（Frontier, nation, and state: The Yugong semimonthly and Chinese frontier studies in the 1930s–1940s）. Beijing: Renmin daxue chubanshe, 2013.
Suo Yizun 莎彝尊 . *Zhengyin juhua* 正音咀華（Appreciating the essence of correct pronunciation）. N.p.: Juwentang, 1853.
Suo Yuan 索原 . “Tuerqi de wenzi gaige” 土耳其的文字改革（Turkey’s script reform）. *Yuwen* 語文 1, no. 1（1937）: 39–47.
“Taibei nüzi shifan xuexiao shifan jiaoyu yundong zhou zuotanhui jilu” 台北女子師範學校師範教育運

動週座談會記錄（Record of Taibei Women's Normal School normal education week discussion forum）. In *Guancang Minguo Taiwan dang'an huibian* 馆藏民国台湾档案汇编, 253:112–52.
"Taibei xian jiaoyu gaikuang." 台北縣教育概況（The education situation in Taibei county）. In *Guancang Minguo Taiwan dang'an huibian* 馆藏民国台湾档案汇编, 164:101–55.
"Taidao shouting Minnanyu guangbo zhe rizeng" 台島收聽閩南語廣播者日增（Listeners of Minnan language broadcasts in Taiwan increasing daily）. *Jiangsheng bao* 江聲報, October 16, 1933. Reprint *MinTai guanxi dang'an ziliao* 閩台关系档案资料, 700. Xiamen: Lujiang chubanshe, 1992.
"Tainan shifan xuexiao sanshiqi niandu tuijin shifan jiaoyu yundong zhou baogao shu" 台南師範學校三十七年度推進師範教育運動週報告書（Report of Tainan normal school promoting normal education movement week in 1948）. In *Guancang Minguo Taiwan dang'an huibian* 馆藏民国台湾档案汇编, 252:334–35.
"Taiwan jieguan jihua gangyao" 臺灣接管計畫綱要（Taiwan takeover plan outline）. March 1945. In *Guangfu Taiwan zhi chouhua yu shouxiang jieshou* 光復臺灣之籌劃與受降接收, 109–19. Taibei: Zhongguo Guomindang dangshi weiyuanhui, 1990.
"Taiwan jieguan jihua gangyao cao'an" 臺灣接管計畫綱要草案（Taiwan takeover plan draft outline）. October 1944. In *Guangfu Taiwan zhi chouhua yu shouxiang jieshou* 光復臺灣之籌劃與受降接收, 86–96. Taibei: Zhongguo Guomindang dangshi weiyuanhui, 1990.
Taiwan sheng canyihui mishuchu 台灣省參議會秘書處, comp. *Taiwan sheng canyihui diyijie diyici dahui teji* 台灣省參議會第一屆第一次大會特輯（Special issue of Taiwan provincial assembly, first meeting of the first session）. N.p., 1946.
"Taiwan sheng guomin xuexiao zanxing jiaoxue kemu ji jiaoxue shijianbiao" 臺灣省國民學校暫行教學科目及教學時間表（Taiwan provincial primary school temporary curricular subjects and hours）. In *Guancang Minguo Taiwan dang'an huibian* 馆藏民国台湾档案汇编, 1:340–41.
Taiwan sheng guoyu tuixing weiyuan hui 台灣省國語推行委員會, comp. *GuoTai ziyin duizhao lu* 國臺字音對照錄（A comparative record of national and Taiwanese pronunciation）. Taibei: Taiwan sheng guoyu tuixing weiyuan hui, 1946.
——. *Guoyin biaozhun huibian* 國音標準彙編（Character dictionary of standard national pronunciation）. Taibei: Taiwan sheng guoyu tuixing weiyuanhui, 1947.
——, ed. *Taiwan sheng guoyu jiaoyu shishi gaikuang* 臺灣省國語教育實施概況（Survey of national language education implementation in Taiwan province）. Taibei, 1946.
——, comp. *Zhuyin fuhao shiba ke* 注音符號十八課（Eighteen lessons of phonetic annotation）. Taibei: Xinmin yinshuguan, 1946.
Taiwan sheng jiaoyu faling huibian 臺灣省教育法令彙編（Collection of education laws in Taiwan province）. Taibei: Jiaoyuting Taiwan shuju, 1958.
"Taiwan sheng jiaoyu fuyuan gongzuo baogao" 台灣省教育復原工作報告（Taiwan province restoring education work report）. March 1947, SHA 5（2）-592. In *Guancang Minguo Taiwan dang'an huibian* 馆藏民国台湾档案汇编, 195:9–75.
"Taiwan sheng xingzheng zhangguan gongshu jiaoyu chu da sheng canyihui zhixun" 台灣省 行政長官公署教育處答省參議會质詢, May 1946. In *Taiwan guangfu he guangfu hou wunian shengqing* 台灣光復和光復後五年省情, edited by Chen Mingzhong 陳鳴鐘 and Chen Xing- tang 陳興唐, 371. Nanjing: Nanjing chubanshe, 1989.
Taiwan sheng zheng fu gongzuo baogao 臺灣省政府工作報告, 1947. SHA 12-2-1703. In *Taiwan guangfu he guangfu hou wunian shengqing* 台灣光復和光復後五年省情, edited by Chen Mingzhong 陳鳴鐘 and Chen Xingtang 陳興唐, 416–30. Nanjing: Nanjing chubanshe, 1989.
Taiwan sheng zhengfu jiaoyuting 臺灣省政府教育廳, comp. *Taiwan diqu guoyu tuixing ziliao huibian* 臺灣地區國語推行資料彙編（Taiwan region collection of national language imple-mentation materi-

als）. Taibei: Xinchu shehui jiaoyuting, 1988.
Taiwan sheng zhengfu xinwenchu 臺灣省政府新聞處, comp. *Taiwan guangfu sanshi nian wen hua jianshe pian* 臺灣光復三十年文化建設篇（Taiwan's cultural construction thirty years after retrocession）. Taizhong: Taiwan sheng zhengfu xinwenchu, 1975.
"Taiyu yinxi huanhun shuo" 臺語音系還魂說（On the resurrection of Taiwanese phonetics）. *Xiandai zhoukan* 現代周刊 1, no. 2（1946）: 9–10.
Tam, Gina Anne. *Dialect and Nationalism in China, 1860–1960*. New York: Cambridge University Press, 2020.
Tan Jishi 譚際時. "Tuixing zhuyin fuhao yingdang zhuyi de jidian" 推行注音符號應當注意的幾點（Several focal points while implementing phonetic annotation symbols）. In *Qingdao shi tuixing zhuyin fuhao gaikuang* 青島市推行注音符號概況, 3–4. Qingdao: Qingdao shi jiaoyuju, ca. 1931.
Tan Zhongxia 譚仲夏. *Yiye huanghou: Chen Yunshang zhuan* 一夜皇后：陳雲裳傳（Queen for a night: The biography of Chen Yunshang）. Hong Kong: Dianying shuangzhoukan chubanshe, 1996.
Tang Na 唐納. "Cong dazhongyu fangmian zailun Yueyu shengpian" 從大眾語方面再論粵語聲片（Speaking again of Cantonese sound films from the view of mass language）. *Shenbao dianying zhuankan* 申報電影專刊, July 24, 1934, 23.
Tang Ruizhen 汤瑞桢. "Ba shifan xuexiao jianshe wei tuiguang putonghua de zhendi" 把师范学校建设为推广普通话的阵地（Let normal schools be the battlefront for popularizing the common language）. In *Xin shiqi de yuyan wenzi gongzuo* 新时期的语言文字工作, ed. Quanguo yuyan wenzi gongzuo huiyi mishuchu 全国语言文字工作会议秘书处, 189–201. Beijing: Yuwen chubanshe, 1987.
Tang Shixiong 世雄 and Wang Guohua 王国华, eds. *Beijing shifan xuexiao shilao huibian* 北京师范学校史料汇编（Compilation of historical materials about Beijing Normal School）. Beijing: Beijing jiaoyu chubanshe, 1995.
Tang Tinggao 湯廷誥. "Dadan xuexi putonghua" 大胆学習普通話（Courageously learn the common language）. *Yuwen zhishi* 語文知識, January 1956.
Tang, Xiaobing. "Street Theater and Subject Formation in Wartime China: Toward a New Form of Public Art." *CrossCurrents: East Asian History and Culture Review* 5, no. 1（2016）: 85–114.
Tang Xiaodan 汤晓丹. *Lubian shiling: Tang Xiaodan huiyi lu* 路边拾零：汤晓丹回忆录（Picking up bits from the roadside: The memoirs of Tang Xiaodan）. Taiyuan: Shanxi jiaoyu chubanshe, 1993.
Tang Xiumei 湯修梅. "Jieshao Genü Hongmudan" 介紹歌女紅牡丹（Introducing Songstress Red Peony）. *Genü Hongmudan tekan* 歌女紅牡丹特刊（1931）: 33–36.
Tang Yu 唐宇. "Guanyu putonghua yiduci shenyinbiao" 关于普通话异读词审音表（About the list of authorized pronunciations for heterophonic words in the common language）. *Yudu yu xiezuo* 读与写作, no. 4（1989）: 38.
Tao Houmin 陶厚敏. "Jianglai buhui shuo putonghua cai kexiao li" 将来不会说普通话才可笑哩！（In the future those unable to speak the common language will be the absurd ones）. *Zhong guo qingnian bao* 中国青年报, January 12, 1956, 3.
Tao Tang 陶唐. "Xiaoxue guoyu shang de yi ge wenti" 小學國語上的一個問題（A problem within the national language in primary schools）. *Guomin jiaoyu fudao yuekan* 國民教育輔導月刊 4, no. 3–4（1949）: 18–21.
Tao Xingzhi 陶行知. "Xin wenzi he Guoyu Luomazi" 新文字和國語羅馬字（New script and national language romanization script）. *Shenghuo jiaoyu* 生活教育 3, no. 4（1936）: 130–31.
Taylor, Jeremy. *Rethinking Transnational Chinese Cinemas: The AmoyDialect Film Industry in Cold War Asia.* New York: Routledge, 2011.
Teiwes, Frederick C. *Politics and Purges in China: Rectification and the Decline of Party Norms, 1950–1965*. Armonk, N.Y.: M. E. Sharpe, 1979.

Thom, Robert. *The Chinese Speaker, or Extracts from Works Written in the Mandarin Language, as Spoken at Peking*. Ningpo: Presbyterian Mission Press, 1846.
Thompson, Emily. *The Soundscape of Modernity: Architectural Acoustics and the Culture of Listening in America, 1900–1933*. Cambridge, Mass.: MIT Press, 2002.
"Tianyi gongsi Yueyu youshengpian wenti" 天一公司粵語有聲片問題（The problem with Tianyi Studio's Cantonese sound film）. *Diansheng* 3, no. 17（1934）: 327.
Ting Xian 廷賢. "Guoyuban chahuahui" 國語班茶話會（National language classes and tea party）. *Zhifu* 職婦, no. 3（1939）: 7–8.
"Tongguo jiancha, tigao putonghua jiaoxue zhiliang" 通过检查，提高普通话教学质量（Improve the quality of common language teaching through inspections）. *Wenzi gaige*, no. 19（1959）: 8–10.
"Tongyi guoyu zhi xin gongxian" 統一國語之新貢獻（New contributions to national language unification）. *Yizhong xuesheng* 一中學生, no. 8（1934）: n.p.
"Tongyi yuyan zhi chubu" 統一語言之初步（The first step in language unification）. *Shishi xin bao*, January 5, 1921, 3.
Tsao, Feng-fu. "The Language Planning Situation in Taiwan." *Journal of Multilingual and Mul ticultural Development* 20, no. 4–5（1999）: 328–75.
Tse, John Kwock-Ping. "Language and a Rising New Identity in Taiwan." *International Jour nal of the Sociology of Language* 143（2000）: 151–64.
Tsu, Jing. *Kingdom of Characters: The Language Revolution That Made China Modern*. New York: Riverhead, 2022.
——. *Sound and Script in the Chinese Diaspora.* Cambridge, Mass.: Harvard University Press, 2010.
Tsurumi, E. Patricia. *Japanese Colonial Education in Taiwan, 1895–1945*. Cambridge, Mass.: Harvard University Press, 1977.
Tuiguang putonghua de hongqi: Datian xian puji putonghua de jingyan jieshao 推广普通話的紅旗：大田縣普及普通話的經驗介紹（The red flag of promoting the common language: Introducing Datian County's experience in popularizing the common language）. Fuzhou: Fujian renmin chubanshe, 1958.
"Tuixing guoyu faling shuyao, Taiwan faling" 推行國語法令述要，臺灣法令（Summary of national language laws, Taiwan laws）. October 20, 1949. In *Guoyu jiaoyu faling xubian* 國語教育法令續編, 14–15. Taibei, 1950.
Tuohy, Sue. "Metropolitan Sounds: Music in Chinese Films of the 1930s." In *Cinema and Urban Culture in Shanghai*, ed. Yingjin Zhang, 200–21. Stanford, Calif.: Stanford University Press, 1999.
U, Eddy. *Disorganizing China: CounterBureaucracy and the Decline of Socialism*. Stanford, Calif.: Stanford University Press, 2007.
——. "The Hiring of Rejects: Teacher Recruitment and Crises of Socialism in the Early PRC Years." *Modern China* 30, no. 1（2004）: 46–80.
VanderVen, Elizabeth. *A School in Every Village: Educational Reform in a Northeast China County, 1904–31*. Vancouver: UBC Press, 2012.
Vedal, Nathan. *The Culture of Language in Ming China: Sound, Script, and the Redefinition of the Boundaries of Knowledge.* New York: Columbia University Press, 2022.
Wan Quan 万全. " 'Laobing' zhe liang ge zi" "老兵" 这两个字（The two words "old soldier"）. *Jiefangjun zhanbao* 解放军战报, no. 8（1959）: 25.
Wang Chaoguang 汪朝光. *Yingyi de zhengzhi: Minguo dianying jiancha zhidu yanjiu* 影艺的政治：民国电影检查制度研究（The politics of film: Research on Republican film censorship）. Beijing: Renmin daxue chubanshe, 2013.
Wang Dongjie 王东杰. "Guanhua, guoyu, putonghua: Zhongguo jindai biaozhunyu de 'zheng-ming' yu

zhengzhi" 官话，国语，普通话：中国近代标准语的‘正名’与政治（Guanhua, guoyu, putonghua: The politics and "rectification of names" for the standard language in modern China）. *Xueshu yuekan* 学术月刊 46, no. 2（2014）: 155–70.

——. *Shengru xintong: Guoyu yundong yu xiandai Zhongguo* 声入心通：国语运动与现代中国（The sound of the heart: The national language movement and modern China）. Beijing: Beijing shifan daxue chubanshe, 2019.

Wang Jia'ao 王家鳌. "Gaodeng xiaoxue de guowen yinggai kuaigai guoyu" 高等小學的國文應該快改國語（*Guowen* in upper primary school should be quickly changed to *guoyu*）. *Guoyu yuekan* 1, no. 3（1922）: 8–12.

——. "Shixing guoyu jiaoxue hou de dalüe baogao" 試行國語教學後的大略報告（Summary report after teaching the national language on a trial basis）. *Jiaoyu zazhi* 13, no. 8（1921）: 8–11.

Wang Jiaji 王家驥. "Bensheng guomin xuexiao jiaoshi zhi zhenxuan" 本省國民學校教師之甄選（The selection of primary school teachers in our province）. *Guomin jiaoyu fudao yuekan* 國民教育輔導月刊 1, no. 1（1947）: 22.

Wang Jiaju 王家駒. "Guoyu tongyi yu jiaoyu boyin" 國語統一與教育播音（National language unification and educational broadcasting）. *Shishi* 市師 1, no. 1（1936）: 106–11.

Wang Li 王力. *Guangdong ren zenyang xuexi putonghua* 广东人怎样学习普通话（How Cantonese people learn the common language）. Beijing: Wenhua jiaoyu chubanshe, 1955.

——. *JiangZhe ren zenyang xuexi putonghua* 江浙人怎樣學習普通話（How people from Jiangsu and Zhejiang learn the common language） Beijing: Wenhua jiaoyu chubanshe, 1955.

——. "Lun tuiguang putonghua" 論推廣普通話（Discussing the promotion of the common language）. *Renmin ribao*, February 13, 1956, 3.

——. "Quanguo gaodeng xuexiao wenzi gaige xuehui chengli dahui" 全国高等学校文字改革学会成立大会（Meeting on the occasion of convening the national higher education language reform study society）. *Yuwen xiandaihua* 语文现代化, no. 5（1981）: 5–6.

——. "Tantan xuexi putonghua" 谈谈学习普通话（Let's talk about learning the common language）. *Shishi shouce* 時事手冊, no. 6（1956）: 15–17.

"Wang Li daibiao de fayan" 王力代表的發言（Representative Wang Li's speech）. In *Quanguo wenzi gaige huiyi wenjian huibian* 全国文字改革会议文件汇編, comp. Quanguo wenzi gaige huiyi mishuchu 全国文字改革会议秘書處, 142–43. Beijing: Wenzi gaige chubanshe, 1955.

Wang Liaoyi 王了一. *Guangdong ren xuexi guoyu fa* 廣東人學習國語法（National language learning method for Cantonese people）. Guangzhou: Huanan renmin chubanshe, 1951.

——. *JiangZhe ren xuexi guoyu fa* 江浙人學習國語法（National language learning method for Jiangsu and Zhejiang people）. Nanjing: Zhengzhong shuju, 1936.

Wang Pingling 王平陵. "Zhankai xuexiao juyun yu tuixing guoyu" 展開學校劇運與推行國語（Expand the drama movement in schools and the promotion of the national language）. *Zhongguo yuwen* 3, no. 3（1958）: 9–12.

Wang Pu 王璞. "Lianxi guoyu huihua de xinde" 練習國語會話的心得（Knowledge gained from practicing national language conversation）. *Guoyu yuekan* 1, no. 2（1922）: 3–6.

——. *Wang Pu de guoyu huihua* 王璞的國語會話（Wang Pu's national language conversation）. 29th ed. Shanghai: Zhonghua, 1930.

——. *Zhuyin zimu guoyu jiangyi* 注音字母國語講義（Lectures on the phonetic alphabet and national language）. Beijing, 1916.

Wang Qin 王勤. *Beijing yuyin changshi* 北京語音常識（Common knowledge of Beijing pronunciation）. Changsha: Hunan renmin chubanshe, 1957.

Wang, Richard T. "Wu Chih-hui: An Intellectual and Political Biography." Ph.D. dissertation, University

of Virginia, 1976.
Wang Shunlong 王順隆 . "Cong jin bainian de Taiwan Minnanyu jiaoyu tantao Taiwan de yuyan shehui" 從進百年的臺灣閩南語教育探討臺灣的語言社會（Exploring Taiwan's language society from Minnan language education in the past one hundred years）. *Taiwan wenxian* 台灣文獻 46, no. 3（1995）: 107–72.
Wang Tianbin 王天濱 . *Taiwan baoye shi* 臺灣報業史（History of Taiwan newspapers）. Taibei: Yada tushu, 2003.
Wang Tianchang 王天昌 , ed. *Guoyu yundong bai nian shi lüe* 國語運動百年史略（Outline history of the national language movement's one hundred years）. Taibei: Guoyu ribao she, 2012.
Wang Wenxuan 王文萱 . "Wo duiyu bianji bianjiang xiaoxue guoyu jiaokeshu de jidian yijian" 我對於編輯邊疆小學國語教科書的幾點意見（My few opinions about compiling frontier primary school national language textbooks）. *Jiaoyu tongxun* 4, no. 19（1941）: 9–11.
Wang, Xiaoxuan. "The Dilemma of Implementation: The State and Religion in the People's Republic of China, 1949–1990." In *Maoism at the Grassroots: Everyday Life in China's Era of High Socialism*, ed. Jeremy Brown and Matthew D. Johnson, 259–80. Cambridge, Mass.: Harvard University Press, 2015.
Wang Yi 汪怡 . "Zhuyin zimu tongyi dufa de shiyi" 注音字母統一讀法的釋疑（Explaining doubts about the unified pronunciation of the phonetic alphabet）. *Shishi xinbao*, September 20, 1920, 4.
Wang, Yiman. *Remaking Chinese Cinema: Through the Prism of Shanghai, Hong Kong, and Hollywood.* Honolulu: University of Hawaii Press, 2013.
Wang Yuchuan 王玉川 . "Dao xieshou zhilu" 到攜手之路（On the path of joining hands）. *Yuwen* 語文 2, no. 1（1937）: 22–27.
——. "Guoyu Luomazi de yongchu" 國語羅馬字的用處（Uses for the national language romanization script）. *Minzhong zhoukan* 民眾週刊 4, no. 43（1932）: 1–2.
——. "Guoyu ribao de tedian" 國語日報的特點（Special qualities of the *Mandarin Daily News*）, October 1948. In *Wode guoyu lunwen ji* 我的國語論文集 , 18–24. Taibei: Guoyu shudian, 1963.
——. *Guoyu shuohua jiaocai ji jiaofa* 國語說話教材及教法（Pedagogical material and methods for teaching the spoken national language）. Taibei, 1948.
——. "Jiaocai bianji wenti" 教材編輯問題（Problems with compiling pedagogical materials）. *Guoyu tongxun* 國語通訊 , no. 5（1947）: 1.
——. "Shandong shengli minjiaoguan fudaoqu xin wenzi tuixing jihua dagang" 山東省立民教館輔導區新文字推行計劃大綱（Implementation plan outline for new writing in Shandong provincial people's education centers）. *Shandong minzhong jiaoyu yuekan* 山東民眾教育月刊 6, no. 5（1935）: 79–83.
——. "Xin wenzi wenti" 新文字問題（The problem of new writing）. *Minyi* 民意 , no. 4（1938）: 11–13.
——. "Yijian xiaoshi'er, yeshi yi ge da wenti" 一件小事兒 , 也是一個大問題（A small matter, but also a big problem）, 1951. In *Wode guoyu lunwen ji* 我的國語論文集 , 57–62. Taibei: Guoyu shudian, 1963.
——. "Yizhong zhide zai Taiwan shiyan yixia de guoyu jiaoxuefa" 一種值得在臺灣實驗一下的國語教學 法（A national language teaching method deserving of a little experiment in Taiwan）. *Guoyu tongxun* 國語通訊 , no. 1（1947）: 2–4.
Wang Yuedeng 王越等 . "Ruhe jiajin tuixing guoyu yundong" 如何加緊推行國語運動（How to intensify the implementation of the national language movement）. Guangdong jianshe yan- jiu 廣東建設研究 2, no. 1（1947）: 89–92.
Wang Zengshan 王曾善 . "Tuerqi de wenzi geming" 土耳其的文字革命（Turkey's script revolu- tion）.

Zhongyang banyuekan 中央半月刊 2, no. 17（1929）: 46–54.
Wang Zhao 王照 . *Xiaohang wencun* 小航文存（Collected essays of Xiaohang）. Taibei: Wenhai, 1968.
Weber, Eugen. *Peasants into Frenchmen: The Modernization of Rural France, 1870–1914*. Stanford, Calif.: Stanford University Press, 1976.
"Wei cujin Hanzi gaige, tuiguang putonghua, shixian Hanyu guifanhua er nuli" 为促进汉字改革 , 推广普通话 , 实现汉语规范化而努力（Strive for the promotion of Chinese script reform, the popularization of the common language, and the standardization of the Chinese language）. *Renmin ribao*, October 26, 1955, 1.
Wei, Jennifer. *Language Choice and Identity Politics in Taiwan*. Lanham, Md.: Lexington Books, 2008.
Wei Jiangong 魏建功 . "Cong Guoyu yundong dao Hanyu guifanhua" 从国语运动到汉语规范化（From the national language movement to the standardization of Chinese）. *Zhongguo yuwen*, no. 4（1959）: 155–58.
——. "Guanyu *Zhonghua Xinyun*" 關於中華新韻（About the new Chinese rhyming dictionary）. *Wenhua xianfeng* 文化先鋒 1, no. 13（1942）: 11–12.
——. "Guoyu de sida hanyi" 國語的四大涵義（Four significant meanings of the national language）. *Xinshengbao*, June 4, 1946.
——. "Guoyu yundong gangling" 國語運動綱領（National language movement guiding principles）. *Xinshengbao*, May 21, 1946.
——. "Guoyu yundong zai Taiwan de yiyi" 國語運動在臺灣的意義（The significance of the national language movement in Taiwan）. *Renmin daobao* 人民導報 , February 10, 1946.
——. "Guoyu yundong zai Taiwan de yiyi shenjie" 國語運動在臺灣的意義申解（Explaining the significance of the national language movement in Taiwan）. *Xiandai zhoukan* 現代周刊 1, no. 9（1946）: 8–12.
——. "Heyi yao tichang cong Taiwanhua xuexi guoyu" 何以要提倡從台灣話學習國語（Why we should advocate learning the national language from Taiwanese）. *Xinshengbao*, May 28, 1946.
——. Preface to *Guoyu shuohua jiaocai ji jiaofa* 國語說話教材及教法（Pedagogical materials and methods for teaching the spoken national language）, by Wang Yuchuan 王玉川 , 1–8. Taibei, 1948.
——. "Taiyu jishi guoyu de yizhong" 臺語即是國語的一種（Taiwanese is a type of national language）. *Xinshengbao*, June 25, 1946.
——. "Xue guoyu yinggai zhuyi de shiqing" 學國語應該注意的事情（Things to pay attention to when learning the national language）. *Xinsheng bao*, July 16, 1946.
"Wei shezhi dianyingpian ying yilü caiyong guoyu duibai huo zimu tongao" 為攝製電影片應一律採用國語對白或字幕通告（Notification: film production should uniformly use national language dialogue or subtitles）. In *Dianying jiancha weiyuanhui gongbao* 電影檢查委員會公報 1, no. 16（1933）: 6.
Wei Zhen 韋真 . "Liang ge zhengzhi jia de guoyu" 兩個政治家的國語（The national language of two politicians）. *Guoyu ribao*, January 28, 1950, 3.
Wen Yuan 文元 . "Gailiang dazhong xiju" 改良大眾戲劇（Reform popular drama）. *Zhizun* 至尊 ,no. 4（1938）: 8–9.
Weng, Jeffrey. "What is Mandarin? The Social Project of Language Standardization in Early Republican China." *Journal of Asian Studies* 77, no. 3（2018）: 611–33.
White, Lynn. *Policies of Chaos: The Organizational Causes of Violence in China's Cultural Revolution*. Princeton, N.J.: Princeton University Press, 1989.
Williams, Maynard Owen. "Tuerqi de wenzi geming" 土耳其的文字革命（Turkey's script revolution）, trans. Wang Dingxuan 王鼎鉉 . *Xin jiyuan zhoubao* 新紀元週報 1, no. 5（1929）: 11–16.
Williams, Samuel Wells. *Syllabic Dictionary of the Chinese Language*. Shanghai: American Mission Press, 1874.

Wo Yi 我一（anonymous）. “Tichang guoyu de nanguan zenyang guodu ne?” 提倡國語的難關怎樣過度呢？（How to surmount the difficulties of promoting the national language?）. *Jiaoyu zazhi* 12, no. 4（1920）: 1–8.

“Women de fukan” 我們的副刊（Our supplement）. *Guoyu ribao*, October 25, 1948, 3.

“Women duiyu tuixing xin wenzi de yijian” 我們對於推行新文字的意見（Our opinion about promoting new writing）. *Shenghuo jiaoyu* 3, no. 5（1936）: 195–97.

Wu Chunye 武春野. *“Beijing guanhua” yu Hanyu de jindai zhuanbian* ‘北京官话’与汉语的近代转变（“Beijing guanhua” and the modern transformation of Hanyu）. Jinan: Shandong jiaoyu chubanshe, 2014.

Wu Huacheng 吴画成. “Putonghua bu putong” 普通话不普通（The common language is not common）. *Renmin ribao*, September 16, 2017.

Wu Jingheng 吳敬恆（Wu Zhihui）. “Bujiu Zhongguo wenzi zhi fangfa ruohe” 補救中國文字之方法若何（How to remedy the Chinese script）. *Xin qingnian* 新青年 5, no. 5（1918）: 483–508.

——. “Guoyin wenti” 國音問題（National pronunciation problems）. *Shishi xinbao*, November 28, 1920, 4.

——. “Lun zhuyin zimu shu” 論注音字母書（Letter discussing the phonetic alphabet）. *Jiaoyu zazhi* 11, no. 3（1919）: 39–54.

——. “Minguo ernian duyin tongyihui tongguo zengzhi runyin yinbiao zhi shuoming” 民國二年讀音統一會通過增製閏音音標之說明（Explanation of extravocalic notation passed by the 1913 Conference to Unify Pronunciation）. April 1919. Reprint *Guoyu zhoukan*, no. 240（1936）: 1–2.

——. “Sanshiwu nian lai zhi yinfu yundong” 三十五年來之音符運動（The phonetic movement of the last thirty-five years）. In *Zuijin sanshiwu nian zhi Zhongguo jiaoyu* 最近三十五年之中國教育, ed. Zhuang Yu 莊俞 and He Shengnai 賀聖鼐, 25–60. Shanghai: Shangwu, 1931.

——. *Wu Jingheng xuanji* 吳敬恆選集（Selected works of Wu Jingheng）. Taibei: Wenxin, 1967.

——. “Zenyang yingyong zhuyin fuhao” 怎樣應用注音符號（How to use phonetic annotation symbols）. *Zhongyang dangwu yuekan* 中央黨務月刊, no. 22（1930）: 286–91.

——. “Zhuyin fuhao zuoyong zhi bianzheng” 注音符號作用之辯正（Debates about the utility of phonetic annotation symbols）. *Zhongyang dangwu gongbao* 中央黨務公報 6, no. 8（1944）: 3–7.

Wu Junsheng 吳俊升. “Tuerqi gaige wenzi de jingguo” 土耳其改革文字的經過（Turkey’s script reform experience）. *Duli pinglun* 獨立評論, no. 174（1935）: 11–17.

Wu Meijin 吳美金, ed. Liushi fenghua: Guoyu Shixiao jianxiao liushi zhounian zhuankan 六十風華：國語實小建校六十周年專刊（Sixty years of elegance and talent: Commemorative volume on the sixtieth anniversary of the Mandarin Experimental Primary School）. Taibei: Taibeishi Guoyu Shixiao, 2007.

Wu Peide 吳培德. “Pingfan de ren, bu pingfan de laodong” 平凡的人，不平凡的劳动（Ordinary people, extraordinary labor）. *Guangbo aihaozhe*, no. 6（1956）: 6–7.

Wu Peiying 吴珮瑛. “Xiaoxuesheng Wu Peiying de riji” 小学生吴珮瑛的日記（Elementary student Wu Peiyang’s diary）. In *Minguo xiangcun xiaoxuesheng de riji* 民国乡村小学生的日记.Beijing: Wenhua, 2012.

Wu Runyi 吴潤仪 and Yin Binyong 尹斌庸. “Putonghua shehui diaocha—xianzhuang he qianjing” 普通话社会调查—现状和前景（Social survey of the common language—current situation and future prospects）. *Wenzi gaige*, no. 1（1985）: 37–38.

Wu Shouli 吳守禮. “Wo yu Taiwanyu yanjiu” 我與台灣語研究（Taiwanese language studies and me）. In *Cong Di da dao Tai da* 從帝大到臺大（From Imperial University to National Taiwan University）, ed. Chen Qilu 陳奇祿, 9–30. Taibei: Guoli Taiwan daxue, 2003.

Wu Shuzhen 吳淑珍. “Lianxi guoyu” 練習國語（Practicing the national language）. *Huadong xuesheng*

華東學生 , no. 1（1939）: 21.

Wu Tunan 吳圖南 . "Youshengpian zhong de yuyan wenti" 有聲片中的語言問題（Language problems in sound films）. *Genü Hongmudan tekan* 歌女紅牡丹特刊（1931）: 79–80.

Wu Xiaoling 吳曉鈴 . "Guangbo gongzuo zhe he Hanyu guifanhua" 廣播工作者和漢語規範化（Broadcasting workers and the standardization of Hanyu）. *Guangbo aihaozhe*, no. 6（1955）: 4–5.

Wu Yuzhang 吳玉章 . "Kaimu ci" 開幕詞（Opening remarks）. In *Quanguo wenzi gaige huiyi wenjian huibian* 全国文字改革会议文件汇編（Compilation of documents for the national writing reform conference）, comp. Quanguo wenzi gaige huiyi mishuchu 全国文字改革会议秘书处 , 1–2. Beijing: Wenzi gaige chubanshe, 1955.

——. "Wenzi bixu zai yiding tiaojian xia jiayi gaige" 文字必须在一定条件下加以改革（Writing must be further reformed under specific conditions）. In *Quanguo wenzi gaige huiyi wen jian huibian* 全国文字改革会议文件汇編 , 11–19. Beijing: Wenzi gaige chubanshe, 1955.

——. "Xin wenzi zai qieshi tuixing zhong de jingyan he jiaoxun" 新文字在切實推行中的經驗和教訓（Experiences and lessons learned from realistic implementation of new writing）. In *Wu Yuzhang jiaoyu wenji* 吴玉章教育文集 , 76–83. Chengdu: Sichuan jiaoyu chubanshe, 1989.

Wu Zhihui 吳稚暉 . "Guoyu jiaoyu" 國語教育（National language eduation）. *Shehui jiaoyu ji* 社會教育季 1, no. 1（1943）: 87–89.

——. "Guoyu wenti zhiyi" 國語問題之一（One problem of the national language）. *Shishi xin bao*, January 6, 1920, 4; January 7, 1920, 4.

——. "Shu Shenzhou ribao 'Dongxue xijian pian' hou" 書神洲日報 ‘東學西漸篇’ 後（Afterword to 'On the rise of eastern learning in the West' in *Shenzhou Daily*）, 1909. Reprint in *Wu Jing heng xuanji* 吳敬恆選集 , 3:25–48. Taibei: Wenxin, 1967.

——. *Zhuyin fuhao ge* 注音符號歌（Song of phonetic annotation symbols）. [Chongqing]: Zhongyang zuzhibu, 1944.

Xia Ji'an 夏濟安 . "Bei xuanwei guoyu yanshuo daibiao yougan" 被選為國語演說代表有感（Reaction to being elected as national language speech representative）. *Suzhong xiaokan* 蘇中校刊 3, no. 92（1933）: 24.

Xian Zhou 先舟 . "Beijing tuhua bing bushi putonghua" 北京土话并不是普通话（Beijing dialect is not the common language）. *Guangming ribao*, January 4, 1956, 3.

Xiandai Hanyu guifan wenti xueshu huiyi mishuchu 现代汉语规范问题学术会议秘书处 , comp. *Xiandai Hanyu guifan wenti xueshu huiyi wenjian huibian* 现代汉语规范问题学术会议文件汇编（Collected documents of the conference on standardizing modern Chinese）. Beijing: Kexue chubanshe, 1956.

"Xianggang ren yu guoyu" 香港人與國語（Hong Kong people and the national language）. *Zheng bao* 正報 , May 11, 1939, 6.

Xiao Dichen 蕭迪忱 . "Ladinghua nenggou buyao shengdiao ma?「拉丁化」能夠不要聲調嗎？（Can "Latinization" do without tones?） *Shandong minzhong jiaoyu yuekan* 山東民眾教育月刊 5, no. 10（1934）: 179–94.

——. "Xin wenzi shiyan baogao" 新文字實驗報告（Report on new writing experiment）. *Xiaoxue yu shehui* 小學與社會 2, no. 35（1936）: 4–6.

——. "Zhuyin fuhao bangzhu dushu shizi de shiyan" 注音符號幫助讀書識字的實驗（Experiment of the benefit of phonetic symbols in reading and character recognition）. *Jiaoyu tongxun* 3, no. 23（1940）: 13–15; no. 24–25（1940）: 21–24.

Xiao Yan 岩 . "Yan'an boyin shenghuo huiyi lu" 延安播音生活回忆录（Memoir of Yan'an broadcasting life）. In *Yan'an Shanbei Xinhua guangbo diantai huiyi lu xinbian* 延安（陕北）新华广播电台回忆录新编 , 111–14. Beijng: Zhongguo guangbo dianshi chubanshe, 2000.

Xiao, Zhiwei. "Anti-Imperialism and Film Censorship During the Nanjing Decade, 1927–1937." In *Transnational Chinese Cinemas: Identity, Nationhood, Gender*, ed. Sheldon Lu, 35–58. Honolulu: University of Hawaii Press, 1997.

——. "Constructing a New National Culture: Film Censorship and the Issues of Cantonese Dialect, Superstition, and Sex in the Nanjing Decade." In *Cinema and Urban Culture in Shang hai, 1922–1943*, ed. Yingjin Zhang, 183–99. Stanford, Calif.: Stanford University Press, 1999.

"Xiaoxue jiaoyuan jianding guicheng" 小學教員檢定規程（Assessment regulations for primary school teachers）. *Jiaoyubu gongbao* 教育部公報 9, no. 1–2（1937）: 10–16.

Xiaoxue putonghua jiaoxue fa jieshao 小学普通话教学法介 （Introduction to common language teaching methods in primary schools）. Xi'an: Shanxi renmin chubanshe, 1958.

Xie Boming 謝伯明 . "Tantan shuqi li xuexi guoyu de jingguo he yijian" 談談暑期裡學習國語的經過和意見（Discussion of my experience and opinion on learning the national language in the summer）. *Wuxi jiaoyu zhoukan* 無錫教育週刊 , no. 49（1928）: 26–34.

Xie Juezai 謝 哉 . "Riyi fazhan de guangbo shiye" 日益發展的广播事業（The broadcasting enterprise develops day by day）. *Guangbo aihaozhe*, no. 10（1956）: 3.

Xin shiqi tuiguang putonghua fanglüe yanjiu ketizu 新时期推广普通话方略研究课题组 , comp. *Tuiguang putonghua wenjian ziliao huibian* 推广普通话文件资料汇编（Collected documents on popularizing the common language）. Beijing: Zhongguo jingji chubanshe, 2005.

"Xin wenzi yundong de dongtai" 新文字運動的動態（Trends of the new writing movement）. *Shenbao* 申報（Hong Kong）, May 15, 1939, 5.

Xinbian biaozhun guoyu cidian 新編標準國語辭典（New standard national language diction-ary）. Taibei: Dongfang chubanshe, 1961.

Xinbing jiaji guoyu zhengzhi keben 新兵甲級國語政治課本（National language and politics textbook for new soldiers, first level）. Taibei: Guofang bu zongzhengzhi bu, ca. 1952.

Xinbing yiji guoyu zhengzhi keben 新兵乙級國語政治課本（National language and politics textbook for new soldiers, second level）. Taibei: Guofang bu zongzhengzhi bu, 1953.

"Xiuding runyin fuhao an" 修訂閏音符號案（Revision draft of extravocalic symbols）. *Guoyu zhoukan*, no. 122（1934）: 2.

"Xiuzheng guoyin zidian zhi shuoming" 修正國音字典之說明（Explanation of the revision of the national pronunciation dictionary）, appendices 1–12. In *Jiaogai guoyin zidian* 校改國音字典 . Shanghai: Shangwu, 1921.

Xu Jialu 许嘉璐 . "Kaituo yuyan wenzi gongzuo xin jumian" 开拓语言文字工作新局面（Open up a new phase of language and writing work）. In *Tuiguang putonghua xuanchuan shouce* 推广普通话宣传手册 , ed. Jiaoyubu 教育部 , 5–21. Beijing: Yuwen chubanshe, 1999.

——. "Tigao renshi, qixin xieli, gaohao shoujie tuiguang putonghua xuanchuan zhou huodong" 提高认识，齐心协力，搞好首届推广普通话宣传周活动（Raise awareness, work with a common purpose, do a good job of promoting the inaugural putonghua propaganda week activities）. In *Tuiguang putonghua xuanchuan shouce* 推广普通话宣传手册 , ed. Jiaoyubu 教育部 , 76–80.Beijing: Yuwen chubanshe, 1999.

Xu Langqiu 徐朗秋 . *Zhuyin fuhao qianshuo* 注音符號淺說（Elementary introduction to phonetic annotation symbols）. Zhenjiang: Zhenjiang jiangnan yinshuguan, 1931.

Xu Mo 徐沫（He Zengxi 何增禧）. "Fangyan ju wenda" 方言劇問答（Dialect drama questions and answers）. *Zhongguo yuwen* 2, no. 3–4（1941）: 160.

Xu Shirong 徐世荣 . "Guojia tuixing quanguo tongyong de putonghua" 国家推行全国通用的普通话（Implementing the common language in universal use in the nation）. *Wenzi gaige*, no. 1（1982）:

13–15; no. 2（1982）: 15–16; no. 3（1982）: 5–6.
——. "Jiaoxue Beijing yuyin he zhuyin zimu de jingyan jiaoxun" 教学北京语音和注音字母的经验教训（Experience and lessons from teaching Beijing pronunciation and the phonetic alphabet）. *Yuwen xuexi*, no. 11（1955）: 5–7.
——. *Putonghua yuyin jiaoxue guangbo jiangzuo*（*keben*）普通話語音教學廣播講座（課本）（Common language pronunciation instruction broadcast lectures textbook）. Beijing: Wenhua jiaoyu chubanshe, 1956.
——. "Shizi jiushi dongli" 师资就是动力（Teacher qualification is the driving force）. *Yuwen xiandaihua* 语文现代化, no. 5（1981）: 153–57.
——. "Zenyang xuexi Bijing yuyin de shengdiao" 怎样学习北京语音的声调（How to learn the tones of Beijing pronunciation）. *Jiaoshi bao*, November 13, 1956, 3.
Xu Shunzong 徐舜宗. "Guanyu xiaoxue guoyu jiaoxue yidian jingyan" 關於小學國語教學一點經驗（A bit of experience about teaching the national language in primary school）. *Jiangxi sheng Nanchang xiangshi banyuekan* 江西省南昌鄉師半月刊, no. 7–8（1936）: 4–8.
Xu Suling 徐蘇靈. *Xinjiang neimu* 新疆內幕（Behind the scenes in Xinjiang）. Chongqing: Yazhou, 1945.
Xu Xihua 徐錫華. *Zhuyin Xinjiang Huiwen changyong zibiao* 注音新疆回文常用字表（Phonetic glossary of Xinjiang Muslim language commonly used words）. Chongqing: Zhengzhong shuju, 1938.
Xu Xin 徐忻. "Budui zhong shi zenyang tuiguang putonghua de" 部隊中是怎樣推廣普通話的（How to promote the common language in the army）. *Guangming ribao*, July 18, 1956, 3.
Xu Xueji 許雪姬. "Taiwan guangfu chuqi yuwen de wenti" 台灣光復初期語文的問題（Language problems in Taiwan in the early days of retrocession）. *Si yu yan* 思與言 29, no. 4（1991）: 155–84.
Xu Zhong 許中, ed. *Zhongwen Ladinghua keben* 中文拉丁化課本（Textbook of Latinized Chinese）. Shanghai: Xin wenzi shudian, 1939.
Xuan Haoping 宣浩平, ed. *Dazhong yuwen lunzhan* 大眾語文論戰（Debates over mass language and literature）. Shanghai: Qizhi shuju, 1935.
"Xue Changshou daibiao de fayan" 薛長寿代表的發言（Representative Xue Changpei's speech）. In *Quanguo wenzi gaige huiyi wenjian huibian* 全国文字改革会议文件汇編, comp. Quanguo wenzi gaige huiyi mishuchu 全国文字改革会议秘書處, 182–87. Beijing: Wenzi gaige chubanshe, 1955.
Xue Renyang 薛人仰. "Taiwan jiaoyu zhi chongjian" 台灣教育之重建（The reconstruction of education in Taiwan）. *Taiwan chongjian xiehui chengli dahui tekan* 台灣重建協會成立大會特刊（August 25, 1945）: 14–16.
Xue Ruiqi 薛瑞麒. *Biaozhun guoyu fayin suxibiao* 標準國語發音速習表（Summary table for express learning standard national language pronunciation）. Tainan: Xinmin jiaoyushe, 1941, 1945.
Xue Yidan 薛貽丹. "Fei guanhua qucheng ying ruhe tuixing zhuyin fuhao" 非官話區城應如何推行注音符號（How should non-*guanhua* regions implement phonetic symbols?）. *Fujian jiaoyuting zhoukan* 福建教育廳週刊, no. 62–63（1931）: 33–35.
"Xuexiao jishi" 學校記事（Record of school matters）. *Jiangsu shengli disan shifan fushu xiao xuexiao yuekan* 江蘇省立第三師範附屬小學校月刊, no. 3–5（192）: 29.
Yang Chengkun 杨成昆. "Fenji tuiguang putonghua" 分级推广普通话（Popularize the common language with separate gradations）. *Wenzi gaige*, no. 1（1983）: 16.
Yang Jinhao 楊晉豪. *Zhanshi ertong guoyu xuan* 戰時兒童國語選（National language selections for children in wartime）. Guangzhou: Zhanshi ertong jiaoyushe, 1938.
Yang Li 杨力, Gao Qingyuan 高广元, and Zhu Jianzhong 朱建中. *Zhongguo kejiao dianying fazhan shi* 中国科教电影发展史（History of Chinese scientific and education film develop-ment）. Shanghai: Fudan daxue chubanshe, 2010.

Yang Qifan 楊啟蕃 . *Zenyang jiao guoyu* 怎樣教國語（How to teach the national language）. Jiangxi: Jiangxi sheng Ligan xian minzhong jiaoyuguan, 1943.

Yang Qixun 杨其勛 . "Dajia lai xue putonghua" 大家来学普通话（Everybody come learn the common language）. *Jiefangjun bao*, June 5, 1956, 3.

Yang Shifeng 楊時逢 , ed. *Yunnan fangyan diaocha baogao* 雲南方言調查報告（Yunnan dialect investigation report）. Taibei: Zhongyang yanjiuyuan lishi yuyan yanjiu suo, 1969.

Yang Shi'en 楊世恩 . "Guoyin guanjian" 國音管見（My humble opinion on national pronunciation）. *Jiaoyu zazhi* 12, no. 8（1920）: 1–7.

Yang Yiqiang 杨翊强 . "Chaoxiao bieren xueshuo putonghua de taidu shi cuowu de" 嘲笑别人学说普通话的态度是错误的（The attitude of mocking other people learning to speak the common language is wrong）. *Guangming ribao*, March 14, 1956, 3.

Yang Ziying 楊子瑩 . *Guoyu suhui pian* 國語速會篇（On achieving rapid competency in the national language）. Taizhong: Gaowentang, 1945.

Yao Xishuang 姚喜双 , ed. *Putonghua shuiping ceshi changyong shuyu* 普通话水平测试常用术语（Commonly used terms in the common language proficiency test）. Beijing: Yuwen chubanshe, 2014.

Ye Chen 葉沉 . "Guanyu xin xiju yundong de jige zhongyao de wenti" 關於新戲劇運動的幾個重要的問題（Several important questions regarding the new drama movement）. *Dazhong wenyi* 大眾文藝 2, no. 3（1930）: 626–27.

Ye Laishi 葉籟士 . "Dazhongyu yundong he Ladinghua 大眾語運動和拉丁化（Mass language movement and Latinization）. *Taibai banyuekan* 太白半月刊 1, no. 3（1934）: 124–26.

"Ye Laishi daibiao de fayan" 叶籁士代表的發言（Representative Ye Laishi's speech）. In *Quan guo wenzi gaige huiyi wenjian huibian* 全国文字改革会议文件汇編 , comp. Quanguo wenzi gaige huiyi mishuchu 全国文字改革会议秘書處 , 70–75. Beijing: Wenzi gaige chubanshe, 1955.

Ye Shengtao 葉聖陶 . "Guangbo gongzuo gen yuyan guifanhua." 廣播工作跟語言規範化（Broadcasting work and language standardization）. *Guangbo aihaozhe*, no. 1（1955）: 4–5.

Yeh, Michelle. "'On Our Destitute Dinner Table': *Modern Poetry Quarterly* in the 1950s." In *Writing Taiwan: A New Literary History*, ed. David Der-wei Wang and Carlos Rojas, 113–39. Durham, N.C.: Duke University Press, 2007.

Yeh, Yueh-yu. "Historiography and Sinification: Music in Chinese Cinema of the 1930s." *Cinema Journal* 41, no. 3（2002）: 78–97.

Yi Bei 易貝 . "Tan fangyan ju de yuwen jianshe xing" 談方言劇的語文建設性（On language development qualities of dialect drama）. *Zhongguo yuwen* 2, no. 3–4（1941）: 157–59.

Yi Zhi 一之 . "Yanyuan de guoyu" 演員的國語（The national language of actors）. *Tiebao* 鐵報 ,July 1, 1936, 3.

Yijiang Balu'er 夷將拔路兒 . "Yuanzhumin—Women weishenme xuanze zhege mingcheng" 原住民—我們為什麼選擇這個名稱（Original inhabitants—why we selected this name）. *Yuan zhumin huixun* 原住民會訊, no. 1（February 15, 1985）. Reprint *Yuanzhumin: Bei yabozhe de nahan* 原住民：被壓迫者的吶喊 , 27–30. Taibei: Chengchang, 1987.

Yin Gaochao 尹高潮 . *Mao Zedong de laoshimen* 毛泽东的老师们（Mao Zedong's teachers）. Lanzhou: Gansu renmin chubanshe, 1996.

Yin Shusheng 尹樹生 . "Women weishenme yao tuixing zhuyin fuhao" 我們為什麼要推行注音符號（Why we promote phonetic annotation symbols）. In *Qingdao shi tuixing zhuyin fuhao gaikuang* 青島市推行注音符號概況 , 2–3. Qingdao: Qingdao shi jiaoyuju, ca. 1931.

Ying Gong 膺公 . "Zai guoyu jiangxisuo shujiaban tingjiang ji" 在國語講習所暑假班聽講記（Notes from attending the National Language Institute summer seminar）. *Jiaoyu zazhi* 13, no. 11（1921）: 71–75.

"Yiwu jiaoyu fa" 义务教育法（Compulsory education law）, 1986. In *Zuixin Zhonghua Renmin Gongheguo changyong falü fagui quanshu* 最新中华人民共和国常用法律法规全书, 540–42. Beijing: Zhongguo fangzheng chubanshe, 2000.

"Yousheng dianying yu fangyan" 有聲電影與方言（Sound films and dialects）, *Dianying shijie* 電影世界, no. 1（1934）: 6.

"Yousheng pian hebi jinjin yu quanbu duibai" 有聲片何必斤斤於全部對白（There is no need for full dialogue in sound films）. *Yingxi shenghuo* 影戲生活 1, no. 15（1931）: 20–21.

Yu Jin'en 于 恩. *Minguo zhuyin zimu zhengce shilun* 民国注音字母政策史论（History of the phonetic alphabet policy during the Republican period）. Beijing: Zhonghua shuju, 2007.

Yu, Jinglu. "The Structure and Function of Chinese Television, 1979–1989." In *Voices of China: The Interplay of Politics and Journalism*, ed. Chin-Chuan Lee, 69–87. New York: Guilford Press, 1990.

Yu Jinyan 余 燕. "Gujun zuozhan" 孤军作战（Lone soldier in combat）. *Tuiguang putonghua jianbao* 推广普通话简报, June 26, 1957, 2.

Yu Zhangrui 余章瑞. "Hu Qiaomu zai quanguo yuwen wenzi gongzuo huiyi bimushi shang yaoqiu 胡乔木在全国语言文字工作会议闭幕式上要求（Hu Qiaomu's requests at the national conference on language and script work closing ceremony）. *Renmin ribao*, January 14, 1986, 3.

Yu Zhongming 余中明. "Xiandai Hanyu Cidian yu putonghua yiduci shenyinbiao dingyin de chayi" 现代汉语 典与普通话异读词审音表 音的差异（Discrepancies between the *Dictionary of Modern Chinese* and the list of authorized pronunciations for heterophonic words in the common language）. *Yuwen jianshe*, no. 8（1998）: 5–7.

Yu Ziyi 俞子夷. "Jiaoxue zhuyin fuhao de xianjue wenti" 教學注音符號的先决問題（Preliminary questions for teaching phonetic symbols）. *Jiaoyu zazhi* 31, no. 8（1941）: 27–30.

——. "Liang ge yue jianban shejiao de qianbo jingyan 兩個月兼辦社教的淺薄經驗（Limited experience of jointly handling social education for two months）. *Jiaoyu zazhi* 29, no. 30（1939）: 49–53.

——. "Tan guangbo jiemu" 談廣播節目（Talking about radio programs）. *Zhongguo wuxian dian* 中國無線電 2, no. 9（1934）. Reprint in *Jiu Zhongguo de Shanghai guangbo shiye* 中国的上海广播事业, comp. Shanghai shi dang'anguan 上海市檔案館, 252–54. Beijing: Dang'an chubanshe, 1985.

——. *Xiaoxue jiaoxue mantan* 小學教學漫談（Casual discussion of primary school pedagogy）. Shanghai: Zhonghua, 1931.

Yuan Zixi 苑子熙. "Zhongyang tai yu difang tai dui nongcun guangbo de fengong wenti" 中央台与地方台对农村广播的分工问题（The labor division issue between central and local stations in rural broadcasting）. *Guangbo yewu* 廣播業務, no. 7（1956）: 26–32.

Yue Sibing 樂嗣炳. "Dazhongyu de biaozhun shi Shanghai gongtongyu" 大眾語的標準是上海共通語（The standard of the mass language is Shanghai's common language）. *Taibai* 太白 1 no. 1（1934）: 17–21.

——. "Dazhongyu jue bushi guoyu" 大眾語絕不是國語（The mass language is absolutely not the national language）. *Shenbao* 申報, September 14, 1934, 15; September 15, 1934, 16.

——. *Guoyu xue dagang* 國語學大綱（Principles of national language study）. Shanghai: Shanghai dazhong shuju, 1935.

——. "Jiangsu sheng jiaoyuhui suo zhengji guoyu jinxing kunnan wenti de yijian" 江蘇省教育會所徵集國語進行困難問題底意見（My opinion on the Jiangsu provincial education association's collection of difficult issues related to national language implementation）. *Guoyu yuekan* 1, no. 10（1922）: 1–11.

Yue Sibing 樂嗣炳, ed. *Zenyang jiaoxue putonghua* 怎样教学普通话（How to teach the common language）. Beijing: Wenzi gaige chubanshe, 1956.

"Yueyu pian da shuailuo" 粵語片大衰落（The great decline of Cantonese films）. *Dianying ribao* 電影

日報 , November 22, 1940, 2.
"Yueyu pian jinshe wenti" 粵語片禁攝問題（The question of banning Cantonese film production）. *Beiyang huabao* 北洋畫報 30, no. 1491（1936）: 2.
"Yueyu pian jiujin bujue" 粵語片久禁不絕（Cantonese films long banned but do not cease）. *Xing hua* 星華 2, no. 11（1937）: 18.
"Zai Yu jing ren zhong shui hui Sichuanhua" 在渝影人中誰會四川話（Who in the Chongqing film world knows how to speak Sichuanhua）. *Jinri dianying* 今日電影 , no. 36（1944）: 3.
Zarrow, Peter. *Educating China: Knowledge, Society, and Textbooks in a Modernizing World, 1902–1937*. Cambridge: Cambridge University Press, 2015.
Zeng Lanshu 曾蘭淑 . "Kejia yundong sanshinian" 客家運動 30 年（Thirty years of Hakka activism）. *Taiwan Guanghua zazhi* 台灣光華雜誌 , no. 10（2018）: 106–15.
Zhan Bohui 詹伯惠 , ed. *Hanyu fangyan ji fangyan diaocha* 汉语方言及方言调查（Chinese dialects and dialect investigation）. Wuhan: Hubei jiaoyu chubanshe, 1991.
——. "Jieshao liang ben zhidao putonghua xuexi de shu" 介紹兩本指導普通話学習的書（Introducing two common language how-to guides）. *Zhongguo yuwen*, no. 4（1956）: 43.
——. *Wuhan ren zenyang xuexi putonghua* 武汉人怎样学习普通话（How people from Wuhan learn the common language）. Wuhan: Hubei renmin chubanshe, 1956.
——. "Youguan bianxie 'xue hua shouce' de jige wenti" 有关编写 ' 学话手册 ' 的几个问题（Several ques-tions about compiling "learn *putonghua* handbooks"）. *Zhongguo yuwen*, no. 10（1960）: 322–26.
Zhan Zhenqing 詹鎮卿 . *Guo Tai yin xiao cidian* 國台音小辭典（Small phrase dictionary of national and Taiwanese pronunciation）. Jiayi: Lanji, 1947.
Zhang Boyu 張博宇 . *Taiwan diqu guoyu yundong shiliao* 臺灣地區國語運動史料（Historical materials on the national language movement in Taiwan）. Taibei: Taiwan shangwu, 1974.
Zhang Chunsheng 張春生 . "Guoyu wusheng pinyin" 國語五聲拼音（Phonetic spelling for five tones of the national language）. *Jiaoshi zhi you* 教師之友 3, no. 2（1937）: 330–33.
Zhang Dihua 张棣华 . "Tan luan ban" 谈乱班（Talking about chaotic classrooms）. *Jiaoshi bao*, December 28, 1956, 2.
Zhang Fangjie 張芳杰 . "Cong Taiwanhua xuexi Guoyu" 從臺灣話學習國語（Learning the national language from Taiwanese）. *Xinshengbao*, June 25, 1946.
Zhang Gonggui 張拱貴 . "Jiangsu sheng zhong xiaoxue he shifan xuexiao Beijing yuyin xunlianban gongzuo zongjie" 江苏省中小学和师范学校教师北京语音训练班工作总结（Work summary of Beijing pronunciation training class for Jiangsu middle, primary, and normal school teachers）. In *Zenyang jiaoxue putonghua* 怎样教学普通话 , ed. Yue Sibing 樂嗣炳 , 80–111. Beijing: Wenzi gaige chubanshe, 1956.
——. *Pinyin jiaoxue jianghua* 拼音教学讲话（Lectures on teaching pinyin）. Beijing: Tongsu duwu chubanshe, 1957.
——. *Putonghua fayin duben* 普通話發音讀本（Common language pronunciation reader）. Nanjing: Jiangsu renmin chubanshe, 1956.
——. "Tongguo fangyin lai zhangwo Beijing yuyin" 通过方音来掌握北京語音（Mastering Beijing pronunciation through dialect pronunciation）. *Yuwen xuexi*, no. 3（1957）: 33–34.
——. "Yinggai jiechu xue putonghua de jizhong sixiang zhang'ai" 应该解除学普通话的幾種思想障碍（We need to remove several types of ideological obstacles in learning the common language）. *Guangming ribao*, February 15, 1956, 3.
——. "Zenyang jiaoxue Beijing yuyin" 怎样教学北京语音（How to teach Beijing pronunciation）. *Zhongguo yuwen*, no. 2（1956）: 30–32.

Zhang Gu 张谷 and Wang Jiguo 王缉国 . *Wang Li zhuan* 王力传（The biography of Wang Li）. Nanning: Guangxi jiaoyu chubanshe, 1992.
Zhang Jianzhong 張建中 . *Zhongguo jindai bianjiang jiaoyu shilun* 中國近代邊疆教育史論 , 1901–1949（History of modern border education in China）. Changsha: Hunan shifan daxue chu- banshe, 2013.
Zhang Jun 张军 and Zhao Yan 赵艳 . "Shilun guangbo dianshi shou putonghua duyin de yindao" 试论广播电视受普通话读音的引导（A preliminary discussion on guidance of putonghua pronunciation in broadcasting and television）. *Yuwen jianshe*, no. 8（1998）: 37–39.
Zhang Ming 张明 . "Huiyi putonghua yuyin yanjiuban." 回忆普通话语音研究班（Remembering the common language phonology research class）. *Yuyan xiandaihua* 语言现代化 , no. 1（1980）: 172–73.
Zhang Qingchang 張清常 . "Ruhe zai Yunnan tuixing guoyu jiaoyu" 如何在雲南推行國語教育（How Yunnan implements national language education）. *Yunnan Daily* supplement, May 21, 1944. In *Zhang Qingchang wenji* 張清常文集 , 5: 3–6. Beijing: Beijing yuyan daxue, 2006.
Zhang Shichuan 張石川 . "Genü Hongmudan de chenggong bushi yichun ouran de shi," 歌女紅 牡丹的成功不是一樁偶然的事（The success of *Songstress Red Peony* is not an accidental matter）. *Genü Hongmudan tekan* 歌女紅牡丹特刊（1931）: 2–4.
Zhang Shiyi 張士一 . "Guoyu jiaoyu shang de liang da gaige" 國語教育上的兩大改革（Two significant reforms in national language education）. *Shishi xinbao*, October 25, 1920, 4.
——. "Guoyu tongyi wenti" 國語統一問題（National language unification problems）. *Shishi xin bao*, October 7, 1920, 4.
——. "Guoyu tongyi wenti" 國語統一問題（National language unification problems）. *Xin jiaoyu* 新教育 3, no. 4（1921）: 431–66; and *Jiaoyu chao* 教育潮 1, no. 9（1920）: 23–38; no. 10（1921）: 39–58.
——. *Xiaoxue 'guoyuhua' jiaoxue fa* 小學 ' 國語話 ' 教學法（"Spoken national language" teaching methods in primary schools）. Shanghai: Zhonghua, 1922. Reprint Beijing: Beijing zhongxian tuofang keji fazhan youxian gongsi, 2012.
——. "Zaida Lu Ji jun wen" 再答陸基君問（Another reply to Mr. Lu Ji and further questions）. *Shishi xinbao,* January 1, 1921; January 3, 1921; January 4, 1921; January 5, 1921.
Zhang Shoudong 章壽棟 , ed. *Guoyin xin jiaoben jiaoshou shu* 國音新教本教授書（Pedagogical guide to the new textbook of national pronunciation）. Shanghai: Shangwu, 1931.
Zhang Shuliu 張漱六 . *Zhuyin fuhao wenda* 注音符號問答（Questions and answers about phonetic annotation symbols）. Shanghai: Shijie shuju, 1930.
Zhang Tingxiu 張廷休 . "Bianjiang jiaoyu wenti" 邊疆教育問題（Frontier education questions）.*Daxia zhoubao* 大夏周報 19, no. 12（1943）: 1–4.
Zhang, Tongdao. "Chinese Television Audience Research." In *TV China*, ed. Ying Zhu and Chris Berry, 168–80. Bloomington: Indiana University Press, 2009.
Zhang Weigang 張为鋼 . "Fangyan diqu zenyang jiaoyu biaozhunyin" 方言地区怎样教学标准音（How to teach standard pronunciation in dialect regions）. *Yuwen xuexi*, no. 1（1956）: 6–8.
Zhang Xiaohang 张小航 . *Kangzhan banian guangbo ji* 抗战八年广播 （Record of broadcasting in eight years of the war of resistance）. Chongqing: Chongqing chubanshe, 2015.
Zhang Xiruo 張奚若 . "Dajia doulai tuiguang he xuexi putonghua" 大家都來推廣和學習普通話（Let's all popularize and learn the common language）. *Shishi shouce* 時事手冊 , no. 24（1955）:24–26.
——. "Dali tuiguang yi Beijing yuyin wei biaozhunyin de putonghua" 大力推广以北京语音为标准音的普通话（Resolutely promote the standard common language based on Beijing pronunciation）. In *Quanguo wenzi gaige huiyi wenjian huibian* 全国文字改革会议文件汇编 , 37–47. Beijing: Wenzi

gaige chubanshe, 1955.
Zhang Xuezai 張學載 . "Jianshe xin Tuerqi zhi jindong yingxiong Kaimaer Pasha" 建設新土耳 其之近東英雄開馬兒帕沙（Kemal Pasha, the hero of the Near East who built new Turkey）. *Chenbao fukan* 晨報副刊 , July 25, 1927, 39.
Zhang Yanhui 張艷輝 . "Wode sixiang jiancha" 我的思想檢查（Examining my thinking）. *Guangbo aihaozhe*, no. 1（1956）: 31.
Zhang Yilin 張一麐 . "Wozhi guoyu jiaoyu guan" 我之國語教育觀（My views on national language education）. *Xin jiaoyu* 新教育 1, no. 5（1919）: 520–25.
Zhang, Yingjin. *Chinese National Cinema*. New York: Routledge, 2004.
——, ed. *Cinema and Urban Culture in Shanghai, 1922–1943.* Stanford, Calif.: Stanford University Press, 1999.
Zhang, Zhen. *An Amorous History of the Silver Screen: Shanghai Cinema, 1896–1937*. Chicago: University of Chicago Press, 2005.
Zhang Zhigong 张志公 . *Chuji zhongxue keben Hanyu diyi ce jiaoxue cankao shu* 初级中学课本汉语第一册教学参考书（Teachers' reference book for lower middle school Chinese textbook, volume 1）. Beijing: Renmin jiaoyu chubanshe, 1955.
Zhang Zhou 張周 . *Weishenme yao tuiguang putonghua* 为什麼要推广普通話（Why promote the common language）. Guangzhou: Guangdong renmin chubanshe, 1956.
Zhang Zhuojian 張卓鑑 . "Xian jieduan zhi Taiwan difang jiaoyu" 現階段之臺灣地方教育（Local education in Taiwan at the present stage）. *Guomin jiaoyu fudao yuekan* 國民教育輔導月刊 1, no. 1（1947）: 8–11.
Zhao Deshan 赵德山 . "Qingdao shi shunxing lu xiaoxue tuiguang putonghua gongzuo jieshao" 青岛市顺兴路小学推广普通话工作介绍（Introducing common language promotion work at
Shunxing Road Primary School in Qingdao）. In *Diyijie quanguo putonghua jiaoxue chengji guanmohui wenjian ziliao huibian* 第一届全国普通话教学成绩观摩会文件资料汇编 , comp. Diyijie quanguo putonghua xiaoxue chengji guanmohui mishuchu 第一届全国普通话教学成绩观摩会秘书处 , 78–84. Beijing: Wenzi gaige chubanshe, 1959.
Zhao Guoqing 赵国庆 . "Zhou Xuan zhi mi" 周璇之 （The enigma of Zhou Xuan）. In *Zhou Xuan riji* 周璇日记 , 86–89. Wuhan: Changjiang wenyi, 2003.
Zhao Kai 赵凯 , ed. *Shanghai guangbo dianshi zhi* 上海广播电视志（Shanghai radio and television gazetteer）. Shanghai: Shanghai shehui kexueyuan chubanshe, 1999.
Zhao Minzhi 趙民治 . "Kefu yiqie kunnan zuo hao putonghua de jiaoxue he chuanbo gongzuo" 克服一切困難做好普通話的教學和傳播工作（Overcome all difficulties, do the work of teaching and disseminating the common language well）. *Yuwen zhishi* 語文知識 , no. 2（1956）: 23–24.
Zhao Wanrong 赵万荣 . "Yi ge huaji de baogao" 一个滑稽的报告（A funny report）. *Xiaoxue jiaoyu tongxun* 小学教育通讯 , no. 3（1957）: 25.
Zhao Yi 趙异 . "Guoyu guoyin jiaoju zhi yide" 關於國音教具之一得（A small opinion regarding national pronunciation teaching materials）. *Jinxiu banyuekan* 進修半月刊 2, no. 17（1933）: 834–39.
Zhao Yuren 趙欲仁 . "Jinri xiaoxue jiaoshi de quedian ji qi bujiu" 今日小學教師的缺點及其補救（The flaws of today's primary school teachers and their remedy）. *Jiaoyu zazhi* 25, no. 7（1935）: 168–73.
——. *Xiaoxue guoyu ke jiaoxue fa* 小學國語科教學法（Pedagogical method for primary school national language subject）. Shanghai: Shangwu, 1930.
——. "Xiaoxue guoyu ke jiaoxue suofan de tongbing he bujiu de fangfa" 小學國語科教學所犯的 通病和補救的方法（Common ailments of teaching the national language subject in primary school and remedial methods）. *Jinxiu banyuekan* 進修半月刊 4, no. 5（1934）: 235–39.

Zhao Zhenduo 赵振铎 . *Zhongguo yuyanxue shi* 中国语言学史（History of Chinese linguistics）.Shijiazhuang: Hebei jiaoyu chubanshe, 2000.
Zhao Zhiwu 赵治武 and Sun Chengzong 孙成宗 . *Liaoningren xuexi putonghua bianzi zhen gyin shouce* 辽宁人学习普通话辨字正音手册（Manual for Liaoning people to learn the correct pronunciation of the common language）. Shenyang: Liaoning renmin chubanshe, 1957.
"Zhe queshi yi ge biantong miaofa" 這確是一個變通妙法（This is really an ingenious method）.*Ying yu xi* 影與戲 1, no. 9（1937）: 4.
Zheng Chang 正厂 . "Biaozhunyu yu guoyu biaozhun" 標準語與國語標準（Standard language and the standard of the national language）. *Guoyu zhoukan* 1, no. 12（1923）: 1–2.
Zheng Junshi 鄭君實 . "Guoyu Luomazi de quedian" 國語羅馬字的缺點（Flaws of the national language romanization script）. *Yuwen* 語文 1, no. 5（1937）: 34–40.
Zheng Linxi 鄭林曦 . "Rang guangbo yuyan chengwei putonghua de dianfan" 諒 [*sic*] 廣播語言成为普通話的典範（Let broadcasting language become the standard for the common language）. *Guangbo aihaozhe*, no. 6（1955）: 6–7.
——. "Zancheng ba tuixing putonghua xiejin xianfa" 成把推行普通话写进宪法（Approval of writing the popularization of the common language into the constitution）. *Renmin ribao*, June 25, 1982, 8.
Zheng Muxin 鄭牧心 . *Taiwan yihui zhengzhi sishi nian* 台灣議會政治四十年（Forty years of Taiwan's parliamentary politics）. Taibei: Zili wanbao, 1988.
Zheng Naisen 鄭迺森 . "Zenyang zaocheng yi ge guoyu de huanjing" 怎樣造成一個國語的環境（How to create a national language environment）. *Wuxi jiaoyu zhoukan* 無錫教育週刊 ,no. 49（1928）: 13–15.
"Zheng Xiaocang xiansheng jiaoyu wenti taolun zhuankan" 鄭曉滄先生教育問題討論專刊（Dis-cussion with Mr. Zheng Xiaocang on education problems, special issue）. *Wuxian jiaoyuju xunkan* 吳縣教育局旬刊 , no. 24–25（1929）.
Zheng Yi 鄭溢 . "Tan putonghua de xuexi" 谈普通话的学习（Discussion of studying the com-mon language）. *Yuwen xuexi*, no. 11（1955）: 12–13.
Zheng Zhengqiu 鄭正秋 . "Zimeihua de ziwo pipan" 姊妹花的自我批判（My self-assessment of *Twin Sisters*）. *Shehui yuebao* 社會月報 1, no. 1（1934）: 39–41.
Zheng Zhenwen 鄭貞文 . "Zhonghua minzu fuxing yu tuixing guoyu" 中華民族復興與推行國語（The revitalization of the Chinese people and national language promotion）. *Fujian jiaoyu* 福建教育 , no. 7–8（1935）: 1–2.
Zhi Guang 之光 . "Guoyu he guoyu tongyi" 國語和國語統一（The national language and national language unification）. *Taifeng* 颱風 1, no. 7–8（1936）: 41–42.
——. *Xin wenzi rumen* 新文字入門（Introduction to new writing）. Beiping: Xin wenzi yanjiuhui, 1936.
Zhi Jing 止敬（Mao Dun）. "Wenti zhong de dazhong wenyi" 問題中的大眾文藝（Problems of art and literature for the masses）. *Wenxue yuebao* 文學月報 1, no. 2（1932）: 51–58.
Zhong Jiu 仲九 . "Zhuyin zimu yu gaizao" 注音字母與改造（The phonetic alphabet and reform）.*Jiaoyu chao* 教育潮 1, no. 4（1919）: 71–74.
Zhong Luqi 鐘魯齊 . *Xiaoxue geke xin jiaoxuefa zhi yanjiu* 小學各科新教學法之研究（Research on new pedagogical methods for every primary school subject）. Shanghai: Shangwu, 1935. Zhong, Yurou. *Chinese Grammatology: Script Revolution and Chinese Literary Modernity, 1916–1958.* New York: Columbia University Press, 2019.
"Zhonggong Zhongyang guanyu wenzi gaige gongzuo de wenti zhishi" 中共中央关于文字改革工作的问题指示（CCP Central Committee directive regarding language reform work）. In *Jianguo yilai zhongyao wenxian xuanbian* 建国以来重要文献选编 , comp. Zhonggong Zhongyang wenxian yan-

jiu shi 中共中央文獻研究室 , 8:91–92. Beijing: Zhongyang wenxian, 1994.
Zhongguo dianying nianjian 1934 中國電影年鑑（1934 Chinese film yearbook）. Nanjing, 1934. Reprint Beijing: Zhongguo guangbo dianshi chubanshe, 2008.
Zhongguo guangbo gongsi 中國廣播公司 , comp. *Zhongguo guangbo gongsi dashiji* 中國廣播公司大事記（China Broadcasting Corporation major events chronicle）. Taibei: Kongzhong zazhishe, 1978.
Zhongguo jiaoyu nianjian 中國教育年鑑（Chinese education yearbook）. Vol. 9, 1947. Reprint. Taibei: Zongqing tushu, 1981.
Zhongguo jiaoyu xuehui 中國教育學會 , ed. *Taiwan sheng shandi jiaoyu shikuang diaocha baogaoshu* 臺灣省山地教育實況調查報告書（Taiwan provincial mountain education fact-finding investigation report）. [Taiwan]: Zhongguo jiaoyu xuehui, 1954.
Zhongguo wenzi gaige weiyuanhui yanjiu tuiguangchu 中国文字改革委 会研究推广处 , comp. *Di'erci quanguo putonghua jiaoxue chengji guanmohui ziliao xuanbian* 第二次全国普通话教学成绩观摩会资料选编（Compilation of materials from the second national putonghua teaching demonstration conference）. Beijing: Wenzi gaige chubanshe, 1960.
Zhongguo yuyan wenzi shiyong qingkuang diaocha lingdao xiaozu bangongshi 中国语言文字使用情况调查领导小组办公室 , ed. *Zhongguo yuyan wenzi shiyong qingkuang diaocha ziliao* 中国语言文字使用情况调查资料（Data from Chinese language usage survey）. Beijing: Yuyan chubanshe, 2006.
Zhonghua minguo bingyi faling huibian 中華民國兵役法令彙編（Collection of military conscription laws of the Republic of China）. Taibei: Bingyi yu dongyuan yuekanshe, 1959. "Zhongyang guangbo wuxian diantai xunlian shouyinyuan jihua" 中央廣播無線電台訓練收音員計畫（Central broadcasting station plan for training radio receptionists）, January 24,
1929. In *Zhongguo Guomindang zhongyang zhixing weiyuanhui changwu weiyuanhui huiyi lu* 中國國民黨中央執行委員會常務委員會會議錄 , 7:146–48. Guilin: Guangxi shifan daxue chubanshe.
"Zhongyang shouzhang zai Beijing Daxue de jianghua" 中央首长在北京大学的讲话（Central leader's speech at Beijing University）, July 26, 1966. In *Dangdai Zhongguo yundong lishi shujuku* 当代中国运动历史数据库 . http://ccrd.usc.cuhk.edu.hk.
Zhou Bianming 周辯明 . "Xieshou yitong zoushang pinyin wenzi de dalu" 攜手一同走上拼音文字的大路（Joining hands, walk together on the broad avenue to phonetic script）. *Yuwen* 語 文 1, no. 3（1937）: 5–11.
Zhou Enlai 周恩来 . "Dangqian wenzi gaige de renwu" 当前文字改革的任务（The current tasks of language reform）. *Renmin ribao*, January 13, 1958.
Zhou Jianyun 周劍雲 . "Genü Hongmudan duiyu Zhongguo dianying jie de gongxian ji qi yingxiang" 歌女紅牡丹對於中國電影界的供獻及其影響（The contribution and influence of *Songstress Red Peony* on the Chinese film world）. *Genü Hongmudan tekan* 歌女紅牡丹特刊（1931）: 9–19.
Zhou Jianzhong 周建中 . "Xiao xuesheng Zhou Jianzhong de riji" 小學生周建中的日記（The diary of primary school student Zhou Jianzhong）. In *Minguo xiangcun xiaoxuesheng de riji* 民国乡村小学生的日记 , 3–48. Beijing: Wenhua, 2012.
Zhou, Minglang. *Language Ideology and Order in Rising China.* Singapore: Palgrave Macmillan, 2019.
——. *Multilingualism in China: The Politics of Writing Reforms for Minority Languages, 1949–2002.* Berlin: Mouton de Gruyter, 2003.
Zhou Mingsan 周銘三 . "Guoyu wenti de wenda" 國語問題的問答（Questions and answers on national language issues）. *Shishi xinbao*, January 30, 1921, 4.
Zhou Rujie 周汝傑 . "Ertong yanyu fazhan ji guoyu xunlian" 兒童言語發展及國語訓練（Children's language development and national language training）. *Jiankang jiating* 健康家庭 , no. 9（1939）: 9–10.
Zhou Shoujuan 周瘦鵑 . "Tichang guochan de yousheng yingpian" 提倡國產的有聲影片（Promote na-

tional product sound films）. *Genü Hongmudan tekan* 歌女紅牡丹特刊（1931）: 22–23.
Zhou Shu 周澍. "Tuiguang putonghua zhong de sixiang wenti" 推广普通话中的思想问题（Ideological problems in popularizing the common language）. *Yuwen zhishi* 語文知識, January 1956, 7.
Zhou Tiezheng 周鐵錚 and Sun Lianggong 孫俍工. "Women zenyang xuanze biaozhunyu" 我們怎樣選擇標準語（How we chose the standard language）. *Zhongguo yuwen*, May 1954: 3–7.
Zhou Wanyao 周婉窈. "Taiwanren diyici de guoyu jingyan" 臺灣人第一次的國語經驗（The Taiwanese people's first experience with the national language）. *Xin shixue* 新史學 6, no. 2（1995）: 113–161.
Zhou Xiaocheng 周孝诚. "Wushan jianwen" 吴山见闻（What I saw and heard in Wushan）. *Yuwen jianshe*, no. 11（1959）: 12–13.
Zhou Xinwu 周新武. "Putonghua guangbo jiemu zengjia le xinde yiyi" 普通話廣播節目增加了新的意义（Common language radio programs have taken on new significance）. *Guangbo aihaozhe*, no. 1（1956）: 8–9.
Zhou Xuan 周璇. *Zhou Xuan riji* 周璇日记（Diary of Zhou Xuan）. Wuhan: Changjiang wenyi, 2003.
Zhou Youguang 周有光. "Putonghua he xiandaihua" 普通话和现代化（The common language and modernization）. *Yuwen jianshe,* no. 10（1998）: 9–11.
Zhou Zumo 周祖謨. "Putonghua de zhengyin wenti" 普通话的正音问题（The problem of correct pronunciation in the common language）. *Zhongguo yuwen*, no. 5（1956）: 24–27.
Zhu Boshi 朱伯石. "Yuwen jiaoshi yao dali xuanchuan, tuiguang, bing xuehao putonghua" 语文教师要大力宣传，推广，并学好普通话（Language teachers should vigorously publicize, promote, and learn the common language）. *Yuwen xuexi*, no. 12（1955）: 4–6.
Zhu Huayun 祝華芸. "Xiangcun xiaoxuexiao guoyu jiaoxue ba xingqi de jingyan" 鄉村小學校 國語教學八星期的經驗（Eight weeks of experience teaching the national language in a rural primary school）. *Zhonghua jiaoyujie* 中華教育界 17, no. 9（1929）: 1–2.
Zhu Jiahua 朱家驊. "Xiezai chuangkan qian de jiju hua" 寫在創刊前的幾句話（A few words written before the inaugural issue）. *Guoyu ribao*, October 25, 1948, 1.
Zhu Ming 朱明. "Jiaming nengfou daiti zhuyin fuhao" 假名能否代替注音符號（Can kana replace phonetic annotation symbols or not）. *ZhongRi wenhua yuekan* 中日文化月刊 1, no. 5（1941）:58–61.
Zhu, Ping. "Introduction: The Study of Laughter in the Mao Era." In *Maoist Laughter*, ed. Ping Zhu, Zhuoyi Wang, and Jason McGrath, 1–16. Hong Kong: Hong Kong University Press, 2019.
Zhu, Pingchao. *Wartime Culture in Guilin, 1938–44: A City at War.* New York: Lexington Books, 2015.
Zhu Qile 祝其乐. "Yu Ziyi de zhengzhi lichang he jiaoyu sixiang shi yiguan fandong de" 俞子夷的政治立場和教育思想是一貫反动的（Yu Ziyi's political stance and views on education have always been reactionary）. *Xiaoxue jiaoyu tongxun* 小学教育通讯, January 5, 1958, 3.
Zhu Wenxiong 朱文雄. "Zhuyin zimu qi" 注音字母棋（Phonetic alphabet chess）. *Zhonghua jiaoyujie* 中華教育界 10, no. 9（1921）: 77–78.
Zhu Xing 朱星. *Zenyang xuexi putonghua* 怎样学习普通话（How to learn the common language）. Baoding: Hebei renmin chubanshe, 1956.
Zhu, Ying. *Two Billion Eyes: The Story of China Central Television*. New York: New Press, 2012. Zhu Youcheng 朱有成. "Xiangcun difang tuixing guoyu de nanchu he jiuji de fangfa" 鄉村地方 推行國語的難處和救濟的方法（The difficulties of promoting the national language in rural areas and methods of salvation）. *Guoyu yuekan* 1, no. 8（1922）: 3–5.
Zhu Zhaoxiang 朱兆祥. Preface to *Zhuyin Taiyu huihua* 注音臺語會話（Phonetic Taiwanese con-versation）by Chen Lianhuan 陳璉環, 1–2. Taibei: Guoyu ribao, 1950.
——. "Taiwan guoyu yundong de jishu wenti" 臺灣國語運動的技術問題（Technical problems in Taiwan's national language movement）. *Guoyu ribao*, November 24, 1948, 3.

——. *Taiyu duizhao guoyu huihua* 臺語對照國語會話（Taiwanese-guoyu conversational primer）.Taibei: Guoyu tuixing weiyuanhui, 1955.

——. *Taiyu fangyin fuhao* 臺語方音符號（Taiwanese dialect phonetic annotation）. Taibei: Taiwan sheng guoyu tuixing weiyuanhui, 1952.

Zhuang Shi 莊適 . *Xinfa guoyu jiaoke shu, shouce* 新法國語教科書，首冊（New method national language textbook, volume 1）. Shanghai: Shangwu, 1920.

"Zimeihua dapo maizuo jilu" 姊妹花打破賣座紀錄（*Twin Sisters* breaks box office records）. *Lin glong* 玲瓏 4, no. 9（1934）: 574.

"Zong zhengzhi bu guanyu zhuyi zai laobing zhongjian jinxing fazhan dangyuan gongzuo de tongzhi" 总政治部关于注意在老兵中间进行发展党员工作的通知（General Political Department notice on paying attention to recruiting party members among old soldiers）. In *Zhongguo renmin jiefangjun zhengzhi gongzuo lishi ziliao xuanbian* 中国人民解放军政治工作历史资料选编 , ed. Zhongguo renmin jiefangjun zong zhengzhi bu bangongting 中国人民解放军总政治部办公厅 , 13:471. Beijing: Jiefangjun chubanshe, 2010.

Zuo Guangyuan 左光 . "Xuehui zhangwo xunlian zhong de zhongda wenti" 学会掌握训练中的重大问题（Learn to grasp major issues in training）. *Jiefangjun bao*, September 15, 1956, 3. Zou Yiming 鄒毅明 . "Zai putonghua jiaoxue zhong chubu kefu le fangyan de yingxiang" 在普通話教学中初步克服了方言的影响（In teaching the common language, initially overcome the influence of dialects）. *Jiangsu jiaoyu* 江苏教育 , no. 17（1956）: 26.

"Zuo tuiguang putonghua de cujinpai" 做推广普通话的促进派（Be advocates of popularizing the common language）. *Renmin ribao*, December 23, 1982, 3.